总主编 赵宪章 **副总主编** 许结 沈卫威

中国文学图像关系史

隋唐五代卷

本卷主编 吴昊 李昌舒 **本卷副主编** 郭伟 傅元琼

江苏凤凰教育出版社
Phoenix Education Publishing, Ltd

“十三五”国家重点出版物出版规划项目
2020 年国家出版基金资助项目
南京大学“985”工程重点项目
北京大学人文社会科学研究院支持项目

中国文学图像关系史 · 先秦卷
中国文学图像关系史 · 汉代卷
中国文学图像关系史 · 魏晋南北朝卷
中国文学图像关系史 · 隋唐五代卷
中国文学图像关系史 · 宋代卷
中国文学图像关系史 · 辽金元卷
中国文学图像关系史 · 明代卷上
中国文学图像关系史 · 明代卷下
中国文学图像关系史 · 清代卷上
中国文学图像关系史 · 清代卷下

彩图 1 《竹里馆诗意图》 黄凤池编

彩图 2 《临李公麟饮中八仙图》卷　唐寅　台北“故宫博物院”藏

彩图3 《唐人诗意图　静夜思》 石涛　北京故宫博物院藏

彩图4 《王维诗意图》(局部) 唐棣 美国大都会艺术博物馆藏

目　录

绪　论

当我们从文学史与艺术史的角度观察文学与图像，有很多种分类的方式。在文学上，可以按照不同的文体进行阐释；在图像上，可以按照不同的画科进行叙述。而我们按照时间的线性顺序进行考察时，可以对比文学与图像在同一时期的发展情况，进一步发现二者在横向上的联系。文学艺术的分期往往以切割"朝代历史"的方式来为"文学历史"划分阶段[①]，隋唐五代的文图关系上承魏晋南北朝，下启两宋，处于承接前后、从分离到融合的关键时期。就前向性来看，隋唐五代图像和隋前文学有着密切的关系，主要表现在对隋前人物、故事和诗文的图像创作上。人物肖像画方面，史传文学中的帝王形象、先圣前臣形象、佛道人物形象皆有取材；叙事性图像方面，则主要取材于原始宗教、道教、佛教的经典、传说、故事。就复杂性来看，隋唐五代文学与图像既具有文图互证、相辅相成的互文性，也具有文图转化的滞后性和错位性。形式上，题画文学与诗意图齐头并进，如人物题咏和人物画、山水文学与山水画、咏物诗与花鸟画；内容上，大量文学图像同时表现集中题材如明皇贵妃的爱情悲剧。就后向性来说，隋唐五代文学对后世图像影响深远，唐诗为后世提供了大量由意象符号构成的图像母题。

在"文化历史"的概念下，隋与初唐可以合为一个时期。此时，南北朝文学在长期分裂后开始融合，文学创作主要表现在对前代文学的整合上，在发展上没有实质突破，是一个南北朝与"文化唐朝"间的过渡、准备时期。图像上，隋代的绘画也呈现出南北画风的合流，多为政教、工匠之画，"乃知南北朝以来南北异趋之画风，至是因政治区域之统一，君主专制之撮合，遂相调和"[②]。初唐的绘画与隋大致相同，"当时画风，继承六朝之余绪，技术上虽稍进步，然犹未能别开蹊径"[③]。

自玄宗即位起，开元、天宝年间，经济繁荣、国力极盛，展开了盛唐的恢宏图景。武后时重视文辞的"进士科"已逐渐转变为"以诗赋取士"，玄宗又通过设立

---

① 宇文所安：《他山的石头记》，田晓菲译，江苏人民出版社 2003 年版，第 8 页。

② 郑午昌：《中国画学全史》，江苏文艺出版社 2008 年版，第 63 页。

③ 同上，第 70 页。

翰林院激发文人对文名的追求。这些都极大地激发了文学创作的热情，其突出表现就是盛唐诗人群体的出现。王维宁静秀美的山水田园诗，高適、岑参壮美慷慨的边塞诗，还有浪漫雄奇的李白诗歌等，这些杰出的诗人及其作品以集体飞扬的情绪共同构筑起盛唐诗坛的多彩图卷。在图像上，盛唐时期的画风一变从前的细腻而为雄壮，吴道子、李思训等人都在此时以画名显。吴道子的人物画发展了六朝以来的画法，又结合了西域人物画技巧，可谓"出新意于法度之中，寄妙理于豪放之外"[①]。同时，山水画也在此时获得了极大成就，改变了唐以前山水画"人大于山，水不容泛"的原始面貌，"及唐道玄辈出，乃始一变前人陆、展等细巧之积习，行笔纵放，如风雨之骤至，雷电之交作"[②]。总体来看，盛唐时期的文学与绘画，都在总结六朝的基础上得到了迅猛发展，形成了唐代独有的风格，诗与山水画分别取得了新的地位，在开放繁荣的时代条件下，呈现出蓬勃的多样性来。

天宝年间，玄宗沉迷声色，很少过问朝政。历时八年的安史之乱给唐代社会带来了严重的创伤。战争的离乱、国力的衰退使盛唐气象一去不返，许多诗人带着由盛转衰的集体创伤步入了中唐。杜甫的诗歌是盛唐文学的集大成者，也是唐代由盛转衰的文学见证。散文承载着士人中兴的愿望，也重新繁荣起来。新的文体唐传奇也出现了，并在中唐时期达到巅峰。至唐敬宗、唐文宗时期，宦官掌权、赋税沉重、战乱频繁，唐代的衰颓之势愈显。晚唐的文学更加收敛了对现实社会的关注。同时，新兴的文学体裁——词在此时发展起来，温庭筠的《花间集》为一时的曲子词创作树立起典范。在图像上，中、晚唐是绘画技法细化的时期，"盖当时画家，虽不能如阎、吴、李、王之集大成，亦能择其一端焉而专习之"[③]。山水画中细化到松、石，花鸟画中细化到犬、马、水、火，可以说在技巧细化的同时，整个气象也有所变化。

五代时期在一定程度上是唐代的余绪，文图关系没有发生太大的改变。在文学上，词继续兴盛，但仍然处在"花间词"的审美范畴内。绘画上，最重要的转变是花鸟画、山水画地位的提升，人物画的地位则稍有下降。山水画出现了荆浩、关仝等山水大家，花鸟画中的徐熙、黄筌也开创了不同的风格。

总的来说，在考察隋唐五代文学与图像的关系时需要注意到：二者处于同一时代背景下，文学与图像有着共同的社会政治背景与思想内核，同样受到新的思潮影响，并置于相同的社会结构间。同时，二者的内在发展进程也在这一时期呈现出某种一致性和互文性。

---

① 苏轼：《书吴道子画后》："道子画人物，如以灯取影，逆来顺往，旁见侧出，横斜平直，各相乘除，得自然之数，不差毫末，出新意于法度之中，寄妙理于豪放之外，所谓游刃余地，运斤成风，盖古今一人而已。"载于《苏轼文集》卷七十，孔凡礼点校，中华书局 1986 年版，第 2210—2211 页。

②③ 郑午昌：《中国画学全史》，江苏文艺出版社 2008 年版，第 72—74 页。

第一节 隋唐五代文学与图像概说

统一开放的外部环境是唐代文学与图像得以发展与兴盛的前提条件，唐代文图所呈现出来的诸种特征也与此息息相关。在政治上，隋唐时期最显著的特征就是政权的统一。自汉末魏晋南北朝以来，社会处于长期分裂对峙的局面。出身关陇贵族的杨坚，于开皇元年(581)年代北周称帝，在北朝内部进行了民族融合，又举兵伐陈，在开皇九年(589)最终统一南北。但隋朝只维持了不到30年，经过了隋末大规模农民起义的动荡，武德元年(618)唐高祖李渊建立唐朝。唐太宗在治国方针上吸取隋朝灭亡的教训，积极纳谏、减轻刑罚、裁兵冗官，使唐朝一度达到"贞观之治"的太平景象。在经济上，唐朝继续发展均田制。在对外政策上，唐朝与外国联系频繁，中唐以前依靠陆上丝绸之路，中唐以后，海上丝绸之路畅通，中国成为当时亚洲经济文化中心。在思想上，唐代统治者兼容并包，表现为儒释道并存。总的来说，政权的统一推动南北文学、艺术合流，文图呈现出独特风貌；开明的民族政策、对外政策使得唐代文图得以吸收、借鉴异族文化；三教合一的思维方式为创作者在灵感上提供了触发之机，也营造了一个自由宽松的思想环境。

第一，物象世界的开拓。

唐代文学尤其是成就最高的诗歌，完成了对物象世界最大限度的开拓。尽管山水诗、田园诗以及边塞诗等诗歌形式在此前已相继产生，但在唐代以前，近体诗尚未形成，这些诗歌艺术在自由灵活地选择物象方面尚处于尝试阶段。直到初唐时期的沈佺期和宋之问等人出现，近体诗的格律、声韵等形式正式确立之后，这一任务才宣告完成。在题材上，唐诗突破六朝艳情诗的狭隘天地，逐渐从亭台楼阁走向关山塞漠。诗人们可以全方位、多角度地选择诗歌物象以表达自己的情感。在唐人创作的数以万计的诗篇中，其中物象可谓包罗万象，超过了有唐以前诗歌的总和，之后也无出其右者。从自然界的花草虫鱼、江河湖海、风云雷电，到社会的政治变革、战争和平、人事沧桑都摄入其中，构成了一个五彩缤纷的物象世界。据《全唐诗精华分类鉴赏集成》①所述，该书从《全唐诗》和《全唐诗外编》中精选2000余首各种风格、流派、体裁和题材的代表作，并按诗歌所写的具体内容将这些诗分类编排，分名胜部、山水部、田园部、边塞部等共55部，涉及自然、生活、社会、文化的各个领域。安史之乱后，诗人们转而关注沉痛的现实社会图景和冷寂的内心世界。可以说唐诗所表现的物象是宇宙自然以及人类社会中一切可图画的物象。以山水诗为例，唐代诗人摈弃了汉魏六朝泛写自然面貌、缺乏个性特点的写法，注重细致地写出不同自然物的形态，使其各具丰采。譬如

① 潘百齐：《全唐诗精华分类鉴赏集成》，河海大学出版社1989年版。

写山，就分别有泰山的雄奇"造化钟神秀，阴阳割昏晓"（杜甫《望岳》），华山的险峻"西岳峥嵘何壮哉！黄河如丝天际来"（李白《西岳云台歌送丹丘子》），嵩山的幽静"荒城临古渡，落日满秋山"（王维《归嵩山作》），庐山的巍峨"登高壮观天地间，大江茫茫去不还。黄云万里动风色，白波九道流雪山"（李白《庐山谣寄卢侍御虚舟》）。

唐代绘画是我国绘画史的一个新时期。中国古代绘画的分科，自魏晋起，至宋代基本形成，隋唐五代在其中起到了关键的定型作用。六朝以前的绘画以工艺装饰画和壁画居多，题材主要是人物。至魏晋南北朝，绘画题材得以拓展（人物、龙鱼、狗马、山水台榭等），人物、禽兽、山水三科得以独立，但各科发展极不平衡，人物画地位依然突出。据裴孝源《贞观公私画史》记载，魏晋时期的画家如曹不兴、卫协等，除人物画外，还善画畜兽舟车等，但画迹已失传。顾恺之《论画》说："凡画，人最难，次山水，次狗马，台榭一定器耳，难成而易好。"[①]谢赫《画品》中多指出某家长于某类，如评顾骏之"画蝉雀骏之始也"，评毛惠远"神鬼及马泥滞于一体"等等。这些记录大致反映了六朝时绘画的分科。中国古代绘画分科的真正确立是在唐代，张彦远《历代名画记》中将绘画题材分为六门，即人物、屋宇、山水、鞍马、鬼神、花鸟。人物画的代表人物有阎立本、吴道子、张萱、周昉等，山水画的代表人物有李思训、王维、张璪、郑虔等，花鸟动物画的代表人物有曹霸、韩幹、边鸾等。中国传统绘画中的各个门类，在这个时期都以独立的姿态立于画坛。朱景玄《唐朝名画录》言："夫画者，以人物居先，禽兽次之，山水次之，楼殿屋木次之。"[②]准确地指出了隋唐时期绘画的主要门类和分科的大致排序。唐代人物画较六朝而言，已逐渐从经史和道释故事转为世俗人物肖像、仕女和游宴。山水画在六朝画论（《画云台山记》《画山水序》《叙画》等）的理论指引下，在唐代彻底摆脱人物画的附庸而成为独立的主流画科并呈现明显南北差异。北方"青绿"山水以李思训为先，南方"水墨"山水以王维为代表。隋唐五代的山水取代人物成了描摹的中心，如传为展子虔所作的《游春图》，绢本设色，山水楼阁等景物描摹精细，而人物细小如豆。在构图上，唐代山水采取了以大观小、置身物外的方式。晚唐以后，继山水画成熟之后，花鸟画也日渐增多，唐代的花鸟画吸收了鞍马兽畜画的技法，由纹饰性逐渐过渡到写实性，细节更加丰富，神态更加生动。薛稷、边鸾、萧悦、刁光胤等皆是花鸟画大家，所涉及的内容多为鹤、孔雀、鹧鸪、木瓜、牡丹、萱草等。至南唐，花鸟画形成了所谓"徐熙野逸、黄家富贵"的两大派别，更使得花鸟画得以和人物、山水并立于画科，成为中国传统绘画的主要门类。至此，中国古代绘画的分科基本完备，"形象玲珑"的唐诗与"灿烂而求备"的绘画共同构筑丰富的物象世界，创造出辉煌的大唐气象。

---

① 顾恺之：《魏晋胜流画赞》，载于俞剑华：《中国画论选读》，江苏美术出版社 2007 年版，第 10 页。

② 朱景玄：《唐朝名画录》，温肇桐注，四川美术出版社 1985 年版，第 1 页。

第二,共同的审美客体:意境。

在封建历史上,唐代与汉代并列而称“汉唐盛世”,因为汉唐两代均拥有强大的政治军事和繁荣的文化经济,文人均以积极进取的笔力书写帝国图景,但两代文图所表现的物象世界有着明显的差别。汉代文学以铺张扬厉的辞赋和以叙述为主的散文为主导,绘画以政治色彩浓重的壁画和画像石为多,唐代文学则将抒情文学之诗歌推向顶峰,摹状自然的山水画在唐代走向成熟,花鸟画在唐代独立成科。如果说前者为帝国图式的构建服务,那么后者则走向表现自然山水与自我心灵之意境。

中国诗歌漫长的艺术发展史,实质上就是一部物象与情意相统一的历史。魏晋南北朝时,诗人以物象为基础,熔铸主观情感而成为“诗家之景”——“意象”,物象有限,“意象”无穷。唐人又在意象的基础上提出“境”的范畴并将二者结合,借助多种手法创造出情景交融、虚实相生、物我同感的“意境”。“道之为物,惟恍惟惚。惚兮恍兮,其中有象;恍兮惚兮,其中有物”①,“象”是包含在“道”中的具体的物质存在。“‘境’是对于‘象’的突破。‘境生于象外’。唐代美学家把境作为审美客体。因为‘境’比‘象’更能体现‘道’。”②可以说,境是“象”与虚空、与人的主观情意的结合。追求“境”的文学艺术创作,必然呈现出共有的审美特征。魏晋时期的“言意”“形神”之辨,在“意境”的重塑下,已经变成了二者兼重的艺术风貌,既重视艺术之真、之善,也寄托主观情志、托于玄远。“那么艺术意境之表现于作品,就是要透过秩序的网幕,使鸿蒙之理闪闪发光。这秩序的网幕是由各个艺术家的意匠组织线、点、光、色、形体、声音或文字成为有机谐和的艺术形式,以表出意境。”③可见“境”这一范畴,寄托于象,内在于情,追求无限的道,并与激情的瞬间、虚静的空白紧密相连。“意境说”在中国古代文论中向来受到重视,对古代文艺创作与文论影响深远。唐代人明确地提出了“意境”学说,并对其进行详细的阐述,论述了意境的美学本质,是中国古代“意境说”发展中最为重要的一环。唐代文学理论中,对“意境”有详细的阐述,主要表现在皎然、司空图等人论诗的著述中。王昌龄将“境”分为物境、情境、意境三个层次,形成了一个从物象到情感再到意识的体系。皎然在《诗议》中提出,作诗取境有高下之分,“取境偏高,则一首举体便高”。刘禹锡则明确指出“境生于象外”,把“象”从有限的物象推向无限的道,从实处转为虚处。因此,唐诗在创作中既注重描写物象之真,也着重表现人物之情,造出诗境。在选取物象时,注重对动态瞬间的把握,正如杜甫所说:“精微穿溟涬,飞动摧霹雳”(《夜听许十损诵诗爱而有作》),既有沉思静观,也有飞动的生命体验。

---

① 老子:《老子道德经注校释》,王弼注,楼宇烈校释,中华书局 2008 版,第 52 页。

② 叶朗:《中国美学史大纲》,上海人民出版社 1985 年版,第 28 页。

③ 宗白华:《美学散步》,上海人民出版社 2005 年版,第 135 页。

在绘画创作上，也体现出与文学创作中相近的审美追求，这是与整个时代的思想潮流及整个民族的精神气质紧密相关的。王维所创作的水墨雪景图系列，体现出一种清寂的意境，如藏于日本的《雪溪图》，画面“多不皴染，但有轮廓”，以大量留白映衬出画家幽深冷寂的内心世界。在构图上，唐代山水画采用了置身画外，以大观小的构图方式，整个山水画卷虽然是“度物象”而成，但高低走势、参差错落都由画家安排，与画家内心情感紧密相连，是画家所造之境的体现。在人物画上，唐代改变了魏晋时的“以形写神”，而做到形神兼备，“气质具盛”。高居翰在论及唐代仕女图时说道：“周昉并不在描绘光影、空间等的技巧上着意，却关心气氛的体现。或者说，他所关心的并不是有限的气氛，而是某种更超越却普遍的东西：一种经常在中国早期文学艺术中出现的，强烈地感觉到时光悠忽无常的本质。”“中国的诗词、绘画、书法里，表现着同样的意境结构，代表着中国人的宇宙意识。”[①]唐代画论中，仍然是以魏晋南北朝提出的“意象”为核心，但不同之处在于将“意象”与道、气联系起来，从有限趋于无限，这就非常类似于“境”的范畴。“在唐五代书画美学中，‘自然’‘真’‘气’这三个范畴是紧密联系的。表现了‘气’，就是‘真’，就是‘自然’，审美意象才是活的，有生命的。”[②]这种对动态时刻的静态描摹，更接近我们所说的“境”。

因此，“境”的范畴使唐代以后的文学与图像具有了相近的创造追求与共同的审美气质，这种相近的气质促使文学与图像在功能逐渐分离之后，又相互吸引、相互阐释，形成了一种互文的关系。

第三，佛道思想的介入。

同处统一盛世的外部背景下，汉唐文图却趣味迥异，究其原因，两个时代不同的思想内涵起着直接作用。不同于汉代“独尊儒术”的一统观念，唐代在思想上采取宽容开明的政策，唐太宗奉行儒释道三教并行的政策。虽然有唐一代，不同君主对于三种思想有所倚重，但从总的情势来看，三教基本并行不悖。儒佛道思想不仅丰富了文图的题材和内涵，而且直接促进了文人思想境界的提升，这也是经典艺术始终充满活力的重要因素。

佛教自东汉传入中土，历南朝的繁荣兴盛，至隋唐时期，已得到了充分的发展。先秦的道家学说也在魏晋时期充分神学化与宗教化，形成了道教。经历了南北朝的动荡，隋朝在统一之初即下令恢复佛教、兴建寺宇。佛教在唐代得到了自由的发展，武则天偏尚佛教，佛教在其统治期间达到极盛。大量佛经译本流入中土，佛教进一步本土化。各个宗派至唐代基本已经产生，其中禅宗对文学艺术产生了较大影响。道教在唐代的地位高于其他朝代，李唐王室奉老子李聃为先

---

① 宗白华：《美学散步》，上海人民出版社 2005 年版，第 142 页。

② 叶朗：《中国美学史大纲》，上海人民出版社 1985 年版，第 248 页。

祖,“老子是朕祖宗名位称号宜在佛先”[①],唐高宗封老子为“太上玄元皇帝”。《唐六典・祠部》记载:“天下观总一千六百八十七所。”唐高祖武德八年(625),为三教排列的顺序为道教、儒教、佛教,道教居于首位。常聚沙门、道士、儒者各自讲法。除唐武宗曾经毁佛外,整个隋唐五代时期的道、释二教与儒学在冲突中趋向融合。道教在理论上援佛入道,以佛释老,熔佛道思想于一炉。而佛家(尤其是禅宗)也融合道教思想,二者取长补短、互相融摄。

一方面,生存在中国封建专制体制下的佛道二教必然要适应主流文化(儒学),因此唐代以来的儒释道三教合流成了中国古代文化的基础。唐代文学的发展除了直接从社会生活中汲取营养外,必然受到佛道二教的深刻影响。佛道二教对生命意义的理解,对天人关系的认识,对摆脱现实烦恼和痛苦所做的努力等,无不引起人们心灵的震颤。人们越来越清楚地认识到个体人格的力量和社会责任之外所应有的人学价值。佛道二教促进了唐代诗人在六朝诗人的基础上进一步觉醒,他们从关注自然图景转为关注内心,进一步发展了唐诗的情景交融和意境构造。另一方面,三教鼎立也强化了唐人思想的矛盾性。他们既固守传统儒家思想文化,将社会政治作为实践自我价值的舞台,拥有强烈的社会责任感和使命感,同时又在佛道思想的影响下关怀生命与个体人格,大胆批判现实,展示个体内心情感。这种矛盾性活跃了唐人的思维,他们对传统文化的怀疑并没有转换为现实的否定。这就使唐代文学没有走向纯粹的“象”的世界或者纯粹的“意”的世界,而是做到了真正的融通与升华。唐文学不仅真实展示个体内心情感,追求人格独立,而且积极批判社会现实,关心民生疾苦,更加社会化。这是“声情少而辞情多”的汉赋与偏于吟唱个体的六朝文学难以比拟的。

第四,文图趋同。

1. 诗歌的视觉趣味:意象

从哲学的角度讲,意象可以追溯到《周易》的卦象[②],其内涵复杂而又抽象。如果限定到诗学范围,对意象的定义也难下统一定论[③]。陈植锷的定义“意象是以语词为载体的诗歌艺术的基本符号”[④]过于宽泛。袁行霈在《中国古典诗歌的意象》中将其定义为“意象是融入了主观情意的客观物象”,更为平实可靠。在诗歌的类型中,与意象联系最为直接的,是咏物诗的大量创作。咏物诗正如花鸟画一样,通过精细地描摹物象,塑造出栩栩如生的形象来。唐代咏物诗的数量极为丰富,《全唐诗》中收录的咏物诗共 6061 首,《全唐诗补编》收录 728 首,中晚唐的咏物诗创作尤为兴盛。隋至初唐,对物象的描绘被当作一种竞技游戏,将一切可

---

① 慧立:《大慈恩寺三藏法师传》,彦悰笺,孙毓棠、谢方点校,中华书局 2000 年版,第 193 页。

② 汪裕雄:《意象探源》,人民出版社 2013 年版,第 2 页。

③ 蒋寅:《语象・物象・意象・意境》,参见蒋寅:《古典诗学的现代诠释》,中华书局 2003 年版,第 13 页。

④ 陈植锷:《诗歌意象论》,中国社会科学出版社 1990 年版,第 64 页。

见的状貌都用笔勾勒出来。在唐代,咏物诗的创作被视为童年学诗的基本功,如李白少时咏月、白居易咏古原草等。唐代诗人在创作咏物诗的技巧上,不论是物象造型,还是色彩运用,都取得了相当高的成就。在造型上,诗人既运用线条来勾勒轮廓,也虚实结合、进行渲染。如李商隐的《落花》:“高阁客竟去,小园花乱飞。参差连曲陌,迢递送斜晖”,意象由近及远,层层构建,以点染的方式勾勒出傍晚的暮春景色。唐诗的色彩运用非常丰富,不仅有单色,还有复色,如暗红、浅红、橙红、紫红等。对于红这一种颜色,唐代咏物诗已经关注到它的深、浅、浓、淡、轻、重、干、湿、远、近、大、小等多个侧面,并将颜色区分冷暖,将颜色与心理情绪联系起来。如李白的《白胡桃》:“红罗袖里分明见,白玉盘中看却无。疑是老僧休念诵,腕前推下水晶珠”,红色与白色相互映衬,更加凸显白胡桃的纯洁晶莹。意象作为唐诗构成的第一要素,为唐诗携带了视觉基因;咏物诗的创作作为唐代诗人的基本功,为唐诗营造了扎实的视觉基础。正因如此,唐诗呈现出一种独有的视觉趣味,为语言符号与视觉符号的沟通建立起桥梁。

2. 山水画的诗性

隋唐五代时期的山水画,在空间建构上并非简单对于自然的摹写,而是具有一种诗性的节奏。这种诗性,很大程度来源于文学对绘画的影响,说明唐代画家重视绘画中的精神意趣,这一特点集中体现在山水画中。张彦远《历代名画记》中记录了唐会昌元年(814)以前的206位画家,多善画山水。唐代山水画在南北朝山水画的基础上,摆脱依附人物画而成为独立的审美对象,在构图、比例和透视等方面逐渐达到了成熟的阶段,“自唐至本朝,以画山水得名者,类非画家者流,而多出于缙绅士大夫”[①],山水画的发展过程是在文人参与之下的。在以大观小、散点透视的构图方式下,山水的连绵起伏、空间的转换、景物的运动、线条与墨色层次的变化,都与画家的精神世界密切相关,是一种带着节奏与生命力的诗性空间。王维作为山水南宗之祖,将诗歌的审美技法、笔法融入绘画审美中。他的华丽短文《山水诀》和《山水论》继承了南朝宗炳的《山水画序》、王微的《叙画》、梁元帝的《山水松石格》的山水画理论,在绘画的形与神的关系上进一步提出“意在笔先”的绘画美学命题:“凡画山水,意在笔先。丈山尺树,寸马分人。远人无目,远树无枝。远山无石,隐隐如眉;远水无波,高与云齐。此是诀也。”[②]王维的《袁安卧雪图》以其超越于生活常理的艺术处理方式体现了这一思维方式,赋予了绘画以气韵生动的美感。诗歌的情怀进入绘画,逐渐成为绘画的审美标准之一。

第五,文图互生。

1. 诗意图。诗意图是一种诗与画高度交融的形式。中国古代思想中共有

---

① 《宣和画谱》卷十《山水叙论》,俞剑华注译,人民美术出版社1964年版,第164页。

② 王维:《山水论》,载于中国书画全书编纂委员会编:《中国书画全书》第一册,上海书画出版社1993年版,第177页。

的宇宙观、相同的精神气质与传统文化中相近的审美属性，是诗画得以交融的根本；逻辑语言与视觉符号之间转换的可能性则为诗与画的交融提供了前提。因此，当我们试图对诗意图或者题画文学进行研究分析时，要综合其中文学与图像的因素，以及二者的相互作用、共同影响，而不是分别孤立地进行研究。这种诗画之间的互文现象，使文学与图像的联结更加紧密。根据诗与画出现的先后顺序，诗画的互文产生了两种形式：诗意图与题画文学。诗意图的创作以诗的存在为前提，或按照诗中的语言描写来描摹图像，或发挥构思传达诗意。据唐代张彦远《历代名画记》记载，图像对诗歌的摹写最早是汉代的刘褒据《诗经》中《云汉》《北风》而作的《云汉图》和《北风图》。魏晋南北朝时期，选取诗作的范围在《诗经》的基础上扩展到了嵇康、曹植等人的诗歌，如顾恺之据曹植《洛神赋》所创作的《洛神赋图》。唐代，诗意图的创作更加普遍，对诗歌的选取范围更加广泛，如兼擅诗、画的王维创作出一些诗画同题的作品，李益等人的诗也被用于绘画创作。经历了唐代的酝酿，宋代题画诗得到了较大发展。宋代题画诗不仅在数量上大大增加，而且超越了前人对意象的描摹，更加注重对诗中意境的传达。元代的诗意化逐渐走向文人化。明清时期是诗意画的繁荣时期，诗意画数量骤增，既对诗歌的选材进行了一定的突破，也形成了一定的规范、趋于程式化。

纵观诗意图题材的选择，自唐代以后，唐诗就占据着相当大的比重，唐诗诗意图数量多、成就高，形成了一定的系统。尤其在明清时期，唐诗诗意图的绘制蔚然成风，出现了《唐人诗意图册》《秋兴八首图册》和《杜甫诗意图轴》等图册与图轴作品。唐诗在诗意图中主导地位的形成，首先与唐代诗歌本身的艺术成就有关。诗歌在唐代得到了极大的繁荣，开放富强的时代环境、科举制度对诗文的重视、诗歌内在的发展规律都促成了唐诗这座高峰的形成。在数量上，《全唐诗》中统计的唐代诗人共 2200 余人，传世诗作近 50000 首，诞生了李白、杜甫、王维等一批杰出的诗人，创造出瑰奇的诗歌风貌。其次，这与唐诗本身的艺术特性有关。唐诗本身的视觉趣味对图像构成了填补的召唤，诗中纷繁的意象、生动的状物都与绘画有着内在的联系。唐诗本身是抒情的，这种抒情特性也使唐诗与绘画在审美娱情功能上构成了某种一致。这与宋人重议论的诗风形成鲜明的对比，前者显然更适合形于图像。第三，明清时期的崇杜倾向，使杜诗在诗意图的题材中占据相当大的比重，一时掀起绘制杜甫诗意图的热潮。

在唐诗诗意图中，山水诗所占的比重最大。这首先是由于山水画自身的发展，在各个画科中逐渐居于主要地位。其次，这也与图像自身特性有关。图像是空间艺术，更擅长于状貌而非叙事。山水诗中的景物描写可以直接输出为山水画的绘画语言，这为二者的沟通搭建了桥梁。第三，这与中国古代的隐逸传统紧密相关。山水并不简单地是对自然的摹写，而是寄托着士人对现实生活的超越精神。

在抒情、浪漫的诗歌之外，也有一些诗意图是对现实主义诗歌的描绘。这些诗意图突破了图像的空间性特征，找到了表达叙事性诗歌的切入点。白居易的诗歌以语言浅近通俗见长，具有强烈的现实主义倾向，他强调“文章合为时而著，歌诗合为事而作”。白居易诗意图的创作主要集中在他的长诗《长恨歌》与《琵琶行》，以及《卖炭翁》等诗歌上，这些诗歌的共同特征就是具有强烈的叙事性。《琵琶行》的诗意图从元代兴起，至明清盛行，以其“天涯沦落”之感，激起世人共鸣。明清时期《琵琶行》图像注重景物的描绘，勾勒出烟水苍茫的景色。其中的山水描绘仍然占据了极大的比重，人物则居于次要位置。近现代，人物开始超越山水成为《琵琶行》表现的主体，出现了一些“人物特写式”构图方式。在场景的选择上，以对经典名句进行发挥为主。《长恨歌》的诗意图自唐代出现，此类诗意图描绘的重点仍然不尽相同，或以山水为主，或以人物为主，都是选定一个场景。近现代出现的“联景叙事图解式”的作品，以连环画的形式跟进了整篇诗歌的叙事。

2. *题画文学*。题画文学发端于春秋两汉之际，自魏晋南北朝时期得到了缓慢发展，在隋唐五代迅速成长起来。题画文学是以绘画作品为基础而进行的文学创作。题画文学在体裁上涵盖极广，主要包括题画诗、画跋、题画词、画赞、画记、图记、画赋等多种体裁。在隋唐五代时期，诗体与赞文是题画文学的主要形式。此外又产生了词体咏画这一新的形式。许多杰出的诗人，如李白、杜甫、白居易都有杰出的题画文学作品，并对后世题画文学产生了重要影响。

隋唐五代的题画文学主要集中在人物写真与肖像题咏、花鸟画作题咏、山水画作题咏等几个方面，题画文学的繁荣与隋唐五代时期各绘画门类的兴盛及它们各自的特性紧密相关。唐代的人物画承接了六朝以来逐渐完善的技法，继续发展成熟，同时又在统一王朝的背景下承载了一定的政教功能。唐代人物画极为兴盛，出现了大量的人物写真与人物肖像，因此，大量人物写真与肖像题咏开始出现，并在唐朝达到了极盛。花鸟画作为独立的画科在唐代确立了起来，鞍马画也取得了一定的成就，尤其在五代时得到了迅速发展，因此产生了大量题咏花鸟画的作品。这些题咏作品有的分析绘画技法与理论，有的描摹画中的形态，还有的寄托作者的情感，涵盖广阔、形式不一。隋唐五代的山水画题咏文学也极为繁荣，且文学成就较高。山水画题咏，往往以文学的形式再现出画境而跳脱画的形式，融入作者的情感，运用文学的优势，形成一种亦幻亦真的奇境。如李白的《莹禅师房观山海图》：“丹崖森在目，清昼疑卷幔。蓬壶来轩窗，瀛海入几案。烟涛争喷薄，岛屿相凌乱。征帆飘空中，瀑水洒天半。峥嵘若可陟，想像徒盈叹。杳与真心冥，遂谐静者玩。如登赤城里，揭步沧洲畔。”看似是在描摹画中景物，实际上却仿佛置身耸立的山崖、汹涌的海涛之中，蓬壶轩窗、瀛海几案等场景又充满着奇幻的想象。

唐代题画文学与绘画的关系在不同的阶段呈现出不同的特征。隋至唐初，题画作品以画赞为主,多为应制之作,对后世的画赞产生深远影响,题画诗则相对沉寂。盛唐时期,李白、杜甫的题画文学作品成就高、影响大。李白的题画诗文涵盖了山水画、人物画、花鸟画三个方面,既有极强的画面感,又以诗的语言冲破绘画语言的局限,虚实结合、绚烂多姿。杜甫现存的题画作品在隋唐五代时期数量最丰,且杜甫“题画诗开出异境,后人往往宗之”①,是唐代题画诗的一个承上启下的转折。杜甫的“异境”主要体现为议论的增加、题画的学术化。杜甫的题画作品更多地关注画作、画技和画家,理性的思索大于情感的激越,体现出其深厚的艺术素养。中唐时期,题画诗与题画人物的数量大大增加,此时的题画作品也出现了新变。顾况以歌行体题画,通俗浅近、妙趣横生;白居易的题画诗则重视讽喻功能,将题咏花鸟由简单的咏物转变成了深刻的讽喻。中唐以前,画作往往只是触发文人灵感的引子,咏画的内容与画作本身关系不大。自中唐以后,题画文学的关注点转移到画作本身上来,题画变成了对画作的阐释、生发、评议,诗画关系至此更加紧密。晚唐时期,题画诗的应用更加广泛,许多不知名的文人也参与到题画诗的创作中来,数量大为增加。从题材到篇幅都呈现出多种风貌,论画时的随意性增强。如薛涛《酬雍秀才贻巴峡图》,在题画诗中体现文人交游;李商隐《李肱所遗画松诗书两纸得四十韵》长达 410 字;此外还有一些作品中论画时结合历史,表达对历史人物的评价;甚至表达对画作拥有者的同情,如温庭筠《题李相公敕赐锦屏风》,可见书写范围之自由。五代时期题画诗的成就不高,值得关注的是李煜的《渔父词》是出现最早的题画词。

这里的文图关系,应重点关注题画文学对图像发展产生的作用。题画文学以其特殊性,将图像的空间进行了诗性延展,打破了虚实界限,表现出独特的审美特征。同时,题画文学不仅是一种文学题材,也参与到绘画史与绘画理论的构建中。图像以其特殊的介质,较文字更易失传,因此,题画文学在一定程度上以语言的形式将画作记录下来,使后人借以想象,起到弥补绘画史的作用。此外,文人参与评画、论画,以其独特的视角对绘画作品进行阐发,其中包含着大量的画论,促进了古代画论体系的形成。

第二节　隋唐五代文图关系中的传统母题

文学与图像相依相生,在流变中沟通对话,互相阐释、补足,这种对话往往会经历一个漫长而复杂的过程。就二者关系而言,文图之间相互影响与渗透有赖于文学本身的经典化,从而对图像形成有力的召唤,这就需要一个沉淀的过程;就二者内部而言,文图也在各自的接受与流变中发生着变化,从而引发新一轮的对话,这就使得二者之间的关系更加复杂。正因如此,文图的对话往往在时间上

① 沈德潜选编:《唐诗别裁集》,李克和等校点,岳麓书社 1998 版,第 147 页。

呈现出滞后或是错位，在不同的时代交相辉映。

隋唐五代，这种文图对话上的时间错位就体现得非常明显。一方面，隋唐五代的图像继承了秦汉以来的仙道传统，其绘画创作也对前代的文学进行了充分的发掘与阐释；另一方面，隋唐五代的文学与史传为后世的图像带来了大量富于生命活力的母题。我们这里分为三部分来论述：

一、神仙传统的继承与发展

中国古代的神仙传说早在先秦就已经出现，如对伏羲、女娲、三皇五帝的崇拜。两汉时期，谶纬之学兴盛，出现大量方士、道士，道教逐渐形成，神学为大一统的政治服务。魏晋南北朝时期，神仙观念盛行，东晋的葛洪将神仙观念与道教进行了密切的结合，使神仙观念成为道教中的主要观念。这种神仙传统始终影响着图像的创作，其形象的空白也召唤着图像去填补。

隋唐五代的仙道思想没有发生根本的变化，这一时期的图像体现出了对前代仙道思想的承续和发展，为神仙主题的表现提供了新的角度。其中，人物画经历了长期的发展，技法日趋精湛纯熟。唐代统治者又极力提倡写真，直接促进了人物画的大量涌现与繁荣。这种对典型人物、典型形象的关注，直接带来了图像观照神仙传统的新视角。唐代出现了大量道教叙事性人物图像，这种人物图像往往取材自道教经典或道教传说中的人物，将其典型事迹图像化而成。其中以对老子形象的图像表达数量最丰，如《宣和画谱》中记载的阎立德的《采芝太上像》《行化太上像》《传法太上像》《岩居太上像》等。又如将“老子出关”作为绘画题材的一系列绘画作品，如《老子度关图》《太上度关图等》，蕴含着得道成仙、长生不老的意味。题材除老子外，还有根据《晋书·葛洪传》取材的《葛洪移居图》，开后世关于葛洪移居题材创作的先河。此外，还有一些基于得道成仙故事的图像创作。这种以人物为主，兼具叙事性的图像创作，也对后世产生了深远的影响。

二、隋唐五代图像对隋前文学的开掘与阐释

隋唐五代的图像对于隋前文学的再现，主要体现在隋唐时期蓬勃发展的人物画对隋前史传文学的注解。此外还有少量诗文图，是根据隋前诗、词、文、赋等，或描摹人物，或摹写诗境创作而成。

唐代图像对于隋前史传文学的取材，是唐代统治者强调绘画的政教功用的直接产物。唐太宗在政治上以史为鉴，“夫以铜为镜，可以正衣冠；以古为镜，可以知兴替；以人为镜，可以明得失”[1]。在文学艺术上，他也利用绘画来配合统

① 刘昫等：《旧唐书》卷七十一《列传第二十一》，中华书局 1975 年版，第 2561 页。

治、维护政体。贞观十七年(643)太宗下诏“自古皇王,褒崇勋德,既勒铭于钟鼎,又图形于丹青。是以甘露良佐,麟阁著其美;建武功臣,云台纪其迹”[①],明确提出以绘画来记录功勋,表彰功绩。在这样的政教责任与历史视角的作用下,隋唐图像对于史传的取材集中体现在史传中的古代帝王贤臣事迹,从中提取素材,进行肖像画与叙事性图像的创作。这些出于政教目的的绘画创作,往往带有相当程度的匠人色彩,需要满足迎合统治者的审美标准和政治需求。其创作者中不乏一些技艺精湛的画家,如阎立德、阎立本兄弟。这样的政治教化色彩一方面限制了绘画艺术性的发挥,另一方面,却促进了人物画技巧与法度的规范与提升。

隋唐五代对于帝王图像的绘制,最早见于《宣和画谱》所录隋代展子虔的《石勒问道图》。石勒为后赵开国君主,“问道”一事则取材于《晋书·佛图澄传》。这一选材为后世创下了“石勒问道”这一绘画主题。如今能够见到画迹的,是传为唐代阎立本的早期画作《历代帝王图》的摹本,摹本现藏于美国波士顿美术馆。《历代帝王图》描绘了自汉代至隋代 13 位帝王的画像。这 13 位帝王的形象,既处于一定的程式规范之中,体现出帝王的威仪与权势,也在面部表情、动作神态等细节刻画上,体现出每一个帝王的历史形象与个性特点,暗含褒贬。如魏文帝曹丕的神态咄咄逼人、北周宇文邕的神情凶悍,都在细微处各现特色,显示出画师在塑造人物形象、刻画人物心理时的超凡功力。

除帝王图像外,同样取材自隋前史传的先贤前臣画像在数量上要更为丰富。我们按照图像描绘重点的不同,可以将先贤前臣画像大致分为肖像型人物图像与叙事型人物图像。

肖像型人物画像着重描绘人物的神致风貌,实则有所兴寄。从题材的选取到形态的描摹,都并非简单地勾勒形状,而是借先贤前臣来表达自己的情怀志趣。其中体现最为突出的一点,是唐人的隐逸情怀。如隋前就已经产生的“商山四皓”,是秦末汉初的四位学者,信奉黄老,在商山隐居终生。这一整体形象可以说是隐逸名士与高洁志趣的代表符号。唐人显然有意继承了这一绘画母题。唐代隐逸之风盛行,隐逸不仅是士人山水志趣的体现,也是一条入仕的“终南捷径”。唐代就有李思训的《山居四皓图》《四皓图》、孙位的《四皓弈棋图》、张素卿的《商山四皓》《四皓围棋图》等。除了隐逸志趣外,对先贤的仰慕也贯穿在画作中,如以孔子与竹林七贤为创作主题的常粲的《孔子问礼》《山阳七贤》《高逸图》等。

叙事型人物画像着重叙述人物事功,寓褒贬于其中,与帝王图像一样带有鲜明的政教色彩。在题材上,以敢于忠言直谏的贤臣为主题的画作占了相当大的部分,如《图画见闻志》录隋代杨契丹《辛毗引裾图》,以辛毗的引裾力争表现他为民请命不顾安危的勇气;又如《宣和画谱》录常粲《陈元达锁谏图》,《图画见闻志》录吴道子《朱云折槛图》等。此外,也有一些以名臣、高士的事迹为题材的作品,

① 同上,卷六十五《列传第十五》,第 2451 页。

如依据《史记·酷吏列传》《汉书·朱买臣传》中关于朱买臣的记载,并结合民间传说而创作的《朱买臣覆水图》,以及《宣和画谱》录五代卫贤以东汉名士梁鸿与其妻孟光为题材的《高士图》等。在叙事性质的人物画中,唐人善于从史传文学中提取出最富于内涵的片刻,和最富有动感、张力的动作神情来进行描绘,如“覆水”“引裾”,都是集画面感、戏剧性、寓意于一体的片刻,足见隋唐画家对史传素材选取之精妙。

此外,还有少量据前代诗文创作的图像。如《宣和画谱》载李思训《神女图》,是依据宋玉《高唐赋》创作而成,这一神女题材一直影响到近现代。《宣和画谱》录阎立德《庄生知马图》,则取材于先秦散文《庄子·马蹄》。

三、隋唐五代文学、史传开创的绘画母题

步入隋唐时期,由于宽松的外部环境与文学内在的发展规律,文学在此时得到了全面的发展与繁荣。传统的抒情文学如诗歌,在唐代步入了发展的黄金时代,另一种抒情体裁——词,也登上了文坛;另一方面,唐传奇与俗讲、变文的出现也促进了俗文学的滥觞。唐代文学的繁荣兴盛,是后世回溯文学发展历程时无法越过的一座高峰。它不仅影响着后世的文学理论与创作,也为绘画艺术开创了大量影响深远、富于生命活力的母题。我们应当注意到,隋唐时期所产生的绘画母题与后世图像之间的关系,具有如下几个特点。

第一,唐代文学的整体繁荣,造就了绘画母题取材范围的宽广。从唐代文学中演化形成的母题,不仅出自诗文、史传等传统文学,还出自小说、俗讲、变文等新的文学形式。就传统部分而言,唐代诗文形成的母题,主要有“灞桥”和“滕王阁”两个主题。“灞桥”的意象在唐代从象征离别之情逐渐转化成文人苦吟之思,形成了代表苦觅诗思的“灞桥风雪”这一表现主题。在此之后,又逐渐从“灞桥”中演变出了代表着精英情怀的“踏雪寻梅”和标榜隐逸之志的“驴背吟诗”这两个题材。“滕王阁”这一母题则是据王勃的《滕王阁序》所衍生出来的,此类画作或描摹王勃笔下的滕王阁,或根据《滕王阁序》的文意另作一幅山水。史传、小说与民间传说相结合,则产生了民间“武门神”的母题与形象。秦琼与尉迟恭的形象,从史传与《凌烟阁功臣图》中脱胎而来,经过唐代笔记体小说《隋唐嘉话》《酉阳杂俎》的神化,又经后世章回体小说的进一步神化,最终形成了明清的门神形象,对戏曲脸谱也产生了影响。唐代出现的传奇小说,也对后世的图像创作产生了深远影响。这种影响很大程度上是由唐传奇对后世俗文学如元杂剧、章回体小说产生的影响过渡到图像上的。如元稹的《莺莺传》,经过董解元的董《西厢》、王实甫的王《西厢》的改编与填充,其中的视觉因素逐渐放大,形成了一幅幅生动的画面,而关键位置画面的缺失,也吸引着图像对文本进行解释与补足。

第二,唐代文学的母题对后世图像的影响范围极大。在图像种类上,它涵盖

了绘画、门神、插画甚至戏曲脸谱。在社会阶层上，它既影响了上层的文人审美，也影响到了底层人民的生活风俗。在审美取向上，它既为雅的部分提供素材，也使俗的一边图像大量涌现。这种影响的广度一方面是由唐代文学的自身高度决定的。唐代文学成就之高、内容之丰富、气象之大，能够不断够引起后人模仿学习与阐释。另一方面，这也是由于唐代在历史上的转折地位所决定的。唐代以后，城市发展，市民经济逐渐繁荣，雕版印刷得以普及，俗文学兴盛，甚至于手工业的发展，都使得不论文学还是图像的表达空间得以快速膨胀。这都是隋唐以前所不具备的条件，如雕版印刷术催生的《西厢记》插画，又如明清的“武门神”画像，都是图像表达空间膨胀的产物。

第三，唐代文学母题对后世图像影响时间很长，一直持续到清代甚至现当代。唐代文学本身的成就这里不再赘述，除此之外，这种影响之深、影响之远、流变之长，或与唐代士人心态的变化有关。隋唐确立的科举制度，使社会的权力构成与文化核心发生了变化，庶族地主地位提升，取代贵族把控了政治、文化核心。这就使士人心态发生了转变，此后无论是科举还是封建政体，都没有大的改变。文人的气质一直到清末都是一脉相承的，与隋前的贵族气质殊为不同。也正因如此，“灞桥风雪”“驴背吟诗”一类以文人书生为抒情主体的母题的影响才能够绵延不绝。

第四，唐代文学母题对于后世图像的影响也并非是单向单次地发生作用，而是一个回环往复，在延迟中相互作用、相互影响的复杂过程。这种情况在流传时间较长的母题中体现得更为明显。《莺莺传》里莺莺与张生的爱情故事为后世图像的创作提供了丰富的素材。然而，这种文学对图像的补足召唤并不是一次性的。《莺莺传》不仅是一个图像母题，也是一个文学母题，从唐代的《莺莺传》开始，后来又发展出董《西厢》、王《西厢》以及更为晚近的戏曲版本。文学和图像在各自的演进过程中都形成了自身的发展线索，文学在不断的流变中始终在对图像发生着影响，图像在不断反馈文学影响的同时，也遵循着自身的承续关系。文学文本的流变使故事情节更加充实、描写更加细腻传神，人物的形象也跃然纸上。图像受此影响，也渐渐由描绘崔莺莺的写真逐渐转换为对以情节为中心的故事单元的描绘。然而，图像自身的流变也呈现出一定的前后联系，崔莺莺的写真，由最初的《唐丽人崔氏女遗照》，经后来宋代陈居中的摹写，至明代唐寅又有莺莺的写真，而唐寅师法的正是宋人陈居中的莺莺像。这就体现了图像内部稳定的发展。反过来，图像也在一定程度上干涉文学领域，如插图版《西厢记》的刊行，是图像侵入文本的一个例证。

第三节　文图关系与三教思想融通

隋唐五代的社会思潮以儒学为主、释道为辅。政府通过开明的政治改革，推行包容性的文化策略，进一步加强了中央集权。陈寅恪认为："唐代之史可分前后两期，前期结束南北朝相承之旧局面，后期开启赵宋以降之新局面，关于政治社会经济者如此，关于文化学术者亦莫不如此。"①以安史之乱为分界线，隋唐前期的社会思潮以儒学为主，佛禅为辅，三教并行不悖，相互融通；隋唐后期的思想主要表现为佛禅思想对正统儒家的冲击，儒学正统地位受到威胁，矛盾性加强。"隋唐美学浑融交织着两条既相互渗透、相互联系，又彼此独立、彼此冲突的美学致思趋向：一种是以政治-伦理教化为核心而形成的社会现实型艺术观念和审美价值取向；一种是以主体-心性陶冶为核心而形成的个体超越型艺术观念和审美价值取向。"②在此影响下，唐代前期的美学理论注重风神气骨的审美精神和兴象玲珑的艺术趣味，试图将源于汉魏的风骨、兴寄与六朝的蕴藉、秀丽统一起来，使其和谐地达到中国古代艺术审美的巅峰。唐代后期美学思想则更加深入地探讨艺术自身的审美特性以及艺术本体的独特规律，艺术趣味渐趋心灵化、心境化。

一、隋唐五代前期（隋、初盛唐）：明道与教化

自汉代经学确立了以"伦理教化"为核心的美学思想之后，将文学审美与政治、伦理相联系的艺术观盛行不衰。魏晋南北朝时期，儒家思想的正统地位随着社会动荡不安而受到威胁，但其影响并未完全消失。"如果说汉晋诗教说的侧重点在文学的教化功能，那么南北朝儒家则在重申伦理政教说的同时，着重阐发了文学以宗经述圣为本的观点。"③唐初统一经学，颁布《五经正义》作为科举取士的官定标准。以儒家政教观为核心的审美取向重新占据主导地位，原因主要是两方面：一是北方质朴文风的影响。由于隋朝的统治者均是来自北方的关陇士族，以淳厚质朴为特征的北方文化占据主导地位，"一方面，朝野上下的一些士人承继西魏、北周（源自北魏）提倡儒家诗教、注重质朴崇实的余绪，从政治思想上确立儒学的正统地位；另一方面，联系前朝兴亡与淫丽浮艳之风两者，对魏晋以降的文学发展作出的否定的评价，从文化思想上树立儒学政治-伦理教化的审美取向"④。"首先反六朝文学者，是隋朝的李谔及王通；而唐代的有名的古文家，除陈子昂外，又大半是北人；就中的元结、独孤及，不惟是北人，且是胡裔；所以古文实兴于北朝，实是以北朝的文学观打倒南朝的文学观的一种文学革命运动。"⑤二是科举制度的建立和完善。隋文帝废除九品中正制后，于开皇十八年

---

① 陈寅恪：《论韩愈》，载于《历史研究》1954 年第 2 期。

② 张云鹏：《隋唐初期美学思想史论》，载于《美学与艺术评论》第 5 集，第 453 页。

③ 葛晓音：《汉唐文学的嬗变》，北京大学出版社 1990 年版，第 29 页。

④ 张云鹏：《隋唐初期美学思想史论》，载于《美学与艺术评论》第 5 集，第 461 页。

⑤ 罗根泽：《中国文学批评史》二，上海古籍出版社 1984 年版，第 113—114 页。

(598)命“京官五品已上、总管、刺史，以志行修谨，清平干济二科举人”[①]，大业二年(606)，“炀帝始建进士科”[②]，唐代科举制得到进一步完善。科举制度一方面削弱了豪门大族的政治势力，为寒门士人提供了入仕途径。另一方面也促使唐人形成对封建皇权的认同以及强烈的建功立业和急于进取的心态，在文学作品中表现出较多的儒家政治伦理的美学思想。“在唐代作家中，很少有单独受到或儒或道或佛一家影响的。他们大多儒释道的思想都有，只是成分多少，或隐或显的问题。”[③]在安史之乱之前，士人们以儒家思想为本位，渴望博取功名、建功立业，同时自由灵活地运用佛道思想进行心理重构，对社会价值和人格理想进行反思，三种信仰能够和谐地为主体所容纳。

政教说对隋唐初期的诗歌和散文均有影响。唐初对诗歌艺术的繁盛起到推动作用的诗人主要是“初唐四杰”，四杰均是“年少而才高，官小而名大，行为都相当浪漫，遭遇尤其悲惨”[④]的一代诗人。王勃和杨炯在美学思想上表现出浓厚的儒家正统诗学倾向，以儒家经学思想来评判艺术审美和文学发展，反对齐梁浮靡诗风。卢照邻和骆宾王虽然同样奉行孔孟礼乐之道，但是对南朝的文学创作予以肯定的评价，体现出一定的矛盾性。盛唐诗人中，李白虽被称为道教诗人，但他更渴盼实现“申管晏之谈，谋帝王之术，奋其智能，愿为辅弼”(《代寿山答孟少府移文书》)的人生理想。王维被称为诗佛，但他也曾有“大漠孤烟直，长河落日圆。萧关逢候骑，都护在燕然”(《使至塞上》)这样富有英雄气概的言志之诗。散文方面亦然，柳冕在论文思想中强调文章的教化作用。他认为不善于写古文会导致“六艺之不兴，教化之不明，此文之弊也”[⑤]。柳冕的古文思想对中唐古文运动产生了直接的影响。

隋唐初期的政教说也体现在同时期的绘画作品中。隋唐初期大量的帝王图、功臣图以及大量写实类的绘画作品，具有浓厚的政教意味。阎立本的人物画反映了初唐社会的兴盛和唐代上升时期的社会精神，《凌烟功臣图》是对唐代开国功臣的礼赞，具有强烈的政治情感色彩；《历代帝王图卷》分为开国之君和亡国之君两类，抓住人物最具表现力的部分加以描绘，寓政治性于审美性之中；《步辇图》表现了文成公主和亲的重大题材。张彦远《历代名画记》首篇《叙画之源流》中提出“夫画者，成教化，助人伦，穷神变，测幽微，与六籍同功，四时并运”[⑥]。初唐裴孝源在《贞观公私画史序》中也说：“及吴魏晋宋，世多奇人，皆心目相授，斯

---

① 魏徵等：《隋书》卷二《帝纪第二・高祖下》，中华书局 1973 年版，第 43 页。
② 杜佑：《通典》卷十四《选举典・历代制中》，中华书局 1984 年版，第 81 页。
③ 袁行霈主编：《中国文学史》第二卷，高等教育出版社 2005 年版，第 174 页。
④ 闻一多：《唐诗杂论》，傅璇琮导读，上海古籍出版社 1998 年版，第 20 页。
⑤ 柳冕：《答衢州郑使君论文书》，载于郭绍虞编：《中国历代文论选》第二册，上海古籍出版社 1979 年版，第 7 页。
⑥ 张彦远：《历代名画记》卷一，朱和平注译，中州古籍出版社 2016 年版，第 2 页。

道始兴。其于忠臣孝子，贤愚美恶，莫不图之屋壁，以训将来。或想功烈于千年，聆英威于百代，乃心存懿迹，默匠仪形。其余风化幽微，感而遂至，飞游腾窜，验之目前，皆可图画。”①这些都表明了隋唐初期绘画对真实性和教育风化作用的重视。

二、隋唐五代后期（中晚唐、五代）：佛禅与写意

随着政权、经济、社会状况的一系列重大变化，隋唐历史步入它的中后期。现实社会的外部环境带来的剧变，使得唐代中期至五代的学术思想和艺术审美也相应呈现出与前期不同的特征。

一方面，儒学在中唐再度兴起，实现中兴。韩愈、柳宗元明确提出“文以明道”，在诗文领域发起古文革新运动和新乐府运动，“大历、贞元之间，文字多尚古学，效扬雄、董仲舒之述作，而独孤及、梁肃最称渊奥，儒林推重。愈从其徒游，锐意钻仰，欲自振于一代”②。虽然打着复兴儒学的旗号，实质上这反映了有着强烈社会责任感的士人在安史之乱后渴望拯救颓败王朝的救世意识。但这些并不能改变极盛转衰的唐王朝的命运，藩镇势力割据跋扈，宦官专权和朝臣党争、朝政黑暗，加上科举选拔的严酷，阻塞士人们的仕进途径，销蚀着他们积极的仕进意识与现实热情。处于中唐的士人面临着“一种深刻的矛盾”：“就在他们强调‘文以载道’的同时，便自觉不自觉地形成和走向与此恰好相反的另一种倾向，即所谓‘独善其身’，退出或躲避这种种争夺倾轧。结果就成了既关心政治、热衷仕途而又不感兴趣或不得不退出和躲避这样一种矛盾双重性。”③广大不遇难达、身处下层的知识分子陷入难以解脱的生存困境，他们不得不另寻精神出路，另找安身立命之处。

唐代前期的帝王倾向于信奉道教，虽然没有表现出对佛教的热情，但也并不排斥佛教。武则天信仰佛教，北宗禅在开元、天宝间是佛门第一大宗。安史之乱中，聚集于长安、洛阳的佛教寺院及派系，包括法相、华严、真言、禅门北宗等，都遭到沉重打击。安史之乱后，北宗禅受到较大影响，但仍然是禅宗在当时最大的四派（荷泽、牛头、洪州、北宗）之一。在好佛的宰相王缙、杜鸿渐和元载的影响下，唐代宗成为最佞佛的唐朝皇帝，推动了全国上下的崇佛风气。在“会昌法难”之后，晚唐统治者采取了一种相对宽松的政策，允许世俗百姓无限制地在当地建造寺院及资助僧尼出家剃度。唐王朝衰落之后及五代十国时期，大量禅僧抓住

---

① 裴孝源：《贞观公私画史》，载于中国书画全书编纂委员会编：《中国书画全书》第一册，上海书画出版社 1993 年版，第 170 页。

② 刘昫等：《旧唐书》卷一百六十《韩愈传》，中华书局 1975 年版，第 4195 页。

③ 李泽厚：《美的历程》，安徽文艺出版社 1994 年版，第 148 页。

机会，追随马祖道一及其弟子，创建了大量的禅寺禅院。其数量，今可考者尚有320余所。中晚唐时期，禅宗思想逐步发生了转变，从宗教信仰走向艺术游戏，进一步走向文人化、文学化，很多文人士子与官僚贵族都对禅学表现出异常的热情。“受佛学、道家思想，特别是盛、中唐之后趋向高潮并在士人中炽热流宕的禅宗思想的浸润，沉潜艺术审美独特意蕴、注重艺术自身审美特性以及阐扬艺术本体自性规律的美学思想也逐步趋于深化。”①隋唐后期的儒释思想的矛盾可以总结为士人的出处矛盾，士人们审美意识的转变也渗透在同时期的文学与图像之中。

第一，在具体创作来看，佛禅思想对中晚唐文学与绘画均有深刻影响。佛禅思想对文学最直接的影响是大量诗僧的出现。诗僧所作之诗，内容主要是阐述佛理。《全唐诗》共收录诗僧113人，僧人诗2783首，除了阐述佛理之外，也有游历诗、赠答诗。“‘诗僧’这个概念的出现，是在南宗禅大兴的中唐时期。……他们超越的习禅求道的追求又使他们去表现另一种心灵的境界：体验到物我两忘的绝对的心境，细腻地抒写出对于宇宙、自然和自我人生的感受。”②士人也与诗僧广泛交往，写出较多表现禅机禅意的诗歌，“在晚唐时期大量的咏怀诗、怀古诗、隐逸诗、禅悦诗与酬赠之作中，都充满了对现实人生的伤感，对历史功业的否定，对隐逸避世的向往，对佛寺禅门的倾服……而融合佛教教义，此期此类诗歌的重点乃着落在苦、空、寂、静等几个方面，其中‘苦’是对生活现实的反映，‘空’是对历史人生的认识，‘寂’是寂灭来自世俗社会的种种尘劳妄念，‘静’是自静其心，自净其性，从而使身心归于平静”③。如果说佛禅思想对盛唐诗歌的影响主要在艺术手法和思维方式——意境的营造，那么对晚唐诗的影响则在内在的主旨精神。咏怀诗对生存的感伤，怀古诗对历史的反思，隐逸诗对现实的回避，莫不表现出这一特定时期诗人们借助佛禅思想寻求精神出处、实现自我救拔的精神图景。在理论方面，中唐诗僧皎然的《诗式》作为初唐到晚唐诗论的桥梁，其中包含的佛禅思想对晚唐五代的诗格有着深远的影响，晚唐人撰写诗格往往以《诗式》为范例。可以说，“晚唐五代的诗格，在形式和内容方面，存在着以下三个较为普遍的特点，而这三个特点正是由佛学影响导致的。简言之，就是‘门’‘势’‘作用’。”④晚唐五代的诗格作者多与僧人交往甚密，比如徐衍、王梦简、郑谷，理论上多用佛学术语；如齐己的《风骚旨格》有“诗有十势”“诗有四十门”等节目。佛禅思想也通过这些格义理论影响着晚唐五代的文学实践。

佛禅思想对中晚唐绘画最大的影响是水墨山水画的创作实践，即由初、盛唐

---

① 张云鹏：《“明道辅时”与“境生象外”——隋唐美学思想的转折与新变》，《河南大学学报（社科版）》2002年第4期。

② 孙昌武：《禅思与诗情》，中华书局1997年版，第333，352页。

③ 胡遂：《佛教与晚唐诗》，东方出版社2005年版，第6页。

④ 张伯伟：《禅与诗学》，人民文学出版社2008年版，第30页。

的青绿山水向浅色的水墨山水，以至晚唐五代纯粹的水墨山水的转变与演进。例如，“李思训完成了山水画的形相，但他所用的颜色，不符合于中国山水画得以成立的庄学思想的背景；于是在颜色上以水墨代青绿之变，乃是于不知不觉中，山水画在颜色上向其与自身性格相符的、意义重大之变。”[①]如果说山水画的哲学依据需追溯到庄学，那么从山水画到水墨画的转变则与此期兴盛的佛禅思想有关，佛禅思想的介入是山水画分宗的主要原因。“禅家有南北二宗，唐时始分。画之南北二宗，亦唐时分也。但其人非南北耳。北宗则李思训父子着色山水，……南宗则王摩诘始用渲淡，一变勾斫之法，其传为张璪、荆、关、郭忠恕、董、巨、米家父子，以至元之四大家。”[②]由王维、张璪（破墨山水）、王洽（泼墨山水）等人引领、展开的舍金碧而趋渲淡、弃严谨而求放逸的水墨山水在中唐以后大放异彩。从视觉上来看，墨色给人带来的沉寂安定之感与禅宗所追求的空寂清净的心灵哲学是一致的。在禅家看来，“空即是色，色即是空”“一即是多”，墨色包含其他有色之色，从“有色界”到“无色界”的转变意味着寻得解脱、获取自由。另外，禅宗的自性论采用“于相离相，于念离念”的修行方法，这一方法论体现了禅宗之于美学的含蓄朦胧、不可言说。这对当时的山水画家的审美情趣也产生了深刻的影响，从而使画家在山水绘画上更加注重意象的表达以追求深远的艺术境界。水墨山水画笔简形具、追求玄远的美学趣味不仅呼应了禅宗“法遍一切境”的思想，融合了道家崇尚自然任真的观念，而且与玄学“超言绝象”的本体论思想互为表里。

第二，从禅宗对文人创作思想的影响来看，南宗禅讲求顿悟。顿悟即妙悟，“玄道在于妙悟”[③]，其目的是解脱束缚、获得精神自由。顿悟思想促使山水画家注重传神与绘画的瞬间性，通过把握瞬间的灵感来捕捉真实。晚唐山水画家张璪在《绘境》中提出“外师造化，中得心源”的艺术创作理论，成为画学的不朽名言。张璪此八字的精髓是佛学（主要是禅宗），它的核心是妙悟。可以说，“张璪与佛门的密切关系在他‘心源’一语得到明晰的体现。‘心源’是个佛学术语。此语在先秦道家、儒家著作中不见，它最初见于汉译佛经。……在心源中悟，唯有心源之悟方是真悟，唯有真悟才能切入真实世界，才能摆脱妄念，还归于本，在本源上‘见性’，在本源上和世界相即相融。心源为悟的思想在禅宗中得到进一步发展。心源就是禅宗当下即成的‘本心’或‘本来面目’。禅宗强调悟由性起，也就是由心源而起，心源就是悟性。”[④]“顿悟”对诗歌的影响更为直接，它作为一种强调直觉、直观的思维方式经常为诗论所用，如皎然所谓“可以意冥，难以言

---

① 徐复观：《中国艺术精神》，华东师范大学出版社 2001 年版，第 154 页。

② 董其昌：《画禅室随笔》，屠友祥校注，远东出版社 1999 年版，第 129 页。

③ 僧肇：《肇论·涅槃无名论》，张春波校释，中华书局 2010 年版，第 209 页。

④ 朱良志：《“外师造化，中得心源”佛学渊源辨》，载于《中国典籍与文化》2003 年第 4 期。

状"[1]。"虽然在慧远《念佛三昧诗集序》等六朝人作品中已谈及诗与禅的关系，但真正把诗与禅相比附，是在中唐以后。"[2]至南宋严羽《沧浪诗话》系统提出"妙悟说"，"以禅喻诗"渐趋成熟。从禅宗对文图品评标准的影响来看，禅宗讲求"心""道"与"自然"的统一，认为个体的心就是道，只有依心而行，才是自然。张彦远的《历代名画记》将绘画分为自然、神、妙、精、谨细五等，把"自然"提升为绘画审美标准的第一位："夫阴阳陶蒸，万象错布，玄化无言，神工独运。草木敷荣，不待丹碌之采；云雪飘扬，不待铅粉而白。山不待空青而翠，凤不待五色而綷。是故运墨而五色具，谓之得意。意在五色，则物象乖矣。……夫失于自然而后神，失于神而后妙，失于妙而后精，精之为病也，而成谨细。自然者为上品之上，神者为上品之中，妙者为上品之下，精者为中品之上，谨而细者为中品之中。余今立此五等，以包六法，以贯众妙"[3]。在文学方面，唐代文人自然观的成熟直接影响的是山水诗歌，道家出世的态度促进了心灵的自然化，融入诗歌中则表现为以情写景，情在景中；禅宗空无的态度，决定了自然和心灵的消失，自然的虚化在诗歌中转化为情中无景、景中无情的空灵境界。宗教心性哲学与士人才子的情感汇合，强化了山水的抒情个性和美学品格。基于此，唐代山水诗达到了我国古代山水诗的最高水平。

第四节　文图关系与科举取士制度

统一开放的社会状态提供了稳定的外部环境，国力的强盛使国家拥有更多财力付诸精神建设，隋唐科举取士政策取代了绵延三百多年的九品中正制而成为我国封建社会取士入官制度的主流。科举制度为士人展开宽阔的人生道路，形成积极进取的人生态度，文图主题得到同步扩张；促进社会阶层的流动，改变了社会风尚与文化趣味。

科举制度起源于隋代，真正成形于唐代，直至清代光绪三十一年(1905)被废除，科举制采取分科考试的方法选拔官吏。唐太宗、武则天、唐玄宗是创立完善科举的关键人物。唐人开科，分常选与制举。"科举制在唐代，是以南北朝豪门把持政权、阻止贫寒而有才能之士进入仕途的对立物而出现的，科举制的实行，使得盛行了几百年的'平流进取，坐致公卿'的门阀世袭统治无最终立足之地，这就极大地解放了人才，大批非士族出身的、一般中小地主阶级知识分子，想在政治上争露头角，从而也力求在文化上施展其才艺，这就给了社会以活力，尤其是唐代进士科以诗赋取士，在唐代文学艺术充分发展的时代，新科进

---

① 皎然：《诗式·序》，载于李壮鹰校注：《诗式校注·附录二》，人民文学出版社 2003 年版，第 1 页。
② 孙昌武：《佛教与中国文学》，上海人民出版社 2007 年版，第 281—282 页。
③ 张彦远：《历代名画记》卷二，朱和平注译，中州古籍出版社 2016 年版，第 57—58 页。

士的活动就更受到人们的注意。”[①]科举取士直接促进了诗赋的繁荣，宫廷侍从文人群体被才子型文人群体所取代。文学超越宗教，成为主流文化样式，绘画较于文学表现出一定的滞后性和被动性，走向深受文学趣味影响的“文学化时代”。其具体影响有三：

第一，诗史化的画理。

郑午昌的《中国画学全史》把中国绘画史分为四个阶段，魏晋为“宗教化时期”，唐宋以后为“文学化时期”，文学对绘画的渗透渐趋明显。陈绶祥《隋唐绘画史》中指出：“在中国美术发展的历程中，独立的绘画理论体系在隋唐之前便已初步形成了。唐代的美术家们不但充实完善了这一理论体系，并且将整个绘画的认识，纳入了史文哲学的认识范畴之中。艺术理论的‘诗化’倾向与‘寓论于史’的做法，不但给中国画论找到了新的表现形式，也给理论的拓展找到了新的归宿。”[②]隋唐五代的画论数量超越了以往任何一个时期，如彦悰《后画录》、李嗣真《画品》、裴孝源的《贞观公私画史》、朱景玄的《唐朝名画录》等。相比于前代的诸子论画、文人论画，隋唐五代更多的是画家论画，主要对绘画形式进行一些细致的内部探讨。此外，画史的出现也开启了寓论于史的新模式。《历代名画记》中提出：“夫画者，成教化，助人伦，穷神变，测幽微，与六籍同功，四时并运，发于天然，非由述作”。[③] 张彦远首先从绘画历史的描述中为文学和绘画找到共同的源头：“书画同体而未分，象制肇创而犹略。无以传其意，故有书；无以见其形，故有画”[④]，进一步确认“书画异名而同体”。“中国第一部系统的画史《历代名画记》在唐代的出现，其意义不仅在于系统全面地总结、梳理了中国历代绘画艺术及其理论成就，而且它表征着唐人将以往仅仅被视为艺事的绘画上升到文与史的地位，将以往被视为工匠之属的画人、画迹以史传的形式记录下来，确立了书画艺术和书画艺人在整个学术文化中的地位，这对于唐代书画艺术及理论的发展有着极大的促进作用。”[⑤]

第二，主体性与写意性。

从士人主体的角度来看，科举取士为寒门学子提供了更多入仕机会，提高了士人的自信，从而进一步加强了书画作品的主体性与写意性。在科举取士之前，“文人”指的是有文德之人，到了汉代转变为善写文章之人，到了魏晋泛指读书识字的文士。科举制确立之后，文人被纳入封建君主体制之中，一批接近广阔社会生活的寒门士人进入文坛，使文学离开宫廷的狭窄圈子，走向市井与自然，走向关山与塞漠。作为文图创作的主体，其开阔的视野与进取的精神无疑拓宽了文

---

① 傅璇琮：《唐代科举与文学》，陕西人民出版社 1986 年版，第 414 页。

② 陈绶祥：《隋唐绘画史》，人民美术出版社 2001 年版，第 119 页。

③④ 张彦远：《历代名画记》卷一，朱和平注译，中州古籍出版社 2016 年版，第 2 页。

⑤ 陈绶祥：《隋唐绘画史》，人民美术出版社 2001 年版，第 121 页。

图的表现领域。士人们以科举为中心的丰富生活，包括贬谪生活、幕府生活、漫游山林都市，丰富了唐代文图的内涵。

1. *贬谪生活*。中唐以后，士人屡遭贬谪，贬谪生活几乎成为入仕生涯中不可避免的一部分。文人因贬谪而吟咏，自屈原之后历代不断，唐代尤甚。李白夜郎之贬，王昌龄左迁龙标，刘长卿的两次贬谪，韩愈之于潮州，柳宗元的14年贬谪生涯，诸如此类，不一而足。贬谪生活为文人提供了独特的人生体验和诗歌素材。

2. *幕府生活*。幕府是指古代将军的府署，唐代文人入幕府，以中唐以后为盛。当然，唐代前期的文学大家几乎也都有幕府经历。安史之乱后，唐代地方藩镇势力滋长，幕府林立，文人在科举仕途艰难的情况下，投奔幕府暂作安身之所。"文士诗人在幕府中体验他们很少能接触到的社会生活和自然风光，为幕主起草各种需要讲究文采的各种文件，互相切磋为文之道和作诗的艺术。幕府成为唐代文士的'文学沙龙'，是导致唐代文学繁荣的一个重要因素。"[①]幕府制度作为科举制度的补充，为唐代文人提供了丰富的生活经历和人生阅历，为诗歌（尤其是边塞诗）提供了丰富的素材。

3. *漫游生活*。"士人应试，每年秋冬由各地集中来到京都，第二年春天及第的，或在京等候吏部试，或归觐庆贺；失第的，或留在京都继续学习，或漫游四方。这些都造成人才的流动。有才能之士，并不是终生困居于一隅，而是聚居于通都大邑，游历于名山大川，这对于文士视野的开阔，加深对现实生活的认识，都极有好处。"[②]科举制的进步，改变了"上品无寒门，下品无世族"的局面。在绘画方面，科举制主要影响的是绘画主体即画家的身份、趣味的转变，唐代绘画主体和消费群体在魏晋基础上进一步由皇室向民间转移。群体庞大的知识分子除了赶科举、做学问外，大多数以舞文弄墨为休闲方式，求仕失败的文人更以书画笔墨抒发心中苦闷。宫廷画、士大夫画、民间画各成体系，绘画题材得以扩充。绘画门类由释道人物画向山水画、花鸟画演进，审美趣味也渐趋世俗化。五代时期，佛教画从以佛、菩萨形象为主转向以罗汉和观音形象为主，总体风格也由宗教传播的严肃性趋于文学化的赏玩性。

这一时期文学和图像既有各自丰富的题材和发展方式，同时也互相模仿，关联性大大加强。人物题咏与人物画，山水文学与山水画，咏花鸟鞍马诗与花鸟鞍马画之间有着千丝万缕的关系。从横向来看，这是文图相互作用的结果，是文图关系更加密切的表现。

第三，重视法度。

科举制度客观上促进了文图对法度的重视。进士科在8世纪初采用考试诗

---

① 戴伟华：《唐代幕府与文学》，现代出版社1990年版，第51页。

② 傅璇琮：《唐代科举与文学》，陕西人民出版社1986年版，第419页。

赋的方式，到天宝时以诗赋取士成为固定的格局，科举诗赋由于内容的限制和形式格律的拘束，不易产生好的作品。但这也在客观上促进了诗歌在法度声律上的完善，使原本无迹可求的文学艺术创作变得有法可循。经历了魏晋南北朝时期对于主体性的确认和对创作技法初步的探索，文学与图像都有了一定的创作技巧与理论成就。在唐代，这些技巧与理论进一步规范、发展，形成了更加系统、严谨的法度。

唐代诗歌的发展逐渐从宗旨的探讨转向了形式与技法的探讨，其中最重要的发展是律诗的出现。在声律上，南朝齐梁时期已经关注到了文学中声律和谐的重要性，并进行了初步的探索。如沈约"四声八病论"的声律说，在律诗的发展中起到了重要的奠基作用。到了唐代，上官体的出现进一步丰富了诗歌的形式特征。如上官仪提出的"六对""八对"之说，以音义对称的效果来区分偶句，进一步发展了声律，也在形式上促进了偶句的规范。唐代科举省试诗为五言六韵或八韵的律诗，且对声韵的要求极严，辞藻则要求"丽"而"新"，以"齐梁体格"为标准。历来指责进士试的奏议往往指出"进士以声韵为学""以声病为是非"，这恰恰说明士人们通过准备科举而熟悉了诗的格律。

在这一点上，隋唐五代图像的发展与文学近似，同样步入了一个构建法度的时代。此时的绘画虽已有一些法度上的探索，但总体仍处于一个笼统的胚胎时期。在技法上，魏晋的笔法并没有太大突破，门类上逐渐分出人物、山水等，但尚未形成各自的特点。绘画理论开始出现，如谢赫六法颇有建树，但只有寥寥数语，其影响之深多赖于后人阐释与解读。隋唐五代在此基础上，进一步将关注点由绘画的外部功用转移到内部技法上来，完善绘画体系、丰富具体技法、形成系统的理论与绘画史，追求法式与法度。在具体的绘画技巧上，历来受到重视的笔法得到进一步的丰富发展。隋唐时期，在传统的高古游丝描的基础上，又形成了"铁线描""兰叶描"等描法，使笔法更为生动灵活，实现了"笔不周而意周"①的表现效果。隋唐时期在技法上另一重要突破是墨法的出现。"运墨而五色具，谓之得意。意在五色，则物象乖矣"②，唐人对于墨的灵活运用，使墨代替了设色，使"意"的地位超越了形体。这在王维等人的水墨山水画中得到了鲜明体现，形成了与笔相对的两大技术范畴。

总而言之，隋唐五代的文学与图像在统一开放的大环境下，受到了政治上科举取士与思想上三教合一的深刻影响，二者关系表现出同步与错位、互文与渗透相交融的复杂性，为后世文学与图像留下众多经典母题。另外，本卷还将对隋唐五代时期重要的文图类型——题画文学进行详细阐述，并对此期最重要的文学类型即唐诗与图像关系的个案研究一一展开。

---

①② 张彦远：《历代名画记》卷二，朱和平注译，中州古籍出版社 2016 年版，第 54—57 页。

第一章　隋唐五代图像与隋前文学

古代图像流传至今，真迹逸亡者居多，少数有真迹或摹本、仿本存在的作品可让我们大致领略其风采；现已不存的图像，我们无法探究其艺术魅力，然“古之秘画珍图，名随意立”，从画史的目录中，却不难体会图像在立意、选材上与文学的关系。而这些有目录无图像的作品也和依然存在的作品一样，影响着后人的绘画、雕塑乃至文学的创作，从而推动着文图关系的进一步深化。隋唐五代时期是中国人物画史上的高峰。隋唐五代尤其是唐代的人物画在题材范围与艺术技巧上都得到了空前发展。唐早期的阎立德、阎立本兄弟，来自西域的尉迟跋质那、尉迟乙僧父子，中期的陈闳、张萱、周昉与后期的卢楞伽、孙位等，都在人物画创作方面取得了辉煌成就。唐代图像与隋前文学的关系，也主要反映在对隋前人物、故事图像创作上。这些图像可分为隋前帝王图像、往圣先贤图像、宗教人物图像等，前二者据史、据实或结合传闻轶事创作，与史传文学或民间传说等关系密切；后者与原始宗教、道教、佛家的经典、传说、故事等有较大渊源。此外，还有一些作品是据隋前诗、词、文、赋等创作，或描摹诗文意境，或赋写其中人物，我们称之为诗文图。这些图像也是图像与文学“联姻”最直接的反映。

第一节　帝王图像与史传文学

人物图像融合秦汉的纯朴豪放和魏晋的含蓄隽永，发展到隋唐五代时期进入精湛瑰丽的鼎盛期。人物图像题材的多样性是这一时期人物图像空前发展的一大表现。而史传文学在魏晋南北朝后，依然是画家们人物图像创作的重要题材来源之一。张彦远《历代名画记》曾评画家郎余令曰：“有才名，工山水古贤，为著作佐郎。撰《自古帝王图》，按据史传，想象风采，时称精妙。”[①]根据史传文学想象人物，是以古人为题材创作图像的重要途径。隋前经历了一个动乱纷纭的时期，这个时期以涌现出一个个短命王朝为特征。因此，无论是前代圣主还是昏君，在这一时期结束后，都给后人留下了无限思索。“夫以铜为镜，可以正衣冠；

① 张彦远：《历代名画记》卷九，俞剑华注释，上海人民美术出版社 1964 年版，第 183 页。

以古为镜，可以知兴替；以人为镜，可以明得失”①，隋前帝王图像的创作目的，无疑在图形写貌之外，也承载着浓郁的政教意味。

《宣和画谱》录展子虔《石勒问道图》。展子虔，历经东魏、北齐、北周、隋朝，到隋代为隋文帝所召，任朝散大夫、帐内都督等职。一般将其看作隋代著名画家。石勒，319年建立后赵，称“赵天王”，为一代枭雄。司马光给予石勒较高评价：“勒以胡、羯饿隶，崛起皂枥之间，连百万之众，横行天下，斫伤晋室。东擒苟晞、北取王浚、西逐刘琨、南举兖、豫，皆如俯拾地芥。刘曜席战胜之威，长驱伊、洛，有并吞山东之志，勒举鞭一麾，曜惛然就缚，遂兼其国。奄有中区，羌、氐咸服其才，不有过人者，能如是乎？”②石勒问道之事见《晋书》卷九十五《佛图澄传》，所从问道之人，即佛图澄。据《高僧传》卷九《佛图澄传》中记述，佛图澄是西域人，本姓帛氏。少年时出家学道，能背诵经文数百万言，善解文义，善诵神咒，可役使鬼神，见千里外事，又能预知吉凶，兼善医术，为人所崇拜。石勒称帝后，事澄甚笃，有事必咨而后行，《石勒问道图》在展子虔后，也多有画家以此为题。詹景凤《詹东图玄览编》：“《石勒问道图》一卷。石勒拱而问，佛图澄踞石座以手支颐而寐，背后作一石壁，盘石松其上，无侍从。石勒背后乃有侍从数人，描是铁线兼兰叶，色则轻着青绿。虽秀劲乃致不高古，黄溍、陈绎曾跋以为唐人，非也，当是赵千里。”③千里，赵伯驹字。宋除赵伯驹外，李公麟、钱选也有同题画作；明代崇祯间有石勒问道图纹青花莲罐，近现代画家也有以此为题者。而钱选、元好问有《题石勒问道图》题画诗。

关于帝王题材的画作，还有《历代名画记》所载的展子虔《北齐后主幸晋阳宫图》。此图复现北齐后主高纬在晋阳宫中的糜烂生活，亦是据史取材的经典之作。

传为阎立本早期画迹的《历代帝王图》④，又名《列帝图》《十三帝图》《古列帝图卷》，是对汉至隋代13位帝王的形象的描绘。现今我们所能见到的《历代帝王图》藏于美国波士顿美术馆，设色，纵51.3厘米，横531厘米，为后人所摹。十三位帝王按历史顺序依次是：前汉昭帝刘弗陵、汉光武帝刘秀、魏文帝曹丕、吴主孙权、蜀主刘备、晋武帝司马炎、陈文帝陈蒨、陈废帝陈伯宗、陈宣帝陈顼、陈后主陈叔宝、北周武帝宇文邕、隋文帝杨坚、隋炀帝杨广。13帝加上侍者，共计46人。图像整体看来虽略有程式化倾向，但在人物的个性刻画上却不落俗套。画家对每个人物形象都寓有褒贬，这种褒贬寄于人物的眼神、眉宇和嘴唇间流露出的神情及显示的个性、气质中。魏文帝之才艺兼备、蜀主刘备之憨厚仁善，吴主

---

① 刘昫等：《旧唐书》卷七十一《魏徵传》，中华书局1975年版，第2561页。

② 陈国本辑：《通鉴史论集》，北京联合出版公司2014年版，第201页。

③ 詹景凤：《詹东图玄览编》，载于中国书画全书编纂委员会编：《中国书画全书》第四册，上海书画出版社1992年版，第2页。

④ 一说为唐代画家郎令余所作，参见杨仁凯主编：《中国书画》，上海古籍出版社1990年版，第83页。

孙权之深沉果敢，晋武帝之气度沉雄，陈文帝之儒雅风范，隋文帝之外柔内凶，皆栩栩如生。整体画风恢宏博大，线条刚劲沉着，真实地通过外貌表情刻画出了古代帝王的个性、心理特征，代表了初唐人物画的最高水平。这种肖像画对性情、心理的表现一方面得益于高超画技，另一方面也是画家通过历史故实对人物形象的理解，与史传文学有着不可分割的关系。

隋唐五代时期的帝王图像还有《贞观公私画史》中载录与展子虔同时的董伯仁所画的《周明帝畋游图》、杨宁的《刘聪对戎图》等作品。这些作品从记载的画题看，皆取材于历史故实，截取较能表现人物性格的事件场面入画，但画今不存，后世亦少见同题画作。

第二节　先圣前臣图像与史传文学

唐代盛行造像写真，帝王将相、文人武士、先圣前贤都会成为画家笔下的人物。同时，佛道人物图像也成为隋唐五代画像中不可忽略的一部分。李唐王室自称为老子李聃后裔，并把道教定为三教之首。佛教也得到了长足的发展。在这一时期，大量以绘画佛道人物而著称的专门画家出现，画廊中的佛道人物也越来越丰富。佛道人物图像与世俗图像共同铸就了唐代人物绘画的辉煌。然在各类人物画像中，与隋前文学联系最为紧密的，当是先贤忠臣像。这类图像有的是以表现人物神情、相貌为主，我们称之为肖像型人物图像。有的则通过具体的动作和具有叙事性的画面反映人物的精神，颂扬或讽喻人物的行为，这类画像我们称之为叙事性人物图像。

一、肖像型人物图像

文学与绘画的发展呈现出代代传承的趋势，文学与图像的相互影响也在这种传承中不断发生。至于隋唐，隋前文学也不可避免地在题材、意象、意境等方面发挥着它的影响。隋唐五代人物图像一部分在选材上承继先秦两汉以来的传统母题创作，如商山四皓图像，七贤图、孔子问礼图等在隋前已有作品出现。唐又有李思训的《山居四皓图》《四皓图》、孙位《四皓弈棋图》、张素卿的《商山四皓》《四皓围棋图》、韦鉴的《七贤图》、常粲的《孔子问礼》《山阳七贤》、孙位的《高逸图》(《七贤图》残卷)[①]等。同时，唐代图像也呈现出画家主动向魏晋以降文学选取题材的创作趋势，拓展了中国传统绘画的母题。

“商山四皓”作为经典的图像母题，在唐代深为画家们喜爱。李思训、张素卿等以四皓入画，塑造了此四人在唐代士人心目中的形象。四位老人作为一个群

① 图参周林生主编：《魏晋至五代绘画》(第 2 版)，河北教育出版社 2012 年版，第 100—102 页。

体，共同成为气节与隐者的象征。商山四皓的故事，也是唐诗中经常出现的一个典故。王维《送李太守赴上洛》："若见西山爽，应知黄绮心"[①]，李白《别韦少府》："欲寻商山皓，犹恋汉皇恩"[②]，杜甫《幽人》："知名未足称，局趣商山芝"[③]，白居易《冬初酒熟二首》之二："人间老黄绮，地上散松乔"[④]，刘禹锡《刑部白侍郎谢病长告改宾客分司以诗赠别》："九霄路上辞朝客，四皓丛中作少年"等等[⑤]，不胜枚举。图像与诗歌中的商山四皓形象相得益彰，四位白发苍苍的老人，在向往隐逸生活的唐代文人心目中光彩熠熠。而对四皓图的题跋，也成为此期文人逃避现实、暂避人世纷扰理想的寄托。贯休《四皓图》曰："何人图四皓，如语话嘮嘮。双鬓雪相似，是谁年最高。溪苔连豹褥，仙酒污云袍。想得忘秦日，伊余亦合逃。"[⑥]以风趣而亲切的话语写出主题，如与四老攀谈。韦渠牟有《商山四皓画图赞(并序)》：

焕焕煌煌，为圭为璋，孰光乎不耀之光；幽幽深深，为山为林，孰系乎不系之心。足知乎虚室生白，玄门不关，流水去住，清风往还；岂比夫稷契在世，巢由在山，一物有累，两心不闲者哉。闲之谓何，簪裾薜萝，本不干我，岂云其他。熙熙忻忻，与时为春，匡汉避秦，惟兹四人。于德之邻，不孤其身；于涧之滨，不迷其津。绘事既素，孰知其故？想象仪形，念兹丹青。煜煜紫芝，深谷逶迤。俯仰今古，空林住时。凤岂无德，鸾皆有群。出处语默，商山白云。[⑦]

所题之画为房茂长作，此画画史未见录。韦渠牟曾出道入释，其对四皓行为较常人有更深感触。此赞有对隐居生活的体会与理解，同时也给予四皓更多的崇敬与颂扬。序曰："想似之不足，故为文以懿之"[⑧]，文以补画之不足，成为韦渠牟题咏的动因，而此论，也一语道破题画文学的产生与存在对相应的图像的意义。

《宣和画谱》录阎立本的《王右军真》《马融像》、王维的《写济南伏生像》、王朏的《写卓文君真》、张素卿的《董仲舒真人像》《严君平真人像》、郑虔的《陶潜像》等也是以隋前名人圣贤为表现对象。日本大阪市立美术馆藏《伏生授经图》上有赵构题"王维写济南伏生"，与《宣和画谱》所录《写济南伏生像》名称吻合。此图绢本设色，纵 25.4 厘米，横 44.7 厘米。画中伏生精神清癯，头额微侧，头着方巾，肩披薄纱，据几而坐。他右手执卷，左手指点书册，嘴唇微启，似有所言。按《史记·儒林列传》："伏生者，济南人也，故为秦博士。孝文帝时，欲求能治《尚书》

---

① 王维：《王右丞集笺注》，赵殿成笺注，上海古籍出版社 1961 年版，第 227 页。
② 李白：《李白集校注》，瞿蜕园、朱金城校注，上海古籍出版社 1980 年版，第 946 页。
③ 杜甫：《杜诗详注》，仇兆鳌注，中华书局 1979 年版，第 2028 页。
④ 白居易：《白居易集笺校》，朱金城笺校，上海古籍出版社 1988 年版，第 2204 页。
⑤ 刘禹锡：《刘禹锡集》，中华书局 1990 年版，第 437 页。
⑥ 中华书局编辑部点校：《全唐诗》第十二册，中华书局 1999 年版，第 9426 页。
⑦⑧ 姚铉编：《唐文粹》，载于任继愈主编：《中华传世文选》，吉林人民出版社 1998 年版，第 273 页。

者,天下亡有,闻伏生治之,欲召。时伏生年九十余,老不能行,于是诏太常,使掌故朝(晁)错往受之。秦时焚书,伏生壁藏之。其后兵起大,流亡。汉定,伏生求其书,亡数十篇,独得二十九篇,即以教于齐鲁之间。”此图据史而作,攫取最能表现伏生个性特征的场景为其绘像,从画中人物动作神态和人物身边物品即可分辨所绘何人,已显现出中国肖像画在表现人物相貌的同时不忽略性情的特色。

画像写真类图像取材于前代文学、流传至今最为著名的作品,当数传为孙位所画的《高逸图》,此图《宣和画谱》著录:“孙位,会稽人也。僖宗幸蜀,位自京入蜀,称会稽山人。举止疏野,襟韵旷达,喜饮酒,罕见其醉,乐与幽人为物外交。光启中画应天寺东壁……画成,矛戟森严,鼓吹戛击,若有声在缥缈间。至于鹰犬驰突,云龙出没,千状万态,势若飞动,非笔精墨妙,情高格逸,其能与于此耶?其后改名遇,卒不知所在”[①],孙位此人,不仅笔精墨妙,而且性情举止,有魏晋遗风。他的《高逸图》,有宋徽宗赵佶题“孙位高逸图”。画上共有四位人物,坐于花毯之上,每人身边立一侍从。20世纪60年代前,《高逸图》所画人物一直不详。现代学者承名世考订,图中的四位人物为“竹林七贤”中的四位,从右至左分别是山涛、王戎、刘伶和阮籍。此图是其《竹林七贤图》的残卷。[②] 关于竹林七贤,《晋书·嵇康传》:“(嵇康)所与神交者,惟陈留阮籍、河内山涛。豫其流者,河内向秀、沛国刘伶、籍兄子咸、琅邪王戎,遂为竹林之游,世所谓‘竹林七贤’也。”[③]另,《世说新语·任诞》:“陈留阮籍、谯国嵇康、河内山涛,三人年皆相比,康年少亚之。预此契者:沛国刘伶、陈留阮咸、河内向秀、琅邪王戎。七人常集于竹林之下,肆意酣畅,故世谓竹林七贤。”[④]七贤不拘礼法,崇尚自然,主张清静无为,常常聚在一起,酣畅宴饮,深为古今艺术家所喜爱。南朝刘宋时期,有砖画《竹林七贤与荣启期》;明代仇英、陈洪绶等人,都有同题画作。当代画家以竹林图为题,用画笔描绘魏晋风流的更是不胜枚举。孙位的《竹林七贤图》,构图方式与南朝砖画及阎立本历代帝王图相似。陈洪绶、禹之鼎、冷枚、沈宗骞、彭旸、任颐、傅抱石、张大千等人,也以表现人物性格及风采特征为主旨。《高逸图》之人物虽处同一画卷,但每个人物都是一个独立单元,画作的主题是表现单个人物,人物之间并无联系。而仇英的作品,则是为表现集会而作,所有人物构成浑然一体的画面,为人物画像的意味降低,而以表现集会盛况为宗旨;每人性格特征放在集会的场景中体现。《高逸图》是相对较早的一幅绢本设色图,现藏于上海博物馆。虽嵇康、向秀、阮咸三人像亡佚,但存余部分依然可借以管窥孙位绘画的艺术魅力及其对竹林七贤个性的把握。处于画面最右的山涛,半裸上身,衣服随意披在

① 《宣和画谱·孙位》卷二,王群栗点校,浙江人民美术出版社2012年版,第24页。

② 参见承名世:《论孙位〈高逸图〉的故实及其与顾恺之画风的关系》,载于《文物》1965第8期,第15—23页。

③ 房玄龄等:《晋书》卷四十九《嵇康传》,中华书局1974年版,第1370页。

④ 刘义庆撰,徐震堮校笺:《世说新语校笺》,中华书局1984年版,第390页。

后背上，两手抱一腿，另一腿舒适地盘起，目光投向左前方，若有所思。庾信《对酒歌》有“王戎如意舞”[①]的记载，南朝砖画与《高逸图》皆据此勾勒王戎像。画中王戎裸足而坐，手弄如意，前摊书卷，身边童仆亦捧书册。刘伶爱酒，有《酒德颂》一文，文曰“有大人先生，以天地为一朝，万期为须臾，日月为扃牖，八荒为庭衢。行无辙迹，居无室庐，幕天席地，纵意所如。止则操卮执觚，动则挈榼提壶，唯酒是务，焉知其余”[②]，乃其自身写照。画中的他面色微醺，手执酒杯，一童跪于身侧擎唾壶。阮籍饮酒，也成佳话。一生行事“至慎”的阮籍，曾饮酒避祸，为拒与司马昭联姻，大醉六十日。他在画中双手执麈尾，神情怡然自得，身体微倾，斜靠于靠背之上，一童奉酒站立身旁。《高逸图》承顾恺之画法，走笔若行云流水，无论从技法上还是从对人物性格的表现上看，都堪称瑰宝。此外，传为陈闳所作的《八公图》卷，画史未著录。八公典出《北史》卷二十二，指北魏时期崔宏、长孙嵩、奚斤等共听朝政的八人。此卷现存六公肖像，绢本设色，藏于美国纳尔逊博物馆。

二、叙事性人物图像

除人物肖像画外，隋唐五代取材于隋前史传的作品还有叙事性图像。叙事性图像也可称之为事件性图像。如果说中国肖像画中存在用与人物关系较为密切的物品如酒、书卷等表现人物个性特征的现象，而叙事性图画，则取材于最能突出人物性格、技艺或功德的事件，这些事件主要来源于史实轶事或小说戏曲等。这类作品把人物放在特定的场景中，用画面叙说事件，人物的性情神态成为图像所欲呈现的重要内容，相貌的相像反而退居稍次地位。

展子虔《朱买臣覆水图》著录于《历代名画记》卷八。朱买臣其人，《史记·酷吏列传》《汉书·朱买臣传》皆有记载，但《史记》只叙其从政之事，而在《汉书·朱买臣传》中，朱买臣与其妻子的故事成为传记的主要线索之一：

朱买臣，字翁子，吴人也。家贫，好读书，不治产业，常艾薪樵，卖以给食。担束薪，行且诵书。其妻亦负戴相随，数止买臣毋歌呕道中。买臣愈益疾歌，妻羞之，求去。买臣笑曰：“我年五十当富贵，今已四十余矣。女苦日久，待我富贵报女功。”妻恚怒曰：“如公等，终饿死沟中耳，何能富贵！”买臣不能留，即听去。其后，买臣独行歌道中，负薪墓间。故妻与夫家俱上冢，见买臣饥寒，呼饭饮之。

后数岁，买臣随上计吏为卒，将重车至长安，诣阙上书，书久不报。待诏公车，粮用乏，上计吏卒更乞丐之。会邑子严助贵幸，荐买臣。召见，说《春秋》，言《楚词》，帝甚说之，拜买臣为中大夫……入吴界，见其故妻、妻夫治道。买臣驻

① 庾信：《庾子山集注》中，倪璠批注，许逸民校点，中华书局 1980 年版，第 387 页。
② 萧统编：《六臣注文选》卷四十七，中华书局 1987 年版，第 886—887 页。

车，呼令后车载其夫妻，到太守舍，置园中，给食之。居一月，妻自经死，买臣乞其夫钱，令葬。

朱买臣妻在此不是嫌贫爱富者形象。朱买臣不治产业，夫妻俩打柴卖柴为生。朱买臣在卖柴途中歌吟，妻数次制止，买臣反而歌吟得更加洪亮。妻子为他羞愧并提出分道扬镳。在朱买臣由贫贱到富贵的过程中，该故事展示了朱买臣安贫好学、以苦为乐、知恩图报的形象特点。他的妻子只是烘托朱买臣形象的人物，《汉书》并无太多贬抑之词。但在展示朱买臣夫妻命运的过程中，已颇具戏剧性。后经宋代的文言小说《衣锦还乡》、宋元戏文《朱买臣休妻记》、元庾大锡的杂剧《会稽山买臣负薪》《朱太守风雪渔樵记》等，到明末清初传奇剧《烂柯山》，朱买臣妻崔氏的形象由一位朴实善良的农妇变成了一个嫌贫爱富、不知廉耻的恶妇。崔氏看不过朱买臣的穷酸，改嫁张石匠。后朱买臣发迹，她又厚着脸皮要求复合，买臣以覆水难收拒之，崔氏投河而死。以后在朱买臣夫妻的故事中，如弹词《朱买臣休妻》、鼓词《马前泼水》、京剧《马前泼水》等，“马前泼水”成为一个重要的故事要素。朱买臣马前泼水在正史中没有记载，但不等于没发生。也有学者认为朱买臣与姜尚有着穷困时期遭妻子抛弃最后发达的相同经历，故在宋元时期朱买臣马前泼水情节是附会姜子牙的故事而得。而《历代名画记》卷八关于展子虔的《朱买臣覆水图》的记载，则证明了朱买臣故事在隋代已有覆水难收的情节。

《图画见闻志》录隋代杨契丹《辛毗引裾图》。美国弗利尔美术馆藏有《辛毗引裾图轴》。辛毗引裾典出《三国志·魏志》卷二十五：

帝（曹丕）欲徙冀州士家十万户实河南。时连蝗民饥，群司以为不可，而帝意甚盛。毗与朝臣俱求见，帝知其欲谏，作色以见之，皆莫敢言。毗曰：“陛下欲徙士家，其计安出？”帝曰：“卿谓我徙之非邪？”毗曰：“诚以为非也。”帝曰：“吾不与卿共议也。”毗曰：“陛下不以臣不肖，置之左右，厕之谋议之官，安得不与臣议邪！臣所言非私也，乃社稷之虑也，安得怒臣！”帝不答，起入内；毗随而引其裾，帝遂奋衣不还，良久乃出，曰：“佐治，卿持我何太急邪？”毗曰：“今徙，既失民心，又无以食也。”帝遂徙其半。①

此段文字的高潮在辛毗劝诫魏文帝不果而“引裾”力争。辛毗的忠君爱民与勇敢无畏通过“引裾”这一行为表现得淋漓尽致。辛毗不达目的不放弃的决心、曹丕奋衣欲走而不能的尴尬，全部集中在“引裾”的瞬间。文字本身就有很强的画面感，杨契丹截取这一瞬间入画，使作品在尺幅之间即可包含丰富的内容。惜杨契丹图今已不可见。然元明时期有同题画作，画作者不详，现藏于美国弗利尔美术馆。此图绘魏文帝、大臣、侍者、宫娥共八人。画中人物略有唐风，不知是否据杨契丹本摹就。

---

① 陈寿：《三国志》卷二十五《辛毗传》，裴松之注，中华书局 1959 年版，第 696—697 页。

阎立本有《陈元达锁谏图》,《图画见闻志》曰:“忠鲠则隋杨契丹有《辛毗引裾图》,唐阎立本有《陈元达锁谏图》”[①],将其与《引裾图》相提并论。此图是以隋前贤臣誓死力谏故事为题材的又一力作。陈元达锁谏事见《晋书》卷一百二:

(刘)聪将为刘氏起凰仪殿于后庭,廷尉陈元达谏曰:“……孝文之广,思费如彼;陛下之狭,欲损如此。愚臣所以敢昧死犯颜色,冒不测之祸者也。”聪大怒……时在逍遥园李中堂,元达抱堂下树叫曰:“臣所言者,社稷之计也,而陛下杀臣。若死者有知,臣要当上诉陛下于天,下诉陛下于先帝。朱云有云:‘臣得与龙逢、比干游于地下足矣。’未审陛下何如主耳!”元达先锁腰而入,及至,即以锁绕树,左右曳之不能动。聪怒甚。刘氏时在后堂,闻之,密遣中常侍私敕左右停刑,于是手疏切谏,聪乃解,引元达而谢之,易逍遥园为纳贤园,李中堂为愧贤堂。[②]

此段文字,鉴于篇幅,略去陈元达的慷慨激昂的长篇劝诫与刘聪的盛怒之词,但二人针锋相对的矛盾,不难从中领略。一个以家人生死相胁,一个誓死相谏。最后矛盾因刘氏手疏切谏而化解。故事主要涉及三个人物:刘聪、陈元达与刘氏。场景气氛由紧张激烈至轻松平缓。这些在传为阎立本原作、元明人摹写的《陈元达锁谏图卷》中皆有反映。此图绢本设色,纵 36. 9 厘米,横 207. 9 厘米,现藏于美国弗利尔美术馆。画中人物表情刻画得非常生动。陈元达怒目圆睁,双手持笏,双臂紧抱大树,仿佛在嘶喊进谏。两名侍卫拉住陈元达腰带想尽力将其拖走;陈元达前面有两位大臣,跪伏在地;刘聪坐于陈元达目视方向,横眉相视,目露凶光,放在膝上的左手紧握;在其身后,刘皇后神情端庄娴雅,眼见事端因己而起,便派侍女送交君王密柬以缓解急迫的形势,与前半段冒死进谏的紧张气氛形成鲜明对照。明时祝文郁曾仿摹此图。祝文郁本创作于 1617 年,为纸本手卷。此图略去刘皇后身后的假山景物。图画后有章钰长篇题跋,略考史书、类书中的陈元达锁谏故事及画作的艺术手法,以助人们鉴赏之用。清代罗聘亦有仿作,图为纸本,长卷,现藏北京故宫博物院。此图有稽山半老(陈半丁)“貌合神存”题识。与传为唐代阎立本所绘的《锁谏图》对比,在表现手法上将原本的设色改作白描,构图上也省略皇后一侧的假山石与树丛,添加陈元达右侧的几名侍卫,人物的位置、动作基本没有太多变化。

另,《宣和画谱》著录常粲《陈元达锁谏图》,惜图已不知所终。《宣和画谱》卷二:“常粲,长安人……粲善画道释人物,尤得时名。喜为上古衣冠,不堕近习。衣冠益古,则韵益胜。此非画工专形似之学者所能及也。当时有《伏牺画卦》《神农播种》《陈元达锁谏》等图,皆传世之妙也。曲眉丰脸,燕歌赵舞,耳目所近玩者,犹不见之,而粲于笔下独取播种、锁谏等事,备之形容,则亦诗人主文而谲谏

① 郭若虚:《图画见闻志》卷一,中华书局 1985 年版,第 17 页。

② 房玄龄等:《晋书》卷一百二《刘聪传》,中华书局 1974 年版,第 2663—2664 页。

之义也。”[①]可见常粲《陈元达锁谏图》技艺不俗。画家选择前人事迹入画，多有借古讽今、以古鉴今意，而在帝王图、功臣图中，尤其如此。

陈元达在劝谏刘聪时曾引汉代朱云语：“臣得下从龙逄、比干游于地下，足矣！”朱云事《汉书》卷六十七有载：

至成帝时，丞相故安昌侯张禹，以帝师位特进，甚尊重。故槐里令朱云上书求见，公卿在前。云曰：“今朝廷大臣，上不能匡主，下亡以益民，皆尸位素餐。……臣愿赐尚方斩马剑，断佞臣一人，以厉其余。”上问：“谁也？”对曰：“安昌侯张禹。”上大怒，曰：“小臣居下讪上，廷辱师傅，罪死不赦。”御史将云下。云攀殿槛，槛折。云呼曰：“臣得下从龙逄、比干游于地下，足矣！未知圣朝何如耳？”御史遂将云去。于是左将军辛庆忌免冠，解印绶，叩头殿下，曰：“此臣素著狂直于世，使其言是，不可诛；其言非，固当容之。臣敢以死争。”庆忌叩头流血。上意解，然后得已。及后当治槛，上曰：“勿易！因而辑之，以旌直臣。”

在皇帝老师张禹居高位谋私利无人敢言时，朱云向汉成帝请缨铲除张禹，以儆效尤。然成帝不允，朱云力争；在御史强谴朱云离开时，朱云攀殿槛抵抗，槛折。辛庆忌力保朱云，最后成帝终于醒悟。朱云为国家社稷，不顾自己性命，是一位鲜明的忠臣形象。卢照邻《咏史四首》：“天子玉槛折，将军丹血流”[②]，即咏此事。后世因此以“朱云节”“朱云折槛”称颂臣子敢于直谏的非凡气节。而《图画见闻志》著录吴道子《朱云折槛图》，以此则故事为题材，选择朱云进谏场面最为激烈的折槛时刻，用画笔再现当时情境。吴道子画今不可见，然宋人《朱云折槛图》目前有两本，一本为徐悲鸿所珍爱，现藏于徐悲鸿美术馆；另一本藏于台北“故宫博物院”，图轴，绢本设色，纵 173.9 厘米，横 101.8 厘米。图中右侧朱云据槛，两名侍卫正在牵拉，汉成帝及侍从宫娥在画面右方。两人面目相向，呈针锋相对状。辛庆忌在帝面前身体微躬，正在为朱云求情。整个画面以松石烘托场境，《汉书》所载朱云进谏时紧张而激烈的场面，在此画中得以真实而生动的刻画。

《宣和画谱》还录有王洽《严光钓濑图》。王洽“善能泼墨成画，时人皆号为王泼墨。其性嗜酒疏逸，多放傲于江湖间，每欲作图画之时，必待沉酣之后，解衣盘礴，吟啸鼓跃，先以墨泼图幛之上，乃因似其形象，或为山，或为石，或为林，或为泉者，自然天成，倏若造化。已而云霞卷舒，烟雨惨淡，不见其墨污之迹，非画史之笔墨所能到也”[③]。《宣和画谱》基本按时代顺序编排画家小传及作品，王洽在画谱中位于王维之后。元邓文原、黄公望有《王洽云山图》题画诗。邓文原诗序

---

① 《宣和画谱·常粲》卷二，王群栗点校，浙江人民美术出版社 2012 年版，第 23—24 页。

② 卢照邻：《卢照邻集笺注》，祝尚书笺注，上海古籍出版社 1994 年版，第 43 页。

③ 《宣和画谱·王洽》卷十，王群栗点校，浙江人民美术出版社 2012 年版，第 103 页。

曰:“王洽为百代云山之祖,故米氏父子皆由此出。”[①]王洽的《严光钓濑图》从画题看是一幅山水画。但这样一个绘画题材的产生,并非是简单的描山绘水,而有着深刻的人文意蕴。案《后汉书·逸民列传》:

严光字子陵,一名遵,会稽余姚人也。少有高名,与光武同游学。及光武即位,乃变名姓,隐身不见。帝思其贤,乃令以物色访之。后齐国上言:“有一男子,披羊裘钓泽中。”帝疑其光,乃备安车玄纁,遣使聘之。三反而后至。舍于北军,给床褥,太官朝夕进膳。

司徒侯霸与光素旧,遣使奉书。使人因谓光曰:“公闻先生至,区区欲即诣造,迫于典司,是以不获。愿因日暮,自屈语言。”光不答,乃投札与之,口授曰:“君房足下:位至鼎足,甚善。怀仁辅义天下悦,阿谀顺旨要领绝。”霸得书,封奏之。帝笑曰:“狂奴故态也。”车驾即日幸其馆。光卧不起,帝即其卧所,抚光腹曰:“咄咄,子陵,不可相助为理邪?”光又眠不应,良久,乃张目熟视,曰:“昔唐尧著德,巢父洗耳。士故有志,何至相迫乎!”帝曰:“子陵,我竟不能下汝邪?”于是升舆叹息而去。

复引光入,论道旧故,相对累日。帝从容问光曰:“朕何如昔时?”对曰:“陛下差增于往。”因共偃卧,光以足加帝腹上。明日,太史奏客星犯御坐甚急。帝笑曰:“朕故人严子陵共卧耳。”

除为谏议大夫,不屈,乃耕于富春山,后人名其钓处为严陵濑焉。建武十七年,复特征,不至。年八十,终于家。帝伤惜之,诏下郡县赐钱百万、谷千斛。[②]

《后汉书》虽为史书,但记严子陵事,以语言描写、动作描写、细节描写相结合,写得跌宕起伏,妙趣横生,极具戏剧性与艺术感染力,使人对光武帝的礼贤下士、严光的高风亮节留下了深刻印象。后世诗文、绘画多有据此颂咏取材者。宋代梅尧臣《咏严子陵》:“不顾万乘主,不屈千户侯。手澄百金鱼,身被一羊裘。借问此何耳,心远忘九州。青山束寒滩,溅浪惊素鸥。以之为朋亲,安慕乘华辀。老氏轻璧马,庄生恶牺牛。终为蕴石玉,复古辉岩陬”[③],赞严光之举。张浚《过严子陵钓台二首》、曾丰《再题严子陵钓台》、范成大词《酹江月·严子陵钓台》、范仲淹《严先生祠堂记》皆颂严光高节。

严光钓濑在浙江桐庐县富春江畔,据《文选》谢灵运《七里濑》诗题下注引《甘州记》说:“桐庐县有七里濑,濑下数里至严陵濑。”[④]孟浩然有诗《经七里滩》曰:“五岳追向子,三湘吊屈平。湖经洞庭阔,江入新安清。复闻严陵濑,乃在此川路。……观奇恨来晚,倚棹惜将暮。挥手弄潺湲,从兹洗尘虑。”[⑤]诗人游七里滩

① 石理俊主编:《中国古今题画诗词全璧》,商务印书馆国际有限公司2007年版,第857页。
② 范晔:《后汉书》卷八十三《逸民列传》,李贤等注,中华书局1973年版,第2763—2764页。
③ 梅尧臣:《梅尧臣集编年校注》中册,朱东润校注,上海古籍出版社2006年版,第518页。
④ 萧统编:《文选·行旅上》卷二十六,李善注,中华书局1977年版,第379页。
⑤ 柯宝成编著:《孟浩然全集》,崇文书局2013年版,第47页。

不仅观赏了七里滩的奇景，并就近探访了屈原、严子陵等人遗踪。元代宫天挺所作杂剧《严子陵垂钓七里滩》，也称《钓鱼台》或《七里滩》，写汉代严光，鄙弃功名，隐居富阳，经常垂钓于七里滩。王莽篡汉后，屠杀汉室宗族。刘秀藏于严光家幸免于难。刘秀做皇帝以后，曾多次征召严光入朝。严光不慕富贵，仍垂钓于七里滩，过闲淡的隐士生活。剧中即歌颂了严光不慕荣利，鄙视功名、隐居乐道的思想。剧中写尽隐居垂钓之乐："〔调笑令〕巴到日暮春，天隅见隐隐残霞三百缕。钓的这锦鳞来，满向篮中贮。正是收纶钓渔父，那的是江上晚来堪画处，抖擞绿蓑烟去。"[①]曲中意境之美，不亚于任何一幅渔隐图。

在王洽《严光钓濑图》后，《画继》录李公麟《严子陵钓滩图》，黄庭坚《题伯时画严子陵钓滩》曰："平生久要刘文叔，不肯为渠作三公。能令汉家重九鼎，桐江波上一丝风。"[②]宋代还有《严子陵垂钓图》，郑思肖《严子陵垂钓图》题画诗曰："新莽纷纷未有涯，桐江山水颇为嘉。无心偶向一丝上，钓得清风满汉家。"[③]这一画题，为后人沿用。严光清风，不止"满汉"，至于明清，渔樵耕读图盛行。无论是文人画、风俗画、雕塑、瓷器及家具装饰，多有涉及此题者。而严光，也成为渔樵耕读之渔翁形象的重要原型之一。近现代一些画家以《严子陵钓台图》《严子陵披裘图》为题，也多有佳作。

五代卫贤的《高士图》轴[④]，以"梁伯鸾图"为名著录于《宣和画谱》，宋徽宗书"卫贤高士图梁伯鸾"于画侧，后世简称"高士图"。此图从画题看，属肖像图系列。但依画面看却是叙事性作品。然二者并不矛盾。此图描述的是东汉贤士梁鸿与其妻孟光相敬如宾、举案齐眉的故事。此事《后汉书》卷八十三有载：

梁鸿字伯鸾，扶风平陵人也……家贫而尚节介，博览无不通……势家慕其高节，多欲女之，鸿并绝不娶。同县孟氏有女，状肥丑而黑，力举石臼，择对不嫁，至年三十。父母问其故，女曰："欲得贤如梁伯鸾者。"鸿闻而聘之。女求作布衣麻屦，织作筐缉绩之具。及嫁，始以装饰入门。七日而鸿不答。妻乃跪床下请曰："窃闻夫子高义，简斥数妇，妾亦偃蹇数夫矣。今而见择，敢不请罪。"鸿曰："吾欲裘褐之人，可与俱隐深山者尔。今乃衣绮缟，傅粉墨，岂鸿所愿哉？"妻曰："以观夫子之志耳。妾自有隐居之服。"乃更为椎髻，着布衣，操作而前。鸿大喜曰："此真梁鸿妻也。能奉我矣！"字之曰德曜，名孟光……至吴，依大家皋伯通，居庑下，为人赁舂。每归，妻为具食，不敢于鸿前仰视，举案齐眉。伯通察而异之曰："彼佣能使其妻敬之如此，非凡人也。"乃方舍之于家。鸿潜闭著书十余篇。……及卒，伯通等为求葬地于吴要离冢傍。[⑤]

① 王季思主编：《全元戏曲》第4卷，人民文学出版社1999年版，第335页。

② 黄庭坚：《黄庭坚诗集注》第一册，刘尚荣校点，中华书局2003年版，第324页。

③ 傅璇琮、倪其心、许逸民等主编：《全宋诗》第六九册，北京大学出版社1998年版，第43392页。

④ 图参李湜主编：《故宫书画馆》第一编，紫禁城出版社2008年版，第22页。

⑤ 范晔：《后汉书》卷八十三《逸民列传》，李贤等注，中华书局1973年版，第2765—2768页。

梁鸿与其妻孟光皆为尚节之人。而夫妻二人举案齐眉事是梁鸿得到皋伯通知遇的直接原因。皋伯通从梁鸿作为一舂米的下人能获得妻子举案齐眉的敬重，知其非等闲之辈。《后汉书》把举案齐眉看作梁鸿贤德的表现，《高士图》即据此立意。画面取材于梁孟隐居时期，画中极写孟光之敬。整个画面以岩石耸立、树木葱郁的山林为背景，画中有一凉亭，梁鸿据几坐亭中研读书卷；而孟光处下位，双膝跪地，举案齐眉，以奉食饮。

卫贤《高士图》写隐居中的梁鸿与孟光，其还有另外两幅关于古代隐者的画作，即分别以齐人黔娄与楚狂接舆为表现对象的《黔娄先生图》和《楚狂接舆图》。晋皇甫谧《高士传》中有《黔娄先生传》；《论语》《庄子》等书中有关于接舆的记载。此二人是典型的拒绝出仕的隐逸之人，并与梁鸿一般皆有贤妻，吴筠《高士咏》关于此二人的诗作皆夫妻共赞。黔娄妻早在刘向《列女传》中已经有传，只是卫贤二图今日难见，其构图方式不得而知。

此外，隋唐五代时期取材于隋前文学的叙事性图像还有隋展子虔的《禹治水图》，《宣和画谱》所录韩滉的《尧民击壤图》、王齐翰的《陆羽烹茶图》、郭若虚的《图画见闻志》载韩滉的《尧民鼓腹图》等。另，《画史》中提及隋画《金陵图》，韦庄、齐己分别有题画诗《金陵图》《看金陵图》。不知二人所题是隋画或是唐画。然从二人的诗作看，画作题材来自六朝，亦属据史而作。

中国文学在题材上为绘画提供了丰富的宝藏，叙事性图像具有强烈的政教意义，但它们无论从绘画选材或对故事情节的反映上，都表现出了与史传文学或传说故事无法割舍的血亲关系。

第三节　神仙道教人物图像与仙道传说

较具影响力的宗教，往往会成为统治者巩固其统治的工具。隋唐五代时期亦如此。隋炀帝奉行道、释并重的政策；武德八年(625)，唐高祖确定道先、儒次、释末的三教次序；唐太宗再次申令道居佛前；武则天偏尚佛教，佛教在其统治期间达到极盛；唐玄宗时，道教的发展达到极盛。除唐武宗曾经毁佛外，整个隋唐五代时期的道、释二教与儒学在冲突中趋向融合，并在政治、思想、文化领域发挥着它们的作用。

由于统治者对道、释的崇尚，民众信二教者亦多，道释神仙像的需求量也较大，并因此促进了道释人物像创作数量的增大与创作水平的提高。在隋唐五代时期，产生了大量佛道人物像，《宣和画谱》评画家左礼，曾分析佛道人物图像与世俗人物图像在创作中的区别，“盖道释虽非鬼神之为难知，若近习而易工者”，又就释道人物画的特点及画家心态与画技之间的关系作进一步阐述：“然气貌亦自殊体。道家则仙风道骨，要非世俗抗尘之状。释氏则慈悲枯槁，与世为淡泊，无贪生奔竞之态，非有得于心者，讵能以笔端形容所及哉！礼专以道释为工，其亦技进乎妙者也。”[1]除左礼外，范琼、常粲、姚思元、王商、支仲元等，也以专门绘制道释人物图像或擅长此类图像闻名，另有擅长道教人物图像创作的阎立本、张素卿等；有创作释家人物闻名的吴道子、杨庭光、卢楞伽等。道教的三清图、三官图、星官图、真君图、帝君图、六甲像、道教真人像等，佛教的各种佛像、菩萨像，都标志着道释人物图像在唐代人物画艺术发展中达到后世难以企及的高度。这些图像与文学联系最为紧密的，当数道教的叙事性人物图像以及各种佛经变相。佛教图像与人物的关系，后面将有专节介绍。

道教叙事性人物图像源自对道教经典或传说中人物的事迹图像化。其中最为著名的是太上老君的叙事性图像。老子，被道教奉为太上老君，在唐高宗时被追封为“太上玄元皇帝”。《宣和画谱》中唐代太上老君叙事性图像有阎立德的《采芝太上像》《行化太上像》《传法太上像》《岩居太上像》《四子太上像》《太上西升经》，张孝师的《传法太上像》，孙位的《说法太上像》，支仲元的《太上传法图一》《太上诫尹喜图》《太上度关图》，李昇的《采芝太上像一》《太上度关图》，王商的《老子度关图》。关于老子，《史记·老庄申韩列传》曰：

老子者，楚苦县厉乡曲仁里人也，姓李氏，名耳，字聃，周守藏室之史也。

孔子适周，将问礼于老子。老子曰：“子所言者，其人与骨皆已朽矣，独其言在耳。且君子得其时则驾，不得其时则蓬累而行。吾闻之，良贾深藏若虚，君子盛德容貌若愚。去子之骄气与多欲，态色与淫志，是皆无益于子之身。吾所以告子，若是而已。”孔子去，谓弟子曰：“鸟，吾知其能飞；鱼，吾知其能游；兽，吾知其能走。走者可以为罔，游者可以为纶，飞者可以为矰。至于龙，吾不能知其乘风云而上天。吾今日见老子，其犹龙邪！”

老子修道德，其学以自隐无名为务。居周久之，见周之衰，乃遂去。至关，关令尹喜曰：“子将隐矣，强为我著书。”于是老子乃著书上下篇，言道德之意五千余言而去，莫知其所终。

……盖老子百有六十余岁，或言二百余岁，以其修道而养寿也。

《老子度关图》《太上度关图》《老子出关图》《太上诫尹喜图》《孔子问礼图》《传法太上像》等所描绘的故事，皆典出于此。《史记》中的老子，已充满神秘色彩。老子享寿两百余岁，非常人之能达。传说其出关时，已是古稀之年。出关，其中有得道成仙从而长生不老的意味。因此，宋代杨杰画《老子出关图》作为祝寿之礼，其《无为集》卷六有题画诗《老子度关图送张会稽为寿》，诗画结合，祝福蕴藉其中。自唐代起，将《老子出关图》作为绘画题材的人越来越多，刘松年、李公麟、郎世宁等也曾绘此画题。至当今时期，老子出关成为中国画最经典的传统题材之一。许多画家皆有老子出关题材的作品，当代范曾创作的《老子出关图》尤多。《采芝太上像》是表现老子“修道而养寿”的作品。商山四皓隐居时，曾采芝以疗

---

① 《宣和画谱·左礼》卷三，王群栗点校，浙江人民美术出版社 2012 年版，第 31 页。

饥。晋代皇甫谧的《高士传·四皓》记载:“(四皓)秦始皇时,见秦政虐,乃退入蓝田山,而作歌曰:‘莫莫高山,深谷逶迤。晔晔紫芝,可以疗饥。唐虞世远,吾将何归!驷马高盖,其忧甚大。富贵之畏人,不如贫贱之肆志。’乃共入商洛,隐地肺山,以待天下定。及秦败,汉高闻而征之,不至,深自匿终南山,不能屈己。”[1]因此,采芝是隐居的象征,《太上采芝像》也是对老子归隐后生活的一种写照。

唐末李昇有《葛洪移居图》。葛洪的《抱朴子》是战国以降神仙家理论的集大成之作。其继《列仙传》而作的《神仙传》为志怪小说,其中对神仙级道教法力的表现,也使其为道教的发展在客观上发挥了一定的推动作用。被道教称为葛天师的葛玄,是葛洪从祖父,张素卿曾为其绘《葛元(玄)真人像》。而葛洪移居典出《晋书·葛洪传》:

咸和初……(干宝)荐洪才堪国史,选为散骑常侍,领大著作,洪固辞不就。以年老,欲炼丹以祈遐寿……求为句漏令。帝以洪资高,不许。洪曰:“非欲为荣,以有丹耳。”帝从之。洪遂将子侄俱行。至广州,刺史邓岳留不听去,洪乃止罗浮山炼丹。岳表补东官太守,又辞不就。岳乃以洪兄子望为记室参军。在山积年,优游闲养,著述不辍。[2]

李昇作品《宣和画谱》载其目,而作品不存,实为憾事,但其画作的曾经存在或能在题材上给后世创作者留下些许启发。王蒙有《葛稚川移居图》,纸本设色立轴,纵 139.5 厘米,横 58 厘米,藏于北京故宫博物院。此图取全景式构图,画面山岩重叠,林木茂密,流泉回环,山径曲幽,呈现出一种幽深宁静的气氛。人物的描法简洁,造型古拙可爱。葛洪独立栈桥,回首等待,其妻鲍姑正骑牛与家人处地势较低的山径,如此构图,突出了葛洪形象。另有《葛洪移居图》扇面,或称《葛仙移居图》,纸本设色,为顺治十年(1653)号称金陵八家之一的胡慥所作,纵 53 厘米,横 17 厘米,亦藏于北京故宫博物院。此画面与王蒙所作都描绘葛洪弃官举家迁罗浮山修行途中的场景。然王作中葛洪携鹿驮书,身着道袍道冠;而胡慥图则为葛洪骑青牛在前,妻小乘车远远在后跟随,画面开阔,却给人曲径通幽之感。

成仙得道故事也是唐代神仙道教主题图像的重要内容,《萧史图》据萧史与秦穆公女弄玉夫妻二人双双成仙的故事创作。萧史、弄玉成仙事见《列仙传》:

萧史者,秦穆公时人也。善吹箫,能致孔雀、白鹤于庭。穆公有女,字弄玉,好之,公遂以女妻焉。日教弄玉作凤鸣,居数年,吹似凤声,凤凰来止其屋。公为作凤台,夫妇止其上,不下数年。一旦,皆随凤凰飞去。故秦人为作凤女祠于雍宫中,时有箫声而已。[3]

---

① 皇甫谧:《高士传》,载于段成式等编:《古今逸史精编》,重庆出版社 2000 年版,第 66 页。

② 房玄龄等:《晋书》,中华书局 1974 年版,第 1911—1912 页。

③ 刘向:《列仙传校笺》,王叔岷校笺,中华书局 2007 年版,第 80 页。

鲍溶曾为此图作《萧史图歌》："霜绡数幅八月天，彩龙引凤堂堂然。小载萧仙穆公女，随仙上归玉京去。仙路迢遥烟几重，女衣清净云三素。胡髯毵珊云髻光，翠蕤皎洁琼华凉。露痕烟迹渍红貌，疑别秦宫初断肠。此天每在西北上，紫霄洞客晓烟望。"①由此可想见图像所截取的画面是萧史弄玉攀凤离开凤凰台之时，当时龙凤翱翔，萧史夫妻衣袂纷飞，正乘凤飘然离去。另有《上清侍帝晨桐柏真人真图》，叙传说中早死成仙的周灵王太子桐柏真人事。此组图共有 11 幅，是叙事性很强的画作。司马承祯的《上清侍帝晨桐柏真人真图赞》序从《史记》《列仙传》中考订桐柏真人事迹，剖析图像创作的古老文化渊源。

以上这些画作，皆为道教题材的作品。老子、葛洪等人因著作被奉为道教经典，而在道教中获得了崇高的地位。道教故事把他们逐渐神化为人们尊崇的对象。而关于他们的道教图像以及道教其他神仙人物图像的大量创作，与唐朝道教发展的形势相适应。然这种现象追根究源，也是中国图文在发展过程中，图像发挥其直观、以画面叙述故事的特性，来诠释文本的必然结果。

第四节　诗文图像与隋前诗歌散文

与蔚为大观的取材于隋前史传文学的图像相比，从隋前诗歌及散文中取材的作品相对少得多。根据画史记载，明确指出摹写前人诗意的画作有初唐画家严立德的《沈约湖雁诗意》，此图著录于《宣和画谱》。沈约《咏湖中雁》大约创作齐梁替革之时，诗曰："白水满春塘，旅雁每迴翔。唼流牵弱藻，敛翮带余霜。群浮动轻浪，单泛逐孤光。悬飞竟不下，乱起未成行。刷羽同摇漾，一举还故乡。"②此诗咏雁，但意境高远，寄托了游子的羁旅之苦与思乡之情。春日的池塘波光浮动，旅雁或成群结队，或形只影单，驻留迴翔，唼流牵藻。严立德此画今难一见，然既为据诗而作，由诗不难想象画面。

《宣和画谱》载李思训《神女图》，张丑《清河书画舫》卷十称《巫山神女图》。宋玉《高唐赋》有巫山神女朝云，本赋序曰："昔者先王尝游高唐，怠而昼寝。梦见一妇人，曰：'妾，巫山之女也，为高唐之客。闻君游高唐，愿荐枕席。'王因幸之。去而辞曰：'妾在巫山之阳，高丘之阻，旦为朝云，暮为行雨，朝朝暮暮，阳台之下。'旦朝视之，如言，故为立庙，号曰'朝云'。"③根据原始宗教观念，楚王与神女交合意味着天地相会，可以富国兴邦。因此襄王命宋玉作赋记载。宋玉《神女赋序》对神女形象进行细致入微的刻画：

茂矣美矣，诸好备矣。盛矣丽矣，难测究矣。上古既无，世所未见，瑰姿玮

---

① 彭定求等编：《全唐诗》卷八四五，中华书局 1999 年版，第 5538 页。

② 萧统：《文选》卷三十，李善注，中华书局 1977 年版，第 434 页。

③ 萧统：《文选》卷十九，李善注，中华书局 1977 年版，第 265 页。

态，不可胜赞。其始来也，耀乎若白日初出照屋梁；其少进也，皎若明月舒其光。须臾之间，美貌横生：晔兮如华，温乎如莹。五色并驰，不可殚形。详而视之，夺人目精。其盛饰也，则罗纨绮缋盛文章，极服妙采照万方。振绣衣，被袿裳，秾不短，纤不长，步裔裔兮曜殿堂，忽兮改容，婉若游龙乘云翔。[①]

宋玉笔下的巫山神女形象，成为仅次于曹植《洛神赋》中洛神的神女形象之一。顾恺之以精湛的笔法创作《洛神赋图》，与曹植此赋交相辉映。今宋玉《神女赋》让我们读来唇齿留香，惜李思训的《神女图》已有目无图。后世荆浩《写楚襄王遇神女图》、王齐翰《楚襄王梦神女图》都是据《高唐赋》而作的叙事性图像，与宋玉赋作关系更为密切。清初有余姓女子从赋作中选择刺绣题材，创作刺绣版《洛神》《高唐神女图》，为王士禛所珍藏。彭孙遹曾为王士禛所藏的这两幅刺绣分别做题画词。其《高阳台》(为阮亭题余氏女子绣高唐神女图)：

帝女归来，一天秋色，楚峰十二苍苍。听说当年，曾经荐枕先王。细腰宫里颜如玉，更相寻、雾縠霓裳。问此时、翠盖鸾旌，谁见悠扬。

巫山枉断人肠。纵阳台遗迹，未尽虚茫。回首宸游，沉沦幽佩堪伤。一自侍臣书好梦，千载下、云雨生香。又何人、剪雨裁云，幻出高唐。[②]

高唐《神女图》经历了从赋到画，再从画到题画文学的过程，文学与画作的相依相生就这样在图文的互释互证互补中演绎着中国文化的无穷魅力。

神女题材至于近现代，成为深受画家喜爱的古典题材之一。谢稚柳的《高唐神女图》创作于20世纪40年代，有谢稚柳、陈佩秋两跋。谢跋曰：

昔时读《高唐》《神女》诸赋，颇爱其遣藻赡美，常慕想荆楚之多文，因念往古画家者流于《九歌》《女史箴》《洛神》诸文俱有图绘，独未见有为《高唐》《神女》作图者，窃所憾焉。曩岁北游敦煌，观石室壁画，荡心于六朝、隋、唐、五代之巨制，因以唐人法制为此图，其上为巫山，则元魏时法也。聊作首创，非敢媲美宋玉，亦以记一时之情兴云尔。稚柳居士谢稚并记。

《洛神》《女史箴》诸文今皆存古人图绘，而李思训、荆浩曾据宋玉赋文创作图像惜已不存，谢稚柳为补前人未留画作的缺憾写此图。谢稚柳夫人陈佩秋于2009年题写边跋，跋曰：

此图《高唐神女》，谢稚柳自莫高窟返回渝州后作。图中人物服饰勾线挺拔结实，深得盛唐神髓，青绿二色虽已斑驳，余色却仍鲜艳，朱色宝光夺目，皆尼泊尔上等颜料。此在谢画数百件中不可多见者。丙戌岁春三月，健碧在春城西昌别业逗留，有朋自渝州来携此得见，因题。

谢稚柳自题对自己的创作手法稍做介绍，而陈跋对艺术技巧又做进一步分析。两跋言“以唐人法制”“深得盛唐神髓”，从画作看，的确是画风、技法较为古朴的

① 萧统：《文选》卷十九，李善注，中华书局1977年版，第267页。

② 彭孙遹：《延露词》卷三，《清代诗文汇编》(第125册)，上海古籍出版社2010年版，第324页。

作品。

阎立德有《庄生马知图》，著录于《宣和画谱》，是一幅取材于散文《庄子》的作品。“马知”一语，出《庄子·马蹄》：“夫马，陆居则食草饮水，喜则交颈相靡，怒则分背相踶。马知已此矣！夫加之以衡扼，齐之以月题，而马知介倪、闉扼、鸷曼、诡衔、窃辔。故马之知而能至盗者，伯乐之罪也。”[①]这是一段《庄子》用来说理的文字。未被驯养的马的天性与被驯养后的马的刁钻性情作对比，说明不治之治的重要性，表达崇尚自然、返璞归真的理想。虽为说理，但形象生动。马“食草饮水”“交颈相靡”“分背相踶”等自然本性是庄子所肯定的。马的这三种动作神态也成为画家们所钟爱的题材。后世画家笔下的马，也多以表现马的自然天性为主旨。

散文《庄子》是先秦道家经典，随着道教的发展，《庄子》及庄子都被披上了厚重的宗教外衣。《唐会要》卷五十《杂记》载：“天宝元年(742)二月二十二日，敕文追赠庄子‘南华真人’，所著书为《南华真经》。”[②]但隋唐五代时期对庄子故事的图像的创作较魏晋时期明显减少。《庄子》不再是这一时期绘画的重要题材来源之一。

现在可见隋唐五代时期直接由隋前散文诗赋产生的画迹较少。然自山水诗从魏晋玄言诗中脱胎，自然界的美景渐渐在诗人画家的笔下成为独立的审美对象，促进了唐代山水画的创作与成熟。而隋前赋作尤其是咏物赋恢宏而细致的描写，又让唐代的花鸟画不仅在题材范围上进一步扩大，而且使其蕴藏着丰富的文化底蕴，从而成为寄托作者深沉情思的绘画题材之一。钱起《咏门上画松，上元、王、杜三相公》：“昔闻生涧底，今见起毫端。众草此时没，何人知岁寒。岂能裨栋宇，且欲出门阑。只在丹青笔，凌云也不难。”[③]孔子之叹，左思之咏，又何尝不是写松题材为唐代众多画家钟爱的原因呢？

隋唐五代图像与隋前文学关联，除以上提及的几种方式外，还有一种文图结合的体例，即对经籍进行图释。“古之秘画珍图，名随意立。典范则有《春秋》《毛诗》《论语》《孝经》《尔雅》等图”[④]，《历代名画记·述古之秘画珍图》载《三礼图》，为“隋文帝开皇二十年敕有司撰。左武侯执旗侍官夏侯朗画”；唐张镒等人也曾撰《三礼图》。另，隋炀帝杨广有《古今艺术图》，也采取这种“既画其形，又说其事”的体例；李袭誉贞观三年(629)撰《忠孝图》二十卷，“奏上嘉之，并传赞”[⑤]，则是以文图结合的方式，发挥其政教作用。

隋唐五代图像的发展与隋前文化有着难以分割的渊源，这种渊源一方面表

① 庄子：《庄子集释》，郭庆藩，王孝鱼集校，中华书局 1961 年版，第 339 页。
② 王溥：《唐会要》，中华书局 1955 年版，第 880 页。
③ 钱起：《钱起诗集校注》，王定璋校注，浙江古籍出版社 1992 年版，第 175 页。
④ 郭若虚：《图画见闻志》卷一，人民美术出版社 2003 年版，第 7 页。
⑤ 张彦远：《历代名画记》卷三，朱和平注译，中州古籍出版社 2016 年版，第 125—126 页。

现在对前代作品的艺术手法、艺术理论的批判性继承上，另一方面也从题材的选择上反映出来。隋唐五代图像的题材，或来自隋前已有的绘画母题，或是画家从史传文学、传说故事、诗歌散文中取材。这些取材自前代的图像作品，在体现其艺术魅力的同时，较其他图像承载着更为显著的政教功能。当然，隋唐五代时期的图像作品，越来越重视现实性。较多取材于现实生活，是唐代图像与以往图像相较所显现出来的一大特征。

第二章 隋唐五代图像与隋唐五代文学

隋唐五代的社会思潮以儒学为主、释道为辅,政府通过开明的政治改革,推行包容性的文化策略,进一步加强了中央集权。隋文帝废除九品中正制,设立州、县学,创立了分科考试选拔人才的制度,实施了一系列汉化措施,如建社庙以恢复传统礼仪,诏行新乐以确定华夏正声,使礼乐律令大备,树立起了文化正统形象,达到了凝聚人心、巩固统一的目的。隋炀帝在原有秀才、明经两科的基础上,又增设进士科,以科举取士制度打破了门阀世胄的垄断,为庶族地主参政开辟了门径。唐代渐趋完善的以诗取士科举制度,与破格擢拔人才等奖掖文治武功的文化政策齐头并进,逐渐完成了对胡汉文化的整合。五代十国的大分裂促使汉魏以来以士族为主体的社会结构逐渐解体,人的主体精神和个性得以释放和张扬。这一切为文学艺术的繁盛提供了相对宽松自由的社会政治和经济文化环境,各种艺术类型如诗歌、绘画、书法、雕塑等都获得了蓬勃发展的优渥条件,具有了走向成熟的良好契机。

魏晋南北朝时期的文学家对声韵、格律、节奏做了全面、深入探索,隋唐五代文学在此基础上转向视觉趣味,对在这一领域进行开掘表现出了极大兴趣。各种体裁的作品均显示出语言的强大构绘能力,物象造型逼真自然,人物勾画精致细腻,注重还原具有人间意味的情境,营造虚实相生的意境,实现了司空图倡导的“神跃而色扬”①的诗学境界,为后世留下了大量具有特定意蕴、由意象符号系列构成的图像母题,并逐渐成为各种艺术类型中稳定的视觉要素或图式。隋唐五代图像以写真性为基础,充分表现出了与文学作品相互模仿的叙事性等文学特征。不仅如此,这一时期的图像还承担着“与六籍同功”②的社会政治介入和认知以及“怡悦性情”的审美功能。因而,隋唐五代时期的图像总体上虽尚未脱离政治与文学的双重附庸,获得独立的艺术地位和价值,但依然为后世文学带来了“诗画本一律”③美学标准的影响,形成了沿袭千年的“语象”④和图像互渗互溶

---

① 司空图:《与王驾评诗书》,载于计有功:《唐诗纪事》,中华书局 1965 年版,第 945 页。

② 张彦远:《历代名画记》,《中国书画全书》第一册,上海书画出版社 1993 年版,第 120 页。

③ 苏轼《书鄢陵王主簿所画折枝二首》:“诗画本一律,天工与清新。”见《东坡集》(增订版),凤凰出版社 2013 年版,第 80 页。

④ 新批评派认为,语象(verbal icon)是“指由文学表达的形象,尤其是微观(以词语、句子为单位)的语言形象”。见赵毅衡编选:《“新批评”文集》,百花文艺出版社 2001 年版,第 625 页。

的美学传统。这一美学传统具体体现在四个方面的形势特征中：即构建虚拟空间以实现物象造型的逼真写实性，"顷刻"①神态勾绘的画面感，真切情境模拟的在场感和动态过程摹写的多维镜像效果。

具体到大量的文学图像作品都不约而同地进行过集中表现的题材，如唐明皇与杨贵妃的爱情悲剧。通过对从史书叙事话语体系中明皇贵妃形象的留白、唐代文学对明皇贵妃的形象塑造、唐代明皇贵妃图像的概念化、唐代明皇贵妃形象的文图关系等几个方面的考察可以看出：唐代《画赞》中的明皇贵妃形象有一个由图到文的演变过程。明皇贵妃形象存在着一个文图互证的模式以及唐代明皇贵妃形象由文到图的滞后性等问题。

综合来看，隋唐五代时期文图之间的联系更加紧密。无论是二者所用表意符号，还是具体的文图种类，如山水文学和山水画以及文学图像都集中表现的题材，都呈现出了不同程度的文图相生、互生的特征。一方面，文图之间相互借鉴、相互模仿、相互影响甚至共生并在的亲缘关系更加紧密；另一方面，同一时代中同一题材经由文学到图像转换时，呈现出一定的概念化和滞后性等特点。

第一节 隋唐五代诗歌的图像化修辞

沿袭赋比兴的修辞传统而来，在六朝诗人全面探索声韵格律等外在形式的基础上，隋唐五代诗人进一步转向了对语言中隐含的视觉趣味的表现与开掘。因而，这一时期的诗歌作品充分显示出语言所具有的强大构绘功能。诗歌借助词语、句子乃至篇章的"语象"化——语言的图像化修辞手法，摹写逼真自然的物境，还原具有人间意味的情境，营造虚实相生的意境，勾绘精致细腻的人物形象，可谓技巧熟稔、臻至完美。借助这些丰腴饱满而又张力十足的表现手段，诗人们创造出了大量具有图像或镜像特征的诗性符号。源于诗画一体的审美旨趣，这些含蕴相似乃至相同的诗性符号逐渐成为各种艺术类型中稳定的视觉要素或图式构成。基于此，隋唐五代诗歌为当时以至后世艺术家们提供了丰富的图像母题，尤其为一些唐诗诗意图、诗人形象图以及诗情故事图等文人画类型或图式提供了鲜活的图像化文本的实例。

一、大量使用逼真自然的物境性语象

隋唐五代时期，诗人通过对各种物境(象)的精致描摹，拓展了语言符号在准确物象造型基础上进一步勾勒虚拟图像的修辞功能，借此实现抒情达意、寄兴寓

① 莱辛：《拉奥孔》，人民文学出版社 1979 年版，第 18 页。

理的诗学理想。所谓“物境”，本文亦指物象，“欲为山水诗，则张泉石云峰之境，极丽绝秀者，神之于心。处身于境，视境于心，莹然掌中，然后用思，了然境象，故得形似”①。与南朝齐梁时已“备其制”②并精于“巧言切状”③的各种艺术形态相比，这一时期的咏物诗达到了足以“擅其美”④的鼎盛阶段。据统计，隋代文献中记载的咏物诗约有30首。⑤ 唐代咏物诗共6789首，其中全唐诗6061首（初唐504首，盛唐746首，中唐1455首，晚唐3356首），《全唐诗补编》728首。以诗人计，唐代创作咏物诗百首以上者主要包括白居易323首，杜甫270首，陆龟蒙187首，齐己145首，李峤139首，皮日休135首，元稹134首，李商隐120首，李白、韩愈各101首，徐夤100首。⑥ 从这些诗歌所描写的物象内容可以看出，对自然物境进行精雕细刻的描绘，是这一时期的诗人广泛运用且极为熟稔的基本语言技能。

总体来看，诗人使用语言符号摹写物境，以此实现如真如幻的虚拟画境，主要借助四种具体的语言图像化的修辞手法：其一是“功在密附”⑦的雕刻镂绘；其二是“精切乃佳”⑧的意象经营；其三是抽象地付之“形容”；其四是“传神”物趣的渲染。与此相应，这一时期诗作的内涵也贯穿着从纯粹物象刻画到“感物吟志”⑨、借物抒情、寓理于物，直至玩味物趣的自然演进历程。

隋及初唐时期，宫廷诗人在酬唱应答的过程中，逐渐把物象描绘当作一种竞技游戏，可谓“争构纤微，竞为雕刻。糅之以金玉龙凤，乱之以朱紫青黄”⑩。这一现象甚至使摹写物象在某种程度上已蜕变为一种“缘情体物”的“雕虫小技”。从中国历史上第一部咏物诗专辑——收120首咏物诗的诗集《李峤杂咏》来看，对于物象刻画的琢磨，是以诗取士的唐代社会从童蒙时代就开始训练的基本功。盛唐时期的诗人进一步摸索出了借物寓意、托物喻人、即物达情、赋物寄怀的表达技巧，甚至开始研磨寓理于物等摹写“神似”物象的表现方

① 王昌龄：《诗格》，载于郭绍虞编：《中国历代文论选》第二册，上海古籍出版社1979年版，第88—89页。

② 俞琰：《咏物诗选·自序》，清雍正二年，宁俭堂刻本。

③ 刘勰：《文心雕龙注释》，周振甫注，人民文学出版社2002年版，第494页。

④ 俞琰：《咏物诗选·自序》，清雍正二年，宁俭堂刻本。

⑤ 黄世中：《论李义山的咏物诗——兼论先唐咏物诗的发展》，载于《古代诗人情感心态研究》，浙江大学出版社1990年版，第151页。

⑥ 数据参见胡大浚，兰甲云：《唐代咏物诗发展之轮廓与轨迹》，《烟台大学学报》（哲学社会科学版）1995年第2期；李定广：《论中国古代咏物诗的演进逻辑》，《中山大学学报》（社会科学版）2015年第4期；赵红菊：《南朝咏物诗研究简述》，《语文学刊》2008年第12期。

⑦ 刘勰：《文心雕龙注释》，周振甫注，人民文学出版社2002年版，第494页。

⑧ 贺裳：“咏物诗惟精切乃佳”，见《载酒园诗话》卷一，郭绍虞编选，富寿荪校点，《清诗话续编》，上海古籍出版社1983年版，第225页。

⑨ 刘勰：《文心雕龙注释》，周振甫注，人民文学出版社2002年版，第48页。

⑩ 杨炯：《王勃集序》，《杨炯集》卷三，徐明霞点校，中华书局1980年版，第36页。

法。尤其是在处理心与物的关系上，他们显示出了"高度成熟的技巧，以心御物，物中有我，不沾不离。思想内容充分体现了盛唐人积极向上、昂扬奋发、以天下为己任的宽阔胸怀和开放心态"①。贺知章、李颀、王昌龄、李白、王维、高適、岑参、杜甫等人，汇集传统的赋比兴手段，将熔铸诗人情思怀抱的物象转换成"肖物"和"比义"契合为一的意象，并加以巧心经营，创造出了丰富多姿的符号化意象，共同缔造了盛唐诗歌"既笔力雄壮，又气象浑厚"②的艺术风貌。这些意象既独立指涉某种思想内涵，又是在后代诗人不断的咏歌和诠释中逐渐固化了某一特指意义的符号，从而构成后世文人画着重表现的意象符号系统。晚唐诗人更加擅长对"别入外意"的物象进行概括并付之于"形容"③的描绘方法，即司空图《二十四诗品》中所说的"俱似大道，妙契同尘。离形得似，庶几斯人"④的语言技巧。这一时期的诗人已经将物象的摹写转移到托物寓理等讽喻修辞手法的运用，诗人以"自比"和"他比"的方式，赋予了物人格化的内在精神和品德。李商隐、温庭筠、杜牧、罗隐、郑谷、吴融、皮日休、钱珝、陆龟蒙等都有此类主题的佳作传世。

物象摹写的技法主要包括使用语言进行精谨设色和物象造型这两个方面。首先，隋唐五代尤其是唐代咏物诗使用的色彩种类非常丰富，既有"红、橙、黄、绿、青、蓝"等单色字词，"还有表示复色、同类色、类似色的词语，如橙绿、紫绿、橙紫、暗红、深红、浅红"⑤等。此外，诗中还涉及对比色、补色、冷暖色调，以及色彩所引发的情感情绪等心理反应。其次，运用语言进行物象造型，主要有使用与线有关的词语勾勒形体，使用移步换景的视点动词进行镜头推送，使用与晕染有关的词语渲染物形等方法。诗人"勾勒物体的线条，表现物体的轮廓形状，常常借助于某些具有相似线状特征的外物（把它作为一种比喻来进行描绘运用）。这些线状特征明显的外物有'丝''缕''练''带''轮''虹''弓''钩'等等"⑥，以此准确地描摹物形的外部轮廓。此外，诗人还常常以动词的变化摹写景致的变化，进行内视镜头的推送。晕染物形时，诗人有时运用虚实结合的方法进行写意式摹写，如李商隐的《落花》首颔两联中高阁、宾客的背影、落花点点乱飞的小园、弯曲连绵的小径、即将落山的斜阳，整幅画点线面浑然而成，渲染出一幅道不尽身世悲凉和凄婉之感的抽象画境。

---

① 兰甲云：《简论唐代咏物诗发展轨迹》，《中国文学研究》1995 年第 2 期。

② 严羽：《沧浪诗话・答出继叔临安吴景仙书》，载于郭绍虞：《沧浪诗话校释》，人民文学出版社 1983 年版，第 253 页。

③ 吕本中在其《吕氏童蒙训》中云："咏物诗不待分明说尽，只仿佛形容，便见妙处。"见萧涤非，程千帆等：《唐诗鉴赏辞典》，上海辞书出版社 1983 年版，第 1372 页。

④ 司空图：《二十四诗品》，载于何文焕辑：《历代诗话》上，中华书局 1981 年版，第 43 页。

⑤⑥ 兰天：《试论唐代咏物诗的艺术成就》，《湖南大学学报》（社会科学版）1995 年第 1 期。

二、拟写张意而处身的情境性语象

所谓“情境”，就是“娱乐愁怨，皆张于意而处于身，然后驰思，深得其情”[①]。隋唐五代是一个主体张扬的时代，这一时期的诗人特别擅长对“张于意而处于身”的情境进行语言符号模拟。沿袭着汉乐府“叙事如画，叙情若诉”[②]的表达方式，诗人们为抒写报国之志、家国之思、黍离之悲和个人情怀，在精雕细刻物象的基础上，发明并创造性地使用了多种模拟感同身受情境的技法。具体说就是以不同情境之间的情感相似性为出发点，以比兴等修辞手段为情感迁移的媒介，通过呈现事件现场，甚至借情节演绎独幕、多幕剧，从而“将情感融入了被象征的情境”[③]，而这些情感与起象征作用的情境紧密地联系在一起。

隋朝诗歌以概括性的情境描摹见长，初、盛唐时期诗歌胜于简单集中故事情节的勾勒和即时即事场面的模拟，晚唐五代诗歌则擅长铺设或虚拟戏剧一般的生活场景，呈现浓郁的故事性、戏剧性、传奇性等艺术特点。

首先，隋唐五代诗歌在描摹具体情境时特别强调事件的真实性。这一理念与当时的史学叙事观和“直纪其才行”“唯书其事迹”“因言语而可知”“假赞论而自见”[④]四种叙事方法是一致的。以杜甫为代表的隋唐五代诗人创造了“即事名篇”[⑤]的叙事方法。即事名篇不仅可以有效地规避修史叙事时“虚引古事”的弊病，呈现出真实的语言图景，而且可以规避诗学层面上以古题写古义时出现的重复问题，创造出具有新意的乐府诗。隋无名氏的《挽舟者歌》以代言方式叙事，实已运用了这一方法。杜甫的“三吏”“三别”叙写了征战不息、民众死亡的痛苦状况，是即事名篇的代表。作于唐玄宗天宝十四年(755)冬的《自京赴奉先县咏怀五百字》和唐肃宗至德二年(757)秋的《北征》记叙了诗人二次探家的遭遇和旅途见闻，将世间疮痍与民间疾苦汇入笔底，更是反映“安史之乱”后社会真实面貌的长篇史诗。

其次，隋唐五代诗歌沿袭汉乐府“一人多角”的叙事体式，在模拟具体情境时常常使用多模态的对话，借此渲染置身其中的在场感，从而使读者能够多视角地感知事件，多维度地体会诗人的创作意图。此类叙事诗包括独白体、对话体和代言体三种。

---

① 王昌龄：《诗格》，载于郭绍虞编：《中国历代文论选》第二册，上海古籍出版社 1979 年版，第 89 页。

② 王世贞：《艺苑卮言》，陆洁栋、周明初批注，凤凰出版社 2009 年版，第 30 页。

③ 保罗·利科：《活的隐喻》，汪堂家译，上海译文出版社 2004 年版，第 260 页。

④ 刘知己：《史通通释·卷六·叙事第二十二》，浦起龙释，上海古籍出版社 1978 年版，第 116 页。

⑤ 元稹在《乐府古题序》中说：“近代唯诗人杜甫《悲陈陶》《哀江头》《兵车》《丽人》等，凡所歌行，率皆即事名篇，无复倚傍。予少时与友人乐天、李公垂辈，谓是为当，遂不复拟赋古题。”见苏仲翔选注：《元白诗选》，古典文学出版社 1957 年版，第 53 页。

独白体诗歌往往以诗中人物自言自语的方式再现面对面般的真实场景。如杜甫在《无家别》中，让"叙述人"自己言说在天宝后乱世的种种遭遇以及所见所思所感。整首诗所呈现的场景如同叙述人面对一个无声的摄影镜头，正在为镜头外的潜在读者介绍个人遭际。此外，杜甫的前后《出塞》《北征》等诗也都给人一种直面叙述人的现场效果。为了增加纪事的真实性，隋唐五代诗人特别注意叙事中对话的运用。如白居易《卖炭翁》中的对话既可以看成是自问自答，也可以视为想象中被采访式的问答情境。无论采用哪一种对话方式，诗人都力图还原出真切的事件场面。在句式选用上，一些诗人如杜甫还特别善于交叠使用疑问、祈使、感叹句，以波澜起伏的内在节奏增强诗歌的现场性，达到及时有效讽兴时事、感事规刺等批判社会的目的。在代言体诗歌中，诗人可以更直接地切入人物的处境及其情感情绪之中。对于诗人来说，代言就是发掘并运用特殊的语言技巧，将情、理、人、事、景、境契合成物我无间的感人世界，在一个独立的语言天地里，与诗中人物同身共意共同经历事件，同心共情共同倾诉或抒发感情。由此可见，不同的叙事角度和方式不仅丰富了隋唐五代诗人模拟可见可感情境的语言能力，而且使诗歌（尤其是叙事诗）向着诗剧甚至融入传奇的叙事结构的方向演进。

再者，隋唐五代诗人对具有代入性的情境的模拟，还表现在对于生活场景中某一刻或整件事发生发展过程的细腻摹写，并将之铺展为独幕或多幕剧。尤其是中唐时期的诗歌对于多幕剧情境的模拟达到了新的高峰，除白居易的大型叙事诗《长恨歌》《琵琶行》外，还有他的《卖炭翁》《上阳白发人》，以及元稹的《连昌宫词》、韩愈的《山石》、刘禹锡的《泰娘歌》、韦庄的《秦妇吟》等。这些诗都采取寓理于情，同时又寓情于景的方法，将浓郁的感情寄寓于环境及人物性格、外貌、心理乃至遭遇的描写，多维度地呈现特定时空条件下人物在事件中的心路历程。由此这一时期的诗歌形成了"辞质而径""言直而切""事核而实""体顺而肆""系于意，不系于文"[①]的叙事美学规范。这一点可以从以下几个方面进行观察：其一，选取最关乎人物命运、牵动人物感情的经历、事件或生活场景，并以横断面的形式呈现出来。在铺叙情境时，诗人以客观的全景式叙述将事件集中在同一空间，使人物行动在特定的时空中一次性完成。同时，"诗者述事以寄情"[②]，诗人常常通过特定情境的摹写使作品蕴含特别的抒情意味。其二，采用多个"场面"叠加的"多幕"剧方式展开情节。通过这种方式，诗人实现了壮伟宏大的叙事效果。为增添情节的曲折和戏剧性，为使诗作的头尾、详略变化更具艺术性，诗人特别注意通过铺陈推动情节的发展。中唐时期，元稹、白居易的长篇叙事诗进一

① 白居易：《新乐府序》，载于《全唐诗》卷四二六，中华书局 1999 年版，第 4701 页。

② 魏泰：《临汉隐居诗话》，载于王秀臣：《礼仪与兴象——〈礼记〉元文学理论形态研究》，社会科学文献出版社 2014 年版，第 267 页。

步走向故事化、传奇化。同一个故事不仅可以创作成诗，也可以编撰为传奇；诗和其他叙事体裁的表达方式还可以融合在一起，如元稹的《莺莺传》中就是由他本人的《明月三五夜》《会真诗》，以及杨巨源的《崔娘诗》、李公垂的《莺莺歌》等连缀而成的。类似的"多幕"剧形式的情境模拟方法，通常是将人物在两个或两个以上空间中的活动构成一个大的故事情节。这一方法不仅使诗作中的时空转换更为自由，也能够表现出更为广阔的社会生活。有学者认为，"中国古典叙事诗艺术虽然缺少了'史诗'性的宏阔壮美，但却未失'诗史'性的历史参与及质实细致"①。从这个意义上来说，通过对宏大历史事件过程的描述，隋唐五代诗歌展现出了对独幕或多幕剧情境的模拟能力。

三、经营思于心而得其真的意境性语象

隋唐五代诗人不但创作了大量流传千古的优秀诗篇，在意境营造方面达到了中国诗史的高峰，而且也形成了成熟的诗歌"意境"论。王昌龄提出的物境、情境、意境"三境"说，皎然提出的"取境"说，司空图提出的"韵味"和"实境"说、"象外"说、"思与境偕"说，分别从美学、方法论、风格、佛禅本体等角度或层面阐述了意境及其营造方法和其中的哲性内涵。王昌龄在《诗格》中说，所谓"意境，亦张之于意而思之于心，则得其真矣"②。这里的"真"既包含着心理空间层面的真实性和真切性，又包含着本体层面上"转于空与无之际"而"毕竟之空境"的"元美"③境界。一方面，在意境营造过程中，诗人们特别强调在空间上通过对"象外之象""景外之景"的捕捉、模拟和勾绘营造物象在物理属性方面的"立体"感；另一方面，诗人还重视意境的内涵能够超越单一的视觉趣味而指向情景交融、有无相生、虚实相形的哲性范畴。就营造意境的方法技巧来说，隋唐五代诗人善于"凝心天海之外，用思元气之前，巧运言词，精炼意魄"④。除此之外，他们还更擅长摄取那些涤除单纯形似和俗情的意象或意象群，从而创造出了风格迥异又"张意驰思"，并达到"物我两忘"之境的诗歌作品。

初唐时期，诗歌关注的物象内容从亭台楼阁、风花雪月等狭小的生活空间扩展到了江河大漠等辽阔境域。诗人们不断更新语言技巧，在对物象进行形似摹写的基础上通过反衬、对比和拟人等修辞手法的使用，形成了新的讽喻力量或哲悟契机。盛唐诗歌注重通过瑰丽的意象群建构神话般的离奇幻境，以流转自然的语调、大胆夸张的表达、和谐多变而又铿锵有力的节律，呈现出热烈奔放、雄奇

① 王荣：《发现与重估：中国古典叙事诗艺术论析》，《陕西师范大学学报》（哲学社会科学版）2001 年第 2 期。

② 王昌龄：《诗格》，载于郭绍虞编：《中国历代文论选》第二册，上海古籍出版社 1979 年版，第 89 页。

③ 王振复：《唐王昌龄"意境"说的佛学解》，《复旦学报》（社会科学版）2006 年第 2 期。

④ 罗根泽：《中国文学批判史》（二），古典文学出版社 1957 年版，第 35 页。

图2-1 马远 《对月图》 台北"故宫博物院"藏

壮阔而又洒脱飘逸的优雅姿态，达到了"清水出芙蓉，天然去雕饰"的境界。可以说，无论在精神境界、人生襟怀层面，还是在语言技巧上，盛唐诗人都将自己及其作品铸造成了后世的楷模。尤其是李白的诗逐渐成为后代画家竞相摹写的诗意图母题，这种摹写至迟始于南宋，主要有南宋马远的《对月图》(图 2-1)；明代项圣谟的《秋登宣城谢朓北楼》，杜堇的《王右军》；清代石涛的《望天门山》《静夜思》，袁耀的《蜀道难》诗意图等。

与此相应，以高適、岑参、王昌龄、王之涣为代表的边塞诗人则是经营辽阔大漠意境的高手。唐玄宗开元、天宝年间，对外战争频仍，以描写边塞生活、抒写建功立业之志的边塞诗作遂大量涌现。诗人将自己戍守边疆的经历转换成了奇特壮丽的边地景色，并在其中寓含豪迈的英雄气概和乐观精神。不同于初唐诗人将物象摹写放在不同时间中进行比较的讽喻或唤起哲思的方法，盛唐时期的边塞诗人在意象或意象群的捕捉和经营方面，常常以行动链扣合物象转换，描摹出了一幅幅动态强劲的戍边情境。

王维将自己兼善书画、音律的多种艺术才能综合运用在语言构绘功能的发挥等方面。他通过精谨的构图、恬淡自然的色彩敷设、动静相宜的模态取势以及圆融自然、生机盎然的禅境营造，形成"诗中有画"①的诗歌风格。相应地，他也将诗意融入画境之中，形成了"画中有诗"的绘画风格，从而被后世尊为中国山水画的南宗鼻祖——"王维本人的创作也显示出力图超越绘画性的意识，这正是他对六朝以降以谢灵运为代表的'工于形似之言'即重视诗歌语言的描绘性、呈示性特征的突破和超越"②。由此，无论在诗歌还是绘画方面，王维均创造出众多的文学和图像相互模仿的经典作品，从而引导了中国古代文学和图像关系史中文图唱和高峰时期的到来。

中唐诗人如孟郊、李贺、柳宗元、韩愈等更善于通过构绘静态画面表达对人生遭际的慨叹和议论，寓托思想感情、传递哲思逸趣的技法。他们的诗作常常融事于景，饱含隐喻，从而为元和诗坛重新激荡起了一股清新活泼、锐气十足的诗

① 苏轼：《书摩诘〈蓝田烟雨图〉》，载于《苏轼文集》卷七十，孔凡礼点校，中华书局 1986 年版，第 2209 页。
② 蒋寅：《古典诗学的现代诠释》，中华书局 2003 年版，第 155 页。

歌风潮。如李贺的《雁门太守行》一诗，首颔颈三联皆采用浓墨重彩的笔法，涂抹出了一场悲怆惨烈的战争场面。柳宗元的《江雪》，则以其营造的幽静凄寂、空灵剔透的意境，成为后世“独钓”诗意图的母题。

晚唐时期，李商隐、杜牧等诗人尝试提振中唐后期一度没落的诗风，力求创新，独树一帜。在意境营造方面，他们将自身经历、生活事件、历史典故等隐于物景摹写和情境模拟之中，用语绮丽精工，隐喻细腻绵密，使诗作在哀怨感伤的格调中豁显出爽直俊逸的情思。不仅如此，诗人们还常常在隐约含混的韵致中发出指陈时政、关怀民生之声，抒泄内心的抑郁不平之气，可谓为唐代诗歌抹上最后一笔秾丽灵隽、含蓄迷离的色彩。

香软妍丽的晚唐五代词从最初的兴起到蔚为大观，与这一时期诗人词人善于捕捉富有特征的景物来构成独特的艺术境界有着重要关系。大多数诗作均呈现出描写细腻、情思绵远、蕴藉含蓄、精艳绝人、音声繁会且“香而软”(《北梦琐言》)的特点。唐末五代的“花间词派”多数作品极力描绘妇女的容貌、服饰和情态，辞藻艳丽，色彩华美，题材狭窄，内容空虚，缺乏意境的创造。其中有少数作品善于以第三人称的视角将静态画面叙说出来。如欧阳炯的词作《南乡子·画舸停桡》似画家向观者讲述自己的画作一般娓娓道来，呈现出一种画中画的图像效果。

四、态浓意远的人物形象

隋唐五代诗歌擅于勾绘既有曲折的人生经历、又饱含时代精神的意象人物。在诗人们的笔下，无论是历史人物、社会贤达，还是高人逸士、庶民百姓，都有着精致的肖像描绘和鲜明的性格呈现，虽历经千年却依然能给人一种呼之欲出、怦然心动的美感。这些生动鲜活的意象人物，既有现实中的个体人物和人物群像以及诗人自画像，也有丰富的神话、历史人物形象。

这一时期诗歌中人物形象的塑造方法更趋多元化，诗人们不仅运用了基本的形象勾勒等方式，而且不断地探索精雕细刻的技法。总体上看，隋唐五代诗中的人物形象具有浓郁的抒情性和写意性，一定程度上因其突出的视觉性和画面感而有着特殊的符号化和类型化特质。

隋及初唐时期诗歌对人物形象的塑造主要采用的是概括描述法，人物尚未作为独立的审美对象从叙事中分离出来。如王绩《在京思故园见乡人问》所绘的自画像“敛眉俱握手，破涕共衔杯”，是一个大致的形象轮廓。盛唐时期诗歌的人物塑造强调在精准刻画基础上使用夸张的传神写意表现方法，使人物富有形神兼备的气韵。如李白的系列风流人物①与他的自画像，杜甫描绘的战争时期人

① 王椳先、夏小凤:《李白诗歌中对“风流”人物的品藻》,《文艺评论》2012年第2期。

物群像和他寄寓着温柔敦厚情怀的自画像，李颀笔下的盛唐名士形象等，皆为后人留下了深远的影响。中唐时期，诗人在人物形象尤其是群像人物的塑造上达到了笔情墨意、神情毕肖的境界。他们善于使用白描等艺术手法，使意象人物呈现出既构图简练又笔墨朴素的特点。

晚唐五代诗歌中生成了一种更具动态性的过程性的人物语象。诗人们不仅侧重于对理想中意象人物最富意韵的"顷刻"神态进行刻画，而且演进至对生趣盎然的动态过程的摹写。这一时期的诗人精于以蒙太奇镜头切入的方式塑造多维空间中的人物情态，达到了极富影像效果，甚至现实与魔幻浑融一体的艺术境界，如李商隐的神话人物系列和杜牧笔下姿态万千的女性人物系列等。杜牧尤其擅长摹写影像般的女性柔媚可爱的神态，他的诗句"一骑红尘妃子笑"则锁定了杨贵妃刹那间呈现出来的千娇百媚，成为后世贵妃形象及相关系列图像的定格画面。五代以温庭筠、韦庄为代表的词人发挥了语言勾绘人物的最大功能，对人物形象做了多维度的影像摹写，在诗中构造出了一种影像性的人物语象。如温庭筠的《菩萨蛮·小山重叠金明灭》全方位地呈现了一位美丽女子似醒非醒之际，"懒起画蛾眉"的动态过程，恰似当今制作精良的秒拍视频一般，给人以强烈的视觉冲击。

第二节 与经变画互生共存的隋唐五代变文

隋唐五代变文是韵散结合的一种说唱文学体裁[①]。与魏晋时代深受佛教小乘思想影响的文学形态不同，变文以大乘思想为核心。在兼善铺陈和渲染的同时，作者不断创新义、立新派，分蘖故事情节，内容日益丰富，形式趋向多变。变文在内容上不断扩展至历史故事、民间传说及道教等其他宗教故事；形式上结合韵、散文和二维空间形态的图像，包括手卷、长幅壁画、多组画幡、书籍插图等[②]多种表现方式，形成了一种特殊的"文-图"共生的文艺体裁。

同隋唐前期绘画中描摹佛本生、本行故事的经变一样，僧讲佛经故事首先出现于佛寺禅门，专门对佛经进行形象化阐释并宣讲说唱。[③] 由于僧讲更侧重于

---

① 有研究者认为，"变相与变文的生成年代（就佛教上两个术语的出现而言）都在东晋，而极盛均在唐代，消歇约在南宋。"（李小荣：《变文变相关系论——以变相的创作和用途为中心》，《敦煌研究》2000 年第 3 期）。也就是说，变文具体产生于哪一年虽不能确定，但盛于唐则是不争的事实。

② 巫鸿认为，"自盛唐起，变相一般被认为是一种二维的复杂的绘画表现形式。因为变相为二维的，所以不是雕刻，因为变相是复杂的绘画表现形式，所以不包括单体的偶像。"见巫鸿：《礼仪中的美术：巫鸿中国古代美术史文编》下册，三联书店 2005 年版，第 351 页。本文倾向于把以雕刻形式存在的三维立体的佛经塑像等称为"变相"，把二维空间形态的佛教壁画、手卷、画幡、书籍插图等称为"经变"。

③ 僧讲是相对于俗讲而言的。日本沙门圆珍《佛说观普贤菩萨行法经记》（大正藏，卷 56）记载："言讲者，唐土两讲：一俗讲。即年三月就缘修之，只会男女，劝之输物，充造寺资，故言俗讲（僧不集也）云云。二僧讲，安居月传法讲是（不集俗人类，若集之，僧被官责）。"见汤用彤：《往日杂稿：康复札记》，三联书店 2011 年版，第 244 页。

经文的义理解析，并不为普通信众所喜爱，中唐时期，专为世俗男女信士讲经的俗讲[①]逐渐兴起，这种方式很快为文人和说唱艺人所采用。稍后，俗讲进入“戏场”[②]，渐次在专门的“变场”及各种讲席中流行。出于对普通受众重视视听需要的考虑，“转变人”(以转唱变文为职业的民间艺人)会大量增加讲演内容的故事性、世俗性和趣味性，甚至配合使用特定的“视觉辅助”材料(与变文同源异生的经变或非经变画)，有意营造强烈的现场感。

因此，在变文中有明确的图本呈示语，如“看……处”“看……处，若为……”“看……处，若为陈说”“且……处”等。这些呈示语主要“用来向听众表示即将由白转唱，并有指点听众在听的同时‘看’的意图。由此可以推论出，变文是配合变相图演出的，大致是边说唱边引导观看图画”[③]。如《王昭君变》中有语：“上卷立铺毕，此入下卷”。明代马欢在《瀛涯胜览》中记载：“其人蟠膝坐于地，以图画立地。每展出一段，朝前番语高声解说此段来历。众人圜坐而听之，或笑或哭，便如说平话一般。”[④]白化文认为，“‘立铺’，看来就是‘以图画立地’，也就是把它挂起来。挂的是一铺画或其中的一部分，随说唱随展示随卷收，一直到‘上卷立铺毕’，卷起来再换下卷。这种办法，与现代电影放映机换片子有些仿佛。变文配合变相‘转变’的情况，大体如此。”[⑤]换个角度来说，“变相图在变文中相当于情节单元，如P. 4524号《破魔变文画卷并文》中描绘舍利弗与六师斗法，共有六个回合，与之相应配有六幅变相”[⑥]。可见俗讲变文有着更为灵活的文配图的演出方式。

一、同源异出的变文及其图像

现存隋唐五代变文源文本有80至90种，主要包括以佛经为主的宗教故事和以历史、传说、现实题材等编写的非宗教故事两大类。

源自佛经故事的变文有：源自《维摩诘经》的《维摩诘经变文》，源自《贤愚经》的《降魔变文》，源自《佛本行经》的《佛本行集经变文》，源自《佛说盂兰盆经》的《目连变文》《大目乾连冥间救母变文》《目连缘起》《大目乾连冥间救母变文并

① 《酉阳杂俎续集》卷五称“俗讲僧文溆”，而《历代名画记》及《卢氏杂说》皆称“法师文溆”。见伏俊琏：《敦煌文学总论》，甘肃教育出版社2013年版，第414页。

② 刘大杰认为“唐代戏场，多设于寺院。……戏场所表演之内容，非常广泛。除转变，说话外，必然还有其他各种曲艺和杂耍。但从专设变场一点看来，转变在戏场中占有重要地位。”见刘大杰：《中国文学发展史》第二册，上海人民出版社1976年版，第432页。

③ 白化文：《敦煌俗文学中说唱故事类材料的粗浅分析・上篇・说“变文”》，《古典文学论丛》第二辑，陕西人民出版社1982年版，第136—137页。

④ 冯承钧：《中国南洋交通史》第一辑，商务印书馆1937年版，第148页。

⑤ 白化文：《敦煌俗文学中说唱故事类材料的粗浅分析・上篇・说“变文”》，《古典文学论丛》第二辑，陕西人民出版社1982年版，第143页。

⑥ 李小荣：《变文唱讲与华梵宗教艺术》，上海三联书店2002年版，第118页。

图一卷并序》《目连救母变文》，源自佛传故事的《八相变》，源自《大方便佛报恩经》的《双恩记》[①]等。这些变文源于佛经但并不直接援引经文。

源自历史、民间传说和现实生活等非宗教故事的变文主要包括：取材于《汉书》、蔡邕《琴操》等所载王昭君故事的《王昭君变文》（作于唐代宗至宣宗时），颂扬当时英雄的《张义潮变文》（作于唐宣宗大中十一年以后），颂扬当时英雄的《张淮深变文》（作于约唐僖宗乾符年间[②]），取材于《孟子·万章上》《史记·五帝本纪》《水经注·湘水》《列女传·有虞二妃》等书所载上古传说的《舜子至孝变文》，取材于曹植《灵芝篇》、干宝《搜神记》中相关传说的《董永变文》，源自刘向《列女传》的《秋胡变文》，源自《史记·李将军列传》的《李陵变文》，取材于民间故事的《孟姜女变文》，取材于《史记·陈丞相世家》和《汉书·王陵传》的《汉将王陵变》，取材于《左传》《吕氏春秋》《史记》《吴越春秋》等史书记载的《伍子胥变文》等。[③]上述变文中，都有与之同源异出的图像（壁画、画本、画卷、蜀纸等经变和非经变）形式。

据敦煌学专家研究统计，隋唐五代时期莫高窟的经变共有 30 多种，1300 多幅[④]。如果算上其他地方各寺院出现的经变，数量就更为壮观。如段成式《寺塔记》中记载的初唐画家范长寿根据《阿弥陀经》绘制的《西方净土变》（在长安城常乐坊赵景公寺三阶院的西廊下），平康坊的菩提寺佛殿中的《维摩诘经变》（作于唐宪宗后期，当时著名的俗讲和尚文溆还特意重妆了这幅壁画）等。张彦远《历代名画记》记录的经变有 19 种之多。这些经变画的题材主要包括西方净土变、东方药师变、弥勒经变、法华经变、维摩诘经变、涅槃经变、观无量寿经变、金刚经变、观音经变、劳度叉斗圣变、华严经变等，有的直接来源于佛经，有的来源于佛经故事的变文。不过，与上述这些经变同源异出的变文数量却是非常有限的。

据现有文献考察，这一时期与变文源自同一佛经或佛经故事的经变主要有七种：源自《维摩诘经》的《维摩变》；源自《贤愚经》的《降魔变相》，是《降魔变文》的画卷（正面为变文六段，纸背插图六幅）；源自《佛本行经》的《佛本行集经变相》（如柏孜克里克石窟第 20 窟壁画）；源自《佛说盂兰盆经》的《大目乾连冥间救母变文并图一卷》；源自《观佛三昧海经》的《破魔变》，编排方式亦为一面图一面说唱辞；源自佛传故事的《八相变》；源自《大方便佛报恩经》的《报恩经变》。与变文

---

① 简佩琦说："1963、1967 年，苏联汉学家孟列夫主编《苏联科学院亚洲民族研究所藏敦煌汉文写本注记目录》两册中，《双恩记》即第一册编号 1470《佛报恩经讲经文》；1972 年，孟列夫的《双恩记》第二册出版，并在 1973 年寄予潘重规先生，潘先生旋即校录发表之。"见简佩琦：《敦煌报恩经变与变文〈双恩记〉残卷》，《敦煌学辑刊》2005 年第 1 期。

② 郭在贻，张涌泉，黄征：《敦煌变文集校议》，岳麓书社 1990 年版，第 96 页。

③ 关于隋唐五代变文种类问题的主要参考书目为：周绍良编：《敦煌变文汇录》，上海出版公司，1954 年版；王重民等编：《敦煌变文集》，人民文学出版社 1957 年版；钱仲联，傅璇琮，王运熙，章培恒，鲍克怡主编：《中国文学大辞典》，上海辞书出版社 1997 年版。

④ 于向东：《敦煌变相与变文研究评述》，《艺术百家》2010 年第 5 期。

源自同一历史故事、民间传说或现实生活等的非宗教故事图像主要有:《王昭君变相》;《张议潮统军出行图》(莫高窟156窟晚唐壁画南壁下方);《孟姜女变相》;《汉将王陵变》(其中有语“从此一铺,便是变初”,该卷尾题作“《汉八年楚灭汉兴王陵变》一铺”等字样)①等。

受文献残缺及收集不全等因素的影响,目前发现的隋唐五代变文与其同源异出的图像之间并非稳定的一一对应关系。巫鸿强调,“梅维恒提出七种敦煌文献可以有把握地定为变文,其中,五种属于历史故事和世俗故事,有两种源于佛经。并非巧合,在唐代绘画目录中只有这后两种有与之对应的变相,而且只有‘降魔变相’出现在敦煌洞窟中。”②李小荣也说,“现存敦煌卷子中确有一部分讲经变文和俗讲转变配有变相,但也有未用变相的。因此,变相在变文讲唱中仅为辅助手段,而非唯一手段。”③

与隋以前文学和图像之间的关系相比,这一时期变文和图像之间的“文-图”关系发生了新的变化,尤其是一些佛教经变画有从佛教“观象”活动的“视觉辅助”材料,向与变文共同叙事,直至自主叙事转变的趋向。由于这一时期经变和非经变画的表现形态更为多样,且在编排方式上与变文的空间分布样式不同,因此,具体到变文文本和各种图像的图本之间,也存在着多种复杂关系。

二、互相生成的变文与经变

每一种文图都有其自身的嬗变历程,其中深深烙印着不同时代的文化思想。具有同源关系的变文和经变也是一样,变文有其自生成到消亡的变化过程,经变亦复如是。敦煌洞窟中的58幅维摩变相壁画,自北周到宋代经历了一个长期的发展演变过程。某种特定表现形式的变文和经变,也有这样的变化过程:“在敦煌早期石窟中,如北凉第275窟,北魏第254、257窟,西魏第285窟,北周第296窟和隋代第302窟,都有依据《贤愚经》内容而绘制的单幅本缘故事画。但入唐的很长一段时间,此题材一度消失。直到晚唐再次出现。至五代宋时期,一直延续不断。再次出现的《贤愚经变》分布于第85、98、108、146、55窟。就其表现形式而言,这一时期的《贤愚经变》已不同于早期的故事画,它以盛唐以来流行的屏风画的形式出现,且屏屏相连,环绕洞窟的南、西、北三壁。”④综合考察隋唐五代变文及其同源异生的经变可以发现,二者之间不仅是一种特殊的同源异体关系(即使少量经变背后有简要的经文提示,但与该经变相呼应的变文依然独立存

---

① 李小荣:《变文唱讲与华梵宗教艺术》,上海三联书店2002年版,第118,120页。

② 巫鸿:《礼仪中的美术:巫鸿中国古代美术史文编》下册,三联书店2005年版,第352页。

③ 李小荣:《变文唱讲与华梵宗教艺术》,上海三联书店2002年版,第126页。

④ 陈菊霞:《敦煌翟氏研究》,民族出版社2012年版,第423页。

在),而且共同经历着更为密切的互相模仿、互相生成直至再交互影响的动态演进过程。

(一) 相互影响的经文、变文与经变

从来源和原初的宗教功能来看,作为一种“奉献式”的艺术形式,隋以前的变相(包括立体的塑像、浮雕、壁画等形式)大多与僧人冥思和佛教礼仪使用的辅助性视觉材料有关,而隋唐时期的经变(主要指二维的壁画、雕刻、书籍插图、手卷和画幡等)则与佛教的“观象”活动关联密切。因此,经变画通常脱胎于佛经文本,一些甚至完全模仿经文的结构。如《降魔变》《目连变》《维摩经变》《报恩经变》等,在榜题(或题记)上都显示出与经文内容的高度相似性。“这些文献在5世纪中叶就已出现,但是观像的风习在盛唐最为盛行,这时期出现了大量对于观像经文的中文注释和与该礼仪相关的经变绘画。”[①]兴建于唐、最能体现敦煌壁画艺术水准的第85窟中的《楞伽经变》榜题与《楞伽经》文,《金刚经变》榜题与《金刚经》文,《维摩诘经变》榜题与《维摩诘经》文,《法华经变》榜题与《法华经》文,《报恩经变》与《报恩经》文,均保持着内容的基本一致。其中也有一些细微差异,如有的榜题内容比经文详细甚至有所扩展,而有的经文比榜题内容更为丰富,有的并没有依照经文的顺序绘制等。[②]

随着佛教普及化程度的日益提高,隋唐时期的经变逐渐脱离了与佛经经文互释的方式,从“偶像式”造像及“观象”功能中逃逸出来,并开始与脱胎于佛经故事的变文有了更为密切的联系,甚至相互协作共同完成叙事或表意功能。由于缺少隋及初唐时期的相关变文文献,因此很难证实变文和变相之间相互影响的情形,而只能从后期二者之间的关系推论当时的大致情况。

(二) 补充变文叙事的经变

唐吐蕃和归义军时期,敦煌出现了直接根据变文内容绘出的大型经变画,如据《降魔变文》创作的“劳度叉斗圣变”,据《目连变文》创作的“目连变”等。可见这一时期的敦煌经变画与变文之间紧密的亲缘关系。有些经变不但与其同源异出的变文相互模仿,而且还逐渐具有了补充变文叙事的功能,并由此而呈现出故事化、程式化和世俗化的倾向。

由于“目前《报恩经》全存,但经中的诸多故事,报恩经变非全作表现;而《双恩记》虽仅残存三卷,三卷中的两个故事‘序品’‘恶友品’却都是报恩经变所表现的内容。因此必须将残损非即等于没有的情况考虑进去,《双恩记》虽残存不多,但却都扣合着报恩经变的表现,甚至解释了经文中所无法释疑处,因此,虽仍必

---

① 巫鸿:《礼仪中的美术:巫鸿中国古代美术史文编》下册,三联书店2005年版,第358页。

② 陈菊霞:《敦煌翟氏研究》,民族出版社2012年版,第434页。

须有更多资料的佐证,但将报恩经变的文本来源视为变文《双恩记》的可能性并不是没有”[①]。由此可见,《双恩记》变文、《报恩经变》榜题及《报恩经》经文之间相互影响是不言而喻的事实。

有的经变甚至直接参与对变文叙事的补充,将变文中发挥想象的部分形象生动地呈现出来。经变与变文密切合作的情况不但在画面中有所描绘,而且在壁画的榜题(题记)中也有着明确提示,如巫鸿在对敦煌第9窟降魔经变和降魔变文进行比较考察[②]时发现:一方面,降魔经变的题记对降魔变文提到的大树进行了更为细致的描绘;另一方面,降魔经变补充了降魔变文中没有的内容,如将于“时地卷如绵”扩展为“其风乃出天地之外,满宇宙之中,偃立移山,倾河倒海,大鹏退翼,鲸鲵突流,地□如绵”。经过补充,变文和经变的内容都更加丰富,场面也更为宏大。

以图像自身的生成机制为逻辑起点,巫鸿认为,武周时期的敦煌第335窟“降魔”壁画是因两个特殊人物而形成的“对立”型构图,“为讲述故事提供了新的情节和语汇”[③]。他通过翔实的考证分析后得出结论,“至8世纪中叶,敦煌至少存有‘降魔’故事的两种文学版本(《贤愚经》与变文)和两种绘画表现模式(北周壁画与初唐壁画)”。他提出,降魔绘画的发展遵循了两条不同的线索:“一方面,那里出现了一种直接用于讲唱变文的画卷,其画面反映了早期‘序列式’叙事手法的复兴和发展。另一方面,至少有18幅变相壁画延续了初唐壁画所确立的‘对立模式’。然而,无论哪一种传统都不是全然独立而没有受到它种形式的影响:一方面,变文画卷采用对立式构图作为时间性的叙事中的基本图像单位;另一方面,变相壁画也从新创作的变文中吸收了大量情节以丰富自己。”[④]可见唐中晚期的经变画家在进行壁画创作时已进入较为自由的想象力发挥阶段。因此,这一时期的经变画不仅补充了变文叙事的不足,而且为变文的进一步创作提供了新的可资借鉴的素材和内容。

(三)走向相对独立叙事的经变画

晚唐时期,经变逐渐摆脱了对变文的模仿,走向特殊空间中的独立叙事。敦煌晚唐9窟降魔变壁画“舍利弗腾空舍慧水伏外道和劳度叉觉悟降伏”的情节显示:“画家首先铺展开一个总体的对称式构图。这个构图呈现给我们的首先是故事的题目:《劳度叉斗圣》或《降魔》,然后由不同空间方位中的辅助图像来诠释、强化、丰富这个标题。虽然每一方位之中的叙事图像可能基于文献,但这些方位之间的联系方式则是根据它们新的空间关系来构成的。尽管这样的一幅壁画不能用于变文的表演,但它的确用一种特殊方式讲述了一个故事。这

① 简佩琦:《敦煌报恩经变与变文〈双恩记〉残卷》,《敦煌学辑刊》2005年第1期。

②③④ 巫鸿:《礼仪中的美术:巫鸿中国古代美术史文编》下册,三联书店2005年版,第377—378页。

个故事不是作家或说唱人所创作的文学性的叙事，而是画家们创作的图画性的叙事。”[①]换言之，由于画家遵从的是视觉艺术的内在逻辑，他们创造经变时渐渐脱离了变文内容的限制，从而获得了更大的视觉艺术的创作自由。

五代榆林19窟《目连经变》的创作遵循的也是视觉化的叙事逻辑。“目连变相的访母情节有六个——从天宫寻父到遍寻地狱，其中四个处在画面的中间位置，非常醒目突出。六个访母情节占据了绝大部分画面，其他的缘起、救母情节分列画面上、下角，显得无关紧要。目连冥间访母并未见母，见到的是冥间世界的悲惨景象。阎王殿里的森严可怖、奈河水边的凄厉无奈、五道将军所的轮回报应、地狱间的酷烈惨毒，在画家的笔下，得到了尽情的铺张渲染。难怪过去有人将它误作地狱变，实在也是太像了！”[②]在这里，《目连变文》的内在叙事逻辑已弱化，甚至被悄然置换成了地狱变中描述的景象，而经变画的视觉化叙事逻辑则在画面中起了主导作用。因此，“这不能不使人重新审视目连变相的创作主题。众所周知，目连变相演绎的是一个孝道故事……总之，目连变文的落脚点最终在于‘孝道’二字。而目连变相呢？一来不画目连出家坐禅，二来访母、救母情节倚重倚轻，偏至失当。冥间地狱成了表现的目的而非手段。因此，与其说目连变相宣扬孝道，不如说它借目连救母的孝道故事，来表现冥间地狱世界的苦难”[③]。由此可见，“榆19窟目连变相在‘造像’时，根据制壁的需要而变换了目连变文的主题。这种对原有文本主题的再阐释，体现了石窟寺前室壁面的意志，或者说是壁面的逻辑”[④]。尤其是根据《贤愚经》创制的敦煌晚期《劳度叉斗圣》或《降魔》经变，变文故事不仅被赋予了一种新的形式，而且“这一叙事联系又引出更多的叙事联系。我们看到劳度叉被舍利弗的慧水灌顶后从其宝座走下，来到舍利弗面前，跪拜在这位圣僧面前。这些情节使整个叙事系统成为一个无始无终的循环圈：舍利弗在胜利后证实其超自然的法力，而这一证实过程又成为他胜利的原因。这一循环系统在文学叙述中可以说是毫无意义，但是在绘画中它将零散的图像结合成一个视觉的连续统一体”[⑤]。很显然，经变画所遵循的视觉性叙事逻辑已逸出变文的叙事逻辑，而形成一个自洽的图像叙事作品。如此一来，在经变画中新增加的图像叙事情节或场景，反过来又逐渐对变文创作带来了新的影响。

从《报恩经变》与《报恩经》《双恩记》变文之间的关系也可以再次窥探出唐五代时期报恩经变逐渐走向自主言说的变化过程。《报恩经变》最早出现在盛唐，吐蕃时期逐渐增多，之后一直绵延至宋代。各时代具体分布如次：“盛唐2铺：

---

① 巫鸿：《礼仪中的美术：巫鸿中国古代美术史文编》下册，三联书店2005年版，第387—388页。

②③④ 樊锦诗、梅林：《榆林窟第19窟目连变相考释》，载于敦煌研究院编：《榆林窟研究论文集》上册，上海辞书出版社2011年版，第353—354页。

⑤ 巫鸿：《礼仪中的美术：巫鸿中国古代美术史文编》下册，三联书店2005年版，第387页。

31、148窟。中唐8铺：112、154、200、231东壁门南、231龛内西壁、236、238、258窟。另外，《吴僧统碑》提到365窟内容有‘报恩乃酬起二亲’，则该窟画有报恩经变，现为宋初壁画覆盖。晚唐11铺：12、14、19、20、85、138北壁、138东壁门北、143、144、145、156窟。另外，《张淮深碑》提到94窟内容有‘如意宝珠，溥施群生于有载。’则该窟有报恩经变，现为宋代壁画覆盖。五代13铺：4、5、22、61、98、100、108、146、147、390窟，榆16、榆19、榆31窟。宋代5铺：55、141南壁、141东壁门南、449、454窟。”[①]从以上列述的情况看，晚唐五代是《报恩经变》出现数量最多的时期，这主要是由当时的社会经济文化状况决定的，尤其是当时开窟造像以及绘制壁画等活动大多是由官府效仿中原朝廷设立的画院和民间出现的画行来完成的。认真考察各时期的经变榜题和变文内容，以下两个方面的变化值得注意。

其一，经变画的内容呈现出世俗化的倾向。

建于五代的敦煌4窟《报恩经变·恶友品》的榜题，不仅简于《双恩记》第七、第十一以及《报恩经》经文所叙内容，而且与经文和变文关注的焦点产生了差异。《双恩记》第七、第十一以及《报恩经》经文叙述的内容主要表现太子见到耕织景象时自然流露出的哀伤情绪。《报恩经变·恶友品》榜题中指向的核心内容则是“太子既见人劳力耕种”这一瞬“时”的“耕种”场景，榜题中不仅丝毫不见任何与情绪有关的字眼，而且与此前《报恩经变·恶友品》情节相比，新出现了这样的细节：画面左侧描绘的太子向农夫询问的情节，右侧突出的是两头牛在耕地，一只鸟在牛身后似在捉食。似在回应《报恩经》经文中的内容“垦土出虫，鸟随啄吞。善友太子遥见如是，愍而哀伤”。与盛唐时期的《报恩经变》相比，整体上多出了一些更富人间味的生活气息。

建于晚唐的第85窟榜题写道：“尔时太子于师利拔城，于果园中防护鸟雀、兼复弹琴以自娱乐。师利拔王女见太子，心生爱念，愿为夫妻，遂两目平复。”这一情节《双恩记》第十一摘录的是经文。与经文相比，经变榜题浓缩了《报恩经》的基本情节，选择了其中更具生活气息的“防护鸟雀”“弹琴自娱”和“因爱而使善友太子两目平复”，删除了“因爱念和誓言共同作用而使两目复见光明”，亦可见经变内容世俗化倾向日益显明。

其二，经变画从叙事性向说理性内容转变。

与建于晚唐时代的敦煌85窟相比，五代敦煌61窟《报恩经变·恶友品》的榜题明显详于《双恩记》第七、第十一以及《报恩经》经文所叙内容。85窟榜题为：“时放牛人与五佰头牛牧于左，遂有牛王以舌舐之，乃得少逾左右觅珠，以被

① 王惠民：《敦煌石窟中的报恩经变》，文献来源：川崎芳治：《大方便佛报恩经变相画考》，《国华》第463号1929年6月；松本荣一：《报恩经变相》，《敦煌画的研究》第一章第七节；李永宁：《报恩经和莫高窟壁画中的报恩经变相》，载于《敦煌研究文集》，甘肃人民出版社1982年版。

恶友将走。”61窟榜题为:“时善友太子在道中,被牛群□逼践,□牛王即盗骑护太子舐目。”二者相比,61窟榜题改变了“放牛人与五佰头牛牧于左”和“乃得少逾左右觅珠,以被恶友将走”的基本情节,增加了“善友太子在道中,被牛群□逼践”和“牛王即盗骑护太子”情节。五代时期108窟、146窟榜题基本一致,为“尔时太子以慈故,牛来舐眼,竹□便落,眼却如故”。与前两窟相比,删除了“放牛人与五佰头牛牧于左”“乃得少逾左右觅珠,以被恶友将走”“善友太子在道中,被牛群□逼践”以及“牛王即盗骑护太子”等情节,增加了一个“以慈故”的道德判断句,从而将前两窟榜题的叙事改成了说理。可见五代时期经变受变文内容影响的程度日益减弱,并显示出从叙事性到说理性转变的趋势。这一点与整个唐宋文学从主情到重理的演变趋势有着一致性。

概言之,从晚唐至五代以至宋,同源异出的变文与经变之间的关系更为复杂,经变画的内容常常溢出变文的主旨,走向世俗化和视觉中心化,或者说逐渐从以声音为主的听觉中心的表现方式,转换至以视觉为中心的图像叙事逻辑和表意方式。

第三节 隋唐五代山水文学与山水画

经历了隋朝短暂的开明政治,初唐政治、经济、宗教、文化等方面的进一步发展,激情昂扬的盛唐气象使人们的主体精神得到一定的张扬。因仕途不尽遂人意而处于“身在江湖之上,心游魏阙之下”的仕隐矛盾中的缙绅士夫,开始把目光从对家国情怀和自身的观照中移向更为广阔的天地自然。至此,山水开始走入他们的创作视野,并逐渐成为他们寄寓闲情雅致和哲思逸趣的首选题材。

继魏晋南北朝的勃兴之后,山水文学和山水画迎来了它们的成熟期,各种类型如山水赋、山水诗(这一问题将在第三章“隋唐五代题画文学”第四节“隋唐五代山水画的题咏”进行论述)、山水游记及青绿、水墨山水画等均得到了长足发展。“自唐至本朝,以画山水得名者,类非画家者流,而多出于缙绅士大夫”[①],他们承续孔子“仁者乐山,智者乐水”的人格化山水观,以及南朝宗炳将山水视为“以形媚道”的媒介等观念,为山水题材又赋予了新的内涵。在寄情山水、放浪形骸追求自由人格的观念引领下,士大夫们或徜徉、或自我放逐于山水之间,将其所见所感所思通过不同的符号表现出来,形成了饱含抽象诗性特质的山水文学和山水画。这两者之间亦相互影响,相互补充,相映成趣,共同建构了这一时期“外师造化,中得心源”的山水文学与绘画。

① 中国书画全书编纂委员会编:《中国书画全书》第二册,上海书画出版社1993年版,第88页。

一、山水赋的律化与山水画的程式化

这一时期，山水赋与山水画在诗性空间的营造方面都做出了很大的贡献。诗人和画家纷纷通过不同表现符号实现“体物”以“得其真体”的物象摹写效果，以铺叙等方式完成各自的抒情写意追求，最终寻找到了律化和程式化的表现技巧。

（一）山水赋与山水画对抽象诗性空间的营造

隋朝山水赋存世较少，其特点可由南朝入隋的江总的《贞女峡赋》窥知一斑。此赋中，叙事者始终置身于景物之外，通过行踪和心境、情态的不断变换，围绕贞女峡的珍怪、奇峰、山树、碧源、翠壁等景致，全方位摹写其形貌。赋章以“拟声兼状貌”的词语“索索”实现了景物描摹由“声”到“态”的转换，使“词音抽象跃上一个新的高度”。[①] 也就是说，赋者将因山水而生发的情感、心境抽象出来，站在一个游离出自我情绪的角度进行遣词造句，从而营造出了一个俯视的时空景象。

初唐时期的山水赋创作主要是围绕宫室园林展开的，多以小山、小池为题，如李世民的《小山赋》《小池赋》，许敬宗的《小池赋应诏》《掖庭山赋应诏》，王勃的《九成宫东台山池赋》《涧底寒松赋》，宋之问的《太平公主山池赋》等。这一时期山水赋的主要特征有：

其一，以俯瞰视角对山水景致进行摹写。如李世民的《小山赋》：“承坠宇之残露，挂低空之断丝。尔乃参差绝巘，葳纡短迳。风暂下而将飘，烟才高而不暝。寸中孤嶂连还断，尺里重峦欹复正。岫带柳兮合双眉，石澄流兮分两镜。”宋之问的《太平公主山池赋》则从方位着手建构太平公主山池这一景观的空间秩序：“其东则峰崖刻划，洞穴萦回。乍若风飘雨洒兮移郁岛，又似波浪息兮见蓬莱”，“其西则翠屏崭岩，山路诘曲，高阁翔云，丹岩吐绿”，“别有复道三袭。平台四注，跨渚兮交林，蒸云兮起雾”。

其二，运用使动句增加文章的气势，并将饱满的主体性贯穿于行文中。如许敬宗的《小池赋应诏》：“倒列宿以疑珠，含望舒而似镜，睹江使之潜处，玩波臣之沈泳”，在这里，山水已成了赋者的玩赏对象。王勃的《九成宫东台山池赋》中有语：“伟沉用之兼济，想神功之可作。规叠巘于盘龙，宪飞泉于挂鹤。覆篑而营岩磴，浮芥而环川埒。采拳石于溪滨，褰纤珠于绮薄。”环视之下，赋作中的景致皆是赋家的人造景观一般，山山水水似可信手拈来。《太平公主山池赋》中的“图万重于积石，匿千岭于天台”一句，更呈现出赋家胸中的一股再造山水之情势。

---

① 申小龙：《汉语与中国文化》，复旦大学出版社 2008 年版，第 359 页。

其三，将客观议论融入赋中。李世民不仅在《小山赋》中增加了直接的议论成分“才有力以胜蝶，本无心而引莺”，而且将褒贬寓于风景摹写之中：“既无秀峙之势，本乏云霞之资”。宋之问在介绍了太平公主山池景观的功能后，发出“既而贞心内洁，淑则远传。诙谈者闻之而必劝，缺薄者闻之而凛然”的议论和“春秋寒暑兮岁荣落”的慨叹。

比较而言，这一时期的山水赋主要着意于对主体观照的外部空间的勾绘和摹写，赋家的主体情感已从画面中渐渐撤离，纳入景观中的是相对客观的描写和议论成分。如果说魏晋南北朝时期山水赋摹写的是一种浸润着浓郁个人品格的“兀同体于自然”（孙绰《游天台山赋》）的情感或玄想空间的话，那么，隋及初唐时期的山水赋构筑的则是一种“指山楹而思逸，怀水镜而神虚”（王勃《九成宫东台山池赋》）的虚拟客体空间。

与此相应，这一时期的山水画与山水赋的俯瞰视角有着高度的一致性。如展子虔的山水画可谓“远近之势尤工，故咫尺有千里之趣”。其《游春图》也是站在整个画面描摹的景物之外，为观者呈现出江南二月人们外出踏青游玩的情景。画面以自然景色为主，人物点缀其间。作为存世最早的一幅山水画，整幅图卷青绿着色，笔致细腻，结束了早期山水画“人大于山，水不容泛”的阶段，开始走向了对朦胧的抽象诗性空间的表达。

（二）遥相呼应的山水赋律化与山水画程式化现象

受科举试赋制度和工整严苛诗律的影响，至盛唐，赋一脉逐渐演变成散文化的文赋，有着明显的律化倾向。可以说，“唐早期律赋作手如杨炯、王昌龄、杜颜、杨谏、钱起等，多寓议论教训于格律之中，欲振六朝衰柔，颇尚气骨。中岁白居易、元稹、李程、王起诸家创作开有唐律赋盛况，极受清代赋论家浦铣《复小斋赋话》、李调元《雨村赋话》的称美。”[①]具体到格律形式，“律赋之作一如律诗之制，于韵律、句法、结构、体势皆有严密要求。譬如韵律一项，则有宽窄之分，转对之别，如陈忠师《驷不及舌赋》用韵数句一对，为一则例；然其中有犯‘官韵’，又入‘解镫’之病。他如律赋结构变古赋分段自由而为‘四段’分合，体势又有虚实、古今、比喻、双关诸端，几与律诗无异，而唐代诗赋交融亦于此最为契合”[②]。可见赋律之严整。另据《新唐书》卷六十《艺文志四》及《宋史》卷二百零九《艺文志八》载，这一时期的赋谱种类繁多，主要有张仲素《赋枢》三卷，范传正《赋决》一卷，浩虚舟《赋门》一卷，白行简《赋要》一卷，纥干俞《赋格》一卷，和凝《赋格》一卷等。虽然这些文献基本上都已亡佚，但从著作名称足以看出当时赋的格律程度之高。

首先，山水赋有着较为稳定的铺叙视角和规制。如李白《剑阁赋》、柳宗元《囚山赋》、刘禹锡《山阳城赋》、杨敬之《华山赋》等除了在语言层面上呈现出格律

---

①② 许结：《中国赋学历史与批评》，江苏教育出版社2001年版，第200页。

化现象之外，在摹景、空间描述和文章结构等方面皆呈现出一定规范性。如赋的开篇先简要介绍景致或景观，然后从不同的方位进行描述，接着从时间及功能角度想象加工，最后或抒发情致理思，或评论、慨叹，或祈愿、赞语。如《剑阁赋》中的句子“若明月出于剑阁兮，与君两乡对酒而相忆！”《华山赋》的结句为“其于封禅，存，可也；亡，可也”；《囚山赋》为：“圣日以理兮，贤日以进，谁使吾山之囚吾兮滔滔”。

其次，山水赋选取的意象基本上趋于固定和类型化。如赋作中常常出现云峰、剑阁、松风、惊雷、玉树、晴晖、薄雾、和风、远客、离人、梅岭、枫林等。

与山水赋的律化现象相呼应，作为能够充分体现文人士大夫人文情怀和隐逸情结的一种艺术形式，无论是青绿山水还是水墨山水画都渐渐形成一套由山水意象符号组构起来的构图程式。这既是画家对山水元素进行抽象和定型、对山水技法进行提炼和概括的基础上完成的，也是文学家和画家们的共同美学追求，即对“时睹神仙之事，窅然岩岭之幽”①式文人雅士生活的向往，对山林生活的诗意想象和美化，乃至诗画合一、融禅道思想入画的哲性体悟形式。

张彦远在《历代名画记・论画山水树石》篇中说：“迨乎构成，亦窃奇状。向之两壁，盖得意深奇之作。观其潜蓄岚濑，遮藏洞泉，蛟根束鲐，危干凌碧，重质委地，青飚满堂，吴兴茶山，水石奔异，境与性会。乃召于山中写明月峡，因叙其所见，庶为知言。知之者解颐，不知者拊掌。”②他明确标示出选择山水意象的标准正是“境与性会”。正是因为画家们更重视通过绘画来表现某种特定的“情（意）境”和“心性”，而特定时代又有着相对一致的审美意趣，所以，那些取向某一情（意）境，象征着某一类型审美意趣的景致，再加上各种用笔用墨乃至敷色的抽象技法类型，必然会使山水画走向抒情达意的程式化。

尤其是中晚唐时期，画坛上涌现出了一大批擅长水墨的山水画家，如韦鶠、张通（张璪）、王维、王宰，以及“侯莫陈厦、沙门道芬，精致稠沓，皆一时之秀也”③。此外，还有“树木改步变古，自宏始也”④的毕宏、郑虔、刘单、项容及泼墨山水的创始人王洽等。尤其是王维特别善于以异质同构的意象符号来表现诗情。他的山水画意象主要集中于断岸坂堤、古渡征帆、疏疏行人、峭壁巉岩、歧路怪木等表现幽寂、萧森荒凉之境，和云收天碧、蓑衣渔夫、翠润山峦、薄雾斜晖等包蕴田园之趣的符号上。他的山水诗中的意象与山水画有着惊人的相似甚至是一致性，如《过香积寺》中的意象符号主要有：香积寺、云峰、古木、无人径、深山、钟、泉、危石、日色、青松、薄暮、空潭、毒龙。整首诗 40 个字，意象性名词 13 个，

① 张彦远：《历代名画记》卷九，俞剑华注释，上海人民美术出版社 1964 年版，第 181 页。

② 同上，第 27 页。

③ 同上，第 26 页。

④ 同上，第 199 页。

动词5个。即使只把这些意象随意地布置在宣纸上,也能够呈现出一种幽深的画境。《山居即事》中的意象符号主要有:柴扉、落晖、鹤巢、松树、访人、荜门、绿竹、新粉、红莲、故衣、渡头、烟火、采菱人,这与其《画学秘诀》中提到的田园景致几无二致。推而论之,无论是语言符号还是图像符号,都是具有移情效果的意境营造方式,或者说是情感的符号载体、表现形式。由于它们植根于近似情境,因此所映射或传达出的情感情绪是异质同构的,必然具有高度的契合性,以之表现出来的文艺形式也具有相似的艺术感染力和审美效果。

(三)晚唐五代山水赋与山水画演进的不一致性

晚唐五代时期的山水赋作并不多见。即便是总体的"律赋创作如王棨《江南春》、黄滔《明皇回驾经马嵬》、徐夤《人生几何》等欲在题材、风格、情韵、音律方面有所扩展。但其时更多的应制律赋好尚新佻,空疏纤弱,刻摹规仿,气萎势顿,既揭示了赋家投身场屋的悲剧,又显示出赋体被诗律同化而失落自身的危机"①。在周钺的《海门山赋》中有句:"况乎据是水德,凿非禹功。海若抱关于其侧,阳侯击柝乎其中。彼岱舆因鼇顼漂流,太行为愚公迁易。一则屹要道而徒在,一则滔洪波而何适?"从这里可以看出,与盛唐时期山水赋中的俯瞰视角不同,周钺在赋作中呈现出的是人在全景式的大山大水中"滔洪波而何适"的渺小和迷惘感。

与山水赋的颓势不同,这一时期的山水画从题材到技法都有了又一次质的飞跃:不仅脱离了对政治教化及各种宗教文学的依附,而且以更富有世俗气息的审美趣味拥有了独立的艺术地位和自主言说的方式。主要代表人物是"荆关董巨"四大家,他们的出现是中国山水画发展史上的里程碑。四大家的创作彰显着水墨和水墨着色的山水画已到了成熟的阶段。

北方画派画家荆浩的画作常常表现出一种高深回环、大山堂堂的气势。他在其山水画论《笔法记》中提出了气、韵、景、思、笔、墨的绘景"六要",构筑了山水画创作的一整套语言符号和言说方式。北方画派画家关仝的画作"工关河之势,峰峦少秀气"②。《宣和画谱》著录御府藏画中有其《秋山图》《江山渔艇图》《春山萧寺图》等94件,主要传世作品有《山溪待渡图》及《关山行旅图》等。

董源、巨然属南方画派,善于细腻精致地表现风雨烟云的变化,可谓写尽江南风景之秀美。董源的山水初师荆浩,笔力沉雄,后以江南真山实景入画。米芾谓其画"峰峦出没,云雾显晦,不装巧趣,皆得天真",并赞"平淡天真多,唐无此品"③。存世作品主要有《夏景山口待渡图》《潇湘图》《夏山图》《溪岸图》等。沈

① 许结:《中国赋学历史与批评》,江苏教育出版社2001年版,第200页。

② 米芾:《画史》,载于中国书画全书编纂委员会编:《中国书画全书》第一册,上海书画出版社1993年版,第988页。

③ 米芾:《画史》,载于中国书画全书编纂委员会编:《中国书画全书》第一册,上海书画出版社1993年版,第979页。

括称“其用笔甚草草，近视之几不类物象，远观则景物粲然”[1]。巨然画作系董源画风之嫡传，二者并称“董巨”。在巨然的画作中，“古峰峭拔，宛立风骨。又于林麓间多用卵石，如松柏草竹交相掩映，旁分小径远至幽墅，于野逸之景甚备。”[2]可谓深得野逸清静之趣，因而颇为文人喜爱，有《万壑松风图》《秋山问道图》《山居图》等传世。

这一时期山水赋和山水画的相似处在于：首先，二者皆是以全景式视角描摹出的大山大水画面。如周钺《海门山赋》的开篇语“大壑天接，双山阙如。作镇而巍峨对峙，象门而中外皆虚”，即与关仝《山溪待渡图》中山体正面主峰突危、两峰环抱而巍峨对峙的构图有着较强的相似性。其次，人物退隐于山水之中，并缩小为宏阔山水中的一个点景。如周钺《海门山赋》描述漂流在大海中的岱舆时所发出的“滔洪波而何适”之追问，便与巨然《秋山问道图》画作中茅屋里依稀可见的对坐二人“问道”之情形有着同样的内在旨趣。尤其是山水画中的点景人物，已成为其构图中的一个重要的符号单位。不仅如此，这些点景人物还逐渐具有了类的属性，如隐士、耕叟和渔父等人物常常与幽溪细路、屈曲萦带、竹篱茅舍、断桥危栈等景致一起，最终形成一整套山水画创作的语言体系。画家们精心构筑了一套能够自主言说的图像符号体系，来表达他们在动荡的历史时期寻求自我超越以及对自然和人生等哲学问题的体悟和探求。

二、文以图现的山水游记与气质俱胜的山水画

隋唐山水游记承接六朝山水游记品题名胜、托兴登临的传统，在空间营构、色彩铺设、以线造型、虚实相生等方面均做出了有益探索。至柳宗元，山水游记达到了这一文体的成熟乃至定型时期，代表着唐代散文的最高成就。唐末五代山水游记作家杨夔、杜光庭、徐铉等人的文章更接近实际山水地理志。山水画则从抽象化的隋唐山水转向五代时期重视“任运成象”“贵似得真”的写实性。画家不但能够以娴熟的皴染笔墨技巧摹写真山，而且善于在画面中表现“心随笔运，取象不惑”之气、“隐迹立形，备仪不俗”之韵、“删拔大要，凝想形物”（荆浩《笔法记》）之思。山水游记与山水画借各自独特的摹山绘水方法，在真实空间的建构、诗性节奏的生成方面都有着异曲同工之妙。

（一）山水游记与山水画对真实空间的建构

隋唐五代山水游记和山水画主要使用移步换景、由近及远及聚焦重点景致

---

① 沈括：《梦溪笔谈》，上海书店出版社 2003 年版，第 146 页。

② 刘道醇：《圣朝名画评》，载于中国书画全书编纂委员会编：《中国书画全书》第一册，上海书画出版社 1993 年版，第 454 页。

等方法建构作者所游览山水胜景的真实空间。

山水游记在不同时期有不同的特点，如盛唐时稍显形制简单，中晚唐日趋成熟并直达这一文体发展的高峰，五代时则略输文采和情致。尽管如此，每篇山水游记都像一张用语言文字绘制成的导游图，读者只需按图索骥，便可与叙述者一起在文中佳境畅游。如达奚珣的《游济渎记》，虽然整篇游记将摹写景致和观念阐释、教化思想等杂糅在一起，但还是勾勒出了一条较为清晰的游历行踪：轵县西北数十里，济水出焉——自河浮绿甲——彼三川者，或在幽僻——从此而东，截河通汶——流目一望，森森动人——高树直上，百尺无枝；虚篁下清，四时一色——留赏无厌，归情坐忘。由此看来，作者已有意无意地建构出了一个真实的游历时空。柳宗元的《始得西山宴游记》第二段在交代了具体的日期和游历缘起后，连用“过、缘、斫、焚、穷、止、攀、登”八个动词将登至山顶的过程生动地摹写了出来。简短的 26 个字既交代了游踪的变化，又为下文在山顶俯瞰到的景致做了铺垫，由此营造出了一个深远和高远兼有的空间。其名篇《小石潭记》更是采用由远及近、由声入景、由景及心，聚焦中心景致、因境生情等多重摹写方法，将作者出游、游览、返回的全过程和小石潭的相关景致描写得真切自然、生动，如同今日的小视频一样，给人一种强烈的身临其境之感。

孙樵的《龙多山记》则以俯瞰的视角描写山川景象，建构出一种宏大的空间秩序。如他所言“回环下瞩，万类在目。因山带川，青萦碧联。莽苍际云，杳杳不分。月上于天，日薄于泉。魄朗轮昏，出入目前。其或宿雾朝云，糊空缚山。漠漠漫漫，莫知其端。阳曜始浴，彻天昏红。轮高而赤，洪流散射。浓透薄释，锦裂绮拆。千状万态，倏然收霁”。这与“荆关董巨”四家山水的全景式构图有着惊人的相似性。

此外，山水游记作家还特别注意交代具体的日期、陪同或同游者，“为之文以志”（柳宗元《始得西山宴游记》），以此强调使用语言符号摹写出来的山水景观的真实性。

山水画家尤其是晚唐五代以来的画家，在继大小李将军山水画后进行了又一变革。他们逐渐摆脱了盛唐山水画类型化意象和程式化构图的弊病，找到并进一步发展了“度物象而取其真”的技法来摹写真实的山水空间。一如荆浩所言：“景者，制度时因，搜妙创真。笔者，虽依法则，运转变通，不质不形，如飞如动。墨者，高低晕淡，品物浅深，文采自然，似非因笔。”[1]他从选景、笔法、墨法三个方面细致地讲述了精确摹写具体景物的方法。就是画家要找到能够表现因时空转换而物物不同的笔墨技巧，从而将物象的质感刻画出来。

总体上看，“荆关董巨”四大家皆善于通过全景式布局、远近法的运用和精准

① 荆浩：《笔法记》，载于中国书画全书编纂委员会编：《中国书画全书》第一册，上海书画出版社 1993 年版，第 6 页。

物象的摹写营造气韵俱盛的山水空间。荆浩的《匡庐图》与其山水画技法理论一致，描绘了庐山群峰环抱的景致。画面以全景式布局将山的雄伟气势、水的浑远夺人、林木的瘦劲静谧刻画得精到细腻。该画的构图以高远和平远相结合，画法皴染兼备，墨色和润，层次井然，山石草木屋人皆形质各异，引人入胜。重要的是，画家摹写的这一空间还具有浓郁的生活气息，空间上部中央处的主峰危峦重叠，高耸入云；左上角邈远处亦峰峦林立，若隐若现；顺崖而下一线飞瀑兀来，气势非凡；寻水声而来，山腰密林深处院落整饬；沿着院落前一小路下山，道随溪流蜿蜒盘旋，又旁出四条小瀑布汩汩下落，最后注入山下的湖中；山脚处村居房舍掩映，密林如织，水边又有磊砢相扶；寻水向下游望去是渔人渡船；向上游放眼则见旅人毛驴。观看整幅画就如同置身其中，从山巅下山而来，走走停停时所游览到的山居美景。难怪孙承泽的《庚子销夏录》高度评价荆浩的山水画："中挺一峰，秀拔欲动；而高峰之右，群峰巑岏，如芙蓉初绽；飞瀑一线，扶摇而落。亭屋桥梁林木，曲曲掩映，方悟华原（范宽），营丘（李成），河阳（郭熙）诸家，无一不脱胎于此者。"[①]足见荆浩营造真实山水空间的技法对后世的巨大影响。

董源的《夏山图卷》采用横轴的方式，通过从左至右的散点透视，营造出连绵不断的江南风光。画面以平远摹写山势平缓，草木繁盛，水石交融。在辽阔浩渺的山峦沙洲之间，人物、茅舍、舟桥等景象出没隐现，呈现出相当强烈的空间感。如巨然的《山居图》《万壑松风图》《萧翼赚兰亭图》等皆在重叠起伏的山峦间巧妙布置小路、清溪板桥、房舍，营构出了真实自然、隐含着激昂清爽意味的山间景致，使山水画进一步从"可望"向"可行、可游、可居"（郭熙《林泉高致》）的境界迈进。

不仅如此，画家还通过对物象的精准摹写实现对真实山水空间的建构。方法之一是避免常见的技法问题，"一曰无形，二曰有形。有形病者，花木不时，屋小人大，或树高于山，桥不登于岸，可度形之类也。是如此之病，不可改图。无形之病，气韵俱泯，物象全乖，笔墨虽行，类同死物，以斯格拙，不可删修"[②]。如此不但可以避免比例失调，而且能够摹写出鲜活的物象。方法之二是加强对物象"性"质的了解以实现对形质各异的具象化。如荆浩《笔法记》所载："子既好写云林山水，须明物象之源。夫木之为生，为受其性。松之生也，枉而不曲遇，如密如疏，匪青匪翠，从微自直，萌心不低。……柏之生也，动而多屈，繁而不华，捧节有章，文转随日，叶如结线，枝似衣麻。有画如蛇如素，心虚逆转，亦非也。其有楸、桐、椿、栎、榆、柳、桑、槐，形质皆异，其如远思即合，一一分明也。"[③]如此一来，山水画得以改变此前符号化、类型化的物象造型方法，逐渐走向以写实性的方法表现真山真水中饱含人间烟火味的道路。

---

① 孙承泽：《庚子销夏记》，载于王伯敏主编：《中国美术通史》，山东教育出版社 1987 年版，第 17 页。

② 荆浩：《笔法记》，王伯敏标点注释，人民美术出版社 1963 年版，第 4 页。

③ 荆浩：《笔法记》，王伯敏标点注释，人民美术出版社 1963 年版，第 4—5 页。

(二)山水游记与山水画中的诗性节奏

隋唐五代山水游记将绘画、音乐巧妙地融为一体,在强烈的诗性节奏中渲染出真实山水自然灵动、清妙幽雅的趣味来。具体而言,山水游记的诗性节奏主要由行踪变化,语音的平仄转换,情感的起伏构成。如元结《右溪记》虽然被欧阳修评论为"其文章用意亦然,而气力不足,故少遗韵"①,但整体上游踪较为清晰,语音转换自然,尤其是对景致的描写如"清流触石,洄悬激注。佳木异竹,垂阴相荫"更是音节响亮,读起来抑扬顿挫、朗朗上口,听起来清脆悦耳。因在短篇中加入大段议论,使整篇文章的节奏稍显促迫不稳。不过,很快作者就以语气词导引出两句五四字组合句式,"而置州已来,无人赏爱,徘徊溪上,为之怅然。乃疏凿芜秽,俾为亭宇;植松与桂,兼之香草,以裨形胜",完成了文章的起承转合。这一句式随文中情绪的变化生成了一种起伏波荡的气息。

柳宗元的《小石潭记》字里行间潜隐的诗性节奏更是如同淙淙流水,明丽清洌。孙樵的《龙多山记》几乎全部使用四字句,气息密集地摹写龙多山险峻的山势:"气象鲜妍,孕成阴烟。矻石巉巉,别为东岩。槎牙重复,争先角逐。若绝若裂,若缺若穴。突者虎怒,企者猿踞。横者木仆,挺者碑植。又有似乎飞檐连轩,栾栌交攒,攲撑兀柱,悬栋危础。殊状诡类,愕不得视。"虽然在语音层面有佶屈聱牙之嫌,但整体上仍不失交迭繁复的节奏感。杨夔的《小池记》前文叙事节奏舒缓,中间部分的对话体式以咄咄逼人的气势带来一种紧张的节拍,结尾处则在三个四八字句式、两个三九字句式之后,突然使用独字句"嘻",如同一阵急管繁弦后的停顿和休止。之后,再以沉稳舒缓的语调语式有力地收束全篇,使读者有如同观看传为巨然的《秋山问道图》,感受在山光水色中享受酣畅淋漓的游走之趣。杜光庭的《焰阳洞记》不厌其烦地记录了焰阳洞的精确尺寸:"洞自东及西,深三丈九尺,阔五尺三寸。洞皆是石洞门,第一重高六尺,阔五尺二寸;第二重门高五尺五寸,阔三尺七寸;第三重门高四尺七寸,阔三尺五寸。"其重复用词的语言节奏,恰与荆浩、巨然画中重峦叠嶂,关仝画中三叠悬瀑所形成的回环复沓的节奏,以及董源连绵不断的山水秩序相类似。

山水画的诗性节奏主要源自空间的转换,景物的运动,山势的起承转合以及线条的重复,墨色的层次变化。在这一点上,荆浩的节奏更趋向于柔和细腻之韵;关仝的画面偏向彰显深峭磅礴之气;董源的山水则饱含连绵起伏之势;巨然的山峦常含清润天真之趣。如传为关仝的《秋山晚翠图》,画面中与主峰围拢在一起的山峦错落有序,三叠悬瀑曲折婉转贯通而来;画面中央处树木与画面下方树木相互呼应,山石的轮廓勾勒和皴染皆有回环复踏的韵致;再加上画面中央一条斜贯左右的坡面线,更豁显出整幅画的壮伟气势,可谓秩序井然又饱

① 《集古录跋尾》卷七《唐元结阳华岩铭(永泰二年)》,第158页。

满生动。正像《宣和画谱》所言，关仝“所画，其脱略毫楮，笔愈简而气愈壮，景愈少而意愈长”。[①] 可见他充分发挥了水墨画的特长，不仅物象摹写精准，而且通过粗细断续有别的线条、渍染生动的墨色和不断变化的景观位置建构出了动静相宜的山水空间，以气质俱胜的意蕴、强劲的律动节奏呼唤着后世山水画高峰期的到来。

第四节　唐代明皇贵妃形象的文图关系

唐玄宗李隆基(谥为“至道大圣大明孝皇帝”，故亦称“唐明皇”)712 年至 756 年在位，早年善用贤才，励精图治，开创了“开元盛世”。开元末，玄宗由最初利用道家治国的思想转而沉湎于道教方术以求长生不老；再加上他钟情于乐舞情事，信谗言，宠佞臣，终致天宝十四年(755)藩镇节度使安禄山在河北起兵发动叛乱。第二年，潼关失守，玄宗被迫逃往四川，至马嵬坡时，军队哗变，他无奈赐死至爱杨贵妃。太子李亨即帝位后，尊其为太上皇。不久，马嵬坡之变与李杨爱情故事以及贵妃绝世之美貌、杨氏家族的奢靡生活等，被“小说家类”[②]史家、诗人、传奇小说家、画家、戏剧戏曲家们当作艺术创作的材料进行想象、吟咏、虚构、摹写，且不断地进行传写、加工、改编，从而成为文学艺术中言说不尽的永恒话题。

一、唐代文学对明皇贵妃的形象塑造

《全唐诗》中的明皇贵妃形象鲜明突出，两人郎才女貌，爱意绵绵，却以悲剧告终，直令人唏嘘不已。可以说，唐代文学中对李杨爱情的褒贬为后代文学艺术留下了丰富的想象空间。

(一) 唐诗中的明皇贵妃

1. 李隆基诗文的自塑像

《全唐诗》[③]收录李隆基 64 首诗，以多重视角呈现出一个多才多艺、胸怀天下、志在建立盛世功业同时又执迷道教方术的仁君形象。在他自己的诗文中，他是一位善于反思、视人如子，威武仁爱又迷恋道教方术的“有情郎”。李隆基的自塑像主要体现在以下几个方面：拥有“长怀问鼎气，夙负拔山雄”的建功立业之志；“愿将无限泽，沾沐众心同”的仁君形象；以镜为喻，善于镜鉴反思；具有“今看两楹奠，当与梦时同”的雄健魄力；迷恋于道教方术“万古一芳春”幻境中的不可

---

① 中国书画全书编纂委员会编:《中国书画全书》第二册，上海书画出版社 1993 年版，第 90 页。

② 《明皇杂录》《开天传信记》《次柳氏旧闻》《大唐新语》等被《四库全书总目》列入于《小说家类》。

③ 本节《全唐诗》引文如无特殊脚注皆出自《全唐诗》，中华书局 1980 年版。

自拔者；不“倚倾国貌”，好个“有情郎”（《好时光》）。

纵观李隆基的诗作，其自塑形象可谓性格多样。不过，他在诗作中展现出的每一种性格都鲜明、饱满，且这些不同的性格侧面在他的人生中也表现得淋漓尽致。这也与他在文章中表达的思想观念紧密相关。《全唐文》[1]收录其文章28篇，主要呈现出其三个方面的思想，皆与其诗相呼应。第一，崇尚剪繁芜、撮枢要的思想。他的《孝经注序》有语：“至当归一，精义无二。安得不剪其繁芜，而撮其枢要也？”表现出他尚简且注意抓住要害的思想。第二，至德累仁的思想。如他的《起义堂颂序》所言：“非天私我有唐，唯天祐于积德；非唐求于人庶，唯人怀于累仁”，并在文尾直言“非至德，其孰能如此其大者乎！”第三，推崇道教方术思想。李隆基在《送李含光还广陵诗序》《道德真经疏释题词》《上方大洞真元妙经品序》《西岳太华山碑序》等文章中阐述并宣传道教方术，以致他在《后土神祠碑序》中直接提出求仙的思想：“此所以承覆载，报生植，资元元，尽翼翼，岂与夫封禅有牒，专在求仙，秘祝有辞，密于移过而已！”由此他甚至将道教奉为国教，足见他已经渐渐地沉迷于方术几近迷信的程度。

2. 唐诗中关于贵妃之美的隐喻

《全唐诗》中收录的关于杨贵妃的诗作近百篇，涉及的贵妃之美可以用以下图像性字词或诗句来概括：

（1）“柳”，喻贵妃作为女性之弱势。杨贵妃的才艺主要体现在音乐、舞蹈方面。《全唐诗》收录她唯一的一首诗是《赠张云容舞》。诗中呈现出的是一幅动态连绵的美人舞蹈图：“轻云岭上乍摇风，嫩柳池边初拂水。”虽然是写给舞女张云容的诗，但“嫩柳初拂水”这一比喻，恐怕也难逃自拟之意。

唐代诗人对“柳”这一意象有着非常多的描写与渲染，一层层地为其增加了浓郁的离情别绪、柔美的神秘气息。王维一首《送元二使安西》不仅名传千古，而且在当时就被传为“灞桥折柳”的诗意故事。元稹则将柳比作美人，白居易的《长恨歌》有诗句为：“归来池苑皆依旧，太液芙蓉未央柳”。李商隐将柳拟作美人之眉——“倾国宜通体，谁来独赏眉！”值得注意的是，由于后代诗人慢慢认识到李杨爱情悲剧的实质，常常在诗作中直接指出传统的“红颜倾国”说的偏颇性。此类诗作亦皆以柳为喻，其一是韦庄的《立春日作》，其二是晚唐诗人罗隐的《帝幸蜀》。

（2）“玉”，喻贵妃之肌肤美。唐明皇在《王文郁画贵妃像赞》中主要抒发了对生死、盛衰的慨叹。其中对杨贵妃的画像进行了简略的描述：“忆昔宫中，尔颜类玉。助内躬蚕，倾输素服。有是德美，独无五福。生平雅容，清缣半幅”。诗文虽然以理入诗，但字里行间还是可以看到贵妃玉颜素服之雅容。

（3）“牡丹”，喻贵妃之富贵态。李白奉明皇之诏而作的《清平调词》三首，其

---

① 本节《全唐文》引文如无特殊脚注皆出自董浩等编：《全唐文》，中华书局1983年版。

一，“云想衣裳花想容，春风拂槛露华浓。若非群玉山头见，会向瑶台月下逢。”其二，“一枝红艳露凝香，云雨巫山枉断肠。借问汉宫谁得似，可怜飞燕倚新妆。”其三，“名花倾国两相欢，长得君王带笑看。解释春风无限恨，沉香亭北倚阑干。”宋乐史《杨太真外传》记载了李白为贵妃作诗的过程：“开元中，禁中重木芍药，即今牡丹也，得数本红紫浅红通白者，上因植于兴庆池东沉香亭前。会花方繁开，上乘照夜白，妃以步辇从。诏进梨园弟子中尤者，得乐一十六色。李龟年以歌擅一时之名，手捧檀板，押众乐前，将欲歌之。上曰：‘赏名花，对妃子，焉用旧乐词为？’遂命龟年持金花笺，宣赐翰林学士李白立进《清平乐》词三篇。白承旨，宿酲未解，因援笔赋之。”可见，诗人以牡丹比喻杨贵妃之富贵神态，真可谓是红艳香凝，斜倚栏杆，风情无限，相欢倾国。

（4）“杨花雪落”，喻贵妃家族之荒淫。诗圣杜甫的《丽人行》可谓一首具有预见性的现实讽刺诗。诗作通过描写杨氏兄妹曲江春游的情景，揭露了杨氏家族荒淫奢靡、骄横恣纵的行径，从一个侧面刻画出了安史之乱前夕的社会情景。诗人用语细腻生动，富丽堂皇，将对杨氏家族的批判态度自然而然地寓寄于场面摹写和情节中，实现了“无一刺讥语，描摹处语语刺讥；无一慨叹声，点逗处声声慨叹”[①]的艺术效果。“杨花雪落覆白蘋，青鸟飞去衔红巾”一句表面上是写春日景致，其实也别有隐喻。或者说关于杨氏兄妹的传言，在当时已人尽皆知，杜甫在诗中隐晦地进行言说。最后一句“炙手可热势绝伦，慎莫近前丞相嗔”不仅有着点睛之妙，而且隐含着无限的批判之意。这首诗开头“态浓意远淑且真，肌理细腻骨肉匀”，刻画出了杨氏姊妹形体丰腴、神态秾丽、情致远逸和行动自然的妍泽之美，为后世艺术家提供了近距离描绘贵妃之美的蓝本。

（5）“梨花带雨”，喻贵妃之爱情悲剧。白居易《长恨歌》开篇即对杨贵妃之美进行描写，一句“天生丽质难自弃，一朝选在君王侧”，一句“回眸一笑百媚生，六宫粉黛无颜色”成了倾城倾国美人的绝美图画。“春寒赐浴华清池，温泉水滑洗凝脂。侍儿扶起娇无力，始是新承恩泽时”两句，引发了多少艺术家对贵妃性感之美的想象。“贵妃出浴”图甚至成为后世画家常用的题材，如明仇英的《贵妃出浴图》，清康涛的《华清出浴图》、费丹旭的《出浴图》、改琦的《出浴图》等。贵妃之美，不仅给帝王以无尽的情色享受——“春宵苦短日高起，从此君王不早朝”，甚至改变了帝王特有的多性观念，“后宫佳丽三千人，三千宠爱在一身”。更甚者，杨贵妃的传奇经历一度改变了古代中国的生殖观念：“遂令天下父母心，不重生男重生女”。这样的美，经过白居易的语言修辞，真可谓惊天动地，无与伦比。然而，正是这样的美，最终带来的却是一场悲剧，正如他的比喻——“梨花一枝春带雨”，实在给人留下太多的想象和思考空间。

（6）“红尘一骑”，喻贵妃之过。晚唐诗人杜牧《过华清宫绝句三首》使用一

---

① 浦起龙：《读杜心解》，载于莫砺锋：《杜甫评传》，南京大学出版社 1993 年版，第 90 页。

个细节特写的形式，将安史之乱归结为唐明皇过度宠爱贵妃的问题，即千古传唱的经典名句——“一骑红尘妃子笑，无人知是荔枝来”。唐诗中杨贵妃的形象可谓惊艳动人，又各有不同，甚至同一诗人笔下的杨妃形象也不同。李商隐一方面说“自埋红粉自成灰”，另一方面又说“未免被他褒女笑”，这两句对杨妃的形象刻画和价值判断完全不同。在前文引述的杜甫、罗隐诗作中也有类似情形。这一现象反映了诗人思想认识的复杂性。随着诗人思想认识和写作角度的变化，杨妃形象也是丰富多变的。

(7)“花钿委地”，喻贵妃之死。《全唐诗》提到“马嵬”二字多达40余处，且几乎都与杨贵妃有关。唐诗中对贵妃之死的描写很多，距离“马嵬驿兵变”仅六七个月时间的杜甫诗《哀江头》中有语：“明眸皓齿今何在，血污游魂归不得”，是比较写实的叙述。此后，其他诗人如李益、贾岛、温庭筠等都写过相关的诗。李益的《过马嵬驿》中写道：“托君休洗莲花血，留记千年妾泪痕”，其《过马嵬驿二首》其一中则曰“太真血染马蹄尽”；贾岛的《马嵬》诗则云：“一自上皇惆怅后，至今来往马蹄腥”；杜牧的《华清宫三十韵》直言：“喧呼马嵬血，零落羽林枪；倾国留无路，还魂怨有香”；张祜的《华清宫和杜舍人》云：“血埋妃子艳”；温庭筠《马嵬驿》中的“返魂无验青烟灭，埋血空生碧草愁”句等，基本上可以看作是相对写实性的描述。白居易《长恨歌》将贵妃之死化为形象的比喻，如同蒙太奇画面一般最让人记忆犹新：“花钿委地无人收，翠翘金雀玉搔头”。诗人以慢动作画出杨妃满头花钿缓缓垂落，亦是杨妃倒下委婉的隐喻，这一修辞足以让人细细咀嚼那美的毁灭的悲剧感。此外，还有杜甫在《曲江对雨》中以“林花著雨燕脂落，水荇牵风翠带长”句呈现出了胭脂般红艳的林花经受风吹雨打而终于凋落的情景，象征着风华绝代的杨妃经过马嵬驿之变后终归凋落的人生。不仅如此，诗人最后再次以“别殿芙蓉”之喻来强调贵妃之死的情景。此外，对贵妃之死的情况进行描述的还有罗邺《温泉》中的诗句：“一条春水漱莓苔，几绕玄宗浴殿回。此水贵妃曾照影，不堪流入旧宫来”，该诗以旧宫春水来喻指贵妃之逝，同时也借指当年明皇贵妃爱情的不复存在。

总体上看，唐诗中关于杨贵妃的隐喻体系呈现出特别的生命过程，即以“花”喻其美始，以“花落”喻其逝终；以“柳”自喻柔情始，再以“柳”喻其弱势终。

3. 唐诗中的明皇形象

唐诗中对唐明皇的具体形象并没有明确的描绘，但是总体上塑造出了一个形象模糊却性格鲜明的多情、忠贞的帝王形象。张祜《华清宫四首》中写出了李隆基因对杨妃思念不已便派遣道士上天遁地访查贵妃的情节。白居易在《长恨歌》中也写了李隆基移居西内太极宫后为杨贵妃招魂的事情。高蟾的《华清宫》有句：“何事金舆不再游，翠鬟丹脸岂胜愁？重门深锁禁钟后，月满骊山宫树秋。”李益的《过马嵬驿》诗则曰：“托君休洗莲花血，留记千年妾泪痕”“南内真人悲帐殿，东溟方士问蓬莱”。上述这些诗作皆对明皇深爱贵妃这一深情款款的形象有着一致的描述。

(二) 唐代诗文对李杨爱情的聚焦与美化

从马嵬事件发生至唐亡的150余年间，唐代诗人对事件中的两位主人公做出了各自的评析，并表达了对这一事件的认知、评价或感慨。从中唐至晚唐，有20余位诗人吟咏马嵬事件的诗50余首。这些诗作使我们跨越千年时空的阻隔，与唐人站在一起重新思考特定时空下人物的命运。如唐代高彦休在其《唐阙史》中对郑畋《马嵬坡》一诗进行评价时说："马嵬佛寺，杨贵妃缢所，迩后才士文人，经过赋咏以导幽怨者，不可胜记，莫不以翠翘香钿，委于尘土，红凄碧怨，令人悲伤，虽调苦词清，而无逃此意。"[①]他明确指出后世文人多聚焦于对李杨爱情悲剧的吟咏，且一直没有写出新意来。

在众多的诗作中，从一开始对李杨悲剧事件抒发慨叹到描绘出想象中的爱情故事的过程，诗人们越来越对李杨爱情故事进行理想化、浪漫化和抽象化的艺术处理。尤其是在杨贵妃死后50余年时出现的一诗一文——《长恨歌》与《长恨歌传》，更是将马嵬坡事件改造为李隆基与杨玉环之间浪漫的爱情故事，并使这一故事基本的情节模式渐趋定型。

1. 唐代诗文对李扬爱情的褒贬

唐代诗文以多种视角呈现出了对李杨爱情悲剧的慨叹与批判。杜甫在其《哀江头》中表达出的是对李杨爱情的一种哀叹与无奈，杜牧则将批判锋芒直指杨贵妃的恃宠而骄，指出这才是造成马嵬坡事件的真正原因。

关于李杨爱情悲剧的"红颜祸水"说。李益在其《过马嵬二首》中写道："世人莫重霓裳曲，曾致干戈是此中"；张祜在其《华清宫和杜舍人》中直言："雪埋妃子貌，刃断禄儿肠。……益知迷宠佞，唯恨丧忠良。"这些诗人都是直接在诗中表达了红颜误国的观点。

对李杨爱情故事所表现出的矛盾态度。郑畋的《马嵬坡》一诗对李杨爱情抱着既同情又批评的矛盾的心态："玄宗回马杨妃死，云雨难忘日月新。终是圣明天子事，景阳宫井又何人。"他较为客观地认识到李杨爱情悲剧的历史局限性，可谓温柔敦厚之评。

唐代诗人中也有直接对唐明皇的批判。最早对李杨爱情悲剧进行反思并直接抨击唐明皇所犯错误的是李商隐。他在咏史诗《马嵬二首》中说："此日六军同驻马，当时七夕笑牵牛。如何四纪为天子，不及卢家有莫愁。"借此，李商隐直指李隆基因宠爱杨玉环导致朝政错乱造成的家国悲剧。他认为，李隆基因为个人的偏爱不仅葬送了自己的爱情，更葬送了国家。温庭筠的《过华清宫二十二韵》也持此观点："贵妃专宠幸，天子富春秋。月白霓裳殿，风干羯鼓楼。"

---

① 陈伯海编：《唐诗汇评》下，浙江教育出版社1995年版，第2547页。

深刻反思李杨爱情悲剧的诗文。张祜写下了《太真香囊子》《雨霖铃》《马嵬归》和《玉环琵琶》等来重新思考这一爱情悲剧。“谁为君王重解得，一生遗恨系心肠”（《太真香囊子》）；“宫楼一曲琵琶声，满眼云山是去程。回顾段师非汝意，玉环休把恨分明”（《玉环琵琶》）。诗人更多地是从事件亲历的视角在替玄宗反省与谢罪，为后人留下了更多的思考和想象空间。

纵观唐代文学中对李杨爱情的记载和叙说，无论作家、诗人持有的是哪一种观点，这些作品中所描述的李杨爱情故事，都呈现出一个渐渐抽离出历史事实和具体人物性格的倾向。不仅如此，相关李杨爱情故事的文学语境越来越显示出一种逐渐脱离当时历史环境的趋势。

2.《长恨歌》中进一步抽象乃至定型的李杨爱情图景

随着中晚唐商品经济的进一步发展，从事手工业与商业的市民阶层人数逐渐增多，市民的生活理想已与盛唐士大夫式的致君尧舜与立功边陲的抱负大不相同。人们更多的是追求平稳、安宁的日常生活。由此，以往文学作品中对于帝王纯粹爱情的抽象和再创造，让位于平庸而真实的世俗情爱生活的琐碎描述。这种特殊的时代文化氛围也促成了唐传奇中爱情题材的不断涌现。如风靡一时的《李娃传》《霍小玉传》《莺莺传》等大多数讲述的是书生与妓女交往过程中的悲欢离合所引发的爱恨情仇。白居易的《长恨歌》就诞生于这样的大文化环境之中。因而，与这一时期市民阶层的审美趣味相一致，《长恨歌》中的李杨爱情故事也渗透着浓重的世俗化意味。

《长恨歌》将李杨爱情故事置于由“盛”而“微”的大历史背景之下。长诗的前半篇描写盛唐天子宠幸杨妃后“从此君王不早朝”，因而荒于政事最终酿成了祸乱。这是“政教浸微”思想在诗中的具体表现。一定程度上，诗人也借此对唐明皇的错误行为进行了批判：“春宵苦短日高起，从此君王不早朝。承欢侍宴无闲暇，春从春游夜专夜。后宫佳丽三千人，三千宠爱在一身。”白居易着色最多之处是渲染李隆基、杨贵妃之间感人泣下的缠绵爱情和生死离别的场景。尤其是承续《明皇杂录》中对李杨爱情的颂扬和重构的态度和写作方法，白居易着重描写了玄宗从四川回来后对贵妃日夜思念的深情，“天长地久有时尽，此恨绵绵无绝期”。在这样的基调中，诗作已明显地游离了讽刺性主旨，反而是畅述一种“人天生死形魂离合之关系”（陈寅恪）。正是由于“此故事既不限于现实之人世，遂更延长而优美”[①]，反而因为这种脱离历史语境的想象，使李杨爱情故事具有了不朽的艺术魅力。基于此，《长恨歌》流播速度之快、范围之广达到了令人惊异的地步。据载，《长恨歌》不仅常常熟诵于“王公妾妇、牛童马走之口”（元稹《白氏长庆集序》），甚而竟至一旦有歌妓诵唱便会身价骤增之势。这些现象表明：与对一个历史事件的关注热情相比，人们更关注的是历史事件的亲历者之间令人向往

---

① 陈寅恪：《〈长恨歌〉笺证》，《清华学报》1947 年第 1 期。

和回味的爱情。

此后，文学作品逐渐转向把帝王爱妃的爱情故事升华到普遍男女之间爱情悲剧的道路上来，借此来颂扬讴歌爱情的坚贞不渝。正如元稹的《行宫》所描述的那样："寥落古行宫，宫花寂寞红。白头宫女在，闲坐说玄宗！"而高骈的《马嵬驿》则为杨妃之死喊冤，从而为杨李爱情悲剧发出唏嘘感叹；徐夤的《马嵬》将为李隆基错误翻案的观点更推进了一步，在同情李杨爱情悲剧的基调上，他表达出对这一事件的理解——"二百年来事远闻，从龙谁解尽如云"。在历史烟云不断散逸的时间长河之中，关于李杨爱情悲剧的政治因素以及造成这一悲剧的红颜祸水等观念已悄然从文学作品中滑落。帝王贵妃爱情事件已转化为普通人对美好爱情无尽想象的图景。

二、唐代明皇贵妃图像的概念化

明皇在世时及稍后的时代，已经出现了一些明皇故事题材的艺术作品。但是，根据现有文献，目前尚未发现直接涉及明皇贵妃韵事的图像。

(一) 叙事图像之《明皇幸蜀图》

接近青绿山水画家"二李"将军(李思训与李昭道)风格的宋摹本《明皇幸蜀图》，至少存在台北"故宫博物院"本、日本大和文华馆本和美国大都会艺术博物馆本三个藏本。以台北"故宫博物院"藏本宋摹本《明皇幸蜀图》为例，该图是明皇贵妃故事图像中较为典型的叙事性作品。画作描绘的是唐明皇为避安史之乱逃难四川的情景。崇山峻岭间，一队骑旅正自右侧山间穿出向远山绕道行进。此时，一骑马者(明皇)着红衣乘三花黑马正待过桥，与之相随的嫔妃们则着胡装戴帷帽正在有序地前行。画面右下方的唐明皇形象，人物虽小，但却位于画面的最前方。他所骑的三骢马在过桥时重心后移，呈现出某种胆怯状。从画面中群体人物的位置可以看出明皇作为天子的位势(隋唐时期人物画的构图常常采用程式化的人物比例关系，即中心人物大于其他群像，以此强调人物之间尊卑、主次、正侧、大小的伦理秩序)。也有学者认为，这一细节是画家有意为之，意在表现唐明皇避难途中惊慌失措的心理。

苏轼在其《书李将军〈三鬃马图〉》[①]中说："唐李将军思训作《明皇摘瓜图》。嘉陵山川，帝乘赤骠，起三鬃，与诸王及嫔御十数骑，出飞仙岭下，初见平陆，马皆

---

① "苏轼的这两则题跋应该是后人所言，恐非出于苏轼……至于这两则讹托东坡的题跋，《书李将军〈三鬃马图〉》一则早见于胡仔编《苕溪渔隐丛话》引《复斋漫录》所说的《东坡笔记》，文字内容如出一辙。《复斋漫录》的作者不详，一说此书即南宋绍兴年间吴曾《能改斋漫录》。"见衣若芬：《台北"故宫博物院"本"明皇幸蜀图"与白居易〈长恨歌〉》，《中山大学学报》(社会科学版)2011年第6期。

若惊，而帝马见小桥作徘徊不进状，不知三鬃谓何。后见岑嘉州诗，有《卫节度赤骠马歌》云：'赤髯胡雏金剪刀，平明剪出三鬃高。'乃知唐御马多剪治，而三鬃其饰也。"[①]在描述画作时，他已明确指出画面呈现出的特殊内容——"马皆若惊，而帝马见小桥作徘徊不进状"。宋代叶梦得在其《避暑录话》中记载："《明皇幸蜀图》李思训画，藏宗室汝南郡王仲忽家。余尝见摹本，方广不盈二尺，而山川云物、车辇人畜、草木禽鸟，无一不具。峰岭重复，径路隐显，渺然有数百里之势，想见为天下名笔。宣和间，内府求李画甚急，以其名不佳，故不敢进。"[②]叶梦得记载了他见到《明皇幸蜀图》的情景以及画作的尺寸、画面物景和画面的气势等。虽然他并没有直接交代该画作中人物的具体形态，但是也谈到了该画作讲述的历史事件。

至明代，王绂在其《书画传习录》中说："或以图中有宫女即道旁瓜圃采瓜者，因讳之为《摘瓜图》。"[③]在这里，王绂进一步交代了《明皇幸蜀图》又别称"摘瓜图"的原因。可见，《明皇幸蜀图》中所表现的基本情节，已被后世认定为明皇贵妃逃难蜀中的历史事实。

总体上看，《明皇幸蜀图》与白居易《长恨歌》之间存在着极为复杂的"文-图"关系。"白居易《长恨歌》叙述'明皇幸蜀'的场景：'黄埃散漫风萧索，云栈萦纡登剑阁。峨嵋山下少人行，旌旗无光日色薄。蜀江水碧蜀山青，圣主朝朝暮暮情。'台北'故宫博物院'本'明皇幸蜀图'表现了'云栈萦纡登剑阁'的情形，但是很难肯定此图即'长恨歌图'的一部分。因为在'明皇幸蜀图'可能绘制的时代，即11至12世纪的宋朝，白居易的诗歌虽有好评，《长恨歌》却受到多方的批判。"[④]尽管如此，《明皇幸蜀图》以图像的方式再现了李隆基在四川崇山峻岭中避难的情景。在某种意义上而言，该图一方面起到了佐证这一历史事件的文献作用，另一方面也佐证了相关图像与白居易《长恨歌》之间的相互影响。不过，这一图像的真实性、产生的年代及其在历史烟尘中辗转的过程依然有待进一步的考证。

（二）趋于概念化的明皇贵妃行乐图

朱景玄《唐朝名画录》记载，开元中召入供奉的陈闳画过"明皇射猪鹿兔雁并《按舞图》及御容"[⑤]。郑午昌统计过唐代画家们画过的与明皇贵妃有关的画作：张萱有记载的画作47幅，其中涉及明皇贵妃的有："明皇纳凉图一，整妆图一，乳

---

① 苏轼：《书李将军〈三鬃马图〉》，载于《苏轼文集》卷七十，孔凡礼点校，中华书局1986年版，第2210页。

② 邵洛羊：《李思训》，上海人民美术出版社1962年版，第9页。

③ 王绂：《书画传习录》，载于中国书画全书编纂委员会编：《中国书画全书》第三册，上海书画出版社1993年版，第244页。

④ 衣若芬：《台北"故宫博物院"本"明皇幸蜀图"与白居易〈长恨歌〉》，《中山大学学报》(社会科学版)2011年6期。

⑤ 朱景玄：《唐朝名画录》，载于《文渊阁四库全书·子部》，第369页。

母抱婴儿图一，捣练图一，执炬宫骑图一，唐后行从图五，挟弹宫骑图一，宫女图二，卫夫人像一，按羯鼓图一，按乐士女图一，日本女骑图一，赏雪图二，扶掖士女图一，五王博戏图二，四畅图一，织锦回文图三，元辰像一，拂林图一，横笛士女图二，鼓琴士女图二，游行士女图一，藏谜士女图一，楼观士女图一，烹茶士女图一，明皇斗鸡射鸟图二，写明皇击梧桐图二，虢国夫人夜游图一，虢国夫人游春图一，七夕祈巧士女图三，写太真教鹦鹉图一，虢国夫人踏青图一。”陈闳的画 17 幅，其中有“写唐列圣像一，明皇击梧桐图一”。周古言画 3 幅，其中有“明皇夜游图二，鹁鸽士女图一”。周昉画作 72 幅，其中有与明皇贵妃故事有关的是：“明皇骑从图一，杨妃出浴图一，三阳图一，按舞图三，妃子教鹦鹉图一，明皇斗鸡射鸟图一……”。王朏画作 10 幅，其中涉及明皇贵妃的有：“明皇燕居图一，明皇斫脍图三，写唐帝后真一，太真禁牙图一”。杜庭睦画作 1 幅，即“明皇斫脍图一”。在这些人物画中，“以帝王后妃故实为多。如击梧桐、教鹦鹉、斗鸡、射鸟、夜游、出浴等，可见唐代王家之所行乐”①。鉴于诸种政治原因，画家们表现明皇贵妃的作品常常规避了其政治悲剧的意义，而聚焦于二人的行乐场面。

此外，画家周昉还画过《独孤妃按曲图》，但独孤妃不是唐明皇时期的人物。另有《明皇骑从图》《杨妃出浴图》《三杨图》《明皇斗鸡射鸟图》等皆未见于唐人记载。据张彦远《历代名画记》记载，张萱画过《按羯鼓图》《虢国夫人出游图》，韩幹有《玄宗试马图》，陈闳有《玄宗马射图》，并且在长安亲仁坊咸宜观画过壁画“窗间写真及明皇帝、上佛公主等图”②，韦无忝画过《明皇一箭射二野猪图》等。

由于上述图像作品大多数只见文字记载，而不见图像，因此，很难还原出画作中的一些细节。不过，通过画作名称，还是可以大致想象出一些画面描述的情景的。除了上述绘画作品，关于明皇的雕像“在天宝元年建成的长安太清宫中，就有玄宗的石像立于玄元皇帝像之前，此后，他的图像更广泛分布在全国的许多寺观之中”③，包括泥塑像、石像、玉像、材质不详之像及铜像等多种类型。其中主要有“兴唐寺大宁坊东南隅，神龙元年，太平公主为武太后立为罔极寺……开元二十年，改为兴唐寺，明皇御容在焉”（《唐两京城坊考》）等共 37 条材料中涉及的玄宗图像。还有学者在此基础上又加补三条铜像材料，并认为书中辑录的“‘玄宗铜像’的绝大多数均存在一个共同的制度起源，即天宝三载敕令天下诸郡于开元观、寺所铸之玄宗等身天尊像和等身佛像”④。可见这些雕像在制作时所受的制度约束等。因而相关明皇雕像均不同程度地呈现出受某种程式化、政治化影响的效果。

---

① 郑午昌：《中国画学全史》，上海古籍出版社 2008 年版，第 91 页。

② 张彦远：《历代名画记》卷三，朱和平注释，中州古籍出版社 2016 年版，第 95 页。

③ 雷闻：《郊庙之外》，三联书店 2009 年版，第 121 页。

④ 杜文玉编：《唐史论丛》第二十一辑，三秦出版社 2015 年版，第 115 页。

由于很多图像已遗失或毁坏，再加上唐代图像造像更多地是沿袭顾恺之类型造像的艺术传统，因而，在关于明皇贵妃的图像中，似乎并不能具体地观看到二人的实际面貌。与文学描写的戏剧化、细节化和隐喻性相比，绘画等其他艺术门类还存在着更多的时代局限，如表现故事情节尤其是时代风俗的能力并未完全成熟，对细节的把握不够准确、精彩生动，因而未能充分地体现出人物的性格特征。因此，在绘画等图像作品中表现贵族生活也显得比较粗略和概念化，比如唐代人物画在线描风格、空间关系上都显得较为粗拙古朴。就像明皇贵妃的外貌特征，除了诗词作品中以花为喻的富贵、柔媚等，在图像中并没有什么见到太多准确刻画的细节特征。与此相应，作为综合艺术的唐代舞台戏剧（如目连戏、参军戏）中关于明皇贵妃的故事情节也显得简单稚拙，且呈现出一定的概念化和程式化特点。

三、唐代明皇贵妃形象的文图关系

由于唐代图像提供的杨贵妃的形貌特征很少，直到宋代，一些图像中才开始出现关于贵妃形象的大致的形体描述，如“昉贵游子弟，多见贵而美者，故以丰厚为体。而又关中妇人，纤弱者为少，至其意秾态远，宜览者得之也。此与韩幹不画瘦马同意”[①]。“以丰厚为体”几乎成为后世作品中贵妃形象的经典的形体特征，当然也是唐代仕女画的主导风格。董逌在其《广川画跋》中记载说，李公麟曾与其讨论过周昉的《按筝图》：“尝持以问曰：‘人物丰秾，肌胜于骨，盖画者自有所好哉？’余曰：‘此固唐世所尚，尝见诸说，太真妃丰肌秀骨，今见于画，亦肌胜于骨。’昔韩公言：‘曲眉丰颊’，便知唐人所尚，以丰肥为美。昉于此时知所好而图之矣。”[②]可见周昉画作中特别重视贵妃形象的“丰肥为美”的特点。这一点可以从他的《簪花仕女图》《挥扇仕女图》《调琴啜茗图》和《内人双陆图》中一窥唐代丽人的优美风姿。纵观明皇贵妃在唐代文图中的描述，可以发现以下两个方面的情况：

第一，唐代《画赞》中明皇贵妃形象之由图到文。《全唐文》收录了李隆基的四首赞文，其中涉及杨贵妃的是《王文郁画贵妃像赞》。从“忆昔宫中，尔颜类玉”句来看，该画赞应是李隆基在王文郁为死于非常事件的杨贵妃画像之后写的，可谓典型的由图到文的文图关系模式。在这种模式里，文字可以晚于图画出现，也可以和图画差不多同时出现。贵妃之“生平雅容”只剩下如今“清缣半幅”的画面触发了文（诗）人的想象力，催发了他对“万物去来，阴阳反覆。百岁光阴，宛如转毂”的追思和体悟。

---

① 中国书画全书编纂委员会编：《中国书画全书》第二册，上海书画出版社 1993 年版，第 78 页。

② 同上，第一册，第 842 页。

第二，唐代明皇贵妃形象文图互证的局限性。北宋摹本《虢国夫人游春图》（图 2-2），如果底本出于张萱，其对应的文本应是杜甫的《丽人行》诗。但此图题名出于 400 多年后的金章宗（或许是根据宋徽宗旧题重题的），因此该图是否为张萱画作原貌原意还是不得而知。《虢国夫人游春图》描绘的是一组贵族人物骑马前行，但他们是否是去游春亦不得而知。在诸多人物中哪一位是虢国夫人，至今仍争论不休。不过，即便是把该图的底本看作只是唐代的一般贵族出行图而非虢国夫人游春图，通过该图也能对当时的一些历史面貌和基本的社会情况有一些了解。因此，鉴于文本中明皇贵妃形象的模糊性，和图本中明皇贵妃形象的不确定性，即便是通过文图互证方式进行明皇贵妃具体人物形象的还原，也还是有一定的条件限制的。

图 2-2　北宋摹本　《虢国夫人游春图》　辽宁省博物馆藏

总体上看，在与唐明皇和杨贵妃相关的唐后世文学艺术作品中，明皇贵妃形象呈现出从文到图迁移的滞后性。其中，传为摹李昭道所作的宋摹本《明皇幸蜀图》与《旧唐书》《新唐书》中记载的安史之乱以及明皇避难蜀地这一史实最为接近。但是，从史实发生之时（755）到可能出现相关图画作品的前蜀时代之间有 170 余年的时间差，再到被确定为出现《明皇幸蜀图》的北宋末年更有着 350 余年的时间距离。在这一不长不短的时间段之中，从史籍、笔记、传奇、诗歌，甚至包括民间传说等文本再到画家的笔端，再到众多绘画技法等表现方法的不断演变，明皇贵妃形象经历了太多关于文图之间相互影响、相互转换、相互生发甚至相互背离的符号异变和流转过程。当然，也正是在经历过一系列复杂的社会效应之后，经过画家的想象与不同时期的文化再创造，明皇贵妃故事及其相关衍生题材才最终变成具体而丰富的图像，也使我们在触摸历史事件的同时，可以触摸到一系列明皇贵妃故事文化创生现象背后的时代印痕。

由此可见，重新认识唐代人物画史，不仅需要审慎地看待明代学人的画作辑录，甚至更应严审宋人的相关绘画著述。这是因为，至五代时期的周文矩方有《明皇会棋图》《玉妃游仙图》等作品的相关记载，而在北宋末年的《宣和画谱》中，这些唐代画家名下却出现了大量的明皇贵妃故事画。不止如此，相关内容也发生了一些变化：如韩幹有《明皇观马图》《明皇试马图》《明皇射鹿图》等，其中的《明皇试马图》见于《历代名画记》；《明皇射鹿图》似是将《唐朝名画录》中记载的陈闳所画“明皇射猎鹿兔雁”移到了韩幹名下。陈闳有《明皇击梧桐图》，这应该就是《唐朝名画录》中所说的《按舞图》。张萱有《明皇纳凉图》《明皇斗鸡射鸟图》《明皇击梧桐图》《太真教鹦鹉图》《虢国夫人夜游图》《虢国夫人游春图》《虢国夫人踏青图》。其中《明皇击梧桐图》应该就是《按羯鼓图》，而《虢国夫人游春图》和《踏青图》则可能就是《虢国夫人出游图》。此外，北宋内府所收藏的明皇贵妃故事图像，有些见于唐人记载，有些则不知从何而出。这些画作真伪混杂，其中包括唐人原作、五代时期画家的作品，也包括宋人作伪与误定。[1]

从上述图像辑录过程中出现的误差可见，相较于文学作品而言，图像作品在真实地记录历史功能方面本来是占据一定优势的，但是鉴于保存以及图像具有的限制性自主言说等问题，经历了千年的辗转之后，图像却更易发生人为的误差。不管图像作品的误差究竟有多大，关于明皇贵妃故事以及二人之间撼动人心的爱情这一基本的历史事实，已经获得后世文学艺术家的一致认同。由此，李隆基杨贵妃之间浪漫的爱情故事也构成了许多文学图像创作的基本情节框架或故事基底，并趋于定型。

综上，隋唐五代文学与图像关系密切，二者均经历了从政治教化的附庸到逐渐走向独立的过程。这期间，文学与图像一时处于相互模仿、相互影响的关系；一时又互为补充，甚至是成为异体共生的“双生子”或者熔融一体的亲缘关系；一时图像朝着模拟文学性(诗性)等方向不断演进；一时图像又摆脱了政教和文学的附庸而与文学呈现出相互离异的状态，并朝着发挥自主言说功能的方向演进。基于此，隋唐五代时期的文学作品日益表现出浓郁的视觉趣味，而图像则在不懈地追求着纯粹的艺术性，从而在满足人们审美需求的基础上，探索出表达文人士大夫情怀的经典图式。无论二者处于何种具体的关系模式中，隋唐五代时期的文学和图像关系都充分地反映出艺术家使用不同的表现符号来实现各自艺术形式独立性、自足性的努力和意志。画家也不断地尝试精准摹写物象、生动塑造人物、逼真模拟情境、神妙营造意境的方法，并借此来记录史实、奖励军功、抒情写志、张意驰思等，从而为后世文学和图像的多元关系做出了有益的探索。而在对同一题材进行艺术表现时，这一时期的文学和图像关系又呈现出由文到图转换过程中的重新聚焦以及形象固化等特征，尤其是文学和图像在时间差中分别进行再创造又相互佐证的互生关系，更值得当代文学艺术家们深思。因为，这一文化异变和创生过程不仅包含着二元的文图关系问题，而且还多多少少地映射着当时的文学艺术创作的媒材、技法、宗教和哲学观念以及文化艺术体制等因素对“文-图”多元关系的影响。

---

① 参见邵彦：《〈太真上马图〉：诸本真伪及唐宋人物画题材的一个问题》，载于李文儒编：《故宫学刊》2006年总第3辑，紫禁城出版社2007年版，第218页。

第三章 隋唐五代题画文学

隋唐五代题画文学的兴起是绘画艺术兴盛与文学各类文体共同发展的产物。这一时期人物写真及其题咏渐成风气，画赞空前繁盛。咏物诗文与花鸟画创作各呈异彩，而花鸟画的题咏，似受画赞的影响，又仿佛脱胎于咏物诗，很多作品以画中物而非画为吟咏对象。题山水画诗，也不乏以画起兴、脱离画作吟咏的作品，但大多诗作的意境在画境的基础上产生，是经过诗人艺术加工后对画境的复现。中唐以前，题画文学作品与画作的关系呈现出一种似即似离的样态。发展至中唐，画作与题咏作品的关系，则是你中有我，我中有你，表现出更多的融合。与画作有关的一切信息，渐渐成为题画作品所关注、反映的对象。后世的题画文学，沿着这种趋势逐渐走向创作高峰。

第一节 隋唐五代题画文学概貌

这里所说的题画文学，是从泛文学的角度论。题画文学作品是指题咏、诠释、考证画作的各种体裁的作品。在这些作品中，最受人们关注的是题画诗，题画诗是题画文学作品中最具艺术魅力的一类文体。然题画诗在从滥觞到创作巅峰的发展过程中，渐渐形成一种文学性与实用性并存的趋势。至清，很多的题画诗用于画作史实考证，诗歌的意趣退居次要地位，题画诗普遍呈现出“以文为诗”现象。题画散文的文学价值总体来说稍逊于题画诗，对绘画艺术的记录与阐释也不及画论系统，从宋至清的金石学家曾对其进行过整理研究，但今天我们对它们的关注度远远低于题画诗。而谈及图文关系，题画散文与题画诗及诗文图等都是文学与图像互生共存关系最直接的体现。

隋至初唐，题画诗数量较少，上官仪《咏画障》为题仕女画所作，辞藻典雅；宋之问《寿阳王花烛图》《咏省壁画鹤》格律谨慎，语言秾丽；陈子昂《山水粉图》，是一首骚体的题画诗，寄托隐逸情怀，《咏主人壁上画鹤寄乔主簿崔著作》，缘鹤而发，借鹤抒怀；袁恕己《咏屏风》以身临其境之感，含蓄婉转地赞屏风山水画之妙。虽然题画诗为数不多，但各具特色，其中不乏匠心独运之作。与题画诗相对沉寂相比，画赞在入唐之初，就呈现出蓬勃发展的趋势，《十八学士图》《凌烟阁二十四功臣图》每像各配赞文，虽为应制之作，但也为赞文的发展打下坚实的基础，后世多有画、赞效仿之作。

进入盛唐，李隆基《题梅妃画真》诗短情长，追思情切。张九龄《题画山水障》借画中山水以骋怀，言心游物外之佳趣。梁锽的《观王美人海图障子》忽略画作而以画作者为题咏对象，但不像后世作品言及画作者则从品评其画艺入手，而是写尽作者王美人之“美”，可谓立意独特。王维诗画兼善，题画作品共存七篇，六篇画像题赞和一篇山水题咏。画像题赞包括佛像题赞与人物题赞各三首。其中题画诗《崔兴宗写真咏》是中国题画诗史上最早为自作画题咏的作品。山水题咏《题友人云母障子》以动写静，以逼真之感衬画技高超，此题写方式多为后世题咏者借鉴。王维的诗画之友李颀亦擅长画山水，其题画诗《崔五六图屏风各赋一物得乌孙佩刀》，写真与写画相间，突出逼真的绘画技艺。

李白现存题画诗文十八首，其中题山水画类六首，其题山水画诗与其山水诗同样波澜壮阔，气象雄浑，飘逸之中不乏豪迈气韵。其《莹禅师房观山海图》气势浩大；《求崔山人百丈崖瀑布图》景象壮观；《观元丹丘坐巫山屏风》《同族弟金城尉叔卿烛照山水壁画歌》在神秘清幽的诗境中又烙上了其崇尚道家的印记。李白的题咏人物画作品共计九首。其中六首赞文，为当时人物肖像画而题，分别为《羽林范将军画赞》《江宁杨利物画赞》《宣城吴录事画赞》《安吉崔少府翰画赞》《当涂李宰君赞》《金陵名僧頵公粉图慈亲赞》。这些作品，遵守赞体的文体特征，以赞颂画像人物形貌、品性为主旨。其《观佽飞斩蛟龙图赞》将静止的画面，加以丰富的想象，刻画成一场激烈的对战：“登舟既虎啸，激水方龙战。惊波动连山，拔剑曳雷电。鳞摧白刃下，血染沧江变。”[①]用诗作语言突破绘画语言的局限，在画作的基础上，给我们一种更为逼真、更加生动形象的审美感受。李白还有《金乡薛少府厅画鹤赞》《壁画苍鹰赞》《方城张少公厅画狮猛赞》等三首花鸟画赞，为寓情于物、托物言志之作。赞文皆采用散体形式，用语言勾勒画面。如《壁画苍鹰赞》：“突兀枯树，傍（旁）无寸枝。上有苍鹰独立，若秋胡之攒眉，凝金天之杀气，凛粉壁之雄姿。觜（嘴）铦剑戟，爪握刀锥。群宾失席以腭眙，未悟丹青之所为。吾尝恐出户牖以飞去，何意终年而在斯！”[②]画面感强，给人栩栩如生之感，用笔虚实结合，实为题画杰作。题画文学至李白，已呈现出其绚丽多姿的一面。

杜甫是隋唐五代时期现存题画文学作品最多的一位作家。他的题画作品包括《奉先刘少府新画山水障歌》《戏题王宰画山水图歌》《观李固清司马弟山水图》（三首）等题山水画作八首，《画鹘行》《画鹰》《观薛稷少保书画壁》《天育骠骑歌》《题李尊师松树障子歌》等题花鸟类画十二首，共计十九首题画诗和一篇画赞。杜甫的题画作品，除具隋唐五代题画诗文的普遍特点外，还具有开宋代题画文学之先的迹象。杜甫早年的《画鹰》：“素练风霜起，苍鹰画作殊。㧐身思狡兔，侧目

① 李白：《李白集校注》，瞿蜕园、朱金城校注，上海古籍出版社 1980 年版，第 1635 页。

② 同上，第 1622—1623 页。

似愁胡。绦镟光堪擿，轩楹势可呼。何当击凡鸟，毛血洒平芜！”[①]开头两句写画中之鹰凛冽气势，然后从鹰的体态、眼神等展开联想，最后写及真鹰，借鹰抒情，略有咏物诗的意味。但杜甫的题画作品并非仅限于此，如《戏题王宰画山水图歌》：

十日画一水，五日画一石。能事不受相促迫，王宰始肯留真迹。壮哉昆仑方壶图，挂君高堂之素壁。巴陵洞庭日本东，赤岸水与银河通，中有云气随飞龙。舟人渔子入浦溆，山木尽亚洪涛风。尤工远势古莫比，咫尺应须论万里。焉得并州快剪刀，剪取吴淞半江水！[②]

谈论画理，描绘画面，评论画技，较少自我情感的流露。另一首《奉先刘少府新画山水障歌》也是如此：“堂上不合生枫树，怪底江山起烟雾。闻君扫却赤县图，乘兴遣画沧洲趣。画师亦无数，好手不可遇。对此融心神，知君重毫素。岂但祁岳与郑虔，笔迹远过杨契丹”[③]，评画论画占据较大篇幅，与《画鹰》相较，呈现出截然不同的风格。总体看来，杜甫与他以前的题咏者最大的不同是在题画中表现出较深厚的艺术造诣。有意识地在题画诗中较为普遍地论及画作、画技及画家，始自杜甫。杜甫的题画作品在题咏过程中体现出了更多理性的思索，诗中增添了更多议论的因子，表现出了题画诗将由诗人之诗向学人之诗过渡的端倪。因此，我们亦可如是说，后人大量题画文学作品的“学问化”，与师承杜甫不无关系。

中唐时题画诗人数量与题画诗的数量较盛唐时期大增。钱起、卢纶、独孤及、郎士元、皇甫冉、刘长卿等皆有题画诗传世，顾况是中唐题画作品较有特点的一位。其以歌行体题画，存题画诗五首，诗作语言通俗易懂，句式灵活多变。其《范山人画山水歌》：“山峥嵘，水泓澄。漫漫汗汗一笔耕，一草一木栖神明。忽如空中有物，物中有声。复如远道望乡客，梦绕山川身不行”[④]，妙趣横生而极富韵致。刘商有题画诗六首，五首为自题画诗。中国画在诗题壁画的基础上，渐渐呈现出诗画并生、诗画合一的特点。白居易的题画之作《全唐诗》录 13 首。《题海图屏风》借题画喻时政，以鳌象征黑暗势力；《八骏图》为“戒奇物，惩佚游”而作，二诗颇具讽喻意味。其题写真诗六首，形式多样，手法灵活，与写真图结合，真实地记录了由盛年至垂老的形貌变化、人生经历与心路历程。其《画竹歌并引》以对比手法，写萧悦画竹的独特以及此幅竹画的珍贵。就画而论，打破了初盛唐时期花鸟类画作的题咏以咏花鸟的方式进行题写的传统。《唐宋诗醇》卷二十二评论此诗曰：“波澜意度直逼子美堂奥，与香山平日面貌不类，盖有意规仿子美题画诸作而为之者。”[⑤]从题咏围绕画作的相关信息而赋写来看，的确有杜甫题画诗

---

① 杜甫：《杜诗详注》，仇兆鳌注，中华书局 1979 年版，第 19 页。
② 同上，第 754—755 页。
③ 同上，第 275—276 页。
④ 彭定求等编：《全唐诗》，中华书局 1999 年版，第 2938—2939 页。
⑤《御选唐宋诗醇》卷二十二，乾隆二十五年重刊本，第 5 页。

的特征。韩愈有题画诗《桃源图》一首,联系陶渊明《桃花源记》题写,"是现存资料中最早的一首咏桃源的题画诗"[①]。同时,此诗辨析陶渊明记文中的发现桃花源事迹的真伪,是具有考订意味的较早的一篇题画文学作品。刘禹锡题画诗《全唐诗》辑五首。其诗如《燕尔馆破屏风所画至精,人多叹赏,题之》《题欹器图》等,以画自喻,抒发怀才不遇之感。元稹题画诗《全唐诗》辑四首,其《画松》亦是论画理之作。中唐的题画诗,较初盛唐,给予画作更多关注。画作对于题画诗而言,不再只是一个激发灵感的引子,而是题咏的中心,画与诗之间形与神的平行关系,演变成诗歌对画作的理解、阐释、参与及融通。

晚唐题画诗的创作数量较中唐又有所增加,题画诗渐渐成为晚唐文人普遍应用的题材。一些不知名的文人参与到题画诗创作中;文人唱酬常诗、画并寄;篇幅较长的题画诗如李商隐的《李肱所遗画松诗书两纸得四十韵》、徐光溥的《题黄居宷秋山图歌》、欧阳炯的《题景焕画应天寺壁天王歌》等长达四五百字,无论从创作群体还是诗作本身,都呈现出新的气象。

如果说薛涛的《酬雍秀才贻巴峡图》、李涉的《寄荆娘写真》等作品体现着题画诗在文人交游中的应用,马戴的《府试观开元皇帝东封图》、李频的《府试观兰亭图》等则见证着晚唐时期题画之作对文人政治生涯的重要性。晚唐前期,鲍溶存题画诗四首,其《萧史图歌》跨越图画的时空限制,想象补充画面没表现出的萧史、弄玉夫妻成仙前后的情愫。施肩吾、章孝标、杜牧、赵璜、李商隐、李群玉等也有题画诗存世。李商隐《李肱所遗画松诗书两纸得四十韵》410 字,可谓长篇大作。方干题画诗《全唐诗》录九首,其《水墨松石》《项洙处士画水墨钓台》《方著作画竹》《观项信水墨》沿袭杜甫、白居易的论画传统。温庭筠《龙尾驿妇人图》别出心裁,结合史实,而在七言四句的短章中盛赞画中人之美,颇见功力。《题李相公敕赐锦屏风》则寄寓了对画作的拥有者李德裕遭遇的感慨,体现出题画诗题材的随意性。贯休的六首题画诗多有林泉之致,不乏豪宕之风,其《观李翰林真二首》是咏李白真像而作,其一写真实的李白,其二写画中的李白。一据史论人,一据画评艺。罗隐《八骏图》《题磻溪垂钓图》笔调辛辣,意含讽喻。韦庄《题金陵图》两首诗,满目萧瑟,句句含情,极具艺术感染力。诗僧齐己《全唐诗》存 12 首题画诗,是晚唐重要的题画诗人。其他题画诗人还有郑谷、徐夤、韦遵、吕从庆、伍乔、詹敦仁、徐光溥等。

五代时期短暂,题画诗人很难界定朝代归属,加之战争频仍,题画文学创作成就不及唐代。蒋贻恭、荆浩、江为、徐铉有题画诗传世。欧阳炯是这一时较为重要的诗人,《全唐诗》收题画诗六首,中有两首题画长诗:《贯休应梦罗汉画歌》与《题景焕画应天寺壁天王歌》,后一首 549 字,是隋唐五代最长的一首题画诗,其长度即便在中国题画诗史上也极为罕见。另,南唐后主李煜有《渔父词》二首,

① 刘继才:《中国题画诗发展史》,辽宁人民出版社 2010 年版,第 105 页。

据北宋刘道醇在《五代名画补遗》中云："张公第有《春江钓叟图》，上有南唐李煜金索书《渔父词》二首，其一曰'浪花有情千里雪，桃花无言一队春。一壶酒，一竿身，快活如侬有几人。'其二曰'一棹春风一叶舟，一轮茧缕一轻钩。花满渚，酒盈瓯。万顷波中得自由'"①。《春江钓叟图》为卫贤作，卫贤为李煜朝内廷供奉。由此看，《渔父词》确有可能是题画之作。因此，这两首词或为流传至今的最早的题画词，在词体题画史上有着不可忽略的意义。

题画文学在隋唐五代时期，除画跋外，基本各种体裁皆有创作。而以诗体与赞文为主要题写形式。题画诗在这一时期逐渐发展成熟；著名诗人往往也在题画诗的发展过程中起着重要作用。李白创作的许多优秀篇章，杜甫、白居易的题画诗，从内容与风格上对后世作者影响深远。题画诗至杜甫为一变，以寄托情思，借题画而言己情为主的题咏方式得以突破。以叙写画作相关信息为主的作品越来越多地出现在中唐以后的题画诗中。白居易对杜甫有所继承，同时又借题画针砭时弊，从而使题画诗增添了讽喻功能。而词体的题画现象，则是这一时期题画文学在文体上的开拓。

第二节　隋唐五代肖像画的题咏

自东晋顾恺之提出"传神论""迁想妙得""以形写神"等创作理论与方法，中国传统人物画渐渐闪耀出璀璨的光芒。隋唐五代时期尤其是唐代，是人物画发展的高峰，人物画的发展，反映在技艺精湛的叙事性人物画的创作上，同时也反映在肖像类图像的盛行上。

一、肖像画的创作与肖像题咏

肖像画创作，唐人多称之为"写真"。肖像类图像，根据其题咏的目的，大致可分为四种：一是依形写真，以兹传史或纪念，这类图像多为生者而作；二是保存形貌，以供缅怀，画中人多为已逝者，而保存画作的人和题咏者主要为像主的亲友；三是树立形象，以作表彰，图像所写人物为当代功臣；四是雕形绘貌，以供敬仰，图像所写人物为往圣前贤等富有影响力的人物，或是宗教人物。唐代的人物肖像的创作缘由基本囊括了此四种。而且，隋唐五代时期从帝王后妃到文武百官、从隐者贤士到道释神佛，都成为人物肖像的塑写对象。隋唐五代时期的写真图按绘写人物的身份，主要可分为帝王像、士子臣民像、仕女像、宗教像等。隋唐五代帝王像有《宣和画谱》录杨升的《唐明皇真》《唐肃宗真》、陈闳的《写唐帝真》、周昉的《写武后真》、王朏的《写唐帝后真》等。士子臣民题材的肖像画存于

① 刘道醇：《五代名画补遗》，载于于安澜编：《画品丛书》，上海人民美术出版社 1982 年版，第 103 页。

画史的较少，但从文人的作品中，我们却可以了解肖像画在唐代的盛行状况。裴度《自题写真赞》、黄巢《自题像》、独孤及《张侍御写真图赞》、薛稷《朱隐士图赞》、张悦《王文郁画贵妃像赞》等文学作品，皆以画作为题咏对象，它们的创作以画作创作为前提。故同时代人物肖像类图像题咏作品的大量存在，是当时绘画肖像图盛行在文学中的映射。

唐代文人对肖像画有题咏的习惯。为自己题写，为他人题写，数量、种类繁多的肖像因此派生出大量题咏作品。这些题咏作品，以文学艺术的形式，补充着绘画艺术在史学及文化承载力方面的不足，同时也寄托着作者的自我情怀。而画像题咏与图像之间的互补关系，体现在画作的直观性、形象性上；也体现在题画文学对画像人物的生平、精神的叙写与褒扬上。

隋唐五代人物肖像题咏主要包括三类：其一是题画诗(词)，其二是写像赞，其三是画像写真图记。前者体裁为诗，而后两者为文。赞文中韵文较多，图记为散体。韵文类的题画诗词、韵散结合的像赞图赞、散文形式的图记序跋，是中国题画文学史上最基本的三类体裁。隋唐五代时期，题画文学的三种体裁基本俱备。人物赞类题画作品往往以概括性的语言从大处落笔，具有小传的性质，而且往往从人物值得赞颂的事件着笔。散体作品在唐代以图记为主，后世最常见的跋体此时反而鲜见。唐代的人物肖像题咏作品，虽然在数量上很难与后世匹敌，但却产生了很多较有影响力的作品，代表着题画文学在唐代渐趋成熟的趋势。

二、自我写真题咏

据题写真者与被写真者之间的关系，肖像题咏可分为自我写真题咏与为他人写真题咏两类。自我写真题咏是现实中的我与画中的我、精神的我与肉体的我、理想的我与本原的我、过去的我与当下的我的对话与观照。个中情感，多含对岁月与人生的感慨，也有对未来的憧憬或对理想境界的期盼。在隋唐五代文学中，存在着较为普遍的自我观照现象，自叙、自叹、自喻、自诮、自讽、自贻等诗题皆有文人创作，自我写真题咏是这类题材中较为常见的一种观照形式。自我写真题咏的文学体裁主要有两种，一是像赞，二是题画诗。赞文题像始于汉，发展到隋唐五代，进入图像赞创作的高峰期。这种文体辞藻华丽，其中多有赞美之词。赞文题咏在隋唐五代大量存在，同时在它的影响下，诗体题咏也呈现出这种趋势，从而使得这一时期的题画文学总体看来呈现出一种无赞叹之词不题像的趋势。而自我写真题咏，则是这种尚赞之风的一个例外。

与给他人题写真像的作品不同，自我题写的作品中往往呈现出一种强烈的自我反省意识和浓浓的时不我待、青春不再的惆怅；同时，因为题写对象是自我画像，故较随意，从内容与风格上，呈现出自由活泼的意趣。如裴度自题写真是一首简短的赞文:“尔才不长,尔貌不扬。胡为将,胡为相。一点灵台,丹青莫状。”[1]以自我对话的形式进行自我调侃,写得幽默风趣;司空图《新岁对写真》是一首自我写真诗:

得见明时下寿身,须甘岁酒更移巡。生情暗结千重恨,寒势常欺一半春。文武轻销丹灶火,市朝偏贵黑头人。自伤衰飒慵开镜,拟与儿童别写真。[2]

年首岁尾是老年人最易感伤岁月流逝的时期。司空图的这首诗不仅感伤岁月,而且集人生坎坷之叹、自身境况之感于一炉,满腹惆怅地对着自己的写真像倾诉,更增悲戚之感。黄巢《自题像》:“记得当年草上飞,铁衣着尽着僧衣。天津桥上无人识,独倚栏干看落晖”[3],将过去的我与今日之我对比,一副踌躇满志的神态。徐夤《咏写真》:“写得衰容似十全,闲开僧舍静时悬。瘦于南国从军日,老却东堂射策年。潭底看身宁有异,镜中引影更无偏。借将前辈真仪比,未愧金銮李谪仙。”[4]从容叙写衰老,尾联自信之中,不乏戏谑意味。澹交的《写真》:“图形期自见,自见却伤神。已是梦中梦,更逢身外身。水花凝幻质,墨彩染空尘。堪笑予兼尔,俱为未了人。”[5]满怀沧桑之外,又增几分空幻之感。

而白居易自我题写的写真图不下三幅,其《自题写真》曰:“我貌不自识,李放写我真。静观神与骨,合是山中人。蒲柳质易朽,麋鹿心难驯。何事赤墀上,五年为侍臣?况多刚狷性,难与世同尘。不惟非贵相,但恐生祸因。宜当早罢去,收取云泉身”。此真写于白居易36岁时。诗由身写心,身处官场世俗,心游清净江湖。诗中固有对山林归隐的向往,但这种向往只是源于对未来与前途的担忧,并非是对官场的厌倦。白居易借写真题咏,抒发本真之我与理想之我的差别以及由此引发的情感。其中论骨观相,自我审视,不乏汉魏以来人物品评的意味。后《题旧写真图》:“我昔三十六,写貌在丹青。我今四十六,衰悴卧江城。岂止十年老,曾与众苦并。一照旧图画,无复昔仪形。形影默相顾,如弟对老兄。”《感旧写真》:“李放写我真,写来二十载。莫问真何如,画亦销光彩。朱颜与玄鬓,日夜改复改。无嗟貌遽非,且喜身犹在。”《香山居士写真诗》:“昔作少学士,图形入集贤。今为老居士,写貌寄香山。鹤毳变玄发,鸡肤换朱颜。前形与后貌,相去三十年。勿叹韶华子,俄成皤叟仙。请看东海水,亦变作桑田。”[6]白居易前后四诗之间,每两首大约相隔十年。若将此四诗连读,我们不禁感慨万分。在我们面前浮现的不只是一个容貌由壮年而逐渐衰老的诗人,岁月的无情、人生的无奈在作者的吟叹中震撼着我们的心灵。题写真诗由写真图像产生,但它却可以脱离图

① 周绍良编:《全唐文新编》第三部第1册,吉林文史出版社2000版,第6242页。
② 彭定求等编:《全唐诗》卷六百三十二,中华书局1999年版,第7298页。
③ 李调元编:《全五代诗》第三册卷八,巴蜀书社1992年版,第182页。
④ 陈邦彦选编:《康熙御定历代题画诗》上卷,北京古籍出版社1996版,第654页。
⑤ 中华书局编辑部点校:《全唐诗》,中华书局1980年版,第9367页。
⑥ 白居易:《白居易集笺校》,朱金城笺校,上海古籍出版社1988版,第311、403、1491、2490页。

像，显示其独特的魅力。从写真诗中，我们无法从中想象白居易的清晰形象。图与文的结合，是客观存在与主观情感的结合，虽然画家的笔端也常常蕴含情感，但题画作品却将这种情感渲染开来，更具感染力。因而写真图的自我题跋，堪称对图画最好的注脚。像主其人其性、所做所想在图文两种艺术形式中充分展现出来。

三、他人写真题咏

为他人题写的作品，是作者置身于画面之外，对画中人的观照，所表现的是别人所看的形象或别人心目中的形象。但以赞体呈现的作品，往往以赞颂功德为主。而且，隋唐五代为他人赋写的肖像题咏多采用赞体。唐初褚亮《十八学士赞》，十八则赞文，每则四句，皆为溢美之词。王维为裴寂写《裴右丞写真赞》："澹尔清德，居然素风。气和容众，心静如空，智以穷理，才包至公。大盗振骇，群臣困蒙。忘身徇节，历险能通。仁者之勇，义无失忠，凝情取象，惟雅则同。粉绘不及，清明在躬。麟阁之上，其谁比崇？"[①]叙其事，颂其德，与裴度自题赞、白居易的自题诗相比，辞藻华美，言敬而语恭。语言的华丽是赞文本身的特点，而语气恭谨，则是为他人题写肖像的共性。韩愈《高君画赞》："君子温闲，骨气委和。迹不拒物，心不扬波。澄源卷璞，含白瑳瑳。遗纸一张，德音不忘"[②]；徐铉《高侍郎画像赞》："穆穆清真，不缁不磷。文高学富，道直诚纯。昭质已邈，斯猷愈新。丹青画像，以永光尘。棠阴岘首，瞻仰沾巾"[③]；司空图《李翰林写真赞》："水浑而冰，其中莫莹。气澄而幽，万象一镜。跃然羽然，傲睨浮云。仰公之格，称公之文"[④]，在遣词造句中，多用敬赞之辞，如"君子""德音""瞻仰""仰""公"等。将画中之人置于一个令人仰视的高度，是赞文题肖像的显著特征，也是以赞文为主要题写形式的隋唐五代肖像题咏的独特处。

另，赞文以凝练见长，作者为叙原委，往往赞前有序。如《侍中兼吏部尚书裴公画像赞》：

元圣有作，大贤将其命。良弼有二，侍中是其一。所从龙虎，实感风云。我之裴公，道与上合。义深体国，策在忠主。亦既致于尧舜，不惟比于管乐。至于执人柄，振天纲，丹青帝图，金玉王度。虽古之作合，谓之有开，未始闻也。夫事可法，道可度，威可畏，仪可象。赫喧中来，精英外发。故工绘其事，所以见盛德之形容；士颂其功，所以知和气之导达。五事曰貌，一以作恭；七声成文，六乃为颂。俾凡今之人，色斯而睹奥，听之而知理。水有方折，辨和氏之价焉；山为具

---

① 王维：《王维集校注》卷十一，陈铁民校注，中华书局1997版，第1070页。

② 韩愈：《韩昌黎文集校注》，上海古籍出版社1986版，第691页。

③ 周绍良主编：《全唐文新编》，吉林文史出版社2000年版，第11080页。

④ 同上，第9940页。

瞻，表师尹之重焉。赞曰：

赫喧人望，时为国纪。伟量川渟，高标岳峙。磊落成节，精明入理。倬哉辅臣，式是多士。丹青炳发，俨如至止。[①]

这是一篇张九龄为裴光庭题写的像赞。前面以行文自由随意的序体交代裴光庭的功德、在朝廷中的重要地位、图形写貌的意义，后面以简明而华丽的赞文称颂作结，赞文中运用比喻的修辞手法，以山川作比，极写裴光庭的丰功伟德。薛稷《朱隐士图赞》《宋使君写真图赞》、独孤及《尚书右丞徐公写真图赞》赞文皆与长序并行，用散体的序文交代人物生平、题写缘由等，以赞文叙述歌颂赞美之意。符载《淮南节度使灞陵公杜佑写真赞》更是以长篇大论的序文记杜佑平生功绩，而配以简短的像赞，序、赞篇幅形成鲜明对比。

以譬喻手法写人物像赞是隋唐五代画像题咏的又一特征。如独孤及《张侍御写真图赞》："堂堂乎张，洵美且恭。执法柱下，分形画工。玉立天姿，霜淬神锋。武库森戟，寒山劲松"，于邵《杨侍御写真赞》："仙状秀出，丹青写似。亭亭玉立，峨峨岳峙。野鹤无群，天鹏击水"[②]，皎然《杨逵处士写真赞》："识洞才高，天贷神与。霜缣之上，逢君不语。耸耸山立，翘翘鹤举。置之岩石，邈然无侣"，承继汉魏以降人物品评之风，妙用比喻，拈"松""山""鹤""鹏"等意象比拟人物的相貌、品格，生动形象而又含蓄蕴藉。

总体看来，隋唐五代的肖像赞从内容、题材上，皆已发展完备。这一文体，不仅在这一时期发展成熟，而且与隋唐人物画发展的高峰相适宜，这一时期的肖像赞也相应迎来了其创作的高峰期。唐以后，肖像赞在肖像题咏作品中所占的比例逐渐减少，题画诗的数量增加，并渐渐走向成熟。以诗体题咏他人画像的作品，在隋唐五代相对少得多。而且，诗体与赞文相较，明显抒情性、主观性较强，也不像后世同类作品夹杂客观考订成分。李隆基《题梅妃画真》："忆昔娇妃在紫宸，铅华不御得天真。霜绡虽似当时态，争奈娇波不顾人"[③]，是缅怀亡妃之作，生前神态与画中眼眉对比，写出阴阳相隔的悲怆与无奈；王维《崔兴宗写真咏》："画君年少时，如今君已老。今时新识人，知君旧时好。"[④]诗歌以毫无粉饰的语言，将崔兴宗苍老之态与写真像中年轻姣好之颜比较，读来亲切随意，如与老友对谈。

除赞文、诗歌外，隋唐五代的肖像画题咏形式还有图记。图记是源于画作且包含大量与画作相关信息的重要文体之一。它以散体行文，随意自由，内容丰富。隋唐五代时期的肖像记文，王蔼《祖二疏图记》堪称代表，此文记叙了图画创作的全过程，从画作者到画面物品、人物、画作的意蕴等，娓娓道来，内容丰富且

---

① 周绍良主编：《全唐文新编》，吉林文史出版社 2000 年版，第 3288—3289 页。

② 同上，第 4983 页。

③ 彭定求等编：《全唐诗》，中华书局 1999 年版，第 41 页。

④ 王维：《王维集校注》卷七，陈铁民校注，中华书局 1997 版，第 642 页。

生动有趣，使读者对画作有一个较为全面的了解。后苏轼有《二疏图赞》[①]，则以赞颂功德为主要内容。赞、记各尊其体，而图记的特色、优长及其在画作流传、鉴赏中发挥的作用，也是不容忽视的。

第三节 隋唐五代花鸟画的题咏

在原始社会，花鸟画已经萌芽。但在魏晋南北朝之前，出现在壁画、器皿上的花鸟，多有着复杂的社会意蕴，并非仅作为艺术形式存在。进入魏晋南北朝时期，已有独立的花鸟画作品，如顾恺之的《凫雁水鸟图》、史道硕的《鹅图》、顾景秀的《蝉雀图》、袁倩的《苍梧图》、萧绎的《鹿图》等等。至唐代，花鸟画独立成科，属于花鸟范畴的鞍马也在这一时期取得了较高的艺术成就。五代是花鸟画发展的重要时期，出现了徐熙和黄筌两大流派，大量的花鸟画在这一时期产生。而随着隋唐五代花鸟画的发展，花鸟画的题咏也成文学创作的一大题材。

隋唐五代花鸟画的题材非常广泛。画家所感兴趣的事物往往形诸笔端。这一时期花鸟画除题材丰富外，还形成了一些文人普遍感兴趣的画题，如松、竹、雕、马、牛等物象往往反复为画家摹写。这种现象反映在文学中，则表现为同一类题材的题咏作品的反复出现。这些题咏从画作描摹对象的文化意蕴、画法画技、构图布局、文人间的交游、作者自我情感的寄托等方面着手题写，同时呈现出同类题材绘画在当时存在的真实样态。

一、画松理论与松画题咏

隋唐五代绘画以松树为摹写对象的选材方式主要有以下几种：写古松、写寒松、写松石、写松竹等。此外从此期山水画的题咏中，我们还可以发现隋唐五代的松树常常出现在山水人物图中，以构建清幽的意境或衬托人物的品格。后世图绘中的松树，也基本不外以上几种。隋唐五代的画家，不乏写松名家。在画论中，对这些写松名家及其画作曾有文采斐然的评论，而在这一时期的文学作品中也多有松画题咏。松画题咏作品与绘画理论中对画松技法、松画评赏的文字交相辉映，共同反映了传统写松题材画作在唐代的发展状况。

《唐朝名画录》所载善画松或以画松著称者有张璪、王维、王宰、刘商、毕宏、韦偃等。据《唐朝名画录》记载，张璪“唯松石特出古今，得用笔法。尝以手握双管，一时齐下，一为生枝，一为枯枝。气傲烟霞，势凌风雨。槎丫之形，鳞皴之状，随意纵横，应手间出。生枝则润含春泽，枯枝则惨同秋色”[②]。《名画录》对张璪

---

① 参见苏轼：《苏轼文集》卷二一，孔凡礼点校，中华书局 1986 年版，第 600 页。

② 朱景玄：《唐朝名画录校注》，吴企明校注，黄山书社 2016 年版，第 51—52 页。

笔下“生枝”与“枯枝”的评价，颇具诗意。符载《江陵府陟屺寺云上人院壁张璪员外画双松赞》以赞文的形式，褒扬张璪绘松艺术高超：“根如蹲虬，枝若交戟”[①]。两个简短的比喻，生动刻画出张璪画中松枝与根的苍劲，可视为与《名画录》“气傲烟霞，势凌风雨”的互证之笔。而元稹有《画松》诗一首：“张璪画古松，往往得神骨。翠帚扫春风，枯龙戛寒月。流传画师辈，奇态尽埋没。纤枝无潇洒，顽干空突兀。乃悟埃尘心，难状烟霄质。我去淅阳山，深山看真物。”[②]此诗则在赞颂张璪画松“生枝”“枯枝”各有意态的同时，以其他画师的流俗之作烘托张璪笔下松树的“神骨”独具。不仅强调了“神骨”对写松的重要性，而且把难以写松的原因，归结为“尘埃心”，揭示了画家心态与画作艺术价值之间的关系，可看作是一篇典型的诗体画论。其中的评价与观点，与张彦远《名画录》中所论同中有异，足以证明唐代文人对绘画艺术的深刻关切。

除张璪外，刘商与毕宏是唐代以画松并称的两位画家。《唐朝名画录》：“刘商官为郎中，爱画松石树木，格性高迈。时有毕庶子，亦善画松树水石。时人云：‘刘郎中松树孤标，毕庶子松根绝妙’”[③]，“（刘商）初师于张璪，后自造真为意。自张贬窜后，尝惆怅，赋诗曰：‘苔石苍苍临涧水，溪风袅袅动松枝。世间唯有张通会，流向衡阳那得知？’”[④]刘商不仅善画，而且常常自题画作。其有题画松诗《山翁持酒相访以画松酬之》《画树后呈濬师》《袁德师求画松》《酬道芬寄画松》，皆为自题画诗，是送友人画松图的同寄之作，是隋唐五代馈赠题诗画成为文人交游方式的典型范例。

毕宏画松更是一时擅名，《宣和画谱》卷十：“作《松石图》于左省壁间，一时文士，皆有诗称之”[⑤]。毕宏画艺之精湛、题画文学在当时之盛行，皆可从此得见一二。《松石图》“落笔纵横，皆变易前法，不为拘滞也，故得生意为多。盖画家之流，尝有谚语谓‘画松当如夜叉臂，鹳鹊啄，而深坳浅凸，又所以为石焉’。而宏一切变通，意在笔前，非绳墨所能制”[⑥]。毕宏画松的千变万化及其松树的遒劲有力，画论中有叙，但我们也可从皇甫冉《同韩给事观毕给事画松石》中领略：“夕郎善画岩间松，远意幽姿此何极。千条万叶纷异状，虎伏螭盘争劲力。扶疏半映晚天青，凝澹全和曙云黑。烟笼月照安可道，雨湿风吹未曾息。能将积雪辨晴光，每与连峰作寒色。”韩给事指韩滉，毕给事即毕宏。作者与韩滉共赏毕画，并作此诗以评。诗中描绘了毕宏画松石图时的各种意境。在毕宏之后，唐代还有另一画松名家韦偃。《历代名画记》卷十言韦偃：“工山水，高僧奇士，老松异石，笔力

① 李昉等：《文苑英华》第五册，中华书局 1966 年版，第 4143 页。
② 谢永芳编著：《元稹诗全集汇校汇注汇评》，崇文书局 2016 年版，第 52 页。
③ 朱景玄：《唐朝名画录校注》，吴企明校注，黄山书社 2016 年版，第 235 页。
④ 张彦远：《历代名画记》卷十，朱和平注译，中州古籍出版社 2016 年版，第 266 页。
⑤《宣和画谱·毕闳》卷十，王群栗点校，浙江人民美术出版社 2012 年版，第 105 页。
⑥ 中国书画全书编纂委员会编：《中国书画全书》第二册，上海书画出版社 1993 年版，第 89—90 页。

劲健，风格高举……俗人空知偃善马，不知松石更佳也。咫尺千寻，骈柯攒影，烟霞翳薄，风雨飕飗，轮囷尽偃盖之形，宛转极盘龙之状。”[①]而杜甫《戏为韦偃双松图歌》可与此互参：

天下几人画古松？毕宏已老韦偃少。绝笔长风起纤末，满堂动色嗟神妙。两株惨裂苔藓皮，屈铁交错回高枝，白摧朽骨龙虎死。黑入太阴雷雨垂，松根胡僧憩寂寞。庞眉皓首无住着，偏袒右肩露双脚。叶里松子僧前落，韦侯韦侯数相见。我有一匹好东绢，重之不减锦绣段。已令拂拭光凌乱，请公放笔为直干。[②]

从杜甫诗看，所题韦偃此图为双松人物图，两松之下坐一老僧。古松的坚韧苍劲与老僧的庞眉皓首两相映衬，再加上韦偃“咫尺千寻，骈柯攒影”的技法，图画之美略可想象。

唐代松画理论在论述过程中所呈现出的诗意与文采固然是文学与图像两种艺术相互交织的反映，但更重要的是，唐代画松名家及其作品在当时题画文学中的论及，是有唐一代题画文学与图像艺术理论在各自发展中相互影响、促进的一个典型。画论、论画渐渐成为题画文学的重要内容之一。隋唐五代题松画的诗人众多，但题写内容不外乎画作相关信息、松树精神与文化意蕴。此外，在隋唐五代诸多题咏画松的诗作，还有一首不可忽略的长诗，即李商隐《李肱所遗画松诗书两纸得四十韵》。此诗立足于松树的文化意蕴，赋写松树精神，为松树谱写了一曲赞歌。而《陆龟蒙怪松图赞（并序）》也是赋写松树精神的一篇佳作。

二、马图与马图题咏

韦偃画马，比画松更负盛名。而隋唐五代以马为题材的图像，也远远多于松图。马在古人的战争、出行、游猎中占有重要地位。鞍马题材在汉唐非常流行，汉画像石与雕塑对鞍马已有精到的刻画；唐代继北朝尚武之风，对鞍马尤为重视。唐代的画马名家除韦偃，还有曹霸、韦无忝、陈闳、韩幹等人，其中曹霸画马尤为人们称道。杜甫作有《丹青引赠曹将军霸》，用诗笔为画家曹霸作传。叙写曹霸生平事迹，选取最能表现曹霸形象的学书卫夫人、重摹凌烟阁诸臣像、为玄宗画玉花骢三件事着笔，用对比的手法，洗练、苍凉、深沉的笔触，描绘出曹霸辉煌而坎坷的生涯。曹霸最善画马，因此画马在全诗中占据较大篇幅：

先帝御马五花骢，画工如山貌不同。是日牵来赤墀下，迥立阊阖生长风。诏谓将军拂绢素，意匠惨淡经营中。斯须九重真龙出，一洗万古凡马空。玉花却在御榻上，榻上庭前屹相向。至尊含笑催赐金，圉人太仆皆惆怅。弟子韩幹早入室，亦能画马穷殊相。幹惟画肉不画骨，忍使骅骝气凋丧。将军画善盖有神，偶

---

① 张彦远：《历代名画记》卷十，朱和平注译，中州古籍出版社 2016 年版，第 265 页。

② 中国书画全书编纂委员会编：《中国书画全书》第二册，上海书画出版社 1993 年版，第 89—90 页。

逢佳士亦写真。[1]

诗作将曹霸与韩幹的对比，突出曹霸画马的高超技艺，同时强调画骨写神对绘画的重要性。这是杜诗论画作品中较有代表性的一篇，也是曹霸与杜甫，画坛与文学两位泰斗交游的产物，堪称中国图文在发展过程中相互影响与映射的典范。杜甫另一诗作《韦讽录事宅观曹将军画马图》，对曹霸画马技艺极加称赞：

国初已来画鞍马，神妙独数江都王。将军得名三十载，人间又见真乘黄。曾貌先帝照夜白，龙池十日飞霹雳。内府殷红玛瑙盘，婕妤传诏才人索。盘赐将军拜舞归，轻纨细绮相追飞。贵戚权门得笔迹，始觉屏障生光辉。昔日太宗拳毛騧，近时郭家狮子花。今之新图有二马，复令识者久叹嗟。此皆战骑一敌万，缟素漠漠开风沙。其余七匹亦殊绝，迥若寒空杂霞雪。霜蹄蹴踏长楸间，马官厮养森成列。可怜九马争神骏，顾视清高气深稳。借问苦心爱者谁，后有韦讽前支遁。忆昔巡幸新丰宫，翠华拂天来向东。腾骧磊落三万匹，皆与此图筋骨同。自从献宝朝河宗，无复射蛟江水中。君不见金粟堆前松柏里，龙媒去尽鸟呼风。[2]

杜甫的题画诗，不仅呈现出较多据画艺、画作、画家、画史而论的客观性，而且诗人目光如炬，对绘画艺术总有自己独到而深刻的见解。此诗并非仅仅局限于一幅绘画作品，而是由一幅图论及曹霸的其他作品，勾勒出曹霸画马简史；同时将曹霸放在鞍马画发展的过程中而论，以支遁、江都王李绪、韦讽等人做映衬。与前首《丹青引》相比，此诗亦具绘画史学意义。而"可怜九马争神骏，顾视清高气深稳""腾骧磊落三万匹，皆与此图筋骨同"等句，同样是在巧妙地称赞曹霸画马在神骨方面的独到之处。米芾在《画史》中论马："世俗见马即命为曹、韩、韦，见牛即命为韩滉、戴嵩，甚可笑！唐名手众，未易定。惟薛道祖绍彭家《九马图》合杜甫诗，是真曹笔。"[3]米芾所言《九马图》，盖杜甫此诗所题咏者。杜甫此诗，细致而形象地以诗歌语言重现画面，九马的风神形貌，读后历历在目，的确足为判定画作真伪的依据，而后世的题画之作，描摹画面也往往成为题画作品的重要组成部分，题画文学与画作，显示出了更为紧密的联系。

杜甫《题壁上韦偃画马歌》，是专为韦偃画马而作。诗中"戏拈秃笔扫骅骝，欻见骐驎出东壁"可谓深谙韦偃画法之论；"一匹龁草一匹嘶，坐看千里当霜蹄。时危安得真致此？与人同生亦同死"[4]，忧国忧民之情，深寓爱马惜马的慨叹之中。陆时雍曾评杜甫此诗："咏画者多咏真，咏真易而咏画难。画中见真，真中见画，尤难。此诗亦可称画笔矣。"[5]咏画多咏真，为当时题画作品较普遍的现象。唐太宗的《六马图赞》赞文六则，篇篇咏战马而不及画。文人咏真多与现实结合，

---

① 杜甫：《杜诗评注》，仇兆鳌注，中华书局 1979 年版，第 1149—1151 页。

② 同上，第 1153—1155 页。

③ 米芾：《米芾集》，黄正雨、王心裁辑校，湖北教育出版社 2002 年版，第 146 页。

④ 杜甫：《杜诗详注》，仇兆鳌注，中华书局 1979 年版，第 754 页。

⑤ 孔寿山：《唐朝题画诗注》，四川美术出版社 1988 年版，第 145 页。

或言志，或寄情，而“画中见真，真中见画”，则为杜甫的独到之处，也是后人题画学习仿效杜甫之处。然杜甫咏画，也如他人咏真一般，别有寄寓，后人学杜甫咏画，却难如杜诗一般深刻而醇厚。另，其《天育骠骑图歌》也体现了杜甫题画诗客观描述之中又有主观兴寄的风格。

而高適两首题画诗《同鲜于洛阳于毕员外宅观画马歌》《画马篇》赏画赞艺颂马，皆从多个角度进行题写，与杜甫的题画诗一起，代表着题画文学在盛唐发展的高度。稍晚于杜甫的顾况，同样强调画马要写马的神、骨，其《梁司马画马歌》赞画中马首先赞其“画精神，画筋骨，一团旋风瞥灭没”[①]，然后借以想象，勾勒出一匹飞腾奔跃的马，写出了画中马栩栩如生的动态美。

这一时期，关于马图最多的题画作品是对八骏图的题咏。八骏图这一画题从六朝时期就非常流行，题材来自周穆王游昆仑山时八匹良马驾车的神话。唐兴元元年，李怀光叛乱，德宗皇帝曾以八马幸蜀，这使当时文人艺术家对八骏母题的热爱达到一个新的高潮。《历代名画记》《宣和画谱》载画马名家韩幹曾绘八骏图，《唐朝名画记》韩幹条记阎立本曾摹写古人《穆王八骏图》。八骏图在隋唐五代画史中所留画迹甚少，但此期文学中关于八骏图的题咏却名家辈出。在众家题咏中，除杜荀鹤一诗是结合筋骨精神论画艺外，其他如白居易、元稹、刘叉、罗隐等对八骏图这样有着深厚文化意蕴的画题皆非就画而论，而是借题画而别有寄托。元稹《八骏图诗》以骏马喻贤才，“车无轮扁斫，辔无王良把。虽有万骏来，谁是敢骑者”[②]，抒发骏马难以骋才之憾。白居易《八骏图》为“诫奇物，惩佚游”而作，“由来尤物不在大，能荡君心则为害。文帝却之不肯乘，千里马去汉道兴。穆王得之不为戒，八骏驹来周室坏。至今此物世称珍，不知房星之精下为怪。八骏图，君莫爱”[③]，劝诫之旨显而易见。罗隐：“穆满当年物外程，电腰风脚一何轻。如今纵有骅骝在，不得长鞭不肯行”[④]，也是借古伤今之作。另，柳宗元有《观八骏图说》是唐代较为罕见的以“说”这种文体题咏画作的散文。此文借观八骏图，论述抨击按图索骥的寻良马、求贤圣现象。他的另一篇题马图散文《龙马图赞》以龙马喻人，表彰追悼先烈，寄托无限哀思，抒发愤懑之情。

三、花鸟等画的题咏

隋唐五代花鸟画题材千变万化，反映在文人画作的题咏中，有裴谐的《观修处士画桃花图歌》、施肩吾的《观叶生画花》、崔涂的《海棠图》、白居易的《画木莲

---

① 彭定求等编：《全唐诗》卷二六五，中华书局1999年版，第2939页。

② 同上，卷三九八，第4480页。

③ 白居易：《白居易集笺校》，朱金城笺校，上海古籍出版社1988年版，第214页。

④ 罗隐：《罗隐诗集笺注》，李之亮注释，岳麓书社2001年版，第355页。

花图寄元郎中》、罗隐的《扇上画牡丹》、牟融的《山寺律僧画兰竹图》等对花图的题咏；有李昂的《题程修己竹障》、白居易的《画竹歌》、方干的《方著作画竹》、吴融的《壁画折竹杂言》、韦遵的《题施璘画竹图》等对竹画的题咏；有陈子昂的《咏主人壁上画鹤寄乔主簿崔著作》、李白的《金乡薛少府厅画鹤赞》、杜甫的《通泉县署屋壁后薛少保画鹤》、钱起的《画鹤篇》、卢纶的《和马郎中画鹤赞》等对鹤图的题咏；有李白的《壁画苍鹰赞》、杜甫的《姜楚公画角鹰歌》《杨监又出画鹰十二扇》《画鹰》以及和凝的《题鹰猎兔画》等对鹰图的题咏；有李白的《画雕赞》、白居易的《咏画雕赞》等对雕画的题咏；有张九龄的《鹰鹘图赞序》、杜甫的《画鹘行》及刘商的《画石》、徐铉的《题画石山》等对鹘、石图的题咏。另有吴融的《题画柏》、储光羲的《述韦昭应画犀牛》、戴叔伦的《画蝉》、李郢的《画鼓》、李白的《貘屏赞》《驺虞画赞》和韦应物的《咏徐正字画青蝇》、顾况的《杜秀才画立走水牛歌》等等。在这些题咏中，不乏文采斐然或较具文化、史料价值的作品。

张九龄的《鹰鹘图赞序》从鹰的体貌、气节等方面，分析画家画鹰的原因：

鸟之鸷者，曰鹰曰鹘。鹰也，名扬于尚父，义见于《诗》。鹘也，迹隐于古人，史阙其载。岂昔之多识，物亦有遗？将今而嘉生，材无不出，为所呼之变，与所记不同者耶？然于羽族之中，绝有豪杰之表，气感刚悍，体侔铦锋，顾视之间伟如也。夫授以劲翮，意不群飞；资其利觜，义在鲜食。生有自然之权，用无可抑之势。古之言武士法吏，齐名比义者，以其严若郅都，飞若李广，委质于所事，报功于所养，不惮摧翼以亏勇，不立垂枝以屈节。是鸟也，向之拟议，不亦宣乎！夫鸾与凤将感于仁，所不及也；鸡与鹤犹较其德，彼何有焉？况其余虽飞虽鸣，凡者怪者，肉非登俎，才非下鞲，威力不敌，群噪无益，然后知二禽之为用，众鸟之绝伦者也。故君子韪其然，工人图其状，以象武备，以彰才美，虽未极其天姿，有以见其风骨矣。昔支遁道林常养名马，自云重其神骏。斯图也，非彼人之图欤？①

本文对鹰之所以成为绘画母题进行了具体而极具说服力的解释。在题画作品中别具一格，同时又表现了文人对绘画现象的总结与关注。杜甫有三首题鹰图诗，其《姜楚公画角鹰歌》以“梁间燕雀”的惊怕烘托画中之鹰的威猛，鹰是强者与魄力的化身；而《杨监又出画鹰十二扇》《画鹰》中，鹰则成为狡兔与凡鸟的天敌，是正义与能力的代表。从张九龄与杜甫的题鹰作品，我们可以看到鹰意象在唐代的丰富意蕴。威猛矫健、绰约不群、正气凛然、崇德尚节，这些品格，一直影响着后世文人画家对鹰意象的表现与钟爱。而和凝的《题鹰猎兔画》则反弹琵琶，把鹰诠释成弱肉强食的暴戾者形象。

竹是隋唐画家所喜爱的仅亚于松的又一林木类画题。五代李颀更以墨竹闻名。白居易有《画竹歌》，此诗前有序引：“协律郎萧悦善画竹，举时无伦，萧亦甚

---

① 张九龄等：《四库唐人文集从刊·曲江集》，上海古籍出版社 1992 年版，第 133 页。

自秘重。有终岁求其一竿一枝而不得者，知予天与好事，忽写一十五竿，惠然见投。予厚其意，高其艺，无以答贶，作歌以报之”[①]，介绍了萧悦的状况。萧氏善写竹而画史不载。其画白居易题咏如下：

植物之中竹难写，古今虽画无似者。萧郎下笔独逼真，丹青以来唯一人。人画竹身肥臃肿，萧画茎瘦节节竦。人画竹梢死羸垂，萧画枝活叶叶动。不根而生从意生，不笋而成由笔成。野塘水边埼岸侧，森森两丛十五茎。婵娟不失筠粉态，萧飒尽得风烟情。举头忽看不似画，低耳静听疑有声。西丛七茎劲而健，省向天竺寺前石上见。东丛八茎疏且寒，忆曾湘妃庙里雨中看。幽姿远思少人别，与君相顾空长叹。萧郎萧郎老可惜，手颤眼昏头雪色。自言便是绝笔时，从今此竹尤难得。[②]

想求其“一枝一竿”也难的萧悦年老时，手颤眼昏，主动画竹相赠，自言为绝笔，其情可感。萧悦“不根而生从意生”的画法，对后世竹画产生了深远影响。白居易的题诗，细述所赠画作的美妙及萧悦画竹的特点，使萧悦的绘画成就与画风存于画史之外，具有重要的文献价值。

综观隋唐五代的题画作品，我们不难发现普遍为画家们喜爱题材的画作题咏往往会涉及画法画技，而对当时较少有人创作的画题如蝉、鼓、貘等，则常不涉及画作与画法品评。因此，中国题画诗的发展与绘画发展的进程也有着莫大关系。题画文学至杜甫为一变，一方面与杜甫的卓越成就及其在诗歌史上的地位紧密相关，另一方面，也是中国绘画与文学在发展中互渗的必然结果。

第四节　隋唐五代山水画的题咏

隋唐时期山水画独立成科，呈现两种不同的画风：一是青绿山水，代表画家为展子虔、李思训与李昭道等；其二是水墨山水，以王维、张璪、王墨等为代表。王维以诗入画，提倡诗画一体，对山水画的变革做出重大贡献。五代时期山水画家南方以董源、巨然为代表，北方以荆浩、关仝为代表，形成不同风格的两个画派。而赵幹、卫贤等也以“界画”著称。山水画的发展带动了题画文学的创作热潮，隋唐五代时期的山水题画文学，呈现出比山水画的繁兴更为缤纷多彩的样态。

一、对画咏真：得意忘画

题画文学作品在题写内容上比较随意，但一般不会偏离画作。与画作有关的人、事、情、景、物、理、法等等都可以作为题画的内容。因此，在题山水画作品

---

①② 白居易：《白居易全集》，上海古籍出版社 1999 年版，第 155—156 页。

中，画面所赋写景物的原貌，也成为题咏作品描摹的意境。这种意境，有时是因画起兴，对画回想，吟咏而出，将优美如画的现实情境用诗笔表现。如李白《求崔山人百丈崖瀑布图》前面对瀑布及其周围画境的描写："百丈素崖裂，四山丹壁开。龙潭中喷射，昼夜生风雷。但见瀑泉落，如漈云汉来。闻君写真图，岛屿备萦回"[①]；薛涛《酬雍秀才贻巴峡图》前两句"千叠云峰万顷湖，白波分去绕荆吴。感君识我枕流意，重示瞿塘峡口图"[②]，诗中之境脱胎于现实之境，是对真实景物的回忆或想象。

然在大多情况下，诗人的题咏还会忽略画作的存在，在赏画的基础上，随性抒发，作品名为题画却从内容上看不出赏画的迹象，从而使作品表现出得意忘画的意趣。这种情形，在杜甫题画诗出现以前，尤其多见。如上官仪《咏画障》：

芳晨丽日桃花浦，珠帘翠帐凤凰楼。蔡女菱歌移锦缆，燕姬春望上琼钩。新妆漏影浮轻扇，冶袖飘香入浅流。未减行雨荆台下，自比凌波洛浦游。[③]

诗歌秾丽灵动，诗中咏画却不提及画作，而采用化静为动的手法，在静态画面的基础上，摹写更为生动形象的场景。隋唐五代的诗人，把这种模式用于山水题咏中，创作了很多意境优美的作品。如皇甫冉的《山中横云》"湘水风日满，楚山朝夕空。连峰虽已见，犹念长云中"、戴叔伦的《题天柱山图》"拔翠五云中，擎天不计功。谁能凌绝顶，看取日升东"、李颀的《李兵曹壁画山水，各赋得桂水帆》"片帆浮桂水，落日天涯时。飞鸟看共度，闲云相与迟。长波无晓夜，泛泛欲何之"[④]，不细品味，很难找到题画痕迹。李贺的《追赋画江潭苑》组诗更是每一首都以此题跋方式见长：

吴苑晓苍苍，宫衣水溅黄。小鬟红粉薄，骑马佩珠长。路指台城迥，罗薰裤褶香。行云沾翠辇，今日似襄王。（其一）

宝袜菊衣单，蕉花密露寒。水光兰泽叶，重带剪刀钱。角暖盘弓易，靴长上马难。泪痕沾寝帐，匀粉照金鞍。（其二）

剪翅小鹰斜，绦根玉镟花。鞦垂妆钿粟，箭箙钉文牙。狒狒啼深竹，鵁鶄老湿沙。宫官烧蜡火，飞烬污铅华。（其三）

十骑簇芙蓉，宫衣小队红。练香熏宋鹊，寻箭踏卢龙。旗湿金铃重，霜干玉镫空。今朝画眉早，不待景阳钟。（其四）[⑤]

按《协律钩玄》："江潭苑，梁武帝之游猎苑也。未成而侯景乱。后人摹绘其胜以为图，长吉追赋其事也。观梁武骄淫如是，乃欲索鹑代牲，舍身邀福，其可得乎？

---

① 李白：《李白集校注》，瞿蜕园、朱金城校注，上海古籍出版社 1980 年版，第 1427 页。

② 彭定求等编：《全唐诗》卷八零三，中华书局 1999 年版，第 9137 页。

③ 同上，第 512 页。

④ 同上，第 2804，3093，1347 页。

⑤ 李贺：《李贺诗歌集注》，王琦等集注，上海人民出版社 1977 年版，第 177 页。

宪宗沉湎酒色，肆意游观，服食求长生，正如汉武、秦皇，贺赋此殆亦咨汝殷商之意。”[①]组诗由江潭苑图，追赋梁武帝时宫人早起游猎的情景，借古讽今，刺唐宪宗沉湎酒色、荒淫无度的生活。四诗“专咏女猎”[②]而作，从游猎的队伍写到宫女们的衣着、暗自垂泪的辛酸、打猎途中的见闻、打猎时的情形。从头至尾，所述事件由江潭苑图而引发，但非言画境，足见诗鬼诡异绮丽的诗风。

在隋唐五代的题咏中，如李贺《追赋画江潭苑》诗文中不提画作，代表了题画文学一种题咏方式，与后世画作者自我题咏的作品，有很多共同处。另外，唐太宗的《六马图赞》、褚亮的《秦府十八学士图赞》、符载的《剑南西川幕府诸公写真赞》，无不显示了作者在题咏过程中“忘画”的现象。名为图赞、写真赞，但内容关系画中人，与画作本身无关。这种题画模式，直到清代依然存在。但这些作品数量相对较少，大多数题咏，皆会在行文之中或隐或显地点明因题画而作，有的篇章甚至以论画为主。

二、诗中论画：画境、画技与画家

绘画题咏除上面所论因画而作外，更多的是为画而作，诗文围绕画作展开，使人们对画作有更充分的了解。因此，描摹画面或复现画境、评论画艺、论述画史成为绘画题咏的重要内容。

用诗的语言复现画境，并在此基础上形成诗的意境，是山水题画诗最常涉及的内容。诗境与画境融而为一，但从个别语句，几难分辨是复现画面还是诗中写景。因此诗人会在题咏中指明与绘画的关系。如：

画扇出秦楼，谁家赠列侯。小舍吴剡县，轻带楚扬州。掩作山云暮，摇成陇树秋。坐来传与客，汉水又回流。（梁锽《崔驸马宅咏画山水扇》）

墨妙无前，性生笔先。回溪已失，远嶂犹连。侧径樵客，长林野烟。青峰之外，何处云天。（皇甫冉《刘方平壁画山》）[③]

开篇点明为画而作，然后将画中所写呈现在读者面前，画境诗境融合，是隋唐五代山水题画诗最基本的题写方式。也有一些作品，在结尾交代题画，如白居易的《题海图屏风》，篇幅较长，读到篇末，读者方明白其借画讽喻的题旨；李白的《当涂赵炎少府粉图山水歌》、杜甫的《观李固请司马弟山水图》、徐凝的《观钓台画图》皆在篇中论及题诗与画作的关系。无论是遵循题画诗的常用程式，还是在篇末或篇中提及画作，对画作的交代都是隋唐五代诗人题山水画作品常常会涉及的内容。而在少数题山水画作品中，作者对题画之事并不明确说明，而是用含蓄

① 李贺：《李贺集》，王友胜，李德辉校注，岳麓书社 2003 年版，第 208 页。

② 李贺：《李贺诗歌集注》，王琦等集注，上海人民出版社 1977 年版，第 523 页。

③ 彭定求等编：《全唐诗》，中华书局 1999 年版，第 2117，2795 页。

的语言,巧妙暗示对画面的描述。从而使诗作富有意趣。如杜甫的《观李固请司马弟山水图》(其三)言:“高浪垂翻屋,崩崖欲压床”①,以堂内雄壮逼真的波浪悬崖欲翻屋压床的审美体验来表明诗为赏画之作。无论是直接言明还是予以暗示,阐明作品意境与画境之间的关系,成为直接描摹画境之作必不可少的部分。这些或隐或显地指明与画作关系的语言,是在行文中区分题画作品与其他写景作品的重要标志,是题画诗词创作中最常用的话语,它们常存在于赏画之作中。但后世渐多的画作者自题诗,则不具备这种特点。

隋唐五代诗人的题山水画除了在诗中重现画境外,往往还会谈及画技。王季友的《观于舍人壁画山水》“野人宿在人家少,朝见此山谓山晓。半壁仍栖岭上云,开帘欲放湖中鸟。独坐长松是阿谁,再三招手起来迟。于公大笑向予说,小弟丹青能尔为”,极写画作逼真,以突出作者的绘画技巧。柳公权的《题朱审寺壁山水画》“与君一顾西墙画,从此看山不向南”②,画未必真的可以代替客观景物,但此语却给予朱审绘画充分的肯定。方幹的《题画建溪图》“六幅轻绡画建溪,刺桐花下路高低。分明记得曾行处,只欠猿声与鸟啼”③,以身临其境之感烘托画技高超。皎然的《奉应颜尚书真卿观玄真子置酒张乐舞破阵画洞庭三山歌》:

道流迹异人共惊,寄向画中观道情。如何万象自心出,而心淡然无所营。手援毫,足蹈节,披缣洒墨称丽绝。石文乱点急管催,云态徐挥慢歌发。乐纵酒酣狂更好,攒峰若雨纵横扫。尺波澶漫意无涯,片岭崚嶒势将倒。盻睐方知造境难,象忘神遇非笔端。昨日幽奇湖上见,今朝舒卷手中看。兴余轻拂远天色,曾向峰东海边识。秋空暮景飒飒容,翻疑是真画不得。颜公素高山水意,常恨三山不可至。赏君狂画忘远游,不出轩墀坐苍翠。④

此诗记叙绘画过程,描述画面效果,其中无不体现了一个“技”字。诗歌极具动态美与音乐感,而且提及绘画艺术的“造境”与“忘象”,与其《诗式》中“取境”说一脉相通,是隋唐五代文人绘画与诗歌艺术共性理论的又一体现。

有一些作品,是就山水画的画法展开。如方幹《项洙处士画水墨钓台》:“画石画松无两般,犹嫌瀑布画声难。虽云智慧生灵府,要且功夫在笔端。泼处便连阴洞黑,添来先向朽枝干。我家曾寄双台下,往往开图尽日看。”⑤诗人对画议论揣摩山水画技法、笔法,赏画行为不再体现为对画境的体验。荆浩的《画山水图答大愚》:“恣意纵横扫,峰峦次第成。笔尖寒树瘦,墨淡野云轻。岩石喷泉窄,山根到水平。禅房时一展,兼称苦空情”⑥,同样如此。在部分篇章中,题画诗还会

① 杜甫:《杜诗详注》,仇兆鳌注,中华书局1979年版,第1198页。

② 彭定求等编:《全唐诗》,中华书局1999年版,第2882,5484—5485页。

③ 同上,第7558页。

④ 同上,第9338—9339页。

⑤ 彭定求等编:《全唐诗》,中华书局1999年版,第7534页。

⑥ 潘运告编著:《宋人画评》,湖南美术出版社1999年版,第108页。

对作家进行一些必要的介绍。如杜甫《奉先刘少府新画山水障歌》言:“画师亦无数,好手不可遇。对此融心神,知君重毫素。岂但祁岳与郑虔,笔迹远过杨契丹……刘侯天机精,爱画入骨髓。自有两儿郎,挥洒亦莫比。大儿聪明到,能添老树巅崖里。小儿心孔开,貌得山僧及童子。”①在对比中,烘托画作者的“笔迹”特色,同时论及画家二子的绘画才能,对画家的介绍成为这首题画诗不可忽略的内容。而在有序引的题画诗与散体的绘画题咏中,与图写对象的相关信息也会有所交代。如刘禹锡《答东阳于令寒碧图诗并引》在引文中叙述寒碧亭的来历,元结《九疑山图记》介绍九嶷山九峰及周围的景致。

隋唐五代时期,文人间还出现了同题画作同咏或联句现象。《严公厅宴同咏蜀道画图得“空”字》《奉观严郑公厅事岷山沱江画图十韵得“忘”字》皆为杜甫在与人同咏的题山水画作品。皎然、崔万、潘述的《观青溪图联句》是一首较为简短的以描摹画境为主的作品。而张希复、段成式、郑符的《游长安诸寺联句》虽不是只针对山水画而作,但其对寺中众多画家画作的记载和评论,从题画诗发展史及壁画创作史上看,都具有不容忽视的意义。

隋唐五代的题画诗,其内容会涉及诸多方面,但由于诗体的限制,往往内容比较单一。然也有一些篇幅较长的诗作,在一首诗当中会涉及两个或两个方面以上的内容。如杜甫《戏题王宰画山水图歌》所言,诗作的前四句写绘画创作所必需的功夫与从容的心态,然后描绘气势磅礴的画境,“咫尺应须论万里”既是画法之论,又是评画之言。结尾两句,则用索靖赞顾恺之画的典故,简练而含蓄地盛赞王宰画技的精湛。从不同的方面进行题咏,在杜甫的山水题画诗中表现最为明显。杜甫之后的作品,越来越呈现出多侧面题写的趋势。五代徐光溥的《题黄居寀秋山图》可称这些作品中的代表。诗作先从笔法与构思方面称赞黄筌的画艺,然后谈创作缘由、画作材质,再用非常细腻的笔触,重现画中景物,其后曰:“张璪松石徒称奇,边鸾花鸟何足窥。白旻鹰逞凌风势,薛稷鹤夸警露姿。方原画山空巉岩,峭壁枯槎人见嫌。孙位画水多汹涌,惊湍怒涛人见恐。若教对此定妍媸,必定伏膺怀愧悚。再三展向冕旒侧,便是移山回涧力。大李小李灭声华,献之恺之无颜色”②,再次烘托黄居寀的画技,同时亦显示出了题画诗向学人诗靠近的倾向。

三、画意诗情:归心暗写

题画诗相较于其他诗歌题材的诗作来说,是相对比较客观的一种文体。对画作及其相关信息做真实而准确的描述是题画诗的本色。同时,“诗缘情而披

① 杜甫:《杜诗详注》,仇兆鳌注,中华书局 1979 年版,第 276—278 页。

② 彭定求等编:《全唐诗》,中华书局 1999 年版,第 8726 页。

靡”，抒情性是诗歌的文体特征。因此，要求客观真实的题画并不杜绝主观情感的抒发，虽然提供大量画作信息的画作题咏对了解画作较有参考价值，但诗境与诗情共存，才是题山水画诗作为诗歌本身真正的艺术魅力所在。隋唐五代的题画诗，虽较少画家的自题诗，但并不乏诗人寄情寓情之作。在山水题画诗中，诗人最常抒发的情感，是对山林田园之趣的向往。

张九龄是唐玄宗时期有名的贤相，他的《题画山水障》表达了一种精神疲倦时借山水画娱情的思想：

心累犹不尽，果为物外牵。偶因耳目好，复假丹青妍。尝抱野间意，而迫区中缘。尘事固已矣，秉意终不迁。良工适我愿，妙墨挥岩泉。变化合群有，高深侔自然。置陈北堂上，仿像南山前。静无户庭出，行已兹地偏。萱草忧可树，合欢忿益蠲。所因本微物，况乃凭幽筌。言象会自泯，意色聊自宣。对玩有佳趣，使我心渺绵。[①]

这首诗写出了山水画作带给人们的较为普遍的审美感受，赏画时言象自泯、物我偕忘的乐趣，又何尝不是优美的山水画作深为人们喜爱的原因呢？

李白《当涂赵炎少府粉图山水歌》在对峨眉洞庭景致进行精心描绘后曰：“五色粉图安足珍，真仙可以全吾身。若待功成拂衣去，武陵桃花笑杀人。”[②]面对犹如仙境一般的画境，李白仿佛已徘徊在湖光山色之间。不须功成而身退的思想，源自赏画之后的感受，同时体现了赵炎山水画巨大的艺术魅力。杜甫《观李固请司马弟山水图三首》（其二）“方丈浑连水，天台总映云。人间长见画，老去恨空闻。范蠡舟偏小，王乔鹤不群。此生随万物，何处出尘氛”[③]，是写一位老人见画中美景渴望隐居其中却难以实现的遗憾；皇甫冉《酬包评事壁画山水见寄》“若览名山志，仍闻招隐篇。遂令江海客，惆怅忆闲田”，则明确点明画境对归隐之志的影响；而羊士谔《台中遇直晨览萧侍御壁画山水》“今来始悟朝回客，暗写归心向石泉”[④]，则揭示了绘画者寄托于画作中的对林泉山岳的返归向往之情。王昌龄的《观江淮名胜图》、韩愈的《桃源图》、李德裕的《近于伊川卜山居，将命者画图而至，欣然有感》、郎士元的《题刘相公三湘图》等很多作品皆见隐逸情怀。

在题山水画诗中表达隐逸思想的现象在隋唐五代时期的题咏中已肇其端。至元明时期，这种现象更为常见。而诗人在题画诗中所寄托的情感，又不仅限于对隐逸之趣的向往。李收《和中书侍郎院壁画云》在描绘画面后“映筱多幽趣，临轩得野情。独思作霖雨，流润及生灵”[⑤]，表达“济天下”之志；卢纶《达奚中丞东斋壁画山水各赋一物得树杪悬泉送长安赵元阳少府》提出“为儒当一贤”的人生

① 彭定求等编：《全唐诗》，中华书局 1999 年版，第 581 页。
② 李白：《李白集校注》，瞿蜕园、朱金城校注，上海古籍出版社 1980 年版，第 543—544 页。
③ 杜甫：《杜诗详注》，仇兆鳌注，中华书局 1979 年版，第 1197 页。
④ 彭定求等编：《全唐诗》，中华书局 1999 年版，第 2794、3698 页。
⑤ 石理俊主编：《中国古今题画诗词全璧》，商务印书馆国际有限公司 2007 年版，第 839 页。

准则[①];杨汝士《题画山水》"太华峰前是故乡,路人遥指读书堂。如今老大骑官马,羞向关西道姓杨"[②],面对故乡图景,以入仕的懊悔烘托画作的优美;罗隐《题磻溪垂钓图》"吕望当年展庙谟,直钩钓国更谁如。若教生在西湖上,也是须供使宅鱼"则是对贪官污吏行为的揭露[③];韦庄《金陵图》"谁谓伤心画不成,画人心逐世人情。君看六幅南朝事,老木寒云满故城"[④],满怀吊古伤今之感。另有一些作品,如徐安贞的《题襄阳图》、李朋的《奉酬绵州中丞以江山小图远垂赐及兼寄诗》等则表达一种观图引发的故地重游的渴望。

四、出神入画:山水题咏中的通感与幻境

也许敏锐善感的诗人们在欣赏画作的过程中,会有一些异常的感知如错觉、幻觉等出现,也许他们为增加表达效果或诗歌的艺术魅力,而有意识地将可能产生的错觉或幻境形诸笔端,通感修辞与错觉、幻境描写便成为题画诗较其他题材的诗歌更为常用的表现手法。赏画过程中错觉的出现,源于绘画的逼真、似真、乱真。而诗人运用这些手法的目的,也是为赞美画作。隋唐五代是题画诗应用通感、错觉乃至幻境描写等表现手法相对较为普遍的一个时代,这些手法的应用,体现了唐代图像艺术在注重神骨的同时,以似真、逼真、乱真为贵的美学思想。

在很多题画诗中,诗人为了表达画作逼真的艺术效果,常用"疑""若"等字眼,或以动写静的手法,来恰如其分地在诗歌中呈现出一种错觉或幻境。如李白《莹禅师房观山海图》曰:"丹崖森在目,清昼疑卷幔。蓬壶来轩窗,瀛海入几案。烟涛争喷薄,岛屿相凌乱。征帆飘空中,瀑水洒天半。峥嵘若可陟,想像徒盈叹。杳与真心冥,遂谐静者玩。如登赤城里,揭步沧洲畔。"[⑤]烟涛喷薄、征帆飘扬等皆为幻景,疑而卷幔、峥嵘可陟等皆因错觉。方干《卢卓山人画水》"坐久神迷不能决,却疑身在小蓬瀛"[⑥],假而乱真;皎然《奉应颜尚书真卿观玄真子置酒张乐舞破阵画洞庭三山歌》"昨日幽奇湖上见,今朝舒卷手中看。兴余轻拂远天色,曾向峰东海边识。秋空暮景飒飒容,翻疑是真画不得"[⑦],以假当真。皇甫冉《题画帐二首·山水》"桂水饶枫杉,荆南足烟雨。犹疑黛色中,复是洛阳岨"[⑧]、高適

① 卢纶:《卢纶诗集校注》,刘初棠校注,上海古籍出版社 1989 年版,第 91 页。
② 彭定求等编:《全唐诗》,中华书局 1999 年版,第 5536 页。
③ 罗隐:《罗隐诗集笺注》,李之亮笺注,岳麓书社 2001 年版,第 378—379 页。
④ 高峰编选:《温庭筠韦庄集》,凤凰出版社 2013 年版,第 147 页。
⑤ 李白:《李白集校注》,瞿蜕园、朱金城校注,上海古籍出版社 1980 年版,第 1429 页。
⑥ 孔寿山:《唐朝题画诗注》,四川美术出版社 1988 年版,第 361 页。
⑦ 彭定求等编:《全唐诗》卷八二一,中华书局 1999 年版,第 9339 页。
⑧ 石理俊主编:《中国古今题画诗词全璧》,商务印书馆国际有限公司 2007 年版,第 889 页。

《同李九士曹观壁画云作》"始知帝乡客，能画苍梧云。秋天万里一片色，只疑飞尽犹氛氲"[①]，同样是以赏画过程中的错觉表达画面的艺术真实感。

和错觉与现实相悖，幻觉与真实相谬不同，通感修辞手法的实质是不同感觉之间的转移，即由一种感官的审美体验引发起其他感官的审美感受，使美感转移，以被引发感官审美感受的形式呈现出来，从而增强、丰富作品的美感，因此，通感亦称移觉。通感用在题画文学中，把视觉审美表现为听觉、触觉、嗅觉审美。如杜甫的《奉观严郑公厅事岷山沲江画图十韵得"忘"字》"直讶松杉冷，兼疑菱荇香"[②]，是视觉与触觉、嗅觉之间的转移。鲍溶的《周先生画洞庭歌》"六月火光衣上生，斋心寂听潺湲声。林冰摇镜水拂簟，尽日独卧秋风清"，则是以触觉、听觉感受表现视觉感受。李涉的《谢王连州送海阳图》"谢家为郡实风流，画得青山寄楚囚。惊起草堂寒气晚，海阳潮水到床头。"[③]寒气，也是赏画过程中的触觉体验。

一首优秀的题画诗，往往会包含多种表现技巧。李白是最擅长使用通感手法与幻境描写的诗人。李白的诗歌，常常打破一切创作模式，以豪迈飘逸、想象丰富、意境奇妙著称，在山水画题咏中也不例外。他的《同族弟金城尉叔卿烛照山水壁画歌》：

高堂粉壁图蓬瀛，烛前一见沧洲清。洪波汹涌山峥嵘，皎若丹丘隔海望赤城。光中乍喜岚气灭，谓逢山阴晴后雪。回溪碧流寂无喧，又如秦人月下窥花源。了然不觉清心魂，只将叠嶂鸣秋猿。与君对此欢未歇，放歌行吟达明发。却顾海客扬云帆，便欲因之向溟渤。[④]

前八句为赏画过程，李白依照想象再造出来的意境来比拟画面意境所带给人的审美感受，可谓别出心裁。最后用通感的手法写及鉴赏壁画后的心理错觉——秋猿哀鸣，以及重观壁画时的幻觉——海客扬帆，显示出作者超凡的想象力，诗作也因此获得了不朽的艺术魅力。李白的另一首作品《当涂赵炎少府粉图山水歌》"几时可到三山巅"的疑问、"此中冥昧失昼夜，隐几寂听无鸣蝉"的入画、"讼庭无事罗众宾，杳然如在丹青里"的联想[⑤]，都是一种错觉描写，是现实与画面的交融。齐己《观李琼处士画海涛》："巨鳌转侧长鳅翻，狂涛颠浪高漫漫。李琼夺得造化本，都卢缩在秋毫端。一挥一画皆筋骨，滉漾崩腾大鲸臬。叶扑仙槎摆欲沉……令人错认钱塘城，罗刹石底奔雷霆"，运用了错觉感受与以动写静手法；皎然《观王右丞维沧洲图歌》"沧洲误是真，萋萋忽盈视。便有春渚情，褰裳掇芳芷。飒然风至草不动……犹言雨色斜拂座，乍似水凉来入襟"[⑥]，是错觉与通感并用。

---

① 高適：《高適诗文注评》，佘正松注评，中华书局 2009 年版，第 150 页。

② 杜甫：《杜诗详注》，仇兆鳌注，中华书局 1979 年版，第 1186 页。

③ 彭定求等编：《全唐诗》卷八二一，中华书局 1999 年版，第 5539—5540 页、第 5472 页。

④ 李白：《李白集校注》，瞿蜕园、朱金城校注，上海古籍出版社 1980 年版，第 497 页。

⑤ 同上，第 543 页。

⑥ 彭定求等编：《全唐诗》卷八二一，中华书局 1999 年版，第 9346 页。

通感、写错觉幻觉以及以动写静是题画诗最常用的手法。运用这些手法的题画作品往往更能反映作者的主观感受，艺术性较强，更具审美趣味。隋唐五代以后的题画诗，尤其是为他人画作题写的作品，这些表现手法也渐渐不如隋唐五代时期用得普遍，从而呈现出一种客观性增强、文学性减弱的趋势。

题画文学在隋唐五代时期，除画跋外，基本各种体裁作品皆有创作，而以诗体与赞文为主要题写形式。题画诗在这一时期逐渐发展成熟；著名诗人往往也在题画诗的发展过程中起着重要作用。李白创作了许多优秀篇章，杜甫、白居易题画诗的内容与风格上对后世作者影响深远。题画诗至杜甫为一变，以寄托情思，借题画而言己情为主的题咏方式得以突破。以叙写画作相关信息为主的作品越来越多出现在中唐以后的题画诗中。白居易对杜甫有所继承，同时又借题画针砭时弊，从而使题画诗增添了讽喻功能。而词体的题画现象，则是这一时期题画文学在文体上的开拓。此外，各种类型的画作都有与之相应的大量题画文学作品产生，而且其中不乏优秀作品。这些题画文学作品与同类绘画的理论著作相辉映，在承担其审美职能的同时，也促进了各类画论、技法等的形成及发展与传播。同时，题画文学所涉及的内容，自杜甫开始也呈现出较为宽广的趋势。另，隋唐五代的题画文学也在创作艺术及山水画中所蕴藉的思想等诸方面，呈现出渐趋成熟的特点。所有这一切，都为后世题画文学的蓬勃发展奠定了坚实的基础。

第四章　隋唐五代文学中的图像母题

隋唐五代文学不仅与隋唐五代图像有着密切的关系，而且逐渐生成了一系列有着较为鲜明性格特征的人物形象、引人入胜的情节结构或是具有特定含义的场面、情境等。这些文学元素或单元一方面作为文学本事直接成为当时以及后世图像作品的母题；另一方面被各种文学文体如故事、传奇、变文、骈散文等加工、修饰、萃取出来而成为经典的视觉性符号。与这些文学现象相映成趣，一些著名的图像作品经过诗意想象和雅化塑造又再次生成大量相关题材的文学作品，为后世提供了分延了第一级母题的图像母题。三种情况皆在不同的时代因文图的互生互衍功能而形成了不同的文图关系模式。如玄武门之变与武门神图像、玄奘取经文图流变，诗人诗情诗意（诗人骑驴、灞桥风雪、踏雪寻梅）故事与图像，传奇《莺莺传》作为后世图像的母题，骈散文《滕王阁序》及其文意衍生图像，以及戴嵩牛画与牛画题跋，唐代文人群像及十八学士图等生成的文图或图文关系，皆显示出文本的视觉化趣味、人物形象和故事情节逐渐固化、程式化乃至审美功能的市井化趋势；相关图像作品则渐渐通过图本的诗意化想象和雅化塑造逐渐从内容单一、宣传教化目的明确、叙事性强和人物形象较为模糊等特征，向虚拟的文学意境方向演进。

总体上看，隋唐文学及其后世图像之间处于一种从相互仿拟到并生共存、互生互衍，直至图像逃逸出文学的附庸地位而走向自主言说的动态嬗变过程。

第一节　隋唐五代文学本事与后世图像

隋唐五代时期发生的重大历史事件以及事件中涉及的人物，经时人直至今人的热情关注、文学艺术的进一步加工和不同媒介不同时代的传播和阐释，各以不同的样貌出现在史传、笔记、小说、说唱文学、戏曲、绘画、民间美术等各种文艺体裁中。在多种文艺表现手段的相互促进和相互影响下，隋唐五代文学本事最终形成了对后世图像有着深远影响的系列故事，其中主要包括：几乎与“三国”故事同时产生的“隋唐”故事和“西游记”等系列故事；依据隋唐五代真实事件而创造出的各种经典文学作品，其题材主要集中在帝王、豪侠、玄奘取经本事等。经历了无数次、无数种的改编和再演绎之后，这些历史故事和相关人物至今仍然以引人入胜的情节、鲜活的人物形象出现在各种小说、戏剧、电影电视甚至是网络文学、游戏以及新媒体等艺术类型之中，从而构成了现代社会中一道独特的文化风景线。

由于相关事件和人物的非常经历、传奇色彩、过人胆识和非凡才具，这些极具吸引力的隋唐五代文学本事为后世图像创作留下了巨大的再加工和艺术想象空间。囿于特定的美学观念阈限，伴随着各种叙事语境的多重编织历程，隋唐五代文学本事逐渐形成了相对稳定的情节结构和叙事模式。与此同时，其中涉及的一系列历史人物逐渐出现了形象固化甚至是性格类型化的倾向。在历经了多种表现媒介的交互影响之后，隋唐五代文学本事也逐渐衍生出了具有强大再生功能的图像母题，如玄武门之变与武门神图像、作为后世相关图像母题的玄奘取经故事等。

一、玄武门之变与武门神图像

唐高祖武德九年(626)六月初四，李世民在唐王朝的都城长安皇宫的北宫门——玄武门附近发动了一次流血政变。据传，李世民逼迫其父唐高祖李渊立自己为新任皇太子并继承帝位，是为唐太宗，年号贞观。贞观十七年(643)二月二十八日，唐太宗为怀想、纪念当初与他一同打天下的诸多功臣，特地在皇宫内三清殿旁凌烟阁内设立了24位功臣的画像，即后世所称的《二十四功臣图》。功臣图中的画像按真人大小的比例绘制，在凌烟阁“凝阴殿西北面写功高宰辅，南面写功高侯王，太宗赞，阎立本画，褚遂良题”[①]。由此，《二十四功臣图》成为集初唐文书画最高成就的三绝之作(后来毁于唐僖宗广明元年的黄巢之乱)。唐后世代宗、德宗、宣宗、昭宗等帝沿袭了太宗对功臣的奖掖制度，相继在凌烟阁续画功臣图。代宗时，凌烟阁功臣增至33人。功臣们皆被赐予丹书铁券并藏名太庙之誉，且功臣子孙亦被准予世代受禄。德宗时，凌烟阁功臣增至60人。宣宗时功臣被赐画像者已多达97人，有些重要功臣像旁有各代皇帝题写的序文或赞诗。直至昭宗李晔被朱全忠劫持到洛阳再修“天祐旌功之阁”的260多年间，被绘制凌烟阁功臣像的人数常有增添。功臣中即使犯死罪被杀头者，其画像也不会被剔除。

(一) 凌烟阁功臣图的写真性与史传小说对武将的神化

在唐王朝建立过程立下汗马功劳的两员勇将尉迟恭和秦琼，不仅都被列入《二十四功臣图》中，而且，二人在死后均作为功臣陪葬在唐太宗李世民与文德皇后长孙氏的合葬陵墓——昭陵[②]旁。列凌烟阁功臣第七位的尉迟恭和第二十四

① 《玉海》卷五十七，《艺文・唐贞观图功臣凌烟阁》，钦定四库全书子部。

② 在具有传奇色彩的隋唐英雄的墓穴之中，尉迟敬德墓是作为唐太宗昭陵的陪葬墓中最大的一合(墓志志石与墓志盖称为一合)。

位的秦琼皆是威武勇猛、义胆忠心的大将，为唐王朝的建立立下了赫赫战功。不过，二者形象在文学和图像作品中的具体表现还有着显著的差异。

第一，二十四功臣图像中尉迟恭和秦琼的缙绅模范形象。

为二十四功臣造像不仅有着“旌贤之义，永贻于后昆”[①]的政治宣传目的，而且也通过图文并茂的“甘露良佐”“建武功臣”的形式表达了唐太宗作为一代英主的胸襟气魄和英明人才观。从杜甫《丹青引赠曹将军霸》的诗句中可以推想出功臣图中尉迟敬德威风凛凛的武将形象及其所佩戴的冠冕、服饰、所持兵器和神态，可见功臣图采用的“写真”风格。但功臣的具体形象已无确凿的图像资料可考。至宋人游师雄的唐摹本刻石二十四功臣图[②]的发现，功臣的形象方呈现出相对清晰的面貌。清代刘源绘制的版画《凌烟阁功臣图》使用的变形、夸张的造型方法，使人物形象更加鲜活、人物性格更加突出。他塑造的功臣形象在服饰和造型风格上并非以唐代人物像为参照，而是以明代服饰为造像参照的。当然，他也附加了自己对功臣形象的理解和诠释。

第二，唐五代史书和文学叙事中逐渐神化的尉迟恭、秦琼形象。

深谋远虑和忠贞勇猛等人格品性是后世文学叙事中尉迟恭武将形象塑造依据的基本特征。唐代笔记小说《隋唐嘉话》记载尉迟恭的形象较为简单，主要表现在他武艺高强，行事果断，可谓“性骁果而尤善避槊”，心志勇毅，胆魄过人，高度自信，武艺精湛且具有大无畏精神等方面。《旧唐书》卷六十八记载中，尉迟恭为一位深谋远虑、骁勇善战、忠贞不贰又有着率性鲁莽性格的武将。段成式则塑造了尉迟敬德力大无穷、勇猛彪悍又性情宽厚的大无畏形象。不过，在叙说秦琼时，段成式是从他所乘宝马的性情和宝马对他的忠贞情感视角进行侧面描写：“秦叔宝所乘马，号忽雷驳，常饮以酒。每于月明中试，能竖越三领黑毡。及胡公卒，嘶鸣不食而死。”[③]从这段描写可以看出，尉迟恭和秦琼的性格已被涂抹上了一层夸张和神秘的色彩。唐末，根据史书而写的笔记小说中涉及秦琼、尉迟恭的还有对秦琼“勇有志节”、尉迟恭智勇兼具等性格的简要交代。由此，尉迟恭和秦琼的形象已出现了从史实叙事向夸张虚构的文学想象演变的趋势。

综上，在唐以至五代时期，尉迟敬德和秦叔宝的形象在文学和图像作品中处于相互分离的状态。图像作品中的尉迟恭、秦琼形象更多倾向于为实现彪炳后世的教化作用而采用的“写真”风格，突出的是二人的外在形象；文学作品中的尉迟恭、秦琼形象则越来越走向虚构并逐渐被神化，突出了对两员大将内在性格的

---

① 刘昫等：《旧唐书·长孙无忌传》，中华书局1975年版，第2452页。

② “二十四人者，据《会要》四五，为长孙无忌、李孝恭、杜如晦、魏徵、房玄龄、高士廉、尉迟敬德、李靖、萧瑀、段志玄、刘弘基、屈突通、殷开山、柴绍、长孙顺德、张亮、侯君集、张公谨、程知节、虞世南、刘政会、唐俭、李世勣、秦叔宝等。惟游师雄所记有王珪，(《萃编》一三九)与《会要》异。”见岑仲勉：《隋唐史》，商务印书馆2015年版，第128页。

③ 段成式：《酉阳杂俎》，方男生点校，中华书局1981年版，第114页。

塑造。这与隋唐五代对当朝功臣的崇拜和神化现象有着重要的关系。不过，文献中并没有尉迟恭、秦琼形象出现在唐代门神画中的记载。

(二) 后世门神画中武门神形象的变迁

隋唐时代的门神像除沿用起源于商周时期神荼、郁垒二神之外，寺庙和塔门神中所画之神多为佛教中的那罗延(Nryana，意译为坚固力士、金刚力士)、迦毗罗(Kapila)以及天王力士、药叉神诸神像。如现存的隋代门神像的经典形象——河南安阳灵泉寺石窟群大住圣窟门口的一对武将门神。二神皆身长近2米，顶盔披甲，留长须，赤双足，帔帛飘举。左边门神"那罗延神王"手握一钢叉，脚踏卧狮；右边门神"迦毗罗神王"手中举一利剑，脚踏卧马(形象残缺)，可谓我国早期与人身同等大小门神像的代表。

唐代门神像的基本造型以佛教诸神像为主。天宝十四年(755)韩贞瓒造像的券门额上，刻有一对璎珞缠身、帔帛飘动、身姿优美的飞天如驾祥云欲落。门旁刻有二门神，头戴金盔，身披铠甲，一神络腮胡须，另一神净面无须。左持降魔宝杵，右紧握长剑，分守于门两侧。[①] 从韩贞瓒造像中的二神像看，二神头上都带有光环，"虽然人物面部造型如胡须、环鼻及赤脚等仍带有西域特征，但披甲及手中所握武器已颇具中原特色了"[②]。此时门神像中的佛教诸神像(如天王像)与武士像的基本造型已有合流的趋势。或者说，唐代门神像已表现出从汉代时期门神的神化特征向北魏以来的人化特征转向的趋势。这一时期的门神像已呈现出二神面貌的差异：即一胡相，一净面无须。该武门神造像特点颇为接近沿用至今的定型的武门神的形象模式，即一黑脸浓须，一白面虬髯。但是，截至目前并无直接文献显示出门神造像何时，又是如何从宁懋石室二将形象或佛教诸神形象向尉迟敬德和秦琼形象转变的。

宋代的门神画像实质上已不再局限于神话中的人物。除了神荼、郁垒二神，门神画中的人物形象已经增加了人间威武将军的造像。从袁褧《枫窗小牍》记载可见宋代门神戴虎头盔、身披甲胄的番样武将形象，且已分普通家户用的"番将门神"和王公之门用的"饰金门神"[③]等多种样式。传为南宋李嵩所画的《岁朝图》(也有学者认为此图为明代作品)中右下端画中大门左侧门上有一个武将门神。从其大致轮廓看，该画中的武门神造像形式已相当成熟。造像总体上沿袭了西安寺塔门上的石刻门神像"面留短须，双手交叉"的胡人形象，且与后世武门神像无大差别。

元代门神画传世者罕见，但从元杂剧专门的门神戏中可见一斑。《玎玎珰珰

---

① 王树村：《中国年画史》，北京工艺美术出版社2002年版，第48—49页。
② 焦姣：《门神画中的秦琼、尉迟恭形象研究》，南京艺术学院2007年硕士学位论文，第15页。
③ 袁褧、周辉：《枫窗小牍　清波杂志》，尚成、秦克点校，上海古籍出版社2012年版，第27页。

盆儿鬼》有情节涉及新年贴门神之事，但剧中所说的“大家小户有个门神户尉”①指的是钟馗。相应地，元杂剧历史剧中塑造了大量的历史英雄形象，其中许多篇目描写唐代开国英雄秦琼和尉迟恭以及与二者相关的故事。有影响的剧目主要有关汉卿的《尉迟恭单鞭夺槊》、于伯渊的《尉迟恭病立小秦王》以及无名氏的《小尉迟将斗将认父归朝》《徐懋功智降秦叔宝》等。可见秦琼、尉迟恭的传奇故事已通过各种文艺形式在民间广泛传播起来。虽然尚未发现元代门神中有关于秦琼、尉迟恭形象的记载或实物，但两位英雄的丰功伟绩已深入人心，他们骁勇善战、忠贞仁厚、机智勇猛的武将形象也渐渐被生动形象地塑造成型。

综合考察来看，尉迟恭与秦叔宝被列入“门神”造像之中，至迟始于明代。明刊本《三教源流搜神大全》卷七收录有“门神二将军”图，图旁标注了文字说明。这段文字虽然没有区分二神像的细部特征，但“手执玉斧，腰带鞭练弓箭”②的描述与后世门神像佩戴兵器的主要样式极为一致。杂剧《孙真人南极登仙会》讲述的也是尉迟恭成为门神的故事。另外，明代药王庙殿旁的两位门神，即是秦琼和尉迟恭二神之像。由此可见，以秦琼、尉迟恭做门神的故事和二神较为固定的武将形象已在民间流传开来。

吴承恩的《西游记》和清代褚人获的《隋唐演义》等章回小说中对秦琼、敬德成为门神的情节都有述写。《西游记》中的相关记载与《隋唐演义》中有很大的相似性。在这些小说叙事中，尉迟敬德、秦琼二武将的门神造像特点更为清晰：相貌参照的是二将的真容，但真容的细节特征却没有交代；服饰则是身披铠甲龙鳞，头戴金盔；手持兵器为金瓜钺斧。顾禄所著《清嘉录》中记载了两首关于门神的诗句，从中可以粗略地看出武将门神像的威武模样。李调元在其《新搜神记·神考》中有语：“今世俗相沿，正月元旦，或画文臣，或书神荼郁垒，或画武将，以为唐太宗寝疾，令尉迟恭秦琼守门，疾遂愈。”③此时，百姓家户在自家大门张贴尉迟敬德和秦叔宝神像已演变为一种风俗习惯。尉迟恭和秦琼二武门神亦成为众多门神画人物像中的一种。

还有一些文学类文献特别详细地讲述了尉迟敬德和秦琼的相貌特征。如明代话本小说《金貂记》讲述了尉迟敬德的造像特点：头饰为三山铁盔；坐骑为乌骓骏马；兵器为虎尾铁鞭。诸圣邻编著的《大唐秦王词话》中的敬德形象为：身材是熊腰虎背，金刚像，太岁形；面容宛如锅底黑；髭须倒竖似钢针。在这里，作者将尉迟敬德定型为髭须硬如钢针的黑面形象。《隋唐演义》第四十六回、第五十五回塑造的尉迟敬德形象已经有了更为具体的尺寸和视觉化的特征：身长九尺，膀宽二停；面容如铁色，横唇阔口；圆睛，若朗星；头饰为铁幞头；服饰为红勒

① 无名氏：《玎玎珰珰盆儿鬼》，载于《全元曲》，河北教育出版社 1998 年版，第 6341 页。
② 叶德辉复刻：《绘图三教源流搜神大全》，上海古籍出版社 1990 年版。
③ 李调元：《新搜神记》十二卷，清抄本。

甲；兵器为竹节钢鞭；神态如黑煞天神。袁于令在《隋史遗文》中的秦琼为：身形、眼睛和颊须为“熊腰虎背势嶙嶒，燕颔虎头雄俊……髯飘五柳风生。双眸朗朗炯疏星，一似白描关圣”；身高、配饰和眉眼为“身高八尺，两根金装锏，悬于腕下……一双眼，光射寒星，两弯眉，黑如刷漆”；服饰、样貌轮廓、颊须、手持兵器和神态为“凤翅金盔，鱼鳞银铠，面如月满，身若山凝。飘飘五柳长髯，凛凛一腔杀气。弓挂处一弯缺月，锏摇处两道飞虹。人疑是再世伍胥，真所画白描关圣”①。至此，尉迟敬德和秦琼的形象已基本定型。

在叙述尉迟敬德和秦叔宝的传奇经历和神勇性格的同时，元明清戏剧、话本、小说中许多篇目已经通过语言精准地勾绘出了二将的视觉化形象。尤其是尉迟敬德憨直可爱、疾恶如仇、公平正义的形象更是鲜明突出。由于秦琼并未参与玄武门之变，且因早年征战有伤而英年早逝，这些艺术类型对他的形象塑造稍弱一些。不过，作为骁勇的武将形象，二人在具体的样貌、服饰、所持兵器等方面的差异也较为明晰。从面部特征看，尉迟敬德为黑脸、硬须满面，秦琼为满月面容、五柳长髯；从眼睛看，尉迟敬德为圆睛，秦琼为炯若疏星；神态上尉迟敬德如黑煞天神，秦琼“似再世伍胥”“真所画白描关圣”；从所持兵器看，尉迟敬德持竹节鞭，秦琼执锏。尤其值得注意的是，秦琼本来也是一员武将，但为了强化二武将在视觉方面的对比性特征，在各种文学语言的塑造中，秦琼越来越呈现出类似于关圣公和伍子胥等人的文人化特点。

从凌烟阁功臣图到史传，相关二武将的文图皆显示出尉迟恭的地位高于秦琼，即便是元明戏剧小说也对尉迟敬德关注得更多一些。但是，后世门神画却将二将的位置进行了调换。即，在大门两侧相对于屋主正好是左为秦琼，右为尉迟恭。这一现象明确地呈现出在二人形象塑造问题上文学和图像之间的差异。首先，文学作品对尉迟敬德和秦琼的形象塑造更侧重于对二人高强武艺的渲染，图像作品则主要呈现出的是二人基本样貌特征象征的文化内涵。其次，文学作品所描绘的二人样貌、所持兵器等并没有明显的差异，但图像作品为了呈现出二武将具有对比性的视觉形象，越来越突出了尉迟敬德和秦叔宝二人在样貌、所持兵器乃至神态等方面的不同。

随着元明时期杂剧和评话艺人对隋唐历史的演义和传播，秦琼、敬德二门神的地位渐渐固定下来。作为武将门神，二人的形象塑造技法乃至基本形象特征始以一种稳固的方式世代传承。明代之前的门神像多为缚鬼饲虎的神荼、郁垒二神，在特殊环境中也有佛教中天王、药叉等神的形象。明代之后，门神画人物像中逐渐增加了以尉迟敬德和秦琼二武将为主的门神画样式，且渐有取代神荼、郁垒二神之势。随着时间的推移，再加上人们对民俗审美需要的改变，以及时代观念的变迁等因素，武门神画像呈现出一个明显的演变趋势：武门神的样式已

① 袁于令：《隋史遗文》，中华书局 1996 年版，第 110、363 页。

逐步由乖张怪异的虚幻之神，走向现实中的人间将军模样。

（三）武门神形象的戏曲脸谱定型

在文学和图像的互动以及各种民俗传播过程中，从重大历史事件中的武将到今天人们熟知的门神像，秦琼、尉迟敬德的形象发生了诸多改变。综合各种文献可以发现，在今天依然盛行秦琼、尉迟敬德两大武将门神形象与二将在戏剧表演舞台上人物的脸谱化有着重要关联。

以昆曲中秦琼、尉迟敬德形象为例可见其图像性特征：在昆曲舞台上，二将形象是作为脸谱对子出现的。若秦琼白脸、留五绺须，尉迟敬德则是红验、蓄连鬓须；反之，若秦琼为红脸，则尉迟敬德为青脸，所有的秦琼、敬德脸谱模式都有着不约而同的相通性。二将各自手擎不同的兵器，即秦琼持熟铜双锏，尉迟敬德持雌雄竹节鞭。随着古代戏剧艺术的繁荣发展，秦琼和敬德的形象越来越趋向于定型。由于清代的《隋唐演义》《说唐全传》《说唐》等小说中程咬金称尉迟敬德为“黑炭”，尉迟敬德的脸谱常常被勒以黑色，鼻子勾白色，眉毛粗而黑，有皱纹。这一形象也象征着他刚正猛直的性格。相关戏剧如《金貂记》《御果园》《杏花山》《战洛阳》等中的尉迟敬德皆为此脸谱。尤其是“到了道光年间，戏曲艺术在京津两地繁盛起来……戏园增多及二黄腔的流行，毫无疑问给天津杨柳青和苏州桃花坞年画艺术中绘刻长靠与短打武戏的画样，提供了丰富的创作题材。不仅如此，这一时期的历史故事和神话小说题材年画中的人物形象，有的是戏台角色之衣装打扮，有的则按脸谱勾画”①。可见戏剧脸谱在对门神形象定型的过程中发挥的至关重要的作用。

秦琼、尉迟敬德二武门神形象戏曲脸谱化的定型过程，整体上呈现出造型夸张饱满、色彩艳丽明快等特点。二武将形象对比强烈，所佩戴铠甲、靠旗、头饰以及二人所持鞭锏和宝刀等基本配饰齐全。秦琼和尉迟敬德二武将门神的图像特征可以归纳为以下两个方面。

（1）抽象变形。民间画诀形容秦琼、尉迟敬德二门神画像上的身姿和“行头”为：“武人一张弓，文人一根钉”“要想门神好，头大身子小”“头如笆斗，虎背熊腰”等。武将门神的头身比例一般为 1∶4，如“朱仙镇年画的人物头大身小，头与身的比例是 1∶3 至 1∶4，人物显得古朴敦厚；滑县李方屯年画人物的头部与身体的比例是 1∶5，比较写实。在人物面部细节上，朱仙镇画中人物眼睛在大眼角和小眼角部位，各有一个折角，眉峰位置也有一个折角，嘴缝是一条长线，相貌独特，一望而知。滑县李方屯的人物面部就全然是另一个样子。眼睛为长圆形，眼角没有折角，眉毛只一条简单的弧线，嘴缝含在上下唇中间”。② 与此相

---

① 王树村、王海霞：《年画》，文化艺术出版社 2012 年版，第 258 页。

② 冯骥才：《豫北古画乡发现记》，中州古籍出版社 2007 年版，第 36 页。

应，“传统绵竹年画中的‘武门神’，在造型上一般将其塑造为威风凛凛的模样，采用夸张、变形的手法，压缩人物的身长比例，使之横向扩展，给观者以庄严、肃穆甚至凶悍的感觉。”[①]总之，以抽象变形来增加秦琼、尉迟敬德二门神图像的象征内涵。

(2) 语法式的符号组合。秦琼、尉迟敬德门神像常常以不同的配饰符号来呈现二武将的文化寓意。二武将门神画具体的构图形式可以细分为六种：之一，立式金瓜门神。此种门神画多作镇殿将军样貌，用舞台戏剧描绘人物脸谱，同为“七分”或“八分”画像。画中二武将中白面凤眼英目，长须剑眉者为叔宝；紫脸环眼暴目，虬须浓眉者为敬德。衣饰分为披袍式和胄甲式两种，胄甲式门神像“全副金镀铜甲装”，顶盔胄甲，束带皂靴，外披袍带，佩弓挂袋，双手执金瓜，着色五彩斑斓，胄甲、金瓜等一般皆沥粉贴金。之二，立式鞭锏门神。此类门神画中的秦琼双手舞锏，尉迟敬德使鞭，佩挂弓，身姿的造型多为“S”形。二将一手高举鞭锏过盔顶，一手位于腰部，这一图式主要是受京剧武生“亮相”造型的影响。之三，骑式鞭锏门神。此类门神图式除了骑红马外还有骑白马的，也有不骑马畜的类型，而是乘骑其他灵兽，如紫脸尉迟恭跨神虎，白脸秦叔宝骑仙鹿等。两位武将的骑姿手势多为双手执鞭锏，也有一手执鞭锏，一手握着如意、莲蓬之类吉祥物的样式。之四，坐式祈福门神。为迎合百姓的世俗需要，一部分武将门神由“避邪”逐步变为以“祈福”为目的的“祈福门神”。此类门神多为端坐式，“十分”面。如湖南邵阳滩头年画《秦琼尉迟恭》形象就直接继承和迎合了中国戏剧人物舞台扮相的传统样貌。武将祈福门神一般为一手持钺斧，另一手执鞭锏。此类门神画中的二武将仪态安详，失去勇猛无畏的固有态势，转变成一幅福禄财神降临人间的模样。门神画中的人物组成也从单纯的一扇门上只绘一将，改为以叔宝、敬德为主多人组合的“五子登科”“和合二仙”“仙童献瑞”等群体形象。之五，正脸侧脸门神。秦琼和尉迟敬德门神的正脸侧脸之分在滩头、梁平等地年画中表现较为突出。之六，童子相随门神。秦琼和尉迟敬德门神正面脸造型的门神下面有五个儿童，一状元郎骑着麒麟，旁有文武童子相随。在潍县年画、桃花坞年画和朱仙镇年画中，也有相似的造型，称为“五子门神”。侧面脸造型的门神下面只有一个小孩，手托花枝。这也是秦琼和尉迟敬德门神典型的图像特征。[②]根据不同的符号组合，武将门神有着不同的寓意内涵。如立式金瓜门神呈现出的威武庄严模样，具有威吓魔怪、祛除不祥、镇邪驱鬼的作用；骑式鞭锏门神则在威严中略带轻松俏皮神态，在祛除魔怪的同时，给人一种温和的护佑作用。其他符号组合的武将门神则更多地倾向于祈求福禄财以及多子和仕进的寓意。

---

① 宁志奇编：《中国绵竹年画研究》，四川美术出版社 2011 年版，第 98 页。

② 见舒慧芳、沈泓：《中国民间年画诸神文化丛书·门神文化》，中国物资出版社 2012 年版，第 194—198 页。

不管是使用抽象变形的图案增加门神的象征内涵，还是以语法式的符号组合来反映某种特定观念，一向在文本中以英勇豪雄著称的武将形象在门神图像中逐渐显露出温和的人间味。秦琼和尉迟敬德门神像的嬗变历程充分体现出民俗文化的演进动向，即人们在基本的安全得以保障之后，慢慢增加了对加官晋禄、得利进财以及文武兼擅等追求发展的功利性祈愿。如今，门神已不再是单纯消灾驱邪的宗教崇拜对象，而日益成为表达民众富有平安、吉庆祥和生活愿望的一种特殊装饰品。

二、玄奘取经文图流变

唐太宗贞观元年(627)秋，玄奘从长安动身出玉门关西行，历尽艰辛终于到达印度。贞观十九年(645)正月，他回到长安，从印度带回佛经 657 部，受到朝野僧俗的热烈欢迎。经过多年的努力，玄奘共译出佛教经论 74 部，1335 卷。奉唐太宗敕命，由玄奘述、辩机撰文的《大唐西域记》12 卷成书于贞观二十年(646)。该书综叙了玄奘西行过程中的见闻，记述了他亲历的 110 个和记有相关传闻的 28 个城邦、地区、国家之概况。稍晚，玄奘弟子慧立、彦悰撰写的《大唐大慈恩寺三藏法师传》为玄奘的经历增添了许多神话色彩。此后，玄奘的故事在民间广为流传。直至明代吴承恩依据玄奘取经史实并在前人演绎基础上改编而成的《西游记》，以玄奘及其取经故事为原型和基本情节结构的“西游”系列故事已基本定型。

自玄奘西去取经回国这一史实始，到玄奘取经故事底本的生成这一历史时期内，与取经相关的图像也陆续出现在各种艺术类型中。从现存最早的“玄奘取经图”到清代寺院中绘有《西游记》故事情节的“唐僧取经”壁画，直至今天各种西游版本的图书、版画、影视、游戏的兴盛，玄奘取经文图关系经历了从玄奘取经“本事—图像”，到玄奘取经“故事—图像”，再到“唐僧”取经“故事—图像”以及“西游”“文学—图像”的嬗变过程。这一过程凸显出了文图述本的迁移和历史文化的层累现象，也充分显示出各种文字载体和图像之间发生的相互征引、相互补充、相互模仿、相互影响的亲缘关系。

(一) 史传小说对“玄奘取经”故事的神化讲述

尽管玄奘述、辩机撰文的纪实性游记《大唐西域记》力求遵循实录性质的史笔风范，但从宗教家的心理视角描绘出的种种传说故事和自然现象，难免涂抹上一些神秘灵异的玄幻色彩。因此，书中既记录了玄奘取经万里行的亲身经历，也夹杂着许多传奇性文字和各种传说故事，如龙人交媾、龙马变化、行善报应等。尤其是释辩机的《大唐西域记赞》已明确认识到玄奘取经这一本事的特殊价值及其宗教意义。他不但颂扬此事具有“应物效灵，感缘垂迹”的神奇境界，并赞玄奘功绩为“圣贤之业”，且具有“天人之义”[①]。如此盛誉与相关佛教绘画一起共同为后来的“玄奘取经故事”构筑了瑰丽玄幻的故事情节。其中留下的巨大想象空间渗透并导引着微妙而深刻的文图关系。

作为唐代第一名僧，玄奘得到了皇家的大力赞助。唐太宗亲为其译经撰写《大唐三藏圣教序》，并由唐初四大书法家之一的褚遂良为其作书。玄奘本人也因精通经藏、律藏和论藏的学识而获得“三藏”的尊称。玄奘去世后不久，他的弟子慧立、彦悰的《大唐大慈恩寺三藏法师传》、道宣撰《续高僧传》卷四《玄奘传》、靖迈撰《古今译经图纪》卷四《玄奘传》、无名编《大唐三藏玄奘法师表启》、义净撰《大唐西域求法高僧传》等多本传记来记述他的事迹。时间稍远，又有智升《开元释教录》卷八《玄奘传》、刘轲《大唐三藏大遍觉法师塔铭》、冥祥的《大唐故三藏玄奘法师行状》问世。直到1027年，玄奘的遗骨移至南京天禧寺。11世纪开始，有关《大唐西域记》及玄奘的传记类文字在日本传播：1041年，出《大唐西域记》的御茶水图书馆本。1071年，出《慈恩传》日本兴福寺本。1126年，出《大唐西域记》《慈恩传》日本法隆寺本、《大唐西域记》神田家本、《慈恩传》日本国立国会图书馆本。1132年，出《大唐西域记》《慈恩传》兴圣寺本。在这些有关玄奘西行及生平传记版本广泛流传的基础上，出现了以玄奘为中心编撰的神话故事：1134年，写本《打闻集》完成，它记录了玄奘遇百鬼夜行的故事。1228年，张世南完成《游宦纪闻》。所引北宋末张圣者之诗中，可看出是《西游记》故事初期的雏形，三藏有猴与马陪同……13世纪末，临安（杭州）刊行《大唐三藏取经诗话》[②]。在印刷术不发达的时代，与只能存在于特定空间中的图像相比，文字对于玄奘取经故事的传播显得更为快捷、便利。因而，文学作品也为玄奘取经故事相关图像提供了一定的内容：

1.《大唐大慈恩寺三藏法师传》为玄奘取经图提供了基本的人物关系和故事情节。

在《大唐大慈恩寺三藏法师传》中，慧立、彦悰常常使用夸张神化的笔法穿插一些历史传说、宗教和神异故事来赞颂玄奘取经精神和弘扬佛法。这一传记对玄奘取经故事底本的形成起着至关重要的作用，其中的主要内容包括：（1）玄奘及其西行之路上的诸多神异现象。主要包括：玄奘诞生时有“着白衣西去”之游方先兆；玄奘梦里能够“踊身自腾”；胡僧达摩梦玄奘法师坐莲花西去的“得行之征”；玄觉梦见浮屠崩倒的“灭谢之征”；“白虹贯塔”之异象等。这些神异现象不断被描述和夸大，更加速了各种文本书写对玄奘取经事件的神话过程。（2）玄奘取经故事的基本人物构成：西行之初的二弟子，二人均由河西之领袖惠威法师密遣，一曰惠琳，二曰道整；马，“遂贸易得马一匹”，又换为“往返伊吾已十五度”

---

① 玄奘、辩机：《大唐西域记校注》，季羡林等校注，中华书局1985年版，第1036页。

② 李翎：《佛教与图像论稿续编》，文物出版社2013年版，第19—20页。

的瘦老赤马；随行者，授五戒之胡人石磐陀。（3）大量与取经相关的故事情节或情节单元：沙漠迷路时念观音而得菩萨救助，“身命重全人马俱得苏息”（这一情节与敦煌取经图中一部分的内容有着高度的一致性）；玄奘矢志西行之举感动高昌王，二人终许为兄弟；在王及百姓不信佛法的飒秣建国中，“诸胡还以火烧逐沙弥”的故事；灯光城感化贼人向善并发心随往礼拜；瞻波国牧牛人变仙果石；羯□伽国五通仙人瞋忿以恶咒残害国人；僧伽罗国狮子王劫掠南印度聘邻国之女生子，其子携母回舅国，狮子王寻妻不得而愤恚害人，其子为民除害而杀父；西大女国贼偷金像髻上宝珠，国王以诸珍宝赎珠；摩诃剌侘国有轻死重节的风俗，将与敌交战时，若将丧军失利也不加刑罚，但赐女服使其羞惭，彼人愧惭多至自死；女儿国故事；茂罗三部卢国舍利大神变；迦摩缕波国王慕师德义，遣使来请；苾刍闻国为大象拔刺引去脓血并裂衣为裹；经迦湿弥罗国过信度大河时，因大风浪使船覆没而失五十夹经本及花果种等。这些引人入胜的情节或情节单元皆为演义小说提供了进一步加工想象的基础，并为玄奘取经图像提供了具体而又非常具有想象力的生动场景。

2. *其他史传小说为玄奘取经图提供了神话想象的“意义压力”*①。

随着取经故事在社会上的广泛传播，唐末笔记小说如李亢的《独异志》、刘肃的《大唐新语》和段成式的《酉阳杂俎》等开始了对玄奘取经故事进一步神话化的创造历程。因而，这些作品也记录了与这一本事相关的神异故事。《独异志》记载有关于玄奘与“摩顶松”的奇事。《大唐新语》直接将玄奘事迹列入“记异第二十九”篇之中。《酉阳杂俎》中短短 59 个字至少包含了三个方面的事实：（1）僧玄奘前往五印取经，西域敬之。（2）当时寺院中不仅画有玄奘的图像，而且从“寺中多画玄奘麻屩及匙箸，以彩云乘之，盖西域所无者”句中可知，玄奘在唐末已有被神化的现象。（3）玄奘已被“每至斋日，辄膜拜焉”。这一现象说明，至少在段成式所生活的晚唐，玄奘已被民众供奉为神来膜拜。上述这些史传小说对玄奘取经故事神异力量的再想象为玄奘取经图像营造了宏大叙事构筑而成的神话语境。

作为当时一大批西行取经僧人的代表，玄奘不仅取回并翻译了众多的经书，而且得到了皇家的赞助和嘉奖，这一切在口传文学兴盛的年代都被赋予了特殊的神圣化的想象和意义。随着佛教的不断传播，与取经相关的内容也逐渐成为诗歌、散文、小说、戏曲、壁画等各种文学艺术类型表现的重要题材之一。在面向信众弘扬佛法的同时，僧人们（通常按照工作职能的不同分为译经僧、辩论僧、讲经僧和诗文僧）尤其是讲经僧的讲经方法也直接影响了唐代的俗讲。晚唐五代时期寺院的俗讲《取经诗话》宣扬佛祖的崇高与佛法无边，进一步将玄奘取经的故事加以铺陈渲染。直至明代吴承恩的神话章回小说《西游记》（本名《西游释厄

① 卡勒语，转引自赵毅衡：《广义叙述学》，四川大学出版社 2013 年版，第 125 页。

传》),在民间俗讲、话本的基础上整理为小说的形式,更是深得时人直至今人的高度喜爱。

至此,经过唐宋元明四个朝代的连续经营创作,以唐玄奘取经事件为底本的游记《大唐西域记》业已从具有神异色彩的玄奘取经故事,成功敷衍为神话小说的鸿篇巨制,并逐渐形成了与之紧密相关的《西游记》系列故事与图像的互生互仿现象。

(二)玄奘取经图

自玄奘取经东归后,各种玄奘取经故事和与之相关的取经图像层出不穷。一些民间画师和佛教信徒在取经必经之路上的石窟、寺院中创作了多幅《玄奘取经图》,此外还有纸本画、窗棂画、雕塑等各种形式的取经图像。关于玄奘取经图像最早的文献资料见于宋欧阳修《于役志》中的一段描述。这段记录谈到了寿宁寺玄奘取经的形象位于壁画一角,作者只是对壁画的创作技巧进行了褒扬,并未提及壁画的具体内容和创作年代。董逌编撰的《广川画跋》第四卷中也有题为"书玄奘取经图"的记录,此图为当时玄奘取经的路线图。无论是欧阳修所说的"玄奘取经"壁画还是董逌所提到的"玄奘取经"路线图,均已不见其貌。综合各种文献可知,已发现的十种主要的取经图是:

1. 敦煌103窟(唐)大幅山水左下角处的《玄奘取经图》。该图显示了一个四人群体,还有一匹赤色马和一头大象,大象驮着布囊。四人和马、大象均面向画面左侧的河水。但这里有两点疑问:该图描绘的内容是否与玄奘取经相关,似乎并不能确定;如果该幅图是玄奘取经图,那么究竟是西去取经图还是取经归来图?

2. 安西榆林窟41个洞窟共六幅《玄奘取经图》。1953年发现的安西境内绘制于西夏时期的榆林窟六幅玄奘取经图主要包括:榆林窟第2窟西壁北侧"水月观音"变相中的《玄奘取经图》;榆林窟第3窟西壁南侧"普贤变"中《玄奘取经图》,此图中不仅有人形猴子和马的图像,而且玄奘头顶上笼罩了神化的光环;榆林窟第3窟东壁"千手观音变"中《玄奘取经图》,壁画北侧有"青年玄奘像",南侧画有"悟空形象"(该图画面残损严重,图像已模糊难辨);东千佛洞第3窟中心柱对面西壁南侧"水月观音变"中的《玄奘取经图》;东千佛洞第3窟中心柱对面西壁北侧"水月观音变"中的《玄奘取经图》;榆林窟第29窟北壁东侧作为"水月观音变"下部附属画面的《玄奘取经图》,该图是一幅"与《大唐三藏取经诗话》内容大体相近的横幅连环画,其中玄奘、猴行者、白马、大梵天及偷桃情节,与《诗话》部分内容有某些相似之处"[1]。综合来看,六幅取经图的共同点为:(1)画面中共有三个人物和一匹马。三人分别是玄奘、猴行者和白马。玄奘为青年高僧,着汉

---

① 杨国学:《地域文化与文学》,长江出版社2006年版,第143页。

式大袖襦、长裙、田相袈裟，为汉僧风貌。(2)画面描绘的是行进途中的巡礼朝拜情节。(3)白马空鞍自随。(4)少数画面描写东归情景，或白马驮经，或猴行者负经。

3. 山西稷山县青龙寺大雄宝殿的《玄奘取经图》壁画。在大雄宝殿拱眼壁六幅壁画中的第三幅中有绘像三身："头两个比丘双手合十似乎做祈祷状，身后有一面似猴头的行者牵着白马，马背驮宝函，宝函下有莲花座，且放出五彩光芒，应为玄奘与孙行者西天取经的故事。"①此壁画"可能是元代遗留之作，绘于大雄宝殿建殿之后，即元至元二十三年(1289)前后"②。

4. 甘肃甘谷县华盖寺(又称铁瓦寺)23号窟释迦洞内的两幅"玄奘取经"壁画。西北壁上绘《玄奘取经归来图》，东南壁上绘《玄奘取经图》。两幅壁画长度各约3米，皆绘有师徒四人和白马形象。其中还出现了猪八戒为猪头人身的形象。经学者考订，认为应是"不早于元代"时期③的作品。

5. 20世纪末，在日本发现的元初画家王振鹏的绘本《唐僧取经图册》(上、下册)。图册中主要由"玄奘京城揭取经皇榜""张守信谋唐僧财""毗沙门李天王与索行者""河中龟鱼妖怪请唐三藏求雨"等32幅图组成，卷末有清代福州文人梁章钜六篇跋文。现存图册的主要内容可以为分两部分：一部分在图面上很明显地反映出故事的情节内容；另一部分则无法看出故事内容，且每张画作之间毫不连贯。整体上与百回本《西游记》和现存的所有取经故事资料均存在着较大的差异。

6. 元代磁州窑瓷枕上《唐僧取经图》中有唐僧、孙行者、猪八戒、沙僧师徒四人取经形象。该图显示：唐僧骑在马上，沙僧举着华盖，猪八戒扛钉耙，孙行者着虎皮裙、手拿金箍棒在前面带路。除了沙僧没有拿降魔杖，八戒没有挑行李，其余都很接近小说《西游记》的样子。由此可见，至少自元代，唐僧、孙悟空、猪八戒、沙和尚、白龙马这种四人一马的取经"团队"已经成了《唐僧取经图》中固定的人物组合模式。

7. 11世纪时，日本平安时代绘制的"慈恩大师像"(奈良药师寺藏)其实是一幅《玄奘取经图》。该图中的人物构成为三人一马组合，画面主要描绘了玄奘骑于白马背上，且玄奘头上有光圈。他的右前方是一白衣秀士，左后方跟随着手捧经书的深沙大神。

8. 蒙古文书残件《玄奘取经图》(约14世纪70年代)。该图绘于蒙文与汉字合写而成的契约文书上端。"唐僧的画像居于插图正中，呈跪拜状，用双手捧举一张通关文牒，好像在愉快地把那通关文牒念给他对面一位端坐着的君主

---

① 孙博：《稷山青龙寺壁画研究——以腰殿水陆画为中心》，载于中国美术研究年度报告编委会编：《中国美术研究年度报告2010》，人民美术出版社2011年版，第87—88页。

② 于硕：《山西青龙寺取经壁画与榆林窟取经图像关系的初步分析》，《艺术设计研究》2010年第3期。

③ 于硕：《甘谷县华盖寺石窟唐僧取经壁画初探》，《敦煌研究》2013年第4期。

听……绘画的左边残缺，但不难看出是孙悟空的画像。他站在离唐僧不远的地方，正在侧身往右边观望，表现得特别好奇、机警。”[①]

9. 张掖大佛寺（建于西夏永安元年，1098）中的《唐僧取经》壁画（长约 4.4 米，宽约 2.95 米）。该图绘于寺院卧佛殿殿内泥塑卧佛背面墙壁上，左右壁画共 10 幅故事画，分别是：“悟空大战混世魔”“悟空会观音”“圣僧恨逐美猴王”“子母河八戒取水”“悟空借扇息火焰”“悟空大战牛魔王”“紫竹林悟空参拜观世音”“红孩儿火烧悟空”“婴儿戏化禅心乱”“观世音甘泉活树”[②]。学界对该壁画的绘制年代存在着众多的争议，比如有的学者认为该壁画绘制于元代[③]或“不晚于元末明初”[④]，有的认为与《西游记》成书同期或略晚[⑤]，或者明清之际[⑥]，或者“只能是清代作品”[⑦]。

10. 在甘肃省民乐县城的童子寺石窟中，现存着历经北魏、唐、西夏、元、明各代的十余个窟龛，其中就“有西夏时期密宗观音图和藏传佛教男女双身佛像、唐僧取经图等”[⑧]。在 8 号石窟前壁（西壁）中开的甬道两侧，各有一整幅“玄奘取经”故事画。南侧西壁上的故事为《西游记》第 51 回“心猿空用千般计，水火无功难炼魔”的图像；北侧西壁上的故事画为《西游记》第 76 回“心神居舍魔归性，木母同降怪体真”的图像；1 号窟中南壁描绘的是《西游记》第 71 回“行者假名降怪狃，观音现象伏妖王”篇的内容；北壁描绘的大致为《西游记》第 50 回“孙行者与独角兕大王对战”的情节。[⑨] 不过，该故事画究竟是绘制于哪一年代依然存在争议。比如，有的学者认为是清代中期[⑩]，有的学者则认为该故事画约产生于清代中晚期[⑪]。

综合考察来看，上述“玄奘取经图”大都不是独立画面，而是穿插在各种经变画中的一个小插曲或片段。从这些图像中的主要人物构成来看，唐代的取经图

---

① 巴雅尔图：《蒙古文〈西游记〉研究》，方志出版社 2009 年版，第 137 页。

② 冯振国：《张掖大佛寺西游记故事壁画艺术手法浅析》，《甘肃联合大学学报》（社会科学版）2005 年第 4 期。

③ 李安纲：《从唐僧取经壁画看〈西游记〉故事的演变》，《河东学刊》1999 年第 5 期。

④ 杨国学：《河西走廊三处取经图画与〈西游记〉故事演变的关系》，《西北师大学报》（社会科学版）2000 年第 4 期。

⑤ 冯振国：《张掖大佛寺西游记故事壁画艺术手法浅析》，《甘肃联合大学学报》（社会科学版）2005 年第 4 期。

⑥ 于硕：《大佛寺西游记壁画内容与绘制时间推证》，《敦煌研究》2011 年第 1 期。

⑦ 蔡铁鹰：《张掖大佛寺取经壁画应是〈西游记〉的衍生物》，《西北师大学报》（社会科学版）2006 年第 2 期。

⑧ 陈育宁、汤晓芳：《西夏艺术史》，三联书店 2014 年版，第 49 页。

⑨ 丁得天、杜斗城：《甘肃民乐童子寺石窟〈西游记〉壁画补录及其年代新论》，《兰州大学学报》（社会科学版）2015 年第 4 期。

⑩ 于硕：《唐僧取经图像研究——以寺窟图像为中心》，首都师范大学 2011 年博士论文。

⑪ 丁得天、杜斗城：《甘肃民乐童子寺石窟〈西游记〉壁画补录及其年代新论》，《兰州大学学报》（社会科学版）2015 年第 4 期。

中有四人，但各自的身份特征并不十分明显，另有一马还有一象。西夏时期的取经或取经归来图中，人物主要有三位，另有一马。而且这一时期的取经图常常是作为普贤变、千手千眼观音经变和水月观音经变图组的一部分出现。至元代，取经图像中的人物已经增至四人，包括唐僧、孙行者、沙和尚和猪八戒等形象，另有一马相随。明清时期，取经图像已经与吴承恩的《西游记》故事紧密结合起来，形成一种互相阐释的文图关系模式。由上述诸版本的"玄奘取经"图可以看出，从玄奘取经本事到相关史传文学的神化演绎，再到后世诸多诗话、戏剧的进一步创作，不仅玄奘取经图有一个基本人物构成的嬗变过程，而且文学图像对玄奘取经这一事件均有一个从神化（如图中玄奘头上的光圈、图中马背上经书发出的光环）、圣化（如图中玄奘头上的华盖）再到人间化的过程。这一变化充分体现出了文学和图像之间相互影响、相互转化的互生互成过程。当然也有产生它们的特定时代中的宗教信仰、艺术观念等反过来对文学图像的渗透和影响。

玄奘取经事件对佛教的广泛传播有着重要的影响，在相关文字材料大量出现之后，与之相关的图像也开始出现。除了玄奘取经图外，各种类型的玄奘取经相关衍生图像还有玄奘像、行脚僧图及猪脸武士图①、孙行者浮雕（如泉州东西二塔中均有猴样人身图像②）和"深沙神"③（如日本收藏的《十六善神图》）的图像。这些衍生图像逐渐广布到各种寺院壁画、纸绢本绘画、窗棂画、雕塑以及石窟等艺术类型之中。

综上，作为晚唐五代寺院"俗讲"的底本，南宋临安瓦肆所刊行的《大唐三藏取经诗话》（残卷）是根据玄奘的《大唐西域记》和慧立、彦悰的《大慈恩寺三藏法师传》以及西天取经的传说写成的变文。该诗话中已有唐僧、白衣秀才猴行者、深沙神三个人物。由于作家发挥了独特的艺术想象力，这一作品已向神魔小说大大地迈进了一步。玄奘取经图尤其是玄奘和猴行者二人一马的构图形式又是以《诗话》为蓝本创作而成，玄奘和猴行者更是根据《诗话》创造的典型形象。④

随着时代的变迁，同时也受特定的社会经济状况、文化背景、美学观念的制

---

① 与取经有关的最早人物形象是《俄藏敦煌艺术品Ⅱ》中的纸本彩绘"猪脸天王""猪脸武士"，画作大约完成于五代至宋时期。此外，日本讲谈社出版的大套敦煌美术作品图录《西域美术》一书中总结出敦煌藏经洞出土的绢画中也有许多猪头人身的形象。见谢生保：《敦煌壁画与〈西游记〉创作》，《敦煌学辑刊》1994年第1期。

② 泉州东西二塔的"唐三藏"浮雕像。泉州开元寺西塔（仁寿塔）第四层南壁面左侧唐三藏浮雕，与梁武帝像相对而立。东塔（镇国塔）第二层西北壁面左侧玄奘浮雕，在唐三藏的左前方下角，有一个头戴软脚幞头，身穿宽袖纱袍的猴样小人。

③ 日本13至14世纪的宗教仪式绘画中保存有两幅《释迦三尊和十六善神图》和一幅《玄奘与十六美神图》，共三幅玄奘"行脚僧"像。三幅图中的玄奘基本的造型趋于一致，且在玄奘前方或身边都有一位深沙大神。这与《大慈恩寺三藏法师传》卷一中的记载有关：当玄奘穿越沙漠到达敦煌西部迷路时，"即于睡中梦一大神长数丈，执戟麾曰：'何不强行，而更卧也！'"后来，"这个神成了著名的深沙大神"。见李翎：《"玄奘画像"解读——特别关注其密教图像元素》，《故宫博物院院刊》2012年第4期。

④ 敦煌研究院编：《榆林窟研究论文集》上册，上海辞书出版社2011年版，第333页。

约，隋唐五代故事所关涉文图作品的嬗变历程呈现出一种特殊的文图关系形态，即文学逐渐脱离了史传传统而走向虚构，图像则越来越发挥着直接记录史实，或者在模拟文本的基础上进行再创造并借此达到宣传、教化等实用功能。从玄奘取经故事、玄奘取经图像及其相关衍生图像的嬗变过程来看，与玄奘取经相关的文本和图像之间最早是处于图像仿拟文学、图像叙事滞后于文学叙事的状态。随着取经故事被进一步神话想象和广泛传播，玄奘取经图像及其衍生图像开始走向定型并直接影响了后世文学、图像作品中的人物形象塑造。

第二节 诗人诗情诗意故事与图像

饱含着生气情趣的隋唐五代诗人们以取思于象外之境、追求“韵外之致”“味外之旨”为美学导向，抒写着格律工整的佳句绝唱。他们将自己的生活甚至是一生演绎成富有诗意的艺术品，不仅为后世带来了许多浸润着浓郁诗情画意的故事与传说，而且为后世艺术家们带来丰富的绘画题材。

一、灞桥风雪故事与图像

灞[1]桥风雪故事的本事源自何时已很难考证。《诗经・小雅・采薇》中的“昔我往矣，杨柳依依”是最早以柳树来表达思念之情的诗句。灞河上建桥的历史要追溯至春秋时期。当年秦穆公称霸西戎，在河上建“灞”桥(我国最古老的石墩桥)。此后，灞桥一直居于关中交通要冲，连接着西安东边的各主要交通干线。王莽地皇三年(22)，灞桥水灾，王莽认为这一现象不是吉祥之兆，便将桥改名为“长存桥”。

作为关东各地出入长安的要道，唐朝官府特设勋官、散官各一人专门掌治，并在灞桥上设立驿站。凡送别亲人好友常常到灞桥后才分手。南宋计有功记载曰：“陶典阳安，送客至情尽桥，问其故。左右曰：‘送迎之地至此，故桥名情尽。’陶命笔题其柱曰折柳桥。自后送别必吟其诗曰：‘从来只有情难尽，何事名为情尽桥？自此改名为折柳，任他离恨一条条。’”[2]因“柳”和“留”谐音，这就使脍炙人口的“折柳桥”更加重了它所寄寓的依依不舍的离别之情。同时，“折柳”这一行为也包含着送行人的赠别祈愿之意，即祈愿远行人赴他乡亦应如柳木一样不择地而生且生机盎然。可以说，“‘灞桥折柳赠别’确为唐代风习……但唐代灞桥已南移，据清乾隆修《西安府志》卷十《建置志》中在桥旁两岸，‘筑堤五里，栽柳万

---

① 宋代程大昌在其《雍录》中说，浐水与倒回的灞水在霸陵汇合又向北汇入渭水。由于浐水的水势较之灞水弱，且相对而行，因此，说“霸”水常常指的是灞水和浐水二者，也叫“浐灞”或“灞浐”。

② 计有功：《唐诗纪事》，中华书局 1965 年版，第 855 页。

株'，今灞桥南还有柳巷村。"[1]基于此，"灞桥折柳赠别"从一种诗意的人生体验转换成了当地人特有的民间习俗。

（一）作为送别诗原型意象的灞桥

对灞桥赋诗表达离别之情可从南朝江淹的《别赋》追溯而来。《别赋》开篇云："黯然销魂者，唯别而已矣！"因此诗句，灞桥又有别名"销魂桥"。隋唐五代时期，灞桥更是成为诗人们常常吟咏的景致，几乎使"灞桥"及与"灞水"相关的灞（霸）陵、灞上、灞桥（霸陵桥）、灞柳、灞岸、灞亭、灞浐（浐灞）等，皆成为唐代诗歌中重要的意象。灞桥折柳所寄寓的种种离愁别绪和深情厚谊亦被定格。《全唐诗》中直接描写或提及灞桥（灞水、灞陵、霸陵）的诗篇就达 114 首之多。经过历代墨客骚人的修饰润泽，灞桥不断被称名为"情尽桥""断肠桥""销魂桥"，不但成了"别情"的代名词，也逐渐形成了"灞桥折柳"的典故，从而拥有了流转千年的诗性生命。"灞桥"，作为一个如画般的诗性语象，逐渐被塑造为"送别诗"中的原型意象。

此后，关于灞桥的诗意呈现内容，也从"灞桥送别"所寄寓的离情别绪，转移到诗人在"灞桥风雪"这一独特环境中获得诗意诗思的苦吟过程。如五代孙光宪的《北梦琐言》、南宋计有功《唐诗纪事》卷六十五皆记载过宰相诗人郑綮的故事。（有人问郑綮：）"'相国近为新诗否？'对曰：'诗思在灞桥风雪中驴子上，此处何以得之？'盖言平生苦吟也。"[2]由此，郑綮苦吟的典故将诗人苦吟行为与"驴"意象有机地融为一体，被概括为"骑驴索句""骑驴""骑驴风雪中""骑驴老子""骑瘦驴"等诗人觅诗致思的场景。在这里，"灞桥风雪"与"驴背吟诗"一起强化了诗人"苦吟"的特定形象。如秦观的词《忆秦娥·灞桥雪》以"驴背吟诗""骑驴老子"再次召唤出其文学底本——郑綮苦吟的典故。骑驴觅诗也因此并被定格为一种特定的诗人"苦吟"语象，成为后世画家热衷的题材。这一典故所包含的"文-图"流变将在"骑驴诗与驴背吟诗图"中详细阐述。

（二）灞桥风雪文图中的语义变迁

在宋代，"灞桥风雪"这一意象已不再是诗人们热衷的理想构思环境。范成大在其《南塘冬夜倡和》诗中对刻意寻诗的方式进行了质疑。他明确提出"绝笑儿痴生活淡，略无岁晚稻粱谋"的创作观，即在平淡生活中自然撷取盎然的诗意，从而主张诗思的自然形成过程。张炎有诗曰："还知否？能消几日，风雪灞桥

---

① 何清谷：《三辅黄图校释》，中华书局 2005 年版，第 357 页。

② 孙光宪：《北梦琐言》卷七，载于上海古籍出版社编：《唐五代笔记小说大观》下册，上海古籍出版社 2000 年版，第 1863 页；又见计有功：《唐诗纪事》卷六十五引《古今诗话》，中华书局 1965 年版，第 984 页。

深。"李复在其《郢州孟亭壁记》中说，孟浩然和王维偶然相见时候，王维在一小亭上为孟浩然"戏写"了一幅"寒峭苦吟之状"的画。此事一度被传为佳话，该亭亦因之而得名"孟亭""浩然亭"。在这里，苦吟一事的主角已从宰相郑綮转换成了诗人孟浩然。不过，从整篇行文来看，李复使用了"戏写"一词，多少能够窥见当时人们对风雪中苦吟的诗人形象的一种反观视角。苏轼在其《赠写真何充秀才》一诗中发了牢骚语，"又不见，雪中骑驴孟浩然，皱眉吟诗肩耸山。饥寒富贵两安在，空有遗像留人间"[①]，在抒发功名若浮云的心迹之时，也表达出了他对苦吟构思的一种思考。

至元代，无论是诗论还是具体的诗作都有将郑綮的"灞桥风雪""驴背吟诗"故事与孟浩然"踏雪寻梅"几则故事合而为一的现象。如宋元之际学者阴幼遇在其《韵府群玉》中记载："孟浩然尝于灞水，冒雪骑驴寻梅花，曰：'吾诗思在风雪中驴子背上。'"[②]元曲家杨朝英的《双调·湘妃怨》更是将"骑驴踏雪""王维画雪景"等典故作为具有特定内涵的意象集合在一起来抒写自己面对内心的苦闷。王行的词《如梦令·雪景便面》亦是将"驴背吟诗"和"灞桥风雪"意象含蓄地点了出来，并以此自况诗思得来的情状。

明代将孟浩然与灞桥风雪、驴背吟诗两个故事结合起来吟咏的诗文更是非常常见。张岱的《夜航船》里有语："孟浩然情怀旷达，常冒雪骑驴寻梅，曰：'吾诗思在灞桥风雪中驴背上'。"[③]程羽文在其《诗本事》中阐释"诗思"时举例为"孟浩然诗思在灞桥风雪中驴子背上"。[④] 唐寅在其题画诗中直接吟咏道："诗在浩然驴背上，按鞭徐咏夕阳归。"[⑤]无名氏在其诗《题梅朱氏雪轩》中则表达了另一种构思之苦："年来驴背无诗思，醉踏尘埃空自愁。"[⑥]看来，即便是驴背苦吟式的构思，也难以寻到诗意了。

综合来看，不管是文献使用失误，还是作者们故意为之，由灞桥风雪典故衍生而来的这种"郑冠孟戴"式的记载脱离了具体的、真实的故事情景。但是，这样有意无意综合使用相关典故的方式，却将诗人寻找诗思、酝酿诗情抽象为一幅充满浪漫诗意的画面，并成为众多诗人画家反复吟咏和描摹的母题。

(三) 灞桥风雪图流变

沿着诗词创作过程中构思阶段的诗意想象而来，"灞桥风雪"诗意图也开始出现在画家的作品之中，并成为他们热衷的诗意图题材。糅合了多个典故而成

---

① 王文诰辑注：《苏轼诗集》1—8 册，中华书局 1982 年版，第 587 页。

② 冯毅点校：《声律启蒙》，北岳文艺出版社 1994 年版，第 10 页。

③ 张岱：《夜航船》，刘耀林校注，浙江古籍出版社 2012 年版，第 29 页。

④ 车万育：《声律启蒙》，岳麓书社 2012 年版，第 17 页。

⑤ 唐寅：《唐伯虎全集》，中国美术学院出版社 2002 年版，第 135 页。

⑥ 陈梦雷编纂：《古今图书集成》第 55 册，《博物汇编·草木典》，中华书局影印 1934 年版，第 66860 页。

的故事也慢慢演变为后世关于“驴背吟诗”和“踏雪寻梅”这两大类型图像的故事底本。在相关图像中，画家们更是隐去了具体的诗人，不断将这一故事抽象并渲染成诗人骑驴苦吟的风雪情景和画面。如宋代夏圭的《灞桥风雪图》[①]，虽然有学者认为“按此图笔法强劲而少含蕴，转侧顿挫之笔很多，似明初院体如周文靖、王谔之流风格。款字墨色浮于绢上，系后世伪添”[②]，但从整体画面所显示出的美学趣味来看，画中情景与秦观词中意境有着异曲同工之妙，显示出“驴背吟诗清到骨”的“清洌”意趣。

明代是画家们创作“灞桥风雪”题材最多的时代。从目前的文献来看，主要有吴伟、沈周、张风、法若真等人创作过该题材。吴伟的《灞桥风雪图》“取法南宋马、夏置陈布势，山重水复，重峦叠嶂，真实地表现了雪景山川的荒寒与开阔，用笔粗放灵活，显示出精湛的技艺”[③]。沈周的《灞桥风雪图》即是依据古人诗意而作。张风《灞桥风雪图扇页》上的题画诗为：“吟成倾有百余杯，半醉雪山策蹇回。颇奈灞桥风雪紧，无因折得一枝梅。”在这里，“灞桥风雪”已抽离出时代所寄寓的特定内涵，而成为一种抽象的文人画的写意素材。画家主要借助这一典故来表达归隐之志和散逸情怀。法若真在其长卷《题雪江图送别》中则充分表达了诗人孤傲、清贫、困顿、闲逸的心境。

清代画家禹之鼎也创作有灞桥风雪图，但并没有图留存下来。黄慎更是创作了好几幅与此相关的作品[④]：(1)《雪骑觅句图》(又名《灞桥诗思图》，1744)。(2)《骑驴踏雪图》，图上草书题七绝一首，首句为“骑驴踏雪为诗探”。(3)《踏雪寻梅图》轴图左上角行书两行，题七绝一首，首句为“骑驴踏雪为诗探”。(4)《踏雪寻梅图》轴。邵松年记述黄慎一幅雪景山水轴中的题诗为“骑驴踏雪为诗探，送尽春风酒一瓻。独有梅花知我意，冷香犹可较江南”[⑤]。借着“踏雪寻梅”的典故和画境，黄慎表达了自己内心持有的雅意，同时也是对尘杂社会中难觅知音的一种无声的批评。

现代画家陈达《风雪灞桥图》的题诗则为：“本是冷致人，何当又风雪。风雪灞桥边，乃令诗思别。归来检诗囊，雪满诗亦无。重行觅旧痕，驴蹄已就濡。惟此桥边树，枯兴诗思俱。”该诗写出了“灞桥”对诗思的兴发作用。

综观历代画家所绘灞桥风雪图，皆是描绘诗人骑驴在风雪中过桥，低首沉吟的样子。画作的背景则为山野悬崖，树木凋敝，河流封冻，风雪满天的情景。这些画总体上都是在表达诗人“苦吟”这一意境，呈现了对最初灞桥“离情别绪”这一特定主旨的游离。也就是说，通过绘画创作的诗性阐释，“灞桥风雪”这一意象

---

① 据徐邦达先生考证，该作品系明人作伪之作。

② 徐邦达：《古书画伪讹考辨》下卷，江苏古籍出版社 1984 年版，第 17 页。

③ 宋玉成编：《中国美术史》，清华大学出版社 2015 年版，第 273 页。

④ 丘幼宣：《一代画圣——黄慎研究》，中国美术学院出版社 2002 年版，第 189 页。

⑤ 顾麟文编：《扬州八家史料》，上海人民美术出版社 1962 年版，第 23 页。

所蕴含的意义已从最初的赠别、送别之情转向到了对文人雅事、隐逸之趣等丰富文化意趣的表现。

二、踏雪寻梅故事与图像

踏雪寻梅故事是诗论家们糅合宰相诗人郑綮的话语和孟浩然的行动而重新生成的故事中的故事，并将这一故事抽象出一种特别的文人雅士赏爱风景、苦心构思的情致和隐逸之趣。此后，“踏雪寻梅”不仅成了脍炙人口的成语，而且成为各种艺术类型尤其是诗画这两种艺术形式竞相表现的题材。考察这一再造故事的文图流变过程可以发现：

（一）作为高雅文化象征符号的踏雪寻梅故事

随着“踏雪寻梅”故事中抽象出来的“闲逸情致”逐渐成为文人“雅兴雅事”的象征，文学作品中对“雅兴雅事”的表现也有一个从崇尚、反思到世俗化再到机械化的变化过程。

首先，“踏雪寻梅”故事逐渐演绎为诗意人生的理想图景。自元代学者、诗人、诗论家们将与郑綮有关的“灞桥风雪”“驴背吟诗”故事与孟浩然“踏雪寻梅”的故事等合而为一之后，“踏雪寻梅”这一固定的语言结构逐渐从它所产生的故事背景中独立出来，而稳定地成为甚至是固化为一种抽象的诗情画意的象征符号，或是一种特殊的具有精英主义倾向的文人情结。

其次，对“踏雪寻梅”故事中隐含的造情进行反思或是批评。几乎在“踏雪寻梅”故事雅化的过程中，也有人对这一故事及其所透露出的造情问题进行批评。如元曲家费唐臣的《贬黄州》第二折“为不学乘桴浮海鸥夷子，生扭做踏雪寻梅孟浩然”，直指“踏雪寻梅”故事中折射出的“生扭”造情之意。

再者，“踏雪寻梅”诗意想象的世俗转向。明代《金瓶梅词话》第 20 回中描写道：“知你许久不曾进里边看桂姐，今日趁着天气落雪，只当孟浩然踏雪寻梅，咱望他望去。”可见，“踏雪寻梅”已经从文人雅士的标志性行为普及到了生活中人的日常审美活动。

最后，“踏雪寻梅”故事内涵的分化时期。至现代，“踏雪寻梅”故事的内涵已分化为特定人群的特定行为。如周作人《知堂回想录・县考的杂碎》：“‘风兜’是一种呢制的风帽，普通多用红色呢，下连肩背，前面包住两颊下巴，仿佛古人画踏雪寻梅的高士所戴的那样。”可见“踏雪寻梅”意境所指人物形象已成为有知人士着装风格的参照或标准。

尽管文学作品对“踏雪寻梅”故事的表现有一个由雅入俗直至意义固化的过程，但是这一故事所抽象出的“闲情逸致”作为“雅文化”的意义指向，被画家们敏锐地捕捉到，并转换为具有特定意义指涉的画境，直至形成一个相对稳定的构图方式。基于此,“踏雪寻梅”图式在不同时代画家的笔下又产生了一些细微的变化,正是这些变化恰恰折射出了不同时代之间的文化差异。

(二) 不断逸出特定意义的踏雪寻梅图

如果说,“灞桥风雪”这一图像母题呈现出的是一种文人策蹇咏雪的雅兴雅事的话,元代以后的画家将宋代画家以虚拟狭小的空间传达出的造情画境,扩展到了广阔的自然山水雪景之中。随之而来的是创作母题的细微转换——“踏雪寻梅”正契合了画家以走向自然的方式表达隐逸之志的理想。

踏雪寻梅作为一种图像表达的题材,究竟什么时候开始进入艺术家们的视野,并无准确的文献可以查证。不过这一故事逐渐成为高士图常使用的题材之一,突出表现文人士子的闲情逸致。由此,作为文人士子雅兴雅致的物象化表征慢慢形成一种稳定的构图方式:人物为老者、童子二三;交通工具为驴(居多)或马;背景为雪、梅、山石、路桥等。不过,在这一图式的嬗变过程中,主要呈现出以下几个方面的特征:

1. “踏雪寻梅”图对“踏雪寻梅”故事中虚拟图景的直接模拟

宋元至明前中期“踏雪寻梅”图中的人物是抽象意义的雅士,虽然典故中指涉的是孟浩然,但其实人物只是虚拟画境中的一个点景。画家通过画面要呈现的是具有高洁的精神境界、诗意的人生旨趣和闲逸的高雅品位的文人士子(高士、寒士)踟蹰、沉醉于“雪梅”画境中的情景。例如,宋元时期显著标明“踏雪寻梅”标题的绘画作品并不多见,而是与这一题材相关的作品。如南宋马远的《月夜观梅图》、元代佚名的《高士观梅图》等。

明代是“踏雪寻梅”图被画家们普遍选择的绘画题材之一,仅前中期涉及这一题材的画家就有张震、戴进、姚绶、王谔、吴伟、周臣、张路、朱端等。戴进的《踏雪寻梅图》描绘的是高士踏雪访梅的雅事,画中人在一种“可望、可行、可游、可居”的画境中躬身前行,人与自然融为一体,而非刻意造访。王谔绘制了《骑驴踏雪图》(又称《踏雪寻梅》)轴。此图“描绘崇山峻岭,白雪皑皑,万籁俱寂,铺雪的盘山路上正行进着一主三仆。主人骑在马上,着披风,戴斗笠,两手拢于胸前。三仆人,一马前探路,一马侧服侍,一马后跟随,或肩扛衣物,或腋夹长棍,随主人前来尽雪山寻梅之雅兴……从而体现出文人高深的修养和不近仕途、甘愿隐居的心理内涵”[①]。

“江夏派”开创者吴伟的《踏雪寻梅图》轴更是一幅逼真的山野行旅图,图中的雅士比例甚小,姿态与一般农樵无异。这里或许更多地体现出了他对隐逸的态度——即生活在其中。换言之,“‘吾今识仕宦矣,乃始为落魄游’,这是吴伟的感叹,也表明了他的醒悟。有这样的学问,他不会满足于蝇营狗苟一画工的地位。《踏雪寻梅图》或许正是他晚年心境的真实写照——他寻的东西不

① 郎绍君、蔡星仪等编:《中国书画鉴赏辞典》,中国青年出版社 1988 年版,第 562 页。

会在宫廷中”[①]。其他如张震的《踏雪访友图》轴（设色纸本）、吴伟弟子张路的《踏雪寻梅图》轴、吴端的《寻梅图》、姚绶的《踏雪寻梅图》轴（水墨纸本）、周臣的《踏雪寻梅图》、程全的《骑驴踏雪图》轴等基本上都遵循了这一时期“踏雪寻梅”图的基本构图方式：雅（高）士形象只是一个抽象的人物符号，且作为点景人物。画家简笔勾勒出基本的人物轮廓，居中或稍偏地以侧影或背影的形式布局在满幅山水雪景的中下方处。

由宋元画家开创的“踏雪寻梅”及相关题材的构图方式作为“踏雪寻梅”图的经典图式一直延续到清代王素的《踏雪寻梅图》轴、钱松的《踏雪寻梅》立轴（纸本设色）、胡璋的《骑驴踏雪寻梅图》轴等画作中。直至近现代画家黄君璧的《踏雪寻梅》立轴、吴镜汀的《踏雪归庐》立轴等作品中依然保留着这一传统的图式。

2. “踏雪寻梅”图对“踏雪寻梅”故事象征意义的强势模拟

值得注意的是，广泛流行于明中期以后的朝野画坛的“踏雪寻梅”图逐渐成为文人士子们精心营造出的另一幅心灵图景。这一时期画家笔下的“踏雪寻梅”图逐渐呈现出某种刻意营造的装饰意味。尤其在陈洪绶的《踏雪寻梅图》轴《寻梅高士图》中，关于“踏雪寻梅”题材的绘画风格已有重大的变化：人物比例逐渐放大，神态逼真；人物身份由寒士变为官宦；雅士所乘之马饰物华丽，丰肥壮硕（《寻梅高士图》中无乘骑）；背景山水雪景日益具有简括性和抽象性。“踏雪寻梅”中所寄寓的美学意味已不再是寒士的隐逸之致，而是士大夫的一种普遍雅兴。这一趋势一直延伸到清代许多画家同一题材的作品中，主要有萧晨、黄慎、董邦达、万上遴、沙馥、任颐等。

此外，上文提及黄慎一人作《踏雪寻梅图》数十幅，有明确目录记载的主要包括：1742年的《踏雪寻梅图》；1743年的《踏雪寻梅图》轴；1762年的《踏雪寻梅图》轴；1763年的《踏雪寻梅图》轴。尤其是他善用中锋细笔勾勒人物面部、双手，用狂草的笔法写出人物衣衫，可谓兼工带写，神态逼真。黄慎的创作方式使“踏雪寻梅”图从传统的图式套路中脱离出来，将相关图像的焦点放在人物精神面貌的刻画上。其他画家如董邦达《灞桥觅句》；万上遴的《踏雪寻梅》轴；费丹旭的《踏雪寻梅图》轴；沙馥的《踏雪寻梅》立轴；任颐的《踏雪寻梅图》轴、《踏雪寻梅图》扇等作品皆将画面渲染的重点放在了人物身上。尤其是沙馥《踏雪寻梅》立轴中的雅士、童子的面部更是采用了工笔细描的方式来摹写人物的精神状态。

3. “踏雪寻梅”图意境的不断拓展

随着画家对“踏雪寻梅”图式的熟练掌握和不断革新，这一题材也有进一步拓展意境的趋势。如萧晨的《踏雪寻梅图》中有题画诗“踏雪寻梅梅未开，伫立雪中默等待”。此画不落历代“踏雪寻梅”题材之窠臼，而是将以往这一题材中人物沉浸在画面中的闲雅兴致荡出画外。

---

① 陈振濂：《品味经典：陈振濂谈中国绘画史》三，浙江古籍出版社2007年版，第131页。

另外，也有画家将“踏雪寻梅”图中的人物从男性转向了女性。如清代冷枚的《探梅图》、费丹旭的《踏雪寻梅图》、陈枚的《月曼清游图册之踏雪寻诗》图、近代画家沈心海的《踏雪寻梅图》轴中不仅人物换为女性，而且出现了女性的工笔细描群像。

这一题材逐渐使用在各种工艺品的装饰图案中。制作者在各种瓷器、家具、文玩上，以手绘、翻印以及浮雕、圆雕等多种表现方式来呈现“踏雪寻梅”图的意境。

4. “踏雪寻梅”图像的类型化及其衍生图像

随着“踏雪寻梅”故事被画家不断采用并不断革新，根据孟浩然寻梅花的故事而来的“探梅图”“踏雪觅诗图”“高士观梅图”“观梅图”“骑驴觅诗图”，以及源于林逋梅妻鹤子故事而来的“梅花书屋图”，也慢慢作为与“踏雪寻梅”图式类似的图像图式类型而成为具有家族相似特征的衍生图像。“踏雪寻梅”作为一个重要的图像母题及其衍生图像的构图方式不仅为宋元以来的历代画家们所热衷，而且也对其他国家的同类型绘画产生了重要的影响。如“在韩国，中国的梅花故事很早就被人们所熟知，并创作了大量的梅花图。其中最有代表性的是孟浩然寻梅花的故事而来的‘探梅图’和由林逋的梅妻鹤子故事而来的‘梅花书屋图’。此外还有由此而延伸出的赏梅图、观梅图、放鹤图等等”①。足见这一图像母题的广泛影响力。

寻其根源，一方面是宋代以来文人士子对雅文化的崇尚和自觉追求；从另一方面来说，绘画艺术自身的求新求变机制推动着画家对某一特定母题的反思和超越；再者，画家借助“灞桥风雪”图像家族中的支脉——“踏雪寻梅”图式表达了隐逸之志，傲然不屈的雅洁姿态，不近仕途、不与统治者合作的反叛精神以及旷达超脱的心境。这实质上就是在中国传统的集权社会中，文人士子们为逃避权利和秩序的钳制和约束而寻求的一种心灵自由和解放的精神通道。

三、骑驴诗与驴背吟诗图

骑驴诗和诗人骑驴吟诗故事的结合，逐渐生成了“灞桥风雪”图像家族中的另一个支脉“驴背吟诗”系列图像。继盛唐诗歌的极度辉煌之后，中唐以后的诗人“避千门万户之广衢”②，刻意求新求变，为探寻独特的艺术表现手法，苦心孤诣。这一时期开始出现的骑驴诗，某种意义上是诗人们这一心理的折射，同时也对后代尤其是宋代文学和图像产生了很大的影响。再者，延续着“踏雪寻梅”故事及其相关图像不断开掘出的“雅”文化、隐逸文化时潮而来，结合“驴”意象所指

① 李仙玉：《中国梅花故事和韩国的梅花故事图》，《韩国研究论丛》2011 年第 1 期。

② 许印芳：《诗法萃编》，载于陈伯海编：《唐诗汇评》中，浙江教育出版社 1995 年版，第 1865 页。

涉的倔强的、不合作、不屈服、不妥协精神，隋唐五代文学艺术中产生了特殊“驴”文化的主要表现形式——骑驴诗与驴背吟诗图。二者之间更有着许多值得思考的文图关系模式。

《全唐诗》中出现“驴”意象的诗将近 70 首，涉及这一题材的诗人主要有李白、杜甫、孟浩然、元稹、白居易、韩愈、贾岛、杜牧、皮日休、唐彦谦、李洞、孙定、寒山等十几位。与数量巨大的全唐诗文献相比，骑驴诗显然过于稀少。但这些诗与诗人骑驴故事不仅一起奠定了“驴”意象在诗歌中的地位，而且在诗史中塑造出了许多“驴背吟诗”这一特殊的“语象”和虚拟的诗意场景，也引发后世画家创作出许多关于“驴背吟诗”题材的绘画作品及相关图像。

(一) 骑驴诗中与“驴背吟诗”意象意义的固化过程

隋唐五代时期尤其是唐代的诗人留下了许多与“驴”这一动物有关的诗。初唐时期，诗人笔下的驴意象指代的基本上是一种廉价而不舒适的交通工具。如孟浩然的《唐城馆中早发寄杨使君》：“访人留后信，策蹇赴前程。”王梵志诗中所说的：“他人骑大马，我独跨驴子。”寒山《诗三百首》中有“骏马放石碛，蹇驴能至堂”“世有一等愚，茫茫恰似驴”“贫驴欠一尺，富狗剩三寸”“不识心中无价宝，犹似盲驴信脚行”等句。盛唐诗人在使用“驴”意象时候开始寄寓了与“马”这一富贵人家所使用的交通工具相对的含义，由此而进一步引申为寒士处境、心境或品格。如杜甫的《画像题诗》“迎旦东风骑蹇驴，旋呵冻手暖髯须”，还有那首著名的《奉赠韦左丞丈二十二韵》：“骑驴十三载，旅食京华春。朝扣富儿门，暮随肥马尘。残杯与冷炙，到处潜悲辛”。其他还有《示从孙济》《逼仄行赠毕四曜》等。李白的《赠闾丘宿松》则曰：“阮籍为太守，乘驴上东平。”特别值得注意的是，这一时期的“驴”意象还增加了“驴鸣”这一意象。如李白《答王十二寒夜独酌有怀》中“蹇驴得志鸣春风”句，中唐刘言史《题王况故居》诗中的“独作驴鸣一声去”句等。

中唐驴意象中已经淡化或过滤掉了驴的出身和缺陷等内容，渐渐指向一种自由、风雅的诗意想象，甚至指向性格耿介等含义。元稹《酬张秘书因寄马见赠》中有“骑驴诗客骂先行”句；韩愈《孟生诗》有语“骑驴到京国，欲和熏风琴”；白居易《酬寄牛相公同宿话旧劝酒见赠》的诗句为“日暮独归愁米尽，泥深同出借驴骑”；韩翃《送别郑明府》有“且策驴车辞五柳”句。卢适让《寄友》云：“每过私第邀看鹤，长着公裳送上驴。”王建《送山人二首》曰：“山客狂来跨白驴，袖中遗却颍阳书。”至张籍的《赠殷山人》一诗，“驴”意象已经与诗人形象糅合一体而完全虚拟为一种美学图像：“策蹇秋尘里，吟诗黄叶前”。由此，“驴背吟诗”逐渐成为被贬谪直至不近仕途、反叛统治者、葆有雅洁心志的高人雅士的象征。如张籍的《赠贾岛》：“蹇驴放饱骑将出，秋卷装成寄与谁。”李洞的《赋得送贾岛谪长江》中有语：“敲驴吟雪月，谪出国西门。”安锜的《题贾岛墓》则曰：“骑驴冲大尹，夺卷忤宣宗。”此时，“驴”意象已经与唐代科举取士制度、寒士文化等紧密结合了起来，生长为一种寄寓着时代特征的士夫自拟之文化意象。

晚唐诗歌中延续着中唐“驴”意象所形成的文化符号的功能，且逐渐固化为这一文化意蕴，并趋于定型。如唐彦谦的《忆孟浩然》：“郊外凌竞西复东，雪晴驴背兴无穷”；李贺的《苦昼短》：“谁似任公子，云中骑碧驴”；《出城》：“关水乘驴影，秦风帽带垂。”姚合的《喜贾岛至》：“布囊悬蹇驴，千里到贫居。”贾岛的《送友人之南陵》：“少年跃马同心使，免得诗中道跨驴。”尤其是“跨驴”已成为士人闲适生活的一种标志性行为符号。

与隋唐时期特别重视“马”意象相一致，诗人们使用“驴”意象的指向意义不断扩大，最终形成了唐诗独具文化意义的象征符号。它的反复出现或频繁使用与时代精神、审美旨趣、文化取向等相互纽结，共同构成具有特殊美学意蕴的结构形式，并凸显于某一个时代的大文化背景之中。由此，与“驴”意象的嬗变过程相似，一些个人化意象逐渐扩展为一种具有浓郁时代印记的文化意象——即有着“不平则鸣”精神的寒士以闲逸之情致抗拒入世情结的标志性文化符号。

（二）诗人骑驴形象的文本固化过程

自中唐诗人笔下的“驴”意象成为诗人形象的一个特指符号，各种诗论或者文献也开始勾勒出具有不同意旨的“诗人骑驴”形象。其一，唐《艺文类聚·文士传》载，阮籍为东平太守时，曾“骑驴径到郡……十许日，便复骑驴去。”其二，杜甫在其诗《奉赠韦左丞丈二十二韵》中自说“骑驴十三载”。其三，孟浩然诗句“雪晴驴背兴无穷”。其四，贾岛骑驴苦吟轶事。其五，李贺作诗时常“骑距驴，背一古破锦囊，遇有所得，即书投囊中”。尤其是贾岛骑驴觅诗的故事，不仅进一步生成了作诗要善于“推敲”炼字的典故，而且也使驴子这一动物形象成为承载诗思的工具的象征符号。

更为重要的是，贾岛骑驴觅诗故事逐渐增强了“驴文化的在野色彩、傲诞意味以及贫贱不偶的符号意义”①。此后，经由苦吟理论奠基者韩愈在《荆潭唱和诗序》里对“不平则鸣”诗观的进一步发挥：“夫和平之音淡薄，而愁思之声要妙。欢愉之辞难工，而穷苦之言易好也。”②从而“使抒写个人的穷愁之态成为苦吟派的共同主题，加强了诗歌的主观色彩及鲜明的个性特征”③。至此，所有的“诗人骑驴”形象与贾岛“骑驴苦吟”形象一起最终完成了“驴背吟诗”这一文化意象的定型。它不再是某一诗人形象的定格，而是集合了所有的士人、文人精神——

① 冯淑然、韩成武：《古代诗人骑驴形象解读》，《深圳大学学报》（人文社会科学版）2006 年第 5 期。

② 姚鼐编：《古文辞类纂》上册，宋晶如、章荣注释，世界书局 1936 年版，第 141 页。

③ 李子广：《科举与古代文学》，载于内蒙古师范大学汉文系编：《五十年文萃：内蒙古师范大学汉文系建系 50 周年》八，内蒙古大学出版社 2001 年版，第 105—106 页。

"志向高洁而又穷困潦倒、隐遁世外而又狂狷不羁、才高八斗而又怀才不遇"——的表意符号。换言之,"作为该意象的核心蕴含,主要有两点:其一,驴是诗人特有的坐骑;其二,骑驴是诗人清高心志的象征。诗人骑驴,不仅是一种身份的标志,也是一种价值观上的取向,是一种文化抉择。"①由此而来,诗人骑驴主要有四种文化内涵,"苦吟、落拓、任诞与参禅。四者之间又有着某种内在关联:骑驴苦吟,既为酝酿诗思、捕捉灵感,又是生活贫困、落拓失意之写照;骑驴任诞与参禅则分别与道教、道家思想、佛教有关;如果说任诞的外衣下寄寓的是被褐怀玉、怀才不遇,那么苦吟的执着坚毅与参禅的境界确乎类似。"②至此,"驴背吟诗"已抽象为士人、文人抵抗黑暗政治,表达高洁情怀,抒发隐逸之志,呈示任诞气骨,甚至是参悟真宰时的虚拟图景,被不同时代形成的层累文化意蕴铸造成一个特定的文化符号。

五代以后,文学史上深切关注"驴背吟诗"意象的态度逐渐分化出来:一些诗人学者将这一形象进一步理想化。甚至可以说,在宋代诗论家文论家的笔下,唐代诗人几乎都成了一个骑驴者形象,最著名的典故就是李白骑驴轶事。如刘斧《青琐高议·后集》记载的"李太白乘醉跨驴入华阴县"故事;《古今合璧事类》中则通过记载"李白在华阴县骑驴"来展现他狂放不羁的魏晋风度。另一些诗人学者将"驴背吟诗"意象作为一个固定用法与其他意象相互参照来使用。如苏轼的《续丽人行》有句"杜陵饥客眼长寒,蹇驴破帽随金鞍",即是一个典中用典的方法,他使用的典故源自杜甫使用的孟浩然骑驴吟诗故事。陆游《谢王子林判院惠诗编》云:"骑驴上灞桥,买酒醉新丰。"黄庭坚《禅句二首》中道:"牵驴饮江水,鼻吹波浪起。岸上蹄踏蹄,水中嘴对嘴。"范成大的《北门覆舟山道中》诗中说:"骑驴索句当年事,岁暮骚人不自聊。"陈草阁的词《沁园春·霜剥枯崖》曰:"漠漠风烟,昏昏水月,醉耸诗肩骑瘦驴。"刘克庄的词《菩萨蛮·戏林推》:"笑杀灞桥翁,骑驴风雪中。"皆是将"驴背吟诗"重新简化为一个整体的意象符号来使用,主要用来指称"诗人苦吟"的觅诗图景。由此,"驴背吟诗"的象征意义已趋于固化,即常常用来形容诗人创作过程中构思阶段的具体情景。这一走向意义固化的意象继续在明清诗人笔下使用,如明代高启的《梅花诗》之三有语"骑驴客醉风吹帽,放鹤人归雪满舟",清代舒位的《雄县见月》诗中说"昔作骑驴客,东风吹我衣",皆是使用"驴背吟诗"这一典故所指向的"苦吟"含义。

还有一些诗人学者开始对以贾岛为代表的"诗人骑驴形象"进行反思,甚至是抨击。欧阳修在其《六一诗话》中说:"孟郊、贾岛皆以诗穷至死,而平生尤自喜为穷苦之句。"严羽《沧浪诗话·诗评》更是不客气地指出:"(李杜)下视郊岛辈,直虫吟草间耳。"南宋许颉的《彦周诗话》中有语:"孟东野诗苦思深远,可爱不可

① 张伯伟:《域外汉籍研究入门》,复旦大学出版社2012年版,第308页。
② 吴晟:《中国古代诗人骑驴的文化解读》,《文学与文化》2014年第3期。

学。”宋末元初马端临的《文献通考》引江陵项安世之说，描绘了举子骑驴投献行卷的情况。于是，跨长耳蹇驴的诗人形象屡屡被作为吟咏的对象，其实大多都带有潦倒苦寒的情调。这一说法相对客观地指出了“驴背吟诗”意象被固化的使用情况。

金代元好问有诗《李白骑驴图》曰：“八表神游下笔难，画师胸次自酸寒。风流五凤楼前客，枉作襄阳雪里看。”意思也是说不能把李白视为骑驴寻诗的孟浩然，由此表达出对创作《李白骑驴图》的画师不能真切地表现出李白傲岸精神的遗憾。同时，他也直接批评了画家套用李白骑驴图式存在的胸次问题。

（三）“驴背吟诗”文图演进历程的不一致

无论表达的是因个人遭际而生出的情感情绪，还是对于某种文化精神的向往，作为一种特殊的文化符号，唐代及后世画家对“驴背吟诗”这一意象性题材都有着特殊的感情。不仅如此，画家还创作出了与“灞桥风雪”“踏雪寻梅”有着相似的图像家族体系的“驴背吟诗”图式。据考，唐以后就流传李白、杜甫两人的骑驴图（王琦《李太白全集注》卷三十六，《苕溪渔隐丛话》后集卷八，施国祁《元遗山诗集笺注》卷十二）。[①] 但是并未见到记录二图的相关图本文献。

虽然五代宋以至元代是“驴背吟诗”意象逐渐固化并为诗人学者广为关注的时代，但从现存文献看，有关“驴背吟诗”的图像并不多见。与文学作品将“驴背吟诗”意象简化为苦吟意义不同的是，图像中却出现了与特指人物相关的“驴背吟诗”图。如南宋末年撰辑的《希叟绍昙禅师广录》卷七所提及的《李白醉骑驴图》云：“酒渴思鲸饮，金鸾早退朝。醉身扶不起，压折老驴腰。”图中所要表达的主要是李白傲岸不屈的精神品质，而在后世画家们创造的众多的李白图像中，李白“醉骑驴”图亦属少数。

明代关于“驴背吟诗”的诗文并不多见，但却是“驴背吟诗”图大量出现的时期。主要作品有沈周的《杜甫骑驴扇面》、唐寅的《骑驴归思图》、张路的《骑驴图》、徐渭作《驴背吟诗图》轴、李孔修的《驴背吟诗图》轴等。唐寅的《骑驴归思图》轴题诗曰：“乞求无得束书归，依旧骑驴向翠微。满面风霜尘土气，山妻相对有牛衣。”唐寅题诗右旁有朱曜（字叔旸，号玉洲）行书和诗：“喜闻天子驾新归，欲控应惭一蚁微。误入云龙山下路，杏花妍映绿罗衣。玉洲朱曜次韵。”图和诗皆将驴背吟诗想象为浪漫的诗境。徐渭的《驴背吟诗图》轴（图 4－1）中老翁和驴仅用寥寥数笔便形神俱备，尤其是驴子踏着轻快步伐的神气更跃然纸上。徐渭通过这一题材表达的主题依然是与其题款所言“诗思在灞桥驴子背上”相一致的骑驴寻诗之意。其他如吴伟画过一幅《骑驴图》并题诗：“白头一老子，骑驴去饮水。岸上蹄踏蹄，水中嘴对嘴。”李孔修的《驴背吟诗图》轴表现的是贾岛骑驴吟

---

① 钱锺书：《宋诗选注》，人民文学出版社 1989 年版，第 178 页。

图 4－1 徐渭 《驴背吟诗图》 北京故宫博物院藏

诗的神情。画右上角陈献章诗跋也是对贾岛“驴背吟诗”故事进行的再书写。总体上看，明代“驴背吟诗”图像基本上是对五代宋时期各种文学文本中定型的“驴背吟诗”这一意象符号的图像模拟和再现。

清代诗人画家对“驴背吟诗”这一图景的表达也有着文和图之间的明显背离情况。关于“驴背吟诗”的诗作不仅少，而且大多是直接引用其固有的苦吟之意。而“驴背吟诗”图像则是将画面中的主体人物与画家自己融为一体并通过不同的表达手段凸显出来。如八大山人更是直接更号为驴、驴屋驴，自称“个山驴”，以“驴”自居，以“驴”自嘲，其水墨写意中皆钤有“驴”印。足见他对“驴”意象中所寄寓的文人、诗人精神的高度认同，以及以“驴”自比表达其与统治者抗争的不合作态度。其他还有高其佩的《指画驴背吟诗》轴，黄慎 1743 年作的《驴背吟诗图》轴、《骑驴踏雪图》，吴湖帆《丑簃日记》中所记载的“唐六如《归兴图》（即《骑驴归思图》）”，李灿的《骑驴过桥图》轴，黎简的《驴背观泉图》轴，查士标的《骑驴看山图》，任颐的《笑意驴背吟诗图》等。这些绘画作品皆以“驴背吟诗”图的变体形式拓展了这一母题图式的表现范围，表达了“驴我一体”的强劲的主体反思精神。

现代画家取自“驴背吟诗”意境的作品主要有张大千的《驴背寻诗》、王震的《驴背问津图》、溥儒的《驴背吟诗图》、高峻的《驴背寻诗图》等。这些作品基本上是延续着“驴背吟诗”意象的固化所指而作出的诗意再现图，无论是在意旨层面还是在图式方面均没有较大的改变。

综上可见，“驴背吟诗”从故事的辑录到典型文化意象符号的形成，直至固化为特定含义的虚拟图景，其间有一个非常漫长的演变过程。在这一过程中，涉及“驴背吟诗”题材的图像一直锁定“驴背吟诗”意象中的某一特定所指，并对其进行模仿或再现。基于此，取自这一文化意象的图像可以将历代以来隐士、贫士、寒士的精神旨趣直观地表现出来，从而抒发如“此身合是诗人未”（陆游《剑门道中遇微雨》）一样的自我诘问、质疑和反思。与文学作品中表达的充满悲剧意味的“士不遇”主题相一致，相关“驴背吟诗”题材的文学和图像皆涂抹着浓郁的主观色彩。二者互相补充、彼此强化，并行于那个属于中国文化古典时期的历史时空中。

第三节 作为“西厢”故事图像母题的《莺莺传》

作为古典小说成熟的标志，隋唐五代传奇所内蕴的图像母题也作为“一种文化遗传密码，在小说视觉化再生产中被较为完整地保留了下来”[①]。在众多的传奇文本中，元稹的《莺莺传》(原题《传奇》)[②]最为当时以及后世所称道，经由不同时代作家的不断改编，最后形成脍炙人口的《西厢记》剧本。

由于《莺莺传》中崔莺莺与张珙的爱情故事与作者元稹的情感经历有着直接的关联，这一事件对当时文坛震动甚大。“河中杨巨源有《崔娘诗》，亳州李绅有《莺莺歌》。”[③]唐以后，崔张爱情故事不断地被改写、被演绎。宋赵令畤直接对元稹的红颜祸水思想提出了质疑和批评，为后世对崔张爱情悲剧的正确认识定下了较为客观的基调。稍后，南宋杂剧《莺莺六幺》将《莺莺传》改编为戏剧形式。金章宗年间，戏曲家董解元的《西厢记诸宫调》(又称董《西厢》)构筑了崔张爱情故事的才子佳人主题。元代剧作家王实甫“以《董西厢》为底本，在形体上由诸宫调改编为杂剧”[④]《西厢记》(又称王《西厢》)。该剧不但被不断地搬演于舞台，其剧本亦广为流传，在文学史和戏曲史上均有着极其重要的地位。配有精美图像进行雕印的插图本《西厢记》，一度成为图书市场上的热销作品。此后还有传为剧作家关汉卿的《续西厢记》[⑤]等陆续出现。从明至清，有著录的关于西厢故事的作品达 30 多部。这些作品皆是在《莺莺传》、董《西厢》、王《西厢》基础上做出的改编，并对崔张爱情故事表达着褒贬不一的见解。至此，元稹《莺莺传》中的崔张爱情悲剧已悄然转换并定型为“西厢”故事中崔张大胆追求爱情自由的基本情节模式。

《西厢记》现存刊(刻)本就达百余种之多。“‘五四’时还有改编为小说、话剧的。中华人民共和国成立后几乎各种地方戏都有改编本。18 世纪末日本出现多种日译本，19 世纪以来，相继有法、英、德、意、俄等外文译本而远播欧洲。”[⑥]以图像形式表现“西厢”故事的艺术类型主要有版画、年画、陶瓷画、连环画，直至今天的戏曲电视剧、游戏《非遗西厢记》等。在所有的图本“西厢”故事中，影响最为

---

① 常芳：《中国古典小说的视觉化再生产：从语言本位到影像本位》，四川大学 2009 年博士论文，第 54 页。

② 该传奇在元稹的诗文集《长庆集》中并没有编入。现今所见最早的传本，收录于《太平广记》卷四百八十八，辑录时改作现名。后人因文中人物张生赋的《会真诗三十韵》，因此亦称之为《会真记》。

③ 汪辟疆校录：《唐人小说》，文化图书公司 1977 年版，第 258 页。

④ 刘大杰：《中国文学发展史》下卷，古典文学出版社 1958 年版，第 63 页。

⑤ 虽然学界已经认识到在《西厢记》前四本和第五本之间的文字风格差异太大，但并没有确切的证据证明《续西厢记》的作者究竟是谁。

⑥ 熊笃：《书剑斋古代文学论丛》，重庆出版社 2013 年版，第 277 页。

深远的是版画。在所有的版画刊本中,“更具有连环图画性质的,是弘治戊午年(1498)金台岳家刻的《新刊奇妙全相注释西厢记》五卷。本书共一百六十一页,每页都是上图下文。每图或每一连图都有标题”①。这也是现存最早的刊本,其中基本上囊括了所有传世《西厢记》画面,为明清时期各种以“西厢记”故事为题材工艺品制作提供了充足的素材。

除了随书籍一起印行的插图版画之外,以《西厢记》为题材的年画在以“莺莺传”为母题的图像中也占了相当可观的比例。据记载,有关《西厢记》故事的年画就有清临汾拂尘纸印本《西厢记》、清应县窗画彩色套印《西厢记》(一)(二)、清苏州印本着色《全本西厢记》、清苏州印本《六才西厢》和清潍县屏条印本《西厢记》(一)(二)共七种。② 从这里足可以看出年画这一民间艺术形式对“西厢”题材的关注热情及其特殊的“文-图”关系。此外,与“西厢”故事有关的图像也常常被用作各种陶瓷制品、笔筒等工艺品的装饰图案。如清康熙洒蓝釉青花釉里红《西厢记·琴心图》和康熙早期青花《西厢记·佛殿奇逢》图盖盒(上海博物馆藏)。上述“西厢”故事装饰图案大部分是以《新刊奇妙全相注释西厢记》中的插图为底本进行的印刻。

总体上看,作为多种形式图本《西厢记》的图像母题,《莺莺传》文本中内蕴的并能够促使其发生图像转换的视觉性特征主要有以下三个方面的具体体现。

一、《莺莺传》中模糊的莺莺形象及其后世相关图式

《莺莺传》的写作源于元稹以传奇故事的方式记述了自己始乱终弃的一段感情往事。由于他在作品中重点摹写的是张珙在整个感情事件中的心路历程,因而《莺莺传》中并没有对张珙和崔莺莺的容貌、衣饰等进行具体清晰的描写。相较而言,为了叙事和自我开解的需要,莺莺倒是被他塑造得性格鲜明又惹人怜爱。尽管如此,莺莺的总体形象也是模糊性的。

元稹眼中的莺莺是一个颇具视觉想象力的简笔勾勒的形象——“常服睟容,不加新饰。垂鬟接黛,双脸销红而已。颜色艳异,光辉动人……以郑之抑而见也,凝睇怨绝,若不胜其体者。”这里呈现出的莺莺肖像为:衣饰简单日常;气色温润光泽,颜色艳异;发型为垂鬟接黛状;表情为凝睇怨绝状。元稹虽然没有过多地摹写出莺莺的肖像,但是,他却在整个叙事过程中一点点将莺莺的性格凸显了出来:“久之,辞疾”之娇羞、矜持;“凝睇怨绝”之娴静、任性;既有“贞慎自保”“寡于酬对”的敏感,甚至在张生赴约后端服严容地训斥,又有自题约笺的大胆开放;多才多能,不仅“工刀札,善属文”,而且“善鼓琴”;达情明理,尤其是与张生诀

① 阿英:《阿英全集》第八卷,安徽教育出版社 2003 年版,第 588 页。

② 赵春宁:《〈西厢记〉传播研究》,厦门大学出版社 2005 年版,第 277—278 页。

别时说的虽明对方“始乱之，终弃之”但却“不敢恨”的一番话，更显出她在爱情观方面的通达心性。在这里，元稹塑造出的是一个端庄娴静而又娇羞矜持的莺莺形象，充分显示出了她的性格与其大家闺秀身份之间的巨大反差。正是如此丰富饱满而又有充满矛盾的人物形象，才让人们对她如此着迷。

《南村辍耕录》“崔丽人”篇辑录了两则关于山西普救寺僧舍墙壁上崔莺莺像的跋语：其一，金章宗泰和七年（1207）金人赵元的题跋。他为“唐丽人崔氏女遗照”题诗为：“并燕莺为字，联徽氏姓崔。非烟宜采画，秀玉胜江梅。薄命千年恨，芳心一寸灰。西厢旧红树，曾与月徘徊。”①后由南宋画院待诏陈居中（活跃于12世纪）以此为蓝本“绘模真像”，“意非登徒子之用心，迨将勉情钟始终之戒。仍拾四十言，使好事者知百劳之歌以记云”②。其二，元延祐六年（1319）于钦的跋语，他将自己得到了识为“泰和丁卯，出蒲东普救僧舍，绘唐崔氏莺莺真。十洲种玉大志宜之题”的“唐氏崔莺莺真”一事托词为梦，并述及当时东平市场上有人出售莺莺像的情况③。后来，陶宗仪“因俾嘉禾绘工盛懋临写一轴”④。

虽然没有可靠的图像资料能够呈现出“唐丽人崔氏女遗照”这一莺莺像“祖本”的真面目，但是从最早出现莺莺像的刻本——隆庆三年（1569）苏州众芳书斋顾玄纬刻本《增编会真记》（又称《西厢记杂录》）中可以大致推测出“唐丽人崔氏女遗照”的基本构图方式。该书首次在书前插入了两幅莺莺像，一幅《唐崔莺莺真》题为“宋画院待诏陈居中写”，一幅《莺莺遗艳》题为“吴趋唐寅摹”。这两张莺莺像“超越了同一时期版画插图稚拙、粗放的样式，平和大气，堪称佳构”⑤。尤其是陈居中绘制的四分之三侧面半身的莺莺像，该图式基本上属于莺莺像的定型形象，为后世插图本《西厢记》所沿用。虽然文献考证发现题为“吴趋唐寅摹”的《莺莺遗艳》并非出自唐寅之手，但是从他留下的与莺莺图有关的诸多诗文可见，他不但画过莺莺像，而且他师法的对象亦是陈居中。一如唐寅在1511年摹写“莺莺像图”的题记中所说：“宋陈居中摹唐人画，正德辛未，唐寅再摹。”⑥足见陈居中摹本的影响之大。不过，由于唐寅在画坊间的盛名，题为他摹写的《莺莺遗艳》图又再次以“母本”的形式被后世许多插图本《西厢记》所翻刻、重刻。⑦

总体来看，陈居中摹画山西普救寺僧舍墙壁上“唐丽人崔氏女遗照”的莺莺像主要有：香雪居本；凌瀛初的刻朱墨套印图册《千秋绝艳图》第六叶上半叶以篆书题“崔娘遗照”，旁题为“宋画院待诏陈居中摹”；李廷谟延阁刻本和张深之本

① 陶宗仪：《南村辍耕录》，李梦生校点，上海古籍出版社2012年版，第195页。注：该题诗被录于明万历二十六年秣陵继志斋陈邦泰重刊本《重校北西厢记》卷首。

②③④ 同上，第195—196页。

⑤ 董捷：《版画及其创造者：明末湖州刻书与版画创作》，中国美术学院出版社2015年版，第100页。

⑥ 唐寅：《唐伯虎全集》，中国美术学院出版社2002年版，第476页。

⑦ 董捷：《版画及其创造者：明末湖州刻书与版画创作》，中国美术学院出版社2015年版，第100页。

中的莺莺像等。这些莺莺像的基本构图皆源自陈居中版的图式。

特别值得注意的是：传为仇英的长幅画作《千秋绝艳图》所绘制的崔莺莺造像一改半身图而为全身侧面像。这一图式使莺莺像又呈现出另一种面貌来——莺莺像已从插图本《西厢记》中的配图形式转换为画家心中独立的绘画对象。

二、《莺莺传》中富含视觉性特征的情节单元

《莺莺传》中共涉及的主要人物有莺莺、张生、红娘、老夫人，他们四人的关系是整个故事情节的核心。整个文本中并没有单独的个人肖像描写，人物因其在事件中发挥的作用而构成情节演进的推动力量，从而使故事中的矛盾冲突形成一种期待式的悬念情节。因此，无论是各种插图本《西厢记》中所配的图像，还是《西厢记》戏曲以及其他"西厢"故事题材的视觉艺术形式，若要紧紧抓住读者的阅读兴趣，首先需要关注的就是，如何对主要故事情节呈现出的经典场面和文本中具有推动叙事节奏的情感形式进行视觉转换。

《莺莺传》的基本情节简括出来可分为张生借寓、崔张奇逢、张生搭救、崔母宴请、兄妹结拜、一见钟情、张生致情、红娘劝谏、喻情以诗、莺莺授笺、乘夜逾墙、莺莺悔笺、恍若梦境、西厢共待、抚琴诀别、长笺婉拒、别后求见、复函谢绝等 17 个单元的行动链条。由这些情节单元链接而成的故事是以悲剧结尾的。在《莺莺传》中，由于元稹主要集中在崔张二人感情纠葛的描述上，他没有过多地对这些单元性的情节进行场面铺叙或细节描写。经董《西厢》、王《西厢》改编之后，插图本《西厢记》的插图呈现出一种对叙事行文的特别关注和集中表现。画家不仅改编了《莺莺传》中基本的情节单元，而且对剧作家们增加的情节进行了详细的图像铺叙或描写。如福建建阳熊龙峰刻本《西厢记》插图采用的就是每折一图的绘制方式，由此将文本中生动的场面细致地表现出来。尤其是仇英与文徵明合作的《西厢记》图册，仇英作画，文徵明小楷书写王《西厢》杂剧曲词，计有图 20 幅。每图附曲词一页，分别题为"佛殿奇逢""僧房假寓""墙角联吟""斋坛闹会""惠明寄简""红娘请宴""夫人停婚""莺莺听琴""锦字传情""妆台窥简""乘夜逾墙""倩红问病""郑恒求配""尺素缄愁""月下佳期""堂前巧辩""长亭送别""草桥惊梦""泥金报捷""衣锦还乡"。尽管此册页可能为后人伪托（书端"嘉靖癸酉"款与历史纪年不符）[①]，但 20 幅插图贯穿起来的就是王《西厢》完整的故事情节。且插图标题正是对特定情境中特定行为的提示："奇逢、假寓、联吟、闹会、寄简、请宴、停婚、听琴、传情、窥简、逾墙、问病、求配、缄愁、月下、巧辩、送别、惊梦、报捷、还乡"，这 20 个行为足以构成一个行动链条，且环环相扣地将整个故事呈现出来，足见插图绘制者的匠心之所在。

---

① 参见廖奔：《中国戏剧图史》，河南教育出版社 1996 年版，第 436 页。

比较《莺莺传》和王《西厢》中的基本情节可以看出，王《西厢》保留的基本情节主要有：张生借寓——“僧房假寓”；崔张奇逢——“佛殿奇逢”；莺莺授笺——“惠明寄简”；乘夜逾墙；恍若梦境——“草桥惊梦”；西厢共待——“月下佳期”；抚琴诀别——“长亭送别”。这六个基本的情节单元是删减版《莺莺传》中的核心情节链条，即从普救寺相逢到以笺相约到乘夜逾墙、西厢共待直到分别。

由于这些情节单元是由一个个行动或场面、情景组成的，极富视觉想象空间，因此往往被刻本《西厢记》选为插图进行再创造。如明天启年间凌濛初刻《西厢记》五剧 20 幅皆将具体的情节加以特定场面和情景的想象，而使画面更具有烘托现场气氛的艺术效果。插图《短长亭斟别酒》描绘的就是莺莺在长亭送别张生赴京应试的场景，画面着意刻画出落叶纷飞、雁阵惊寒的萧索秋景，借以衬托出恋人之间难舍难分的离别之情。

在众多的插图本《西厢记》中，陈洪绶所作插图最为精美，主要有张深之本《正北西厢》、李吉辰本《西厢》、李贽《评本西厢》三种。张本的六幅插图中，第一幅为莺莺像，其余五幅为“目成”“解围”“窥简”“惊梦”“报捷”。这些插图也是构成《西厢记》故事的基本情节链条。而徐渭批点音释《北西厢记》“正文内容也基本与批点画意本相同”[①]。这一版本中的插图名目常常为后世各种艺术类型的配图所选用。

随着插图本《西厢记》的广泛传播，“西厢”故事中的典型场景也常常出现在明末清初瓷器以及各种雕刻饰品上，且成组成套出现。如清嘉庆时期的粉彩《西厢记》人物故事套杯。套杯中最大杯底上面分别绘有“佛殿奇逢”“妆台窥简”“僧房假寓”“斋坛闹会”“长亭送别”“锦字传情”“夫人停婚”“衣锦还乡”“乘夜逾墙”“白马解围”场景。尤其是《夫人停婚》一图，描绘琴童搀扶心灰意冷的张生离去之状尤为入神。画面上，立着的老夫人冷酷无情，躲在一旁的莺莺伤感失望的情形均在这小小的杯身上有所反映。为了实现套杯相套叠时的整体效果，画家还将叠在最上面最小的一件《妆台窥简》图绘在内底心：身着红衣绿裙裤的红娘斜身倚立在梳妆台旁，举镜窥简。这些连续性情节画面均达到了使观者能够以环环相扣的情节联想到相对完整的“西厢”故事的读图效果。

三、“迎风户半开”引发的普遍的视觉兴趣

《莺莺传》描述崔莺莺暗示张生与其幽会时曾题写了一首五言《明月三五夜》。有学者称“待月西厢下，迎风户半开”一句为“半启门”的表现手法[②]，并认

① 陈旭耀：《现存明刊〈西厢记〉综录》，上海古籍出版社 2007 年版，第 125 页。
② 郑岩：《逝者的面具：汉唐墓葬艺术研究》，北京大学出版社 2013 年版，第 390 页。

为这一手法渊源已久。如《战国策·齐策六》以“倚门”“倚闾”来表达盼望子女归家的殷切心情。《史记·货殖列传》中“刺绣文不如倚市门”,却是指妓女卖笑,盖取其隐秘之意。白居易诗《琵琶行》则以“千呼万唤始出来,犹抱琵琶半遮面”写琵琶女的温婉美丽。后世文学甚至《红楼梦》第三十七回黛玉“半卷湘帘半掩门,碾冰为土玉为盆”诗句使用的也是此种表现手法。[①]

莺莺以诗暗示张生来与其乘夜幽会,巧妙地使用了暗喻的手法,将“西厢”喻为她“迎风”“待月”之地,由此暗含着她渴盼并等待心上人来幽会之意。基于此,后世文学家更是很好地领悟了“西厢”的喻义,不断地将《莺莺传》改编为各种版本的“西厢”故事,并冠以《西厢记》之名。明清以后的作者更是改编出了众多的“续”“翻”“竟”“后”……《西厢》的书籍。由此,那首邀约幽会的诗中还隐含着一种更为“普遍的视觉兴趣”[②]——作为他者的观看与想象[③]的焦点,即关于情色的想象。

“迎风户半开”引发的作为他者的观看与想象模式主要是指当事“憨奴”[④]、他人[⑤]或读者[⑥]视角的关于情色的想象。由于元稹在《莺莺传》的叙述过程中自拟了叙事者、当事人和当事人朋友三重角色,而在三重角色的出离之间,他并没有顾及莺莺诗中以暗示的方式生成的他者观看与想象模式。然而,这样的留白却为后世带来了巨大的想象驱动力。

(一) 作为当事“憨奴”观看和想象模式的窥视视角

在《莺莺传》中,元稹叙述崔张幽会时,丫鬟红娘始终是以配合莺莺行动的辅助者角色出现在传奇中的:“数夕,张生临轩独寝,忽有人觉之。惊骇而起,则红娘敛衾携枕而至。抚张曰:‘至矣!至矣!睡何为哉?’并枕重衾而去。张生拭目危坐久之,犹疑梦寐,然而修谨以俟。俄而红娘捧崔氏而至,至则娇羞融冶,力不能运支体,曩时端庄,不复同矣。是夕旬有八日也,斜月晶莹,幽辉半床。张生飘飘然,且疑神仙之徒,不谓从人间至矣。有顷,寺钟鸣,天将晓,红娘促去。崔氏娇啼宛转,红娘又捧之而去,终夕无一言。”在叙述这段经典情节“西厢共待”的文字中,红娘共出现了四次,她主要负责的事情是“敛衾携枕”“捧崔氏而至”“促去”“又捧之而去”。至此,红娘在崔张幽会事件中完成了服侍和望风两大任务。至

---

① 郑岩:《逝者的面具:汉唐墓葬艺术研究》,北京大学出版社 2013 年版,第 390 页。

② 李清泉:《空间逻辑与视觉意味——宋辽金墓“妇人启门”图新论》,《美术学报》2012 年第 2 期。

③ 参考陈建华:《凝视与窥视——李渔〈夏宜楼〉与明清视觉文化》,载于《古今与跨界——中国文学文化研究》,复旦大学出版社 2013 年版,第 280 页。

④ 出自杨维祯《私会》诗,载于王云五主编:《万有文库》第二集,杨维桢:《铁崖先生古乐府》,商务印书馆 1937 年版,第 141 页。

⑤ 这里主要指当事人之外的第三人,以区别于特殊身份的“憨奴”视角和广义的读者视角。

⑥ 从性别角度来看,这里的读者包括各种性别的阅读者和观看者。

于在崔张二人神仙眷侣般私情之时，红娘身在何处，在做什么，这些都被元稹遗漏了。

然而，改编者、读者和版画家进一步发掘出了红娘视角的观看和想象模式，这一视角是普遍意义上充满了“窥视”[1]心理的视觉兴趣点。因此，“《西厢记》中另一个‘他者’的窥视模式，即第四折中莺莺与张生幽会，两人在室内缱绻之际，红娘在外面等着。这一细节为元末名士杨维祯所注意，他在一组显然受到元曲影响的香奁体诗中，写到男女‘私会’：‘月落花阴夜漏长，相逢疑是梦高唐。夜深偷把银釭照，犹恐憨奴瞰隙光。’这个‘偷把银釭照’的是男是女并不清楚，而在提防那个‘憨奴’时，则具隐私意识。此细节在《西厢记》弘治刊本中见诸图像，即以‘生解莺衣红偷视’为题，左页是张生与莺莺坐在床沿，右页是红娘在门缝偷看。”[2]尤其值得注意的是，陈洪绶为《张深之正北西厢记》所作的插图：分别是“莺莺像”“目成”“解嗣”“窥简”“惊梦”和“报捷”。在这六幅插图中，最受人推崇的是“窥简”中关于人物心理的精妙刻画。可以说，“此图最精妙之处一是人物心理的刻画，抓住莺莺偷阅张生情信、小红娘躲在一旁偷观莺莺表情这一富于情节性的场面，着力于刻画莺莺心里乐滋滋的情态和小红娘稚气和好奇的表情。”[3]陈洪绶将“窥简”以图像的形式呈现在插图版之中时，实际上是将“憨奴”视角的观看和想象及其心理状态直接铺展在读者面前。因此，“其实在剧本中这一细节晦而不显，但此图不仅图解文本、且为文本开拓了为他者窥视下的私密空间。这‘他者’不仅是女性，且属于‘奴婢’身份。这直接影响到《金瓶梅词话》，李瓶儿与西门庆私通那一节从《西厢记》脱胎而来。这一影响不止于局部，在小说中大量偷窥情节散见于叙事中，成为整体结构的叙述机制。”[4]作为贴身“奴婢”身份的窥视视角具有参与私情、同时又掌握隐私并有意无意玩赏隐私的特殊心理。

（二）作为他人视角的观看与想象

这里的他人是指当事人之外、可以俯瞰到包括“憨奴”视角的整个故事场景的第三人，无论其身份如何，均可称为“他人”视角。这一视角可以从另一种广泛流传于民间的情色小说插图一窥究竟。明代刊刻的《花营锦阵》中有插图 24 幅，其中的第 20 图“巫山一段云”更是直接地把他人“窥视”这一场景呈现了出来。

---

① “与一般观看不同的是，窥视带有私密性质，与男女相涉则含有欲望的成分。”见陈建华：《凝视与窥视——李渔〈夏宜楼〉与明清视觉文化》，载于《古今与跨界——中国文学文化研究》，复旦大学出版社 2013 年版，第 278 页。

② 陈建华：《凝视与窥视——李渔〈夏宜楼〉与明清视觉文化》，载于《古今与跨界——中国文学文化研究》，复旦大学出版社 2013 年版，第 282 页。

③ 王璜生：《明清中国画大师研究丛书——陈洪绶》，吉林美术出版社 1997 年版，第 110 页。

④ 陈建华：《凝视与窥视——李渔〈夏宜楼〉与明清视觉文化》，载于《古今与跨界——中国文学文化研究》，复旦大学出版社 2013 年版，第 282 页。

画面“说的是有一个人在窥视两人做爱，附诗曰：‘柳弱不胜春，花被秋风雨。无奈游蜂兴欲狂，没个遮阑处。恼杀悄窥人，枉自饶情趣。假山犹似隔巫山，心祥(痒)难揉住。’粗粗的几笔，颇为生动。”①

他人“窥视”视角的存在，一方面反映出当时人们缺乏对自我(包括身体、情感、思想)的清晰认知；另一方面也反映出，囿于特定时代伦理观念的限制，无论是语言还是图像都没有达到可以正视或者坦然直接地呈现个体私欲的状况。

(三) 作为读者观看和想象模式的视觉兴趣

当读者逃逸出时代的限制，将元稹式的体验型观看和想象转换成一种经验型的观看和想象之时，人们需要借助更多的也更为复杂的图像形式将情色场景呈现出来。这是因为，出于满足人们更广泛视觉兴趣的需要，“不但技术必须精进纯熟，若只是忠实再现、说明文本的情节，图像便宛若透明的中介，已经无法满足读者的需求，插图作家必须更着力于经营其视觉呈现的层面”②。甚至可以说，“在十六、十七世纪涌现大量小说插图，说明小说阅读离不开视觉观赏，且图像制作愈益规范与精致，意味着读者趣味的变化，也是文士参与的结果”③。的确，从肇始于文本并进一步引发的作为他人的观看和想象视角，“迎风户半开”生动地呈现出了元稹留给后世关于情色想象的聚焦点。

随着这一情色想象图景通过图像得以表达，关于“迎风户半开”的文字和图像由此交相呼应。在两种表现符号的共同协作下，后世文学艺术已能够坦然地面对并接受《莺莺传》中对于性爱诗化的隐喻表达，而且将人们对于情色的想象逐渐普及为一种常态化的鉴赏对象。

明代张肯以词的形式通过题写莺莺像的方式，对崔张性爱的情节进行了描摹。他在其中写道：“楚楚芳姿，是谁人扶上崔娘卷中？恰金蝉委蜕，鬓云绿浅，翠蛾出茧，眉黛香浓。待月应真，迎风也似，算只欠墙花一树红。千年恨，水流云散，僧舍蒲东。而今蓦地相逢，悄不似当年憔悴容。正章台云雨，未丝杨柳，蜀江秋露，初蕊芙蓉。一见魂消，再看肠断，方信春情属画工。元才子，艳词娇传，空费雕虫。”④虽然无法考证出当年张肯看的这幅莺莺像的真实面目，但是，通过他在词中对女子性感模样的细腻摹写，还是可以对那副莺莺像有一个大致的推测。他的一句“方信春情属画工”不仅道出了图像在描绘性爱场面时所具有的无可替代的表现力，而且直言语言在摹写性爱场景时的贫乏无力。

---

① 徐小蛮、王福康：《中国古代插图史》，上海古籍出版社2007年版，第140页。

② 马孟晶：《耳目之玩——从〈西厢记〉版化插图论晚明出版文化对视觉性之关注》，载于颜娟英主编：《美术与考古》下册，中国大百科全书出版社2005年版，第640页。

③ 何谷理(Robert E. Hegel)语，见陈建华：《凝视与窥视——李渔〈夏宜楼〉与明清视觉文化》，载于《古今与跨界——中国文学文化研究》，复旦大学出版社2013年版，第280页。

④ 张肯：《沁园春·题莺莺像》，见潘游龙辑：《精选古今诗余醉》，辽宁教育出版社2003年版，第381页。

在此意义上而言，对元稹笔下那一个性爱语象“鸳鸯交颈舞”的图像再现呼之欲出。因此，从元朝始刻本《西厢记》就已经有了相关内容的插图，明朝的书肆更是争相刊刻有插图的《西厢记》。在这些插图中，“老莲作的《莺莺像》是大幅的，半袒其肩胸，神情摇荡，意态如中酒，是最为大胆，也最为美好的杰作”[1]。虽然陈洪绶并没有对崔张性爱场景做出直接的描绘，但这形象本身就是语言引发的情色想象的图像化表现方式。也可以说，至晚在明代，语言和图像这两种表现符号对于性爱场面的模拟依然处于遮遮掩掩、羞羞答答的状态，图像更没有摆脱语言的僭越或干扰而充分地实现其自主言说的功能。

第四节 《滕王阁序》及其图像

与丰饶多姿的诗歌一样，隋唐五代文亦有着缤纷夺目的成就。在众多极富华彩的骈散文中，初唐四杰之一王勃的《滕王阁序》因其饱含诗意的文风与视通万里又水乳交融的画面感而广为流传。文中名句“落霞与孤鹜齐飞，秋水共长天一色”更是以工整的对仗和经典的“当句对”而成为千古绝唱。《滕王阁序》文中所描绘的景象色彩明丽、气韵天然，自成一幅绝妙好画，因此而为后世文学艺术家不断地吟咏、摹写，生成了众多《滕王阁序》的文意图及其衍生图像。

位于江西南昌的滕王阁建于唐永徽四年(653)，由高祖李渊第二十二子李元婴所建，系江南三大名楼之一。时任洪州(今南昌)都督的李元婴曾受封山东滕州为滕王，后调任洪州时因思念故地修筑了此阁，由此而命名为“滕王阁”。然而，令滕王阁名噪天下的却不是滕王李元婴，而是当时文坛的少年才俊王勃的名篇《滕王阁序》(全称《秋日登洪府滕王阁饯别序》，又名《滕王阁诗序》《宴滕王阁序》)。

该文一经诞生，便得盛誉，且一垂千古，滕王阁也因此文而享有盛名。后世渴慕王勃天才神赋者甚多，因他早逝而拟的天妒英才论亦被广泛传播。甚至对他的神话附会亦是玄妙不已，为滕王阁赋诗作文者更是络绎不绝。由此，各种说法、神话想象与诗文相互影响、相互纽结，共同生成了人们对于滕王阁古迹的神往之情。因滕王阁及王勃《滕王阁序》文之意而创造的绘画以及书法、陶瓷配图等各种艺术品更是不计其数。如“宋绣亦有《滕王阁图》，极为精细动人。元人所绘绢本《滕王阁图》山水广阔、草木苍翠，刊于1931年《故宫周刊》上。明代有大画家唐寅的《落霞孤鹜图》和嘉靖年间《江西通志》上一幅滕王阁版画。清代名画家吴让之的巨幅滕王阁图为王咨臣所收藏。清末南昌画家袁戴春的四巨幅《南昌名胜图景》，历时两年方成。其中有一幅‘仙人旧馆’图，现藏于江西历史博物

---

[1] 郑振铎：《中国古代木刻画史略》，上海书店出版社2011年版，第142页。

馆。"[1]可见这一题材为文学艺术家和普通民众所喜爱的程度。

一、《滕王阁序》中充满意境美的视觉呈现

在《滕王阁序》中，王勃不仅在字里行间寄寓着报国无门的文人士大夫情怀，浸染着客愁羁旅的感伤和郁闷情绪，而且他还以高超的语言技巧极力铺叙滕王阁的壮丽和阁中宴饮的盛况。整篇序文以和谐优雅的声调、凝练华美的词采、铿锵工稳的节奏，呈现出一幅宏伟开阔的山水图卷。

（一）逸兴遄飞图绘山水

王勃的《滕王阁序》深得绘事景致铺排之法理，在构图上由远及近，用精妙的语言层层铺排出错落有致又令人"遥襟甫畅，逸兴遄飞"的动态画面，直可与盛唐时期王维的水墨山水和二李将军的青碧山水相媲美。总体上看，王勃的叙事视角主要呈现为：

第一，俯视聚焦滕王阁。王勃在《滕王阁序》开篇即在一个非常开阔的大视野中交代出滕王阁所在的地理位置："豫章故郡，洪都新府。星分翼轸，地接衡庐。襟三江而带五湖，控蛮荆而引瓯越。"这一视角铺写出的景致，如同现代数码摄像机中的广角镜头在环视四野之后锁定焦点一般，既辐射广阔又目标精准。

第二，身临其境拟静观。《滕王阁序》在交代了滕王阁的地理位置和盛宴情景之后，笔锋一转，进一步交代了作者探访滕王阁的方式。及至楼阁近前时，序文则以精工细笔将滕王阁楼宇的整体风貌详细地描绘了出来："俨骖騑于上路，访风景于崇阿。临帝子之长洲，得天人之旧馆。层峦耸翠，上出重霄；飞阁流丹，下临无地。鹤汀凫渚，穷岛屿之萦回；桂殿兰宫，即冈峦之体势。"作者连用"访""临""耸""出""飞""流""穷""萦回""即"九个动词，将"滕王阁"这一静态的景观活现在字里行间，直令滕王阁四维之景呼之欲出。

第三，浓墨重彩润远景。承接精心刻画的动势十足的滕王阁而来，王勃在《滕王阁序》第三段尽情地铺叙出远景的绚丽与浑融："披绣闼，俯雕甍，山原旷其盈视，川泽纡其骇瞩。闾阎扑地，钟鸣鼎食之家；舸舰迷津，青雀黄龙之舳。虹销雨霁，彩彻区明"。由此，他完成了那句"落霞与孤鹜齐飞，秋水共长天一色"的千古绝唱，真可谓情景互渗之至境，水乳交融之绝色。仅此一句即是后世画家们竞相摹写的山水画母题，并衍生出诸多美轮美奂的相关题材的山水画名作。

总体上看，王勃把滕王阁远观之象、近观之景和置身其中的真实情境都淋漓尽致地摹写了出来。尤其是在描绘点景之时，他更是连紫霭清潭、鹤汀凫渚都精谨细腻地刻画了出来，从而使整幅山水图卷呈现出水波潋滟、虹销雨霁、彩彻区

---

[1] 金桂云、董主群：《画栋飞檐　长江流域的楼台亭阁》，武汉出版社 2006 年版，第 173 页。

明的动态情境，极富逼真自然又玄幻美妙的浪漫色彩。

（二）纤歌白云极目胜景

王勃在《滕王阁序》不仅铺叙勾绘出了一幅可以令人逸兴遄飞的山水画，借此叙抒个人的遭际情绪与襟怀抱负。与此同时，他也精雕细刻了一幅摹绘洪州胜景、滕阁盛况的精美界画。在精致的楼宇之中，宴飨诗赋，弦管纤歌，良辰美景，醇酒佳客，一应具有。作者使用语言之笔饱蘸着绚丽的色彩，尽情晕染着那一座雕龙画栋般的精美楼阁，从而激发读者想象出一幅幅具有高饱和度的画面。

首先，雅淡浑融的背景晕染。在摹写滕王阁的楼阁之美时，王勃首先描述了到访滕王阁时的时节："时维九月，序属三秋"，由此为整个画面定下了一个秋高气爽的色彩基调。然后，他又细笔晕染出一抹青碧和淡紫色相互辉映的背景："潦水尽而寒潭清，烟光凝而暮山紫"，接着笔锋转至近景的摹写："层峦耸翠，上出重霄；飞阁流丹，下临无地"。一个"翠"字，一个"丹"字，顿然点亮了整个雅淡的画面氛围。

其次，明丽和谐的画面秩序。在营造和谐的视觉效果方面，王勃亦展现出特殊的天赋。他在摹写画面中央部分的景致时，特别注重使用补色来增加画面的视觉平衡感。如"舸舰迷津，青雀黄龙之舳"句，王勃使用了一组补色黄和青（紫）以增加视觉的和谐感。而名句"落霞与孤鹜齐飞，秋水共长天一色"，更是在画面中间的视线落点处，着重将一只上下翻飞的孤雁定格在橙（落霞）和蓝（秋水）这对补色营造的和谐的视觉环境中，既推拉出一种纵深的运动感，又提升了色彩纯度，同时也提亮了整个画面的清晰度和层次感。

再次，激昂热烈的画面情绪。承着精心描绘画面中央部分心绪而来，王勃再次回到楼阁附近。在激昂抒怀之前，他又摹写出了属于近景部分的画面："爽籁发而清风生，纤歌凝而白云遏。睢园绿竹，气凌彭泽之樽；邺水朱华，光照临川之笔。"此时，他一改前文优雅闲逸的情致，而采用强烈对比的色彩来敷染画面：在白云的映衬之下，对比色绿（竹）、朱（华）相互冲撞，不仅生成了一种相反相成又鲜亮晓畅的视觉效果，而且酝酿着一股昂扬激越的热情，为下文的慷慨陈词做好了充分的感情铺垫。可以说，《滕王阁序》的绝妙之处，很大程度上也是源于作者特别善于使用语言的勾绘功能，将色彩词汇当作颜色本身来使用，从而摹写出滕王阁这座建筑活生生的诱人景色。

当然，《滕王阁序》文的点睛之笔还在于王勃善于炼词炼意，不仅活化了巍峨的楼阁，而且以拟人的修辞手法活现出了洪州古城的灵动姿态。这座古城也借着"襟""带""控""引"等词的自然勾连而变成了一位裁"三江"为襟袖，摘"五湖"作衣带，近制"蛮荆"，远接"瓯越"的巨人。他不仅有着"星驰"般的"俊采"，而且喜好交游"如云"般的"胜友"。可谓灵韵雅姿，气势非凡，直让人流连忘返。

二、历代滕王阁(图)诗及序意图概览

由于王勃的神思逸笔，再加上《滕王阁序》所摹写出的山水画和界画之美，滕王阁一跃而成为历代文人登临赋诗的重要名胜古迹，同时亦是画家抒发俊逸才情的重要绘画题材。基于这一题材的诗文书画交相辉映，又各有耐人寻味的绝胜之处。

(一) 历代滕王阁(图)诗

就在王勃序文后，王绪写《滕王阁赋》，王仲舒写《滕王阁记》，史书称之为“三王记滕阁”。现存最早、最为有名的《新修滕王阁记》中，韩愈反复抒写着自己对滕王阁的神往之心：“愈少时，则闻江南多临观之美，而滕王阁独为第一，有瑰伟绝特之称。及得三王所为序赋记等，壮其文辞，益欲往一观而读之，以忘吾忧。系官于朝，愿莫之遂。”其他还有一些著名的诗人诗作。例如，因力推改革受阻而二度辞去相位的王安石，在返归老家临川途中，专程登阁，拓韩愈碑文以自解愁烦，并题诗《滕王阁》曰：“白浪翻江无已时，陈蕃徐孺去何之？愁来径上滕王阁，覆取文公一片碑。”此诗主要借助登临楼阁抒写自己面对仕途起伏的无奈情绪。心怀国仇家恨、腹有退敌良策的辛弃疾在其词《贺新郎·赋滕王阁》中抒发了自己屡遭排挤的郁闷心情，以及因登斯楼而终有古人相知共饮的欣慰感。元代虞集的《滕王阁》则说：“天寒江阁立苍茫，百尺栏杆迤夕阳。岁久鱼龙非故物，春深蛱蝶是何王？帆樯星斗通南极，车盖风云拥豫章。灯火夜归湖上雨，隔邻呼酒说干将。”①他借助滕王阁这一胜迹抒发的是物是人非的慨叹。

结合目前收录的文献来看，直接或间接写到滕王阁的诗，共有近60首。主要有：唐代张九龄《登豫章郡南楼》《登城楼望西山作》，白居易的《钟陵饯送》，杜牧《滕王阁》，张乔《滕王阁秋望》；五代韦庄《南昌晚眺》；宋代苏辙的《题滕王阁》、苏轼的《登滕王阁》，朱熹的《和秀野刘丈寄示南昌诸诗》，李清照的《长寿乐·南昌生日》，戴复古的《滕王阁次韵刘允叔》，文天祥的《滕王阁》；明代汤显祖的《滕王阁逢琪叔为别》《滕王阁看演〈牡丹亭〉二绝》，李东阳、李梦阳的《滕王阁》；清代钱谦益的《滕王阁》、彭孙遹的《秋日登滕王阁》、龙紫篷的《齐天乐·登滕王阁》等。从这些诗的内容来看，无论是诗人们所抒发的兴废之感、不遇不平之愤，还是摹写情景交融画面的语言勾绘能力，均未能与王勃相左右。

相较而言，关于滕王阁图的诗并不多见。代表作品如明代隐士王毓《滕王阁图》诗：“秀接西山带蠡湖，攒云高阁壮洪都。王郎未尽登临赋，留得丹青落画

---

① 参见徐进：《滕王阁诗选》，江西人民出版社1983年版。

图。”[①]该诗在描写滕王阁远景后，言说了滕王阁因王勃《滕王阁序》中的未尽之意而继续为后人图画的状况。作者在不经意间点明了《滕王阁序》作为后世相关序意图以文生图、以图会文意等相关“文-图”关系生成的源起。

与滕王阁和王勃序文相关的著名绘画作品主要有：《宣和画谱》载北宋郭熙的《滕王阁图》轴，五代南唐卫贤所绘《滕王阁景》世称工绝（散佚），宋代画院作的滕王阁图（见明代浙江嘉兴项元汴之《天籁阁》藏《宋名人画册》），元代王恽《玉堂佳话》中称五代前蜀李昇画有《滕王阁人物宴集水墨图》，元末画家夏永的传世作品《滕王阁斗方》，明代唐寅的山水画代表作《落霞孤鹜图》轴和仇英的《滕王阁图》以及佚名的《滕王阁图》轴等。这些画作因王勃的《滕王阁序》衍生出了一个与“滕王阁序”互文相生的图像系列。

（二）历代滕王阁序意图概览

根据王勃《滕王阁序》而创作的绘画大致有两种：其一，是根据《滕王阁序》文描绘的滕王阁景致所创作的界画山水；其二是根据《滕王阁序》文而进行再创造的山水画。

1. 根据序文所描绘的滕王阁所创作的界画山水

根据《滕王阁序》描绘的滕王阁景致所创作的界画山水是“滕王阁”序意图中最为多见的作品。五代李昇的《滕王阁宴会图》《滕王阁图》与卫贤所画《滕王阁图景》“世称三绝”（《玉堂佳话》），但今已不存。

（1）仿拟《滕王阁序》意的“滕王阁”界画山水

郭熙的《滕王阁图》轴，将山水楼阁融为一体，右下角精工细笔描绘了滕王阁的形势景色，笔力清劲，布景奇兀，动势十足。整个画面远景开阔自然，近景楼阁精雕细刻，整体布局紧凑、秩序井然。画家通过谨细的线条和用笔带给人一种激昂不平的情绪。该图与王勃在《滕王阁序》中摹写出来的景致吻合程度较高，可以说是以“滕王阁序”为题材进行文图互仿的典范之作。

据考，“现存最早的《滕王阁图》为宋画院作品，见于天籁阁藏《宋人画册》之中，有人以为此画即郭忠恕所画的《王勃对客挥毫图》。此外，宋画还可见《晚香堂苏帖》，其中还载有南宋人赵伯驹的《滕王高阁图》。”[②]赵伯驹的青绿界画山水《滕王阁图》，笔法纤细，直如牛毛，极富细丽巧整之风致，不仅是南宋画院的一面新帜，而且深为后世人们所喜爱。该图被广泛地应用于青花瓷的装饰图案中，如清康熙、光绪年间的各种青花滕王阁图案。

1942 年，建筑家梁思成参照被项子京收藏过的一幅赵伯驹创作的《滕王阁》彩画绘制了八幅《重建南昌滕王阁计划草图》，将滕王阁重新设计成一座大型的

---

① 曾唯辑：《东瓯诗存》上册，上海社会科学院出版社 2006 年版，第 644 页。

② 金桂云、董主群：《画栋飞檐　长江流域的楼台亭阁》，武汉出版社 2006 年版，第 173 页。

仿宋式古建筑。

（2）元代夏永《滕王阁图页》的写意性

元代是界画技艺发展的高峰时期。在这些界画山水作品中，夏永的传世作品《滕王阁图页》（上海博物馆藏）特别值得一提，"此图与美国波士顿美术博物馆所藏元代夏永《滕王阁斗方》几乎相同，采用册页形式，取景重心偏置于画幅边角，以墨笔白描法表现著名楼阁。……又有画家在画幅之上以蝇头小楷书写王勃的《滕王阁序》"①。整幅画采用册页形式，以俯瞰视角进行布局，视点高，场景多。画家将精描建筑物与自然环境描写以平分秋色的方式进行构图："高台之下，江波浩渺，渔舟往来，高低错落的楼阁亭台，殿内文士雅集，颇有园林趣味。"在精致的景点摹绘中，画家还描绘出了楼阁台基旁陈设的高足束腰敞口渣斗式古盆和栽培着一棵树桩的盆景。比较而言，夏永"所作《滕王阁图》《黄鹤楼图》《岳阳楼图》等画用细若发丝之线描之，刻画细腻，气势宏伟，把巍峨楼阁融于浩渺旷远之自然景观中。他所描绘的建筑物有高度的准确性和艺术性。《花间笑语》云：'细若蚊睫，侔于鬼工。'画上并以细微楷写王勃《滕王阁序》或范仲淹《岳阳楼记》，用笔极为精细而不失矩度，堪称界画绝品，是王振鹏以后的界画高手。"②换言之，"夏永的《岳阳楼图》《黄鹤楼图》《丰乐楼图》《滕王阁图》等，其精细的程度既超越唐宋，也为后世所不及，也使'界画楼台'在元代被列为十三科之一。"③除了上海博物馆藏的《滕王阁图页》和上述波士顿美术博物馆收藏《滕王阁斗方》，夏永的《滕王阁图》还有美国弗利尔美术馆收藏的版本。三个版本从构图、景致描绘到《滕王阁序》的书法都基本相似。

整体来看，因将楼阁景致与山水景象巧妙地融合在一起，无论哪一个版本的夏永《滕王阁图》都不仅与王勃《滕王阁序》所勾绘的虚拟画面更加接近，而且更是《滕王阁序》文图并存共生的经典范例。不过，画面上建筑构建之间的关系略显模糊，并呈现出简化和程式化。由此可见，画家更重视的是通过画面传达出的某种登临意趣。

与夏永一样，唐棣的《滕王阁图》、王振鹏的《滕王阁图》都已经"将这一名胜，以糅合了写实性界画与文人画书法用笔的风格予以表现"④。由此可见，在元代的《滕王阁》界画山水中，《滕王阁序》文、序意对图像所具有的压倒性优势。

（3）仇英《临滕王阁图》中文学性的减弱

明代关于滕王阁的界画山水主要有仇英《临滕王阁图》、佚名的《滕王阁图》轴，项元汴《天籁阁旧藏宋人画册》中收藏的摹本《滕王阁图》（绢本设色）等。尤

① 许万里、梁爽：《琼楼览胜——名画中的建筑》，文化艺术出版社2010年版，第38页。

② 刘刚：《湖湘历代名画1》综合卷，湖南美术出版社2013年版，第123页。

③ 单国强：《古书画史论集续编》，浙江大学出版社2013年版，第14页。

④ 方闻：《超越再现——8世纪至14世纪中国书画》，李维琨译，潘文协、缪哲校，浙江大学出版社2011年版，第331页。

其是仇英临摹夏永的《滕王阁图》中采用的是他惯用的青绿设色，明显可以看出建筑比例的不协调，灭点至画面很远处。山面封死，斗拱上画有夸张的假昂，但实际构造模糊不清。栏杆勾片封死，不做细致刻画。左下角弧形的城墙在宋元是没有的，明清常用这种方式表示砖石结构。船的比例极其夸张，并且像是马上要撞到楼上一般。可见明代一些界画呈现出的技艺衰退之势。

从整个画面上看，仇英突出表现的是楼阁和楼阁上的人物，王勃《滕王阁序》只是他作品的背景。山水等以极为稀释的淡墨晕染而出，画面上也没有出现与《滕王阁序》文有关的文字。在此意义上，仇英的《临滕王阁图》界画山水已远离了与《滕王阁序》文和序意的互文表达方式，画中的文学性逐渐减弱。作为画面的主体，楼阁更为华丽，装饰性强，山水则退居画面之一隅。当然，这与明清两代画家深受西方传教士画家的影响有着直接的关系。

至民国时期，以"滕王阁"为题材的界画山水沿袭的依然是仇英的界画风格。画家更为重视对楼阁结构和雕饰的摹写，而对王勃的《滕王阁序》文和序意的摹写日益减少。如墨彩《滕王阁图》瓷板，江边栏杆整齐，滕王阁临水而建，层层飞檐，正中有游人漫步及挑夫穿行，主楼之上有窗，上有墨书"滕王阁"三字。整幅瓷板画绘制工细，线条规矩严谨。

2. 根据《滕王阁序》文进行再创造的山水画

在众多根据王勃《滕王阁序》这一题材进行创作的山水画中，直接根据文意进行再创造的独立的山水画非常少。不过，虽然数量少，但画作的艺术性和美学价值却极为高超。明代唐寅的《落霞孤鹜图》就是这一类型绘画的典型代表作。此外，还有纨扇等形式的《落霞孤鹜图》等。

作为一幅完美模仿《滕王阁序》意的画作，唐伯虎的山水画代表作《落霞孤鹜图》轴采用的是传统构图方式，即以山水为画面表现主体，将楼阁作为点景进行谋篇布局。画面描绘的是高岭峻柳，水阁临江。一人正坐在阁中，观眺落霞孤鹜，若有所思，一书童相伴其后。整幅画境界沉静，蕴含着饱满的文人画气质。画作精工清雅，诗情画意浑然天成。《落霞孤鹜图》轴上书写有唐寅的自题诗："画栋珠帘烟水中，落霞孤鹜渺无踪。千年想见王南海，曾借龙王一阵风。"诗作表达了画家羡慕被神化的天才诗人王勃少年得志的快意。与王勃的《滕王阁序》相较，一方面，由于唐寅仿拟《滕王阁序》名句勾绘出的诗意画面进行构图，他更多地是以王勃书写的序意为由头，通过画面来抒发对王勃若神助一般才华的感叹，以及对自己不遇之境的淡淡愁绪；另一方面，唐寅将王勃在《滕王阁序》中叙事者的俯瞰视角转化为图画中楼阁人物隐于山脚的平远视角。整幅画采用的是重心居右侧而渐渐向上发展的构图方式。因而，从《落霞孤鹜图》轴的画面氛围和晕染节奏来看，整幅画游离出了《滕王阁序》的激昂情绪，在工谨细腻、紧劲连绵、缜密秀润的墨色笔致之间，呈现出一股孤高超逸的书卷气息。

至此，以《滕王阁序》文序意为母题进行再创造的"滕王阁"题材的山水画已实现了对这一母题的超越和再加工、再创造。画家们以这一母题为创作缘起，更多地结合自己的技法技巧、创作意图和美学意趣，从而走向了更为自由地抒情达意的表现方式。

第五节 戴嵩牛画与牛画题跋

在中国文图关系的发展过程中，总有一些规律可循，但具体到不同个案，又难免会表现出其纷繁复杂的一面。戴嵩牛画与其衍生的文学作品，就显示出了这一特征。戴嵩画师承韩滉，《宣和画谱》将戴嵩牛画与韩滉牛图比较，对戴嵩牛画的评价，远在韩滉之上。“穷其野性、筋骨之妙”[①]，充分表现牛的野性，是戴嵩之所长。反之，戴嵩善画“田家川原”，常将牛置身于山川原野之际，这也是韩滉牛画所不及戴嵩处。《画谱》所载戴嵩画，皆以牛为主题：“今御府所藏三十有八：《春陂牧牛图》一、《春景牧牛图》一、《牧牛图》十、《渡水牛图》一、《归牛图》二、《饮水牛图》二、《出水牛图》二、《乳牛图》七、《戏牛图》一、《奔牛图》三、《斗牛图》二、《犊牛图》一、《逸牛图》一、《水牛图》二、《白牛图》一、《渡水牧牛图》一。”[②]戴嵩画牛取材较韩滉更为多样。戴嵩的卓越画名，其画作对牛之野性的表现以及其中所反映的田家川原特色，必然对后世与戴嵩牛画相关的诗文创作数量及题咏主题产生较大影响。

一、戴嵩《斗牛图》题跋及其牛图传奇

在戴嵩众多牛图中，最为著名的是《斗牛图》。关于斗牛题材的图像，在汉画石像中有人牛相斗的作品；韩滉有《集社斗牛图》、戴峄有《斗牛图》，但画作不存，相关资料甚少，已难考察。《宣和画谱》载戴嵩《斗牛图》有两种，而综合历代对戴嵩《斗牛图》的题跋及记载看，传为戴嵩的《斗牛图》的作品至少两种。孙承泽《庚子销夏记》卷八有《戴嵩斗牛图》；卞永誉《式古堂书画汇考》卷三十九记载有戴嵩《斗牛图》。这两幅画的构图方式相似：二牛牴触、二牧童惊惧躲避树下，有可能是同一幅作品。

苏轼有一则非常著名的题跋《书戴嵩画牛》，是关于戴嵩《斗牛图》较早的记载。它讲述了一则有趣而又颇富哲理的故事：“蜀中有杜处士好书画，所宝以百数。有戴嵩〈牛〉一轴尤所爱，锦囊玉轴，常以自随。一日曝书画，有一牧童见之，拊掌大笑，曰：‘此画斗牛也，牛斗力在角，尾搐入两股间，今乃掉尾而斗，谬矣。’

① 朱景玄：《唐朝名画录校注》，吴企明校注，黄山书社 2016 年版，第 220 页。

② 《宣和画谱》卷十三，王群栗点校，浙江人民美术出版社 2012 年版，第 150 页。

处士笑而然之。古语有云:‘耕当问奴,织当问婢。’不可改也。”[①]此文虽未明确言明所题画作的名称,但从内容看,无疑是就《斗牛图》而论。相似的故事在旧题苏轼撰的《仇池笔记》卷上与曾敏行《独醒杂志》也有记载。三则故事发生在斗牛图的收藏过程中,内容大同小异,皆就戴嵩《斗牛图》斗牛“掉尾”,未“夹尾于髀间”阐发。然三处记载颇具笔记小说的性质,苏轼与曾敏行所记主人公各不相同,从而使我们在领略其意趣的同时,难免对故事的真实性充满疑惑。戴嵩是否有此种斗牛图传至宋代,无其他资料可证。而且,此图是否针对上面所言戴嵩的二童二牛的《斗牛图》而言,也不得而知。但画牛大家戴嵩画牛失察而被村氓牧童取笑,却成了千百年来颇具警诫意味的一则典故。

今日可见的戴嵩《斗牛图》,为明中期前辗转流传的摹本,现藏于台北“故宫博物院”。此图绘两牛相斗场面。一牛怯而逃,另一牛穷追不舍,用角猛抵逃者后腿。双牛用水墨绘出,逃者喘息逃避的憨态、击者蛮不可挡的气势,尽现笔端。此图与苏轼、孙承泽等所论并非同一件作品。图画与韩滉的《五牛图》一样,无原野山川作为图片背景,二牛是构成画面的唯一元素,画作主旨在于表现牛的憨猛野性。

在此《斗牛图》的画心有清高宗弘历题诗二首,其一《题戴嵩斗牛图》用及苏轼所记的牧童纠谬典故:“角尖项强力相持,蹴踏腾轰各出奇。想是牧童指点后,股间微露尾垂垂”,诗作不局限于画面,寥寥数字,对二牛格斗场景进行更为全面的复现。牧童纠谬典从苏轼等三人的记载看,其发生时间并不在戴嵩时期。但此典引入,有调侃意味,为本就有几分风趣的画面,更增情趣。其二《再题戴嵩斗牛图》曰:“牧童游戏何处去,独放双牛斗角叉。《画跋》曾经辟《画录》,《录》诚差《跋》更为差。”牧童与牛的画面布局,在中国牛画中最具趣味,也较为常见。清高宗由戴嵩此《斗牛图》联想贪玩游戏不入画面场景的牧童,题跋笔法灵活而风趣。末两句是针对戴嵩牛目有童影的记载的一个考证。北宋董逌的《广川画跋》偏重于考证评议,对作品之题材内容及物象制度多方论证,与其他侧重艺术风格技巧之评鉴著作不同。《广川画跋》卷四《书戴嵩画牛》反驳《画录》之说:“《画录》至谓‘牛与牧童点睛圆明对照,见形容着目中;至饮流赴水,则浮景见牛唇鼻相连’[②]。余见嵩画至多,求其如《画录》所说,无有也。且牛与童子之形其大小可知矣,眸子点墨不过仅如脱谷,彼安能更复作人牛形邪?”《画录》盛赞戴嵩画牛技艺之高妙,而董逌指出戴嵩画牛之长在于“得其性于尽处”“嵩画牛不过妙于形似”[③]。清高宗在题画诗后用简短文字,以可感之情,代可见之形,阐述自己对《画录》相关记载的理解。清高宗的阐释,有其深远的文化背景。在中国文学艺术与牛相

① 苏轼:《苏轼文集》卷七十二,孔凡礼点校,中华书局 1986 年版,第 2313—2314 页。
② 此记载不见于《唐朝名画录》,而《品画录》年代尚早,此处《画录》具体所指,待考。
③ 董逌:《广川画跋》卷四,载于于安澜编:《画品丛书》,上海人民美术出版社 1982 年版,第 280 页。

关的意象建构过程中，存在一种曾将其作为牧者至亲至近伙伴甚至是无人可替的知音的现象。石涛《对牛弹琴图》在自题诗中曰："非此非彼到池头，数尽知音何独牛"；而牛郎织女故事从《诗经·大东》篇到东汉时期的诗歌《迢迢牵牛星》，再到南朝时期的小说《荆楚岁时记》及后来的戏曲《天河配》[①]，渐渐走向成熟，其中牛角色的置入，把牧童与牛的这种"相顾之情"演绎到极致。

董逌质疑牛目中有童影的传说，周辉《牧牛影》则把戴嵩"牛目童影"当作一则真实的故事娓娓而谈。他联系徐谔牛画的传说，试图从绘画颜料的独特上予以合理解释，反使故事更具神奇色彩。

关于牛目童影，汪珂玉《珊瑚网》卷二十五也有记载。汪珂玉《韩滉五牛图》言："余所存戴嵩牛，牛目中有牧童影，犹足侈夜郎王也"[②]，汪氏题《五牛图》而言及己所藏戴嵩牛图，其中情不自禁的夸炫，让我们也不禁更愿相信汪珂玉所言不虚。时至今日，戴嵩时期离我们已经一千多年之遥了。关于戴嵩画牛的这两种颇具传奇意味的故事在宋代已难详虚实。它们的产生，与戴嵩画名卓著和画技高深紧密相关。它们以隽永的哲趣与神秘的传奇色彩为人们津津乐道，其中所包含的美学价值与魅力并不亚于《斗牛图》本身。

戴嵩斗牛图的题跋，除清高宗的两则外，潘衍桐《两浙輶轩续录》卷十四《题戴嵩画斗牛》，是一篇抒写视角较为独特的作品。此跋并非按部就班围绕画作采用题跋的常见体例展开，而是结合牛性情温顺的一面，就斗牛之事题写。笔法一反题跋常用的赞叹视角，从斗牛题材的选取上提出异议借以抒发自我襟怀。情至浓时，把牛当作倾听者，采用第二人称，将心中的愤懑与不平，抒发得淋漓尽致，一洗清代乾嘉以来书画题跋诗文考订充斥的呆滞与枯燥。后李可染题其《斗牛图》曰："腹大能容性温良，何事相争逞犟强。牧童呵斥声不厉，双双归去踏斜阳"[③]，也从牛性温良着笔，凭借诗境对画境的时空上的延伸，使《斗牛图》呈现出一种恬静和乐之美。

二、戴嵩牛图与"田家原野气象"

戴嵩画胜于韩滉，在于能穷尽牛之野性，在于其将牛置身于田家川原，而非廊庙间。元代汤垕认为其牛图"开卷古意勃然，有田家原野气象"[④]，亦是针对这两方面而言。《斗牛图》可算是戴嵩刻画牛之野性的代表作，但若想更加全面了解戴嵩牛画的田家川原气象，我们还需要对其画作与题画诗文进行更为深入的

① 杜汉华：《"牛郎织女"流变考》，《中州学刊》2005年第4期，第203—205页。

② 卢辅圣主编：《中国书画全书》(9)(修订本)，上海书画出版社2009年版，第646页。

③ 李庚主编：《可贵者胆 李可染画院首届院展 中国画新语言的探索者李可染作品特展》，中国书店2013年版，第320—321页。

④ 汤垕：《古今画鉴》，载于卢辅圣主编：《中国书画全书》(2)，上海书画出版社1993年版，第895页。

考察。戴嵩专画牛,但其作品存至今日者屈指可数。关于戴嵩牛画题跋留存下来的数量远远大于画作。这些题跋,从内容上看,主要由四个方面的内容构成,一是对画作优美意境的复现,二是对画作所表现的意趣的凸显,三是题跋者归隐情怀的抒发,四是对画作艺术的鉴赏评价。由于受牛画"田家原野气象"的影响,在戴嵩画的题跋中,抒发题跋者回归田园山林的归隐情怀的作品,成为戴嵩牛画题跋诗文相较于韩滉《五牛图》题跋的一大特色。而牛图的川原背景的设置,则使画面意境优美,颇富诗意。与之相适应,以诗题写戴嵩牛画,也较以文跋尾更为常见。

(一) 田家原野之趣与返归园田之梦

与宋及其前对韩滉画作的题咏较为鲜见不同,戴嵩牛画在宋代已成为文人墨客吟咏的对象。黄庭坚《题李亮功戴嵩牛图》是其中较为著名的一则。李亮功名公寅,李公麟弟,爱古博藏,其中多有名作。诗作前四句"韩生画肥马,立仗有辉光。戴老作瘦牛,平生千顷荒",将韩幹马与戴嵩牛并列对比,突出牛默默无闻的辛苦付出。在此基础上,自然而然地过渡到后四句述写老牛对自己心愿的倾诉:"觳觫告主人,实已尽筋力。乞我一牧童,林间听横笛",将牛拟人化,由我及牛,把人颐养天年的愿望赋予老牛,从而把自我对牛的怜惜与同情书写到极致。任渊等注此诗曰:"韩生作富贵想,戴老作田野观。言胸怀异趣也",《南史・陶弘景传》则明确将戴嵩画牛、黄庭坚题牛的意蕴与作者归隐之志相联系,反映了当时士子在刘涣、陈舜俞豢牛归隐以及李公麟《刘凝之骑牛图》影响下,对牛与山林原野的意象组合寓意归隐情怀的更为普遍的认同。此后,如后世厉归真的《风雨牧牛图》所显示的那样,抒发归隐情怀成为戴嵩牛画题跋较常涉及的内容。

凭借绘画或题跋,表达对田园山林生活的向往以暂时逃避纷杂仕途的烦恼,以寻求片刻宁静,是中国文人画及绘画题跋之所以兴盛的原因之一。金代杨云翼《戴嵩画牛》"春草原头雨湿烟,夕阳渡口水吞天。披图坐我风蓑底,一梦长林二十年",[①]就反映了这样一种暂忘尘境、如梦如幻般游于画境的审美体验。元代李庭曾两跋戴嵩牛图,分别曰《题戴嵩牧牛图》《又诸君同赋戴嵩牧牛图效闲闲体》。二诗写牧牛之趣。格调安闲、适意、和乐,深感读书做官之艰的诗人虽未直言牧放归隐,但语气之中不无羡慕之情,对田园生活的向往自然流露笔端。

元代戴嵩牛画题跋最值得注意的是王冕《四牧图戴嵩画》。王冕幼曾牧牛,按宋濂《王冕传》:"王冕者,诸暨人。七八岁时父命牧牛陇上,窃自学舍听诸生诵书。听已辄默记,暮归忘其牛。或牵牛来责蹊田,父怒挞之,已而复如初。"[②]后试进士不第,乃"焚所为文","着高檐帽,衣绿蓑衣,蹑长齿屐,系木剑,或骑牛行

① 陈邦彦选编:《康熙御定历代题画诗》卷一百七,北京古籍出版社1996年版,第574页。

② 《明文观止》编委会编:《明文观止》,学林出版社2015年版,第10页。

市中”[1]，他“隐身不仕，好游名山，遇奇才侠客，即呼酒悲吟，人多斥为狂奴”[2]。牧童与隐士经历，使其对牧趣的刻画异常鲜活。王冕曾自号“饭牛翁”，此诗围绕“牧牛”一事，几乎全篇都在以对比手法表现牧童的牧牛之乐与放牧心境的自在安然，具体联系画作而论的文字甚少，这类作品在题牛画作尤其是题牧牛画中并不少见。另王冕《饭牛图》诗中的“饭牛”关系百里奚与宁戚二典。明周臣曾作《宁戚饭牛图》在传统文人的笔下，包含着多层意蕴，其中有爵禄不入于心的清高，有对伯乐明主的企盼，还有几分怀才不遇的失意与落寞。此诗从两个著名典故着手，虽不是缘戴嵩牛画而写，却与《四牧图戴嵩画》互为补充，曲尽牧儿乐事，是题牛画诗作中脍炙人口的一篇作品。

陆文圭的《题戴嵩牛图》是一首六言诗：“陇上躬耕力倦，归坐茅斋展卷”，以农者的身份题写，耕倦赏画，“耳边如闻笛声，却看牧童不见”[3]，也是把题写的着眼点落在牧牛这件事上，非常巧妙地描绘了一种令人身临其境、浑然忘我的审美意境。这种农人的题跋视角，在宋代刘克庄《戴嵩牛》跋文中也曾使用，但此诗韵味之醇，远在后文之上。

画中所包含的乐趣，也为题跋者普遍关注。与王冕、陆文圭诗以抒发自我情怀为主不同，黄清老《题高都事戴崧（嵩）二牛图》是戴嵩牛画的题跋中在画境重现的基础上，将画中乐趣刻画得较为生动的一篇作品。画面写一时一地的境象，而此诗凭借作者的想象，对画面中的牧童策牛渡溪进行时空拓展。不仅画境如在眼前，而春日时令风光、一日间溪流的深浅之变、牧童策牛的惊疑之态亦历历在目。

李日华《戴嵩〈放牧图〉》一文中还载录了元人吴从正的一首题戴嵩牛图的诗作。此文前面是李日华对画面的简单介绍与评价：“作三子母牛，一牧儿踞其背，一壮者牵牯，笔墨极草草，得简古之趣。衰柳四五树，尤横斜纵恣有态，固知象物者不在工谨，贵得其神而捷取之耳。”在客观展现画面后，对画作进行艺术鉴评。接着曰：“元人吴从正一歌，亦殊洒落，歌云：牧牛儿，远陂牧，远陂牧牛芳草绿，儿怒掉鞭牛不触。涧边柳古南风清，麦深蔽日田野平。乌犍砺角逐草行，老牸卧噍饥不鸣。犊儿跳梁没草去，隔林应母时一声。老翁念儿自携饷，出门先向岗头望。日斜风雨湿蓑衣，拍手唱歌寻伴归。远村放牧风日薄，近村放牛泥水恶。珠玑燕赵儿不知，儿生但知牛背乐。”[4]李日华的论述立足于画，吴从正题跋则就事而论，重心在牧牛一事，题写内容与画相关，同时置入更多基于个体经验的想象，画面所表现的静态的放牧之趣被诗笔刻画得栩栩如生，牧牛之乐由画面中的“可观”，变得“可感”，从而更具艺术感染力。

---

① 朱彝尊：《曝书亭全集》，王利民等点校，吉林文史出版社 2009 年版，第 633 页。

② 朱和平、郭孟良主编：《中国书画史会要》，中州古籍出版社 2009 年版，第 464 页。

③ 陆文圭：《墙东类稿》卷十九，载于文渊阁四库全书本。

④ 李日华：《六砚斋笔记》二笔卷一，文渊阁四库全书本。

牧趣与对田园生活的向往，成为元代戴嵩牛图题跋的主旋律。这些题跋，或描摹画面表现牧趣，或在此基础上寄托归隐之志。相对于渐重艺术性的明清题跋，注重对牧趣的表现与对田园生活的陶醉与向往，成为这一时期戴嵩牛图题跋较为突出的特色。不仅戴嵩牛图的题跋如此，元代其他关于牛画的题跋，也呈现出这一特征。如赵孟頫《牧牛图》："杨柳青青柳絮飞，陂塘草绿水生肥。一犁耕罢朝来雨，却背斜阳自在归"[①]；刘敏中《牧牛图》"吴牛雄两角，欲骑首自俛。一身属牧儿，魁然何其婉。悲歌饭牛客，歌苦牛亦饥。爱此牧竖儿，无愁与牛嬉"[②]；欧阳玄撰《三牛图》"两竖骑牛过远村，一童横笛弄黄昏。老僧正解荆舒字，坐爱三牛了不奔。"[③]牛画在题材抉取上对表现画作趣味性的偏爱以及元代的牛画题跋较重画作欣赏与自我情感抒发的特征由此可见一斑。元代戴嵩牛画题跋也有讨论画技艺术的作品，如王恽《戴嵩画牛图》"吴侬四时耕瘴烟，吴牛见月心茫然。戴郎此本极闲逸，笔意远出韩公前"，但此诗结句依然不离归耕"因渠唤起归耕兴，梦到西山谷口田"[④]。但与明清两代相较，这类题跋所占的分量要少得多。牛画题诗表现出对田园生活向往的作品在元代大量产生，一方面和与牛相关的隐逸文化传统与题跋文体的发展状况相关，另一方面，也与元代的游牧传统及当时文人的处境不无关系。

牧牛的安然之趣与抒发田园之志在明清两代依然是戴嵩牛画题跋的重要题旨之一。明代王璲《为谈彦诚题戴嵩画牛》："杨柳绿生阴，春陂芳草深。牧童放犊去，杏坞入烟林。黄昏伴应少，孤月起遥岑。嗟我忘归客，徒兴畎亩心"[⑤]，在勾勒出一幅优美的山林幽境图后，满怀惆怅地抒发欲归不能的遗憾。舒位《沈石田仿戴嵩牛图》虽是对模仿之作的题跋，但诗作根据原作的意境吟咏。前面呈现的是由画境化出的诗境，后面是作者对读画思归的感慨："人生缰锁太可笑，骑牛骑马谁者贤。何当置身画中住，横吹铁笛驱乌犍"[⑥]。悠游自在、无世俗羁绊的生活仍是作者渴盼的生活方式。士子们对牧耕生活的向往根植于隐逸文化，而与隐逸文化结缘最深的是道家思想。朱休度《戴嵩黑牛歌》较戴嵩牛画的其他题跋，表现出了更为明显的仙道意味。

（二）《戴嵩黑牛歌》中的山林仙道意味

牛物象与道家结缘最著名而又较早的典故当数前面已经提及的《庄子·秋水》

---

① 赵孟頫：《松雪斋集》卷五，黄天美校，西泠印社 2010 年版，第 137 页。

② 刘敏中：《刘敏中集》，邓瑞全、谢辉校点，吉林文史出版社 2008 年版，第 372 页。

③ 陈邦彦选编：《康熙御定历代题画诗》卷一百七，北京古籍出版社 1996 年版，第 578 页。

④ 同上，第 575 页。

⑤ 王璲：《青城山人集》卷一，载于北京图书馆古籍出版编辑组编：《北京图书馆古籍珍本丛刊》(100)，书目文献出版社 1998 年版，第 111 页。

⑥ 舒位：《瓶水斋诗集》卷二，上海古籍出版社 1991 年版，第 54 页。

图4-2 张路 《老子骑牛图》 台北“故宫博物院”藏

的百里奚饭牛典。后随道教的发展,此典广为流传,皇甫谧《高士传》、陶宗仪《说郛》等多种著作皆有征引。传为曹丕、张华作的《列异传》则记曰:“老子西游,关令尹喜望见有紫气浮关,而老子果乘青牛而过。”①老子骑牛图、出关图也成为牛画创作的重要题材之一,宋代晁无咎《老子骑牛图》是较为著名的一幅,明代张路(图4-2)、清代任颐有同题画作,当代画家范曾作《老子出关图》多幅。其他骑牛隐遁的事迹、绘画及其题跋创作,也多受老子驾青牛车、骑青牛传说影响。

朱休度《戴嵩黑牛歌(有引)》则反映了一种牛我相忘的境界,一反传统牛画题跋或耕或牧生活的向往,把骑牛逍遥游当作人生追求,诗中有着较强的仙道意味,表现出一种更为彻底的出世思想。诗歌如其引中所言“演图景为此歌”,对画境的描述占据了大量篇幅,诗中“黑牡丹”指水牛,按《古今事文类聚》:“唐末刘训者,京师富人。梁氏开国,尝假贷以给军。京师春游,以观牡丹为胜赏,训邀客赏花,乃系水牛数百在前,指曰:‘此刘氏黑牡丹也。’”②有宋以来,文人常以黑牡丹指代水牛,宋代刘克庄《跋戴崧牛》:“戴牛虽妙,乃未为人主赏识。若非吾辈田舍汉,殆无人领略此黑牡丹也”③;戴复古《题牛图》:“牡丹花下连宵醉,今日闲看黑牡丹。得此躬耕东海曲,一贫无虑百忧宽。”汤炳龙《题江贯道〈百牛图〉》诗:“卷中邂逅黑牡丹,相逢喜是曾相识。”朱休度诗中自注“石屏诗意”,“石屏”为戴复古号,戴诗以画中牛联想到耕牛,而朱休度则反戴复古诗意,提出黑牡丹不作耕牛,而以之为逍遥而游的坐骑。牛脱耕役之苦,牛我相忘,人之逍遥与牛之逍遥各得其乐,是此诗着力突出的主旨。

朱休度诗中所表达的游山愿望,使人很容易想起宋代陈舜俞的《骑牛歌》。诗中所描绘的白云老刘涣形象,颇有仙风道骨,从而使《骑牛歌》染上了几分的仙道色彩。刘涣、陈舜俞庐山骑牛归隐,与儒生们的回归田园梦已有不同。《宋诗纪事》在此歌后引《梅涧诗话》曰:“此歌世争传之”④;后李公麟有《刘凝之骑牛

① 陈禹谟:《骈志》卷十六,上海古籍出版社1992年版,第420—421页。
② 祝穆:《古今事文类聚》(2)后集卷三十九,上海古籍出版社1992年版,第615页。
③ 刘克庄:《刘克庄集笺校》,辛更儒笺校,中华书局2011年版,第4278页。
④ 厉鹗、马日琯辑:《宋诗纪事》卷十七,上海古籍出版社2013年版,第421页。

图》,更增加了刘、陈二人事迹对后世牛画及其题跋创作的影响。朱休度所言的骑牛逍遥游,与陈舜俞诗所言骑牛游山如出一辙。

朱休度《戴嵩黑牛歌》是士人骑牛归隐山林、颇具仙道意味的思想反映在题跋中的一个典型。在绘画中,除老子《骑牛图》《出关图》诸图外,王世昌《高士访隐图》也是这样一幅作品。在这幅图画中,牛成为象征隐士身份的重要道具,骑高头大马的世俗之人与伏于牛背世外隐士在一图之中交会相逢,方寸之间,记载了颇具戏剧效果的一瞬。这种构图方式的形成,是与牛相关的隐逸文化发展的结果,同时也启发了后世《戴嵩黑牛歌》等作品的产生。

沈周有题画诗《骑牛图》:“老夫自是骑牛汉,一蓑一笠清江岸。白发生来六十年,落日青山牛背看。酷怜牛背稳如车,社酒陶陶夜到家。村中无虎豚犬闹,平圯小迳穿桑麻。也无汉书挂牛角,聊挂一壶村酾薄。南山白石不必歌,功名富贵如予何。”[①]沈周号石田,晚号白石翁,此诗以画中人物的身份展开题写,用画中人自述并与题跋者展开对话的方式,表达骑牛者的逍遥安乐,风趣且令人耳目一新。

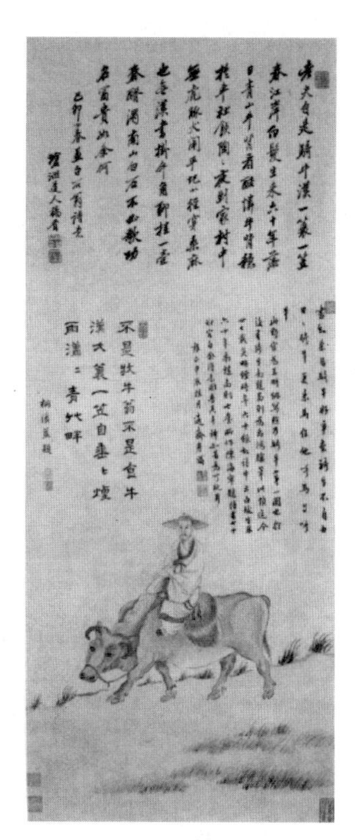

图 4-3　杨晋　《石谷骑牛图》立轴　北京故宫博物院藏

杨晋善画牛,曾写沈周《骑牛图》诗意,为其师王翚作《石谷骑牛图》(图 4-3),并题沈周诗于画作上方。杨晋借沈周诗意为师写像,以诗中人物形象的卓然超俗、自在悠游映射王翚在其心目中的形象,敬重与祝愿二意皆在。王士禛跋此图曰:“送君归去乌目山,想见昔人清净退,来往骑牛涧谷中,往往神光射牛背。”[②]陈舜俞《骑牛歌》以“七十神光射人面”形容刘涣风采,黄庭坚题李公麟《刘凝之骑牛图》有“神光射牛背”[③],刘涣、陈舜俞骑牛对后世的影响在王士禛对《石谷骑牛图》的题跋中有更清晰的痕迹可循。同时,从画作到由沈周依画而创作的《骑牛图》诗,再到杨晋《石谷骑牛图》,再到《石谷骑牛图》所产生的题跋,完成了由绘画到文学作品,再由文学作品到绘画创作,然后再由画作到文学创作这样绘画与文学创作之间的三次衍生,在中国文图关系的互衍发展史中具有重要意义。

---

① 沈周:《石田诗选》卷八,载于沈周:《沈周集》,张修龄等点校,上海古籍出版社 2013 年版,第 586 页。

② 王士禛:《蚕尾续诗集》卷五,载于王士禛:《王士禛全集》(二),齐鲁书社 2007 年版,第 1295 页。

③ 黄庭坚:《拜刘凝之画像》,载于《山谷诗集注》卷十七,任渊、史容、史季温注,黄宝华点校,上海古籍出版社 2003 年版,第 410 页。

越来越多的牛与贤士文人的掌故，促进了更多文人骑牛牧牛主题画的创作。文人与牛的画像构图方式，渐渐也成为表现出世情怀的一种方式，大量的文人骑牛牧牛图题跋也随之产生。钱芳标《品令为赵双白题像》、何绍基《自题骑牛图同诸君子限韵二首》、纪昀《惺斋骑牛图》、李瞰《自题乘牛图》、沈赤然《题吴谷人赤脚骑牛图》、袁枚《尹宫保幕府钮牧村骑牛图》(二首)等作品，皆是针对有牛参与构图的文人画像的题跋，这些题跋不仅集中反映了与牛相关的遁世归隐文化对清代文人的影响，亦见清人牛画题材的一大变化，牛画中的人物不再仅是村老牧童、往贤前哲，文人也不再仅是赏画者、创作者，文人作为画中主角出现，成为清代牛图的一大特色。

其中，《大涤子自写睡牛图》是较为著名的一幅画作。此图是石涛的自画像，画中老者坐睡于牛背之上，图上方有作者自题。此跋言“牛不知我睡，我不知牛累”，牛我互不牵累，与朱休度《戴嵩黑牛歌》“牛不知背上有童兮，童不知坐下有牛”如出一辙。因此，《戴嵩黑牛歌》中鲜明的归隐特征，不仅是长期以来，历史文化积淀的结果，也与清代较为普遍的以骑牛、牧牛画像及其题跋表达更为彻底的归隐愿望这一现象不无关系。

中国文化中的牛物象，在佛家还有影响广泛的与上文所言的“人牛相忘”较为类似的“人牛俱忘”一说。东晋以来，《牧牛品》《佛说放牛经》等经文被翻译传到中国；北朝时期现存有与佛教相关的《牧牛图》；自宋代起，牧牛主题的画作、诗文与佛教结下更为深厚的渊源。禅宗援牛说法，普明禅师、廓庵禅师《十牛图》采用图像与偈颂对照的方式，中蕴禅理，是较为著名的两组图颂。这两组图颂在后世产生广泛影响，不仅国内多有禅人吟和，而且远播韩国、日本。“人牛俱忘”属廓庵禅师的第八图颂。《戴嵩黑牛图歌》中的“人牛相忘”，有别于禅宗所提倡与追求的“人牛俱忘”。人牛俱忘以人为本位，是人禅修的所力求达到的一种“物我皆空”的境界，而“人牛相忘”则是道家“与万物齐同，共鲲鹏遨游”思想的表现，它深深植根于中国本土古老的道家文化。

三、戴嵩画作的题跋与艺术品评

关于戴嵩牛画题跋中的艺术品评，王恽《戴嵩画牛图》诗曰：“吴侬四时耕瘴烟，吴牛见月心茫然。戴郎此本极闲逸，笔意远出韩公前。解縻脱鞅春事毕，江皋野草香芊绵。归鞭影乱散平楚，考牧大似斯干篇。因渠唤起归耕兴，梦到西山谷口田。”[1]拈“闲逸”论画风，在题写手法上呈现出画境与艺术评价结合的特征。在戴嵩牛画的明清题跋中，对画境的复现仍然是题跋中常常会涉及的内容。这种画境的复现虽仍在忠于原作的基础上加以作者的文思，并写得颇具妙趣，但它

① 陈邦彦选编：《康熙御定历代题画诗》卷一百七，北京古籍出版社 1996 年版，第 575 页。

少了些为表达作者情怀做铺垫的成分，而成为进一步进行艺术品评的基础。画面布局与笔法造型等体现着绘画的艺术价值，李日华《戴嵩放牧图》："作三子母牛，一牧儿踞其背，一壮者牵牯。笔墨极草草，得简古之趣。衰柳四五树，尤横斜纵恣有态，固知象物者不在工，谨贵得其神而捷取之耳"①，也是简略介绍画面，在此基础上评价艺术效果。张丑《真迹日录》载《戴嵩烟郊纵牧图》张潜、高谦等人诸诗皆以画境为中心，议论画作选材取景的独特。复现画境与画作的艺术特点相偕而论，由画境产生的诗境与艺术特色成为这一系列诗歌的主题。田雯《题戴嵩画》"白沙翠竹满山坞，山风昏黑天欲雨。川尾轧轧小艇来，饥雁一行下洲渚。阿童摩挲老觳觫，手操鞭箠如鸣舫。口眼盱睢笠子破，横踞牛背秃速舞。一犊舂撞求其乳，小不服箱似奔虎。猎者渔者隔江浦，雕边认箭鱼跳罟。前村苇路霜风斜，潭潭闻挝夔牛鼓。嗟乎戴嵩人已古，画家纷纷不足取"②，述画境后感叹戴嵩之后无来者的画艺，体现画中境趣的画面布局同样被当作画作的独到之处予以重墨渲染。

这些题跋在画境的基础上进行艺术品评，较少涉及一己情怀，与题画言己志的作品相比，表现出注重写实的一面。钱载的《戴嵩牛跋》以考证入跋，以散体书写，可算是这类作品中的典型。此跋由韩滉《五牛图》项圣谟本而及戴嵩画，画作者的来历、作者的身份、师承，题跋的状况等等一一论及，最后借米芾语作真迹鉴评，观点明确但无主观抒情，语言严肃客观而不失灵动诙谐，体现着乾嘉时期的实学风气，但在随意适性中少了几分呆滞之感。

此外，王士禛《戴嵩牛图》描绘画面、品评艺术的同时，紧密结合社会现实而论，在题画作品中殊为少见。诗作借斗牛之趣极力渲染农家的太平和乐，与作者所目睹的叛乱境况形成鲜明对比。沈德潜《清诗别裁集》卷四赞此诗曰："以画牛引起太平时田家风物，至吴、耿、尚三逆叛，而此景不复见矣。末以童牛不牿意作结，层层收束，是何本事。"③此诗不仅诗歌艺术值得称道，而且，其中饱含对太平盛世的渴盼、对国民安居乐业的希冀，与其他较为常见、抒发自我归隐意愿的牛画题跋相比，更见作者的宽广襟怀与济世之情。

不管是抒发自我情怀，还是剖析画作艺术，对充满诗意画面的描摹赋写经常是戴嵩画作题跋的重要组成部分，画中的趣味神韵是历代文人墨客的主要着笔点。高濂《遵生八笺・燕闲清赏笺》评戴嵩《雨中归牧图》把意态神生、"天趣浑成"④看作唐画的普遍特点，而戴嵩牛画可算是此中典型。历代题跋颇重画中情趣，戴嵩牛画确以表现田家原野气象与牧牛野趣见长，相应地，在画境基础上形

① 李日华：《六砚斋笔记》，文渊阁四库全书本。

② 田雯：《古欢堂集・七言古诗》卷一，载于《清代诗文集汇编》编纂委员会：《清代诗文集汇编》(138)，上海古籍出版社2010年版，第256页。

③ 沈德潜选编：《清诗别裁集》卷四，上海古籍出版社2013年版，第130页。

④ 高濂：《遵生八笺》，王大淳点校，浙江古籍出版社2017年版，第578—579页。

成的充满田原气息的优美意境也成为其牛画题跋的特征之一。戴嵩牛画的艺术特点借题跋不断彰显，而图画之趣，又转为诗之情趣，诗文之美与书画之美相得益彰，共同表现一种与仕宦形成鲜明对比的自由、闲适之美。

唐以后，描摹牛的神态样貌依然是绘画创作的题材之一，但随着文人画的发展，牧牛题材越来越为画家们喜爱。有宋一代，牧牛画渐渐成为牛画的常见题材，牛、人共处山林田畔，或蕴归隐，或藏禅机，写意的意味远远多于写实。而戴嵩及其牛画成为后世题跋诗文评价画家及牛画艺术优劣的标杆。刘克庄《厉归真夕阳图》："画家以韩滉、戴嵩牛为神品，厉道士唐末五代间亦以此技擅名，其妙不减韩、戴"[①]；刘敞《胡九龄画牛歌》论胡氏牛图，两次与戴嵩相较，从创作风格与题材上阐胡九龄画牛的艺术特色。"胡生戴氏虽异时，形似之间实兄弟。鬼神易写狗马难，古人旧语乃信然。不尔寥寥千万年，笔墨旷绝无比肩。胡生曾画百一牛，变态曲尽称为尤。翰林主人题辞古，四海文士歌赋优。俗情护前喜排后，此事戴嵩未曾有。"[②]除戴嵩弟戴峄、厉归真、胡九龄外，后世著名的牛图画家，多有承继戴嵩者。朱义、祁序、邱潜、李唐等名家，皆得戴嵩遗风。李迪、阎次平等的牛画创作也多充满田野川林情趣。关于牛画的题跋诗文的创作题旨，除如前文所论《五牛图》题跋中所呈现的惜牛怜农外，也基本以戴嵩画作题跋所涉及的画境复现、归隐情怀、仙道思想、艺术鉴评等几个方面为主。与《五牛图》的题跋相较，画境复现在戴嵩牛画题跋中几乎成了每篇题跋必会涉及的内容。或引发情感、或展示取材构思之美，是抒怀品评的基础。同时，戴嵩牛画题跋诗文的抒情性，也远非《五牛图》的系列题跋可比，而这一切，皆与戴嵩牛画意境的川原山林特色有着莫大关系。

中国文人在道家出世、儒家入世两种本土文化的影响下，徘徊于仕与隐之间。积极入世的思想虽一直占据主导地位，但仕宦的坎坷、仕途的艰辛又使回归田园、归隐山林成为许多士子的选择或梦想。与隐逸文化结合的牛画创作及题跋创作，又为士子们提供了一剂全身保己、化解仕途坎坷失意与愁闷的良药。在画作及其题跋欣赏创作过程中，暂时忘记自我与现实的专注投入，在产生审美愉悦的同时，也缓解着仕途、生存的重压与疲惫。如果我们对历代牛画及其题跋做一整体观照，则不难发现中国传统文人与牛这一物象的关系也在不断发展变化中。牛可"富穷饱饥""利满天下"，士人报国恤民，退耕归隐，似乎皆可与牛相关联。唐代戴嵩牛画的创作，定下了宋元时期牛画创作的基本格调。而宋元时期的题牛画诗文，则以发掘画中情趣与抒发归隐之志为主旋律，承载仙道思想、禅宗偈颂的画作与诗文，在这一时期也得到长足发展。至明清时期，文人越来越多代替以往的先哲前贤、牧童氓夫成为牛画的主角，以骑牛图、牧牛图等自我画像

---

① 刘克庄：《刘克庄集笺校》，辛更儒笺校，中华书局 2011 年版，第 4282 页。

② 刘敞：《公是集》卷十七，宋集珍本丛刊本，线装书局 2004 年版，第 481—482 页。

创作及题跋的形式，更为直接地寄托情感，表达意愿。至20世纪，在鲁迅、郭沫若、老舍等人的言论或诗作的影响下，对“赞牛”“我甘为牛”“我即是牛”主题的表现，又成牛画及题跋创作中较为普遍的现象。虽然时期不同，牛画创作如徐悲鸿的《牧笛》总会呈现出各种新的特色，虽然戴嵩牛画真迹之美我们今天只能靠题跋诗文领略一二，但由戴嵩首先大力创作、充满川原山林意趣的牛画题材，却显示出了经久不衰的艺术魅力，一直为历代牛画创作者所钟爱。

第六节　唐代文人群像及十八学士图

在人物画取得辉煌成就的隋唐五代，人物像不仅存在写单人图像的形式，而且为一群人、一类人创作人物群像的现象也较常见。隋唐五代时期的人物群像，主要包括两种构图方式，一是所有人物共处一图，但不同人物各自为营，一人一像，人物之间较少联系。二是取材于人物群像交游集会场景，人物的个性特征在与其他人的交游中体现，同时在图画中突出这类人物的共性，形成一个和谐融通的画面。与之相应，这类画作的题咏也呈现出以单人为题写对象或以群体为题写对象两种题写角度。文人群像创作或据官方诏令统一绘制，或由士人自发创作。前者如《五圣图》《十八学士图》《凌烟阁二十四功臣图》《剑南西川幕府诸公写真》等，后者如《九老图》《十才子图》。群像的创作意图，多为铭记功德、颂扬精神、彰显气节、抒写性情。这些图像绘制，多立足史迹，并引发了数量可观的文人题咏诗文的创作，是隋唐五代时期文图关系互仿与再生的又一体现。

一、十八学士图

十八学士图是唐初对后世影响较为深远的一个绘画题材。此图最初为御敕之作，五代周文矩有同题作品，至宋已成为文人所喜爱的题材之一。《旧唐书》卷七十二：“太宗既平寇乱，留意儒学，乃于宫城西起文学馆，以待四方文士。于是以属大行台司勋郎中杜如晦，记室考功郎中房玄龄……入馆。寻遣图其状貌，题其名字、爵里，乃命亮为之像赞，号《十八学士写真图》，藏之书府，以彰礼贤之重也。诸学士并给珍膳，分为三番，更直宿于阁下，每军国务静，参谒归休，即便引见，讨论坟籍，商略前载。预入馆者，时所倾慕，谓之‘登瀛洲’。”[①]此《十八学士写真图》，又称《秦府十八学士图》或《学士图》。唐太宗以图文并行的方式，为十八学士存像留名，绘图者为当时最擅长人物画的阎立本，题赞者为“擅属文”的褚亮。唐太宗命绘十八学士像，不仅让当时的士子文人羡慕不已，也引起其后统治者的效仿。武则天设“北门学士”，“张易之、昌宗尝命画工图写武三思及纳言李

① 刘昫等：《旧唐书》，中华书局1975年版，第2582—2583页。

峤、凤阁侍郎苏味道、夏官侍郎李迥秀、麟台少监王绍宗等十八人形象，号为《高士图》”[①]；而唐玄宗命人画《开元十八学士图》，并亲自写赞。“十八学士图”也因此成为传统绘画中最为经典的母题之一，产生了诸多版本的同题画作与大量题画诗文。

褚亮为《秦府十八学士图》中十八人人题一赞，赞文四字句，各十六字，当时与人物“名字、爵里”题于图，故内容从人物品行、才思、学识等着手题写，不涉相貌。现此图不存，我们只好从后人的题跋中约略了解画面构图方式。

《全唐文》卷二百六十九载王觌《十八学士图记》。图记文体较赞文更自由随意，篇幅相对较长，常据图而叙，通常会对图像做较为全面的介绍。然王觌此文却立足教化，只列诸人“嘉绩”。明代孙鑛《书画题跋》卷三《石刻十八学士图》序文言：“王氏（王世贞）跋一〇：右十八学士图，督府参军李子获阎中令旧本摹勒上石，所谓周昉貌赵郎并得性情者也。”而此图式样，孙鑛在此跋中曰：“余曾见此石本。无他布置景物，止一人一像。十七人俱向左。独许敬宗身仍左而面特转向右，好事者或遂谓露倾邪状。夫许岂无正面时？岂果阎令有意为之耶？”[②]写真贵在表现形貌，此处言《秦府十八学士图》的构图方式为“无他布置景物，止一人一像”，似有道理。孙承泽《庚子销夏记》卷八《阎立本〈十八学士图〉》：“图乃绢本，立本画，于志宁《赞》，沈存中《跋》，旧称‘三绝’。图中人物如生，独许敬宗作回首忸怩状；苏世长头秃无发，脑傍七痣如星，且肥短多髯，极为丑陋。卷乃蒲州监生魏希古物，嘉靖中崔驸马欲以千金购之，不与……崇祯辛巳予在兵科，日取展阅，见画无神彩，或为人临去。”[③]于志宁为秦府十八学士之一；沈存中乃宋朝沈括，存中为其字。孙承泽所题画与孙鑛所言二图许敬宗像略似，盖为同本。此本有周天球摹本，孙鑛《摹阎立本十八学士》跋文题下注中引王世贞跋：“余为李参军书十八学士石刻之，明岁而公假以画本见遗。云自青琐摹得者。其人物极为精雅，服有绯、紫、青、绿四色，皆巾裹。而独苏世长黄冠，秃无发，脑傍有七黑黡若星者，极肥而短颔，胡鬖发被口，与虞世南面皆皱纹，盖二公仕隋甚久，年可六十；房、杜少而泽，与史合也。”[④]从王世贞的此则题跋，我们对明时传为阎立本画的《十八学士图》略可想象。

宋代郑昺有《题阎立本十八学士图》，与此本不似。此诗画中人神态动作，描述甚详，从诗不难领略画面，其中不乏文人雅集的意味。然是否是据阎立本画题

---

① 刘昫等：《旧唐书》，中华书局 1975 年版，第 2915 页。

② 孙鑛：《书画题跋》，载于中国书画全书编纂委员会编：《中国书画全书》第 1 册，上海书画出版社 2009 年版，第 968 页。

③ 孙承泽：《寓目记》，孙承泽、高士奇：《庚子销夏记　江村销夏录》卷八，余彦焱校点，上海古籍出版社 2011 年版，第 153 页。

④ 孙鑛：《书画题跋》，载于中国书画全书编纂委员会编：《中国书画全书》第一册，上海书画出版社 2009 年版，第 95 页。

写，宋代曾敏行已质疑："予尝传《登瀛图》本，规模布置气象旷雅，每思创始者必非俗笔。又有石本，皆书名氏，后有李丞相伯纪赞跋，乃钦庙在东宫得阎立本此画，亲为题识，以赐詹事李诗。二本绝不同。尝见郑昺尚明所赋长句云'阎公十八学士图'。考其所序列，意郑必为画本赋之。然长孙、王、魏元不在其中，不知郑诗何为及之耶？按《翰林盛事》语，记开元中张燕公等十八人为集贤学士，于东都含象亭图写其貌。意二本必居其一，而后人皆以为贞观学士耳。"[①]曾敏行在此提及被称作十八学士图的三个版本：曾敏行藏《登瀛图》本、"皆书名氏"的石本、郑昺题咏本。最后提及"意二本必居其一"，所言二本是指其藏本及郑昺题咏本。阎立本奉旨作图，魏徵等人不在十八学士之列，曾敏行因此推测郑昺题咏或是把开元本误作秦府本；同时，又据自己所藏版本与有名氏标注的石本"绝不同"，推测自己所藏版本，也有可能是开元本。因此，从曾敏行推断中，我们可知，《开元十八学士图》的构图方式，有可能完全不同于《秦府十八学士图》，或如曾敏行所言"规模布置气象旷雅"，或是郑昺诗中所题咏的图境。故而，十八学士图的结构方式自《开元十八学士图》始，或已呈现出了文人雅集形式的构图迹象。五代周文矩也曾作十八学士图；《绘事备考》卷五载"（宋）钦宗亦精绘事，在东宫日，尝画《唐十八学士图》赐宫僚"[②]；洪适《盘洲文集》卷六十三有《跋登瀛图》，对图像描述甚详，从题跋看，此图人物众多，场面的确异常宏阔。后杜堇、文徵明、苏六朋、余集以及仇英等的画作更是突出了文人对自然与山水的回归，寄托着文人仕与隐的双重梦想。

二、竹溪六逸、饮中八仙等文人群像的创作

十八学士图最初是唐太宗御敕据真人创作的肖像画，最初为一人一像的构图形式，但这幅图对后世产生了较大的影响。后世同题画作的构图多以文人雅集的合像方式出现，画中人物或仍写房玄龄、杜如晦等人，或不再拘于以秦府十八学士为摹写对象。除十八学士图外，有唐一代的文人群体，成为后世画题的还有很多，如竹溪六逸图、饮中八仙图、香山九老图、大历十才子图等等。

"竹溪六逸"，据《旧唐书》卷一百九十，开元二十五年（737），李白移家东鲁，"与鲁中诸生孔巢父、韩沔、裴政、张叔明、陶沔等隐于徂徕山，酣歌纵酒，时号'竹溪六逸'"[③]。李白有诗《送韩准、裴政、孔巢父还山》"猎客张兔罝，不能挂龙虎。所以青云人，高歌在岩户。韩生信英彦，裴子含清真，孔侯复秀出，俱与云霞亲。

① 曾敏行：《独醒杂志》卷八，上海古籍出版社 1986 年版，第 76 页。

② 王毓贤：《绘事备考》卷五，徐娟主编：《中国历代书画艺术论著丛编》（一），中国大百科全书出版社 1997 年版，第 817 页。

③ 刘昫等：《旧唐书》卷一百九十，中华书局 1975 年版，第 5053 页。

峻节凌远松，同衾卧盘石。斧冰漱寒泉，三子同二屐。时时或乘兴，往往云无心。出山揖牧伯，长啸轻衣簪。昨宵梦里还，云弄竹溪月。今晨鲁东门，帐饮与君别。雪崖滑去马，萝径迷归人。相思若烟草，历乱无冬春”[①]，回忆这段隐居生活。诗仙的交游与歌咏，引起后世画家的关注与兴趣。后人以此为画题，创作了大量佳作。石刻图、玉雕图也有以此为题者。宋郑虔、元钱舜举、清金廷标、今人张大千画作尤为人称道。

“饮中八仙”亦称“醉八仙”，《新唐书》卷二百二：“（李）白自知不为亲近（高力士、杨贵妃等）所容，益骜放不自修。与知章、李适之、汝阳王琎、崔宗之、苏晋、张旭、焦遂为酒八仙人，恳求还山，帝赐金放还。”[②]杜甫的《饮中八仙歌》以诗笔勾勒出嗜酒、豪放、旷达的八位饮者形象，饮中八仙之称，由此闻名。五代周文矩、宋李公麟曾作《饮中八仙图》，李公麟图有明代唐寅摹本，明时尤求的《饮中八仙图卷》以 36 人衬托“八仙”，共 44 人，分设八个场景，每个场景分别题诗，将画与杜甫诗句完美融合；唐寅曾临李公麟《饮中八仙图》（图 4－4），并书杜甫《八仙歌》于其上，现藏辽宁省博物馆。陈洪绶、顾洛等人也有同题作品流传。清金廷标作《醉八仙图》，据乾隆题画诗，亦写贺知章、李白等人。

图 4－4 唐寅 《临李公麟饮中八仙图》（局部） 辽宁省博物馆藏

“空门寂静老夫闲，伴鸟随云往复还。家酿满瓶书满架，半移生计入香山。”[③]白居易晚年退身隐居于香山（今河南洛阳龙门山之东），与胡杲、吉旼、刘贞、郑据、卢贞、张浑、李元爽、禅僧如满等八位老人志趣相投，常常结社赋诗，人

① 李白：《李白集校注》，瞿蜕园、朱金城校注，上海古籍出版社 1980 年版，第 981 页。

② 欧阳修、宋祁等：《新唐书》，中华书局 1975 年版，第 5763 页。

③ 白居易：《白居易全集》，上海古籍出版社 1999 年版，第 609 页。

称“香山九老”。最初的《九老图》绘制在会昌五年(845),是在《七老图》的基础上,添加续绘另二老像而成。白居易曾因此赋《九老图诗》:“雪作须眉云作衣,辽东华表暮双归。当时一鹤犹希有,何况今逢两令威。”[①]北宋赵大年作《香山九老图》,南宋时期李唐、刘松年曾“奉旨图之”,李唐此题画作“位置、顾盼、笑语之状,觉眉发间有云气”[②],且有宋高宗御题诗句二首;而刘松年图有陆全卿、吴宽等人的题跋,汪珂玉称对此图“鉴观之际,不觉神遇于旷世之下,景仰高风,莫能自已”[③]。此外,史显祖也是当时写此图的著名画家之一。现台北“故宫博物院”藏《香山九老图册》传为刘松年所作,明代周臣同题作品现藏天津博物馆,谢环《香山九老图》藏美国克利夫兰美术馆(图 4-5),清爱新觉罗·弘旿等人亦有佳作。而明清时期,士人多有《香山九老图》跋文或题诗,以考九老事迹、抒向往隐逸之情。

图 4-5　谢环　《香山九老图》(局部)　美国克利夫兰艺术博物馆藏

《十才子图》,唐代常粲、谢人惠皆有创作,前者载入《宣和画谱》,后者齐己有《谢人惠〈十才子图〉》题咏。《十才子图》,据《旧唐书》卷一百一十八:“大历中,(钱起)与韩翃、李端辈十人,俱以能诗出入贵游之门,时号‘十才子’,形于图画。”[④]从常粲与谢人惠的生存时期看,二人所绘人物应为大历十才子。刘松年亦有《大历十才子图》。

《琉璃堂人物图》为五代南唐周文矩作,美国大都会艺术博物馆有其清代摹本。画面描述的是唐代诗人李白、高適、王昌龄等人在王昌龄任所江宁琉璃堂雅集的情景。其后半段在宋代单独流传,宋徽宗误题“韩滉文苑图”,因此这一部分又被称作《文苑图》(图 4-6)。《文苑图》刻画四位诗人寻诗觅句的情形。画中四人仪态各有不同,但又统一在诗人冥思的整体氛围之中。

唐代文人群像的创作,以群体中的不同个体分别摹写肖像的方式为主。但

① 白居易:《白居易全集》,上海古籍出版社 1999 年版,第 700 页。

② 陈继儒:《陈眉公全集》下册,上海中央书店 1936 年版,第 174 页。

③ 汪珂玉:《珊瑚网》卷三十,文渊阁四库全书本,第 818 册,第 573 页。

④ 刘昫等:《旧唐书》卷一百一十八,中华书局 1975 年版,第 4383 页。

图 4-6 周文矩 《文苑图》 北京故宫博物院藏

随着文人画的发展，这些文人群体成为较为经典的画题，但画面的构图方式却发生了转变，由个体肖像摹写转变为群体合像写作，从而成为最适合寄托画家个人情感的艺术形式。总之，文人形象入画，不仅是文学对图像题材的贡献，同时也是图像类作品探究保存画家精神面貌的一种方式。其中很多图像依诗意而作，在联系着文人活动的同时，也诠释着诗意。文人对这些画作的题咏，又进一步促进了文学与图像的血亲关系。因此，文人图像在诗文关系的研究中，有着不可忽略的地位。而文人群体的合像的创作，往往又代表着一种普遍的精神追求，寄托着后世文人的理想与情感，包含着更加深刻的意蕴。

综合来看，隋唐五代文学以对视觉趣味的天然追求为契机，创造出了大量具有丰富美学意蕴的视觉性符号，无论是为后世文学提供多重演绎视角的本事，流传千年的诗人诗情诗意故事，还是依据历史事件演绎、加工而成的故事、传奇，抑或是源自佛道释故事创作而成的变文、画意盎然的骈散文，都蕴含着大量的图像母题。不同的母题在不同的时代中产生了不同的文图关系模式，二者关系从文图互仿、文图共生并存到图像逐渐脱离了对文学的依附而走向自主言说的道路，无论是文学本事还是各种文体中涉及的人物、情节、场景都出现了神话想象、定型、抽象化以及意象符号化和图像化这一过程，并在不断拓展人们视觉兴趣的同时，生成众多以其为母题的精美图像。

探索隋唐五代时期源于某一母题文图关系模式的嬗变过程可以发现，文学为图像提供基本的视觉元素和精神性指向，并通过各种史传、文学作品的神话想象进一步抽象化、意象符号化，以此限制、控制甚至侵犯图像的自主言说功能；图像则将文学中被抽象化、意象符号化的内容加以定型并使之符号化、图像化，从而形成文学中特定的人物形象、故事情节和经典场景的固化、程式化。与此同时，文学和图像发挥各自的能动性，不断地反叛、超越彼此的限制、僭越乃至侵犯，在文图互仿、互生的过程中又相互背离直至逃逸出彼此的牵制，从而使文学不断地探索以视觉为契机的能够沟通各种感官的语言技巧，图像亦是日益走向雅俗艺术的分化。这一过程既体现出文人士夫们的精英主义情结，也呈现出人们在日常生活中对感官享乐的自觉追求，正是这些需求推动着高雅和通俗艺术在文图相互转换、相互影响、相互生成的同时，并行不悖地徜徉于特定的文化历史时空中，进而又作为一种表征印痕着特定历史时期的文学艺术观念、美学理想和文化背景。

第五章 《唐诗画谱》

版画是在绘画艺术和雕版印刷术的基础上发展起来的一种新型的文学形式。隋唐时期佛教十分兴盛，为了适应佛教传播的需要，版画艺术被大量应用于佛教题材的刊刻，现存唐代版画艺术的代表作为敦煌莫高窟《金刚般若波罗蜜经》中的插画。两宋时期，随着雕版印刷术的发展和通俗文学的兴起，版画题材逐渐丰富，版画艺术也获得了全面的发展。至明代，尤其是万历年间，版画进入发展的高峰时期，各种版画图书相继刊刻与发行，《唐诗画谱》便是在光辉的万历时代中应运而生的。

《唐诗画谱》是由明黄凤池编辑，蔡汝佐、丁云鹏等绘制的一部画谱选本。全书编定于万历末年（约 1615），共三卷，分为《唐诗五言画谱》《唐诗六言画谱》和《唐诗七言画谱》三种。原书共收录唐人五、六、七言诗佳作各约 50 首，每首诗均由大家挥毫而就，除少数诗篇外，皆采用一图一诗的编排体例，成为梳理明代版刻文化变迁，研究画谱作品发展的宝贵资料。

第一节 《唐诗画谱》的编定与流传

关于总集的类型，《四库全书总目·总集类序》分为两类："一则网罗放佚，使零章残什，并有所归；一则删汰繁芜，使莠稗咸除，菁华毕出。"[①]前者可称为全集，后者则属于选集。任何一种文学选本的编定，都有其特殊的时代环境，常与当时的政治、经济、社会文化等密切相关。《唐诗画谱》就是这样的一本选集，它由明代儒商黄凤池携众画家、刻工、书法家等共同选辑完成。本节主要介绍与论述《唐诗画谱》的组成及其编选背景、编选目的、流传与版本等方面的情况。

一、《唐诗画谱》的编选背景

（一）《唐诗画谱》的组成

画谱之名较早出现于北宋时期，但名称各异，种类繁多。从功能上看，有单

① 永瑢等编：《四库全书总目》卷一八六，中华书局 1965 年影印本，第 1685 页。

纯的文字纪传谱，有插图的纪传谱，有观赏谱和记物谱，也有技法谱等。有学者按照文字和图画的比例将技法类画谱分为三种："其一，有谱无画，即文字谱，只记文字，没有图画……其二，有画无谱，即以图为主，有的附以少量文字……其三，画谱结合，即文字和图谱结合。"[①]《唐诗画谱》即属于第三种类型。

关于黄凤池的生平事迹，林之盛所撰写的"唐诗七言画谱叙"中，称"新安凤池黄公"，另"余与云程有倾盖之雅"等字眼，可知黄凤池字云程，新安人（今安徽徽县人）。黄凤池所辑的画谱较能确定的有《唐诗画谱》和《集雅斋画谱》两种，《集雅斋画谱》是黄凤池等人对已刊发的画谱进行合刊整理后的总称。关于《唐诗画谱》的组成，今人说法却各有不同。《四库全书总目》云："是书刊于天启中，取唐人五六七绝句诗各 50 首，绘为图谱，而以原诗书于左方，凡三卷，末二卷为花鸟谱，但有图而无诗，则凤池自集其画附诗谱以行也。"[②]这说明《唐诗画谱》是将五、六、七言唐诗画谱与花鸟画谱都囊括其中的。俞樾在《九九销夏录》卷十三"以诗为画"条提及："明黄凤池有《唐诗画谱》，取唐人五、六、七言绝句诗各五十首，绘为图，而书原诗于左方。诗中画，画中诗，此兼之矣。"[③]这里的《唐诗画谱》是仅指五、六、七言唐诗画谱。

1982 年上海古籍出版社影印出版了一部《唐诗画谱》，其出版说明称："诗选唐人五言、七言及六言名篇（或有伪作）……是徽派的代表作品之一。天启年间，黄氏又将此书与集雅斋所刻《梅竹兰菊四谱》《草本花诗谱》《木本花鸟谱》以及清绘斋之《古今画谱》《名公扇谱》合刊为'黄氏画谱八种'行世。"[④]同样，这里的《唐诗画谱》仅包括五、六、七言唐诗画谱这三种。

郑振铎在《中国古代木刻画史略》中称原书"凡八册，五、六、七言唐诗画谱凡三册，唐六如画谱一册，梅、兰、竹、菊四册，殆是木刻画集的集大成的著作之一"。[⑤] 在他看来，《唐诗画谱》除五、六、七言唐诗画谱以外，还应包括另外五种画谱，是黄氏八种画谱的合称。

从现存各家馆藏书目来看，《唐诗画谱》《集雅斋画谱》《黄氏画谱八种八卷》等各种题名杂乱呈现。最初《唐诗五言画谱》《唐诗七言画谱》与《唐诗六言画谱》是依次刊行面世的。泰昌元年（1620）陈继儒在《梅兰竹菊四谱》小引提到"黄君盖尝为《唐诗画谱》三集"，可见，《唐诗画谱》最初仅指《唐诗五言画谱》《唐诗七言画谱》和《唐诗六言画谱》三种，其他五种黄氏画谱均是在此之后刊行的，故将黄氏八种画谱统称为《唐诗画谱》，亦是此后之事。据此，本节所称之《唐诗画谱》均指《唐诗五言画谱》《唐诗七言画谱》与《唐诗六言画谱》三种。

---

① 刘越：《从晚明画谱看当时文人的审美取向》，《学术交流》2010 年第 1 期，第 156 页。
② 永瑢等编：《四库全书总目》卷一一四，子部二十四，中华书局 1965 年影印本，第 976 页。
③ 俞樾：《九九销夏录》，载于《清代笔记日记绘画史料汇编》，荣宝斋出版社 2013 年版，第 399 页。
④ 黄凤池辑：《唐诗画谱》，上海古籍出版社 1982 年版，第 1 页。
⑤ 郑振铎：《中国古代木刻画史略》，上海书店出版社 2011 年版，第 89—94 页。

（二）《唐诗画谱》的编选背景

任何一部文学选本的编定都与时代背景、社会风尚等因素相关，《唐诗画谱》也不例外。明代是编集画谱的巅峰时期，出现了不少诗画谱集大成之作，其中高松所绘编《高松菊谱》是明代出版最早的一部诗画谱，晚明宛陵汪氏选辑的《诗余画谱》是中国第一部词画谱，胡正言所辑的《十竹斋诗画谱》创造了饾版套印的彩印本画谱，明代画谱的刊行可谓蔚然成风，《唐诗画谱》就是在这种时代氛围的促进下得以出现的特色选本。此书的编定与政治、商业、科技和徽派版画等都有关系。

就政治思想上而言，源于宋代的程朱理学在明代初期，俨然成为统治者治理国家的根本思想。明中叶随着社会矛盾的不断激化，社会生产关系也发生了极大的改变，理学"存天理，灭人欲"的传统纲常体系显得时过境迁、不合时宜了。时代思潮由程朱诚意正心的居敬、格物致知的穷理，转为重视人自身心性之萌发。此后，阳明心学对明代社会产生了深远的影响，它认为"心之本体，无所不该"，即心是世间万物的本体，万事万物的法则均由心生，"心者，天地万物之主也。心即天，言心则天地万物皆举之矣，而又亲切简易"。[①] 明中叶以后，王守仁的主观唯心主义哲学体系向保守的程朱理学发起了猛烈的冲击，人们的思想得到了极大的解放。在心学的极大鼓舞下，人们开始转向对人本性的关注，甚至出现了对封建传统礼教的轻微蔑视，这为符合大众品位的文化商品的出现提供了宽松的思想环境。

同时，为了加强中央集权统治，明朝统治者非常重视文化教育事业。明朝统治者制定了八股取士制度，大兴科举考试，人们纷纷踊跃参与科举，但却并非所有人都能得偿所愿，一举跃入士大夫之列。"明中叶后逐渐出现一批介于官与民之间的基层士人。他们具有社会地位，却没有职务与经济上的保证，必须利用学识与贾而好儒的商人有所交流。"[②]迫于生活的压力，他们逐渐由消极被动转为积极主动地参与到出版事业之中，如此一来，基层士人为大众提供符合品位的商品内容成为可能。

其次，商业的发展促进大量文人画家进入版画领域。"明代中期以后经济畸形发展，土地兼并愈演愈烈，大批农民倾家荡产后流入城镇，给手工业提供了廉价劳动力……这就为发展资本主义工商业创造了条件……随着资本主义工商业的发展，其地域性分工也逐渐明显，如丝织业中心在苏州，棉织业中心在松江，染业中心在芜湖，瓷业中心在景德镇……明代农业、工业、商业的发展，为刻书事业

---

① 王守仁：《王阳明全集》卷六，文录三，吴光、钱明等编校，上海古籍出版社 2015 年版，第 181 页.

② 杨婉瑜：《晚明〈唐诗画谱〉的女性图像》，《议艺份子》2009 年第 12 期，第 20 页。

的繁荣打下了物质基础。”①

中国自古以来重农轻商，当时建安、金陵等地版画多为民间艺匠们的创作结晶，书法家、画家等自恃身份，不屑混迹于书商坊肆之中，但随着资本主义的萌芽和城市的不断发展，简单的物质生活已经不能满足所有城市居民的需求，他们在享受着富余的物质生活的同时，对精神文化生活提出了更高的要求。余英时曾指出，商人是士以下教育水平最高的一个社会阶层，不但明清以来弃儒就贾的普遍趋势造就了大批士人流沛在商人阶层的社会现象，而且，更重要的是商业本身必须要求一定程度的知识水平。商业经营规模愈大，则知识水平的要求愈高。万历以后，随着雕版制书业的蓬勃发展，书商们为了使自己的出版物能够拥有更好的销路，纷纷以优厚的待遇邀请画家为版画插图进行创作，进而使画稿的品质得到极大地提高。大量文人画家参与版画作品的创作，不仅提高了版画的品质，而且随着版画的盛行，也提高了画家们的声誉。

科技的发展与进步，也为《唐诗画谱》的面世提供了一定的技术支持。随着时代的进步，雕版技术也在日新月异的发展。与此同时，科技的发展与进步促使笔、墨、纸、砚等相关材料也得到了长足的发展。明代制墨业一扫元代颓势，墨品质地精良，且名家辈出、流派众多。关于明代造纸的情况，屠隆在《考槃余事》卷二《国朝纸》中曾说：“最厚，大而好者，曰连七、曰观音纸。有奏本纸，出江西铅山；有榜纸，出浙之常山、直隶、庐州英山；有小笺纸，出江西临川；有大笺纸，出浙之上虞。今之大内，用细密洒金五色粉笺、五色大帘纸、洒金笺。有白笺坚厚如板，两面研光如玉洁白；有印金五色花笺，有瓷青纸，如段素，坚韧可宝。近日吴中无纹洒金笺纸为佳，松江谭笺，不用粉造，以荆川连纸褙厚研光、用蜡打各色花鸟，坚滑可类宋纸。新安仿造宋藏经笺纸，亦佳。折旧裱画卷绵纸，作画甚佳，有则宜收藏之。”②明代纸笺种类之多，造纸工艺之精，由此可见一斑。笔、墨、纸、砚等工艺的长足发展为《唐诗画谱》的出现提供了良好的技术支持。

最后，徽州版画力量的崛起与发展为《唐诗画谱》的选辑提供了直接的帮助。徽州版刻在明代的地位举足轻重，胡应麟曾在《少室山房笔丛》中云：“余所见当今刻本，苏、常为上，金陵次之，杭又次之。近湖刻、歙刻骤精，遂与苏、常争价。蜀本行世甚寡，闽本最下”③。谢肇淛在《五杂俎》中也说：“宋时刻本以杭州为上，蜀本次之，福建最下。今杭刻不足称矣，金陵、新安、吴兴三地，剞劂之精者不下宋版。楚蜀之刻皆寻常耳。闽建阳有书坊，出书最多，而板、纸俱最滥恶，盖徒为射利计，非以传世也。大凡书刻，急于射利者，必不能精，盖不能捐重价故耳。

① 卢贤中：《古代刻书与古籍版本》，安徽大学出版社 1995 年版，第 48 页。
② 屠隆：《考槃余事》卷二《国朝纸》，凤凰出版社 2017 年版，第 45 页。
③ 胡应麟：《少室山房笔丛》卷四，上海书店出版社 2001 年版，第 44 页。

近来吴兴、金陵骎骎蹈此病矣。”[①]徽州版刻在有明一代乃至中国版刻史上的重要地位显而易见。

徽州版画的崛起被认为是中国古代版画的分水岭。徽州拥有众多优秀的刻工和画家，自古就有“多执技艺”的传统，据徽州《嘉靖府志》记载，早在万历以前，徽州“刻铺比比皆是，时人有刻，必求歙工”，其中黄氏一族的刻工子承父业，代代相传，博采众长，积累了相当丰富的经验，堪称中国版画史上的一代佳话。万历时期，“盖徽郡出版事业之盛，自汪士贤与吴勉学师古斋、吴琯西爽堂、吴养春泊如斋以来，已凌驾两京建安矣。而版画之工，尤绝伦无比”[②]。“身怀绝技的徽州刻工在南京、杭州、苏州等地与画家和文人的合作如鱼得水，在刚柔相济、细若游丝的刻线中完美地呈现出传统线描抑扬顿挫的韵味和中国传统文人绘画的意趣。徽州版画随着徽州刻工遍及江南的足迹而发扬光大，风靡全国。”[③]

正是在上述因素的相互作用影响下，《唐诗画谱》应运而生并成为徽派版画的代表作之一，对后世影响深远。

二、《唐诗画谱》的编选目的

所谓选本，有学者指出“是指选者按照一定的选择意图和选择标准，在一定范围内的作品中选择相应的作品编排而成的作品集”，[④]就是选者依据自己的某种意图或标准进行选择从而形成的一种产物。谭元春在《古文澜编序》中提到：“选书者非后人选古人书，而后人自著书之道也。”[⑤]鲁迅也曾说过：“凡是对于文术，自有主张的作家，他所赖以发表和流布自己的主张的手段，倒并不在作文心，文则，诗品，诗话，而在出选本。”[⑥]他又说：“选本可以借古人的文章，寓自己的意见。”[⑦]两者皆指明选本是选者借助古人之文来表明自己在当代的见解，选者删选意图的不同，就会导致不同面貌选本的诞生。

“万历以后，雕版事业出现了一个新的繁荣局面。一时士大夫阶层竞以刻书为荣，有的搜罗古书秘本，校刻行世，以示自己的博雅；有的刊刻家集，表扬祖德，以示门第高崇；也有剪裁旧章、集句、类编，以利应试；又有选辑诗文，仿照讲章制义施加评点，以供揣摩。”[⑧]而版画图籍也备受商贾雅士的重视，画谱作为其中的

---

① 谢肇淛：《五杂俎》，上海书店出版社 2009 年版，第 266 页。
② 郑振铎：《中国版画史序》，载于《西谛书话》，三联书店 1998 版，第 380 页。
③ 陈铎：《古代版画的图式转换及文化意义》，《新美术》2007 年第 2 期，第 91 页。
④ 邹云湖：《中国选本批评・导言》，上海三联书社 2002 年版，第 1 页。
⑤ 谭元春：《古文澜编序》，载于《谭元春集》卷二十二，上海古籍出版社 1998 年版，第 601 页。
⑥⑦ 鲁迅：《集外集・选本》，载于《鲁迅全集》第 7 卷，光华书店 1948 年版，第 504 页。
⑧ 卢贤中：《古代刻书与古籍版本》，安徽大学出版社 1995 年版，第 54 页。

一个特殊类别受到了热烈欢迎。大量刊印的画谱，内容丰富，种类繁多，无论从数量、质量，还是从传播等方面都呈现出一派生机勃勃的繁荣景象。

画谱作为一种新型的文学批评方式，它的编选意图与传统型选本有着迥异之处。明代中后期，画谱选本的选辑出现了百花齐放的繁荣景象，各选本的编选目的也不尽相同，如武林人顾炳所编的《顾氏画谱》(或名《历代名公画谱》)是为了给学画者提供模范，而宛陵汪氏辑印《诗余画谱》的目的则不仅仅止于“教科书”的意义，明人黄冕仲在此集序跋中提到，汪氏有感于“诗余之词宛然如画”，故“独抒己见，不惜厚赀聘名公绘之而为谱，且篇篇皆古人笔意，字字俱名贤真迹，摩天然之趣，极人工之妙”，“雕镂刻划，穷工极巧，精细莫可名状，把玩足当卧游”。[①] 同样，《唐诗画谱》主要编选目的有三：

首先是对主流文学风尚的呼应，王迪吉在《唐诗画谱》序中提到：

此道既微，操觚染翰者皆强采力索，以雕琢镂刻为工，故有“吟成五字，费尽一心”之诮。甚者偃卧床榻，蒙闭头面，家人屏喧，鸡犬逐迹，婴儿幼女，抱寄邻室，图取清净而竭精弊神，猥云诗趣，讵知劳心焦思，索然无味，诗安有画哉！[②]

正如序中所言，当此之时，明人的诗歌创作逐渐沉沦在追求“雕琢镂刻”的怪圈中，使得诗歌读来“索然无味”，更不用说做到“诗中有画”了。有明一代，诗坛上一直在复古与反复古的纠结中演进；明中叶以后，性灵派日渐发展成熟，他们反对片面模拟唐诗的形式技巧，反对以格调论唐诗，强调要以个体的自由心性来品味唐诗，弘扬自然率真的内在精神，而《唐诗画谱》在诗歌的选取上以“诗中有画”作为标准，可谓是对这一时代文学观念的回应。

其次，追求多样化的审美趣味。“诗以盛唐为工，而诗中有画，又唐诗之尤工者也”[③]，《唐诗画谱》在明时能够得到广泛的翻刻和刊印，这与明末士人对唐诗的喜爱不无关系。“大都世所称不朽者有三：诗也，字也，画也。”[④]“天地自然之文，惟诗能究其神，惟字能模其机，惟画能肖其巧。夫诗也，字也，画也，文之迹也；神也，机也，巧也，文之精也。”[⑤]《唐诗画谱》作为集诗、书、画三者为一体的特色选本，其对这三者的推崇和刊刻要求甚高。林之盛在《唐诗七言画谱叙》中曰：“新安凤池黄生，夙抱集雅之志：乃诗选唐律，以为吟哦之资；字求名笔，以为临池之助；画则独任冲寰蔡生，博集诸家之巧妙，以佐绘士之驰骋。”[⑥]作为一本普通出

---

① 汪氏辑：《诗余画谱》，上海古籍出版社 1988 年版，第 2—5 页。

②③④ 王迪吉：《唐诗五言画谱序》，载于黄凤池等编绘，吴庆明、闫昭典评解：《唐诗画谱说解》，齐鲁书社 2005 年版，第 1 页。因黄凤池辑《唐诗画谱》原本中有较多错误，故本文中所录用的序跋和诗歌均取材于《唐诗画谱说解》，后不赘述。

⑤ 程涓：《唐诗六言画谱序》，载于黄凤池等编绘，吴庆明、闫昭典评解：《唐诗画谱说解》，齐鲁书社 2005 年版，第 109 页。

⑥ 林之盛：《唐诗七言画谱叙》，载于黄凤池等编绘，吴庆明、闫昭典评解：《唐诗画谱说解》，齐鲁书社 2005 年版，第 54 页。

版物，黄凤池不惜花费重金请众名家合力打造，其对高品位文化的追求可见一斑。

最后是对商业利益的追求。万历以后，商业经济的发展极大地刺激了版刻书业的壮大，作为商人的黄凤池自然也成为其中的一员。郑振铎在谈及《诗余画谱》开创性意义的时候曾提到："诗词之可入画，盖古已有之。而选词为画谱，则为汪氏所创始。时顾仲方《百咏图谱》、杨雉衡《海内奇观》方盛行于世。此谱继之而出，自必亦为时人所重……自此谱出，而《唐诗画谱》诸作便纷然刊行矣。"[①]《诗余画谱》之类的专书大获成功直接启发了《唐诗画谱》的编制，这一点是毋庸置疑的。在编制《唐诗画谱》的过程中，《唐诗五言画谱》和《唐诗七言画谱》广受欢迎的先例，极大地刺激了编者，于是才有了后来广受诟病的《唐诗六言画谱》的面世。但黄凤池等诸人对他们商业性的一面却颇有辩解之势，他们声称"是役也一举三得，可称三绝，非直射利。"[②]此举颇有此地无银三百两的感觉。即便如此，《唐诗画谱》的出版也带有浓郁的商业色彩。

三、《唐诗画谱》的版本与流传状况

《唐诗画谱》自明万历年间刊刻成书，至今已有四百余年的历史，原书自刊刻以来，获得广泛的传播与喜爱，并流传至海外，东邻日本出现了多种不同版本，如宽文十二年(1672)复刻本，宝永七年(1710)复刻本，1918年铜版缩印本，和1926年大村西崖校辑《图本丛刊》本等。因原选本初编后曾进行了多次的整理与刊刻，故其版本研究的相关问题较为烦琐与复杂。

傅惜华在《中国版画研究重要书目》中对《唐诗画谱》分列了"唐诗五言画谱""唐诗六言画谱"和"唐诗七言画谱"三个条目，记述了各条目的创作者与版本：

> 明黄凤池编，明蔡元勋绘并刻，又刘次泉刻。(一)明万历间苏州集雅斋原刻本；(二)明天启间黄凤池辑集雅斋八种画谱所收本；(三)清康熙四十九年(1710)日本中川茂兵卫重刻八种画谱本；(四)民国七年(1918)日本文永堂铜版重刻本。[③]

傅氏将《唐诗画谱》的版本分为以上四种。他又在《明代唐诗画谱解题》中具体讲述了《唐诗画谱》在日本的流传情况。因类似于《中国版画研究重要书目》的体式，傅惜华在书中分别罗列了"唐诗五言画谱""唐诗六言画谱"和"唐诗七言画谱"，为避烦琐之嫌，现仅摘录"唐诗五言画谱"条目的情况如下，其他两种均可以此类推：

---

① 郑振铎：《西谛书跋》，文物出版社1998年版，第120页。

② 俞见龙：《唐诗六言画谱跋》，载于黄凤池等编绘，吴庆明、闫昭典评解：《唐诗画谱说解》，齐鲁书社2005年版，第168页。

③ 傅惜华：《中国版画研究重要书目》，载于《四部总录·艺术编》，广陵书社2006年版，第601—602页。仅五言注明"明丁云鹏绘"，七言与六言均未提及。

《唐诗五言画谱》一卷，明黄凤池辑。万历间集雅斋原刻本。至天启时，黄凤池复取清绘斋二种与集雅斋六种，合印为八种画谱。及康熙四十九年日本又翻刻八种画谱本，印行于世。然以上三种版本，俱为坊间希见珍品。民国七年日本文永堂，更据日本翻刻八种本，镌刻缩印，颇为盛行。后民国十五年，日本图本业刊会主者、美术家大村西崖氏，乃取万历间集雅斋原本，延彼邦梓人伊藤忠次郎，重为摹刻，而由印工本桥贞次郎刷印行世，复传艺林。[①]

另《四库全书总目》卷一一四“《唐诗画谱》五卷”条云：

内府藏本。明黄凤池撰。凤池徽州人。是书刊于天启中，取唐人五六七绝句诗各50首，绘为图谱，而以原诗书于左方，凡三卷，末二卷为花鸟谱，但有图而无诗，则凤池自集其画附诗谱以行也。[②]

同书又有“《画谱》六卷”条称：

内府藏本。不著撰人名氏。首《唐六如画谱》一卷，次《五言唐诗画谱》一卷，次《六言唐诗画谱》一卷，次《七言唐诗画谱》一卷，次《木本花谱》一卷，次《草木花谱》一卷，次《扇谱》一卷，谱首各有小序，盖明季坊本也。[③]

关于上面所列的两个条目，通过对比可知皆指《唐诗画谱》的不同版本。《四库全书总目》作为清代内容丰富、较系统的研究古典文献的重要工具书、解题式书目的代表作，却出现了如此的低级错误，也反映了《唐诗画谱》流传的广泛性与版本的复杂性。

今所见《唐诗画谱》翻刻本主要散藏于各高校图书馆，如北京大学图书馆、中国人民大学图书馆、华东师范大学图书馆等，其中，以北京大学图书馆收藏的版本较为多样和完备，其余所收藏皆颇为单一。因《唐诗画谱》刊刻次数频繁，传本较多，本文拟选择其中两种版本进行介绍，分别是现存于北京大学图书馆的明天启刻本《唐诗画谱》和日本宽文十二年(1672)复刻明刻本《唐诗画谱八种八卷》。

(一) 明天启刻本《唐诗画谱》

此本共四册一函，今存为残本。有内封面，无目录，内容依次为《唐诗七言画谱》和《唐诗六言画谱》。各谱板框均为单边，每页前幅为图，后幅为唐诗，书写者皆为明人，并各署有款章。

《唐诗七言画谱》卷首有《唐诗画谱序》，但并非钱塘林之盛所作之序；卷尾有林之盛《唐诗七言画谱跋》，该画谱仅录47首唐诗，缺李白《峨眉山月歌》、施肩吾《春词》、武元衡《宿青阳驿》等三首。

《唐诗六言画谱》卷首附新都程涓《唐诗画谱序》，卷尾有新都俞见龙《六言唐

---

① 傅惜华：《明代画谱解题》，载于《四部总录·艺术编》，广陵书社2006年版，第581页。

②③ 永瑢等编：《四库全书总目》卷一一四，子部二十四，中华书局1965年影印本，第976—977页。

诗画谱跋》，正文部分有简单的页码标注，共收录六言唐诗 56 首。

（二）日本宽文十二年复刻明刻本《唐诗画谱八种八卷》

此本刻于日本宽文十二年（1672）五月，共五册二函，依次收入《五言唐诗画谱》《七言唐诗画谱》《六言唐诗画谱》。各画谱板框均为单边，每页右幅为图，左幅为唐诗，书写者皆为明人，亦各署款章。

《五言唐诗画谱》右边用楷书题"新镌五言"，左边续题"唐诗画谱"，中间夹一行小字，写作"集雅斋藏版"，有"野口藏书"章。卷首有钱塘王迪吉序，序下作"中岛氏藏书"。接排《唐诗五言画谱目录》，页中标明"目一、目二、目三"，左页下方标"五言之目一"等字样；卷尾有俞见龙跋，中下标明"五十一共六十一"，左页下标明"五言之跋五十一"。共收录五言唐诗 50 首。

《六言唐诗画谱》卷首有程涓序，页中标有"六言序一、六言序二、六言序三"，左页下标有"六言画谱一、六言画谱二、六言画谱三"；接排《六言唐诗画谱目录》，左页下标有"六言之一、六言之二、六言之三"；卷尾有俞见龙跋，左页下标有"六言五十"。共收录六言唐诗 49 首，正文有页码标注。

《七言唐诗画谱》卷首有林之盛序，页上标有"七言画谱序"，页中下位置标有页码"一、二、三……"；接排《唐诗七言画谱目录》，页上标有"七言唐诗目录"，页中下位置标有页码"一、二"；卷尾有林之盛跋，页上书"七言唐诗跋"，页下书"七言之五十一"。共收录七言唐诗 50 首，有页码标注，标曰"七言一、七言二……"，部分标曰"七十三"或"七言之卅五一"。

另《四库全书存目丛书・子部七十二》全文收录了日本宽文十二年复刻明刻本《唐诗画谱八种八卷》。经比对，二者在文字和绘画上大同小异，较为一致。唯一美中不足的是《四库全书存目丛书》为影印本，在版面上进行了缩印，字体印刷不清楚，绘画美感不足，影响视觉审美效果。

从形式外观上看，这两种版本均刻工精细，印刷清楚，版面整洁，但二者相较，日本刻本比天启刻本更为完善，也更具版本价值。天启刻本可见仅六、七言部分，且七言部分中有三首缺失，严重影响了书的完整性；而日本宽文十二年复刻明刻本内容完整，较为精良。

第二节　《唐诗画谱》的诗画体例和选诗倾向

明代，是中国版画艺术的全盛时期，画谱类选本的刊刻蔚然成风，同类选本的数量众多，异彩纷呈，选本的体例编排、内容遴选也都各具特色。在编选体例上，由于画谱选本的特殊性质，一般采用一图一诗的方式，但具体编排模式上又各有千秋，有以时代为序的，如《顾氏画谱》（又名《历代名公画谱》）等；有以主题为线的，如《诗余画谱》等。在内容的遴选与创作上，体现出了百花争放的格局，有花卉专科画谱，如《菊谱》《刘雪湖梅谱》等；有综合性画谱，如《画薮》《画法大成》等；有诗书画谱，如《十竹斋书画谱》《诗余画谱》等，在众多选本中，《唐诗画谱》无论是体例编排，还是内容的遴选，都独具魅力。

一、《唐诗画谱》的诗画体例

作为集诗、书、画三者为一体的典范之作，《唐诗画谱》的编选体例独具特色，主要可从外观形式的编排和选本内容的编排两个方面来进行考察。

中国古代版画的历史大致可追溯到古代书籍的插图，《易・系辞》中有"河出图，洛出书"之语。自图画出现伊始，上图下文便成为我国古代插图最传统的式样，敦煌石窟中所发现的《千佛名经》，上绘佛像下书佛名，可谓开中国插图上图下书式之先河。

随着历史文化的演进，版画的图式也常产生潜移默化的变化。陈铎在《古代版画的图式转换及文化意义》一文中对版画图式的变化及其所蕴含的文化意义做了以下的阐述：

> "左图右史"、图文同行、书图互证是中国插图最传统的精神。以上图下文为代表的传统版画图式被有选择性、章节性的大幅插图所取代，并不是图式本身的问题，而是社会文化的进步。人们对书籍的插图有了新的审美需求，看图识文让位于读图品味，在没有"文字障碍"的读者中图像的审美功能比它图解的功能更重要。书籍中单页或双页大图版画让画家有更大的表现空间，选择"每图俱就篇中最扼要处着笔"，不遗余力"细微曲折，摹绘如生"，使版画作品情节性、趣味性和可读性大大增加，许多版画得以脱离文本成为文人雅士们案头的玩味之物。[①]

作为版画类图书，《唐诗画谱》的编者采用了"一图一诗"的传统型图式，具体来讲，编者在编排时运用了"左图右文"的样式，具体表现为一图一诗、前图后诗。除少数诗篇（如刘长卿《寻张逸人山居》、柳宗元《寒食》等共计 16 首）原本无配画，其余诗篇均是书法与图画交相辉映、书图互证的。陈铎在其文中所提到的"读图品味"，无疑也可以看作是《唐诗画谱》的一个标签。选本中的每幅插图都是黄凤池盛情邀请当时各大绘画名家所作，他们在绘画中，或原创，或仿作，但所作之画意绝大部分均是切合诗意的，读者在欣赏优美的诗篇与遒劲的书法时，亦可从传神的图画中感受到诗外的情趣，可谓是起到了锦上添花之功效。

如果不考虑选本中的书法与图画两大因素，单把《唐诗画谱》作为诗歌选本的角度来看，它在内容上的编排相对来讲较为简单，这体现在多个方面。

---

① 陈铎：《古代版画的图式转换及文化意义》，《新美术》2007 年第 2 期。

从版式上看,《唐诗画谱》采用了以类编次的编排体例。全书共分三卷,五绝、七绝和六言四句等三种不同诗体各占一卷,这一点非常符合明人编选唐诗所惯用的以诗体来编次的惯例。在这三种诗体中,五绝、七绝各选用 50 首,六言四句诗因各版本的不同,所选用的篇数由 49 篇到 56 篇不等。

从每一种诗体内部的编排来看,初、盛、中、晚唐不同时期的诗篇相互交错,基本上毫无规律可言,具有较大的随意性。值得一提的是,在《唐诗五言画谱》和《唐诗七言画谱》中,黄凤池有意地将两位皇帝的诗篇冠于卷首,即唐太宗的《赐房玄龄》与唐德宗的《九日》。编者之所以这么做,并非是出于对两位皇帝才华的仰慕,反而可能是羡慕两位统治者至高无上的权力与地位,表现了商人阶层对权力的尊崇态度。

综上所述,如果单从诗歌选本的角度看《唐诗画谱》,编者是很不称职的,它的价值也将会大打折扣。所幸这是一本诗画谱,撇开诗歌的问题不谈,创作者们在书法和绘画上的用心,令人敬佩。正因如此,《唐诗画谱》的诗、书、画三个方面相互补益、相得益彰,才使得它能够广泛流传,乃至对后世产生深远影响。

二、《唐诗画谱》的体例特色

《唐诗画谱》作为文学选本和画谱作品在体例上独具特色。它不仅在当时广受欢迎,而且在后世也得到了广泛的流传。究其原因,大致与它的独具特色不无关系。

(一) 诗、书、画"三美一体"的优长

诗歌、绘画、书法属于不同的艺术门类,它们各自的表现手法和方式都有所不同,"诗歌使用语言,书画借助线条或色彩表现形象,但它们都是通过一定的媒介反映自然万物、社会百相和主体的内心情感"[①]。黄凤池是一个颇具文人气息的商人,他编选的《唐诗画谱》有一个非常直观的目的,即是要将诗、书、画三者有效地融合为一个艺术整体。在《唐诗画谱》中,诗、书、画三者相对而言达到了较完美的结合,"求名公以书之,又求名笔以画之,俾览者阅诗以探文之神,摹字以索文之机,绘画以窥文之巧,一举而三善备矣"[②],以至"诗锦绣字字珠玑,画画神奇"[③]。

首先,从诗歌与绘画的关系来看,"诗中有画,画中有诗"是其最大的特色。

---

① 兰翠:《唐诗与书画的文化精神·导言》,齐鲁书社 2009 年版,第 2 页。

② 程涓:《唐诗六言画谱序》,载于黄凤池等编绘,吴庆明、闫昭典评解:《唐诗画谱说解》,齐鲁书社 2005 年版,第 109 页。

③ 俞见龙:《唐诗五言画谱跋》,载于黄凤池等编绘,吴庆明,闫昭典评解:《唐诗画谱说解》,齐鲁书社 2005 年版,第 53 页。

诗歌与绘画素有渊源，唐人殷璠《河岳英灵集》在评点王维诗歌时，就提出“在泉为珠，着壁成绘”[①]的认识，苏轼则称赞王维的诗“诗中有画”“画中有诗”。对此，钱锺书也曾做过较为详细的论述：“自宋以后，大家都把诗和画说成仿佛是异体而同貌。郭熙《林泉高致》第二篇《画意》：‘更如前人言：诗是无形画，画是有形诗。’哲人多谈此言，吾人所师。”[②]从而形成中国传统诗画相通的共识。

黄凤池将“诗中有画”这一美学观点作为自己遴选《唐诗画谱》的一个重要标准。在《唐诗画谱》中，其所编选的150余首唐诗均充分地体现了这一点。如郎士元的《柏林寺南望》：“溪上遥闻精舍钟，泊舟微径度深松。青山霁后云犹在，画出西南四五峰。”今人俞陛云在点评此诗时说道：“诵此诗如展秋山晓霁图，所谓‘欲霁山如新染画’也。”[③]再如常建的《三日寻李九庄》：“雨歇杨林东渡头，永和三日荡轻舟。故人家在桃花岸，直到门前溪水流。”清人黄叔灿评论此诗曰：“读之如身入图画。此等真率语，非学步所能，兴趣笔墨，脱尽凡俗矣。”[④]“‘诗中有画’在功能上强调诗歌不仅只是立足于抒情言志的功用，亦应像绘画那样发挥其愉悦情性娱乐功能，促进诗歌审美功能的发展。‘画中有诗’要求绘画吸收诗歌的诗性特征，改变其匠气特性，提高绘画地位，以利于发挥绘画的认识教化作用。”[⑤]黄凤池正是因为看中了这些诗歌所富有的诗性特征才将它们编选进画谱之中。《唐诗画谱》中像这样的例子还有很多，不一一列举。

其次，从书法与诗歌的关系来看，“书法艺术逐渐成为诗歌等文学样式表现的审美对象之一”[⑥]。中国古代任何形式的文学作品都需要借助书写的方式来进行表达。唐代张怀瓘在其《书断序》中论述书写与文章的关系时讲到：

昔庖羲氏画卦以立象，轩辕氏造字以设教，至于尧舜之世，则焕乎有文章，其后盛于商周，备夫秦汉，固夫所由远矣。文章之为用，必假乎书。[⑦]

正因为书写方式的这种重要性，它才逐渐发展成为一种独立的艺术门类。虽然诗人和书法家是两个不同的群体，但他们一直以来就保持着紧密的联系。《唐诗画谱》中的书法大多是当时流行的带有个性色彩的行草，同时也有少量的楷书。纵观这些书法的风格，有的劲健新奇，独辟蹊径；有的圆转朴厚；有的笔锋婉转流畅，其中董其昌、陈继儒、俞文龙等名家的墨宝尤为珍贵。众所周知，在晚明著名的四大书法家中，董其昌的成就最突出、影响最大，其书风平淡古朴，韵味十足，在《唐诗画谱》后两卷中就有不少人模仿他的书写风格。由此可见，董其昌

---

① 王克让：《河岳英灵集注》，巴蜀书社2006年版，第66页。

② 钱锺书：《七缀集》，生活·读书·新知三联书店2002年版，第5页。

③ 俞陛云：《诗境浅说续编》，上海古籍出版社1984年版，第81页。

④ 转引自黄凤池等编绘，吴庆明、闫昭典评解：《唐诗画谱说解》，齐鲁书社2005年版，第70页。

⑤ 王赠怡：《“诗中有画”“画中有诗”与唐宋诗画功能的互补》，《四川文理学院学报》2010年第3期。

⑥ 兰翠：《唐诗与书画的文化精神》，齐鲁书社2009年版，第160页。

⑦ 张怀瓘：《书断序》，载于《历代书法论文选》，上海书画出版社1979年版，第154页。

在明末乃至清代都产生了很大的影响,《唐诗画谱》得以广泛传播,与他的书写风格和时代影响有着千丝万缕的联系。

(二)雅俗共赏的编选视野

郑振铎在《中国古代木刻画史略》中提到:"中国木刻画发展到明的万历时代(1573—1620),可以说是登峰造极,光芒万丈。其创作的成就,既甚高雅,又甚通俗。不仅是文士们案头之物,且也深入人民大众之中,为他们所喜爱。数量是多的,质量是高的。差不多无书不插图,无图不精工。"[①]《唐诗画谱》作为晚明画谱的代表之作,雅俗共赏正是它所具备的另一鲜明特色。究其原因,一方面,该画谱的读者取向偏于大众化,所选之唐诗较为通俗,同时又带有雅化色彩;另一方面,该画谱编选目的之商业性与品质追求之细腻在某种程度上进行了相互弥补。

首先,关于编选者对于唐诗的选择方面,我们可以发现除了少数脍炙人口的诗歌被选取外,其余大多数诗歌皆是受众群体较小、流通不足的,但这些诗歌却依然能得到广泛的关注和喜爱,最主要的原因就在于编者编选的诗歌题材都比较接近市民生活的真实面貌,抑或是迎合了市民对文人生活的向往与需求。而这些都是由该选本中下层读者群体的目标设定所决定的。但《唐诗画谱》中的诗作虽以通俗易懂为主,但也不乏高雅之作,表现出俗中有雅的趋向。譬如《唐诗五言画谱》中的《岸花》:"可怜岸边树,红蕊发青条。东风吹渡水,冲着木兰桡。"这首诗写"落花",却毫无悲春、伤春之感,诗人张籍跳脱这一惆怅感触,立足于描述"落花"对美的追求,读来意境优美、闲雅甚远。又如《唐诗七言画谱》中张旭的《桃花矶》:"隐隐飞桥隔野烟,石矶西畔问渔船。桃花尽日随流水,洞在清溪何处边?"诗人由矶上的桃花联想到陶渊明笔下的世外桃源,"飞桥"在"野烟"中若隐若现,矶上美景让人无限遐想,最后一问更是将诗人对理想境界的向往之情表现得淋漓尽致。全诗清新隽永,韵味无穷。综合以上诗例可以发现,《唐诗画谱》在诗歌编选中已经显现出"雅化"的倾向。

其次,《唐诗画谱》的编选者非常重视商业性,但在追求商业实效的前提下,依然能够恪守本分,保持了对图谱高品质的追求。为了达到这一目标,参与《唐诗画谱》编撰的众艺术家们功不可没,其中贡献最突出的就属画家和刻工。

《唐诗画谱》的版画创作不同于以往,它更偏重于文人群体的加入和创作。从万历到崇祯年间参与版画绘图的画家有:丁云鹏(南羽)、吴廷羽(左千)、蔡汝佐(冲寰)、郑重(千里)、顾炳(黯然)、汪耕(于田)、仇英(实甫)、顾正谊(仲方)、陆武清、赵之璧、钱谷(子璧)、黄应澄、陈询、俞仲康、陆玺、陆善、陆哲、魏先、陈洪绶(章侯)、钱贡(宇方)等。其中,丁云鹏、蔡汝佐等名家都直接参与了《唐诗画谱》

---

① 郑振铎:《中国古代木刻画史略》,上海书店出版社2010年版,第51页。

的编撰工作。就刻工而言，当时徽州刻工技艺最高，人数最多，成为各地书坊的首选，其中最为人们所推崇的要数歙县虬村的黄氏，其他刻工如刘素明、洪国良、郭卓然、郑圣卿等亦为各地书坊所重。《唐诗画谱》中较为出色的刻工主要有唐世贞、刘素明、汪士珩等。居蜜在其文章中指出这一时期徽刻的主要特点："徽刻自万历十年(1582)以后，逐步形成自己独特的风格——刻线细密纤巧，富丽典雅，有文人的书卷气，也有民间的稚拙味；可以作文人的案头读物，也可以为一般民众及儿童所理解，可谓已达雅俗共赏的境界。"[①]由此可见，在当时，版画及版画创作受到各个文人群体的密切关注。

正是因为《唐诗画谱》具有这样的特色，所以才会在版画"光芒万丈"的明代中后期独具魅力。虽然选本难免会有诸多疏漏，但是作为一本诗、书、画"三美一体"，雅俗共赏的诗画谱，它在明代的画谱研究中依然占有重要的地位。

三、《唐诗画谱》的选诗倾向

选本往往能传达出编者的文学观念与批评态度，选者在编辑选本之初，就必定要考虑如何在该选本中体现出自己的编选意图，这就必然会涉及选本中入选作者、入选作品的数量及内容等相关因素。"每一本选本都可能因其选者所标举的文学批评观念的不同而有不同的作者会被推重。"[②]故入选作者的排名先后、同一作者入选作品的数量多寡，可以体现出编者对该作者及其作品的欣赏程度；同时，入选作品内容的不同，会彰显出不同的诗歌主题，而这也能体现出编者对某种主题的偏爱。

(一)《唐诗画谱》对唐代诗人与作品的选择

在《唐诗画谱》三卷中，《唐诗六言画谱》历来广受诟病，其最大的问题就在于为了作品出版表面上的完整性而产生了大量的作伪现象，《唐诗六言画谱》"基本上不具备唐诗选本的内容及意义"[③]。故为了更客观地从编者选择中反映出当时的诗潮与学风，进而考究选本的诗学意义，在此小节的讨论中，仅以《唐诗五言画谱》和《唐诗七言画谱》作为主要参考依据。

《唐诗五言画谱》和《唐诗七言画谱》共收录诗人 93 人，诗歌作品 100 首。其中，李白、杜甫、钱起、白居易、王维、刘长卿、裴度等均各选录二首，其余诗人一人一首。[④] 按初、盛、中、晚唐的顺序来进行分类的话，两卷中的《唐诗五言画谱》分

---

① 居蜜、叶显恩：《明清时期徽州的刻书和版画》，《江淮论坛》1995 年第 2 期。

② 邹云湖：《中国选本批评》，上海三联书店 2002 年版，第 299 页。

③ 金生奎：《明代唐诗选本研究》，合肥工业大学出版社 2007 年版，第 148 页。

④ 此处诗作的数量计算仅依据文本标注的作者和诗作，不涉及原文本中的错误标注。关于辨误之情状，后文将有详解加以说明。

别收录了13首、9首、16首、12首;《唐诗七言画谱》因没有收录初唐诗人,故其收录的诗作分别为0首、13首、33首、4首。为了能够更直观地体现出二者的关系,现列表如下:

	初唐	盛唐	中唐	晚唐
唐诗五言画谱	13首	9首	16首	12首
唐诗七言画谱	0首	13首	33首	4首
总计	13首	22首	49首	16首

(此图参照了金生奎《明代唐诗选本研究》中第148页的表格,但金生奎表格中存在一些错误,如各卷诗歌分类后的数量总和并不一致)

就具体的单个诗人而言,编者黄凤池在进行诗篇选择时并没有表现出自己对他们的偏好与侧重,大到"诗仙"李白、"诗圣"杜甫,小到许多默默无闻的无名小家,编者基本上是一视同仁,每人均只有一两篇诗作入选。就诗人群体的分布和诗篇创作的时期来看,初、盛唐时期共计35首,中、晚唐时期共计65首,从中可以得出一个很直观的感受——所收录的中晚唐诗歌数量大致相当于初盛唐诗歌数量的两倍。明代的文学发展主要以"文必秦汉,诗必盛唐"为风尚,诗宗盛唐几乎成为文人墨客们的共识,大量的唐诗选本也应运而生,如李攀龙的《古今诗删》、吴复的《盛唐诗选》、吴勉学的《盛唐汇诗》、高棅的《唐诗品汇》《唐诗正声》等都是极度推崇盛唐诗歌的代表性选本。那么,在诗宗盛唐的主流诗潮下,《唐诗画谱》中所选录的诗歌为什么更偏重于中晚唐,反其道而行之呢?

其实,要解答这个问题并不难。虽然明代的文学主潮在此刻是以宗法盛唐为主,但是考虑到《唐诗画谱》的编辑与出版时间,我们不难发现它比较契合具体一段时期内诗学风尚的转移。《唐诗画谱》主要编刻于万历一朝,并在万历末至崇祯年间得到了广泛的流传与重视。而这一时期,以公安派和竟陵派为代表的性灵论冲破了以七子派为代表的格调论的樊笼,异军突起,呈现出一片蓬勃发展之势。公安派以袁宏道为领袖,高举"性灵"的旗帜:"唐人之诗,无论工不工,第取而读之,其色鲜妍,如旦晚托笔研者;今人之诗,即工乎,然句句字字拾人饤饾,才离笔砚,已似旧诗矣。夫唐人千岁而新,今人脱手而旧,岂非流自性灵与出自模拟者所从来异乎!"[①]性灵之论直接点明了唐诗之所以长久不衰、弥久恒新的原因,对真性情的追求深刻地震撼了文坛。在他们的推动下,人们对中晚唐诗歌的认识大大改观,而《唐诗画谱》偏重中晚唐诗的现象也正是顺应了这一文学潮流。

另外,在具体诗人诗作的选择上,还体现出编者黄凤池身上兼具商人与文人

① 江盈科:《敝箧集序》,载于《江盈科集》,黄仁生辑校,岳麓书社1997年版,第398页。

的气息。在《唐诗画谱》中，编者选择了许多名不见经传的诗人，如樊晃、张旭、李约、朱绎等，均是在文学史上没有什么影响力的诗人，但黄凤池却在有限的篇幅中选入了这些人的诗作。单从诗歌艺术性来看，这些诗歌往往平淡无奇，几无可圈可点之处，但这些诗歌"可能很多时候不是由诗歌的角度进行抉择，而是因为小文人对诗歌背后轶闻雅事的那种偏好来选择诗作的"[①]。例如晚唐诗人王轩的《题西施石》就涉及一些轶事，"王轩善为诗，尝游苎罗山，题西施石曰：'岭上千峰秀，江边细草春。今逢浣纱石，不见浣纱人。'是夕有所遇。后有郭素者，闻轩之事，每于浣纱溪题咏，屡吟歌赋诗。或嘲之曰：'三春桃李本无言，苦被残阳鸟雀喧。借问东邻效西子，何如郭素拟王轩。'"[②]这首诗的入选极有可能是由于相关的逸事传说之缘故，此类事例在《唐诗画谱》中不胜枚举。

（二）《唐诗画谱》对诗歌主题的选择

通常，"一部选本的存在价值大致由'选'的目的（为什么选）、'选'的标准（选什么）、'选'的方法（怎样选）几个方面的因素来决定"[③]。从画谱的受众群体来看，其被接受与流行的程度大概受到诸如画谱中文本的性质（画谱中的文本是否简洁明了，贴切市民生活）和画谱中图画的性质（画谱中的图画是否精美细致）等方面因素的影响。基于这一情况，《唐诗画谱》在被编选的过程中也体现出编者的慧眼和匠心——所入选的诗歌多偏重山居生活、园林生活、闺情生活和文人生活四个主题。

1. 山居生活

自东晋陶渊明以来，隐士文学一直成为中国古代文学中的重要组成部分。许多文人墨客们纷纷抒发自己的出世精神，他们摒弃了功名利禄，转而流连于山水之间，自得其乐，即便在气势恢宏的唐代，这种出世的精神也深深地体现在文人们的诗作中，这很符合《唐诗画谱》的选诗趣味，原书所选诗作多以简约清淡的居士生活为旨趣，如其中所选裴迪的《华子冈》：

落日松风起，还家草露晞。云光侵履迹，山翠拂人衣。

原诗为裴迪对王维的和诗，就眼前之景抒发自己的情怀：日暮时分，华子冈上松风徐起，诗人和书童一起漫步回家，草上露晞。天上的云光侵人履迹，山中的翠微轻拂着归人的衣裳。整幅画面中，两棵青松隔离整个图景，将画面完美地分为了三个部分——远山、归人与江水。一幅静谧、闲淡的诗意图扑面而来，如此美景，自然成为《唐诗画谱》的入选佳作。

---

① 金生奎：《明代唐诗选本研究》，合肥工业大学出版社2007年版，第149页。

② 朱胜非：《绀珠集》卷四"郭素拟王轩"，载于清秘藏（外六种），张应文撰，上海古籍出版社1993年版，第872页。

③ 邹云湖：《中国选本批评》，上海三联书店2002年版，第283页。

2. 园林生活

诗与园林的结合可以看作是对中国古代文人"诗意地栖居"的最贴切的表述。唐诗中不乏对园林建筑、风光雅趣的描绘，这些园林诗不仅记载了当时唐人的园林生活，同时也体现出了他们的审美情趣。这些诗作构图清晰，色彩相宜，动静结合，是诗中有画的代表作品。在《唐诗画谱》中就有不少描绘园林生活的诗篇，它们主要包括了夜思、赏花等内容。而优美的园林诗又为画谱中的艺术创造提供了无限的创意和启发，如初唐诗人虞世南的《春夜》：

春苑月徘徊，竹堂侵夜开。惊鸟排林度，风花隔水来。

这首诗堪称是一首纯粹的写景之作。春夜新月当空高照，竹苑中四处空明。飞鸟受到惊吓而四下乱窜，对岸的花香伴随着阵阵清风袭来，沁人心脾。诗人通过视觉、听觉与嗅觉等多种感官的结合，将春夜之美景表现得有声有色，静中有动，动中有静。而文人画家不仅将这些美景如实地表现出来，更通过茂密的竹林、潺潺的流水声，给人一种身临其境之感，取得了锦上添花之功效。

3. 闺情生活

《唐诗画谱》中所呈现的闺情生活，包括闺思闺怨、女子结伴出游等内容。闺怨是中国诗歌史上的常见主题。"文学上的闺怨主题，常将场景设于深宫后院、重阁闺房这类封闭性、私密性的阴性空间，描述思妇登高伫倚凭栏，心怀望尽千帆皆不是的失落。"[①]《唐诗画谱》中如盛唐诗人张说的《三月闺怨》就呈现出了这样的闺思闺怨：

三月时将尽，空房妾独居。蛾眉愁自结，鬓发没情梳。

这首诗化自《诗经・卫风・伯兮》"自伯之东，首如飞蓬。岂无膏沐，谁适为容"。偌大的图景中，思妇的闺房占了近大半的空间，春色将尽，思妇一人独守空房，满面愁容，单手倚桌，姿态慵懒。尽管桌上有镜子可供装扮，可思妇丝毫没有心思去梳理鬓发，满腹心思地望着窗外无尽的景致。细腻的笔触和朦胧的诗意，将思妇内心愁怨的情绪生动细腻地表达出来。

4. 文人生活

中国古代文人广受多种文化思想的影响，一方面，儒家文化的影响根深蒂固，使得他们常胸怀治国平天下之志向；另一方面，老庄等道家思想的影响也不容小觑，故他们又常自省修身养性、回归自然。在文人们的日常生活中，访友、宴集、送别等活动较为普遍。这些相关的内容都在《唐诗画谱》中有所展现，如诗人白居易的《友人夜访》：

檐间清风簟，松下明月杯。幽意正如此，况乃故人来。

原诗写诗人"被访"情形，空寂的夜晚，友人突然到访，在屋檐下随意铺设着竹席，席地而坐，清风徐来，把酒言欢。画面的右上角以约四分之一的篇幅描绘了一座

---

① 杨婉瑜：《晚明〈唐诗画谱〉的女性图像》，《议艺份子》2009 年第 12 期。

巍峨的山峰，配以左上角的弯月，将夜色衬托得愈发幽深静谧。在如此幽雅的环境中，友人到访又为其渲染了一种淡淡的暖色调。清人赵翼在论乐天诗时曾道："眼前景、口头语，自能沁人心脾，耐人咀嚼。"[①]将这段话套用到本首诗上，可谓再恰当不过。

耐人寻味的诗意与惟妙惟肖的插画两者完美结合，不仅反映了编者在画谱选本中的选诗倾向，而且充分展现了《唐诗画谱》对"诗中有画，画中有诗"的审美追求。

第三节 《唐诗画谱》的图文转换与图文关系

在《唐诗画谱》这类画本中，绘图和诗词之间有着微妙的关系，对于这样的关系我们既可以认为是以图说诗，又可以说是以诗释图。本节以此为切入点，来探讨画谱中绘图和诗作之间的转换问题及两者的关系。

一、《唐诗画谱》的图文转换："图以载文"的双重虚化

人们在阅读文学作品时，读者会在大脑中将文字不断依据自己的人生经验形成独一无二的图像。由诗句而浮现的景象绘成的图，就是所谓的"诗意图"。"诗意图"又称'诗画'或'诗图'，是以诗文为题材，表达诗文内涵的绘画。这种类型的图画早已存在，但在晚明时期，人们开始将这些诗意图结集成书出版，其中《唐诗画谱》就是这类画本中的代表作。既然《唐诗画谱》是对唐诗诗意图的辑录，其必然涉及图文之间转换的问题。在对《唐诗画谱》中图画和诗文的欣赏和阅读中，我们发现诗意图并非是由诗歌到图像的简单对译，而是依循着一定的转换规律，这种规律主要体现图像对文学进行有意识的过滤，以及图像将虚化的世界以图绘的方式定型。

一方面是图像对文学进行有意识的过滤。在图文转换的过程中图像并不能将模糊的文字描述全部展现，只能将某些部分在较为有限的画作中表达出来。在图像对文学进行有意识的过滤中，图像将语言可以言说之物用细腻的笔触呈现在画面之中，而在语言不可名状处止步。

在《唐诗画谱》中张谓《早梅》："一树寒梅白玉条，迥临村路傍溪桥。不知近水花先发，疑是经冬雪未销。"这首诗的诗意图着重呈现的就是诗歌的前两句。在图像中一树白梅临水傍山而生，树枝上白梅点点开得正欢，在溪流之上有一木桥，木桥之上一人携一书童正在凝视这寒梅的绽放。图像将"一树寒梅""西桥"等语言能够细致表现的东西真切地反映出来，然而诗中"不知近水花先发，疑是

① 赵翼：《瓯北诗话》，霍松林、胡主佑校点，人民文学出版社 1963 年版，第 36 页。

经冬雪未销”的惊喜之情却不可名状,因此这种言外之情就无法在画作中展现,被绘图者有意省略。又如李白《峨眉山月歌》:“峨眉山月半轮秋,影入平羌江水流。夜发清溪向三峡,思君不见下渝州。”画作右侧峨眉山耸峙,山间半轮秋月映在朗朗夜空之中,一人独坐江畔举头望月,江流依傍山脚静静流向远方。这幅诗意画很好地将“峨眉山”“秋月”“江水”等实体刻画出来,但却无法将作者“夜发清溪向三峡,思君不见下渝州”思念友人的情绪和心境展现。王昌龄《西宫秋怨》“芙蓉不及美人妆,水殿风来珠翠香。谁分含啼掩秋扇,空悬明月待君王。”伊人独立水边,秋扇半掩美人面,水畔芙蓉花开得正艳,却终不及佳人颜色,远方的宫殿珠帘翠幕香气氤氲。画中体现出“美人”“宫殿”“芙蓉花”等景物,却表现不出美人妆成,翘首以盼君王驾临的心情以及一种秋来悲伤孤独的情感。这正是绘画者在进行诗意图创作时有意的选择。

又如项斯《江村夜泊》:“月落江路黑,前村人语稀。几家深树里,一火夜渔归。”月色朦胧,失去月色照耀的江水显得深沉凝重。在这样静谧的夜晚,村庄中的农户早已归家休息,人声静默分外显得更深夜重,如墨的江水之上亮着荧荧灯火的渔船在江面上徐徐前行。诗人通过月落、江水、人声、渔火等意象在人的脑海中勾勒出一幅静谧的图画。绘画者清晰地将月亮、夜归人、深树中的村庄等景物进行细腻地刻画,但是图像的局限无法将“前村人语稀”这一部分中表达夜深人静的意象表现出来,因此在图画中绘画者有意地避开这一意象。同样在图文转换的过程中将声音这一意象过滤掉的还有王维的《竹里馆》。“独坐幽篁里,弹琴复长啸。深林人不知,明月来相照。”这首诗是王维《辋川集》中的第十七首诗,表现了诗人在竹林中弹琴长啸的高雅情趣。绘画者在图像(彩图 2)的右下方绘出郁郁葱葱的竹林,一文人独坐林中,手持古琴,远方一轮朗月悬挂于空中,月下溪水在山涧中流淌,构成一幅精致细腻的诗意图。但同样的这幅图仍将无法表现的琴声、歌声隐去。除以上所举的几首诗歌以外,《唐诗画谱》中还有很多诗意图有意识地过滤图画无法表现的意象,如《夜渔》《葮川独泛》等,这里不复赘述。这些例子都说明了由图像到文字的转化中绘图者有意识过滤掉语言无法言说的部分,而注重笔墨来呈现语言可名之物的转换规律。

另一方面,图像将虚化的世界以图绘的方式定型。赵宪章在分析由《十咏画》对《十咏诗》模仿的研究中指出:“诗之‘不言之妙’就是语言难名之处,所以只能用符号‘象征’之,这个符号就是虚化的图像。虚化图像以其若隐若现、若有若无的视觉效果代替了语言不可名状之情感,即将‘不可言说之说’转化为悦目的写意山水,从而在语言不可名处为世界重新命名。”[①]《唐诗画谱》中骆宾王《在军登城楼》有诗句“城上风威冷,江中水气寒。戎衣何日定,歌舞入长安”。诗中前两句的“冷”“寒”在将文向图转化时就很难真切地表达,作画者为真实地再现诗

① 赵宪章:《语图传播的可名与可悦——文学与图像关系新论》,《文艺研究》2012 年第 11 期。

中场景，便在画中借助描绘城楼上高高飞扬的旗子，来表现风势之大和高处之寒。江边疏落的苇草与树木，表现出当时寒冷的环境和肃杀的气氛。通过对这些实物的刻画，能够充分地表现出当时的环境，烘托出诗人期望战争早日结束，和平时代到来的心情，从而进一步使图画表现出诗歌想要传达的意境，达到“景中藏情”“寓情于景”的艺术效果。王建《十五夜望月寄杜郎中》诗意图，绘画者就通过层次错落的空间布局将一幅月明星稀、乌鹊飞动的图画呈现出来，临水岸边树木萧瑟，寒鸦几只，在十五月圆之夜皎洁清冷的月光的映衬下，更显秋意浓重。在这样的环境下作者不禁发出“不知秋思落谁家”的感叹。柳宗元《登柳州峨山》的诗意图构图简单，左边的人物站在山上举目远望，所望之处绘画者并未画出任何事物而是将这一部分留白，仿佛在那重重山峦之后就是作者心中所想象的景象，这样的结构设计能够留给鉴赏者极大的想象空间，并将诗人登高望远时那“独上意悠悠”的心绪情感完美地表现出来。图像将诗歌中“言有尽而意无穷”的地方通过图绘的方式定型，对文学作品进行进一步的虚化。

又如《太宗皇赐房玄龄》“太液仙舟迥，西园引上才。未晓征车度，鸡鸣关早开”，将不同时空的东西融入同一画面之中。其中鸡鸣关的形象是诗人主观想象中出现的景象，但是绘画人则在图画的左上方的重山中绘出了城门，以代表“鸡鸣关早开”的意象。《汴河曲》:“汴水东流无限春，隋家宫阙已成尘。行人莫上长堤望，风起杨花愁煞人。”对于这首诗绘图者在图画的最上方绘制了宫殿城墙，但是这里的宫殿呈现的不是辉煌富丽的样子，而是在尘土的掩映之下和图画下方的春景形成了极为鲜明的对比。这一兴一衰的强烈对比，引发出无限的历史兴亡之感。此番景象并不真实存在，诗人在河堤之上举目远眺，看见堤柳飞花从而联想到隋朝的衰败，是头脑中想象出来的画面。《村居》中“夹岸人家临镜，孤村灯火悬星。乔木千枝鹭下，深潭百尺龙吟”。这首诗的诗意图中绘画者绘制出了一条从水中跃上空中的龙，呼应诗中“深潭百尺龙吟”这一句想象出来的情景。

在《唐诗画谱》中还有两幅版画显示出了不一样的风格，这两幅诗意图分别是《春晓》和《江行》。它们与其他诗意图的不同之处在于其着眼点不在表现全景，而是在细微处聚焦，呈现“以小见大”的风格，这种方法与摄影中的微观摄影相似。因此，这两幅图值得我们注意。

二、图文双向互动关系：诗情与画意的递进更新

“诗意图”在进行图文转换的创作时，图与文间保持着一种双向互动的关系。这种关系可以从两个方面进行理解：一方面诗意图对诗歌的影响，图像是对诗歌的再创造，同时促进诗歌流传；另一方面是诗歌对于诗意图的影响，诗是对画的意蕴进行深层解读。图与文在互动中衍生出新层次的审美意义。

（一）诗意图对诗歌的影响

诗意图的创作可理解为“图像艺术对语言艺术的模仿是语图互仿的‘顺势’”①。在诗意图这种模仿过程中，图像对诗歌的影响可以作两个方面进行理解：一是诗意图是对诗歌的再创作，二是诗意图促进诗歌的流传。

一方面，诗意图是对诗歌进行再创作。诗意图包含着绘图者内心充沛的情感，同时与诗歌内容相结合，成为融情入诗、含情入画的佳作。这时的诗意图不仅是单纯的画作，更多融入了人文情怀和意蕴旨趣，是对诗歌作品原有情谊的升华。衣若芬指出，“诗意图”的表现方式依画家选择和诠解诗文的情况有所不同，或图绘诗文全部的内容，具象其要旨；或摘取诗文短句，以诗眼统摄全文；或缘情而发，依于诗文而又别开新意，虽是以表达诗文内涵为目的，但是画家的巧心营造，往往可能更添意趣，为原作所不及，而另收画龙点睛之妙。由此看来，诗意图的表现方式的灵魂在于诗人与匠人情感的合一、交融、升华，这也注定诗意图是对诗歌内涵的生发。

《唐诗画谱》中主要辑录的是唐代的诗歌，但其中对诗歌的选取和相应版刻作品却体现着晚明时期人们的审美取向。晚明时期的文人注重物质生活的享受，同时又具有追求高雅艺术的情怀，在他们心中蕴藏着对闲逸精致的理想生活方式的向往。因此他们的诗意图多以山水人物为主，也有少量梅竹和花卉。晚明的诗意图中人物姿态动作韵味深长、对于山水草石花木的刻画精细入微，画中兼有景、情、声、色，充分地显示出这一时期人们享受人生的文化气质和处世态度。在《唐诗画谱》中皮日休的《闲夜酒醒》、卢照邻的《葭川独泛》、白居易的《晚秋闲居》、朱可久（即朱庆馀）的《西亭晚宴》、王维的《竹里馆》、熊孺登的《春郊醉中》、李华的《春行寄兴》等，一诗一画，都表现出文人雅致闲逸的生活状态。在绘图的过程中，绘图者将自身经验与诗歌旨趣相融合，对诗歌表达的意蕴进行升华。

另一方面，诗意图促进诗歌进一步流传。一方面诗意图本身特点就是清晰明了，使人能够较为清楚地掌握其中表达的内容，适合各个阶层和文化水平的人欣赏。另一方面与文字的精准相比，图像以其直观使受众“一见倾心”。上古时期的甲骨文所记载的事件借助图像符号保存流传，中国的神话传说能够对后世产生影响，很大程度取决于刻在洞穴和鼎器之上的图画，唐诗宋词中名篇的流传也与画家对它们的反复摹写不无关系，明朝版画的流行与兴盛客观上促进了小说的发展，时至现代，小说被改编成影视剧的例子屡见不鲜，掀起一阵阵改编热潮。

《唐诗画谱》正是文与图相互促进的范例。一方面，“以图载文”是迎合当时

---

① 赵宪章：《语图互仿的顺势与逆势——文学与图像关系新论》，《中国社会科学》2011 年第 3 期。

文化需求的艺术形式。《唐诗画谱》是晚明资本主义经济因素萌芽和市民意识开始觉醒的产物。它不是少数精英阶层进行学术研究的材料，而是当时大部分渴望文学的中低层知识分子置于案头的消遣读物。这种受众设定，必然要求其在内容和形式的选择上更加贴近群众，以喜闻乐见、通俗易懂的方式呈现在读者面前。在这样的需求之下"以图载文"的艺术形式当仁不让地成为其首选。另一方面，"以图载文"促进了其中诗歌流传。《唐诗画谱》中选取的唐诗并非仅局限于盛唐大家的代表作，它选录的作品除了十多首脍炙人口的名作之外，其他并不是这些作家的代表作。这部画谱以生动的人物形象、写意的山水、细腻的笔触呈现出一幅幅精品诗意图，人们在欣赏诗意图的同时也关注到这些诗歌。

（二）诗歌对诗意图的影响

"诗意图"在创作时，除了注意到诗意图对于诗歌的影响外，我们也需关注诗歌对于诗意图的影响，它是双向互动关系中不可或缺的一部分。诗歌对于诗意图的影响主要表现在画的意蕴深层解读上。当绘画者根据诗歌的意蕴创作出诗意图后，这幅图画就具有其自身的独立意义。这时的诗不再是诗意画的创作蓝本，而是成为其深层意蕴的注释。在诗意图创作过程中，会存在着一些无法表现的方面，例如对于气味、声音、人物内在心理活动等，缺少了这些因素诗歌的意蕴将大打折扣。这时，诗文就对诗意图的意蕴展示起到了补充作用。例如，项斯《江村夜泊》"月落江路黑，前村人语稀"这句诗中的"人语稀"无法通过图像表现出来，杜甫《绝句》"风起春城暮，高楼鼓角悲"中的鼓角声在画中也无法表现。再如，丘为《左掖梨花》"冷艳全欺雪，余香乍入衣"中"余香"在画中无法展现。在这种情况之下，诗歌就对观赏者在欣赏诗意图时起到了补充的作用，使欣赏者对图画的理解不仅流于表面，而且能够更加全面深入地了解诗意图的意蕴。

在诗意图创作过程中，诗与图间存在双向互动的关系。首先，诗意图对诗歌产生影响。在原有诗歌的基础上融入绘画者的情思，从而对诗歌进行了绘画层面的再创造。"图以载文"的艺术形式又促进了诗歌的流传。其次，诗歌是对诗意图意蕴的补充。在诗歌作为补充的基础之上，诗意图的内涵旨趣更加充分地展现在欣赏者的面前。诗歌和诗意图的双向互动构成了审美创造力的一种衍生方式。诗意图和其所对应的诗歌在绘画和诗歌立意构想相互沟通的基础上，以彼此绝不因循的创作精神使诗情与画意不断递进更新。

《唐诗画谱》作为晚明时期一部重要的画谱代表作，其中书、画、诗、刻四绝具有很高的文化艺术价值。画谱中一画一文，一书一刻相得益彰，在相互的映衬中展现着晚明时期人们雅致、自然、闲逸、灵动、高远的审美取向。

第四节 《唐诗画谱》的价值和局限

图文并茂，相辅相成是中国书籍的优良传统之一。自古，著书立说者都非常重视图的作用，图画在不少著作中都担任着比较重要的角色，并发挥了重要的增色功效。我国历代刻印流通的书籍许多就附有精美的插图，这些图画通过雕版印刷的方式来进行复制、生产和流通，《唐诗画谱》也是其中的一种。本节试图通过对明代，尤其是晚明一代画谱的基本格局做概要地介绍；同时结合具体画谱选本，如《诗余画谱》，来比较分析《唐诗画谱》的继承与创新。

作为中国版画事业发展的黄金时期，明中后期版刻制书业的发展突飞猛进，各类画谱的刊刻名目繁多，其后续影响亦是连绵不绝。虽然《唐诗画谱》的刊刻发行与同时期其他画谱选本相比较为偏晚，但它依然能够保持自己的特色，并最终成为明中后期最有影响力的诗画谱之一。与此同时，《唐诗画谱》又是一部不够审慎的诗选本，原书不可避免地出现许多疏漏和不足之处。本节主要从《唐诗画谱》的价值和不足两个方面略做阐析。

一、晚明画谱选本的格局

自唐代发明雕版印刷术后，它首先被应用到佛教经籍插图的版刻，自此中国出现了版刻图画的文学形式。五代是中国历史上大动荡、大分裂时期，但版刻插图技术，仍然取得了长足的发展。无论雕版技术还是表现内容和手法，宋、元都可称得上是中国版刻史上承前启后的重要时期。中国的版画事业经过了这几个阶段的发展，终于在明中后期迎来了璀璨夺目的黄金时代。

明代的画谱选本百花齐放，空前繁荣。据画谱的内容题材和编撰形式来看，大致可将其分为三个类型：单科画谱、综合性画谱和诗书画谱。

单科画谱出现最早，形式最完善，其题材主要以梅、竹、兰、菊、翎毛等为主，如高松的《菊谱》《翎毛谱》、刘世儒的《刘雪湖梅谱》、程大宪的《程氏竹谱》等均属此类。此外，还有几种单科题材的综合画谱，譬如在《集雅斋画谱》系列中，黄凤池将梅、兰、竹、菊等几种题材一起绘编为一卷，即《梅竹兰菊四谱》。

综合性画谱是针对单科画谱而言的。此类画谱往往并不局限于单一的题材，而是囊括了许多不同的门类并加以解说，最具代表性的是周履靖《夷门广牍》中的《画薮》系列。《画薮》中共收录七种图书，分别为《画评会海》（二卷）、《天形道貌》（一卷）、《淇园肖影》（二卷）、《罗浮幻质》（一卷）、《九畹遗容》（一卷）、《春谷嘤翔》（一卷）、《绘林题识》（一卷），这些均与绘画相关。

诗书画谱是数量最多、流传最广的一种画谱，大都以诗、书、画“三绝”为编撰形式。晚明时期比较有影响力的诗书画谱主要有十种，即《百咏画谱》《顾氏画谱》《诗余画谱》《唐解元仿古今画谱》《唐诗画谱》三种、《木本花鸟谱》《草本花鸟谱》和《十竹斋书画谱》。

《百咏图谱》乃顾正谊于万历二十四年(1596)编撰,全谱共两卷,均由顾正谊自绘插图。陈继儒在此谱序中曰:"先生以乙未(1595)奉简书饷边,出入诸将军战垒及胡沙宿莽中,黄云冻月,落落马上,为一听芦篥,醉葡萄而归。归买舴艋,顺河流南下。途次寂寞,因于叩舷之暇,赋诗以消客况。不一月而得百篇。""咏物、闺情。各抒才韵,绘拟所至,生气凑合,可以夺化工之权,结思人之涕。"该谱咏物范围甚广,构图精巧,整体气势不俗。黄冕仲在《诗余画谱跋》中称赞:"雕镂刻划,穷工极巧,精细莫可名状,把玩足当卧游。"[①]在一部画谱中去称赞另一部画谱,可见《百咏图谱》受当时文人喜爱程度之深。

明人顾炳编辑的《顾氏画谱》又名《历代名公画谱》,成书于万历三十一年(1603)。编者以时代为序,辑录了从晋到明106位画家的作品,如阎立本、吴道子、唐寅等,可看作是一部小小的绘画史著作。在具体操作上,主要选择将画家原作品按一定比例缩小尺幅。全谱线条流利,细巧有力,工致精丽。此书版本较多,流传亦广,对后世《诗余画谱》《唐诗画谱》的编刻提供了不少珍贵的经验。

除此之外,朱寿镛、朱以派和朱颐厓三人同著的《画法大成》(八卷)和胡正言的《十竹斋书画谱》(八卷)值得单独一提。前者作为画谱中唯一一部藩王刻本,同时也是明代藩刻本中唯一的一部画谱选本。后者虽然刊刻的时间最晚,却是版画史上第一部彩色套印画谱。

为了能够更直观感受晚明时期画谱的空前繁荣之景象,现列表如下:

书名	出版者	书坊名	刊刻时间	绘、刻者	图文版式
菊谱一卷	高松		嘉靖庚戌(1550)	高松绘	单面,诗文题于图中
翎毛谱一卷	高松		嘉靖甲寅(1554)	高松绘	单面图式,无文字
遁山竹谱一卷	高松		明嘉靖年间	高松绘	单面图式,图中附说明文字
刘雪湖梅谱二卷	刘世儒		隆庆己巳(1569)第一次刊刻	刘雪湖绘	单面图式
百咏图谱二卷	顾正谊		万历二十四年(1596)	顾正谊绘	单面,对开右图左诗,有双面连式图式
画薮七种	周履靖	荆山书林	万历戊戌(1598)	周履靖绘	单面图式
顾氏画谱四卷	顾炳	双桂堂	万历癸卯(1603)	顾炳绘	单面,一图一书

① 黄冕仲:《诗余画谱跋》,载于汪氏辑:《诗余画谱》,上海古籍出版社1988年版,第2—5页。

续表

书名	出版者	书坊名	刊刻时间	绘、刻者	图文版式
图绘宗彝八卷	杨尔曾	夷白堂	万历丁未(1607)	蔡冲寰绘，黄德宠刻	单面图式
程氏竹谱二卷	程大宪	滋芥馆	万历戊申(1608)	程大宪绘	单面及对开连式图式
陈眉公先生订正画谱八卷	孙丕显	宝鼎斋			
诗余画谱	宛陵汪氏		万历壬子(1612)	汪绾绘	单面，一图一书
画法大成八卷	朱寿镛、朱以派、朱颐厓同著		万历乙卯(1615)	著者绘	蓝印本。单面、双面及多面连式图式
张白云选名公扇谱一卷	张白云	清绘斋	万历间	张白云摹绘	蝴蝶装
唐解元仿古今画谱一卷	(伪)唐寅	清绘斋	万历间		单面，一图一式
梅史一卷	汪懋孝		万历间	汪懋孝绘	单面、双面连式图式
新镌五言唐诗画谱一卷	黄凤池	集雅斋	万历末年(或在1615)	蔡冲寰、丁云鹏等绘	单面，一图一书
新镌七言唐诗画谱一卷	黄凤池	集雅斋	万历末年(或在1615)	蔡冲寰绘，刘次泉刻	单面，一图一书
新镌六言唐诗画谱一卷	黄凤池	集雅斋	万历末年(或在1616)	蔡冲寰、唐世贞绘	单面，一图一书
新镌梅竹兰菊四谱	黄凤池	集雅斋	万历庚申(1620)	孙继先绘	单面，诗文题于图式中
新镌木本花鸟谱一卷	黄凤池	集雅斋	天启元年(1621)	黄凤池绘	单面，一图一书
新镌草本花诗谱一卷	黄凤池	集雅斋	天启元年(1621)	黄凤池绘	单面，一图一书
十竹斋书画谱八卷	胡正言	十竹斋	崇祯癸酉(1633)	胡正言等绘	彩色套印本，蝴蝶装①

二、从《诗余画谱》看《唐诗画谱》的新变

黄凤池《唐诗画谱》的编选是在宛陵汪氏的《诗余画谱》大获成功的启发下成型的。明代中后期画谱事业空前繁荣，《诗余画谱》作为中国第一部词画谱横空

① 参见安永欣：《晚明画谱综合研究》，中央美术学院2012年博士论文，作者还将画谱的出版地、馆藏地等信息列出。

出世。它是由汪氏根据宋人所辑《草堂诗余》，仿其编次，重择精华词作编辑而成，故该谱最初又名《草堂诗余意》。汪氏感慨于《草堂诗余》中词作之宛然如画，"独抒己见，不惜厚赀聘名公绘之而为谱。且篇篇皆古人之笔意，字字俱名贤真迹。摩天然之趣，极人工之妙，不多逊顾、杨两君"①。原谱主要选用秦观、柳永、苏轼、黄庭坚四大词家之名作，插画中又以人物、山水为主，一词一图，相映成趣。郑振铎曾评价："每一幅画都是完美之作。以一百幅巨帙的木刻画集，而幅幅精妙，这样的艺术家是头等的，是不惜付出全副的艰深的创作力量出来的。……置之徽派作品里，这无疑地是最上乘之作之一。"②

《唐诗画谱》和《诗余画谱》作为同一时代不同时期先后创作面世的诗书画谱，它们在出版时间、题材、编撰方式等方面都比较相近，二者有着明显的承继关系。就编撰形式而言，它们均采用一图一文的模式；就作品的成型而言，它们的编辑者均广邀名家，或挥毫弄墨，或精雕细刻，最终呈现出了一个堪称诗、书、画三绝的精美画谱。

虽然《唐诗画谱》和《诗余画谱》有许多的相承之处，但在《诗余画谱》大获成功之后，《唐诗画谱》依然能够后来居上，并保持着持续的影响力，这背后的原因就值得我们去细细体味了。本小节试图通过将《唐诗画谱》和《诗余画谱》进行比较，着重落脚于二者的不同之处，由此生发出《唐诗画谱》对明代画谱选本的突破及其背后意义的探讨。

首先，就画谱文本编选依据而言，《唐诗画谱》和《诗余画谱》没有共通之处。《唐诗画谱》的诗歌选择并没有一个较为可靠的参考底本，它的诗歌编选基本上是由创作者们依据书法或绘画等方面的需求而完成的，具有较大的随意性。相较之下，《诗余画谱》则有一个比较可靠的底本，其中的近百首词，都是依据南宋无名氏所编辑的《草堂诗余》而得来的。二者编选依据的不同，也使得它们所呈现出来的文本及其反映的历史风貌不同。

《诗余画谱》所据之底本《草堂诗余》在明代被广泛接受，当时的书商、坊主竞相刊刻此选本，其流行的繁盛景象无可比拟。《草堂诗余》的成书时间约在南宋庆元初年(1195)之前，其中所收录的词作大都以宋词为主，亦收入有少许晚唐五代之词。限于它的成书时间，《诗余画谱》中选录的词作时间也大概停留在南宋前期，故《诗余画谱》中所录之词反映出的只是南宋前期宋词的基本面貌。与此相反，《唐诗画谱》并没有一个可以依据的底本。究其根源，这与明代的诗学风潮密切相关。明代的文学发展始终伴随着复古与反复古的争斗，前后七子、公安派、竟陵派等不同的文学群体，打着复古或反复古的旗号，这一现象也最终导致了终此一代文学的唐诗选本著作纷繁复杂、鱼龙混杂的状况。这在客观上加大了

① 黄冕仲：《诗余画谱跋》，载于汪氏辑：《诗余画谱》，上海古籍出版社 1988 年版，第 2—5 页。

② 郑振铎：《中国古代木刻画史略》，上海书店出版社 2010 年版，第 121—122 页。

《唐诗画谱》在唐诗编选上的随意性。因此,作为诗词选本来看,《唐诗画谱》的文学价值远远不及《诗余画谱》;但由于时代局限这一客观情况,《唐诗画谱》选录文本的随意性在一定程度上反映出了当时的诗风诗貌,这一点的价值亦是弥足珍贵的。

其次,就文本选择倾向而言,二者大相径庭。唐诗和宋词作为中国史上最为璀璨夺目的明珠,其中脍炙人口、家喻户晓的名篇佳作不胜枚举。作为一部仅能容纳百余首诗词的选本,编者在进行编选时理所当然地应以名篇为主。然而,在具体的操作上,两部画谱文本却呈现出两种迥然不同的方式。

《诗余画谱》在词作的选择上基本上体现出重名家名作的指导思想,像苏轼、秦观、柳永等写词能手,被辑录的作品数量也是最多的,所辑录的作品亦为广泛传诵之名作,如苏轼的《蝶恋花》(花褪残红青杏小)、《念奴娇》(大江东去)和《水调歌头》(明月几时有)等,足见编者对这几大名家的珍视。另外,诸如范仲淹、宋祁、王安石等文人,在文本中则选取了他们的代表作,如范仲淹的《渔家傲》(塞下秋来风景异)、宋祁的《玉楼春》(东城渐觉风光好)、王安石的《桂枝香》(登临送目)等。《唐诗画谱》则不然,黄凤池在进行作品选择时,并没有表现出特别的倾向,而是广选全唐之诗。除了受当时的文坛诗潮的影响,稍偏重于中晚唐之诗外,具体到个体诗人,诸如李白、杜甫等诗作大家,被选录的篇数是少之又少,被选用的基本是小家之作。如顾况的《溪上》、李华的《春行寄兴》、窦巩的《秋夕》等,皆是流传不广的平平之作。当然,这并不是说《唐诗画谱》中就没有大家名作,像孟浩然的《春晓》、王维的《竹里馆》等朗朗上口、千古传唱之作即被选录。明人对"主理"的宋诗的厌恶,对"主情"的唐诗的推崇,曲折地反映了他们对现存秩序及其思想专制的不满,体现了他们叛逆的心态。从这个角度来看,黄凤池的《唐诗画谱》打破了历代选本中唯大家是举的格局,使读者在阅读时具有更强的可选择性和独立意识。

最后,就画谱版画的创作来看,《唐诗画谱》似比《诗余画谱》略高一筹。无论画家还是刻工均是名家云集,但就版画艺术而言,《唐诗画谱》与《诗余画谱》都在一定程度上把《顾氏画谱》当作了自己的临摹粉本。所不同的是,《诗余画谱》的版画几乎全为临摹之作,而《唐诗画谱》中的版画除了临摹之外,更多是画家们自主创作出来的。现将《唐诗画谱》和《诗余画谱》中临摹《顾氏画谱》的作品列表如下:

图表 1 《唐诗画谱》中仿《顾氏画谱》的作品[1]

《唐诗画谱》	《顾氏画谱》
《唐诗五言画谱》裴度《溪居》图	高克恭图
《唐诗五言画谱》柳宗元《登柳州峨山》图	吴镇图

① 沈歆:《明代集古画谱的临仿模式与粉本功能——以〈顾氏画谱〉为中心》,《美苑》2011 年第 3 期。

续表

《唐诗画谱》	《顾氏画谱》
《唐诗五言画谱》李义府《咏乌》图	萧照图
《唐诗六言画谱》王建《游宕山》图	董其昌图
《唐诗五言画谱》卢照邻《葭川独泛》图	仇英图
《唐诗五言画谱》孔德绍《咏叶》图,题"仿陈喜笔意"	陈喜图

图表 2 《诗余画谱》中仿《顾氏画谱》的作品①

《诗余画谱》	《顾氏画谱》
第八幅李景《春恨》图	刘松年图
第十一幅黄庭坚《渔夫》图 题"仿王右丞"	王右丞图
第十二幅李太白《闺情》图	赵伯驹图
第十七幅李太白《秋思》图,题"仿盛懋"	盛子昭图
第十八幅赵德麟《春景》图,题"仿文伯仁"	文伯仁图
第三十八幅黄庭坚《渔夫》图,题"仿文休承"	文嘉图
第四十三幅秦少游《春游》图	杨士贤图
第四十四幅蒋子云《初夏》图,题"仿僧巨然"	僧巨然图
第四十五幅晁无咎《春景》图	夏圭图
第四十七幅苏子瞻《春暮》图	赵令穰图
第五十幅苏东坡《离别》图,题"仿米友仁"	米友仁图
第五十一幅王介甫《春景》图,题"仿范中立"	范宽图
第五十四幅谢无逸《渔夫》图,题"仿董玄宰"	董玄宰图
第五十五幅苏东坡《晚景》图,题"仿米元章"	米元章图
第五十八幅柳耆卿《夏景》图,题"仿萧照"	萧照图
第五十九幅黄山谷《春景》图,题"仿李咸熙"	李咸熙图
第六十幅王介甫《秋思》图,题"仿莫云卿"	莫云卿图
第六十三幅苏东坡《警悟》图,题"仿王叔明"	王蒙图
第六十四幅苏东坡《吉席》图	李迪图
第六十七幅苏东坡《中秋》图	文徵明图
第七十四幅晁无咎《追和东坡韵》图,题"仿梅花道人"	吴镇图

① 沈歆:《明代集古画谱的临仿模式与粉本功能——以〈顾氏画谱〉为中心》,《美苑》2011 年第 3 期,第 77 页。

从上表不难看出,《诗余画谱》近百余幅画作中直接临仿《顾氏画谱》的就达21幅之多,其余画作亦是对其他不同作品的临摹;《唐诗画谱》中的画作虽亦有临摹之作,仅占六幅,几乎可以忽略不计。除此之外,绝大多数的版画都是画家们根据诗意自主进行创作的结晶。可以看出,通过不断的实践创新,至《唐诗画谱》创作之时,画家们的绘画技艺已经从完全临摹的初级阶段发展到了以粉本为辅、自主创作为主的中高级阶段,换言之,《唐诗画谱》成功地将绘画理论与绘画技巧应用于诗书画谱的创作之中,日臻完善的版画技巧与制作精美的诗书文本二者相辅相成,并促成了《唐诗画谱》的极大成功与广泛流传。

三、《唐诗画谱》的选本价值

《唐诗画谱》集诗、书、画三者为一体,既是一部关于五、六、七言的唐诗选本,同时也是一部制作精美的画谱作品,自成书以来,备受关注。不可否认,《唐诗画谱》中确实存在某些错误,其中将诗作的作者张冠李戴,或者误收他代诗人之作,这些问题都需要仔细辨别。但这些问题并不能掩盖《唐诗画谱》的内在价值。作为明代中后期的诗书画谱,它的文学意义和文化意义都是不容忽视的。

(一) 文学价值

《唐诗画谱》自面世以来,就得到了广泛的传播并历经多次翻刻,其流传之广,翻刻之多,从其现存版本的复杂现状中可见一斑。作为一部唐诗选本,它有着一定的文学意义。

首先,《唐诗画谱》中的《唐诗六言画谱》可称得上是我国文学史上第一部专收唐人六言诗的选本。俞见龙在为《唐诗六言画谱》所作跋中说道:“近时事事好奇,而诗追宗六言,遍索罕见,是亦缺典。黄凤池集雅士也,旁搜博采,仅得五十首……非直射利,其有功于诗学,岂曰小补之哉。”[①]众所周知,唐代六言诗歌数量极少,而黄凤池“旁披博采”终得50余首,可谓用心良苦。

王国维说:“凡一代有一代之文学:楚之骚,汉之赋,六代之骈语,唐之诗,宋之词,元之曲,皆所谓一代之文学,而后世莫能及焉者也。”[②]“一代有一代之文学”,表明了“一代文学”的不可超越性,同时也体现了“一代文学”对那一时代文化精神风貌的彰显。古往今来,人们往往把注意力集中在五言、七言诗歌上面,六言诗歌鲜有问津,至于对六言诗歌的研究更是少之又少。虽然早在西晋时期就出现了关于六言诗歌的评论,但诸多评论多为杂感或即兴评点式,对其颇具

---

① 俞见龙:《唐诗六言画谱跋》,载于黄凤池等编绘,吴启明、闫昭典评解:《唐诗画谱说解》,齐鲁书社2005年版,第168页。

② 王国维:《宋元戏曲考》,商务印书馆1915年版,第1页。

研究性质的大概只有明代杨慎的《升庵诗话》和清代赵翼的《陔余丛考》了。六言诗歌无论数量还是质量都远不及五、七言诗歌，但它也有不少名篇佳作，《唐诗六言画谱》中就收录有王维的六言诗《幽居》："山下孤烟远村，天边独树高原。一瓢颜回陋巷，五柳先生对门。"①刘克庄在《唐绝句续选序》中谓："盖六言尤难工……惟王右丞、皇甫补阙所作绝妙。"②可见王维六言诗之精妙，同时也体现了选本编者的不俗眼光。此外，作为一种诗歌样式，六言诗的产生与发展都经过漫长的过程，不能由于它远离诗歌主流地位而抹杀其应有的文学价值。洪迈在《容斋随笔》中也论曰："予编唐人绝句，得七言七千五百首，五言二千五百首，合为万首。而六言不满四十，信乎其难也。"③但即使六言诗的搜集与研究都是"难乎其难"，黄凤池依然迎难而上，编选出了该选本，他对六言诗传播所做出的贡献值得我们肯定和赞扬。

其次，《唐诗画谱》的编定与流传符合当时文学的主流倾向，对当时诗坛弊端也起到了一定程度上的矫正作用。复古与反复古始终伴随着有明一代文坛的发展，此时七子复古模拟的弊端日益显现，并逐渐发展到无以复加的地步。公安派和竟陵派先后应时而生，他们将斗争矛头直指七子一派，试图纠正其弊端。公安派和性灵派所提倡的"性灵说"，对当时的文坛产生了重大影响，人们开始追求文学创作的真性情，贵真求变尚奇，让人联想到李贽"有是格，便有是调"的观点："性格清彻者音调自然宣畅，性格舒徐者音调自然疏缓，旷达者自然浩荡，雄迈者自然壮烈，沉郁者自然悲酸，古怪者自然奇绝。有是格，便有是调，皆情性自然之谓也。莫不有情，莫不有性，而可以一律求之哉！"④

《唐诗画谱》选诗题材多样，囊括了山居生活、园林生活、闺情生活和文人生活等多个方面，这些诗歌题材所描绘的内容与人们的实际生活紧密相连。黄凤池又将诗、书、画三者相结合，把"诗中有画"的理论变得更加直观。画家们在进行图画创作时，依据诗歌的内容真实地将其还原成了日常生活场景，通过对画作的理解可以更好地感悟诗歌，并切实地领悟到所谓高雅的诗歌艺术是存在于普通的现实生活中的。从这一意义上说，《唐诗画谱》中所表现出来的诗歌创作理念与"性灵说"不谋而合。

最后，《唐诗画谱》以"三绝"的形式广泛流传，也为唐诗的普及和传播做出了一定的贡献。虽然《唐诗画谱》所选之诗人诗作几乎均为小家之作，但相比其他单纯的文学选本，《唐诗画谱》在宣传和普及唐诗时产生了得天独厚的优势。自插画产生以来，各种书籍文本都离不开它。前人在阐述附加插图的意义时讲道：

---

① 原本中题作《幽居》，此实为王维六言组诗《田园乐》（七首）中的一首。

② 刘克庄：《唐绝句续选序》，载于《刘克庄集笺校》第九册，卷九七，辛更儒校注，中华书局2011年版，第4085页。

③ 洪迈：《容斋随笔》容斋三笔，卷十五，孔凡礼点校，中华书局2005年版，第611页。

④ 李贽：《杂述·读律肤说》，载于《焚书》卷三，蓝天出版社1998年版，第82页。

"图绘止以饰观,尽去又难为俗眼,此传特倩妙手布出新奇,至若情景相同意致相合者,俱不多载。"[①]相对单纯文学选本的枯燥乏味而言,《唐诗画谱》集诗、书、画为一体的形式更能迎合大众群体的需求。人们在欣赏唐诗的同时,又能同步欣赏到遒劲的书法、精美的图画,可谓一举多得,这促进了唐诗的普及和传播。

(二) 文化价值

作为一部制作精美、商业目的较强的画谱文本,《唐诗画谱》又具有一些独特的文化价值,主要体现在以下几个方面:

首先,《唐诗画谱》在绘画史上有着重大的意义。一方面,它推动了绘画事业的进一步发展;另一方面,它在绘画创作上为后世画家们创造了一个典范。在上文中,我们就提到与同时期的画谱作品相比较,《唐诗画谱》中图画的创作主要有两种方式,即临摹前人和自主创作,且自主创作占有较大比重。虽然借助雕版印刷术的发展,仿古画谱在社会上得到了广泛的传播,其在绘画传承中的优势愈来愈突出,但这与向画谱学习的初衷背道而驰。明代董其昌就曾明确表示:"书有法帖尚可意求,至于画道,必托缣素,非木石雕镌所能传者。今宋元名笔,一幛百金,鉴定少讹辄收赝本,而浅学之流朝事执笔,夕以自标,或曰,此学范、关,此学董、巨,殊可惭惶。"[②]换句话说,书法尚可以按照刻帖学习,但绘画却不能把雕镌之作当作学习的范本。《唐诗画谱》中画家们的自主创作意识非常鲜明,虽然他们不可能完全脱离临摹,但他们能够以仿摹前人作品为基础,根据具体诗歌的意境创作出更贴合诗歌意境的画幅,"画家由依葫芦画瓢的初级阶段上升为掌握基本构图规律、造型规律和笔法特点,然后进入相对自由创作的高级阶段"[③],就这点而言,《唐诗画谱》开创了一个典范。

其次,《唐诗画谱》出版和流通对新媒体时代新闻出版行业有着较大的借鉴意义。作为一部词选本,《诗余画谱》因其精到的选词和审慎的编定过程,其突显出的文学价值明显要优于《唐诗画谱》。但从后续影响力上来看,《唐诗画谱》的流传之广、翻刻次数之多,远超《诗余画谱》。略举一例加以说明,"光绪十四年(1888)点石斋所辑《诗画舫》,共六册:《山水》《人物》《花鸟》《草虫》《梅兰竹菊》《扇谱》,书前王文濡序称原书访自日本。根据所收内容对照,发现从日本带回来的书籍即黄凤池的《集雅斋画谱》八种,只是打乱原书编排顺序,以类归之"[④]。试问,《唐诗画谱》在文学上的价值逊色于《诗余画谱》,但在《诗余画谱》日渐衰落

---

① 蔡毅:《中国古典戏曲序跋汇编》,齐鲁书社 1989 年版,第 430 页。

② 董其昌:《容台集》卷四《题跋》,载于《四库禁毁书丛刊》集部第 32 册,北京出版社 1998 年版,第 521 页。

③ 沈歆:《明代集古画谱的临仿模式与粉本功能——以〈顾氏画谱〉为中心》,《美苑》2011 年第 3 期,第 79 页。

④ 参见傅怡静:《漫谈诗画谱》,《中国书画》2009 年第 5 期,第 73 页。

之时,《唐诗画谱》何以久盛不衰,对后世产生重大影响呢？究其根源,无非是黄凤池很注重广告营销效果。一则,参与《唐诗画谱》创作的均是当时享誉盛名的大家,如董其昌、陈继儒、汤焕、焦竑等;再则,《唐诗画谱》是以丛书系列推出的,扩大了读者群体。这两个因素共同提高了《唐诗画谱》的影响力。在这一点上,《唐诗画谱》与《吴骚合编》有异曲同工之妙,“吴骚曲多庸词,而图则精绝;不朽者固在此而不在彼也”①。在新科技时代的今天,《唐诗画谱》以其独特的方式,给予新闻出版事业一个深刻的启示。

四、《唐诗画谱》的局限

自《唐诗画谱》广泛流传以来,就吸引了不少研究者们的目光。他们纷纷对这部诗画谱作出了自己的评价,主要分为三种：第一种属于赞誉型,这也是历来广为接受的评论,即与《诗余画谱》等相较,《唐诗画谱》“后来居上”;第二种不偏不倚型,如日本学者大木康就对晚明出版做出了深刻的研究,在其所撰论文《明末“画本”的兴盛与市场》中指出,“《诗余画谱》《唐诗画谱》大概是以新兴的中间层读者(包括业余诗人等)为对象的较通俗的书”②。这从较直观的立场点出了它的受众群和文本“档次”;第三种颇有微词型,如认为“从诗歌选本的角度看,《唐诗画谱》不能算是一本审慎的唐诗选本”③。在商业利益的驱动下应运而生,这使得《唐诗画谱》的诞生有其不可避免的局限性。这一小节,我们将着重针对这一问题进行探讨。

首先,《唐诗画谱》在录选诗歌时校订不严谨,导致所选诗歌之篇名、作者、诗句等与通行本有较多出入。据笔者统计,单就诗篇而言,《唐诗五言画谱》中有18处与《全唐诗》《万首唐人绝句》等不同,而《唐诗七言画谱》中则达17处。如题为李贺的《昌谷新竹》实为《昌谷北园新笋四首》(其一),题作孔德绍的《落叶》实为《咏叶》,如此等等随意改变原诗人诗题的行为比比皆是。在诗人方面,《唐诗画谱》中出现了许多值得怀疑的名字,诸如白浩然、孟宛、张瀚等几乎都是不见于唐代史料典籍之中的,这些生疏的诗人或许是创作者们在抄袭中一味地追求书法的飘逸而导致的笔误。这些问题的出现也显示出编者黄凤池在编选文本时不严谨的态度。但是我们又不能把问题完全归咎于他,毕竟《唐诗画谱》是以书法作品为载体来进行传播流通的,书写者们在追求书法艺术的时候,往往忽略了对画谱文本功能的重视,因此在没有一个可靠的参考底本的前提下,书写者们在处理诗篇的问题上往往带有较大的随意性。

---

① 周芜:《徽派版画史论集》,安徽人民出版社1984年版,第72页。

② 大木康:《明末“画本”的兴盛与市场》,《浙江大学学报》(人文社会科学版)2010年第1期,第52页。

③ 金生奎:《明代唐诗选本研究》,合肥工业大学出版社2007年版,第146页。

在具体的诗篇方面,《唐诗画谱》中还出现了误收后人作品的现象,如《唐诗七言画谱》中将《咏兰》题为裴度作,诗曰:“雪径偷开浅碧花,冰根乱吐小红芽。生无桃李春风面,名在山林处士家”。但此诗实为宋人杨万里七言律诗《兰花》的前四句。作为一本专选唐人诗歌的选本,在浩如烟海的唐诗选取中,出现了如此低级的错误,实在是很不应该。

更为严重的是《唐诗画谱》存在一定的作伪现象,其中的《唐诗六言画谱》历来广为诟病,唐代六言诗歌本来就偏少,后人能够看到的作品更是少之又少。洪迈在编《万首唐人绝句》时曾感叹:“六言不满四十,信乎其难也。”[①]明中后期杨慎所编《六言绝句》收录的唐人作品亦不过 20 首左右,故黄凤池在辑选《唐诗六言画谱》时选诗的依据非常之少,顾及“诗中有画”的编选标准,能入选的唐人六言诗歌的数量更少了。在《唐诗五言画谱》和《唐诗七言画谱》大获成功的刺激下,商人对利益的强烈欲望也就决定了《唐诗六言画谱》的势在必行,为了凑足篇目,即使作伪也在所不惜。如谱中《秋千》:“红杏楼前歌舞,绿杨影里秋千。爱月画船归晚,余情尽付湖烟。”原书题为卢纶作,但《全唐诗》《万首唐人绝句》等大型唐诗选本均无此诗,南宋俞国宝有一首《风入松》,其词境与《秋千》相似:

一春长费买花钱,日日醉湖边。玉骢惯识西湖路,骄嘶过沽酒楼前。红杏香中歌舞,绿杨影里秋千。　　暖风十里丽人天。花压鬓云偏。画船载取春归去,余情付湖水湖烟。明日重扶残醉,来寻陌上花钿。[②]

细细校阅两首词作,我们可以肯定的是,入选之《秋千》是通过櫽括《风入松》的词意加以改编而来。

再如题为韦元旦的《雪梅》:“古木寒鸦山边,小桥流水人家。昨夜前村深雪,阳春又到梅花。”实际上也并不是韦氏的作品。读到前两句时,有似曾相识之感,而马致远《天净沙·秋思》有“枯藤老树昏鸦,小桥流水人家”;后两句又令人想起苏轼《南乡子》的“昨夜前村深雪里,春回庾岭,南枝绽早梅”。

之所以出现这种情况,大概是因为词的意境清爽,结构鲜明,较好地契合了大众的阅读趣味和审美需求,而黄凤池在编选此文本时有感于此,促使了许多由词改编而来的诗歌在《唐诗画谱》中的出现。

此外,《唐诗画谱》在编撰体例上也存在着较大的疏忽,或者毫不客气地说,“从诗歌选本的角度看,《唐诗画谱》不能算是一本审慎的唐诗选本”[③]。就每一种诗体内部的编排而言,基本上毫无规律可言:初、盛、中、晚唐不同时期的诗篇相互交错,排列上具有较大的随意性。这种随意性尤其表现在两个方面:其一,同一作者的诗篇收录在不同的地方,没有进行归类整理,如李白的六言诗有多首

---

① 洪迈:《容斋随笔》容斋三笔,卷十五,孔凡礼点校,中华书局 2005 年版,第 611 页。

② 朱彝尊撰,汪森编:《词综》,上海古籍出版社 1981 年版,第 318 页。

③ 金生奎:《明代唐诗选本研究》,合肥工业大学出版社 2007 年版,第 146 页。

被收录，但是这几首却呈现分散之势，没有得到连续排列；其二，同一作者在文中的标注，或以字称，或以名称，没有统一性，比较杂乱无章，如“李白”在选本中又标注为“李太白”，“王维”又被标注为“王摩诘”，“杜甫”又被标注为“杜子美”等，此处不一而足。

综上所述，《唐诗画谱》不论在文学理念还是在诗歌选取上都有着一定的意义；不论是在版画艺术还是出版流通上都有一定的价值。虽然由于种种原因，《唐诗画谱》中也出现了不少的舛误，关于《唐诗画谱》在文学方面的成效，后人亦颇有微词，但作为一位兼具文人气息的商人，黄凤池在《唐诗画谱》的编撰过程中可谓是不遗余力。选本永远不可能跳脱编选者的局限性，而编选者亦不能跳脱时代的局限性，我们不能因为《唐诗画谱》，尤其是《唐诗六言画谱》，在文学上的诸多错讹之处，就以偏概全地将其价值完全抹杀。《唐诗画谱》作为徽派版画的代表作之一，其在后世的影响是不容忽视的。

第六章 唐诗与唐诗诗意图

诗歌是唐代文学最有代表性、成就最高、影响最大的文学类型。在文学界唐诗的拥趸者甚多，在画界亦是如此，历代画家创作了大量的唐诗诗意图，至今留存丰富的图像遗产。自本章起至第九章，我们将梳理唐诗与后代绘画的关系。鉴于王维、杜甫、白居易、孟浩然、李白、许浑、杜牧等人的诗歌在画界的重视程度较高，所以我们为前三者列专章，为后四者列专节来讨论。本章着重探讨唐诗名家（除王维、杜甫、白居易之外）名句的诗意图表现，首先从诗意图的源起和历代演变等方面对唐诗诗意图进行总体概括，再依次审视孟浩然、李白、许浑、杜牧等四位诗人的名句在绘画史上的图像表现。

第一节 唐诗诗意图概述

一、诗意图的源起和历代演进

庞德曾说过不同的艺术之间实在具有“某种共同的联系，某种互相认同的质素”[①]。正是基于这种共同的联系和质素，我们往往能够在一种优秀的艺术作品中看到其他艺术的影子，而与其他艺术达到相通也常被视为具有较高艺术价值的体现。所以苏轼借诗画的相通性推崇王维的诗画。也正是基于有此共同的联系和质素，各种艺术之间往往相互表现，尤其是诗画间的相互唱和留下佳话无数。诗人欣赏某幅画，便赋诗以赞赏，画家钟爱某首诗便用图像呈现，此二种艺术行为在中国艺术史上分别产生了题画诗和诗意图这两种独特的艺术类型。简单来说，题画诗是把画作为诗的题材和对象，诗意图则是相反地把诗作为画题，题画诗与诗意图是中国诗画向对方努力融合的各自表现。

据张彦远《历代名画记》所载，最早援诗入画的是汉代的画家刘褒。“刘褒，汉桓帝时人。曾画《云汉图》，人见之觉热；又画《北风图》，人见之觉凉。”[②]《云汉图》《北风图》分别依据《诗经》中《云汉》《北风》两篇诗意而作，可谓诗意图的发

---

① 叶维廉：《中国诗学》，三联书店 1992 年版，第 146 页。

② 张彦远：《历代名画记》卷四，朱和平注译，中州古籍出版社 2016 年版，第 140 页。

轫，对后世具有首开先河的意义。

晋朝有更多的画家援诗入画。《历代名画记》卷五中记述：“彦远曾见晋帝《毛诗图》，旧目云羊欣题字，验其迹，乃子敬也。《豳诗七月图》、《毛诗图》二、《列女》二、《史记列女图》二、《杂鸟兽》五、《游清池图》、《息徒兰圃图》、《杂异鸟图》、《洛神赋图》……”[①]从中可知晋明帝曾画《诗经·豳风·七月》和《洛神赋》。在晋代卫协条目下又载顾恺之评其画：“《毛诗北风图》亦协手，巧密于情思。”[②]可知卫协也曾画《北风》诗意。顾恺之本人爱画嵇康诗意，《历代名画记》中录其“重嵇康四言诗，画为图。常云：‘手挥五弦易，目送归鸿难。’”[③]顾恺之的传世杰作《洛神赋图》也是依据曹植《洛神赋》而作，将文学中人神相恋的故事用生动的形象分段加以呈现，对后世诗意图影响深远。从古籍记载的画史来看，晋代画家援诗入画的主要是《诗经》和《洛神赋》。对于《诗经》的诗意表现不免有训诫的意味，政治色彩较浓。

至唐代以诗歌为画题的现象频繁起来，且多在纯粹的审美层面上描绘诗意。王维身兼诗人、画家的两重身份，诗画在其艺术作品中完美地融合。宋代方岳在《深雪偶谈》中赞曰：“‘渭城朝雨浥轻尘，客舍青青柳色新。劝君更尽一杯酒，西出阳关无故人。’此摩诘《送元二使安西》诗也。世传《阳关图》亦摩诘手，遂称二妙。”[④]同样堪称二妙的还有王维的《辋川集》和《辋川图》。王维与裴迪同以辋川山水二十景为诗题，一景一诗，分别汇成两本《辋川集》，其中《鹿柴》《竹里馆》《辛夷坞》等诗尤为脍炙人口。王维另作《辋川图》也是画的辋川二十景，与二十首诗歌相互呼应，将辋川的山水之美呈现得淋漓尽致。王维的例子较为特殊，准确地说他并不是把诗歌作为画题，而是诗画同题，即用诗歌和绘画两种艺术形式共同表现一个对象。

除王维外，唐代其他诗人、画家也有诗画唱和的记载。《全唐诗》中录有郑谷的一首答谢诗：“赞善贤相后，家藏名画多。留心于绘素，得事（一作“意”）在烟波。属兴同吟咏，成功更琢磨。爱予风雪句，幽绝写渔蓑。”[⑤]诗题说得很明白：“予尝有雪景一绝，为人所讽吟。段赞善小笔精微，忽为图画，以诗谢之。”[⑥]郑谷为感谢时人段赞善据其《雪中偶题》一诗作画而特意赋诗赠之。[⑦] 此外唐代诗人李益的诗句亦被画上屏障，《图画见闻志》和《旧唐书·李益传》中对此均有所录：

李益者，肃宗朝宰相揆之族子。登进士第，有才思，长于歌诗。有征人歌、早

---

①②③ 张彦远：《历代名画记》卷五，朱和平注译，中州古籍出版社 2016 年版，第 150—153 页。

④ 方岳：《深雪偶谈》，载于王云五主编：《深雪偶谈　诗评　吴氏诗话　梅涧诗话》，商务印书馆 1936 年版，第 5 页。

⑤⑥《全唐诗》，中华书局编辑部点校，中华书局 2008 年版，第 7725 页。

⑦ 郭若虚：《图画见闻·故事拾遗·雪诗图》卷五，人民美术出版社 2003 年版，第 130—131 页。

行篇，好事者尽图写为屏障，如"回乐峰前沙似雪，受降城外月如霜"之句是也。[①]

每作一篇，为教坊乐人以赂求取，唱为供奉歌词。其征人歌、早行篇，好事者画为屏障；"回乐峰前沙似雪，受降城外月如霜"之句，天下以为歌词。[②]

从记载中可知，李益的诗歌在当时颇受欢迎，不仅为教坊乐人争相求取奉为歌词，也为画家所爱，将"回乐峰前沙似雪，受降城外月如霜"等诗句画作屏障。

唐代不仅是诗歌的巅峰时代，也是诗画充分融合，孕育题画诗和诗意画的重要时期：一方面据画题诗，虽在六朝已有，但题画诗真正显盛是从杜甫开始的；另一方面援诗入画，唐诗作为诗中翘楚为绘画提供了绝佳的画题，后世诗意图在历代诗歌中亦多选唐诗入画。

诗意图经历了整个唐代的孕育，到宋代发展成熟。这种成熟首先表现在思想层面上确立了诗与画可以相互转换的观念。此观念的确立应归功于苏轼的文人圈。[③] 最有代表性的是苏轼对王维"诗中有画""画中有诗"的评论。北宋张舜民在《画墁集》卷一《跋百之诗画》中也提出相似的观点："诗是无形画，画是有形诗"。其次，诗意图的成熟还表现在援诗入画已成为画家的一种自觉行为。《林泉高致》中记载北宋画家郭熙正是基于此种诗画相通的观念才有意从诗歌中寻找画题：

余因暇日，阅晋唐古今诗什，其中佳句，有道尽人腹中之事，有装出人目前之景。然不因静居燕坐，明窗净几，一炷炉香，万虑消沉，则佳句好意亦看不出，幽情美趣亦想不成，即画之生意，亦岂易有。[④]

这段文字记述了郭熙闲暇时在晋唐诗歌中寻求佳句，用以激发作画的"幽情美趣"。他和儿子郭思特意将可以入画的诗歌辑录下来。《宣和画谱》中记载郭熙也曾亲自画有诗意山水二幅，惜今已失传。

诗意图在宋代得以较大的发展，宋徽宗赵佶功不可没。他主导画院以诗为画题考核画工的才能，录用善画诗意者为宫廷画院画师。如"深山藏古寺""踏花归来马蹄香""嫩绿枝头红一点，动人春色不须多"等都是当时著名的考题。宋代画院对于诗意图的推崇，无疑是一种官方的认可和倡导，极大推进了诗意图的发展。

值得一提的是，宋代的援诗入画，并不局限于表面地用图像呈现诗歌的意象，还更进一步地在意境层面上达到画与诗的契合，即在画境上追求诗意。最突出的代表是马远和夏圭的绘画，虽然他们的诗意图不多，但他们山水画的构图，

---

① 郭若虚：《图画见闻志·故事拾遗·雪诗图》卷五，人民美术出版社2003年版，第130页。

② 刘昫等：《旧唐书》第一一册，卷一百三十七，中华书局1975年版，第3771页。

③ 高居翰：《诗之旅：中国与日本的诗意绘画》，三联书店2012年版，第2页。

④ 郭思编：《林泉高致》，中华书局2010年版，第81页。

不再是宋代之前的全景式大山水的构图，而是采用边角构图的手法，大片留白，激发观者想象。《格古要论》中评论马远的画："或峭峰直上而不见其顶，或绝壁而下而不见其脚，或近山参天而远山见底，或孤舟泛月而一人独坐，此边角之景也。"[①]这种虚实结合的表现手法与诗歌相通，使画作呈现出缥缈空灵的意境。这类画有些虽然没有直接描写某句诗歌，却使画境带有鲜明的诗意特征。虽然他们的画从狭义上来说不能算是严格的诗意图，但却体现了诗画在宋代更深层次的融合。也正是这种画境上的诗意追求，使后世出现了很多没有题诗，也找不到关联诗歌的诗意图。

宋代以来，以苏轼为首的文人们提出"士大夫画"，于宫廷画之外辟出另一种画风。沿此一脉，上至王维，下至元代的赵孟頫、倪瓒，明代的沈周、文徵明的吴门画派，董其昌的松江画派，清代的四王、四僧、扬州八怪，形成了与宫廷画、商业画始终相互抗衡的文人画传统。诗意图在这两种传统中均有存在，并不独属一支，其发展演进与此二者的抗衡紧密相关。

从宋代直至清代，无论宫廷画、商业画还是士大夫画都推动了诗画的融合，促成了诗意图的发展。苏轼等一批失意文人面对当时宫廷画风"精谨有余，意味不足"的缺陷，借引诗入画来扭转画风。他们确立了诗画相通的观点，正如学者石守谦所指出的："苏轼所提出的'诗是有声画，画是无声诗'的概念，后来成为文人画讲求'诗画合一'的根源"。文人们的观点也影响了宫廷画，为宋徽宗赵佶以诗歌为画院考题，为画院创作诗意图的潮流奠定了基础。

元代是文人画实现突破的时期。苏轼、黄庭坚、李公麟、米芾等人虽在观念上提出士大夫画为诗画相通，但在绘画实践上并没有探明一条新路。真正将绘画的写实引向写意，表现文人心中理想的还是元代的赵孟頫、倪瓒等人。赵孟頫的《鹊华秋色》、倪瓒的《渔庄秋霁》等不再拘泥于自然景物的写实，而是借景物抒发内心的理想或心绪。他们在山水画上表现的重点在于画家自身的人格和理想，确立了文人画的写意画风。对于"笔墨"的追求也是从这时开始，笔墨与写意是一致的，笔墨所彰显的是其背后的价值观念。赵孟頫、倪瓒本人的诗意图并不多，甚至整个元代的诗意图的数量都无法与明清时期相比，不过他们引导绘画走向写意，表现画家人格、理想和心绪，这为诗歌在明清时期走入绘画，打开了一条通道。

明清时期是诗意图的井喷时期，诗意图不可胜数。尤其是明代中期吴门画派，以沈周、文徵明、唐寅、仇英等为代表的苏州画家，带来了诗意图的繁荣。他们继承了元末隐居的山水画风格，开始画整套的诗意图册页和立轴。沈周虽然没有直接表现前人诗歌的诗意图，但他也在画境上追求诗意，如《落花诗意图》上

---

① 《格古要论》的评论转引自李超、姚迪、张金霞：《中国古代绘画简史》，中华书局，上海古籍出版社 2010 年版，第 87 页。

题“山空无人，水流花谢”，虽不是唐人诗句，却让人很容易联想到王维的《鸟鸣涧》。文徵明、唐寅、仇英等人都曾创作过不少诗意图。他们的门生、吴门画派的后期代表画家，如陆治、文嘉、谢时臣、尤求等，所流传的诗意图数量更多。明代中期之后苏州绘画走向衰落，尤其是晚明苏州画家的商业画作，故高居翰并没有因其画面上题有诗歌，便将之列入诗意图的范畴，原因在于“其程式化的特征，部分地，由于它们祝贺的和装饰的功能，有破坏诗意效果的倾向。其形式本身，尺寸和用途，使画面内容更适合于公开展示而不是退隐沉思，更适合于描绘而不是唤起诗意”[①]。

苏州画派这种诗意图的绘画模式，到晚明从苏州扩展到福建、浙江、松江等其他各地的绘画，不仅形成一股文人画的潮流，而且在职业画家那里也甚为流行。以董其昌、赵左、宋懋晋、卞文瑜为代表的松江画派受到这股潮流的影响，创作了大量的诗意图。不过松江画派的诗意图并没有遵循苏轼所提倡的诗画相通，也不像苏州画派那样忠实于诗歌的意象，尤其是其领袖人物董其昌，虽然创作了不少诗意图，但其题诗和画作之间基本没有关联。如其藏于美国大都会艺术博物馆的《山水诗意》，八开册页均题有唐人诗歌，但要找到每页图像如何表现诗意却是徒劳，诗歌在画面上似乎只是一种形式上的装饰。这种画法可以看作是董其昌对当时泛滥的“诗画合一”画风的有意反抗，也可以看作对当时苏州绘画衰落的一种谴责。董其昌所倡导的诗意图的画法虽然保持了文人画始终如一的前卫和反抗精神，但在诗意图的演进中却是一种阻滞，是对诗画的分离。不过在其他松江画家的诗意图中这种反抗稍弱一些，在宋懋晋、赵左等人的诗意图上，我们还能看到他们对诗意的表现。

明代诗意图比宋代诗意图在诗歌的选择上更加灵活自觉，但对诗意的图像表现也更加程式化。高居翰曾在《诗之旅》中比较过两者：第一，南宋院画立轴上的题跋多是整篇长诗，册页或扇面上是短篇四行诗和联句。晚明，大幅立轴上也出现了联句。“诗意画似乎比从前更为自觉而且成熟，就像欣赏诗歌的方式一样展示诗句。”[②]第二，宋代诗意画“通过营造逼真的空间、气氛、光影，对传达抒情场面和景致做出特别处理，并以简约的形象来强化画面效果”[③]，晚明的诗意画则典型地按照当时艺术家的标准，较多固定化、程式化。

清代诗意图继承了明代诗意图的这两方面特征，且这些特征与清代美术的整体特征是一致的，可被视为清代美术的独特性在诗意图上的一种表现。王朝闻在《中国美术史·清代卷（上）》中概括清代美术具有总结性、潜变性、渗化性、跨越性等特征。诗意图作为清代绘画的一种寻常格式，也体现出了这几种特征，

---

① 高居翰：《诗之旅：中国与日本的诗意绘画》，三联书店 2012 年版，第 71 页。
② 同上，第 64 页。
③ 同上，第 64—66 页。

尤其是前两点。总结性是指清代是中国美术的集大成的时代，无论在艺术创作、鉴藏、著述各个方面都对前代的传统进行全面的整理和总结。但是这样一种对于前代艺术经验的重视和继承，在艺术创作上也产生了墨守成规、缺失个性的弊端。清代的诗意图创作基本沿袭了明代的格式，充分体现了这一时代特点。被奉为正统的清六家（王时敏、王鉴、王翚、王原祁、吴历与恽寿平）倡导复古风潮，取法于元四家，继承明代董其昌的文人画传统，在他们的推动下艺术作品欣赏的重点从形象变为笔墨，传统要素成为欣赏和衡量作品价值的重要尺度。清六家都爱画山水诗意图，他们的诗意图和其他山水画一样继承传统，追求笔墨，但在布局构图上不免流于公式化。不过清代的四僧是个例外。清代四王（王时敏、王鉴、王翚、王原祁）和四僧（石涛、朱耷、渐江、石溪）之间对立鲜明，一个在朝、一个在野，一个媚俗、一个反叛，是清代文人画的两条支脉。四王注重临摹前人笔墨，四僧则锐意创新，主张师法自然，艺术追求与四王截然不同。四僧中着力于诗意图创作的当属石涛。石涛也强调传统，但所强调的并不是古人的笔墨，而是古人的艺术精神。他在《大涤子题画诗跋》中说："古人未立法之先，不知古人法何法？古人既立法之后，便不容今人出古法。千百年来，遂使今人不能出一头地也。画有南北宗，书有二王法。张融有言：'不恨臣无二王法，恨二王无臣法。'今问南北宗，我宗耶？宗我耶？一时捧腹曰：'我自用我法'。"所以他的诗意图在构图和布局上与清六家不同，也不囿于原诗，往往独出新意。

潜变性主要指"与正统美术成为清代美术主流同时，世俗美术和独抒个性的审美思潮也在渐进中成为一股有生力的潜流"①。清代商业的发展、手工业技艺的成熟、市民阶层的艺术需求，都加速了艺术的商品化。民间版画、年画、雕刻、玩具、刺绣、陶器等世俗美术空前兴盛。诗意图也常被画在各种工艺品上。这种现象在明末就已出现，比如明末流行的《十竹斋笺谱》《萝轩变古笺谱》从各朝诗歌（唐诗居多）中撷取诗句，绘制诗意图，以增添信笺的典雅韵致。到了清代，诗意图更广泛地被印在各种装饰器物、实用器皿、信笺上，成为世俗美术中不可或缺的一种审美元素。清代美术的世俗倾向不仅体现于世俗美术的兴盛，也体现于文人画的雅俗共赏。文人画从宋代至明代素来以有别于院体画、商业画的独特个性，走在艺术的先锋前列。但清代文人画却与世俗审美意识联系紧密，雅俗之间不再泾渭分明，而表现出"雅中带俗"的特征。这与清代很多著名画家鬻画谋生有关，郑板桥、吴昌硕、黄慎、袁江、袁耀等都以卖画谋生计，所以自然要满足世俗的审美需求。另名噪一时的扬州画派与扬州商贾（尤其是盐商）之间过往甚密，也促成了雅俗之间的相互渗透。扬州画派的许多画家并非本地人，多为谋生而迁居扬州。扬州商贾追求风雅，大兴养士之风，举画展、结诗社、资助画家游历，当时金农、李鲤、汪士慎、方士庶、郑板桥、华嵒、罗聘、高翔等都在其列。经济

① 王朝闻：《中国美术史・清代卷》上，齐鲁书社，明天出版社 2000 年版，第 12 页。

上的依赖关系自然使文人画家向商贾的审美趣味妥协，创造出雅俗共赏的艺术作品。不过与四王相比，扬州画派（金农、罗聘、郑板桥、汪士慎、华嵒、高翔、黄慎、李鱓、李方膺等）中除华嵒、罗聘和黄慎，其他人的诗意图数量并不多，他们往往更喜爱自己题诗（如金农、郑板桥）以显示自身的文学造诣。

二、唐诗诗意图的山水画题

唐诗在我国历代备受推崇，至今魅力不减。南宋严羽《沧浪诗话》曰："论诗如论禅：汉魏晋与盛唐之诗，则第一义也。"[①]明代前后七子倡导"文必秦汉，诗必盛唐"。他们都推崇盛唐诗歌。对于唐诗胜于宋诗、元诗和明清诗歌的原因，明代李东阳在《麓堂诗话》中一语道破："唐人不言诗法。诗法多出宋，而宋人于诗无所得。所谓法者，不过一字一句，对偶雕琢之工。而天真兴致，则未可与道。"[②]王迪吉在《五言唐诗画谱序》中亦云："诗以盛唐为工，而诗中有画，又唐诗之尤工者也。盖志在于心，发而为诗，不缘假借，不借藻缋，失口而成，自极百趣。"[③]唐诗胜在其不可言说的"天真兴致"。正是这种不事雕琢、诗中有画的特质，使唐诗跨越了时代、派别和民族。历代学者编选唐诗，坊间刊印无数，至今广为流传。如宋代洪迈《万首唐人绝句》，元代杨士弘《唐音》，清代沈德潜《唐诗别裁》，王士祯《唐贤三昧集》《唐人万首绝句选》，孙洙（号蘅塘退士）《唐诗三百首》，彭定求、沈三曾等编《全唐诗》等不胜枚举。从整个社会对唐诗的推崇中我们自然可以想见画家对于唐诗的热爱，在援诗入画之时唐诗往往是画家的首选，这种偏爱从画家开始有意识地选取诗歌为画题时便已鲜明地表现出来。北宋郭熙父子是最早自觉从诗歌中选取画题的画家，他们尝试从古诗中搜索可以入画的清篇秀句，辑录在《林泉高致》中：

先子尝诵诗可画者：

女几山头春雪消，路旁仙杏发柔条。心期欲去知何日？惆怅回车下野桥。羊士谔《望女几山》

独访山家歇还涉，茅屋斜连隔松叶。主人闻语未开门，绕篱野菜飞黄蝶。长孙佐辅《寻山家》

南游兄弟几时还，知在三湘五岭间。独立衡门秋水阔，寒鸦飞去日沉山。窦巩《寄南游》

钓罢孤舟系苇梢，酒开新瓮鲊开包。自从江浙为渔父，二十余年手不交。无名氏

---

① 严羽：《沧浪诗话校释》，郭绍虞校释，人民文学出版社 1961 年版，第 11 页。

② 李东阳：《麓堂诗话》，商务印书馆 1936 年版，第 3 页。

③ 黄凤池编，蔡冲寰等绘：《唐诗画谱》，山东画报出版社 2004 年版，第 3 页。

舍南舍北皆春水，但见群鸥日日来。老杜

渡水蹇驴双耳直，避风羸仆一肩高。雪诗①

行到水穷处，坐看云起时。王摩诘

六月仗藜来石路，午阴多处听潺湲。王介甫

数声离岸橹，几点别州山。魏野

思尝助记：

远水兼天净，孤城隐雾深。老杜

犬眠花影地，牛牧雨声陂。李拱《村舍》

密竹滴残雨，高峰留夕阳。夏侯叔简

天遥来雁小，江阔去帆孤。姚合

雪意未成云着地，秋声不断雁连天。钱惟演

春潮带雨晚来急，野渡无人舟自横。韦应物

相看临远水，独自上孤舟。郑谷②

郭熙父子共选录16首诗歌，其中唐诗有11首，所占比重甚高，分别是羊士谔、长孙佐辅、窦巩、杜甫、卢延让、王维、姚合、韦应物、郑谷等人的诗句。郭熙父子以艺术的敏锐嗅觉感受到唐诗中的视觉元素，偏爱唐诗更胜于其他朝代的诗歌。这种偏爱从宋至今在我国画家中都是普遍存在的，所以在历代诗意图中唐诗诗意图的数量都占有压倒性的优势。

历代画家喜欢选取哪一类唐诗呢？从上文所引《林泉高致》的一段记述中可知，郭熙所寻找入画的诗句有两类：一是“有道尽人腹中之事”者，一是“有装出人目前之景”者，衣若芬称前者为叙事，后者为写景。此分类极具概括性，后世诗意图所遴选的诗句不外乎这两类。但在这两类中又有所偏重，从如今传世的唐诗诗意图来看，以山水画数量最多。为什么画家偏爱选写景的唐诗入画？首先，绘画和诗歌不同的表现媒介决定了它们各自的特长，显然借助空间媒介的绘画更擅长于写景而非叙事，所以画家自然偏爱山水写景之句；其次，山水画在中国画坛中极为兴盛，所占比重甚大，仅从《御定历代题画诗类》来看，全书120卷，其中20卷都是山水题画诗。要给山水画配以诗句，或者从唐诗中选取画题，自然倾向于描写山水的唐诗。除此二点之外，更重要的、最根本的原因在于山水诗画中寄予了中国文人画士摆脱世俗困扰的隐逸理想。

中国文人画士为什么会向往山林，时至今日依然怀揣隐逸的理想？这要从人与自然的关系说起。在人类审美历史上，人类早期艺术最早欣赏的都是人类自身，对自然美的欣赏都是后来的事。我国艺术约在魏晋时期开始发现山水之美，运用各种艺术主动表现自然，山水田园文学和山水画的出现都是这种追求的

① 雪诗的作者为唐代诗人卢延让。

② 郭思编：《林泉高致》，中华书局2010年版，第86—88页。

表现。人类之所以开始欣赏自然，最根本的原因在于人与自然的分离。对此问题，席勒在《论素朴的诗与感伤的诗》中有过深入的剖析，他将诗的表现方式分为两种：模仿现实和表现理想。“诗人或者是自然，或者寻求自然。前者造就素朴的诗人，后者造就感伤的诗人。”①按照席勒的看法，在人类早期人与自然是一体的，此时人们并没有把自然单独拿出来欣赏，而只是描写人自身，因人的全部人性都完全表现在现实中，所以此时诗人的表现方式是“模仿现实”。而当人们逐渐走向文明后，开始与自然相分离，自然在人们的笔下、文字中化为理想，是人类已失去的纯真童年，带着一去不复返的感伤情愫，成为心中永远追念的理想，所以诗人的表现方式变为“表现理想”。

中国山水诗画，将自然作为独立欣赏的对象，同样源自人与自然的分离，来自人与自然融为一体的恬淡理想的寄予。这种画的存在并不是因为此种人与山水的浑然之境常在，恰恰相反，是因其缺失，所以才被诗画作品表现，并被官宦商贾、市井平民所喜爱。而中国传统绘画的写意之特点较之西方注重写实的传统绘画，更适于这种自然理想的抒写。

但是中国山水诗画给人的审美体验，却与席勒所说的感伤诗迥异。在西方文化中，感伤诗的情感体验是带有忧伤和崇高情愫的。席勒说一朵朴实的花、一泓泉水、一块藓苔满布的石头、鸟儿的啁啾、蜜蜂的嗡嗡，“它们是我们曾经是的东西，它们是我们应该重新成为的东西。我们曾经是自然，就像它们一样，而且我们的文化应该使我们在理性和自由的道路上复归于自然。因此，它们同时是我们失去的童年的表现，这种童年永远是我们最珍贵的东西；因而它们使我们内心充满着某种忧伤。同时，它们是我们理想之最圆满的表现，因而它们使我们得到高尚的感动”②。而在中国文化里，山水诗画却并不被归属于浪漫主义的感伤之作。中国人在山水诗画中所表达的、所体验到的，更多的是一种“隐逸”的情愫，这与中国传统山水画家很多都是隐士，亲身实践人与自然合而为一的理想也有一定关系。这种“隐逸”情愫中的感伤是微乎其微的，官宦、商贾、市井甚至文人中的绝大部分人并不打算真的归隐，他们只是想从山水诗画所带来的隐逸体验中获得暂时的休憩，徘徊在出世与入世之间获得心灵情感的平衡。郭熙所说的“不下堂筵，坐穷泉壑”很好地指出了人们在隐逸理想上的真实需求。歌德和席勒都尝试以古典主义来纠正浪漫主义感伤过度的偏颇，中国山水诗画既表达了不满于现实的对天人合一的理想，又避免了过度感伤的情绪，可以说是较为接近歌德和席勒关于古典主义（或现实主义）和浪漫主义的统一的理想了。

---

① 席勒：《论素朴的诗与感伤的诗》，载于《秀美与尊严——席勒艺术和美学文集》，张玉能译，文化艺术出版社 1996 年版，第 284 页。

② 同上，第 263 页。

正是中国人这种摆脱世俗生活，片刻休憩于山水中的需要，促使了我国山水诗画的兴盛。那么我国历代画家偏爱从唐诗中选取山水诗句入画自然就不难理解了。由此我们甚至可以说，我国诗画的融合多在山水自然之处。

第二节 孟浩然诗歌及其诗意图

孟浩然不仅在文学史上地位卓著，他的诗歌在画界也被广泛推崇。孟浩然，襄阳人，前半生曾隐居于鹿门山，40岁远游京师求仕，虽与诸诗人交往甚欢，赢得诗坛盛名，却求仕无望，终而回归故里，一生过着隐居的生活。孟浩然是盛唐山水田园诗派的代表人物，与王维齐名，工于五言诗体。他的山水诗一部分是漫游秦中、吴越等地时所作，大部分都是描写故乡襄阳各处名胜的山水；他的田园诗，因其久居乡村的体验而充满浓厚的生活气息，简朴亲切。虽然孟浩然与王维同为山水田园诗派的代表，但两人的风格迥异。郑振铎如此概括两人道："王维的诗境是恬静的，浩然的诗意却常是活泼跳动的。"[①]王维在描写山水时，天人合一，客观无我，而孟浩然笔下的山水却活跃不停，被冠以人的有情的动作，"有我"之境意味浓厚。后世画家描绘的多是他的山水田园诗作，原诗的跃动和自我抒情的意味，也相应地表现在画境之中。

一、《裴司士、员司户见寻》与文伯仁的诗意图

台北"故宫博物院"现藏有文伯仁的诗意图册，共十二开，画题多取自李白、杜甫、孟浩然、杜牧、王维等唐人诗歌，其中一幅"落日松风"画的是孟浩然的《裴司士、员司户见寻(一题作"裴司士见访")》。

府僚能枉驾，家酝复新开。落日池上酌，清风松下来。

厨人具鸡黍，稚子摘杨梅。谁道山公醉，犹能骑马回。

这是孟浩然的一首田园山水诗作，记述的是有客来访、家中宴饮的田园生活。裴司士、员司户(一说只有裴司士一人)来访，诗人甚是高兴，拿出自家酿制的新酒，与他们在池边松下酌饮，落日映照、清风徐来，厨人呈上鸡黍这类家常便饭，年幼的儿子摘来杨梅，这场家宴虽然简朴却酒酣情深，最后主人与客人都喝得酩酊大醉，质疑山简醉后尚能骑马的传说虚妄，醉到如此怎能骑马而归？文伯仁的诗意图册页，写的是此诗"落日池上酌，清风松下来"的诗句。画中两个人物在池上的松树下宴饮谈笑，旁边一位侍童待立，另一仆人从桥上走来，送上新酒饭菜。整幅画面构图疏朗，池上假山微露，松树遒劲，荷花点点，小桥曲致，加上文伯仁的清秀笔墨，大有清风拂面之感。画面给人带来的感受与诗歌一样，质朴情

① 郑振铎：《中国文学史》，中国社会科学出版社2009年版，第271页。

笃，这种画境与诗境的相近，诗情与画意的相符，可以算得上是较好的诗意图表现了。

二、王翚画孟浩然诗意

清代画家王翚在康熙南巡时，曾奉诏作《南巡图》，龙颜大悦，赐予“山水清晖”四字，遂号“清晖主人”。王翚的山水画作，运笔构思精妙，令颇以山水自负的恽寿平改画花鸟以避之。王翚喜以唐人诗歌为画题，曾画有众多唐人诗意图，其中一幅现藏于台北“故宫博物院”的山水立轴画的是孟浩然的《武陵泛舟》。

武陵川路狭，前棹入花林。莫测幽源里，仙家信几深。

水回青嶂合，云度绿溪阴。坐听闲猿啸，弥清尘外心。

这首诗是孟浩然的行旅之作。武陵与桃花源颇有渊源，陶潜《桃花源记》中记载：“武陵人捕鱼为业，缘溪行，忘路之远近。忽逢桃花林，夹岸数百步，中无杂树，芳草鲜美，落英缤纷”。孟浩然泛舟于武陵，自然引发桃花源的联想，桃花源记的仙踪幽秘为武陵溪行增添了神秘而理想的气氛。山溪两岸风光旖旎，诗中以“水回青嶂合，云度绿溪阴”来形容，王翚的山水立轴画的正是此句。诗歌中形容水流急转处，两岸高险的青山好像合到了一起，云朵飘过的瞬间，绿色的溪面也立刻暗淡了下来。诗歌以动写静，更绝妙的，动的是原本静止的山峰、悄然无声的云，青嶂相合的想象神奇雄伟，云过水暗的描写生动清新。王翚的诗意图抓住了此句中的三个主要意象，山峰、云、溪水，且贴近诗意来刻画。山峰如屏障般相合，似乎阻住推回了水流，云朵浓重，绕满山间，紧贴溪面呈流动之势。在画面的近处左侧有一户草堂，幽藏在山脚下，门前小径与右侧溪桥相连，桥上有主仆二人骑驴朝草堂缓行，或是草堂主人归来，或是访客来寻，或是行旅人路过。无论其身份为何，都作为这一绝妙山水景色的唯一见证者，诱发观赏者的身份置换，依循他们的目光欣赏此处美景。

除了这幅立轴，王翚还在一幅长卷中题写过这一联句。此《唐人诗意图》长卷，共题写了王维和孟浩然的12句诗歌，每一处山水都与诗意相合，且浑然连为一体。所选诗句中有王维七句、孟浩然五句，孟浩然的五句诗分别来自其《武陵泛舟》《游精思观回，王白云在后》《途中遇晴》《广陵别薛八》《过故人庄》等诗作，以下逐一述之。

其中《武陵泛舟》诗意图的山水优美清新与立轴中的雄伟截然不同，在山峰相合处，溪水顺势而下，从溪水漫过石面的纹理中似乎可以听见水流的潺湲，云朵穿过草木低行，在溪面上落下云影，画面的景象虽然不似立轴中那么雄伟奇幻，却以清新优美之感与左右相邻的田园山水风景融为一体。

在王翚的这幅长卷中，与“水回青嶂合，云度绿溪阴”相连接的是孟浩然《游精思观回，王白云在后》的诗意图。在山峰相合处又有山峰不断绵延，一人在山顶拄杖独行，山下有人赶着成群的牛羊上山。这幅图景与孟浩然原诗的意境相近，布局视角却略有不同。

出谷未亭午，至家已夕曛。回瞻下山路，但见牛羊群。

樵子暗相失，草虫寒不闻。衡门犹未掩，伫立待夫君。

在诗歌中，孟浩然以平白如话的口吻叙述自己和好友王迥外出游览走散、一路归来一路寻友的见闻。从这些见闻中可见出诗人对好友关切、焦急的心情："回瞻下山路，但见牛羊群。"回望下山之路，只见归家的牛羊群，却不见好友，备感失落；"樵子暗相失，草虫寒不闻。"樵夫隐没于渐浓的夜色，草虫吞声于寒冷的深秋，吐露出独归者的怅然若失。"衡门犹未掩，伫立待夫君。"诗人回来后见柴门未掩，好友还没有回来，着急地伫立于门前等候其归来。王翚画中题写的是"回瞻下山路，但见牛羊群"联句，画面上有归来独行的人物，也有成群的牛羊，但两者之间的方位角度却与诗中相反。原诗中诗人是在下山路上回望身后的牛羊群，而画里独行的人物却在山顶，牛羊被驱赶着上山。画中景象与诗中景象时空相继，观赏者先看画面，继而读诗，可以引发那个山顶人物一路下山后遇到牛羊群的联想，诗画间构成了一种有趣的动态叙事。

王翚的这幅《唐人诗意图》长卷中还有三处写孟浩然诗意，分别是"天开斜景遍，山出晚云低"(《途中遇晴》)、"樯出江中树，波连海上山"(《广陵别薛八》)、"开轩面场圃，把酒话桑麻"(《过故人庄》)。

其中一首孟浩然的《途中遇晴》：

已失巴陵雨，犹逢蜀坂泥。天开斜景遍，山出晚云低。

余湿犹沾草，残流尚入溪。今宵有明月，乡思远凄凄。

这首诗刻画了傍晚雨后初晴的山水美景。诗人游历途中遇雨，不过傍晚时雨过天晴，此时阴霾散尽，夕阳余晖遍照大地，远处山峰显露，晚霞在山间飘荡低回。道旁小草雨后湿漉漉的，地面积聚的雨水缓缓流入小溪。今晚明月当空，对远方故乡的思念是多么凄切。

王翚的诗意长卷开卷所画的即是此诗诗意。近处路途曲折，林木傍道，路面雨水汇聚，石间溪水急流；远方平原尽头有隐约的连绵山脉，晚霞云雾飘荡在山间，一幅雨后迷蒙的景象。画中天际高远处题写"天开斜景遍，山出晚云低"诗句，与画中景物应和。

接近长卷末端，王翚又画孟浩然《广陵别薛八》中"樯出江中树，波连海上山"的恢宏景象。

士有不得志，栖栖吴楚间。广陵相遇罢，彭蠡泛舟还。

樯出江中树，波连海上山。风帆明日远，何处更追攀。

原诗中孟浩然送别朋友于辽阔的江海之际，见到帆船樯桅高耸，胜过江边树木，江水波涛滚滚，远去入海，连接海上的群山岛屿。言语间烟波浩渺，寄予不舍情怀。王翚画卷上以远景来画此诗，上半部大量留白，以为天际，却画六艘帆船，樯桅高耸、风帆饱满，错落行驶其间，使天水融为一体。江边树林茂密，树冠之上有众多耸立的樯桅，完全贴合“樯出江中树”的诗意。画面最高处，也是画中最远处有海上群山，江水绵延至此，直写“波连海上山”的深远意境。

画卷再往左侧，紧接着写孟浩然《过故人庄》诗意，从烟波浩渺之境转为田园生活之景。孟浩然诗中如此记述：

故人具鸡黍，邀我至田家。绿树村边合，青山郭外斜。

开轩面场圃，把酒话桑麻。待到重阳日，还来就菊花。

诗中首联以平淡至极的口吻，叙述故人的邀约，这是田园之约，以鸡黍饭菜款待好友，无须寒暄不讲排场，足见相交甚笃。诗人入村庄时看到绿树环绕村庄，青山远处伫立，清新自然的景象令人心旷神怡。继写诗人与好友在家中开窗宴饮，面向窗外的打谷场和菜圃，把酒言谈农家劳作之事。诗人深深喜爱这种田园味极浓的宴饮，临别时再向主人约请，等到重阳日再来这里赏菊。

王翚诗意图上题写的是“开轩面场圃，把酒话桑麻”联句，画面直接呈现诗句中的意象：一座农家院落里，两个人物正在开窗宴饮，另一处楼上也有一位人物正端坐在窗前。这座院落被绿树环抱，门前有广袤良田，再远处青山层叠矗立，宛若天然屏障。这些景象展现的是下联“绿树村边合，青山郭外斜”的诗意。此处画面细腻地刻画了孟浩然诗歌中的田园之景，营构出同样恬淡自然的意境。

王翚关于孟浩然的诗意图，还有一幅现藏于浙江博物馆的《竹屿垂钓图轴》，此轴画的是孟浩然的《西山寻辛谔》：

漾舟寻水便，因访故人居。落日清川里，谁言独羡鱼。

石潭窥洞彻，沙岸历纡徐。竹屿见垂钓，茅斋闻读书。

款言忘景夕，清兴属凉初。回也一瓢饮，贤哉常晏如。

孟浩然在诗歌中描绘了好友令人羡慕的生活，“竹屿见垂钓，茅斋闻读书”，在长满竹林的小岛上垂钓，在幽僻的茅斋中读书。王翚在为陈元龙作画时移用了此句的物象和意境。这既是一幅山水画又是一幅肖像画，其中肖像很有可能是王翚请他人代笔。此幅画中间大量留白，作溪水，将整幅画面分为上下两段。上段山峦溪水幽深，近处汀渚竹林茂密，一涓溪水从上段山间的隐蔽处而来，逶迤向下徐行，至画面中间汇聚成潭，画面下段又有洲渚，上有杂树竹林、板桥茅斋，一缕小溪从板桥流至观赏者目前。在几棵茂密的大树下，有陈元龙肖像，依石盘膝而坐，意态安详，手持鱼竿在溪边垂钓，其身后林木间隐现茅屋，让人联想到他读书垂钓的惬意生活。整幅画面围绕“竹屿见垂钓，茅斋闻读书”的诗句而作，将人物肖像放置在清新宁静的山水之间，富有憧憬文人生活的理想色彩。

三、《过故人庄》与姜筠的《场圃图》

清代姜筠曾在扇面上画有孟浩然的《过故人庄》(诗歌见上文),画面上院落的篱笆弯曲起伏与扇面的曲折相辉映,有种曲线之美,这户农家庭院敞阔,植物颇多,围篱外灌木丛生,中庭杂树挺立,院内堆立的两个草垛、卧于槽前的一头水牛,都让观赏者联想到打谷、耕作的种种农事,极富田园气息。扇面的右下部有一农屋,开窗敞门,屋内有三人围桌宴饮,谈笑风生,吸引着院中人的注目,一家仆手扶门框探身,似乎在催促后院送饭的仆人。姜筠与王翚都写的是"开轩面场圃,把酒话桑麻"的诗意,但两者的表现多有不同:第一,远近景的布局不同。王翚兼画"青山郭外斜"的远景,与农家宴饮的近景相配,而姜筠则舍弃之,集中表现农家近景。第二,两者都有画开轩宴饮,但姜筠的宴饮比王翚多了一人,更为热闹。第三,两者采用了不同的物象来隐喻"场圃"和"桑麻"等景物和农事,王翚用的是庄外的数顷良田,姜筠用的则是院中的草垛和水牛。第四,人物的动静表现相异,王翚的人物显静,而姜筠的生动,王翚在与宴饮相对的另一屋内安排一位貌似女性的人物端坐于窗边,一屋宴饮有声,一屋安详宁静,动静间形成对比;姜筠的宴饮不仅多出一人,喧闹声更胜,其他人物的姿态也以动势相帮衬,或扶门框催促,或端饭菜急行,或本悠闲散步于庭中而被宴饮吸引。两幅诗意图虽表现的同一诗句,画的都是田园图景,但因各方面表现手法的不同,而营构出大相径庭的意境——王翚的意境恬淡宁静,而姜筠的则生动热烈。

四、《春晓》与钱慧安的诗意图

钱慧安乃清代"海派"仕女人物画家,《海上墨林》中称其以人物、仕女为专长,笔端劲峭,风姿婉丽,其神妙处,直可追踪仇英。钱慧安画有很多诗意图,因擅长和喜好人物画,所以选取的诗句非关山水,而以人物为主。钱曾画有孟浩然《春晓》诗意一幅。

春眠不觉晓,处处闻啼鸟。夜来风雨声,花落知多少。

《春晓》一诗家喻户晓、妇孺皆知,可是留存的诗意图却不多,原因皆在于这首诗难画。20个字平白如话,诗意一望便知,难在何处?一般诗歌都是从视觉上刻画春天,但孟浩然却独辟蹊径,从听觉上来写。他将听的时刻锁定在春眠初醒之时,此时双目惺忪懒睁,身体欲起未起,耳朵先于其他感官被春天叫醒,聆听春鸟啼鸣,冥想窗外春光,但转而忆起昨夜风雨之声,又担心那些娇艳的春花不知被风雨摇落了多少。给这样一首以声音写景的诗,配乐容易配画却难,观赏今人所配之图,大多直写诗歌之意,一人或坐于榻上,或伏于窗前,看窗外花鸟缠绵。如此一来,从诗到画便丧失了诗歌以听觉写景的新颖,且景物过于直白,无法引人注目。而钱慧安的诗意画却别具一格,避开了原诗所选的时刻,而是画一人物立在窗外花树之下,被一孩童遥指问询。这就是将原诗陌生化了。为什么人物不是在屋内床上,而是在窗外?因为窗外的美景早已吸引他出来观赏。孩子究竟手指的是什么,问的什么?想必是看到花落了一地,不知何故才向长辈问起。这样一来,诗画之间就有了曲折、联想、新意,可以相继连贯起来想象,比直白的描画要生动许多。

第三节　李白诗歌及其诗意图

李白,字太白,号青莲居士,是唐代伟大的浪漫主义诗人,诗风豪迈清逸、纵横驰骋,后人甚爱之,誉之为“诗仙”“谪仙人”,将其与杜甫并称为“李杜”。李白诗歌的艺术魅力和影响力,使其成为被后世画家描绘得最多的诗人之一。李白的饮酒诗《把酒问月》《将进酒》《月下独酌》,蜀道诗《蜀道难》,山水游历诗作《望天门山》《望庐山瀑布》《秋登宣城谢朓北楼》,友人送别之作《送友人入蜀》《黄鹤楼送孟浩然之广陵》《赠汪伦》,寻访不遇之作《访戴天山道士不遇》《寻雍尊师隐居》,以及《春夜宴桃李园序》的文章,都是画家喜爱表现的主题。不仅李白的诗歌,连其肖像也被反复刻画,他的仙风道骨在画家笔下不断被演绎和强化。所以画家对李白诗歌的表现可谓全方位的,既有山水画作,将李白笔下瑰丽神奇的山水景象呈现在目前;也有人物画作,描绘李白或独酌、或与亲朋好友纵情欢聚的场面;又有叙事画作,记述李白某次送别或寻访的经历;还有肖像画,塑造“诗仙”的形象以展现其豪迈飘逸的精神气质。

一、《把酒问月》与杜堇的《古贤诗意图——把酒问月》、谢时臣的《谪仙玩月》

明代画家杜堇与吴伟、沈周等齐名,因不肯轻易给人作画,所以作品流传不广。现存世的《古贤诗意图》,由南京诗人金琮选取唐代李白、韩愈、卢仝等人的十二首诗书写后,再由杜堇按诗意补图而成,不过只画了九首。其中画李白诗歌两首《把酒问月》《王右军》。此长卷纵 28 厘米,横 108. 2 厘米,现藏于北京故宫博物院。

《把酒问月》是李白最为经典的诗文之一,诗人把酒问月的形象也是深入人心。“青天有月来几时?我今停杯一问之”,“我”望见天上明月,顿感疑问重重,故而对此无限时空的奇迹生发疑问。“停杯”二字中可见诗人正在饮酒,已颇有醉意,所以才会有向月亮发问的举动。“人攀明月不可得,月行却与人相随。”明月高高在上,人类无法攀登,这是人与月之远;但无论你行走到哪里,月亮总是随你而行,这又是人与月之近,若即若离间现出月对人的有情。“皎如飞镜临丹阙,绿烟灭尽清辉发。”月亮皎洁如飞镜照临朱红色的宫阙，此等相互映衬的景象再美不过，待月亮揭开云翳，更是散发清辉。“但见宵从海上来，宁知晓向云间没？”看到月亮晚上升于东海之上，却明知其早晨消逝于西天之云，踪迹如此难测。“白兔捣药秋复春，嫦娥孤栖与谁邻？”遥想月亮上居住的嫦娥玉兔，玉兔年复一年地捣药，所做为何？嫦娥一人住在月亮上又该有多么寂寞。“今人不见古时月，今月曾经照古人。”今人不见古月，古人亦见不到今月，今月曾照古人，古月也依然照耀今人，今人、古月、今月、古人间回环往复，时间的流逝令人感喟：“古人今人若流水，共看明月皆如此。”人类从古至今如流水更迭，而月亮却亘古不变。“唯愿当歌对酒时，月光长照金樽里。”忆起曹操所唱“对酒当歌，人生几何”，也唯愿我在自己短暂的人生中，对酒当歌之际，月亮能长久相伴，照映我的酒杯。从“停杯”一问又回到酒杯，诗人的饮酒继续。诗人叩问月亮的自然现象和神话仙人，转而感叹人生短暂而自然永恒，得不到答案唯有对酒当歌，邀月相伴。诗歌在时空交互之际，贯穿着诗人由疑问到感叹、由不解到享受当下的情感线索。

杜堇的诗意图《古贤诗意图——把酒问月》如何表现这些满是问询的诗句呢？画家没有采用月亮高高在上而诗人在下的寻常构图，而是把月亮画在与诗人同等的水平线上，仿佛月亮是诗人共同饮酒的客人，诗人停下杯盏向它问话。但在月亮与诗人之间却隔着一棵缠有藤萝的大树，以一种隐喻的方式象征人与月的距离虽近却又遥不可及。然而与诗相比，画中人与月的距离更近一些，由此也见出画家和诗人对月的不同态度。至于诗中诗人对月亮那种遥不可及、无法明了的疑惑和热切的渴望，在画中都没有体现，反而代之以人类可以与月共饮的自信和气魄。另外，画中诗人身边还多了一位侍童，这一是源自生活的常识，二是宴饮画作的惯例。而且侍童的添置也更有力地代指了流水般更迭的芸芸众生，有助于我们对“古人今人若流水，共看明月皆如此”的联想。杜堇对人和月亮的描画轻细，却对树、石、椅用墨较深，观画家其他诗意图也是如此弱化主体、突出背景的手法，在此幅画中这种处理使观者大有如梦似幻之感，较为符合人月共饮的画意。

从诗到画，有许多无可描摹而遗漏之处：诗的空间感可画，而时间感不可画；人月之景可构，而神话传说不可同置；举杯之神态可描，而诗人的问询却描摹不出。诗意图展现给我们一位正饮酒的诗人停杯问月的情景，却无法把诗中的疑问、对嫦娥玉兔的追思和人生的感喟表现出来，在图像所传递的讯息中，我们能获得的只是景和象，情思却只能由旁边的题诗补足。但是从诗到画也有诸多增添，每一幅诗意图都是一次新的创造，人与月的平起平坐、侍童的添加都证实了这一点。图像在流失大量信息的同时，也在以自己的方式参与创造。

李白把酒问月的形象深入人心，明代画家谢时臣也画过一幅《谪仙玩月》的诗意图。谢时臣的山水画多作巨峦伟嶂，气势恢宏，介于戴进和沈周之间，常因精致不足而受诟病。而他的这幅《谪仙玩月》却一反常态，刻画湖中小景，人物形神的描绘也颇为精致。画家把诗人李白把酒问月的情景安排在江边小舟之上，别具匠心。以淡绿色晕染出江水的汹涌水势，天上的流云滚动，与江水一体。诗人在舟上举杯邀月，神态非常生动，比之杜堇笔下的诗人，更符合李白诗意。从诗人的神情来看，诗人非常享受这对酒当歌的当下，潇洒之状贴近李白性情。但诗人对月的追问和想象却也无法从图像自身中显现。

二、《王右军》与杜堇《古贤诗意图——右军笼鹅》

杜堇的《古贤诗意图——右军笼鹅》，取自李白《王右军》诗意：

右军本清真，潇洒出风尘。山阴过羽客，爱此好鹅宾。

扫素写道经，笔精妙入神。书罢笼鹅去，何曾别主人。

此段“右军笼鹅”的画卷右侧题有此诗，略有改动，其中似有笔误：“右军本清真，潇洒在风，山阴过羽客，要此好鹅宾。扫素写道经，笔精妙入神。书罢笼鹅去，何曾别主人。”

诗画中呈现的是王羲之爱鹅的典故，《晋书》中曾有记载王羲之在浙江山阴遇到了一位养鹅的道士，王羲之非常喜欢他的鹅，想以玉饰来换，不得，被要求写幅道经。王羲之挥毫而作，笔法精妙，出神入化，书写完毕即笼鹅而去。诗中刻画了一段极其生动的故事，一位极为清真潇洒、出尘脱俗的书法家，表现出他爱鹅心切，以书法换鹅的清真烂漫的形象。

杜堇的诗意图用一幅图很难生动地描绘出王羲之的一系列行动，所以潇洒之意味远逊于诗歌。我们结合画卷右侧的诗句才能完整地感受这个生动的故事。但杜堇也是尽力选择了一个“包孕性的时刻”，坐在几案旁的王羲之书写完毕，迫不及待地回转过身去看自己要带走的那只鹅，侍童已将鹅笼起，似乎可以看到下一刻，王羲之即将迫不及待地健步提笼而去，全然忘却了坐在一旁、画之左侧的道人。

三、《蜀道难》的系列诗意图

《蜀道难》大约作于天宝初年李白初到长安之时，诗人袭用乐府旧题，展开了无比丰富的想象，以极为浪漫的方式描写了秦蜀之道的艰险，展现出壮观瑰丽的山河景象。诗歌本身包含着丰富的元素，我们集中讨论其中的四类：第一，神话传说，“蚕丛及鱼凫，开国何茫然。”“地崩山摧壮士死，然后天梯石栈相钩连。”“上有六龙回日之高标，下有冲波逆折之回川。”“又闻子规啼夜月，愁空山。”这些分别是两位中古蜀国国王蚕丛、鱼凫的开国历史；蜀王派五壮士迎接秦惠王所赠之五美女，结果皆山崩而死的故事；羲和驾六龙载日神由东而西的传说；蜀帝杜宇魂魄化为杜鹃的故事。第二，景物，如“连峰去天不盈尺，枯松倒挂倚绝壁。飞湍瀑流争喧豗，砯崖转石万壑雷”，高耸入云的山峰、倒挂的枯松、山下冲波逆折的河川、迸喷的瀑布，水石相击等。第三，以夸张为主的修辞手法，比如“西当太白有鸟道，可以横绝峨眉巅”，“黄鹤之飞尚不得过，猿猱欲度愁攀援”，“扪参历井仰胁息，以手抚膺坐长叹”。山路极险窄的太白山仅容鸟飞过，最善于高飞的黄鹤也望而却步，最善于攀援的猿猱难以攀爬，山峰高至可摸参、井二星。第四，听觉上的各种声音。诗歌不仅有视觉的勾画，还有听觉的描绘，如“悲鸟号古木”“子规啼夜月”中悲鸟、子规的啼鸣，“砯崖转石万壑雷”水石相击的万壑雷声以及诗中反复出现的嗟叹之声。综上四者，这些奇幻想象之下的产物——壮烈凄美的神话传说、夸张绝伦的景物和万籁之音要通过画面来表现都颇有难度。我们看众多诗意图是如何刻画的，借此可一窥诗画互通中的表意差异。

元初最有影响的画家赵孟頫有一幅与李白诗歌同名的画作，不过描绘的是一个繁花似锦、人声喧闹的蜀道。在色彩上，这幅作品比同类诗意图都要绚烂，尤其是人与树的颜色。蜀道百转千回的栈道上，密密麻麻地往来着身着各色服装的行人，为凸显山中人物，以白色居多，使画面变得极为明亮。树的颜色最耀眼处在于红枫遍布各地的火红色泽，红色点缀在墨绿、粉色、白色、蓝色的树林之间，映衬出整座山林的绚丽多彩。人与树的用色，都在展现着一个不同于李白无人之境的蜀道。这个蜀道更趋向人间，不再是难于上青天的蜀道，虽然画面上的蜀道巍峨巨大，高耸千尺，但依然掩映不住它的人间繁华。

明代谢时臣有一幅《蜀道图》立轴(图 6 - 1)，现为美国私人收藏。画面中山势极陡，直到上端山体依然只是山腰，且间或披云缭绕，确有山峰高耸入云之感。但与诗歌中奇幻凶险的蜀道相比，画中的蜀道具有更强的现实感。险峻逶迤的山间栈道上行人络绎不绝，山间的门宇也显现着人类征服蜀道的勇气和智慧。相比诗歌的无人之境，蜀道的图画都是有行人的，伴随着行人在山路上的行走，视线由下而上一路攀援。

明代的仇英所传世的《剑阁图》(图 6 - 2)，画的是蜀道中最雄险的地方——剑阁，李白形容剑阁之地“一夫当关，万夫莫开”。画面中的山路逶迤而上，消失在陡峭如剑的山峰中。山路上的行人将画面分成四段：画面底部一批行人在下马休息，中部有两批行人在徐徐前行，画面上端有一行人已隐没在大山深处。四批行人由大及小，由近及远，显现蜀道陡峭、行旅艰难。在色彩上，人物颜色鲜亮醒目，而山石色彩昏暗，尤其是画面顶端，天空已成黑色，比之其他的蜀道图，仇英运用深色更好地表现出了蜀道的神秘和行旅之难，与李白诗意较近。但他依然不重在表现无人之境，无夸张的“难于上青天”之感。

图6-1 谢时臣 《蜀道图》立轴 美国私人收藏

图6-2 仇英 《剑阁图》立轴 上海博物馆藏

明代亦有张宏的《补蜀道难图卷》(图6-3),藏于北京故宫博物院。此画以手卷的形式有别于上文几幅图。图中有栈道搭建于飞瀑之上、山崖之壁,似乎随时有倾覆的危险,狭窄的栈道上有旅人和驴子行走,在巨大的山石、河川和瀑布面前,栈道和行人都显得极为渺小。与此图相配的,还有行书李白《蜀道难》一幅,这是其他蜀道图所没有的,也正因与李白的诗歌直接互文,所以图画中描绘了一些诗中可入画的景物,如崖壁上的松树和湍急迂回的河川等。因长卷的高度有限,所以只能以一景窥全貌,而无法表现蜀山"连峰去天不盈尺"的高险。在悬崖

图6-3 张宏 《补蜀道难图卷》 北京故宫博物院藏

绝壁的陡峭程度上，与谢时臣的如剑绝壁相近，但栈道更险于谢画。

明代陈焕同样以手卷的形式来描绘蜀道之难，他的《蜀道图》现藏于浙江省临海市博物馆。这幅长手卷由三部分山峦构成，间或被云雾缭绕显示着山峦之高，山岩崎岖，栈道搭建奇险，山间有七八位行旅之人，在巨大的山岩面前倍感渺小。山中亦有瀑布、溪流，因山势陡峭，呈湍急之状。这些景状无不显示着蜀道之难。但画面中也存在一些解构这一主题的地方，最右侧的山上有一户围篱的院落。这也许是陈焕选取并不奇险的蜀道写实之故，也与中国山水画惯于在山水间描绘人家院落，借此表现归隐山林的理想主题有关。不管出于何故，这一处描绘显然是与蜀道的奇险主题相违背的。与其他诗意图重在表现蜀山的高危险峻相比，陈焕似乎更着墨于表现山峦的迂回盘旋。

同样与李白诗歌相背离的，还有明代吴士冠的《蜀道图》。画面上有楼台庙宇镶嵌山间，山路由画面底端蜿蜒而上，路上行人不绝，虽山势陡峭，几乎循立轴呈九十度，但行人和楼台的意象无不显示着这蜀道的热闹。画面所表现出的人世喧闹的基调，与李白诗中所描写的神秘、艰难、奇险和奇幻相去甚远。

明末清初画家黄向坚的《蜀道图》独具一格，最有特色的是画面中部有一条湍急、宽广、礁石林立的河川，这条河将山体隔断，从波纹来看水势汹涌，人们依靠小舟艰险渡河，接着攀援而上。山下渡口有人等候，山上风疾，吹动旌旗摇荡。山间云雾缭绕，高处有一可供停歇的亭宇，五六行人都沿着山路朝向那里行进。画面中部的山上多有青松，其中也有李白诗中所述倒挂于岩壁者。此图的构图极具欣赏性，且富于变幻，整幅图由下而上呈现出不同的欣赏元素：山—水—人—松—山—楼—云。与其他蜀道图相比，此图打破了主要以山路陡峭险峻来表现蜀道之难的程式，而改以河川的汹涌来衬托蜀道之难，是一个富于审美性的创新。

图6-4 罗聘《剑阁图》立轴 北京故宫博物院藏

北京故宫博物院还藏有清代画家罗聘的《剑阁图》(图6-4)，罗聘在题跋上写明与李白《蜀道难》相关，所以在画面上有许多对诗歌意象的表现，如倒挂于崖壁上的青松、湍急而下的河川。画中所画是蜀道中的剑阁，山峰如剑锋般陡峭，处处可见几近垂直的悬崖绝壁。从树木中的红枫来看，罗聘所画的是秋天的剑阁，岩石上众多深色的点苔，贯穿山体的白色的河川，透出些微的凉意。画面上下两部分给人以不同的观感：山下有茅屋人家，有成队的人马，山中平缓的道路上也有低矮的房屋、行旅之人；但越往上，人物越少，尤其到了云雾缭绕之处，已没有行人，只有空荡荡的陡峭栈道和寂静无人的山顶楼台。罗聘虽然也画行人，但与其他图画相比，行人要少得多，罗聘笔下的蜀道可以说是一个深秋寂静的蜀道。

总体来看，《蜀道难》的各幅诗意图都比诗歌更趋于写实，上文所归纳的诗中四大要素——神话传说、景物、夸张手法和各种声音，在画中也只有一些景物可以描摹。至于诗歌的神话传说、各类夸张的意象在画中都是无法呈现的。听觉的各类声响的表现也有限，虽然可以通过湍急的水流来想象水声，却无法画出悲鸟的啼鸣，故而少了几分凄切的意境。在表现“无人之境”上，在对蜀道的奇幻诡谲的想象上，无画可与李白的诗歌相媲美。但从画家们偏离于《蜀道难》诗意的一致表现来看，他们也不甘于臣服于诗歌，而只是借李白的诗歌作引子，作陪衬，烘托自己笔下的落于人间的蜀道。

四、石涛《唐人诗意图》中的李白诗意

清初画家石涛在绘画上反对仿古之风，讲求独创，构图善于变化，意境苍远。他有较多的诗意图流传，现藏于北京故宫博物院的《唐人诗意图》，画有王维、李白、卢僎、张说等唐人诗意。

其中第二幅（图 6－5）画的是李白的《黄鹤楼送孟浩然之广陵》。画上题诗文：“故人西辞黄鹤楼，烟花三月下扬州。孤帆远影碧空尽，唯见长江天际流。”从石涛的诗意图来看，他所画的既不是黄鹤楼，也没有碧空的孤帆远影和长江流淌于天际的景象，只是一个江边依依惜别的普通场景。岸上的人目送朋友上船，行离岸边，手扶栏杆不忍离去，似乎要一直目送着他的小船远去，两人的距离比诗歌所描述的要近得多。在李白的诗歌里，诗人和朋友间的距离越来越远，直到朋友的孤帆消失在远方的碧空，这个距离是随着孤舟的摇橹缓缓增长的，在这段漫长的时间里，诗人一直倚在黄鹤楼上目送朋友的远去，时间之久足见友情之深。这个场景因极为动人而著称。但石涛的画面却没有选取这个场景，而是选择了朋友刚刚离岸上船的一幕，画面对离别之情的表达远没有诗歌蕴藉深厚。加上他没有把诗歌的地点、经典景象画出，我们大概可以推论

图 6－5　石涛　《唐人诗意图——黄鹤楼送孟浩然之广陵》册页　北京故宫博物院藏

画家开始并未想画李白诗意，诗歌是后补上去的，或者画家只是有感于人们的目送别离而作，并未想直白地一一描画李白的诗意。

《唐人诗意图》之三（彩图 3），画的则是李白的《静夜思》。画上题诗写的是“床头看月光”。“看月光”而非“明月光”与画面的朦胧月色正相符合，山中一户幽僻人家，夜不能寐的主人起身遥望。画里虽没画月亮，却能从雾气氤氲中感受到朦胧的月光、夜晚的清冷，虽没画出夜霜，却能从白色的房壁上感受到月光映照成霜。画中左侧直书此画取自李白《静夜思》诗意，更让人遥想主人对故乡的思念，房舍地处偏远山中，无人相伴，深山、重雾、月光，无一不在烘托着他孤独深切的思乡情绪。

图 6-6　石涛　《唐人诗意图——望天门山》册页　北京故宫博物院藏

《唐人诗意图》之五（图 6-6），写的则是李白的《望天门山》。

天门中断楚江开，碧水东流至此回。

两岸青山相对出，孤帆一片日边来。

天门山，是今安徽当涂县的东梁山和西梁山的合称，两山对峙，相隔数里，仿若天设门户，故称“天门”。在李白笔下“天门中断楚江开，碧水东流至此回”，天门山与江水都是极富生命力之物。天门山似由汹涌澎湃的楚江冲断而开，楚江奔流至此，又必被奇险峥嵘的天门山回旋北流，险峻雄伟，恣意汪洋。然而石涛画山水、画诗意，必意境翻新，绝不甘于位居诗下。此诗意图也是如此。画中的天门山与李白的天门山似是而非。如未见过天门山，只是读李白诗句“天门中断楚江开”，会产生巍峨高山为江水所断的奇景，其实这只是诗人的奇幻夸张的想象。石涛的天门山伫立江中，两山相望，安然沉静，比李白诗中所写更趋写实。同样的，对于江水，石涛也没有直写李白的“碧水东流至此回”之意，画家以淡笔勾勒水纹，青山之底没入江中，没有惊涛拍岸的汹涌，亦没有千回百转的旋涡，只有盈盈江水奔流远方。如果说在诗中，我们读到的天门山和江水是骁猛咆哮的山神巨灵，那么在画中我们看到的则是安详超然的隐者高士。

李白的诗句充满动感，相对于上联，下联“两岸青山相对出，孤帆一片日边来”的动态要缓和许多。随着江上行舟，诗人远望青山，目接神驰，所以有种两岸青山相对而出的感受。以往曾有对诗人望天门山的立脚点的误解，以为是在山中，但能够带来“青山相对出”之感的立脚点只能是江中的一片孤舟。石涛深谙于此，所以在两山之间细致描画一行舟，“两岸青山相对出，孤帆一片日边来”的诗意登时而出，且整幅画的静谧意境，更烘托出孤帆缓行、青山徐徐而来的缓慢动感。除了诗中意象外，画家还有创新之笔：画中左上端，天水相交处，还有片片帆影，与淡蓝色的飘渺流云相映成趣，给画面带来丰富的观感；右下角，山脚河岸边，又有纤夫正拉一小船靠岸，使此画在细节处更耐于观赏。由此看来，与其说石涛在画《望天门山》整首诗意，不如说他独钟情于下联的静谧之意。

五、石涛与黄慎的《将进酒》诗意图比较

《将进酒》原是汉乐府短箫铙歌的曲调，“将”意为“愿”“请”，以今意释题，即为劝酒歌，李白用以抒发情怀，写成这首咏酒名篇。

君不见黄河之水天上来，奔流到海不复回。

君不见高堂明镜悲白发，朝如青丝暮成雪。

人生得意须尽欢，莫使金樽空对月。天生我材必有用，千金散尽还复来。

烹羊宰牛且为乐，会须一饮三百杯。岑夫子，丹丘生，将进酒，杯莫停。

与君歌一曲，请君为我侧耳听。钟鼓馔玉不足贵，但愿长醉不愿醒。

古来圣贤皆寂寞，惟有饮者留其名。陈王昔时宴平乐，斗酒十千恣欢谑。

主人何为言少钱，径须沽取对君酌。

五花马，千金裘，呼儿将出换美酒，与尔同销万古愁。

《将进酒》是李白在与好友岑夫子、丹丘生共饮时的感慨之作，诗人虽是被邀请者，却豪放地喧宾夺主，既劝且歌。“君不见黄河之水天上来，奔流到海不复回。君不见高堂明镜悲白发，朝如青丝暮成雪。”黄河如从天而降，一泻千里，奔流到海，人生短促，从青葱少年到白发老者不过是朝夕之事，诗歌开篇以两个长句，以空间和时间上的夸张之辞起兴，给全诗定以悲壮雄浑、郁怒狂放的基调。在奔流不回、生生不息的黄河面前，人生更显得渺小而短促。继而诗人力劝大家

及时行乐,"人生得意须尽欢,莫使金樽空对月"。既然人生苦短,那么我们就尽情饮酒作乐吧。但下句"天生我材必有用"却坦露心迹,诗人自认胸怀卿相之才,却有志难伸。由此句以下,皆为愤慨之语。豪迈狂放的李白在宴席之上、知己面前,忘记了自己在作诗、忘记了自己是客人,劝好友"将进酒,杯莫停",并为之高歌一曲。曲中愤郁之情毕现:言古人圣贤寂寞,实为自己寂寞,偏以陈王的平乐宴比今时之宴,实因曹植与自己一样怀才不遇,因此诗人"但愿长醉不醒"。从陈王的平乐宴到当日宴席,从古来圣贤到好友三人,从万古哀愁到自己人生的不尽人意,诗人心怀纵横恣意、将豪迈、愤慨、狂放都加诸美酒,唯有饮尽三百杯、唯有长醉不醒才能消除这些万古之愁。

绘画如想表达《将进酒》的诗意,总是无法离开诗歌的题跋,因为诗人对人生、对历史圣贤所发的感慨是无法入画的,最好的绘画也只能描绘这一饮酒的场景和诗人豪迈豁达却又借酒消愁的神姿。古往今来,《将进酒》诗意图的构图不外乎三种:一是李白独饮,或站,或卧,或醉,或醒;二是三人共饮,或肖像人物,或山水图景;三是无关宴饮的虚幻想象之作,或行云壮阔,或黄河奔腾。第三种多是今人的构图,旨在通过虚幻超验的方式表达诗歌的意境。古人常用前两种。石涛的《太白诗意山水图轴》中录《将进酒》全诗,在构图上既遵循传统又推陈出新,它采用的是第二种惯常的构图手法——描绘李白和好友共饮,但在场所上不落窠臼,将宴饮设置于家园和山林之间,如独有家园,不免过于世俗,不符合诗歌的超脱之意,如独写山林,不免过于超逸,无法表达李白对人生的感慨。而且场所如此安排也有写实之处,李白也曾与岑勋在好友元丹丘的颍阳山居登高宴饮。单从这种新颖的构思来看,石涛的这幅诗意图已超出其他作品。但是再好的诗意图,也只是借助引发观者对诗歌的想象来完成鉴赏,黄河壮阔奔流,这种空间之景虽可以入画,却不易与山林宴饮相融,人生朝暮即逝的时间流动也难以描摹,更别说那"天生我材必有用"的壮志和酒中深埋的郁愤之情。诗的情感、思想和境界,是诗意图获得较高审美价值的重要因素,试想如抹去石涛画中《将进酒》的题跋,抛开诗歌的那些情感和思想,这幅画虽仍不失为一幅优秀的山水画作,却难以达到诗歌那种悲壮雄浑、郁怒狂放的境界。

与石涛的山水成鲜明对比的是,黄慎的《将进酒诗意》。在山水和人物上,石涛更善画山水,而黄慎尤善画人物,所以两者虽画的同是《将进酒》,却创作出从构图到意境都截然不同的画作。黄慎着笔于李白独饮的肖像,身旁有一侍童持酒壶而立。黄慎画人物向来用笔粗犷顿挫,其笔下的李白也是不同于一般的李白肖像。画界不断地"仙化"李白,画史中多为白袂飘逸、潇洒玉立的形象,似乎这种形象才更为符合李白浪漫的"诗仙"气度。即便是他的醉态也不失此风范,如清代苏六朋的《太白醉酒图》(图 6-7),被太监搀扶酣醉中的李白,也是白衣加身,以红色腰带鞋靴相配,胡须飘逸,面容俊秀,醉酒恍惚的姿态也显得潇洒出尘。但黄慎笔下的李白与我们这种印象中"仙化"的李白大相径庭。与苏六朋细

图6-7 苏六朋 《太白醉酒图》立轴 上海博物馆藏

腻精美的工笔相较，黄慎笔下写意粗犷，人物圆鼻盘面、卷髭矮胖，如无题跋的提示，我们绝不会想到这个人物就是李白。为什么黄慎会如此“丑化”诗人呢？这应与画家的立意有关。黄慎反其道而行，不是在“仙化”而是在“人化”李白，借以丑的外形引入人生和现世感。画中李白持酒杯没有劝酒、邀约之意，而是自持酒杯于胸前，眼睛望向远处，略有所思，其姿态内敛，无丝毫恣意，与诗中所表达的恣意豪迈相异其趣。可见黄慎更注重表现的是李白在诗歌中那恣意豪迈之下的愁苦不解，三百杯美酒真的能销万古之愁吗？显然不能，一朝醒来，苦闷依然盘桓心头，否则此愁怎能延续万古。李白深谙酒之于愁的无用——“举杯消愁愁更愁”，所以才发出“长醉不愿醒”的感慨。黄慎所画的正是这样一位痛苦的人世间的李白，比之俊美潇洒的仙人，这种丑陋顿挫的芸芸众生之象更适合传达愁苦。

六、文伯仁、袁耀对《送友人入蜀》的诗意表现

李白的《送友人入蜀》作于天宝二年(743)，如题所示，是其在长安送友人入蜀时所作。此诗以描绘蜀道山川的奇美而著称。

此诗开篇即写蜀道之难，但与《蜀道难》中夸张奇幻的感叹相比又有鲜明的差异。“见说蚕丛路，崎岖不易行”，娓娓叮嘱友人前方蜀道崎岖难行，言语间平静关切。紧接着两句描写蜀道的山川之景，“山从人面起，云傍马头生。芳树笼秦栈，春流绕蜀城”，诗歌中这种描写山川的诗句，正是绘画尤其是山水画最喜欢表现的主题，所以这首诗的诗意图较多，且画的都是这二句诗意。但这二句写的分别是两种意境：前句写山川之险，山在人面前层叠而起，云气依傍着马头缭绕升腾，以诡异生动之笔尽写峥嵘奇险之境；后句写山川之美，春林繁盛，笼罩着栈道，春江柔美，环绕蜀城奔流，一幅遥望山林、俯瞰蜀城的锦绣胜景。末句“升沉应已定，不必问君平”，知道朋友怀揣着追求功名利禄之心入蜀，遂意味深长地告诫官场沉浮早有定局，何必去问善卜的君平，以启发其不要沉湎于功名利禄。

文伯仁以册页写“山从人面起，云傍马头生”的小景，只着手刻画一人一马一山一云。此画算是直写诗意了，山体紧贴人面而立，云气围着人马缭绕。但画面所传达的意境却并不似诗句那样奇险诡谲，反而给人以怡然自得、优美闲适的感受。到底是什么造成了这种诗画意境之间的差别？

诗句虽写的是人马的细致之景，引起的却是我们对整座蜀山蜀道峥嵘险阻

的想象。奇险的意境正是这种想象之境。而画面却着重刻画诗句中实写的景物情形，拘囿了观赏者的想象。当然这种想象的阻断，也与画面的构图、色彩和景物有关。栈道凿石架木，傍崖而上，是蜀道险峻的标志，但画家选取一处平缓的栈桥，行人骑马过桥，闲适自然，所以与险峻远了一层。再加上此画在色彩和景物上设有隐笔，以树的红、蓝色彩隐写下句"芳树笼秦栈"，以栈桥下的流水隐写"春流绕蜀城"。这后句的意境优美，与前句形成鲜明的反差，在诗歌流动的阅读中自然可以相提并论，但在画面静止的空间中放置在一起，却有彼此消解的影响，所以与险峻的意境更加疏远了。

清代袁耀也写过李白此诗诗意。与文伯仁的小景相比，袁耀的诗意图与李白此句的诗意较近。袁耀选取立轴画此句诗意，用的是大山水构图，着眼于整体的蜀道，描摹蜀道峥嵘险峻的想象之境。山体层峦叠嶂，高耸而立，云气与栈道似两条白练分两势环绕山体而上，在神韵上更近于李白原诗。

袁耀的诗意图中，蜀山以拔地而起的姿态，引领观者由下而上的观赏。画面最下端是跨川而搭、绕山而建的逶迤栈道，栈道下河川潺湲，顺流而下，栈道上行人紧贴岩壁，翼翼缓行，描摹了"山从人面起"的诗意。依循着挺立的山岩向上观之，画面中间描绘的依然是攀岩而上的栈道，路上二三行人，山间一饭馆酒肆，人头攒动，热闹非常。再沿栈道攀援，画面上端一楼宇横接两座岩壁，瀑布直落千尺，且人迹罕至，已有些人间鲜见的奇险景象，与世俗人间拉开距离。再至画面最顶端，蜀山之上留有大量空白，以示蜀山与天相接之意。且这段由下而上的攀援之旅，始终云气缭绕，恍惚朦胧，不仅应了"云傍马头生"的诗意，还有助于营造虚幻的意境。

七、《秋登宣城谢朓北楼》和项圣谟的诗意图

《秋登宣城谢朓北楼》作于天宝十三载(754)，李白从金陵再度来到宣城，故地重游，在一个秋天的傍晚登临宣城名胜——南齐诗人谢朓任宣城太守时所建的谢公楼，感慨江城美景、缅怀谢公而作。

江城如画里，山晚望晴空。两水夹明镜，双桥落彩虹。

人烟寒橘柚，秋色老梧桐。谁念北楼上，临风怀谢公。

诗人站在谢朓楼上眺望江城，山水如画，晴空夕阳之下，句溪和宛溪水面如镜，水中双桥的倒影绚丽，恍若落入人间的彩虹。傍晚炊烟袅袅，橘柚和梧桐的色泽，呈现出一派秋天的寒色。诗歌尾联点破诗人面临如此美景之时的心境：我临风缅怀谢公的心情又有谁能够理解？这种心情正是李白政途上备受排挤的失意和落寞之情，隐藏于橘柚的寒色和梧桐的衰老之中，缕缕炊烟的背后有温暖的人家，反衬诗人的四处漂泊，如画的山水背后有傍晚独上北楼远眺的人儿，反衬诗人客游他乡的感伤和有志难伸的抑郁。"人烟寒橘柚，秋色老梧桐"作为过

渡之句，上承江城如画的优美之景，下继诗人落寞的失意之情，所以有情有景，景已不再是欣喜之景，情也表现出由喜转哀的趋势。这两句情景交融的妙处，常常为画家所欣赏和描绘。

明代项圣谟有幅诗意图[1]画的是全诗诗意，将诗中的诸多景象，水、楼、双桥、梧桐，都用图像表现出来。画家以水为界，将画面分隔为上下两部分。上半部山峦醒目，轮廓流畅，山下溪水萦回，有双桥横跨水陆之间，陆地上有几处错落有致的房屋和楼台，约是谢朓楼的楼顶露于一段围墙之上，岸边还有多艘船只泊岸，桅杆林立；下半部主要描绘葱茏的树木之景，两三处房屋掩映其间。在画面中间的水面空白之处，画家描绘了一群低飞的雁群，以人字形将画面的上下部分连为一体。此幅诗意图无论从整体的构图还是细节之处都极为精致优美，恰如画面上“江城如画里”的诗题。然而，从项圣谟的画中我们虽能看到如画的江城，却无法体会李白因政治上的苦闷而寄情山水、尚友古人的情怀，这些寄予于山水中的情愫只能借助对诗歌的联想来体验。

八、《赠汪伦》和钱慧安的诗意图

《赠汪伦》是一首脍炙人口的送别诗，其动人之处在于每句叙述手法的转换，虽然诗歌只有四句，但每一句都是对上句的转折，出其不意，妙趣横生。诗歌先以最为直白的言辞“李白乘舟将欲行”，叙述自己将要乘舟远行，仅七个字便凝练地交代出人物、交通工具、时刻和事件。下句“忽闻岸上踏歌声”笔锋一转，出人意料，正在李白准备启程的时刻，忽然听到岸上有人踏歌而来，此处以“未见其人，先闻其声”的曲笔来写有人为自己送行，惊喜备至。送行者何人？诗人留下悬念，并不急于道破，而是将笔锋又一转，描述此处桃花潭水，深幽千尺，描写潭水之深，一是状物，二是埋下伏笔。按一般惯例来想，多是要以水深比情深，但作者偏不用此陈词滥调，第三次掉转笔锋，桃花潭固然水深千尺，但仍“不及”汪伦送我之情，“不及”二字足见友谊之深，又写得极为灵动！清代沈德潜在《唐诗别裁集》中赞颂此句：“若说汪伦之情比于潭水千尺，便是凡语。妙境只在一转换间。”

清代钱慧安曾于扇面画此诗[2]，只取后二句“桃花潭水深千尺，不及汪伦送我情”。画面上展现的是送别之景，树木葱茏的岸边，篷船待发在即，李白和汪伦岸边话别，依依不舍，两人皆微躬其背，双手握于胸前，倾向对方，身体的姿态传

---

① 项圣谟：《秋登宣城谢朓北楼诗意图》，载于赵昌平，李保民编选：《名家绘唐诗画谱三百首》，上海古籍出版社2001年版，第100页。

② 钱慧安：《赠汪伦诗意图》，载于赵昌平、李保民编选：《名家绘唐诗画谱三百首》，上海古籍出版社2001年版，第257页。

递着彼此的拳拳情意。画面成功地传达了送别之情，却因无法表现诗歌中笔锋频转的变幻，以及潭水不及情谊之深的比物妙境，自然少了诗歌那种出其不意的生动趣味。

九、“寻访不遇”诗题和李流芳的诗意图

明代画家李流芳有众多唐人诗意图存世，其中现藏台北“故宫博物院”的一套唐人诗意图册，分别为李白、元稹、韦应物、钱起、刘长卿、张乔、严维、耿沣等人诗句的诗意图。册中第九、十页，分别画的是李白的两首寻访不遇的诗歌——《访戴天山道士不遇》和《寻雍尊师隐居》。

《访戴天山道士不遇》写诗人往戴天山访道士不遇之事，虽以不遇为题，却重在写景；虽句句写景，却紧扣不遇。

犬吠水声中，桃花带露浓。树深时见鹿，溪午不闻钟。

野竹分青霭，飞泉挂碧峰。无人知所去，愁倚两三松。

首联“犬吠水声中，桃花带露浓”，为诗人上山所见的第一处景色。此处离山下村庄已有一段距离，潺潺流水声中，犬吠之音隐约，以流水潺湲的声响衬托深山的寂静，典型的以动写静的手法。山中桃花盛开，带着露水更加耀眼夺目，从寂静的山林写到桃花的意象，不免令人有世外桃源的联想，联想到诗人所访之人乃方外之士，其居住之所也定是超尘脱俗，令人向往。随着诗人往深山走去，所见第二处景色又有不同。颔联“树深时见鹿，溪午不闻钟”，依然是围绕视觉和听觉来刻画。鹿居于深山，诗人见鹿，可见其已到山林深处，“时见鹿”而非一直见，说明鹿穿行于树林间，忽隐忽现，鹿窸窸窣窣的动作和声响，更衬托出山林的幽静。从上句桃花带露可知当时还是早晨，此时“溪午”二字点出时间已到了中午，道观本该于此时打钟，却听不见钟响，含蓄地写道士已外出，访其不遇。颔联以景叙事——以不闻钟写访友不遇之事，并与上句构成见鹿不见人的反衬。颈联“野竹分青霭，飞泉挂碧峰”，是诗人得知道士外出后，百无聊赖之际远眺山林的第三处景色，此处景色着重于山林的色彩，山中翠竹参天，与青色的云气相接，天竹一色，白色的飞泉从绿色的山峰流下，以青、白、绿的相映成趣呈现山林的秀美。尾联“无人知所去，愁倚两三松”直接叙事、抒情，诗人问询他人，都不知道道士的去向，倚着松树等待的动作别有一番愁苦蕴含其中——所倚并非一棵，而是两三棵，徘徊倚靠足见愁苦的时间之长，寻访不遇的惆怅之深。

李流芳的诗意图在画上虽书写的是“树深时见鹿，溪午不闻钟”一句，但从画面的构图和所画之景来看却也包含对前三句的描绘。诗意图由右向左分别写出三处景色。虽没有画人物在林间穿行，跟随的却是诗人入山的脚步，处处景物都有一个隐含的行人。最右边一处景色即是画的首联“犬吠水声中，桃花带露浓”，桥下流水潺潺，桥的设置含蓄点出行人刚从此处入山，他于桥上行走时抬头便可

见山中桃树，欣赏到带露的桃花，紧扣诗意。中间画的是颔联“树深时见鹿，溪午不闻钟”，这是画的主体，诗人着重刻画之处，道观被茂密的树林掩映，近处路上有一只鹿在林间奔行，画面上虽然无人，但从鹿的惊慌奔走来看应该是有人到来，惊扰了它。最左边画的是颈联“野竹分青霭，飞泉挂碧峰”，山间有几处竹林，深浅不一的颜色，点出青霭两分，岩峰颇为陡峭，隐约有泉水从上而落，较为贴合诗中“挂”字的形容。李白诗不直写访道士不遇，而以景物含蓄来写，句句紧扣不遇，李流芳的画处处紧扣诗意，甚至连到访之人也不画，同以景物含蓄写之，有异曲同工之妙。

李流芳在其唐人诗意画册中也画了李白的另一首寻访不遇之作《寻雍尊师隐居》，这两首诗、两幅画可以互文赏析。

群峭碧摩天，逍遥不记年。拨云寻古道，倚树听流泉。

花暖青牛卧，松高白鹤眠。语来江色暮，独自下寒烟。

此诗所写依然是寻访道士，但从题目的尊称“雍尊师”来看，比上一首“戴天山道士”，更显出作者对寻访者的尊敬和仰慕。此诗的写法与上一首有相似之处，同样是从寻访所见之景写起，也并未直写寻访不遇，而是将寻访不遇之事和惆怅之情蕴藉在景物中。和上首诗相仿，李白先以神往的笔触来写雍尊师的方外居所。“群峭碧摩天，逍遥不记年。拨云寻古道，倚树听流泉。”道师隐居于这人迹罕至的群山之间，与林泉为伴，不知逍遥自在了多少年。隐居的道师难以寻觅，更增添了诗人对其道行的仰慕，继而“花暖青牛卧，松高白鹤眠”以老子骑青牛出函谷关以及白鹤的典故赞颂道师的道行高深。尾联写归途，已是日暮时分，所感皆是秋冬寒意，所见皆是江边暮景，含蓄道出自己寻访不遇的怅然若失。

李流芳在《唐人诗意图册》册页之十[①]中画这首诗时，并没有像上一幅诗意图那样，只画景物，而是直接画出倚树听泉之人，直写“拨云寻古道，倚树听流泉”诗意。画面上不仅有流泉，也有流泉所归之江水，画面左半部分为山林，右半部分为江水，且远处有连绵碧峰。从整体的图景来看，其他几句诗也藏于画中，例如山下临江，就呼应了尾联“江色暮”的景象，远处的碧峰，则描绘的是首联“群峭碧摩天”之意。画面中的人是整幅画的焦点，也是此处方外之景的观赏之人，他倚树而立，聆听流泉，手持枝条，远眺暮色江山之景，尽显悠然自在。虽寻访不遇而颇感惆怅，但此时沉醉于眼前之景，却大有王维“行到水穷处，坐看云起时”的顺应自然。整首诗除了颈联，其他诗句都在画中得以不同程度的展现。颈联中的青牛和白鹤的典故自然是难以入画的，入画则不免太过直白，显得迂腐呆板。如果没有右上方李白诗句的“拨云寻古道，倚树听流泉”的联想，我们单看此画，

① 李流芳：《寻雍尊师隐居诗意图》，载于赵昌平、李保民编选：《名家绘唐诗画谱三百首》，上海古籍出版社2001年版，第98—99页。

只能看到人于山间行旅、倚树眺望的景物,而不会想及寻访尊师的事件。但有了诗句的互文,便能将此事件一并代入画面来欣赏,那典故中的青牛白鹤自然也随之而入。李流芳画册中画李白两首寻访道士不遇的诗句,两首诗的互文成趣、两幅画的相异相通,诗画之间的异曲同工,都给诗画的欣赏增添了无穷的乐趣。

十、《望庐山瀑布》的系列诗意图

李白有两首《望庐山瀑布》,最为人称道的还是那首简短的"日照香炉生紫烟,遥看瀑布挂前川。飞流直下三千尺,疑是银河落九天"。香炉峰在李白笔下幻化出浪漫的形态,如一座独秀鼎立的香炉,在日光的照耀下,冉冉升腾紫色的烟霭。首句的浪漫之笔,将庐山超拔于尘俗,幻化为仙境。在这座人间仙境中,瀑布是最为美丽的造化,不知是谁把这神奇的白练"挂"于山前,从天直下三千尺,山峰陡立、水流至急,势不可挡。虽明知不是银河,却在恍惚之间,以为真是九天之外的银河落入人间。苏轼说:"帝遣银河一派垂,古来唯有谪仙词。"自此诗一出,描绘庐山瀑布美景的,天下再无人能出其右。此诗成就至此,故而深入人心,以致历代画师以丹青妙笔描画庐山瀑布之时,都不可避免地与李白的这首诗互文生意。这种诗画互文不仅有直接的,也有间接的,虽然许多画上并无直接题写诗句,但从画面的人和景物来看却让人自然产生诗歌的联想。

文徵明有一幅这首诗的诗意图,现藏于广东省博物馆,画上题有全诗。这幅诗意图的山水构图颇为与众不同,一般立轴画山都是上轻下重,上窄下宽,从而使山显得挺拔秀丽,形成一股向上的审美的力。但是此画却反其道而行之,画面上方的山顶劲硕而敦实,没有尖削的山峰,反而阔大至整个宽幅,瀑布如一段白练挂于其间,飞流而下的水气和云气将整座山拦腰分为两段,山底所画岩石较少,形成上重下轻之感,这种构图的反常带来感官的失衡,仿佛庐山的山顶不是与山体相联结的,而是悬浮于天际之间。巧妙的是在这两段山体之间有一个连接者,那就是立于瀑布之前的诗人。诗人虽在瀑布之前,却又因山的悬浮显得与之距离遥远,这种香炉峰和瀑布与人之间的距离感,恰恰符合诗中想象的距离。

文徵明的诗意图以山的悬重之感贴合了诗歌的瑰丽想象,而谢时臣的画则以塑造"人间仙境"的手法表现出异曲同工之妙。明代谢时臣有多幅画风、构图相似的《匡庐瀑布图》,虽然没有题写李白的诗歌,但是人间仙境的画境却与李白的诗境最为贴近。以广州美术馆的藏图为例(图 6－8),此图画的是庐山香炉峰、青玉峡上的开先瀑布、开先寺等景象。先看其瀑布,比之文徵明的蜿蜒不绝,谢时臣的瀑布更有飞流直下的气魄,瀑布从画面上端的云间悬直而下,直落山底,占据整幅画三分之二的高度。真似银河从天而降,化作飞练挂于川前。再

图6-8 谢时臣 《匡庐瀑布图》轴 广州美术馆藏

来看山，香炉峰体态敦厚，云烟缭绕，正合谪仙“日照香炉生紫烟”诗意。说到云气，就不得不说其天水云一色的妙笔，画面右侧的留白处瀑布在云间喷涌穿行，水云相接；画面左侧的留白更加绝妙，天水云一色，几叶扁舟泛于天际、云间还是水中，漠不可分。再看画面中的殿阁、行人和树木等其他物象，也是有效地衬托了这处人间仙境。庐山上处处树木葱茏，似锦繁花，以树和花的柔软与岩峰山石的坚硬刚柔并济。殿阁精巧，坐落于山间树丛，其间多有人物从亭间眺望美景。山上和山下蜿蜒的山道上，人物络绎不绝，俯仰之间、前顾后盼之际皆飞马扬鞭、步履矫健，大有对此仙境趋之若骛之感。总之，谢时臣的《匡庐瀑布图》以细腻的笔法描绘了一幅超现实的庐山仙境，虽未题诗，却是与谪仙诗最为神似的诗意图。

清代另有朱鹤年的《庐山瀑布图》以长手卷来画庐山东西全景，庐山瀑布如压轴般被画在最左侧，即手卷展开最后欣赏到的地方。但瀑布水流“喷壑数十里”，将瀑布与山连为一体。朱笔下的瀑布，造型与别个不同，不是细长而是宽广之状，水层厚重，落地有声，喧嚣轰鸣之声呼之欲出。与此处闹境形成鲜明的对比，画面右侧，即庐山东部水流渐缓，亭台拱桥楼榭，山脉绵延，无不在脉脉浅吟低唱，宁静雅致如园林山水一般。可见，朱鹤年并无意于追随李白，庐山瀑布虽是其画的惊叹休止符和一以贯之的线索，但却并不是全部。画家更着力于刻画一个如园林般精致的庐山。无论是虚掩半露的院落，溪水之上的拱桥，还是山顶矗立的小塔，缓行桥上的行人，处处都给人以细致入微的美感。

十一、《月下独酌》和马远的《对月图》《举杯玩月图》

李白的《月下独酌》是千古名篇，“举杯邀明月，对影成三人”的名句脍炙人口。诗人独自一人在花间饮酒，举杯邀请明月共饮，遂成人、月、影三人。蘅塘退士评说此处“月下独酌，诗偏幻出三人。月影伴说，反复推勘，愈形其独”。三人的变幻不仅没有排遣诗人的孤独，反而将之越发彰显。“月既不解饮，影徒随我身。暂伴月将影，行乐须及春。”但月不会饮酒，只剩影子与我相随。无法排遣这孤独，暂且伴月和影，及时行乐。“我歌月徘徊，我舞影零乱。”明月应和我的歌声徘徊，实因诗人略有醉意的徘徊所见，影子也随着我的舞蹈而零乱。表面写得无比欢欣热闹，细细品咂却更感到诗人的孤独。“醒时同交欢，醉后各分散。永结无情游，相期邈云汉。”我们三人醒时同乐，醉后分散。只有等到将来我远至天上，才能永远尽情游乐，永不分散。

台北“故宫博物院”收藏有两幅署名南宋马远的《月下独酌》诗意图——《举杯玩月图》和《对月图》。马远的画上虽无诗文，但所画人物意象，一看便知是出自李白的《月下独酌》。李白的“举杯邀明月，对影成三人”之整体意象无论在诗界还是画坛，自此意象一出，便成经典的诗题画境。

将李白的诗与这两幅图做一比较，会发现它们有两点不同：

李白诗中场景只言明月下、花间，而两幅图均将场景改为山间，只是《对月图》中设为荒野山间，《举杯玩月图》则在山间的庭院，如马远一贯的画风，构图均左实右虚，山峰以其上浓下淡的色泽，表现山间的月色朦胧。这是诗画相异之一处。另外，诗中共塑造月、人、影三人，而画中却没有“影”，这也许与中国画鲜有表现人影有关，甚至《举杯玩月图》中连月也没有，彻底表现孤独的饮酒者。但按绘画传统，它们均给饮酒的诗人配以侍童，以彰显饮酒者的贵族或文人身份。所以两幅诗意图只是对“独酌无相亲”“举杯邀明月”两句的摹写，而“对影成三人”以及诗中“我”与月最精彩的对话只能靠观者的欣赏升华来完成。与恣意喧嚣的诗歌相比，两幅诗意图的情感在月夜的山谷中宁静很多。这种不同多来自诗画各自的表现传统，也来自语言和图像两种符号动静相异的特质。图像因其不善于表现月、人、影之间的动态，所以直写诗歌所欲表达的彻底的孤独感，或许正是因此《举杯玩月图》才将月亮也抹去，留下诗人孤独地在空旷幽静的山间院落中饮酒，无月可邀，将这种孤独更推进一步。但从文学和图像的表达手法上来看，诗歌以闹写静、以众写寡的手法更胜一筹。

第四节　李白像的创作及题咏

饮酒与“月”“水”等是李白诗歌中较为常见的事、物。酒、醉、月、水等在诗中大量出现，既见李白嗜酒爱月、超然不群、狂放不羁的个性，又为塑造诗歌中的李白酒狂、诗仙形象起着重要作用。同时，这两种意象，还启发了后世文人李白画像的构思及题跋创作主题的抉取。

一、李白诗中的饮酒与“月”“水”等意象

“李白一斗诗百篇，长安市上酒家眠。天子呼来不上船，自称臣是酒中仙”[①]，

① 杜甫：《杜诗评注》，仇兆鳌注，中华书局 1979 年版，第 83 页。

李白作为一位天才诗人，嗜爱饮酒。酒助诗兴，诗写醉态，酒仙与诗仙，成为深爱李白的后世之人对李白亲切而又充满敬意的两种称呼。无论是酒仙还是诗仙，皆反映了李白不流于俗的特点。李白作为谪仙形象的相貌气质、性情嗜好、才华经历等为人所称道的特征，或见于诗文，或载于史书。而在这一形象的塑造过程中，应居首功的当然是李白的诗作。而且，诗歌中饮酒与“月”“水”“花”等事物的大量出现，更显示了李白个性独具的一面。

李白嗜饮，《新唐书》卷一百二十七言李白“居徂来山，日沈饮”，后见唐明皇而不见用，“益骜放不自修”，与贺知章、张旭等被称为酒中八仙。其嗜饮之甚，从其诗中可窥一二。陶渊明是李白钦慕的前代诗人，其《戏赠郑溧阳》“陶令日日醉，不知五柳春。素琴本无弦，漉酒用葛巾。清风北窗下，自谓羲皇人。何时到栗里，一见平生亲”，虽曰戏言，但以“日日醉”的陶渊明为隔代知音的情怀，已见一斑。酒解千忧，“且对一壶酒，淡然万事闲”；会友送别，怎能无酒，“五花马，千金裘，呼儿将出换美酒，与尔同销万古愁”，“昔日绣衣何足荣，今宵贯酒与君倾。暂就东山赊月色，酣歌一夜送泉明”。为饮酒，不仅宝马、锦衣不足惜，生前、身后虚名亦不足珍，“青莲居士谪仙人，酒肆藏名三十春”，“且乐生前一杯酒，何须身后千载名”。终日饮酒，偶有自责：“三百六十日，日日醉如泥”，自责之余，又为自己开脱：“天若不爱酒，酒星不在天。地若不爱酒，地应无酒泉。天地既爱酒，爱酒不愧天。已闻清比圣，复道浊如贤。贤圣既已饮，何必求神仙。三杯通大道，一斗合自然。但得酒中趣，勿为醒者传。”李白大量言酒写醉的诗句，为我们刻画了一位“但愿长醉不愿醒”的酒仙形象。其豪放、洒脱之中的苦闷与愤懑，凭借酒，在“醉言狂语”中，抒发得淋漓尽致。与酒意象相伴而生的豪迈与义愤交织的“醉言狂语”，是李白酒诗的一大特色。

李白诗写酒，通常与月、花、水等意象组合，形成优美而开阔的意境，诗人或饮或醉于其间，犹如一幅意境悠远的山水人物图。酒与月的组合，在李白饮酒诗中最为常见。“田家有美酒，落日与之倾。醉罢弄归月，遥欣稚子迎”，“且须饮美酒，乘月醉高台”，对醉饮的李白来说，月是时境标志；而“白发对绿酒，强歌心已摧。君不见梁王池上月，昔照梁王樽酒中。梁王已去明月在，黄鹂愁醉啼春风。分明感激眼前事，莫惜醉卧桃园东”，“富贵百年能几何，死生一度人皆有。孤猿坐啼坟上月，且须一尽杯中酒”，则是以月的永恒，反衬人生的短暂；人生苦短，成为壮志难酬的李白为排解愁思而日耽于酒的理由。此外，在一些诗句中，如：“感之欲叹息，对酒还自倾。浩歌待明月，曲尽已忘情”，月又如友朋，是助其排遣孤寂、苦闷的知己。表达这种情绪，《月下独酌》(其一)堪称代表：

花间一壶酒，独酌无相亲。举杯邀明月，对影成三人。月既不解饮，影徒随我身。暂伴月将影，行乐须及春。我歌月徘徊，我舞影零乱。醒时同交欢，醉后各分散。永结无情游，相期邈云汉。

在这首诗的意境中，除了有酒月意象外，还有“花”这一意象出现。“人生得意须尽欢，莫使金樽空对月”，何况此时香艳易凋的花儿正送来阵阵芬芳呢！酒、月、花意象或酒、花意象同时在李白酒诗中出现也较常见，其《山中与幽人对酌》曰：“两人对酌山花开，一杯一杯复一杯。我醉欲眠卿且去，明朝有意抱琴来”，清新的山野气息与饮者李白的豪放率性共同形成了一种意趣盎然的艺术境界；其《对酒》诗曰：“劝君莫拒杯，春风笑人来。桃李如旧识，倾花向我开……自古帝王宅，城阙闭黄埃。君若不饮酒，昔人安在哉”，此诗中，李白极力渲染美丽而可爱的春境，以表达一种珍惜眼前景、及时行乐的思想。花谢仍开，春去还来，而人的青春却稍纵即逝。生命与花朵的一年一度红、皓月的一月一次圆相比，是极为短暂的。而热爱生命与自然、蔑视权势与富贵的李白，在此借《对酒》表达及时行乐的思想，排解郁郁不得志的愁怀。花前月下豪饮，成为李白忘却烦恼、弥补生命之花无法如月一般永恒的缺憾的手段。其《赠秋浦柳少府》同样刻画出这样一种月下“看花饮美酒”的意境。

酒与水的意象组合，在李白酒诗中出现的次数不下于酒、月意象组合。酒、月意象组合往往形成饮酒月下的意境，而酒、水意象组合则记载湖畔水边的畅饮、惜别之作较多。如《广陵赠别》曰：“玉瓶沽美酒，数里送君还。系马垂杨下，衔杯大道间。天边看渌水，海上见青山。”《送殷淑三首》曰：“海水不可解，连江夜为潮。俄然浦屿阔，岸去酒船遥。惜别耐取醉，鸣榔且长谣。”依依惜别之情代替了人生苦短之叹，而水域的开阔，则为诗作平添一种壮阔之美。

李白的诗中，有时饮酒之事与月、水、花等较常用的意象同时出现，形成一种奔放、旷远、宏阔意境。如《自汉阳病酒归寄王明府》：“啸起白云飞七泽，歌吟渌水动三湘。莫惜连船沽美酒，千金一掷买春芳”，《江夏送张丞》“酒倾无限月，客醉几重春。藉草依流水，攀花赠远人”，《别中都明府兄》“城隅渌水明秋日，海上青山隔暮云。取醉不辞留夜月，雁行中断惜离群”，花前、月下、舟中、水畔，意境幽阔，诗中的境物如在眼前，画面感极强。而其《自遣》则曰：“对酒不觉暝，落花盈我衣。醉起步溪月，鸟还人亦稀。”《秋浦歌十七首》（其十二）曰：“水如一匹练，此地即平天。耐可乘明月，看花上酒船。”二诗皆含酒、月、水、花四意象，一写诗人醉后，一叙未饮之前。明月照水，月光澄净，天地空阔，诗人醉于景，融于景，诗作简短，却有着无穷魅力。

李白通过饮酒与月、水、花等意象所建构人间仙境一般优美的诗境，为我们塑造了一个置身于此境中的诗仙、酒仙形象。这类诗作，影响着后人对李白画像的创作，同时与饮酒、月相关的意象或意象组合也被移植于李白画像及其题跋中，成为绘画、题画作品重现李白形象的标志性意象。

二、“酒”“月”意象与李白肖像画及其题跋

肖像画，以表现人物的相貌风神为指归。关于李白的相貌，与李白差不多同

时的魏颢，在《李翰林集序》中描述“眸子炯然，哆如饿虎。或时束带，风流酝藉”；《旧唐书》卷一百九十：“贺知章见白，赏之曰‘此天上谪仙人也’”；司马承祯则评李白“有仙风道骨，可与神游八极之表。”后世关于李白的画像，从现存图像与题跋看，也无不体现了其风流俊朗、飘逸卓绝的相貌特征。

在现存李白肖像中，台北“故宫博物院”藏南薰殿本是较为重要的版本之一。此像采用工笔画法，传为米芾所作。像中李白身着白衣，头戴黑色幞头，面稍左倾，眉清目朗，须髯飘飘，幞头两脚下垂，端庄严肃之中不乏脱俗飘逸之态。现存前人画像或为原本写真，或为临摹本，或为后世臆想之作。李白此像，最具仙风道骨，极合“谪仙”在后人心目中的形象，盖为在此前画像的基础上完美化的臆想之作。在此像产生之后，很多画作中的李白形象，皆以此为蓝本。

除南薰殿本的《李白像》外，还有几个较早版本的李白画像。这些画像多为线描作品，虽也尽量表现李白超凡不俗的性情相貌特征，但将其完美化的成分则相对少了一些。《李白南宋石刻像》为青年李白全身像石刻，像右刻字“匡山太白像”，李白无须髯，身着布衣，免冠束发，双手执杖。其纸本《匡山太白像》为北宋作品，由著名画家李公麟于大观元年（1107）创作，现藏于四川江油李白纪念馆。

随着像传（赞）这一图像与文字两相结合的传记文体的发展，李白画像传在明清人的像传集中也多有收录。明弘治十一年（1498）刻本《历代古人物像赞》中《李白像赞》，李白面目较前文提及的《李白像》面容丰满。赞文诗酒并提，概括总结李白怀才不遇的一生。上官周《晚笑堂竹庄画传》（图 6－9）中李白身着官袍，头戴幞头，面带微笑。像左有题跋：“太白少梦笔颖生花，自是天才倍赡。沉酣中撰文，未尝错误；而与不醉之人相对议事，皆不出太白所见，时人号为‘醉圣’。其诗放荡纵恣，摆脱尘俗，模写物象体格豁达，杜甫称其‘无敌’。志气宏放，飘然有超世之心，亦喜纵横击剑，晚好黄老云”，画、像结合，从相貌到性情、文采皆有反映。晚笑堂本的李白像传，不仅题跋中提及李白醉酒轶事，而且，画像中李白右手举杯，酒被当作了画中李白形象塑造的重要道具。

另有孔继尧绘《李谪仙像》，是李白右手擎杯的半身像，辑于清代顾沅辑道光九年（1829）刻本《吴郡名贤图传赞》，画中李白稍带笑意，神情略似《李太白像》，但面貌较《李太白像》稍清癯，图册有赞文。《李白苏州石刻像》亦为孔继尧所绘本，石韫玉正书赞文，赞文内容与《吴郡名贤图传赞》中所载内容相同，其镌刻时间早于《李谪仙像》，由谭松坡镌刻于道光七年（1827），为《沧浪亭五百名贤像》之一。

以上版本的李白像，除南薰殿本、《匡山太白像》外，都在画像中或画像旁侧的题跋中突出了李白与酒的关系，酒杯成为突出李白个性的标志性器物。而题跋虽围绕李白喜好与一生遭际题写，但酒也成了不可或缺的意象。

而现当代绘画中以李白为题材的绘画，数量庞大，仅四川江油李白纪念馆成立之初，就收藏“全国名画家 105 人作品 202 件”。现当代画家创作李白画像，多

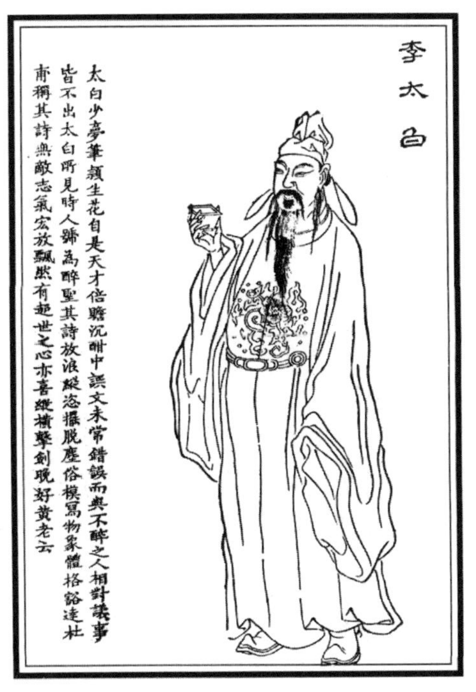

图 6-9 上官周 《李白像》《晚笑堂竹庄画传》本(乾隆八年刻本)

呈现出一种画像与画中人物的相关诗句关系更为紧密的趋势。或是据诗句创作画像,或是在创作画像后,题跋前人诗句,以对画中人物作以介绍说明。傅抱石于 1944 年创作的《李太白像》[①]写“花间一壶酒,独酌无相亲”意,李白在盛开的梅花丛中举杯凝望,略有所思,仿佛心中有千言万语,欲对碧空中的明月倾诉。梅花的傲寒高洁成为李白桀骜不驯、超凡脱俗性情的象征,而酒依然是李白绘画中形象的标志性意象。蒋兆和的《李白像》创作于 1980 年。这幅画虽不及其《杜甫像》流传广泛,但此图绘李白侧面像,画面构成以李白像为主,以竹叶与酒杯、酒壶为辅,人物面色和悦,以表现其仙风道骨见长。画面左侧为蒋兆和书杜甫“敏捷诗千首,飘零酒一杯”诗句,以概括李白一生的辉煌与不幸。题词与画面,形成一种互补关系。

现存于历代文人诗文集中关于李白肖像题跋的作品,具有围绕人物生平展开题跋的普遍特点。肖像画写画中人面貌,重在突出刻画人物的相貌特征;而题跋则反映人物的生平要事及性情,画像与题跋赞传两相结合,相互补充,从而形成一种更为直观、更为全面的介绍人物的方式,这也是明清时期画像传这种传记方式越来越兴盛的原因之一。

李白的肖像题跋作品通常会围绕作诗、饮酒、脱靴、捉月等问题展开,展现其

---

① 图参傅抱石:《傅抱石画集》,福建美术出版社 2009 年版,第 123 页。

才华横溢、豪放不羁的谪仙形象。如贯休《观李翰林真二首》曰：

日角浮紫气，凛然尘外清。虽称李太白，知是那星精。御宴千盅饮，蕃书一笔成。宜哉杜工部，不错道骑鲸。

谁氏子丹青，毫端曲有灵。屹如山忽堕，爽似酒初醒。天马难扰勒，仙房久闭扃。若非如此辈，何以傲彤庭。

贯休的题跋从两个角度着手，一是以画中之人李白为中心，二是以表现绘画艺术为主旨。二诗组合，对画中人和画作都做了介绍。题跋组诗往往每首诗各司其职，分别从不同的侧面进行题写。至题跋文体繁盛至极的清代，这种题跋方式更为常见。贯休此二诗曾提及李白饮酒，以彰显李白形象的个性特征。在李白的肖像画中，常常会出现李白手擎杯或倚坛而醉的画面。酒器即使不出现在画面上，饮酒或醉酒等也会是李白画像题跋常谈及的事迹。超凡脱俗的饮者与诗人，是李白画像题跋所着力塑造的李白形象。这种形象的塑造，一方面与画面所呈现的人物形象相关，但至为重要的，还是人物的生平事迹、异闻传说等的影响。史书、诗文中的相关记载及传闻轶事成为画像题跋弥补画像表现力不足的重要资料来源。

饶节《李太白画歌》在李白肖像的众多题跋中可算是基于画、诗、史及轶闻进行题跋较为典型的一篇作品：

先生之气盖天下，当时流辈退百舍。醉中咳唾落珠玑，身后声名满夷夏。青山木拱三百年，今晨乃拜先生画。乌纱之巾白纻袍，岸巾攘臂方出遨。神游八极气自稳，冰壶玉斗霜风高。呜呼先生泰绝伦，仙风道骨语甚真。肃然可望不可亲，悬知野鹤非鸡群。天宝之初天子逸，先生醉去不肯屈。采石江头明月出，鼓桡酣歌志愿毕。只今遗像粉墨间，尚有英风爽毛骨。宣州长史粉黛工，谁令写此人中龙。细看笔意有俯仰，妙处果在阿堵中。人云此画世莫比，吴侯得之喜不寐。意侯所爱岂徒尔，亦惜真才死泥滓。先生朽骨如可起，谁为猎之奉天子。作为文章文圣世，千秋万古诵盛美。再拜先生泪如洗，振衣濯足吾往矣。

这则题跋对李白的相貌及秉性事迹皆有反映。作者满怀崇敬介绍李白的精神、才气、气概，重现画作中李白的相貌、衣着、风神，将画中李白的超凡脱俗与真实李白的仙风道骨应和，体现画作的艺术成就。其中一写明月，既因李白平生爱月，喜援月之意象入诗，又以其象征高洁性情，同时还与捉月而死的传闻相关；两写李白之醉，一为反映其诗才，二为表现其傲骨。在描述绘画的基础上，通过对其生平有代表性的事迹的简略叙述，酒仙、诗仙李白形象跃然纸上，血肉、性情鲜活的诗中李白比画中李白形象更加丰满。

陈师道有歌行体《和饶节咏周昉画李白真诗》，诗中同样提及画作中李白“乌纱”“白纻”的装束，由此知饶节《李太白画歌》所题李白像为周昉所画。周昉画应属李白画像中年代较早的一幅。画中李白“乌纱之巾白纻袍”，对后世画作李白形象的塑造多有影响，此装束在后世李白画像的创作中为很多画家沿用。而陈师道的题咏引杜甫评李白语“斗酒百篇”，写李白诗才之天成，兼写醉容，笔法活泼生动，凡俗尽脱。

除以上几篇及潘希曾散文《题李太白画像》等少数作品结合画作展开题咏外，历代文人对李白画作的题跋，多侧重于李白事迹，对画作的艺术性涉及相对极少。绘画与题跋合中有离，而这种“离”，在肖像画与其题跋中，表现甚为明显。苏轼《书丹元子所示李太白真诗》：

天人几何同一沤，谪仙非谪乃其游，麾斥八极隘九州。化为两鸟鸣相酬，一鸣一止三千秋。开元有道为少留，縻之不可矧肯求！西望太白横峨岷，眼高四海空无人；大儿汾阳中令君，小儿天台坐忘真。平生不识高将军，手污吾足乃敢瞋。作诗一笑君应闻。

黄庭坚赞苏轼《黄州寒食诗》：“东坡此诗似太白，犹恐太白有未到处”，而苏轼此题李太白真诗，其中雄豪之气，丝毫不亚于李白。题画而不及画，立足点全在画中之人。气概卓然的李白，在苏轼笔下呼之欲出。高力士脱靴，是李白醉酒的著名典故之一，原典止于戏谑奸佞，而苏轼之跋，则诙谐地演绎出奸臣污足之说，从而把李白的高洁刚直在原典的基础上做更深一步凸显，使李白个性愈发鲜明。宋李纲《水调歌头》以词题李白画像曰：“大儿中令，神契兼有坐忘人。不识将军高贵，醉里指污吾足，乃敢尚衣嗔”，化用苏轼此诗，并沿用污足之说；胡仔《苕溪渔隐丛话》评曰：“若李太白，其高气盖世，千载之下，犹可叹想，则东坡居士之赞尽之矣。”可见此诗的确以其独特的艺术魅力在李白画像的题跋史中占据着举足轻重的地位。

摹写李白醉后之才之事，是绘画塑造李白形象的重要视角。援酒、月、水、花等意象入题跋，也成为文人们面对画中李白，塑造李白文学形象的手段之一。传说李白捉月而死，周紫芝《李太白画像二首》其二“少陵诗瘦平生苦，太白才高一醉间。捉得江心波底月，却归天上玉京仙”，李俊民《李太白图》“谪在人间凡几年，诗中豪杰酒中仙。不因采石江头月，哪得骑鲸去上天”，结合李白饮酒与捉月两件事，勾勒李白诗仙、酒仙形象。另李端甫《李白扇头》、王彝《题李太白像》、僧大圭《题太白像》、沈周《题李太白像》、文徵明《题太白像》等等，也属此类。

从李白的肖像画题跋看，多数肖像题跋都有一个较为普遍的特点，即采取宽广的视角，对画中人物进行全面观照。作者常攫取画中人一生最能体现其个性的事物，以点代面来塑造题画作品中的人物形象。肖像题咏类作品往往呈现出人物小传的特点，尤其是一些赞体作品，寥寥数语，括其一生，情感蕴藉，亦能写得荡气回肠。宋濂《李太白像赞》：“长庚降精，下为列仙。陵厉日月，呼噏风烟。锦衣玉颜，挥毫帝前。气吞阉竖，视若乌鸢。顿挫万象，随机回旋。金童来迎，绛节翠旃。下土秽浊，孰堪后先。輾然一笑，骑鲸上天。”赞文写及传说，突出李白“仙”的特点，谪仙形象鲜活飘逸，使赞文与画像，在动与静、即时和时空延展等方面，呈现出一种更为完美的结合。图文相映，从而使我们在领略文画意趣的同时，对李白这一形象，由容貌精神到性情生平，有一个更为全面的了解。

三、李白行为、事迹类图像及其题跋

行为事迹类图像的特点是复现人物的相貌不再是画作着意表现的题旨，它描摹的重点是画中人的行为与事迹，这些行为、事迹或见于史书记载，或见于自家或他人诗文，或源于传说轶事。画面的构成，以突出行为、事迹主题为目的，略写相貌甚至缩小人物在画中所占比例，从而提高画面的叙说事件及复现自然环境或社会环境的表现力，与肖像画有着明显区别。

著名人物的行为、事迹类图像存在同一题材被反复创作的现象。画家们对李白此类作品的创作通常从四个方面着手：一是对诗人李白形象的勾勒，如《李白行吟图》《清平调图》等；其次是对酒仙李白形象的塑造，如《太白醉酒图》《酌酒图》；第三类作品以李白诗中对月的吟咏及月的传说为素材，主要作品有《李白捉月图》《李白玩月图》等等；最后是蔑视权贵、行侠仗义的李白形象，代表作有《李白脱靴》《佩剑李白》等。在这四类题材中，表达李白与酒、月关系的两类最为画家们所喜爱。而酒，在其他类作品中，往往不参与或很少参与画面的构成，但李白的捉月、咏诗、脱靴等典型事迹，无不与饮酒密不可分，因此，酒便成了李白行为事迹类图像题跋常常咏及的事物。在李白行为事迹类的画作及其题跋中，酒依然是塑造李白形象的最重要的因素。

（一）行为事迹图像中的诗人李白形象

绘画中最能体现李白诗人形象的作品当数《太白行吟图》（图 6－10）[①]，此画初为南宋梁楷所绘，现藏日本东京国立博物馆，是梁楷减笔人物画的代表作之一。人物画到梁楷一变，从传神进入写意的层次，画作不以重现李白相貌为主要创作目的，而是以李白行吟时的神情风韵为题旨。它选取最能反映诗人“行吟”状态的瞬间动作，加以描绘。画作线条恣意纵横，简易豪放。减笔与工丽的细笔并用，详于面部而略于衣着。画中李白器宇轩昂，高挽发髻，头稍昂，口微张，作思索吟咏状；而其须髯随风，衣袂后飘，巧妙地表现出其室外行走意味，寥寥数笔，把诗仙李白的神韵勾勒得惟妙惟肖。画风浑穆之中略带飘逸，李白沉思吟咏之态尽付笔端。张大千亦曾有《李白行吟图》传世。现有创作 1932 年、1945 年、1963 年等多种版本张大千款的《李白行吟图》，其创作于 1945 年的作品，作者自题曾提及梁楷此画：“梁风子减笔李白行吟图，藏日本某侯爵家。用笔固自超，殊乏俊气。写李白像，当如贺监一见便呼为‘谪仙人’为佳耳。”梁楷与李白同样嗜酒，不拘礼法，人称“梁风（疯）子”。张大千评梁楷《李白行吟图》俊逸不足，其

---

① 图参《中国画经典丛书》编辑组编著：《中国人物画经典》南宋卷二，文物出版社 2006 年版，第 37 页。

1945 年的行吟图与梁楷的相比，的确以飘逸见长。飘逸之中，似可感仙风徐徐，谪仙形象呼之欲出，但对表现沉思行吟中的诗人的情态及神韵则略有不及。为表现李白行吟这一主题，张大千一直在不断尝试如何通过增加人物情态以外的元素如诗卷或诗句等突出画题。至 1963 年以泼墨笔法创作的《李白沉吟图》，李白形象的飘逸与沉吟神态的结合，呈现出日臻完善的趋势。同为《李白行吟图》，将张大千不同时期的画作及张大千与梁楷画作相较，则不难发现事迹传奇类画像创作紧扣画题的艰难与重要性。在梁楷与张大千外，还有一些画家以李白行吟为题材进行创作，但仅从如何恰当而逼真地表现“行吟”这一主题来看，梁楷的作品，的确达到了后人所难以企及的艺术高度。

图 6－10　梁楷　《太白行吟图》轴　日本东京国立博物馆藏

对李白“诗人”这一形象的塑造，还有一幅重要作品，即《清平调图》。此图为清代苏六朋绘，现藏广州美术馆。这幅画作虽与李白《清平乐》诗相关，但并非写诗意之作，它取材于唐玄宗召李白作“清平调”的故事。据李浚《松窗杂录》：“开元中，禁中初种木芍药，即今牡丹也。得四本：红、紫、浅红、通白者，上移植于兴庆池东沉香亭前。会花方繁开，上乘照夜白，太真妃以步辇从。诏特选梨园弟子中尤者，得乐十六部。李龟年以歌擅一时之名，手捧檀板押众乐前，将歌之。上曰：‘赏名花，对妃子，焉用旧乐为?’遂命龟年持金花笺宣赐翰林供奉李白，立进清平调三章。白欣然承旨，犹若宿酲未解，因援笔赋之。”画作取镜于李白提笔赋写之际，旨在表现李白的从容不迫与敏捷才思。画面构图紧凑，玄宗、贵妃等人凝神静观，李白神采气象夺人，是苏六朋的代表作之一。

(二) 行为事迹类图像中的李白酒仙形象

与诗仙李白形象相比，因醉酒人物形态多样，酒仙李白形象凭借醉态刻画与酒具辅助稍易塑造；同时，饮者李白狂放不羁的个性也更为画家们所喜爱，因此，围绕李白饮酒、醉酒题材创作的作品数量巨大。尤其是李白醉酒，不仅画作数量数不胜数，而且在雕塑、瓷器、竹雕、砚刻等艺术或工艺性、实用性作品中，也是被广泛应用的题材之一。

北宋李公麟曾作《太白独酌图》，是一幅李白事迹传奇类的画像摹写，也是一幅诗意图。李白有《月下独酌》诗三首，但李公麟此画不存，画面是否是摹写诗意与如何摹写已不得而知。元好问曾为此画作题跋：

谪仙去世三百年，海中鲸鱼渺翩翩。岂知龙眠天马笔，忽有玉树秋风前。金銮归来身散仙，世事悠悠白发边。会稽贺老何处在？千里名山入酒船。清景已随诗句尽，风流合向画图传。往时长安酒家眠，焦遂不狂张不颠。想得三更风露下，醉和江月弄江烟。

此诗意境阔大，然似乎并非紧扣画作展开，题跋文较题画诗通常多据实之作，但此诗所据之实是李白的生平、事迹、秉性，其中复现画面的文字较难确定。可为我们提供一些启发的，是"玉树秋风"一语。画不可见，但李公麟笔下李白的风流俊逸由此可知。如若画境与诗境相符，则李公麟此画应属山水人物画，画中除李白外，酒、月、水（汀）等同样是重要意象，与李白诗歌经常出现的月下水畔饮酒的意境基本吻合。此《太白独酌图》王恽亦有一诗"九重春色醉仙桃，何似江山照赐袍。千丈气豪愁不管，青山矶上月轮高"，也是借李白生平事迹感慨抒情，与画面形成互补而非重现的关系。在李公麟后，还有一些画家以李白独酌为题材，皓月当空，画中李白或坐或卧，手擎酒杯或同时做邀月状，写尽怀才不遇、桀骜不驯的李白的痴狂与孤寂。画中常书《月下独酌》（其一）诗句，诗、书、画三者结合，虽写诗意，却也属李白事迹传奇类画作。

李白醉酒的绘画是李白各类画像中所存数量最多的一类。扶醉图、醉归图、醉卧图是中国传统画作中的三大常见醉酒题材。李白醉酒主题也主要借此三者表现。李东阳有《太白扶醉图》题诗："半拥宫袍拂锦靴，有谁扶醉敢朝天。玉堂记得风流事，知是吾宗老谪仙。"画作者不详，盖亦取材于"扶醉朝天"事。苏六朋也有相似题材的画作，名《太白醉酒图》，现藏上海博物馆，画中李白由两内宫侍者搀扶，白袍、红带、朱履，须巾飘飘，醉眼蒙眬，腰胸挺立，神态从容傲岸，两侍者身体微屈，其一面露难色，与李白形成鲜明对比，颇具意趣。

李白宫中醉酒成为被后世文人津津乐道的一件轶事。另有李白醉归题材的绘画，在宋代以后，多见于文人题跋，题跋常常提及李白入宫之事。如元好问《李白醉归图》"春风醉袖玉山颓，落魄长安酒肆回。忙煞中官寻不得，沉香亭北牡丹开"；王恽《李白醉归图》"云阵横陈大渡河，一书能解六蛮和。仙韶莫诧君王宠，七宝庄严未是多"；陈颢《太白醉归图》"偶向长安醉市沽，春风十里倩人扶。金銮殿上文章客，不减高阳旧酒徒。"入宫诸事皆作为反衬其才华与性情的重要事件入诗。顾观《太白醉归图》"歌成芍药倒金壶，并辔宫官马上扶。乐部余音随彩旆，仙班小队下清都。长庚万丈文章焰，后世千年粉墨图。江左青山旧时月，一杯谁慰客坟孤"，可看作是对李白生平的一个写照，在此诗中，入宫才华与荣耀的展现，无疑被看作最值得着墨的一笔。但也有题跋视角并不局限于此，如刘秉忠《跋太白醉归图》写李白酒醉山林乡野："五斗先生未解酲，一生爱酒不曾醒。人间词翰传名字，天上星辰萃性灵。雁带暖回波泛绿，燕衔春至草抽青。纱巾醉岸南山道，几处哦诗补画屏"。诗中没有了金銮殿那份金碧辉煌的烘托，清新的山野气息扑面而来，酒仙、诗仙形象在自然环境中得以凸显。而胡奎《题李白醉归图》，则采取荣华与自由闲适两相对比的手法赋写：

寄语襄阳儿，莫唱铜鞮曲。春风吹醱醅，汉水年年绿。

日落岘山西，风吹白接䍠。不骑山简马，驴背倒驮诗。

一辞金銮殿，甘作醉乡侯。东华尘似海，不及卧糟丘。

玉皇五色麟，不踏京华尘。如何捉明月，一醉三千春。

朝醉长安花，夕醉襄阳月。至今花月间，不见醒时节。

“醉乡侯”是此诗对李白形象的一个诠释。胡奎应合李白《襄阳歌》诗意，极写乡野之乐、花前月下之醉，并紧密联系人物性情故事，场景几番变换，时间无限延展，以夸张的手法，写出李白酒仙的超凡特征及逍遥而醉的情状。而且，在刘秉忠、胡奎等人的题跋中，李白醉归的“归”，也被赋予了更加浓厚的归隐意味。说到归隐，元代有《太白还山图》，刘秉忠曾作七律题画，其中颔联与颈联曰：“心中有道时时乐，眼底无尘物物清。千首未知诗作癖，百杯寻与酒为盟”，寥寥数笔，便勾勒出了一位傲然出世的诗人、酒仙。

“醉卧”是李白醉酒系列中较为画家们所喜爱的又一题材。刘秉忠有《跋太白舟中醉卧图》题诗：“仙籍标名世不收，锦袍当在酒家楼。水天上下两轮月，吴越经过一叶舟。壶内乾坤无昼夜，江边花鸟自春秋。浮云能蔽长安日，万事纷纷一醉休。”从题跋看，此画作背景取镜于水上月下，意境旷远，李白醉卧舟中，不涉俗事凡尘，置身于晨昏变化、富贵荣辱之外，酒仙形象更加鲜明。醉卧题材在民间工艺品或酒器装饰中较为常见。诗人的才气不再是表现的主要对象，而其醉后的神态体貌，则往往刻画得怡然自得而豪放无拘，深为人们所钟爱。

诗画中的酒仙李白形象在中国酒文化中占据着举足轻重的地位。在醉卧图之外，还有李白载酒图。《汉书・杨雄传下》：“（雄）家素贫，嗜酒，人希至其门。时有好事者载酒肴从游学。”[①]赵孟頫据“载酒游学”与“王子猷雪夜访戴”之典以及李白与贺知章的关系，作《太白酒船图》题诗二首：“载酒向何处，稽山镜水边。若为无贺老，兴尽便回船”；“潇洒稷山道，风流贺季真。相思不相见，愁煞谪仙人”。题画诗联想李白与贺知章的友情，对李白载酒的目的进行猜测，增加了画面的表现力。

（三）图像中的李白与月及其题咏

李白曾有《姑孰十咏・牛渚矶》诗，世传李白在牛渚矶捉月骑鲸而终，牛渚矶亦名采石矶，在安徽当涂县。捉月而死的说法宋时已流传较为广泛。周必大《记太平牛渚矶》：“傍顾荒台，痛捉月之殒身。”洪迈《容斋随笔・李太白》辨曰：“世俗多言李太白在当涂采石，因醉泛舟于江，见月影俯而取之，遂溺死，故其地有捉月

① 班固：《汉书》，中华书局 1962 年版，第 3585 页。

台。予按李阳冰作《太白草堂集序》云:'阳冰试玄歌于当涂,公疾亟,草稿万卷,手集未修,枕上授简,俾为序。'又李华作《太白墓志》亦云:'赋《临终歌》而卒。'乃知俗传良不足信,盖与谓杜子美因食白酒牛炙而死者同也。"但此传说,则使李白一生更富传奇色彩。同时,由于李白诗歌对月意象的表现,相应地,表现李白与月的关系,也成为后世李白画像创作及题跋创作的重要内容之一。

李白题材的绘画中曾有捉月、扪月、泛月、玩月、问月等主题画作出现。较著名的有乔仲常的《李白捉月图》、戴文进的《李白泛月图》等。乔、戴等人的作品今天已难见其迹。卢沉的《太白捉月图》是今人创作的为数不多的李白捉月题材的作品之一。捉月题材具有浓郁的悲剧色彩,然卢沉此图聚焦于李白从石崖纵身捉月的一瞬,李白一袭素衣,面部表情坚定而略有欣喜之色;水中月影随波荡漾,若隐若现。画面以乌黑的崖岸作为李白与皎洁月亮的衬托。崖上书有作者的跋文,认为李白捉月而死的传说"颇合太白本真、豪放本性,故历代奇贤据此为图、属文者不乏名人"。跋文以灰白色为底,灰白与李白衣裾相连,仿佛画家有意让它绵延至画面之外,形成一种牵制李白使其不致堕落水中之势。

题跋诗作有蔡珪《太白捉月图》、程钜夫《谪仙捉月图》、王恽《李白扪月图》、宋九嘉《题李白泛月图》、余阙《李白玩月图》,这些作品皆在水月背景下,围绕李白生平,用优美的语言演绎李白与月的关系。蔡珪《太白捉月图》"寒江觅得钓鱼船,月影江心月在天。世上不能容此老,画图常看水中仙",再现了一幅由船、水、月构成的画面,诗中对李白离世充满无限感慨;程钜夫《谪仙捉月图》"牛渚矶前白锦袍,蛾眉亭外月初高。江波满眼如平地,醉倒长庚一世豪",写及李白江心醉酒戛然而止,似有意避开捉月离世的悲剧。

张以宁有《题李白问月图》五言与七言诗各一首。五言诗把赋写的侧重点放在揣测李白与月的对话上:

青天出皓月,碧海收微烟。举杯一问月,我本月中仙。醉狂谪人世,于今几何年?桂树日已老,我别何当还?兔药日已熟。我鬓何由玄?迢迢夜郎外,垂光一何偏。问月月不语,举杯复陶然。青天自万古,皓月长在天。明当蹑倒影,飞步昆仑巅。

七言诗则从李白怀才不遇、李白之死、李白之才等方面着手:

……颇闻昔时锦袍客,乃是月中之谪仙。帝命和予《羽衣曲》,虹桥一断心茫然。竹王祠前雾如雨,踯躅花开啼杜鹃。月在天上缺复圆,人间尘土多英贤。举杯问月月不言,风吹海水秋无边。沧波尽卷金尊里,清影长随舞袖前。相期迢迢在云汉,呜呼此意谁能传。骑鲸寥廓忽千年,金薤青荧垂万篇。浮云起灭焉足异。终古明月悬青天。

两首诗篇幅较长,分别采用第二和第三人称,抒发对李白的敬仰与怀念,刻画李白的超然飘逸的形象。诗作笔法灵活,读来亲切可感。而唐文凤有《太白玩月图》的题画诗,"此(玩月)图汪仲鲁作序,司训滕与善诵(唐文凤)此诗数过,击节叹赏曰：'序可作，此诗不可续矣，当于古人中求之。'"[①]此诗融作者想象、李白轶事传说、酒月嗜好、诗作才情、生平经历于一炉，也是李白画像题跋作品较有代表性的一篇。

（四）脱靴图与蔑视权贵的李白

李白恃才傲物、狂放不羁的个性，我们从他的诗作中可稍有领略。而最能反映李白桀骜疏狂的，莫过于高力士为李白脱靴的故事。李白指使天子宠信内臣高力士为其脱靴事，千百年来一直为人们津津乐道。此事正史有载，《旧唐书》："天宝初，客游会稽，与道士吴筠隐于剡中。……既嗜酒，日与饮徒醉于酒肆。玄宗度曲欲造乐府新词，亟召白，白已卧于酒肆矣。召入以水洒面，即令秉笔，顷之成十余章，帝颇嘉之。尝沉醉殿上，引足令高力士脱靴，由是斥去。乃浪迹江湖，终日沉饮。"关于高力士此人，史载"性和谨少过，善观时俯仰，不敢骄横，故天子终亲任之，士大夫亦不疾恶也"。脱靴事真实性，已有学者提出质疑。但直到今天，人们依然宁愿信以为真。高力士脱靴，是后人缅怀李白常常提及的一个话题，也是非常著名的一个绘画题材。

脱靴图，或称李白脱靴图或力士脱靴图。最享盛名的，当数宋代牟子才的作品。据《宋史·牟子才传》（卷四百一十一），宋理宗朝丁大全、董宋臣等恃宠弄权，不可一世。牟子才写《脱靴图》及脱靴图赞，并刻诸石上，是为借古讽今，针砭当时宦官乱政。脱靴图刻在"太平"，太平地处安徽当涂一带。除脱靴图及赞文外，牟子才还有《山谷返棹图》及赞。两幅图与赞文，皆有讽喻意味。它们运用图文结合的方式，表达对忠良贤臣不得用、奸佞小人得道猖狂的愤慨。

明代彭大翼《山堂肆考》卷一百六十六也曾提及此图。清代赵绍祖《安徽金石略》卷五引钱大昕跋："宋史子才在太平建李白祠，自为记，又写此图，为之赞……祠记久不存，此碑在学宫墙旁。明成化六年提学御史张敩移置集贤门内，知府施奇纪其事于左方其下，又有康熙癸丑寇明允题字。"而严可均《太白脱靴图山谷反棹图（宝祐四）》："右《脱靴》《反棹》二图并赞，在安徽当涂。据《返棹图》后有至元戊寅牟应复跋，云'于今八十三年'，则刻石当在宝祐四年。《访碑录》列于五年，非也。牟子才，井研人，迁居吴兴，宋史本传不载《返棹图》，惟称子才在太平建李白祠、自为记云云。又写力士脱靴之状，为之赞而刻诸石。今祠记碑佚，而图赞多出一碑，则史文有详略也。"清代《脱靴》《返棹》二图是否为牟子才所刻，黄钺《壹斋集》卷三十三曾作考证。虽然《脱靴》《返棹》二图在地方志中曾有重刻之说，然黄钺认定为原刻。

安徽当涂石刻《李白脱靴图》，据严可均、黄钺之说，刻于南宋宝祐四年（1256），左有后来附刻的明成化六年施奇及清康熙十二年寇明允的修复题跋。

① 唐文凤：《梧冈集》卷二，载于《文渊阁四库全书》（1242），上海古籍出版社 2003 年版，第 555 页。

此图画面简洁，只李白与高力士二人。李白端坐伸左足，昂首目下视，坐姿身高远高于站立微微前屈的高力士。作者把对人物的褒贬通过人像大小对比体现出来，人物对比异常鲜明，反映了作者鲜明的爱憎。人物上方是牟子才《脱靴图赞》，赞与图相得益彰，皆着意凸显了李白的凛然正气。从赞文左上方的文字看，《返棹图》与《脱靴图》同刻于石，与严、黄所言二图的地点与图像状况相符。

此外，张始周黄杨木雕《高力士脱靴》用对比的方法，把放浪形骸的李白与恼羞成怒的高力士进行对比造型，同时注重整体结构，突破了以往黄杨木雕作品散落组装的模式。也是一幅惟妙惟肖、妙趣横生的作品。

在画家们的笔下，贵妃捧砚与力士脱靴也常常集中在一个画面中出现。早在宋代，郑思肖题画诗《李太白砚靴图》："斗酒未干诗百篇，篇篇奇气走云烟。自从捧砚脱靴后，笑看唐家万里天。"贵妃捧砚、力士脱靴二事同图展现，更见李白不畏强权的凛然正气。题画诗赞扬李白才气与秉性，也不乏对其怀才不遇遭际的同情。宋画砚靴图布局今已难得其详，明代徐𤊹《鳌峰集》卷十八《题太白题诗贵妃捧砚力士脱靴图》曰："沉香亭北醉风光，敕赐词臣奏乐章。企脚不妨烦内使，举头应觉近君王。锦袍色映银笺烂，玉笋娇承宝墨香。花落花开春易改，夜郎行役又秋霜"，根据李白脱靴故事的来龙去脉，对所题画作做了详尽题咏，其中不无对李白仕宦沉浮的感慨。近人徐砚有《李白醉酒图》，画面左侧题"贵妃捧砚力士脱靴。曾见陈章侯本，略摹其意。庚午冬月，紫薇山人徐砚写于小红珊仙馆"。章侯为陈洪绶字，可知此题陈洪绶曾有创作。由徐砚的摹本，我们也可稍微领略陈洪绶本的风致。徐砚摹本天子居右，面呈关切状；李白居中，坐待高力士脱靴；李白的左侧一内官正在斟酒，右侧贵妃捧砚站立，高力士在李白座前俯身脱靴。现代画家关良曾作多幅彩墨戏剧人物画《太白醉写》。这些作品经常用贵妃捧砚、力士脱靴或力士随侍[①]烘托李白的狂放醉态。其中一副写李白高坐抚须题诗，二郎腿高高跷起；贵妃在后，力士在前。高力士捧靴屈身，鼻梁涂白，面露难色，表情无可奈何中难以掩藏内心的不快。此外，20 世纪 80 年代中期的影视连环画《李白戏权贵》也以捧砚脱靴为重要内容。

李白画像除以上作品外，还有李白骑驴图、李白还山图等略具归隐意味的作品，这些作品少了脱靴图中的傲骨，却多了几分闲适，而其中的酒气、仙气、诗韵不减。而在后世文人的眼中，这些画中的李白，如元人刘秉忠《太白还山图》所言："心中有道时时乐，眼底无尘物物清。千首未知诗作癖，百杯寻与酒为盟。长安多少风和月，不尽先生吟醉情"，依然是一个集酒仙、诗仙于一体，丝毫不染世俗凡尘的形象。

综上，李白通过他豪迈奔放、清新飘逸的诗章，为我们塑造了一个超然脱俗、桀骜放旷的诗仙、酒仙形象。而李白诗歌中的饮酒写醉、较常见的月、水、花等物

---

① 图见罗立火主编:《关良诞辰 110 周年作品集》，江西美术出版社 2010 年版，第 173 页。

象以及与其相关的传闻轶事又为后世的图像创作者所关注，成为启发、辅助他们塑造图像艺术中李白形象的重要元素。同时，这些元素又往往成为图像题咏者在题咏图像的基础上，重塑李白文学形象必不可少的内容。李白图像的创作及题咏，体现了以文人及其相关事迹为题材的图像在形成、流传过程中所呈现出的从文人作品到图像、再从图像到文学作品的图文互生过程。在这一过程中，总有一些元素会成为联系三者的纽带。而这一纽带形成，既取决于画中人物的性情个性，又寄托了图像艺术家的理想与追求。

第五节　许浑诗歌及其诗意图

诗人许浑，字用晦(一作仲晦)，进士及第，虽历任监察御史、润州司马、睦州和郢州刺史等职务，却性爱林泉，淡于名利，其诗工于七律，内容以登临怀古见长。因其诗多写“水”，后人亦有“许浑千首湿”的讽语。

一、《咸阳城东楼》和“山雨欲来图”

许浑的《咸阳城东楼》是晚唐登临佳作，首联和颔联展现的是空间上的“万里”意境，颈联和尾联勾起的则是时间上的千古思绪，融思乡、忧国的情感于时空两境，写得情景交融、意境浑厚、韵味无穷。

首联“一上高城万里愁，蒹葭杨柳似汀洲”，以“一”“万”的数字将无限的哀愁点荡开去，万里之愁奠定了整首诗沉郁的基调。站在高楼上望山下之景不禁让诗人仿佛置身于江南的故乡。

颔联“溪云初起日沉阁，山雨欲来风满楼”是千古名句，上一句短短七个字描绘了两处相映成趣的景象。一边云雾刚刚笼罩磻溪，从水面兴起，另一边太阳即将从慈福寺的寺阁旁落下。一起一沉给静穆的景象增添了动感，且溪水、寺阁、云气笼罩、夕阳余晖构成一幅极美又饱含些许忧伤的画面。上一句的动态只是下一句更狂烈动势的引子。“山雨欲来风满楼”是何等的意境雄浑，狂暴的山雨即将来临，风是这场山雨的前兆，吹遍山野，满楼呼啸，写还未到来的雨、看不到的风，用有形的笔法来写无形的对象，机智生趣。这一诗句之所以流传千古不仅在于美丽忧伤的意境和生动的笔法，更在于其中所蕴含的自然人生的深刻哲理，以及对于晚唐政局动荡、日薄西山的深层象征。

颈联和尾联“鸟下绿芜秦苑夕，蝉鸣黄叶汉宫秋。行人莫问当年事，故国东来渭水流”更进一步点明诗人的愁苦。此处咸阳城，乃秦、汉故都之地，“秦苑”“汉宫”早已荡然无存，只有飞鸟、蝉鸣、渭水东流千古留存。在亘古不变的自然面前，国家的兴亡之感更加勾起诗人对晚唐命运的忧愁。虽说“莫问”已故的历史，却恰恰是正困扰诗人的、无法挥去的思忖。

图6－11 张路 《山雨欲来图》轴 北京故宫博物院藏

相对于后两句的千古愁思，绘画自然更长于表现前两句的空间景物，尤其是其颔联“溪云初起日沉阁，山雨欲来风满楼”这样饱含哲理和寓意的名句。后世绘画对这首诗的写意，基本都是以此句为中心。如何表现景物的动态，考验着画家的功力，也给绘画带来戏剧性和张力。

此句诗意图甚多，项圣谟有一《山雨欲来图》扇页，今藏于北京故宫博物院。扇页上所题的是这首诗的颔联。画面的主体一个是云，一个是风。左半部大量留白，以淡墨轻染山峦，主角为云，氤氲不见山脚。右半部楼阁掩映于树丛之中，主角为风，树叶和枝丫被吹得都向右摆动，楼台屹立于弯曲的树冠丛间，大有“风满楼”的有形之感。其间山泉急泻而下，增添了山雨即作的紧张感。

明代画家张路善画山雨欲来的景象。他的《山雨欲来图》（图6－11）画的也是一幅山雨欲来风起云涌的山间景象。此“山雨欲来”虽是后人据画中内容所添，却极为恰当。远山隐约，视觉深远，近处山崖兀立，轮廓犬牙参差，似水墨被狂风吹乱而成，山崖各处无不被狂风摧木，山脚下大量留白，淡墨处云气氤氲，山间水气迷蒙。画作下端近处，树上枝叶皆随风狂舞，与山体的轮廓同构出横向的风力，山间的渔夫扛着渔网弓背缩颈，艰难地在风中奋力前行。画面疾劲的风势被渲染得无以复加，张路虽没有直接画许浑诗意，此图却将许浑的诗意表现得最为淋漓尽致。张路此类的作品还有《风雨归庄图》轴，其狂风大作、风雨兼程的形状也刻画得非常生动，风的描绘细腻到人物须发的细节，可与其他诗意图一并欣赏。

清代袁耀有两幅山雨欲来诗意图，差别细微。从其中一幅《山雨欲来图》（图6－12）来看，画面描绘的是盛夏时节暴雨来临之前的山水田园景色。画作中所有的物象都围绕着这个主题来刻画：风虽无形，却可从弓曲的树干、吹起的柳枝、逆风飘摇的小舟中感受到风的劲迥；雨亦未作，却已在漫天低压的乌云中蕴集。连山岩的形状也似乎被风扭曲，如风中之云絮朝向一边，状貌怪异。楼台中人物凭栏远眺、木桥上行人踽踽慢行、水面上船家逆风而行，远处人家忙着收起

图6－12 袁耀 《山雨欲来图》 北京故宫博物院藏

晾晒的谷物，以及汇聚江山无限之景的凉亭、直落谷底的瀑布、蜿蜒的溪水，无不透露和显现着山雨欲来、狂风大作的讯息，增添整幅画面的动势和张力。

清代袁江也爱画此句，以其一幅立轴和扇面为例。他画许浑诗意的扇面和立轴都是直接取自“山雨欲来风满楼”诗意，其中立轴上画的是平原景象。画面上部乌云垂于树梢，暴雨蓄势待发，中部画水，水面上有一孤舟迎风缓行，近处楼台柳树掩映，上有人物凭栏远眺，柳枝大摆足见风力迴劲，下有老翁弓背扛着渔网在桥上行走。一般画“山雨欲来”通常都有山的意象，此画舍弃山间，而画平原，是其与众不同之处。其他意象则不出他作之右，皆画水为雨造势，水上必有逆风而行的孤舟，建筑和凭栏远眺的人物也是画中之眼，源自诗歌必有的形象，树木是风的最佳表现者，也是必不可少的，还有桥和其他人物等。因为感受这种风云突变景象的光有凭栏之人似乎不够，舟中的艄公、乘客和桥上的路人，他们通常都是弓背缩颈的姿态，比不得凭栏之人的悠闲，与其说他们在观看，不如说是被凭栏人观看，作为山雨欲来的一种观景。

袁江的扇面与立轴的构图有很大区别，用远山和近水衬托风雨，两者平分秋色。山间凉亭有两个观赏的人物，宽阔的水面上有孤舟，艄公奋力迎风前行，远处山间乌云蔽日，云雾迷蒙，近处树木弓曲，树枝摇摆，众多意象共同渲染着“山雨欲来风满楼”的气势，近处的风也在宣告着远处山雨的即将到来。

二、《赠高处士》和赵左的《山水图》

明末画家赵左，为“苏松派”创始人之一，山水、人物、楼阁、花卉等无不擅长。其《山水图》又名《望山垂钓》（图6－13），藏于北京故宫博物院，所画为许浑《赠高处士》诗意：

宅前云水满，高兴一书生。垂钓有深意，望山多远情。夜棋留客宿，春酒劝僧倾。未作干时计，何人问姓名。

从诗题来看，这首诗是赠给一位有才德却归隐不仕的高处士。诗中描绘了

图6-13 赵左 《山水图》(又名《望山垂钓》) 北京故宫博物院藏

文人的生活图景，居于云水之前，垂钓、赏景悠然自得，夜晚与友人下棋饮酒，不求功名利禄、闻达于世，如此任意自然地归隐于山林。赵左的《山水图》轴描绘晚明文人生活，题有此诗“垂钓有深意，望山多远情”诗句。画面明显分为三段：下段草堂坐落于水边，林木掩映，一处士凭窗读书，有许浑“宅前云水满，高兴一书生”之意；中段水面涟漪紧簇、岸边芦苇丛生，一人在舟中垂钓，却意不在此，面朝远山，正合许浑诗意“垂钓有深意，望山多远情”；上段大片留白，天际高远，山峰挺立。画面设色清雅，无艳俗之态，画境正合于归隐的诗题。画面中以动衬静，水面细波栉比、芦苇起舞随风、树木劲迴微斜，都呈现出风中动势，而在这种动态的环境中唯有人物是定格的，草堂中处士沉醉于书中，垂钓人忘却垂钓而凝望远山，人物定格的姿态表现出其内心的澄静。此等宁静安详、归于自然的生活令人神往。

三、《晚自朝台津至韦隐居郊园》和文嘉、张宏的诗意图

许浑《晚自朝台津至韦隐居郊园》诗中最受画家喜爱的是颔联“村径绕山松叶暗，野门临水稻花香”。这一句描绘了秋天傍晚一处山下的村庄。这座村庄依山而建，庄间小道绕山逶迤，秋天的松枝在夕阳西下时变得暗淡浓绿，农户柴门临近水塘，水流处望眼皆是金灿灿的稻田，整个村庄沉浸在稻谷成熟所散发的醇厚香气里。

晚明苏州画家张宏有一幅《拟许浑诗意图》存世，所录的是“村径绕山松叶暗，柴门临水稻花香”，以“柴门”代替原诗的“野门”，“野门”和“柴门”本身的意义都是指普通农家用柴木所编制的简陋的门，“柴门”使用的频率更高。“野门”的“野”字本身有一种荒远幽僻之感，而“柴门”的“柴”字却没有。张宏的这幅诗意图纵深感极强，借助对比例的良好掌控，在立轴上营造出可一直穿越行走的立体感。观赏者仿佛可以沿着下段的村落小径，一直行走到山色无尽的远方。这种纵深感是张宏对许浑诗句“村径绕山”的独特解读和表达。细细品味，诗中的其他物象也都与自然变幻无穷的肌理浑然一体，画面的近处首先便是暗绿的松林，林间隐现稍远处的柴门庭院，门前有规整的稻田。

同样画这句诗的还有文徵明次子文嘉。文嘉的《山水人物(写许浑诗意)》(图6-14)立轴直写许浑诗意，画上所题诗句略有改动，也将“野门”改为“柴

门”，即“村径绕山松叶暗，柴门临水稻花香”，这或许是语言的使用习惯所致。文嘉的《山水人物》立轴中上端留白，题写款识，中部画山之一角，山间多松木，山后还有虚化的山脉连绵，下端画村庄、水塘、稻田。村庄中林木松柏掩映着多户人家，正值晚餐时分，炊烟缭绕，家家户户都有众多人物，一派祥和太平的生活图景。庄外水塘绕村流淌，汀渚上都是整饬的稻田，田间小路却生动地曲折其间。总之，画面上的村落景象，无论在视觉、嗅觉、触觉还是听觉上都给人美的享受：视觉上村庄林木错落有致，农田整饬村路曲折，山脉深远绵连，嗅觉上松木气息伴着稻谷成熟的馥郁香气，触觉上秋季的微寒，水塘的凉意与家中的温暖相混合，听觉上既有山间的宁静又有家家户户的交谈声、田间归来的脚步声、打扫院落的扫地声，动静相宜，闹中取静。

图 6－14　文嘉　《山水人物》
上海博物馆藏

虽写的是同一诗句，但文嘉和张宏却呈现出如此不同的图像，但细究之，又都极好地传达了诗意，究竟是诗歌的无限之意奇妙还是绘画的妙笔丹青更神奇，真是不分轩轾，难言其妙。

四、盛茂烨画许浑诗意

盛茂烨现藏于美国大都会艺术博物馆的《写唐人诗意人物山水》册页共有六页，分别题写了唐代六位诗人的诗句，其中一幅写的是许浑《早秋三首》中的一首。

遥夜泛清瑟，西风生翠萝。残萤栖玉露，早雁拂金河。高树晓还密，远山晴更多。淮南一叶下，自觉洞庭波。

诗人在一个早秋的夜晚感受到了“见一叶落而知岁之将暮”（《淮南子·说山训》）和“洞庭波兮木叶下”（《九歌·湘夫人》）的诗情，是怎样的景物触发了诗人的诗情呢？秋夜中翠萝随西风拂动，伴着琴瑟的清音。残萤栖息在玉露凝珠的野草上，早雁飞掠过秋天的银河。高树枝叶浓密尚未凋零，月光下的远山格外清朗分明。这些景物，翠萝、残萤、早雁、密树都突出早秋之“早”。

盛茂烨的诗意图（图 6－15）集中描绘的是“高树晓还密，远山晴更多”的早秋之景。画面上借用“洞庭波兮木叶下”的诗意，将观赏秋景的人物安置于月夜的轻舟之上，诗中原本是一人赏景，这里却变成两人，一人面向近处洲渚上的几棵高树，枝叶尚繁，一人则遥望远山，山峰起伏连绵，远近层次分明。画中两个人

图6-15 盛茂烨 《写唐人诗意人物山水》册页之一 美国大都会艺术博物馆藏

物就好像是画家特意设置的向导，要我们跟随两人的目光仰视和眺望。

盛茂烨还有其他写唐人诗意的山水册页，如藏于旧金山亚洲艺术博物馆的另一本册页。但这本册页只有最后一幅题有许浑《泛溪》中“水寒深见石，松晚静闻风”的联句，其他册页上没有题诗。然而这幅册页上的景物也与诗中的形象联系不够紧密。诗中的形象，水的寒冷，深潭中的沉石、松林间的风声等都难以绘画来表现，画面上的景物所画的不过是我们目力所及之物，暮色中的山峰，云雾氤氲，静穆松林，沉沉潭水，一人物立于桥上观赏这夜色美景。诗中的那些极富诗情的形象和感受，只能通过读者的联想来实现。高居翰曾解读过这一联句的题写是画家为了传递不易在画面中表现的感受——“深潭中的沉石、松树上的暮色以及风的声音”，为了使该套册页能够在观众脑海中产生诗意联想，被作为诗意画来欣赏。① 诗句的题写确实为画作增添了无尽的诗意。

第六节 杜牧诗歌及其诗意图

一、源自《山行》的“枫林停车图”

在唐诗中，除王维、杜甫、李白、白居易之外，杜牧的诗歌，也是画家擅长表现

① 高居翰：《诗之旅：中国与日本的诗意绘画》，三联书店2012年版，第96页。

的对象，尤其是他的《山行》，现存的诗意图数量颇多。

远上寒山石径斜，白云深（一作“生”）处有人家。停车坐爱枫林晚，霜叶红于二月花。

此诗描写的是山林秋色。先写诗人山行所见的远景——寒山和石径，用笔蕴蓄生动，“远”字表面虽是写山的距离遥远，实则在写石径的绵长，“斜”字表面虽是写石径的曲折，实际却描画了山势的陡峭。第二句以超以象外的想象写出景外之景，山间白云缭绕之景无奇，动人之处在于对白云深处（或升起之处）隐有人家的想象，触动了中国文人的隐逸情怀。前两句充分渲染了环境，蓄势已足，方才于第三句点出诗人所着意描写的对象——枫林。在没有多少绿色的寒山之中，在远处白云缭绕的映衬之下，枫林的美格外醒目，吸引诗人驻旅停车，赏景赋诗，一个“晚”字不仅写出了诗人对美景的流连忘返，也以隐笔勾起人们对傍晚红霞绚烂，与枫叶之红相互映衬的想象。诗歌的最后一句是此诗最耐人寻味的地方。枫林之美，美在枫叶，枫叶之美，美在经历过风霜严寒，因而不是二月春花所能比拟的。

杜牧的《山行》言语虽简练却蕴蓄深厚，以剥茧抽丝之法咏物言志，字里行间耐人寻味，因而脍炙人口，成为画家最喜爱表现的诗歌之一，至今流传诗意图甚多。明代陆治的《唐人诗意图册》中有一幅此诗的诗意图。画面上题有此诗的后两句“停车坐爱枫林晚，霜叶红于二月花”，虽然有对诗歌中枫林、白云、石径和停车观景的直写，但画中赏景之人的注目之处却不在枫林。他端坐在云雾缭绕的岩石上，目光低垂，望着远处山下被虚化的景象。这种处理让画境与诗意产生很大龃龉。

明代文伯仁的诗意图册上也有这两句的诗意图，虽同为册页，但他与陆治的处理方式不同，陆治虽然没有题写前两句，但却将人物枫林都放置在白云寒山中。而文伯仁却集中笔墨于后两句，只画的是诗人坐在色泽绚丽的枫林中流连沉醉的情景，旁边有一侍童，停车等待。与陆治的诗意图相比，此画与诗句的贴合更为紧密。明代还有以立轴的样式表现《山行》诗意的，如周臣的《枫林停车图》（图6－16）。这幅诗意画虽然没有直接题写诗歌，但从画题和画面来看，让人很容易联想到杜牧的这首诗。画面主要围绕诗歌的后两句来描绘。人物和枫树是画面的中心，在山水之间占据很大的比例。画家于近景特写几棵枫树，它们从崖边斜逸而生，虬枝峥嵘、交织一体，乍一看宛若一株。行旅之人在山间行走时被其吸引，停下车

图6－16　周臣　《枫林停车图》
济南市博物馆藏

来细细地注目欣赏。车旁伫立着五个侍从，是此诗诗意图中最多的，其中四人的目光也都聚焦在枫树上，突出了画面的中心。这一情景伴以秀美的山峰和绵延起伏的山峦为背景，山峰挺拔俊秀，山间飞瀑直下，云雾氤氲，枫林隐现，一幅世外桃源之景。此图无论在构图、还是画法上都是《山行》诗意图的精品。

清代留存的《山行》的诗意图更多，且多以立轴样式。立轴的表现空间较大，画家常立意表现整首诗的意境和故事。《山行》虽然简短但内容丰富，既有山水美景又有人物形态举止，既有精妙的写景又有抒情叙事，这种丰富性正是画家乐于表现此诗的重要原因。清代画家邹一桂曾画《杜牧诗意图》，画上题有《山行》全诗，是此诗一幅典型的诗意图轴。画面上端有大量留白，中部是一座怪石嶙峋的山峰，一条细如白练的瀑布倾泻直下。山峰岩石的丑怪，是此画观赏的一个亮点，这可以说是画家于诗歌之外的创作，因为此山并不是诗中可以拾级而上的寒山。画面的下部是大片的枫林，邹一桂的枫树与陆治、文伯仁的枫树相比颇为“张牙舞爪”，且姿态各异。枫林之中又画有停车赏景的诗人，对人物的处理也有与众不同之处：其他画作中诗人都是席地而坐，乘坐的是诗中所述之“车”，旁边仅有一位侍童侍立；而此处诗人是坐在停下的轿椅上，不远处有两位抬轿的仆人。邹一桂的这幅诗意图既摹写了诗歌的种种意象，同时又多有创新，欣赏起来颇有趣味。

图 6－17 吴时 《吴时写杜牧诗意》轴 台北“故宫博物院”藏

清代画僧超揆也曾写《山行》诗意，画上题写全诗，画面紧紧围绕诗歌来描绘。杜牧诗中所涉物象——寒山、石径、白云、人家、停车、枫林等在画中都得以一一展现。画面上端有一座敦稳的山峰，瀑布飞下将之一分为二。峰后还有虚化的高山作为背景，给人以山外有山的幽深感。峰下留白处云气缭绕，云端显露五座屋顶，直写“白云深处有人家”诗意，不过这种直写未免有些坐实，缺少了诗歌中想象的含蓄。画的下半部分主要表现的是诗歌的后两句，诗人沿石径上山，至枫林处停车赏景，倚石而坐，枫树火红艳丽，数量虽不成林，但在寒山白云之间格外醒目。与邹一桂的怪谲相比，超揆的画风较为平实。

清代画家吴时的诗意图（图 6－17）虽是立轴，却无意于山水全景，只专注于诗歌后两句中枫林的意象和人物对枫林的沉醉，可谓一幅枫林的特写。画家采用宋人的寒林布景之法来画枫林，并赋之斑斓的色彩，以营构胜于二月春花的意象。主题人物在树下抱膝而坐，仰头凝视枫叶，感怀深思，旁边有两个推车人停车伫立，暗示着他在行旅途中被枫林吸引，沉醉其中不复前行。这幅诗意图虽写枫林晚坐这一常见的画题，但从构图、枫林和人物的特写上都别开生面，将杜牧诗意传达得生趣盎然。

清代也有以册页画此诗意，如金廷标的《枫林晚坐》，虽然画上没有诗题，但从画的名称，画上所画的枫林，以及坐看枫林的人物、停车侍立的侍童来看，很显然画的便是杜牧的《山行》。钱慧安也有此诗意图，只写此诗的后两句，人物停车观赏枫树的小景，远处蒙蒙山色，近处一株满树似花的枫树，人物坐在车上仰头观赏，车后一老翁仆双肘扶于椅背而立。钱慧安工于人物，此图中人物亦是图画的主角，相比于枫树和其他图画，比例较大。主仆二人眉眼上扬，或悠闲适意而坐，或趴扶椅背站立，连仆人随风拂动的胡须、条纹状的履鞋都栩栩如生。枫树的画法也与其他作品有异，以点代叶，形似树上繁花。点点红色的枫叶，配以地上蓝色的草丛、仆人蓝色的头巾，色彩生动。

二、《清明》《秋夕》等诗歌的人物诗意画

杜牧诗歌中的生动人物，常常是工于人物仕女的画家优先选择的对象。钱慧安、潘振镛、费丹旭就是这类擅长人物仕女的画家，他们笔下所画的杜牧诗歌中的人物可谓是对诗歌的生动解读。

《清明》中的路人和儿童是一对常见的人物。此诗脍炙人口，首联“清明时节雨纷纷，路上行人欲断魂”意境凄迷，清明乃细雨时节，春寒料峭，雨丝风片，本该是家人一同上坟扫墓，此时路人却形只影单，凭吊伤怀的心事在“断魂”二字中愈显沉重。次联“借问酒家何处有，牧童遥指杏花村”是对路人和儿童的特写。借问酒家，貌似是要找一酒馆喝酒解愁、消解寒气，所问之人却是一个俏皮的牧童，牧童遥指的画面生动风趣，杏花深处村庄坐落，酒旗在望，勾起人无尽的想象，一解上句的凄切，转向生动诙谐的氛围。

钱慧安留存的杜牧的诗意图颇多，曾分别在扇面和册页上画过“借问酒家何处有，牧童遥指杏花村”这一脍炙人口的名句。画面上路人拄着行杖，弓下背亲切地询问横卧在牛背上的牧童，牧童年龄尚幼，藕臂圆润娇嫩，举起小手遥指远处。画面虽没有写上句，也没有画细雨，却可以从路人头戴的斗笠上感知细雨。两幅图的构图颇为相似，人物的面容、牧童、牛的姿态也都几近相同。

值得一提的是“杏花村”的意象是唐诗中常见的意象，许浑、温庭筠、薛能等人的诗句中也都曾出现过，不过唯杜牧的杏花村因《清明》一诗流传最广。一座杏花遍野、酒旗飘荡的村庄，能够化解多少忧愁，多么浪漫的意象！与此类似的，将花、酒与村庄相联系的意象，还有“花坞”。尤其唐寅笔下为人熟知的“桃花坞”，与之有一脉相承的浪漫情结。在画史上也有此意象，南宋一幅无款的《花坞醉归图》虽没有诗题，但所描绘的也是花、酒、村的整体意象，这种相通也可以说是诗画深层关系的一种体现。

杜牧《秋夕》中寂寞失意的宫女也是画家喜爱表现的人物。

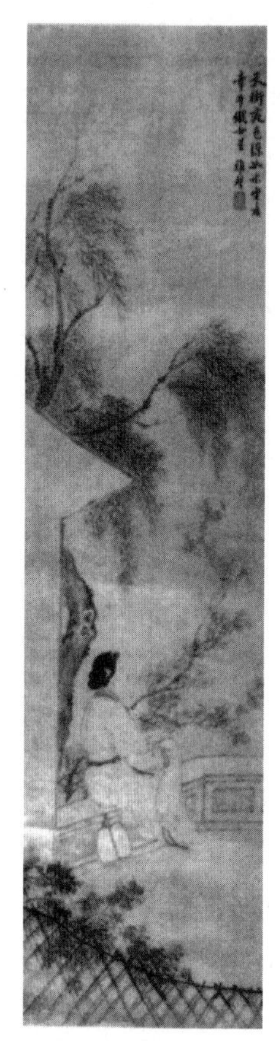

图6-18 潘振镛 《秋夕诗意图》

银烛秋光冷画屏，轻罗小扇扑流萤。天阶夜色凉如水，坐看牵牛织女星。

这首诗情景交融，写景处流露情感，写人物举动也是含蓄蕴藉。“银烛秋光冷画屏”，秋天的夜晚夜寒霜重，烛光虽暖，却以“银烛”称之，烛光映照屏幔却是“冷”字形容，没有暖意的寒冷环境呼之欲出。宫女在这样的夜晚并没有安睡，而是拿着罗扇扑打流萤。罗扇本为夏季纳凉之物，却于秋季所用，取自班婕妤的典故，寓意宫女的失宠，甚或从未得到过宠幸。流萤本在荒凉之地，却徘徊于宫女的住处，寓意其住所荒凉，更加深了失宠之意。“天阶夜色凉如水”再度描写环境之冷，在冰冷的石阶上，宫女独坐仰望星空，所望的也非一般的星星，而是象征爱情的牵牛织女星，仰望之中饱含着对爱情和幸福的渴望。诗中这样一位失意的宫女，是宫中仕女的典型。清代画家潘振镛曾画此宫女肖像（图6-18）。他在画上只题写了后两句，舍弃扑萤只取坐看的姿态，宫女妆容秀美，坐在雕刻精美的石墙上，双手抱膝，仰望夜空，远处辅以树木，近处辅以围篱藤蔓为背景，仰望的眼神中流露出无限的期望。在一片冰冷之中仰望的孤独和热切更加重了情感的沉重和命运的悲剧。脚边的团扇就像是其命运的一个象征，让人思接千古，感叹其一生如同这把不合时宜的团扇一样终将被抛弃。

杜牧《杜秋娘诗》中也刻画了一位传奇的女子杜秋娘。此诗写杜秋娘最凄凉的晚景，感叹和悲怜其一生。这首五言长篇叙述了杜秋娘从美貌少女到孤苦老妪的一生，并在其中蕴蓄对动荡黑暗政治的不满。元代周朗仅存的一幅作品《杜秋娘图》（图6-19）便取自杜牧这首诗的形象。不过绘画所呈现的是一个貌美的杜秋娘，手持排箫凝思独立，面容丰润、高髻长裙，应是其人生中最美的时刻。但其一生的坎坷命运和杜牧对她和政治的感慨在画中皆无法寄予。

图6-19 周朗 《杜秋娘图》卷 北京故宫博物院藏

综上观之，诗意图，这一中国独特的艺术形式，记载着诗画相互唱和的历史。因为诗意图是对诗歌的图像演绎，而唐诗又是中国古典诗歌的翘楚，所以唐诗在诗意图的发展史上地位极其重要。后世画家绘制诗意图选取最多的便是唐诗。唐诗的数量汗牛充栋，历代画家所画的诗意图也同样不计其数。本章只得从唐诗和画家两方面选取较为知名者来阐述，其中以山水画数量最多，人物画次之，花鸟画最少，不可避免地有众多遗漏。然而，仅从本章所选录者，已足见诗意图的趣味和魅力。在这种综合的艺术形式里，诗书画三者一体，彼此应和，或相谐，或相异，或亲昵，或疏离，产生出与其各自独立时截然不同的艺术效果。

本章所论及的诗意图主要涉及孟浩然、李白、许浑、杜牧等四位诗人。此外，宋之问、贺知章、陈子昂、王昌龄、钱起、刘长卿、韦应物、韩愈、柳宗元、贾岛、温庭筠等诗人的诗句也是画家喜爱选取的画题，限于篇幅，无法一一详述。与这些诗人相较，王维、杜甫和白居易的诗歌在画界被描述得更多，其诗意已形成深入人心的惯常画题。因其诗歌在诗意图中地位重要，所以下面三章将分别详述之。

第七章　王维诗歌与图像

王维作为唐代最伟大的诗人之一历来为后人所称道。王维，字摩诘，号摩诘居士，祖籍山西祁县，后迁居于蒲州（今山西永济市），唐代诗人、画家。据《旧唐书》记载："王维，……父处廉，终汾州司马，徙家于蒲，遂为河东人。维开元九年进士擢第。事母崔氏以孝闻。与弟缙俱有俊才，博学多艺亦齐名，闺门友悌，多士推之。历右拾遗、监察御史、左补阙、库部郎中。居母丧，柴毁骨立，殆不胜丧。服阕，拜吏部郎中。天宝末，为给事中。"①

王维早年也曾有过积极的政治抱负，希望能做出一番大事业，后值政局变化无常而逐渐消沉下来，吃斋念佛。40 多岁的时候，他特地在长安东南的蓝田县辋川营造了别墅，住在终南山上，过着半官半隐的生活。《辋川闲居赠裴秀才迪》这首诗便是他隐居生活中的一个篇章，主要内容是"言志"，写诗人远离尘俗，继续隐居的愿望。诗中写景并不刻意铺陈，但却自然清新，如同信手拈来，而淡远之境自见，大有渊明遗风。

王维在诗歌上的成就是多方面的，无论边塞诗、山水诗、律诗还是绝句等都有脍炙人口的佳篇。他确实在描写自然景物方面，有其独到的造诣。无论是名山大川的壮丽宏伟，或者是边疆关塞的壮阔荒寒，小桥流水的恬静，都能准确、精练地塑造出完美无比的鲜活形象，着墨无多，意境高远，诗情与画意完全融合成为一个整体。王维的诗歌可以归属于山水田园诗派。这也是盛唐时期的两大诗派之一，属于陶渊明、谢灵运、谢朓的后继者。这一诗派以擅长描绘山水田园风光而著称，其主要作家有孟浩然、王维、常建、祖咏、裴迪等人。其中成就最高、影响最大的是王维和孟浩然，也称为"王孟"。

可以说，王维在诗歌与绘画领域取得了巨大的成就，给后来的无论是文学史还是绘画史都留下了宝贵的财富。本章并不是单单研究作为文学家的王维或是作为画家的王维，而是研究其诗画关系，即其诗歌中的绘画或绘画中的诗歌，也就是所谓的"诗中有画，画中有诗"。

---

① 刘昫等：《旧唐书·王维传》卷一百九十下，中华书局 1975 年版，第 5051—5052 页。

第一节 王维诗歌的绘画性

王维作为唐朝最伟大的诗人，一生留下了众多的诗篇，流传下来的共有412首，主要是描写田园风光。在王维笔下，描绘了众多的山水风光，就像一幅幅优美的山水画卷。这也就形成了王维诗歌的一个特点：诗中有画。当然这里的画并不是真实的画卷，而是其诗歌的绘画性（形象性）的集中表现。

一、诗歌的绘画性：诗中有画

王维所留下的诗歌，大多都是山水田园诗，是对自然风光的描写，虽然这些诗歌和绘画不同，不是对自然的描摹，但通过王维高超的写作技巧，依然可以给读者展现一幅幅优美的画卷。而很多诗歌也因而成为后来画家绘画创作的底本，被一代又一代的画家演绎成绘画作品，这显然源于其诗歌所具有的高度形象性。另外，王维本身就是一个诗歌与绘画兼通的大家，既能写出优美的山水田园诗歌，又能创作出一流的山水画。而其在进行诗歌创作时，总是带着绘画的眼光去写诗，同样，他在绘画时，又会站在诗人的立场上去绘画，这就形成了其诗画相通的特点。因此，用诗歌表现绘画，用绘画表现诗歌就成为其一生的艺术追求。据传他有一首咏画之诗《画》：

远看山有色，近听水无声。春去花还在，人来鸟不惊。

这首咏画诗用类似猜谜语的方式对绘画进行了描述，其中的山、水、花、鸟都和现实中的不同，就只有在画中才能实现。如果用这首诗歌来说明他在诗歌中暗含的画意还比较肤浅的话，那么下面将从其一些代表性的诗歌中具体分析其诗歌中的绘画性。

（一）诗歌中的画意

王维早年仕途顺利之时，也曾锐意进取。这反映到他的诗歌创作中，也曾写出一些具有较广阔社会生活内容的诗歌，随着张九龄被罢免，他的思想日益消极退隐，开始隐居在终南别业，后又隐居在蓝田辋川，并得到了宋之问的别墅，过着半官半隐的生活，倒也逍遥自在。在接近大自然的过程中，他深深喜欢上了自然之美景，这个时期的诗作不再如早期那般具有进取心，很少再反映社会生活，而转向了山水田园的闲情逸致，正是在这种寄情于山水之间，在诗情与画意的相互渗透和生发中，丰富和发展了中国古典诗歌的抒情艺术，也成就了其“诗中有画”的艺术特色。

王维“诗中有画”的写作风格显然不是异想天开，而是具有一定的美学依据。在中国的美学传统中，都有把诗与画结合起来创作的传统。诗与画一直都被视作孪生艺术，二者虽然有差别，一个是用语言来表现，一个是用颜色与线条来表现。但二者所表现的对象可以是一致的，即对外在景物的反映与描摹。特别是王维描摹的对象——山水田园——具有高度形象性，既适合以绘画来表现，又适合以诗歌来表现，这和其选择的艺术表现的对象是息息相关的。据不完全统计，在王维诗中出现最多的意象大致有：日月山水、花草树木、动物人物等一系列生动可感的形象，这些意象不仅可以入诗，同样可以入画，这是其诗歌如画的一个原因。如其一首脍炙人口的《山居秋暝》：

空山新雨后，天气晚来秋。明月松间照，清泉石上流。竹喧归浣女，莲动下渔舟。随意春芳歇，王孙自可留。

这首脍炙人口的诗篇描述了傍晚时分、雨后初晴时浑然天成的山间美景和恬静淳朴的村居生活，读完此诗仿佛将秋雨过后终南山下的景色一览无余。诗人寄情于山水田园之间怡然自得，借助自然生态展现人性美与社会美，同时表现了一种对隐居生活的满足心态。空山雨后给人一丝凉意，松间明月又平添一丝寂静，溪流声、浣女渔歌声加之小船拨弄荷叶的动感，全面地调动了人的感官，令人心旷神怡。它既像一幅精心雕琢的工笔画，又像一幅飘逸灵动的水墨画，王维诗中有画的创作特点在此诗中表现得尤为突出。

通过此诗，我们可以看到一幅优美的山水田园风光图，作者通过形象可视的诗歌意象：山、明月、松、清泉、石、竹子、莲、舟，通过巧妙的意象组合，最终形成了一首优美的诗歌，同时也是一幅优美的画卷。而后人据此所创作的诗意图也有多幅。

（二）诗中有画的原因

1. 原因之一：语象的存在

王维诗歌的画意之所以存在，有学者认为：绘画反映生活是以颜色和线条为媒介，具有诉诸视觉的具体形象，是可以被观看者所直接感受到的。诗歌反映生活乃是以语言为媒介，而语言只是一些有组织的声音的信号。这些信号本身并没有可以被人直接感受的对象。但是语言可以唤起读者的联想和想象，使读者在自己的头脑中形成具有光、色、态的具体形象。被语言信号所唤起的形象虽然不是实在的、可以触及的，但它们的丰富、多彩和活泼，决不逊于眼见的实物。所以，王维的诗中有画，是因为他虽用语言为媒介，却突破了这种媒介的局限性，最大限度发挥了语言的启示性，在读者头脑中唤起了对于光、色、态的丰富联想和想象，组成一幅幅生动的图画。①

这就涉及语象的问题了，即语言成像。语象理论的提出虽然是现代的事，但语言确实可以呈现一幅意识中的图像，特别是使用一定的文学修辞手法，通过一

① 袁行霈：《王维诗歌的禅意与画意》，《社会科学阵线》1980 年第 2 期。

些意象的组合就形成了语象。王维诗中语象的产生主要是其不仅以诗人的笔法来写诗，也是以画家的身份在写作。因此，在写作过程中，就以绘画技巧入诗。比如说绘画其中的一个要诀要求经营位置，这也是传统画学六法之一，张彦远把其称为“画之总要”。在王维看来，诗中布景设色，犹如画中布局，需浓淡疏密，处理适宜。所谓诗中经营位置者，在于哪些景物能入诗，哪些景物不宜入诗，先写什么，后写什么，都有讲究，最后能构成一幅完美之图画，这全在于诗中对经营位置技法的使用。最终在王维笔下，也形成了一幅幅完美的图画。如其《渭川田家》这首诗歌：

斜光照墟落，穷巷牛羊归。野老念牧童，倚杖候荆扉。雉雊麦苗秀，蚕眠桑叶稀。田夫荷锄至，相见语依依。即此羡闲逸，怅然吟式微。

这首诗极力表现一种田家生活的闲逸，夕阳西照、天色渐暗，无论是归途中的人还是家中待归的人，都能勾起诗人强烈的羡慕之情。第一二联描绘了傍晚时分乡间的闲适，第三四联则从侧面展现了田间农事的轻松，最后一联感叹“渭川田家”羡煞旁人的生活状态。诗人用寥寥数字勾勒出了渭河两岸清新淡雅的景色，将一组农村常见的景象，恰到好处地进行描述，使其诗意盎然又不失自然之感：古村，小巷，老人倚杖，牧童赶牛羊，野鸡在麦苗中鸣叫，稀疏的桑叶上卧着青蚕，田夫荷锄归来聊起了家常。如同电影中的重复蒙太奇，繁多而又不显杂乱，无序却又极为和谐，看似没有关联的画面，却在意念上相同，共同塑造了一种意境，便是最后一联所表达的“闲适”。

2. 原因之二：空间的运用

通常认为，绘画是空间艺术，诗歌是时间艺术。所以在绘画中重点在于如何设置空间，而诗歌只是擅长叙事和根据时间的先后进行描述。即使是绘画，作为一种平面艺术，有时也很难表现出三维空间的大自然。所以在画家那里，常致力于如何在二维平面上体现出三维空间，也就是画家所用的经营位置。如果要在作为时间艺术的诗歌中表现绘画的空间感，就更是难上加难了。但是在王维那里，却很好地做到了这一点。王维用独特的绘画手法融入诗歌写作中，从而实现了这一目的。王维曾对如何布置绘画空间发表过看法，认为要分远近，远山不得连近山，远水不得连近水……凡画林木，远者疏平，近者高密。……远山须宜低排，近树唯宜拔进。他将这独特的取景法，运用到他的山水田园诗的创作之中。在诗歌写作中，他以近取远，散焦透视，写景更有远近变化之层次，且层次丰富，景致见深，形成了强烈的空间感，从而实现其山水田园诗歌的如画的境地。下面根据其诗歌来分析这种空间感所形成的画意，如其《辋川闲居赠裴秀才迪》：

寒山转苍翠，秋水日潺湲。倚杖柴门外，临风听暮蝉。渡头余落日，墟里上孤烟。复值接舆醉，狂歌五柳前。

此诗是王维在辋川隐居时期的作品，诗歌大约作于晚秋时节，故而秋季的意象较为突出：首联以远山着手，交代了环境，而后不断推进，见得山间缓缓的溪水，水面波光粼粼洒满了霞光，溪水流过人家，视觉范围限定在门外听蝉的老人身上。停止数秒后便拉大画幅、展开画面，随着水面的阳光望去，直至看到远处渡口的落日与地平线上的一缕炊烟。前三联宛如电影中的长镜头，以视点为线索不断切换景别，既丰富了画面又构建了画面的立体属性，远近交替、错落有致。诗的尾联则是由第二联引发、应和诗歌中的景色，集中抒发了作者的情感。从安逸地倚靠柴门，别有一番情致地乐山乐水，到远眺至地平线，猛然回神、醉酒当歌，一种狂士风度表现得淋漓尽致。全诗物我一体，情景交融，诗中有画，画中有诗。

在王维笔下，这样远景与近景搭配的例子不在少数。具体来说，可以分为两类，一类是近景推远景；另一类是远景到近景，无论哪一种都是为实现诗歌的空间感，从而营造出如画的氛围。据统计，由近景到远景的诗句有：

屋上春鸠鸣，村边杏花白。（《春中田园作》）

白水明田外，碧峰出山后。（《新晴野望》）

荒城临古渡，落日满秋山。（《归嵩山作》）

时倚檐前树，远看原上村。（《辋川闲居》）

由远景到近景的诗句有：

郭门临渡头，村树连溪口。（《新晴野望》）

明月松间照，清泉石上流。（《山居秋暝》）

斜光照墟落，穷巷牛羊归。（《渭川田家》）

日隐桑柘外，河明闾井间。（《淇上即事田园》）

太乙近天都，连山接海隅。白云回望合，青霭入看无。（《终南山》）

悠然远山暮，独向白云归。菱蔓弱难定，杨花轻易飞。（《归辋川作》）

3. 原因之三：色彩词的使用

我们知道，绘画的一个重要特征就是其关于光与色的使用，一幅优美的画卷都是多姿多彩的，在传统的绘画色彩中，有青绿、金碧、浅绛、水墨等。一个显而易见的道理是，如果要在诗歌中表现出绘画的特征来，用一些色彩词或光一类的明亮的意象就会带来这样的效果。

通过对其诗歌的分析，我们发现王维诗歌中经常出现的意象有水光、夕阳光和月光。在绘画中，水光倒映着山、林等景物，一直是绘画所乐于描绘的对象，山水相映，相映生辉。王维喜欢用映和明来写水光，如“漾漾泛菱荇，澄澄映葭苇”（《青溪》）、“青菰临水拔，白鸟向山翻”（《辋川闲居》）、“闲花满岩谷，瀑水映杉松”（《韦侍郎山居》）、“白水明田外，碧峰出山后”（《新晴野望》）等等。在这些诗句中，王维对水光进行了描述，喜欢用白色来形容。

除了水光，王维还描写了日光。在日光中，王维尤其喜欢描述夕阳之光，夕阳的光比之其他时段的阳光，更加斑斓多彩。在古代绘画和诗歌作品中，夕阳作为一种光的意象曾多次出现。当然，最出名还是李商隐的那首“夕阳无限好，只是近黄昏”。在王维笔下,亦有类似写夕阳的诗句,“落日山水好,漾舟信归风”“荒城临古渡,落日满秋山”“高城眺落日,极浦映苍山”。

除了日光,还有月光。作为一个闲适淡泊的诗人,月光的朦胧幽静更加契合王维的性格,因此,在其笔下月光也是一个经常出现的意象。其最经典的描述月光的句子莫如那首脍炙人口的《山居秋暝》中的“明月松间照,清泉石上流”。其《浣纱女》中的“家住水东西,浣纱明月下”,同样明写月光之美。类似的诗句还有“深林人不知,明月来相照”(《竹里馆》)、“松风吹解带,山月照弹琴”(《酬张少府》)、“涧芳袭人衣,山月映石壁”(《蓝田山石门精舍》)和“月出惊山鸟,时鸣春涧中”(《鸟鸣涧》)等。此外,还有一些则是以暗示的手法来写月光,如“清浅白沙滩,绿蒲尚堪把”(《白石滩》)是以暗示的手法写出月夜的光线。虽然诗句中没有出现月光两字,但整篇诗歌都是在写月光。无论是明写还是暗写,都是为了营造一幅如诗又如画的美景。

显然,为了营造一幅美妙的图景,仅有光还是不行的,另外就需要色。为了使诗歌能像画一样美,色彩词的使用无疑是一条捷径。王维经常使用绘画中的青色与白色,营造出绘画的效果。这样的诗句有:

湖上一回首,青山卷白云。(《欹湖》)

雀乳青苔井,鸡鸣白板扉。(《田家》)

白云回望合,青霭入看无。(《终南山》)

漠漠水田飞白鹭,阴阴夏木啭黄鹂。(《积雨辋川庄作》)

在王维笔下,除了白、青的淡颜色外,也会用一些鲜艳的色彩来使其诗歌变得具有绘画的色彩感,其最喜欢用的色彩主要有红、绿、蓝三种颜色。如“荆溪白石出,天寒红叶稀”(《山中》)“雨中草色绿堪染,水上桃花红欲燃”(《辋川别业》)。虽然鲜艳的颜色可以提高诗歌表现的色彩感,但这种强烈的色彩难免会有刺眼之感,也和王维恬淡的心境不符。于是王维通过独特的写作手法,通过颜色搭配,用一些暗淡的颜色或一些暗淡的意象来冲淡红、绿等强刺激颜色,最终达到了颜色的明暗和谐效果。如在《山中》一诗,虽然用了“红”色,但首句有“白”色相搭配;在《辋川别业》中,虽然用了“绿”色与“桃红”色,但用了“水”的意象来中和绿色与桃红色。王维的其他一些诗歌也采用了类似的手法,如:

桃红复含宿雨,柳绿更带朝烟。(《田园乐》六)

多雨红榴拆,新秋绿芋肥。(《田家》)

除了以上所说的几种写作手法的使用,王维还采用了动态手法,使诗歌达到如画的效果。所谓动态手法就是以静写动,这种艺术手法在绘画和文学创作中都可使用。在绘画领域,关于这种动态手法的精妙论述非莱辛《拉奥孔》莫属了。莱辛认为,绘画作为空间的艺术,是静止的,如果要表现出动作,那就需要表现出“最有包孕性”的顷刻。这个绘画的规则在中国古代的画论中也存在着,很多画家在表现动作时,都善于以静写动。作为画家的王维自然深知其中的真谛,并把此规则借用到诗歌创作中，从而实现了诗歌的画意。

总而言之，王维为了在其诗歌中做到“诗中有画”，大力革新传统的诗歌写作手法，引入绘画中的技法到其诗歌写作中。如对意象空间、位置以及色彩语象等运用，全力营造出其诗歌中的如画景象，也就是其诗歌“诗中有画”的重要原因。

二、诗歌的后世模仿：诗画互动

上面从王维诗歌自身所透露出来的画意来分析了其诗歌诗中有画的特征，而王维的诗歌与绘画的关系的另一个表现就是后世绘画对其诗歌的模仿，把内在的图像（语象）演绎成为实在的图像（绘画）。这是其诗中有画的另一个层面的表现。纵观历代绘画作品，以王维诗歌为原型的绘画作品不在少数，下面就根据具体绘画作品来分析其诗歌的绘画模仿，也就是诗意图。这些诗意图大致有以下方面：

（一）《阳关图》

据传，宋朝时期，以王维诗歌《送元二使安西》为题材所创作的绘画即《阳关图》达六种之多，分别是北宋时期李公麟、谢蕴文和修师所绘的《阳关图》；南宋时期亦有画家绘过《阳关图》，分别是画家僧梵隆、刘松年和李嵩。而影响最大、流传至今的非李公麟所绘的《阳关图》莫属，可惜的是，李公麟的《阳关图》已不见踪迹。

根据现存的资料我们可以寻找出李公麟在《阳关图》创作时的一些蛛丝马迹，有助于我们对该图的了解与认识。据考证，神宗元丰年间，安汾叟（人物名不详）赴熙河幕府任职，李公麟根据王维诗歌《送元二使安西》作诗意图《阳关图》，并在画上赋诗一首为其送行，诗名为《小诗并画卷奉送汾叟同年机宜奉议赴熙河幕府》，诗曰：

画出离筵已怆神，那堪真别渭城春。渭城柳色休相恼，西出阳关有故人。

从这首诗看来，其诗歌大意亦是从王维诗歌《送元二使安西》中所获，只不过相比王维的诗歌，其诗歌更具乐观色彩。关于该画的创作时间，据王兆鹏考证，大约创作于 1081 年到 1086 年之间。

除了李公麟的《阳关图》，北宋后期还有两种《阳关图》，其一为北宋画家谢蕴文所作。关于谢蕴文，其人不详，只是在北宋诗人晁说之的笔下有过记载。而关于其《阳关图》也只是根据其诗歌记载而得之。晁说之有首诗歌名为《谢蕴文承议阳关图》：

邂逅故人逃难处，王孙气象独升平。诗吟摩诘如无味，画到阳关别有情。

还有就是北宋画家修师的《阳关图》，和谢蕴文一样，修师的《阳关图》也不见所踪，只是从别人的文字记载中有所耳闻。北宋末诗人韩驹有过一首诗歌题为

《题修师阳关图》，诗曰：

风烟错漠路崎岖，倦客羁臣泪满襟。何事道人常把玩，只应无复去来心。

此外，南宋三名画家僧人梵隆、刘松年和李嵩也都曾创作过以王维诗歌为原型的《阳关图》。这些图虽已失传，但足以说明王维这首送别诗在后世画家中所产生的影响。

（二）元代唐棣《王维诗意图》

到了元代，画家唐棣有绘画作品《王维诗意图》（又名《摩诘诗意图》），这幅作品也是对王维诗歌诗意的绘画。

唐棣工山水，近学赵孟頫，远师李成、郭熙，亦工诗文。他是元代李、郭画派最主要的传承画家，其在画史上的地位不容忽视。虽然少年时曾入赵孟頫之门，但在画风上二人之间似乎没有多大的承续关系。《王维诗意图》是唐棣三十六岁（款署"至治三年春三月"，即 1323）时的作品，也是他存世最早的画作。近景五棵枯树，枝丫交错。树间小树峥嵘，树后山川平远，纯粹郭熙风格。邓椿在解读李成画树时说："其所作寒林多在岩穴中，裁扎俱露，以兴君子之在野也；自余窠植，尽生于平地，亦以兴小人在位，其意微矣。"[①]所以，当今学者在解读李郭系绘画时，多会从政治隐喻角度去探讨它们的图像寄托意义，犹如诗词中的"比兴"。

（三）明代项圣谟《王维诗意图册》

项圣谟的《王维诗意图册》每开均题有唐朝诗人王维的两句诗并画其意，此册画法以圆浑之笔作淋漓之墨。其中不少作品很有南宋人的画意，一反平时之画法：或作清旷之江天，或作嶙峋之泉岩，或作水阁之幽居。特别有一开作迷离远山、大雨滂沱、水天不分之景。真是法自己出，别具境界，把王维的诗意很好地表现了出来。

此册每开均有对页，其中四开有董其昌、陈继儒、李日华、丁元公的题记，余皆空白。画幅各开均无作者署款，钤有"项圣谟画"朱文方印，"项圣谟诗画""孔彰"二白文印及"项圣谟自玩"朱文椭圆印。

此册为项圣谟、吴必荣等诸家合绘王维诗意图，共 16 开，内项圣谟所绘为两开。第一开，本幅自题："独坐幽篁里，弹琴复长啸。崇祯二年二月晦日，项圣谟补图。明知不入世眼，自得其致已耳，何必向画中人察其声色。"钤印："项圣谟印""孔彰父"。本幅有鉴藏印记"张珩私印"，裱边有题记并藏印二方。

（四）明代董其昌《王维诗意图》

董其昌《王维诗意图》描绘陕西西安香积寺一带的山水林泉之景。画面两段

---

① 邓椿：《画继》，人民美术出版社 1963 年版，第 117 页。

构图，上面画崇山峻岭，急流飞瀑，巍峨山势之中隐约现一高人隐居之所，有“蝉噪林逾静”之感；下方画苍松巨擘，错落有致大小松树数棵，上下景用湖水相隔，近处几棵松树特写占据画面主体。上方留白处董其昌自题款识：“泉声咽危石，日色冷青松。为荩夫老亲家画，玄宰。”“泉声咽危石，日色冷青松”为王维的诗句。王维有诗《过香积寺》：

不知香积寺，数里入云峰。古木无人径，深山何处钟。泉声咽危石，日色冷青松。薄暮空潭曲，安禅制毒龙。

本诗由诗人的行进路线着手，记寻访净土宗祖庭之一香积寺的途中观感。诗人观群山中有一山峰高耸入云，叹香积寺隐藏幽深隐秘；观众多参天古木，叹此处人迹罕至；听远处传来悠长的钟声，叹自己处于深山之中；听泉水冲刷岩石的声音，叹山崖的峻峭、溪水的急促；观山深林密，感日色清冷、寒意袭来。随着诗中详尽的观感，董其昌便生动形象地将王维此诗以画作的形式展现在了我们眼前。即使未真正拜访过香积寺，也身临其境般在董其昌的带领下，跟随王维的脚步游览了依山傍水的香积寺，领略了香积寺的静谧幽邃，并随王维一同立于清潭边入定，扫除一切邪念。

（五）明代吴彬《秋猎图》

明代画家吴彬曾根据王维的诗歌《观猎》创作出扇面图《秋猎图》，现藏北京故宫博物院。吴彬的这幅《秋猎图》取材于王维的《观猎》一诗：“风劲角弓鸣，将军猎渭城。草枯鹰眼疾，雪尽马蹄轻。忽过新丰市，还归细柳营。回看射雕处，千里暮云平。”显然，这幅画画的是“草枯鹰眼疾，雪尽马蹄轻”，该句才是本画的题眼。在画的上方，画家以楷书题于扇面上部居中处，并题写了“癸卯秋日写，吴彬”字样。该画把王维所写的观猎景象的片段形象地展示出来了，并以满地白雪作为背景，附以几棵枯树，把雪中打猎的场景完美地以绘画表现出来。

（六）清代石涛的《重九登高图》

王维有诗《九月九日忆山东兄弟》“独在异乡为异客，每逢佳节倍思亲。遥知兄弟登高处，遍插茱萸少一人”，写出了重阳节对兄弟的思念，为古代思亲诗歌的名作。这首诗里一个关键意象就是登高，清人石涛根据这一意象创作出《重九登高图》，以绘画的形式展现其中登高思亲的情景。这幅图主要绘制了群山的形象，远景有一座高山，就是诗中的登高之处，近景绘出了在山脚的一处房屋，被绿树环绕，显示出人居住之所。在该画面的左上方，题有王维的《九月九日忆山东兄弟》这首诗歌的全文，明确告诉观者这是该诗的诗意图。

（七）清代王翚《唐人诗意图》

清代画家王翚曾作孟浩然和王维二人部分诗歌的诗意图（图 7－1）。该图画绢本设色，宽长分别为 42.5 厘米和 506.5 厘米，长卷中有 12 首唐人诗歌，其中王维的有 7 句，分别以绘画的形式予以表现。这 7 句诗歌分别为：(1)王维《泛前陂》之“畅以沙际鹤，兼之云外山”；(2)王维《渭川田家》之“野老念牧童，倚杖候荆扉”；(3)王维《终南别业》之“偶然值林叟，谈笑无还期”；(4)王维《山居秋暝》之“竹喧归浣女，莲动下渔舟”；(5)王维《酬张少府》之“松风吹解带，山月照弹琴”；(6)王维《晚春严少尹与诸公见过》“烹葵邀上客，看竹到贫家”；(7)王维《辋川闲居赠裴秀才迪》之“渡头余落日，墟里上孤烟”。

图 7－1 王翚 《唐人诗意图》(局部)

除了以上列举的王维的诗意图外，在《中国绘画全集》中还有很多关于王维诗歌的诗意图，这些诗意图很少引起人的注意，下面只是做简要列举：

南宋画家马麟，马远之子，曾绘制双面团扇图，所绘为王维诗歌《终南别业》中的“行到水穷处，坐看云起时”一句。王维该句诗歌可谓名句，后世很多画家都画过类似的《坐看云起图》，元代画家盛懋也曾作纨扇《坐看云起图》。[①] 王维有诗歌《句》，其中“人家在仙掌，云气欲生衣”。明代画家董其昌在其《右丞诗意图》轴中，曾以此句为诗意，绘出诗意图。董其昌还曾绘过王维诗歌《春日与裴迪过新昌里访吕逸人不遇》中的“闭户著书多岁月，种松皆老作龙鳞”一句诗意，名为《写王维诗意》。[②] 明代沈颢有《闭户著书图》亦是对此句诗意的描述。该图现藏北京故宫博物院，纸本设色，纵 96.2 厘米，横 40.8 厘米，画上题有王维这句诗歌

① 郑春兴：《中国名画品鉴》，内蒙古人民出版社 2007 年版，第 264 页。

② 详见高居翰《诗之旅：中国与日本的诗意绘画》：三联书店 2012 年版，第 70 页。

的原句。另,清代画家禹之鼎曾绘有《为乔崇修画像》,所绘为王维诗歌"独坐幽篁里,弹琴复长啸。深林人不知,明月来相照"。明代项圣谟也曾绘过此诗的诗意图。

明代画家文伯仁也曾以王维《渭城曲》为诗意,绘制出《都门柳色图》,与上面所说的《阳关图》一样,都是对此诗歌诗意的描述。[①] 此外,文伯仁还有《明文伯仁诗意图》,藏于台北"故宫博物院",分别绘有王维的三首诗歌,分别是《送梓州李使君》《韦侍郎山居》和《山居即事》。清代画家王建章曾对王维诗歌《赠东岳焦炼师》"山静泉逾响,松高枝转疏"一句以题眼绘出其诗意图,题为《山涧松声》。此画为立轴,水墨洒金笺,画面规格为 157 厘米×54.8 厘米。明代画家李流芳的《唐人诗意图》之一是根据王维《戏题辋川别业》所作。

以上从王维诗歌的语象与图像方面分别论述了其诗歌的绘画性。语象是根据其诗歌内容进行文本分析所获得的;而图像则是根据绘画史各个时期不同的画家对其诗歌诗意的描述而绘出的诗意图,且这类的绘画作品众多。这一方面说明了王维诗歌的受欢迎程度,另一方面则是体现了其诗歌诗中有画的特点。

第二节　王维的文人画

王维不仅"诗中有画",而且"画中有诗"。[②] 何为画中有诗?从内容方面来理解,就是其绘画作品中透露的诗意,这是一个方面。关于画中有诗的另一个美学含义,陈望衡曾有过论述,就审美情趣而言之,"苏轼推崇王维诗中有画,画中有诗"[③],就是推崇王维从他的诗画中所体现出来的禅风道骨。这与其诗歌所透露出来的禅意是一致的。也有学者认为,王维的画中有诗则是说王维的画里面色彩层次丰富、形象优美、意境高雅,道出了王维山水诗、画里最突出的艺术特色,他让诗情与画意得到高度的融合统一。

一、画中有诗

王维不仅作为一名伟大的山水田园诗人而存在,更是一名伟大的画家,被公认为文人画的始祖。在他的一生中,诗歌创作与绘画创作并行不悖,也留下了不少的名作,奠定了自己在中国绘画史上的地位。

---

① 详见邓启铜、傅英毅注释:《唐诗三百首第 2 辑》,东南大学出版社 2013 年版,第 372 页。

② 从形式方面来说,此处关于诗中有画的考察包括两个方面,一方面是王维自己的绘画作品与诗歌的关系,由于时代的原因,王维的很多绘画都已失传;另一方面则是研究王维的诗意图中再题的诗歌,如后来的很多诗人在《阳关图》上题诗的事,姑且算入王维的画中有诗的特点。

③ 陈望衡:《中国古典美学史》,湖南教育出版社 1998 年版,第 708 页。

据《宣和画谱》记载，王维的诗歌“御府所藏一百二十有六”[①]，在当时民间还有真迹存在。但到了《宣和画谱》的成书年代，“重可惜者，兵火之余，数百年间，而流落无几”。[②] 今天可考的王维的绘画作品大致有以下：《卧雪图》《伏生授经图》《辋川图》《江山雪霁图》《雪溪图》《长江积雪图》等。下面分别对这些绘画作品进行简要介绍，重点探讨其与诗歌的关系。

（一）《卧雪图》

此图全名《袁安卧雪图》，为王维所作。但这幅画作久已失传，据说宋代该画还在流传。宋人沈括在《梦溪笔谈》卷十七中说：“余家所藏摩诘画《袁安卧雪图》有雪中芭蕉，此乃得心应手，意到便成，故造理入神，迥得天意，此难可与俗人论也。”[③]根据沈括的记载，这幅图就在他手中，他见过该图也是理所当然。

而与沈括差不多同时期的郭若虚在《图画见闻志》卷六就记载一帧佚名《袁安卧雪图》：

丁晋公典金陵，陛辞之日，真宗出八幅《袁安卧雪图》一面。其所画人物、车马、林石、庐舍，靡不臻极，作从者苦寒之态，意思如生。旁题云“臣黄居寀等定到神品上”但不书画人姓名，亦莫识其谁笔也。上宣谕晋公曰：“卿到金陵日，可选一绝景处张此图。”晋公至金陵，乃于城之西北隅构亭，曰“赏心”，危耸清旷，势出尘表。遂施图于巨屏，到者莫不以此为佳观。岁月既久，缣素不无败裂，由是往往为人刲窃。后王君玉密学出典是邦，素闻此图甚奇，下车之后，首欲纵观，乃见窃以殆尽。嗟惋久之，乃诗于壁，其警句云：“昔人已化嘹天鹤，往事难寻《卧雪图》。”[④]

据当代学者陈允吉的考证，明代记载赵殿成《王右丞集笺注》卷末引明代陈继儒《眉公秘笈》，又云：“王维《雪蕉》，曾在清闷阁，杨廉夫题以短歌”[⑤]。所以，学界认为，涉及“雪中芭蕉”本身情况的材料，能够征引的只有这样两条，大概明代以后，作品已经遗佚，因此我们无法看到它的真实面貌。从《梦溪笔谈》的记述中可知，所谓的“雪中芭蕉”，并非包括画的整体，而只是《袁安卧雪图》的一个局部。至于“袁安卧雪”的内容，前人多不注意，现在无从推知它对这个题材如何表现。前人谈到王维这幅画，大多是从艺术上对它做了热情的肯定，至于作品究竟表现了什么样的思想内容，则始终没有做过认真而具体的论述。[⑥]

袁安卧雪的故事，在古代极有影响，成为传统文学和绘画广为引用的典故和题材。除了王维之外，历史上许多著名画家如董源、李昇、黄筌、范宽、李公麟、李

①② 吴玉贵、华飞主编：《四库全书精品文存 29》，团结出版社 1997 年版，第 361 页。

③ 沈括：《梦溪笔谈》，上海古籍出版社 2015 年版，第 108 页。

④ 吴玉贵、华飞主编：《四库全书精品文存 29》，团结出版社 1997 年版，第 140 页。

⑤ 王维著，赵殿成笺注：《王右丞集笺注》，上海古籍出版社 1961 年版，第 539 页。

⑥ 陈允吉：《王维“雪中芭蕉”寓意蠡测》，《复旦学报》（社会科学版）1979 年第 1 期。

唐、周昉、马和之、郑思肖、颜辉、赵孟頫、王恽、沈梦麟、倪瓒、沈周、盛懋、陶宗仪、祝允明、文徵明、文嘉、谢时臣等都画过《袁安卧雪图》,而且尚有一些不知作者姓名的《袁安卧雪图》。

关于"袁安卧雪"的故事,自然不用多说,重点来论述王维所绘之图。我们说王维画中有诗,自然不能单独来讨论绘画,重点来说明其绘画与诗歌的关系。上面说关于《卧雪图》的绘画有很多,而同样相关的诗歌也有很多。王维本人就有关于此的诗歌:"借问袁安舍,翛然尚闭关。"(《冬晚对雪忆胡居士家》)在王维之前也有相关的诗歌:

袁安困积雪,邈然不可干。(陶潜《咏贫士》其五)

未塞袁安户,行封苏武节。(谢燮《雨雪曲》)

其临窗有风,闭户多雪,自得陶潜之兴,仍秉袁安之节。(杨炯《卧读书架赋》)

谢庭赏芳逸,袁扉掩未开。(骆宾王《寓居洛滨对雪忆谢二》)

惠连发清兴,袁安念高卧。(高适《苦雪四首》其二)

在王维之后,也有很多关于《卧雪图》的诗歌,如:

无为掩扉卧,独守袁生辙。(韦应物《对雪赠徐秀才》)

陈榻无辞解,袁门莫懒开。(白居易《雪中酒熟欲携访吴监先寄此诗》)

履敝行偏冷,门扃卧更羸。(韩愈《喜献裴尚书》)

寂寞门扉掩,依稀履迹斜。(李商隐《喜雪》)

洛下高眠应有道,山阴清兴更无人。(林逋《雪三首》其三)

拥扉人莫扫,何似袁家宅。(梅尧臣《襄城对雪二首》其一)

荆扉盈尺雪,有客问袁安。(司马光《酬不疑雪中书怀见寄》)

长此赏怀甘独卧,袁安交戟岂须叉。(王安石《读〈眉山集〉爱其雪诗能用韵复次韵一首》)

倒披王恭氅,半掩袁安户。(苏轼《梅圣俞之客欧阳晦夫,使工画茅庵,己居其中,一琴横床而已。曹子方作诗四韵,仆和之云》)

明日穷檐深一尺,不知何处觅袁家。(晁补之《晚雪示阎仲孺》)

袁安久绝千人望,春破还思绮一端。(陈与义《又用韵春雪》)

泥巷有人寻杜甫,雪庐无吏问袁安。(陆游《岁晚幽兴》)

风雪过门无入处,却投穷巷觅袁安。(范成大《雪中苦寒戏嘲二绝》其一)

清游未到先回棹,高卧何如且闭门。(杨万里《和丁端叔喜雪》)

山阴客子须乘兴,洛下先生向我家。(朱熹《次秀野咏雪三首》其三)

夜来六出飞花,又催寂寞袁门闭。(杨无咎《水龙吟·雪》)

悲饥闭户,僵卧袁安我偏忆。(吴潜《暗香·用韵赋雪》)

孙案袁门,不妨高卧,足娱书史。(李曾伯《水龙吟·乘雪登仲宣楼》)

那袁安闭户,恬然僵卧。(陈著《沁园春·示诸儿》)

欲伴袁安营土室，高卧六花堆里。（文天祥《念奴娇·雪霁》）

这其间袁安高卧将门闭。这其间寻梅的意懒，访戴的心灰，烹茶的得趣，映雪的伤悲。（关汉卿《裴度还带》第二折）①

以上所列举诗、词、曲，目的都是说明和《卧雪图》之间的关系，可以从一个侧面说明王维诗歌“画中有诗”的特点。这是从两种不同的文本关系方面所得出的结论。如果单从其绘画所表达的意境来说，依然可以发现该图和诗歌之间的深层关系。

我们知道，王维在画《卧雪图》时，在画面上绘制了芭蕉。这些芭蕉在故事中是没有的，是王维在绘画时所加上的。就是这所谓的雪中芭蕉，给后人留下了很多谈资。而芭蕉生长在雪中，更是一个众说纷纭的话题。雪中芭蕉不仅成为绘画史上的一桩公案，也一度成为文学批评领域中的值得探讨的话题。历朝历代的画家、文学家都在探讨雪中芭蕉的含义，探讨其中丰富的意境。这完全类似于对诗歌意境的追寻，这也就是其画中有诗的表现所在。关于意境的探讨，本来是属于诗歌的，而在王维画中，也透露出本属诗歌的意境。关于这幅画的意境的探讨，学界主要有以下几个观点：一、神理说——沈括即此观点；二、写实说；三、事谬说；四、佛理说；五、象征说。②

我们姑且不去探讨其绘画到底要表达什么样的意境？但其绘画能够像诗歌那样表现深邃的意境，实为难能可贵。恰如有的学者认为：“王维这帧独步古今的《袁安卧雪图》，尽管人们早已不能得以目验，并且只留下比画题还少一字的‘雪中芭蕉’四个字。然而正是这四个字，却仍能让我们领阅到它那宛转谐美的风采和独臻妙境的神韵，感受到它那匠心独运的艺术构思和摄人魂魄的艺术魅

---

① 二川：《王维〈袁安卧雪图〉画理抉微》，中国文学网：http://www.literature.org.cn/Article.aspx? id=6725。

② 关于雪中芭蕉，即使是在现代，依然有很多文章在探讨。如：陈允吉《王维“雪中芭蕉”寓意蠡测》（《复旦学报》（社会科学版）1979年第1期、陈允吉《唐音佛教辨思录》（上海古籍出版社1988年版，第1—11页）、陈允吉《古典文学佛教溯缘十论》（复旦大学出版社2002年版）、杨军《“雪中芭蕉”命意辨》（《陕西师大学报》1983年第2期）、文达三《“雪里芭蕉”别议》（《读书》1985年第10期）、文放《“袁安卧雪”与“雪里芭蕉”》（《中国文学研究》1988年第2期）、蔡诗意《〈袁安卧雪图〉与传统美学观》（《民族艺术研究》1988年第3期）、皮朝纲《慧洪以禅论艺的美学意蕴》（《四川师范大学学报》[社会科学版]1996年第2期）、张景鸿《关于王维〈袁安卧雪图〉的思考》（《美术观察》2000年第12期）、周怡《雪蕉与雪竹——关于王维绘画禅理表现的一个模式》（《齐鲁艺苑》2003年第4期）、黄崇浩《“雪里芭蕉”考》（《黄冈师范学院学报》2005年第1期）、林清玄《雪中芭蕉》（1982）、殷杰《雪里芭蕉与红竹》（1983）、初国卿《雪里芭蕉》（2000）、詹杭伦《雪里芭蕉》（2003）、流沙河《夜蝉与雪蕉》（2003）、王改娣《雪中芭蕉》（2004）、王光福《雪里芭蕉与疟疾文字》（2004）、钱锺书《管锥编》（中华书局1979年版）、钱锺书《谈艺录》（中华书局1984年版）、钱锺书《七缀集》（上海古籍出版社1985年版）、葛兆光《禅宗与中国文化》（上海人民出版社1986年版）、陈允吉《唐音佛教辨思录》（上海古籍出版社1988年版）、葛晓音《汉唐文学的嬗变》（北京大学出版社1990年版）、张育英《禅与艺术》（浙江人民出版社1992年版）、黄河涛《禅与中国艺术精神的嬗变》（商务印书馆国际有限公司1994年版）、皮朝纲《禅宗美学史稿》（电子科技大学出版社1994年版）等。

力。《雪中芭蕉》既是王维创造文人画的一个实证，也是王维‘禅、诗、画一脉相贯’的一个确证，更是王维‘画中有诗’的一个典范。”①

（二）《伏生授经图》

王维的其他画作以山水为主，《伏生授经图》则是人物画。据说，秦始皇焚书之时，伏生将《尚书》藏匿于壁中。后来，汉王朝建立后，伏生从墙壁中找出遗书29篇，利用这些经文在齐鲁大地传授讲学。伏生所授之经，称为《今文尚书》。后来，汉文帝曾派遣晁错向伏生求学。后人依此典故，绘出图画，即是《伏生授经图》。相传为唐代王维所作，后世也有人对王维的这幅画进行模仿。通过现存的绘画，我们可以看到绘画的内容。其授经之时在汉文帝时代，在当时，伏生应已至耄耋之年。故图中的伏生是一个长须白髯、发际线极高的老者形象，头系方巾，肩披薄纱，身着襜褕，坐于蒲团之上，一手持经，一手指点，眉头紧锁。虽略显衰老疲惫、精神不济，但却庄重祥和，给人稳如泰山之感。整幅画自然真实，正是捕捉到的生活细节，堪比速写，但却又多了几分工整，无论是线条的勾勒，还是着墨的深浅都恰到好处，显现了画家的功底。正如日本美术史家大村西崖所评，该作“画法高雅，真令人仿佛有与辋川山水相接之感”。这也是后人称这幅画为文人画的始祖的缘故。通常看来，画中有诗主要是对其山水画而言的，何以人物画也称得上此评价？这里，大村西崖主要是从画法方面来评论的。

该图原为宋内府秘物，《宣和画谱》著录，南宋高宗题“王维写济南伏生”，钤“宣和中秘”印。绢本设色长卷，现藏日本大阪市立美术馆。

关于这幅画是否为王维所作，还有争论。学界还是倾向于王维所作，不论真假，《伏生授经图》都已经超过了千年。关于此画，高居翰在其《中国绘画史》上有过评论：

他被画成正在教授的模样，一手拿着经文，另一手指着经文某段难解的地方。脸上慈祥的笑容透露了内心的欣慰：学生掌握了教义，真理就不会再消失了。在表现儒家对学术的热爱，和学者以自己独特的见解来保存过去知识的狂热上，中国绘画里，再没有比这画得更好的例子了。

在高居翰看来，这幅画虽然不是水墨画，颜色却极为收敛，只有一些红色轻点在描绘肌体的轮廓线上，也点在其他一些稍加水染的地方。王维的这种减色技巧类似于他在画山水画中所用的减境手法。

（三）《雪溪图》

《雪溪图》据传是王维的另一名作，宋徽宗也认为该画是王维作品，并亲手在

① 二川：《王维〈袁安卧雪图〉画理抉微》，中国文学网：http://www.literature.org.cn/Article.aspx? id=6725。

该画上题了“王维雪溪图”字样。《雪溪图》也是中国现存最早的一幅黑白山水画。有学者认为，该画把中国的画带到了另外一个截然不同的境界。

该画为绢本，墨笔画，上有宋徽宗赵佶题签“王维雪溪图”，该图录于《中国名画宝鉴》。从画面来看，构图平远，可分为近景、中景、远景三段。近景左下方一座被雪覆盖的木拱桥把人们引入一个冰雪天地；中景是一条结冰的大河，横卧在画卷中部，水平如镜，波澜不兴；远景，河对岸雪坡、树木、房舍等平卧于黑水之上，掩映于茫茫白雪之中，使画面中的景色更显纵深感。王维在这幅画中使用了其首创的“破墨法”，以墨色染溪水，更衬出雪之白、天之寒。整个画面充满了文人山水气息，一切都覆盖在皑皑白雪之下，就像冬天雪山上“四顾茫茫皆白雪”的宁静景象，恰如柳宗元《江雪》所要表现的情趣：“千山鸟飞绝，万径人踪灭。孤舟蓑笠翁，独钓寒江雪。”这也是这幅画所要传达出来的诗意。

（四）《江山雪霁图》

关于《江山雪霁图》，又称《江山霁雪图》《江干雪霁图》，由于真迹不再，世传为王维所作。据说王维的绘画真迹，明代以后基本失传。但是到了成化年间，盛传有一卷王维的绘画真迹出现在北京，这在明代很多画家的著作里都有记载，如祝允明、董其昌等人。该图本世纪流传入日本，藏于日本小川家，墨笔画，无名款。起首作雪景，绘有寒林、坡石和远山；中段绘有向上突起岩岫，高岩平坡上有屋宇丛竹；更后段则是行舟江上，有远山、平坡、泉口，中间是木板长桥，以长坡结尾，有意犹未尽之感。该图前有明代文徵明隶书所题“王右丞江山霁雪图”，后面另有董其昌、冯梦祯、朱之蕃三人之跋。该图依然为山水画，具有江山雪景之诗意。和《江山雪霁图》类似的“画中有诗”之画还有其《长江积雪图》，共有八张，也是山水画。这些画的画中有诗分析和《江山雪霁图》也大同小异，就不单独拿出来讨论了。

我们可以参考清代画家王时敏的摹本。该画纸本设色，纵 133.7 厘米，横 60 厘米，现藏于台北“故宫博物院”。根据蒋文光编的《中国历代名画鉴赏》可以发现更多关于此画的信息。这幅画创作于 1668 年，那年王时敏 77 岁。这幅画的自识中提及“江山雪霁图”及“江干雪意”二图，原本是《江山雪霁图》的前半段及后半段；前半段与后半段在一起为《江山雪霁图》之全貌，作者以后半段追忆其前半段，故名《仿王维江山雪霁图》。此图右上方作者自题识：“右丞江山雪霁图，用笔运思所谓迥出天机，参乎造化，非后人所能企及。后于京邸见江干雪意长卷，其笔致亦略相同，余屏迹村庄，追忆其意，点染此图，惜老眼昏眊，未能仿佛，殊自愧耳。戊申秋日西庐老人王时敏画并识。”

（五）《辋川诗》与《辋川图》的诗画一致

王维的“诗中有画，画中有诗”的艺术特色最集中地应该体现在其“辋川样”

图 7－2　郭忠恕　《辋川图》摹本(局部)　台北“故宫博物院”藏

中,即其一方面创作《辋川诗》,另一方面创作出《辋川图》(图 7－2)。

首先来看他的诗。据《旧唐书・王维传》记载:“晚年长斋,不衣文彩,得宋之问蓝田别墅,在辋口。辋水周于舍下,别涨竹洲花坞,与道友裴迪,浮舟往来,弹琴赋诗,啸咏终日。尝聚其田园所为诗,号《辋川集》。”①

据考证,在唐玄宗开元二十三年(735),王维 26 岁,通过当时宰相张九龄的提携,任正八品的右拾遗。到了开元二十五年,由于政治原因,张九龄被贬为荆州长史,后郁郁而终。此后,王维也一直受到排挤,最终他对朝政失望。大约在开元末期,他先后在终南、辋川营造别业,从此开始了半官半隐的生活。由于在玄宗时代,当权者都崇道尚佛,再加上王维的士子性格,他便以佛教徒与诗人、画家的身份与一帮志同道合的好友游山玩水,倒也逍遥自在。就是这种长期寄情于山水的生活方式使他的山水田园诗歌达到了新的高度。这个时期的诗歌就是今天所见到的《辋川集》。王维在《辋川集序》中说:“余别业在辋川山谷,其游止有孟城坳、华子冈、文杏馆、斤竹岭、鹿柴、木兰柴、茱萸沜、宫槐陌、临湖亭、南垞、欹湖、柳浪、栾家濑、金屑泉、白石滩、北垞、竹里馆、辛夷坞、漆园、椒园等,与裴迪闲暇各赋绝句云尔。”②《辋川诗集》就是根据这二十处风景所赋的二十首诗。

在王维这二十首辋川诗中,无不透露出浓浓的画意,也就是其诗中有画的绘画美。王维诗歌的这个特色在前面已经有所论述。这些诗歌在构图、着色和透

---

① 刘昫等:《旧唐书・王维传》卷一百九十下,中华书局 1975 年版,第 5052 页。

② 王维:《王维集校注》,陈铁民校,中华书局 1997 年版,第 413 页。

视方面和绘画都有异曲同工之处。所以，王维在创作《辋川诗集》时，又配以《辋川图》，形成了诗画一致，二者相得益彰之美。相比于他创作的诗歌与绘画，其关于辋川的诗画创作集中地体现出其诗画一致的艺术特色，亦成为中国绘画史和文学史上独特的辋川现象。无论其关于辋川的诗歌还是关于辋川的绘画都集中体现了王维在辋川的生活情境，真正实现了"诗中有画，画中有诗"的艺术特色。

王维晚年，在陕西蓝田的辋口，得到宋之问的一座别墅，改筑为别业。该别墅水绕山环，竹茂林密，风景奇佳。王维尝与好友裴迪乘舟同游，赋诗唱和，并画其山水，名为《辋川图》。王维工诗，善山水，气韵清高，故苏轼云："味摩诘之诗，诗中有画；观摩诘之画，画中有诗。"

王维画作往往清幽隽永、富有禅意。其晚年隐居辋口时所作的《辋川图》描绘之景更为脱离俗尘、旷达通放。宽阔的院中楼阁错落有致，有松柏点缀、群山环绕，山外却又环水，有舟楫过往，宛若仙境又不失人文气息。如此画境不仅能满足人们的审美需求，还能陶冶人的精神、愉悦人的身心。元代汤垕在其所著《画鉴》中说："其画《辋川图》，世之最著也。"①

关于《辋川图》，真迹早已不复存在，今天我们看到的《辋川图》都是后人摹本，且临摹者众多。而最有名的临摹者则是北宋的郭忠恕，元代王蒙也曾对此画进行临摹。关于此画的最早记录在中唐时期就开始了，中唐时期的朱景玄在《唐朝名画录》中说："（王维）复画《辋川图》，山谷郁郁盘盘，云水飞动，意在尘外，怪生笔端。"②这是对王维画的最早记载。晚唐张彦远的《历代名画记》也有记载："清源寺壁上画《辋川》，笔力雄壮。"③所以后人都认为《辋川图》原画于蓝田清源寺壁上。唐武宗年间，寺庙毁坏，绘画也被毁坏，甚至辋川图的真迹到底是何面貌，今天已经不得而知。所幸的是，王维在其《辋川诗》中以及描述辋川别业的作品中有对此画的记载，大致可以了解此画的风貌。这也从另一个方面强调了诗画一致的艺术特色及其重要性，也证实了王维曾作《辋川图》的事实是可信的。世人今天所看到的《辋川图》摹本，虽从唐代就有，但更多的摹本还是从宋代开始才出现的。北宋的黄庭坚和米芾都有记载，见证了该图摹本的大量出现。

王维的《辋川集》与《辋川画》相互辉映，相得益彰，形成了中国文学史、绘画史乃至文化史上独特的"辋川现象"，也印证了苏轼所言其诗画的"诗中有画，画中有诗"的艺术特色。在后世的诗画创作中，无不受到这种辋川现象的影响。文人在诗歌创作时，大多以诗入画、以禅喻画，推崇诗情画意的营造，这是其普遍性的一方面。同时，这种现象也具有特殊性。中国的绘画以山水为主要描摹对象，

① 汤垕：《画鉴》，人民美术出版社 2016 年版，第 8 页。

② 朱景玄撰，温肇桐注：《唐朝名画录》，四川美术出版社 1985 年版，第 16 页。

③ 张彦远：《历代名画记》卷十，朱和平注译，中州古籍出版社 2016 年版，第 262 页。

一直到文人画的出现，都彰显了中国山水文学、文化的强大影响。没有哪个国家的诗歌与绘画像我国这样形成如此紧密的关系，这也是我国一种独特的文化现象。

二、《题阳关图》：诗歌与绘画的往复循环

如前所述，《阳关图》是李公麟（字龙眠）根据王维的《送元二使安西》所作的诗意图，千百年间流传甚广。于是，根据该图又衍生出一些文学作品，如诗歌。这就形成了诗歌与绘画的往复循环，生生不息。宽泛地说，这依然可以归入王维的诗画关系研究。如果没有王维的诗歌做蓝本，也就没有这些《题阳关图》诗歌的产生。

宋代诗人黄庭坚有《题阳关图二首》。黄庭坚《书伯时〈阳关图〉草后》说："元祐初作此诗，题伯时所作《阳关图》。"这两首诗不仅吟出了王维《阳关三叠》的诗情，而且突出画面，深化了李龙眠《阳关图》的画意。全诗有情景、有理趣，兼之音调谐和，语言平易，可谓黄庭坚题画诗中的精品。

断肠声里无形影，画出无声亦断肠。想得阳关更西路，北风低草见牛羊。

人事好乖当语离，龙眠貌出断肠诗。渭城柳色关何事，自是离人作许悲。

苏轼也有关于《阳关图》的题画诗。题为《书林次中所得李伯时归去来阳关二图后二首》：

不见何戡唱渭城，旧人空数米嘉荣。龙眠独识殷勤处，画出阳关意外声。

两本新图宝墨香，樽前独唱小秦王。为君翻作归来引，不学阳关空断肠。

陆游也曾作过《阳关图》的题画诗，题为《题阳关图》：

谁画阳关赠别诗？断肠如在渭桥时。荒城孤驿梦千里，远水斜阳天四垂。青史功名常蹭蹬，白头襟抱足乖离。山河未复胡尘暗，一寸孤愁只自知。

以上三位诗人所作的诗歌都是题画诗，但这些题画诗与一般的题画诗不同，这些题画诗是在诗意图的基础上创作而出。通常来讲，这很难超越原来诗歌的成就。王若虚《滹南诗话》评论说："东坡题阳关图云：'龙眠独识殷勤处，画出阳关意外声。'予谓可言声外意，不可言意外声也。"[①]苏东坡的语意与黄山谷同出一辙。南宋胡仔《苕溪渔隐丛话》曾称引黄庭坚的诗"随人作计终后人"。可这首诗，正是不"随人作计"的力作。诗中不仅吟出王维的诗情、李龙眠的画意，而且更突现了画面，从空间、理喻上着笔，深化了李龙眠图的画意。全诗有情景、有理趣，兼之音调谐和，语言平实，绝无生硬与刻意好奇之病。因此，黄庭坚的《题阳关图》虽未能比肩王维的《送元二使安西》，亦可称为题画诗中的上品。

---

① 王若虚：《滹南诗话》，中华书局 1985 年版，第 8 页。

第三节 王维在文图关系史上的地位

王维的诗歌中包含着图像(语象),而其绘画又蕴含着诗歌。所以,无论是其诗歌还是绘画都不能仅从其中某一个方面来衡量。但在具体论述其在文图关系史上的地位时,又不得不从文学和绘画两个方面来论述,这也符合王维"诗中有画,画中有诗"的美学思想。

一、文学史上的地位

王维一生命运坎坷,仕途不顺,但其半官半隐的闲适生活方式却给他的文学和绘画创作带来了便利的条件,正是寄情于山水田园之间,他才创作出了大量的诗歌,尤其以山水田园诗篇为主。据晚唐朱景玄《唐朝名画录》记载:"王维兄弟冠绝当时",有"朝廷左相笔,天下右丞诗"之称。据记载,王维之弟王缙在《进王维集表》中较为全面地评价了其兄的为人和诗歌地位,认为:"臣兄文词立身,行之余力,常持坚正,秉操孤贞,纵居要剧,不忘清净,实见时辈,许以高流,至于晚年,弥加进道,端坐虚室,念兹无生,乘兴为文,未尝废笔。"[①]除此之外,很多同时代的诗人也极其推崇王维。杜甫称王维为"高人",赞美王维"最传秀句寰区满"。在《河岳英灵集》和《国秀集》这两种产生于盛唐时期的著名唐诗选本中,后人所尊崇的杜甫的诗歌地位并没有得到显现,在《河岳英灵集》中甚至都没有收录杜甫的诗歌,反倒是更加推崇王维,收录了其15首诗歌。在地位的排列上,《河岳英灵集》把王维排于较高的位置,在常建、李白之后,位列第三;在数量上,和常建一样,都是15首,仅次于王昌龄的16首。作者殷璠在序言中说明了选集的初衷和集名的由来:"愿删略群才,赞圣朝之美。爰因退迹,得遂宿心,粤若王维、昌龄、储光羲等二十四人,皆河岳英灵也。此集便以《河岳英灵》为号。"[②]即以王维、王昌龄和储光羲等人作为"河岳英灵"的代表。殷璠对王维有评语:

> 维诗词秀调雅,意新理惬。在泉为珠,着壁成绘。一句一字,皆出常境。至如"落日山水好,漾舟信归风",又"涧芳袭人衣,山月映石壁""天寒远山净,日暮长河急""日暮沙漠陲,战声烟尘里"。[③]

由此可见,殷璠对王维诗歌的推崇,基于其高超的诗歌艺术。所以实际上,在开元天宝年间,当时的诗坛领袖非王维莫属。

通观王维的全部诗歌,显然在文学史上最使其流芳百世的是其山水田园诗。

---

① 陈鸿墀:《全唐文记事》(中),中华书局1959年版,第500页。

② 殷璠:《河岳英灵集》,王克让注,巴蜀书社2006年版,第1页。

③ 同上,第66—67页。

有的学者认为，盛唐的诗歌一扫齐梁遗风，形成了所谓的盛唐气象，这固然是很多盛唐诗人的共同努力，但王维在其中的贡献，可能更大。王维对开元、天宝年间诗风的重要贡献就是对盛唐山水田园诗派和边塞诗派的形成起了巨大作用，对盛唐气象的构建起到了重要的作用。这也使得王维成为盛唐诗坛的代表人物，引领一时诗坛气象。下面分别从其山水田园诗和边塞诗来论述王维诗歌的价值。

（一）王维和盛唐山水田园诗派

王维的诗歌之所以取得如此高的成就，其中重要的一个方面是因为其山水田园诗歌的创作。我们知道，山水田园诗不是王维的首创，前面已有陶、谢作为山水田园诗的先驱。王维对山水田园诗的一个重要贡献就是在于成功融合了汉魏风骨，他的很多诗都是古体，这也是殷璠将其收入《河岳英灵集》的重要原因。虽然王维的山水田园诗都是古体，但也不乏辞彩，也吸收了齐梁之际诗歌的文采，这是王维对山水田园诗的另一个贡献。另外，在陶、谢那里，山水、田园诗还是分开的，陶渊明创作的是田园诗，谢灵运创作的是山水诗。但在盛唐时期，这两种诗歌逐渐合流，这种合流虽然不始于王维，但在王维那里，这种合流日趋成熟，山水诗与田园诗已成为一个词，二者也形成了一个诗派，即山水田园诗派。在王维之前，有一些诗人已经在从事这项工作，如王绩、张九龄、孟浩然等人，而王维兼采陶、谢及各家所长，使山水田园诗透露出鲜明的盛唐气象。清代贺贻孙在《诗筏》里说："王右丞诗境虽极幽静，而气象每自雄伟。"①这里说的是王维的诗歌有别于以前的山水田园诗的一个重要的特点就是风骨的存在。通常意义上的山水田园诗，都是充满了诗情画意，意境优美，而不够雄浑。这种雄浑的境界是以前的山水田园诗所不具备的，也只有到了盛唐的王维那里，才为意境优美的山水田园诗注入了风骨，体现了盛唐时代昂扬的精神风貌。

在盛唐时期，形成了山水田园诗派，也形成了相对集中的创作格局。除了王维，还有另外一些山水田园诗人，如孟浩然、储光羲、常建、裴迪等。这些名字经常可以从王维的诗歌中发现，如王维就经常和裴迪、崔兴宗等进行诗歌唱和。如《赠裴十迪》以及那首颇为著名的《辋川闲居赠裴秀才迪》，除此还有一些类似的诗歌《秋夜独坐怀内弟崔兴宗》《送韦大夫东京留守》等。这说明王维经常和属于山水田园派的诗人进行交往。这也说明一个道理，在当时几乎所有的山水田园诗人都和王维有交集，这就慢慢形成了以王维为中心的山水田园诗派。因此，我们也可以推测，王维以一人之力影响到了当时诗坛的整个山水田园诗派。学者陈铁民就认为，王维由于其特殊的身份和地位使得他毫无争议地处于山水田园诗人中的中心地位。日本学者入谷仙介也认为在当时的山水田园诗人群体中，王维甚至被看作是指导者。显然，这样的推测并不是毫无道理的。学者袁晓薇

---

① 郭绍虞：《清诗话续编》，上海古籍出版社 2016 年版，第 160 页。

指出，王维之所以能处于盛唐时期山水田园诗人中的核心地位，一个原因就是其政治身份。其特殊的政治身份赋予了王维在文人圈中的重要地位，这在古代的文人群体中类似的现象非常多见。如王维之前就有以曹氏父子为核心的邺下文人集团，其后的欧阳修、苏东坡等都因为其政治身份而处于当时文人圈子中的领导地位。从艺术创作方面来考察也可以得出这样的观点：王维特殊的人生经历，使其有机会接触到自然风光，并有特殊的情感体验。相比于其他的山水田园诗人，王维由官场转到田园，这种复杂的人生经历使其对自然景物有着更深的认识，也不足为奇。除了其人生经历，王维在诗歌写作上，也有着属于自己的艺术技巧。在袁晓薇看来，"王维山水田园诗的突出特点是以艺术家的审美眼光和敏感的体悟，细致传神地刻画了山水景物的形貌特征，传达出新鲜丰富的主观感受。表达上能够以精致锤炼的句法技巧达到平常自然的表现效果，将兴象风骨和清词丽句结合得浑然无迹，因而具有很强的示范性和可操作性。"[①]美国学者宇文所安则认为其诗歌技巧是一种容易被模仿的简易技巧。在具体的诗歌创作过程中，王维十分擅长将陶、谢等人诗歌中常见的景物和生活片段加以精心组合，运用到诗歌中去，形成既典型生动又高度自然的风格。这种写景艺术在山水田园诗中无疑拥有着极强的生命力，对其他诗人形成了不同程度的吸引，在偕隐和往还酬唱中，周围诗人多受其影响。这点可以从当时另一个山水田园诗人储光羲的诗歌中发现蛛丝马迹。储光羲有首诗歌《蓝上茅茨期王维补阙》：

山中人不见，云去夕阳过。浅濑寒鱼少，丛兰秋蝶多。老年疏世事，幽性乐天和。酒熟思才子，溪头望玉珂。

仔细读完全诗，可以发现这和王维的《鹿柴》是何其相似，其对王维诗歌的模仿可见一斑。除了储光羲之外，还有很多诗人都以能模仿王维的诗歌为其艺术追求，其中也不乏一些优美的诗句。当时的一个诗人丘为是王维十分欣赏的诗友，唱和往还颇多，清人贺裳评丘为："其人与摩诘友，诗亦相近之。"丘为不少诗作在句法和疏淡的风神上都和王维诗歌如出一辙。如"草色新雨中，松声晚窗里"极似王维"空山新雨后，天气晚来秋"，其"住处无邻里，柴门独掩扉"更是王维诗歌中常见的自我写照。

由此可见，王维及其诗歌在盛唐诗坛中占有重要地位，尤其是其山水田园诗歌的创作进一步推进了魏晋以来的山水田园诗歌的发展。在王维的引领之下，盛唐时期的山水田园诗派得以形成，推动了盛唐诗歌的发展。

（二）王维与盛唐边塞诗派

一说到王维诗歌，人们想到的往往是优美清新的山水田园诗。其实王维诗歌的风格远不止这一种，他亦能创作出刚劲雄浑的诗歌，譬如边塞诗。清人沈德

---

① 袁晓薇：《王维诗歌接受史研究》，安徽大学出版社2012年版，第20页。

潜早就发现了王维诗歌的这一特点："右丞五言律有二种：一种以清远胜，如'行到水穷处，坐看云起时'是也；一种以雄浑胜，如'天官动将星，汉地柳条青'是也，当分别观之。"①这种风格首先体现在其一些山水田园诗中，如《终南山》《汉江临眺》，就是气魄宏大山水之作的典型代表。这些诗歌已经透露出刚劲的风骨之力。王维在开元二十五年(737)至二十六年间以监察御史出使河西节度使幕府判官期间，接触到了塞外的风光。边塞的风土人情和壮丽雄伟的边塞景观都给他留下了深刻印象，写出了大量的边塞诗，如《陇西行》《陇头吟》《凉州郊外游望》《使至塞上》《出塞》等。这些诗歌都展示了边塞的壮丽风光，亦写出了诗人对祖国大好河山的喜爱之情，留下了一些经典名句，如"大漠孤烟直，长河落日圆""日暮沙漠陲，战声尘烟里"等，这些诗歌的意境与其山水诗中常见的悠闲之景迥然不同。王维的这些边塞诗歌影响到后世许多边塞诗人的创作，恰如其山水田园诗对其他田园诗人的影响。如后来的高適、岑参受其影响，他们的边塞诗歌中常有这种对塞外奇景的生动描写，如高適笔下的诗句"绝坂水连下，群峰云共高""积雪与天迥，屯军连塞愁"等。但是在具体的风格上，二者有些差别，高诗中多是苍凉之景，王维笔下多是奇丽之景。二人诗中描写对象虽然不同，但都有共同的美学追求，对奇美的追求。后来韩愈诗中亦透露出这种思想。当然，到韩愈那里，这种以奇为美的艺术风格可能有点"过"了。而在岑参那里，王维的边塞诗创作的技巧被进一步继承下来。岑参早期的写景诗的诗风以奇丽为主，构思上"皆出常境"这都是受到了王维诗风的影响。明代李东阳就认为："王诗丰缛而不华靡……岑参有王之缛，而又以华靡掩之。"②这通过对比二人的诗句也可以发现，如岑参的"山风吹空林，飒飒如有人"这句就和王维的"行客响空林"是何等的相似。天宝年间，岑参创作了大量的边塞诗，奇丽壮观的边塞奇观和奇巧的构思无不是受到了王维诗歌的启发。如其诗歌《走马川行奉送封大夫出师西征》中的"平沙莽莽黄入天"对大漠景观的描写就类似王维的"沙平连白雪，蓬卷入黄云"；其"长风吹白茅，野火烧枯桑"则和王维诗句"阴风悲枯桑，古塞多飞蓬"以及"白草连天野火烧"有异曲同工之妙。

综上，我们可以发现，王维在边塞诗的创作中，无论以何种方式在构思，都能形成画面感极强的视觉效果，这也证明了其诗中有画的艺术特色。一个重要的原因就是王维的诗歌创作非常重视写景构图。而在诗歌表现的内容上，其诗歌无不充满了具有时代特色的少年精神和强烈的边塞意识。王维这种边塞诗对后来的高適、岑参的边塞诗歌的创作影响颇大，如进一步扩大了边塞诗的题材范围，先导性地增加了反映边塞生活的广度和深度，从而为盛唐边塞诗歌创作的繁荣奠定了坚实基础。

---

① 沈德潜选编，李克和等校点：《唐诗别裁集》，岳麓书社 1998 版，第 214 页。

② 李东阳：《麓堂诗话及其他一种》，商务印书馆 1936 年版，第 3 页。

二、王维在绘画史上的地位

王维不仅在文学史上具有重要地位，对盛唐诗坛的形成与发展起到了重要作用，其在绘画史上依然具有重要的作用，后人甚至把他作为文人画的始祖，钱锺书称他为“盛唐画坛第一把交椅”。特别是在研究中国写意山水画时，是无法绕过王维的，只有通过王维，才能客观而又完整地勾勒出中国写意山水画发展的全貌。但是遗憾的是，今天已经很难见到王维的绘画作品了，甚至对他流传的一些摹本也存在异议，后人只能根据古人对王维的论述来推测王维写意山水画的成就。据《宣和画谱》记载，王维共画 126 幅绘画，其中人物画 70 多幅，山水画 30 多幅，风俗画 10 多幅。就其技法和风格而论，王维画水墨与青绿都很擅长。在一些古代绘画评论家的作品中，可以看出对王维的评价，也让后人对王维的绘画艺术有所了解，同时，这些论述也显示了王维在绘画史上的地位。

王维逝世后不足百年，同朝的绘画理论家张彦远在其画学理论著作《历代名画记》中就有了对王维绘画的评价。张彦远是非常推崇绘画的教化作用的，认为绘画可以“成教化，助人伦，穷神变，测幽微，与六籍同功”。但是其是就人物画来说的，而非山水画。而王维绘画作品中最具功力的就是山水画而非人物画，对后世影响最大的也是山水画，尽管人物画的数量比山水画要多。唐代另一个绘画理论家朱景玄也是推崇人物画，然后才是山水画。朱景玄也有对王维的评价，把王维擅长的绘画归为“写真、山水、松石、树木”，所以在以人物画水平为品评标准高下的唐代，王维的地位肯定不会太高。张氏在对王维的评价时认为：“工画山水，体涉今古。人家所蓄，多是右丞指挥工人布色，原野簇成，远树过于朴拙，复务细巧，翻更失真。”[①]从此处的论述可知，张彦远是不欣赏王维的画法的，特别是不欣赏王维画法中的“重阴深远”。吊诡的是，这里的“重深”却又成为中国山水画之变的重要艺术特征，后人因此将王维视为“文人水墨山水画之祖”。书中并把王维与同时代的一些不知名画家相提并论，可见张彦远是不看好王维的。

朱景玄在其所著《唐朝名画录》中，对王维的评价也不是太高。朱景玄把画家之画品分为“神、妙、能、逸”四品共十二级，每品又分为上中下三等。王维仅被列为妙品上，只属于二流画家，这也导致了后人对王维绘画评价的分歧。朱氏对王维绘画的评价依然是和当时的审美标准息息相关的，即认为人物画甚至禽兽画都比山水画要高明。其在该书序中已经透露出了其品评绘画高低的标准了，其认为：

夫画者以人物居先，禽兽次之，山水次之，楼殿木屋次之。何者？前朝陆探微屋木居第一，皆以人物禽兽，移生动质，变态不穷，凝神定照，固为难也。故陆

---

① 张彦远：《历代名画记》卷十，朱和平注译，中州古籍出版社 2016 年版，第 262 页。

探微画人物极其妙绝，至于山水草木，粗成而已。[1]

朱景玄认为人物画最难绘制的观点并非产生于唐，东晋时顾恺之就有类似观点。基于这种以内容优先的品画标准，把王维的品第放在第二等也属意料之中。虽然王维有人物画，且数量众多。其在书中对王维的评价是："王维字摩诘，官至尚书右丞……其画山水松石，踪似吴生，而风致标格特出。故庾右丞宅有壁画山水兼题记，亦当时之妙。故山水松石，并居妙上品。"[2]

但从今天的绘画理论来看，朱景玄的评价显然是不中肯的。这种只重绘画内容而不重视绘画技法的评价是片面的，甚至是错位的。用今天的艺术标准来看，怎么画比画什么更重要，万物皆可入画，如果仅仅因为绘画题材就能对其绘画艺术进行评判，实在是艺术的不幸。其实朱景玄在这点也是矛盾的，在被他列为神品的十二位画家中，就有一位是善画山水的李思训。而在张彦远那里，对王维的评价也存在着矛盾之处。张彦远在评价唐代画家韩幹时说："韩幹，大梁人，王右丞维见其画，遂推奖之。官至太府寺丞，善写貌人物。"[3]这里张氏把王维的评价作为评价另外画家的标准，显然还是非常认可王维的绘画水平的，这也是张彦远的矛盾之处。其实，在唐代时，中国的山水画和人物画已经达到分庭抗礼的程度，如果还仅是以人物画的教化作用来衡量绘画艺术，已经是不合时宜的了。作为绘画理论家的张彦远和朱景玄也意识到了这个问题，在这种衡量绘画艺术标准的转型时期，或者说是中国山水画的过渡时期，是以人物还是以山水作为绘画题材衡量的标准难免会出现矛盾。

当然，王维的地位并不会以张、朱二人的评价而定格。后世之人对王维的评价亦可根据自己时代的审美标准来衡量王维，而王维的地位也就会发生变化。到了北宋时期，文人画兴起，已经超越了善绘人物的宫廷画。为了宣扬文人画，王维便被宋代的画家推出来作为旗帜人物。而作为画圣的吴道子则不被宋人所推崇。从此以后，王维在绘画史上的地位就扶摇直上。

到了五代，王维在绘画史的地位已经开始上升。后晋刘昫在《旧唐书》中评价王维："书画特臻其妙，笔踪措思，参于造化。而创意经图，即有所缺，如山水平远，云峰石色，绝迹天机，非绘者之所及也。"[4]认为王维的绘画作品"绝迹天机"，非一般绘画者所能比，实际上是对王维很高的赞美。而荆浩的评价则更高，其在《笔法记》中认为，"王右丞笔墨宛丽，气韵高清，巧写象成，亦动真思"[5]。在荆浩那里，王维的地位已经超过了李思训，并将画圣吴道子甩在了身后。

到了宋代，王维在绘画史上的地位进一步上升。宋祁认为，"（王）维工草隶，

---

① 朱景玄撰，温肇桐注：《唐朝名画录》，四川美术出版社 1985 年版，第 1 页。

② 同上，第 6 页。

③ 张彦远：《历代名画记》卷九，朱和平注译，中州古籍出版社 2016 年版，第 243 页。

④ 刘昫等：《旧唐书·王维传》卷一百九十下，中华书局 1975 年版，第 5051 页。

⑤ 荆浩：《笔法记》，王伯敏注释，人民出版社 1963 年版，第 5 页。

善画。名盛于开元、天宝间。豪英贵人，虚左以迎。宁、薛诸王，待若师友。画思入神。至山水平远，云势石色。绘工以为天机所到，学者不及也。”[①]沈括在其《梦溪笔谈》中对王维的绘画也有很高的评价。

通过对王维在绘画史上地位的变化可知，王维在绘画史上的地位经历了一个从低到高的变化，到了宋代，其绘画才被人所看好。无论是对其诗歌还是绘画地位的评价，单从一个方面来评价，可能都会有失偏颇。唯有把王维的诗歌与绘画放在整个文图关系史中，才能真正发现其诗歌和绘画的价值。

三、王维在文图关系史上的地位

作为诗人和画家的王维，无论是在诗歌领域还是绘画领域都取得了很高的成就，这些成就已经被世人所熟知。由于其横跨了诗歌和绘画两个领域，并把这两个领域有机结合起来，一是形成了“诗如画”的艺术效果；二是在绘画领域催发出了文人画的出现。因此，在文图关系的创作实践中，王维可谓是开了先河，而同时把二者结合起来并进行有意识的艺术创造也为后人做了一个很好的典范。这时就不能只从诗歌或绘画某一个方面来评价王维了，而是要把他放在诗歌与图像的关系中来分析其在文图关系史上的地位。

（一）王维的“诗中有画”在文图关系史上的地位

在王维之前，中国的诗歌主要遵循两种传统在发展，一是《诗经》奠定的现实主义传统；二是屈原的《离骚》奠定的浪漫主义传统。这就给人们的诗歌创作与接受指明了方向，诗歌创作要不就是对现实的反映，要不就是个人情感的抒发。在诗歌理论中，也就出现了“言志”派和“缘情”派。这两种诗歌理论无一例外地都是从诗歌内容方面的总结，而到了南朝时，人们才开始对诗歌的形式进行分析。如果从诗歌与其他艺术形式关系来探讨，古而有之的是从音乐、舞蹈的关系来分析诗歌与它们之间的关系，这就是所谓的诗、乐、舞的三位一体。这就说明，人们很早就注意到了诗与音乐的关系，从诗歌起源上来说，诗与音乐就是一种孪生艺术。早期少有人把诗歌与绘画结合起来研究，把诗与画作为一种姊妹艺术，要比诗与音乐比作孪生艺术要晚得多。

如果我们从关于诗画关系的论述入手，最早的可以追溯到古希腊的西摩尼德斯，根据古罗马的普鲁塔克介绍：“西摩尼德斯把绘画称作沉默的诗歌，把诗歌称作是说出的绘画”[②]。从普鲁塔克的介绍可知，古希腊的哲学家就开始把诗与

---

① 宋祁：《新唐书・王维传》，载于张清华：《王维年谱》，学林出版社 1988 年版，147 页。

② 普鲁塔克：《古典共和精神的捍卫——普鲁塔克文选》，包利民译，中国社会科学出版社 2005 年版，第 67 页。

绘画结合起来论述。到了古罗马，贺拉斯和普鲁塔克也都提出了“诗如画”理论。虽然在理论上，西方提出了“诗如画”理论，但在创作实践上，并没有遵循这一理论。反观中国，虽然从理论层面对诗画关系的论述较晚，在我国关于诗画关系的论述最高只能追溯到北宋的苏轼，他说：“味摩诘之诗，诗中有画；观摩诘之画，画中有诗。”显然，苏轼提出的诗画理论要晚于西方，但在苏轼提出这个理论之前，就有诗人或画家在用这一思想来指导自己的诗歌或绘画创作。这里苏轼明确提出这个人就是王维，也就是说，是王维的诗歌或绘画创作实践才促使苏轼得出了“诗中有画，画中有诗”的诗画理论。可以说，是王维开创了“诗中有画”这种诗歌创作方式的先河。从其全部诗歌创作来说，确实可以发现这种“诗中有画”的艺术特征。可以说，王维的诗歌创作都是在这一艺术指导思想下创作而成的。关于其诗歌如何体现出画意，前面已经有了很详细的分析，在此不再赘述。葛晓音对王维有过准确的评价：“王维诗歌的成就也较全面，边塞、田园、山水、闺怨等各种题材无不涉及，而且均有名作传于后世。其中成就最高的是田园山水诗。他既注重对景物的精确描绘，又善于融入抒情主人公的思想感情，创造优美的意境，其中有一部分风格近似北宗画的精工和雄伟。”[①]葛晓音不仅从文学方面发现了诗歌的美学特征，更是从绘画方面发现了其诗歌类似北宗画的艺术特征，可谓十分中肯，准确抓住了其诗歌“诗中有画”这个重要的艺术特征。

（二）王维的“画中有诗”在文图关系史上的地位

对于作为画家的王维来说，其绘画如何体现出诗歌的意境，也是诗画关系史上的一个重要问题。如上所述，王维的绘画在开始是不被理论家所看好的，无论是张彦远的《历代名画记》还是朱景玄的《唐朝名画录》，对王维的绘画评价都不甚高。这种情况到了宋朝才有所改变，而对王维绘画评价颇高的依然是苏轼。正是由于苏轼的出现，使王维在宋代文人画领域中的地位进一步提升。苏轼认为：“唐人王摩诘、李思训之流，画山川峰麓，自成变态……举世宗之，而唐人之典型尽矣。”[②]并总结出王维诗画中“诗中有画，画中有诗”的艺术特点。在苏轼的影响下，整个北宋画界对王维的评价都非常高。黄庭坚称其《辋川图》为“犹可见其得意林泉之仿佛”[③]。韩拙在《山水纯全集》里对王维推崇备至，认为“唐右丞王维，文章冠世，画绝古今”[④]，并非常推崇王维的绘画技法，号召当时画家师法王维。

《宣和画谱》更是给了王维以非常高的评价。文中认为：

---

① 葛晓音：《王维，神韵说，南宗画——兼论唐代以后中国诗画艺术的演变》，《文学评论》1982 年第 1 期。

② 苏轼：《东坡题跋》卷五，《书摩诘〈蓝田烟雨图〉》，人民美术出版社 2007 年版，第 314 页。

③ 王维：《王右丞集》，岳麓书社 1990 年版，第 244 页。

④ 韩拙：《论山》，载于叶朗编：《中国历代美学文库・隋唐五代卷下》，高等教育出版社 2003 年版，第 88 页。

维善画，尤精山水。当时之画家者流，以谓天机所到，而所学者皆不及。后世称重，亦云："谓所画不下吴道玄也。"观其思致高远，初未见于丹青，时时诗篇中已有画意。由是知维之画出于天性，不必以画拘，盖生而知之者。[①]

《宣和画谱》对王维的评价非常高，有几点值得注意的是，其认为王维在绘画上有天机，是人所无法学习的，甚至到了自由的境界，并认为其绘画水平已经超过了吴道子，这都是非常高的评价。我们知道，《宣和画谱》是由众多画家、理论家所共同编著而成，相比于张彦远和朱景玄个人的评价，显然更具客观性和权威性。

为什么从北宋开始，对其绘画的评价才高起来呢？这就不能仅从绘画理论来考察，在纯粹的画论家看来，如张彦远和朱景玄，王维的绘画作品并没那么突出。而在作为诗人和画家的苏轼看来，王维无论是诗歌还是绘画都是一流的，这固然是因为他们具有共同的艺术旨趣，一方面进行诗歌创造，另一方面也进行绘画创作，这或许是苏轼对王维的偏爱。同时，也说明了王维多才多艺的艺术创造能力，在王维之前，还没有哪个诗人或画家能同时在诗歌与绘画两个领域都能取得如此高的成就。所以，苏轼对王维的评价，并不只是从其中的一个领域出发，而是把王维放在诗画关系这一文图关系史的历史语境下来评价王维，自然能得出一个很高的评价，这也是对王维的诗画创作评价应有的一种眼光或视角。

（三）王维诗画理论对后世的影响

作为文学史和绘画史上著名的诗人和画家，王维都留下了光辉的篇章，如上所分析的其在文学史和绘画史上的地位，无论是对中国田园诗的发展还是对绘画中的文人画的发展，王维都起到了重要的作用。但更重要的一点无疑是其"诗中有画，画中有诗"的诗画一致思想。王维把作为文学艺术的诗歌与作为图像艺术的绘画结合起来，"援诗入画，引画入诗"无疑更具特色。这一方面丰富了田园诗的发展，另一方面也给绘画艺术以借鉴。在王维的诗画创作实践中，对后世诗歌和绘画影响最大的就是影响并催生了题画诗和诗意山水画（文人画）的出现。

在王维之后，这种诗画结合的创作风气开始盛行起来，特别到宋代文人画创作者那里，有画必有诗，出现了大量的题画诗，如宋徽宗、赵孟頫、唐寅、郑板桥等人的诗歌和绘画创作都受到了王维的影响。清代诗论家沈德潜认为："唐以前未见题画诗，开此体者老杜也。"[②]这里，沈德潜把杜甫作为题画诗的开创者，抛开题画诗的形式，仅从其内涵来看，这和王维的诗歌创作是一致的，即诗歌中显示出画意。不同的是，王维的诗歌并不是直接根据绘画作品而创作，而是直接面对自然景物有感而发，虽然不能算是严格意义上的题画诗，但与题画诗的意蕴是一

---

① 岳仁译注：《宣和画谱》，湖南美术出版社 1999 年版，第 211 页。

② 沈德潜：《说诗晬语》，《中国历代诗词译释》，黑龙江人民出版社 1980 年版，第 323 页。

致的。而真正意义上的题画诗到了宋朝才得以出现，即诗与画共处一个空间，形成真正意义上的语图合体。其中的关键人物依然是苏轼，他在王维诗画理论的影响下，自觉地把诗歌创作与绘画创作结合起来，并把二者结合到同一载体，最终使题画诗定型下来。

王维的绘画也有很高的造诣，其绘画理论本质上依然是一种诗画关系理论，其绘画作品总是透露出一种诗意，这就和诗意画有着异曲同工之妙。当然，早在王维之前就已经有了诗意画的创作了。在东汉桓帝时，刘褒就根据《诗经》中的诗歌创作了《云汉图》和《北风图》，这是绘画史上创作比较早的例子。这两幅图主要是叙事为主，是对历史场景的再现，这是把诗歌与绘画结合起来进行创作的典范。到了王维那里，他创造性地把山水田园诗歌与山水画结合起来，形成了自己独特的山水画。特别是苏轼通过他的山水画创作实践，总结出了一套山水画理论，就从学理层面为诗意画奠定了理论基础，也就是所谓的“画中有诗”。当然，王维的“画中有诗”并不是其对别人诗歌中诗意的模仿，而是通过对自然景物的描摹使其诗歌达到诗歌的意境，我们在观看王维的绘画作品如《辋川图》《江山雪霁图》《雪溪图》《长江积雪图》等都可以发现这一特征。可以说，后世诗意画的兴盛和王维“画中有诗”的绘画思想有着很大的关系。到了北宋时期，书画双绝的徽宗直接以诗意画创作作为遴选画士的必考科目，这就从制度层面肯定了诗意画的创作意义，同时，也是对王维所建立的“诗画一律”文艺传统的回应，从中也可以看出王维的绘画理论对后来诗意画的影响。

如果说王维的诗画理论只是为诗意画的创作提供了理论依据，但却直接促进了文人画的出现。明代书画家、书画理论家董其昌在其《画旨》中提出了“文人画，自右丞（王维）始”的论断。文人画的创作主体是文人（诗人），在王维之前，绘画创作的主体都是画家，王维首先是一个诗人，自然其创作的绘画作品可以被称为文人画。从这个思路出发，董其昌把王维作为文人画的师祖也是有道理的。文人画又有着内在的规定，近代画家陈师曾就认为“文人画之要素，第一人品，第二学问，第三才思，第四思想”。也就是说，文人画之所为文人画，要具有文人旨趣，这些在王维的绘画中显然都是具备的。从王维个人来说，他与陶渊明一样，是个不得志的文人士大夫，身上也有着隐逸超脱的气质。这种个人气质就形成了他绘画中的文人旨趣，特别是他诗歌中恬淡超脱的意境也都被带入他的绘画当中，这恰恰是后人所认为的文人画的最高格调。所以，即使是从文人画的内在旨趣来说，王维作为文人画的开创者也是名正言顺的。因此有的学者认为：“王维作为一名名副其实的文人画家，尽管他在具体技法表现上有所不足，但他在确立传统文人画的精神导向方面所起的巨大作用，也是顾恺之和董源所无法替代的。”[①]而王维之所为能成为文人画的开创者绝不仅仅是因为其画家身份（其绘

① 舒士俊：《文人画祖王维》，《国画家》2017 年第 3 期，第 67 页。

画技法也被后世画家所质疑）。其影响文人画的真正原因乃是他的诗人身份与画家身份的重叠，进而形成的诗画理论，才真正影响到了后来文人画的出现。

总体来说，王维的文艺创作中的诗画一致现象对后来的诗画理论和诗画创作起到了重要的启示作用，在中国整个文图关系史上占有重要地位。纵观整个中国文图关系史，可以分为三个阶段：文图合体、文图分体和文图互文这三个时期。王维的诗画理论依然是属于文图合体的阶段，即文中有图，图中有文，二者是以某一种艺术形式出现的，并没有能单独出现共享一个空间。但王维的诗画理论却直接开启了文图分体这个阶段，如在王维的诗画理论影响下，出现的题画诗和文人画，特别是到了宋元时期，文图分体的形式最终出现。同时，这种“诗中有画”思想后来进一步影响到了整个文学与图像的关系，使越来越多的文学家（艺术家）认识到文学与图像之间具有紧密的联系。到明清时期，明清小说与版画艺术结合起来，形成了文学与绘画结合的另一典型——小说插图。到了当代，影视艺术的出现已经完全打破了语言艺术与图像艺术之间的差别，文学与图像之间的关系更加紧密。这些现象虽然和王维的诗画一致思想有差别，但从深层的文图关系来说，依然是相通的，亦彰显出王维诗画一致思想的影响深远。

第八章　杜甫诗歌与图像

杜甫是中国古代伟大的现实主义诗人，杜甫诗歌经过几百年的流传，早已不再局限于单纯的诗学范畴之内，而是辐射和渗透到小说、戏曲、绘画、书法等诸多领域。两宋开启杜甫诗意图创作先河，细节的真实和诗意的追求相结合，笔力神韵兼备，画面具有明显的抒情性。明中叶文人吟诗作画蔚然成风，出现了一批诗画兼擅的艺术大家，杜甫诗意图数量较宋元时期明显增多，选诗题材也不断得以扩大，追求平淡自然、含蓄蕴藉的格调，具有雅俗共存、亦吴亦浙的艺术特点。明末清初杜诗研究达到了一个特别的深度并取得了辉煌的成就，各种杜诗注本蔚为大观，传本纷繁，许多学者都发出了杜诗已经“发明无余蕴”的慨叹。崇杜学杜亦是一个普遍的现象，诗人们纷纷以杜甫为宗，提倡诗歌的社会作用，创作出大量反映政治得失和民生疾苦的现实主义诗篇。正是在这样浓厚的学术背景之下，杜甫诗意图创作达到历史的高潮，题材空前拓展，形式日趋多样，体裁逐渐演变为以杜甫晚年五、七言律诗为主。画家有感于杜律晚年律诗风华落尽，归真返璞的艺术特点，总体表现出“工处固有意工，拙处亦有意拙”的艺术追求。至明末清初，杜甫诗意图无论是外现的形象、内涵的感情还是艺术风格，都呈现出一个前所未有的高度。

第一节　杜甫诗意图概述

一、两宋时期的杜甫诗意图

两宋时期的杜甫诗意图，相对于明清时期，数量并不多，但具有首开先河的意义。杜甫的诗歌在唐代也有诗画唱和的历史，不过并不是以诗意图的方式，而是诗画同题，比如虢国夫人、秦国夫人、杨贵妃等杨氏一族奢华淫逸的生活，在唐代是众多诗人和画家表现的题材。杜甫的《丽人行》极尽笔墨描摹这些丽人们的华丽和娇贵，描摹处语语讥讽，奢靡荒淫的意味不名自现。同时代的画家张萱也创作了一批以虢国夫人为题材的画作，如《虢国夫人游春图》《虢国夫人夜游图》《虢国夫人踏青图》等。画中人物、马匹和装饰的奢侈华丽同样被刻画得精致入微，活灵活现。杜甫的诗、张萱的画，一个用语言文字，一个用图像绘画，异曲同工地记录和揭露了当时那段现实，诗画互为印证，交相辉映。到了宋代便有李公麟特意根据杜甫的《丽人行》而绘制的《丽人行卷》，是真正的杜甫诗意图。且“丽人行”也因杜诗成为后世表现较多的一个画题。在杜诗中惯常被表现的画题还有“饮中八仙”“荷净纳凉”“秋兴八首”“江深草阁”等。这里仅以北宋李公麟《饮中八仙图》和南宋赵葵《丈八沟纳凉》为例，略论“饮中八仙”“荷净纳凉”的诗意表现。

（一）北宋李公麟《饮中八仙图》

李公麟《饮中八仙图》（明唐寅临卷见彩图 1），绢本长卷，按照诗歌人物出场顺序，共分八段。八段空间不是简单地加以分割，每段间隔处各录杜诗于侧，既分且合，匠心独运。人物安排疏密得宜，顾盼生动。冠、袍、景物、器用的描画恰到好处地起了烘托人物性格特征的作用。恰如杜诗一韵到底，李公麟的这幅长卷亦一气呵成，纯以白描勾勒。

《饮中八仙歌》全诗为“知章骑马似乘船，眼花落井水底眠。汝阳三斗始朝天，道逢麹车口流涎，恨不移封向酒泉。左相日兴费万钱，饮如长鲸吸百川，衔杯乐圣称避贤。宗之潇洒美少年，举觞白眼望青天，皎如玉树临风前。苏晋长斋绣佛前，醉中往往爱逃禅。李白一斗诗百篇，长安市上酒家眠，天子呼来不上船，自称臣是酒中仙。张旭三杯草圣传，脱帽露顶王公前，挥毫落纸如云烟。焦遂五斗方卓然，高谈雄辩惊四筵。”这首七言古诗“描写八公，各极生平醉趣，而都带仙气。或两句，或三句、四句，如云在晴空，卷舒自如，亦诗中之仙也”[①]，创作上亦风格独具，“一人一段，或短或长，似铭似赞，合之共为一篇，分之各成一章，诚创格也”[②]。全诗幽默谐谑，旋律轻快，八个段落，“前不用起，后不用收”[③]，各自独立，又不失内在联系。诚如程千帆先生所言：“《饮中八仙歌》在形式上的最大特点便是，就一篇而言，是无头无尾的，就每段言，又是互不相关的。它只是就所写皆为酒徒，句尾皆押同韵这两点来松懈地联系着，构成一篇。诗歌本是时间艺术，而这篇诗却在很大的程度上采取了空间艺术的形式。它像一架屏风，由各自独立的八幅画组合起来，而每幅又只用写意的手法，寥寥几笔，勾画出每个人的神态。”[④]

与杜甫《饮中八仙歌》卓越的诗歌艺术相应，李公麟的《饮中八仙图》的绘画艺术也极为精湛。《八仙图》采用多样统一的构图方法，融八人于一卷，构思精密，布局合理。线条含蓄刚劲，寥寥几笔便使人物风神活现，给人以一种潇洒出尘的感觉。不仅在内容上，更是在结构与写法上达到了诗情与画意的全面融合。

---

①② 杜甫：《杜诗详注》，仇兆鳌注，中华书局 1979 年版，第 85 页。

③ 沈德潜选编：《唐诗别裁集》，李克和等校点，岳麓书社 1998 版，第 94 页。

④ 程千帆，莫砺锋，张宏生：《被开拓的诗世界》，上海古籍出版社 1990 年版，第 142 页。

卷末题："皇庆二年清和月龙眠居士李公麟画。"皇庆为元仁宗年号，而李公麟是北宋人，故此题款疑为后人所加。卷末结尾有三段题跋，与杜甫《饮中八仙歌》内容无甚关联，可能是由其他作品窃裱于此。

此外，《苏轼文集》卷七十《跋李伯时卜居图》云："定国求余为写杜子美《寄赞上人诗》，且令李伯时图其事，盖有归田意也。"[①]可知李公麟作杜甫诗意画当不止一幅，杜甫诗意图的创作在宋代颇受李公麟及苏轼等文人士大夫的重视。

（二）南宋赵葵《丈八沟纳凉》

南宋赵葵的杜甫诗意图《丈八沟纳凉》长卷（图 8－1），以杜甫名句"竹深留客处，荷净纳凉时"为题，选自《陪诸贵公子丈八沟携妓纳凉，晚际遇雨二首》其一。全诗为："落日放船好，轻风生浪迟。竹深留客处，荷净纳凉时。公子调冰水，佳人雪藕丝。片云头上黑，应是雨催诗。"此诗写于杜甫早年困居长安之时，其间生活的落寞正如杜诗《奉赠韦左丞丈二十二韵》所言："骑驴十三载，旅食京华春，朝扣富儿门，夕随肥马尘。残杯与冷炙，到处潜悲辛。"公性正直耿介，不好贵游，不喜声妓，此诗为杜甫不得已陪贵公子纳凉出游时的即兴之作，自然天成而无雕琢之感。全诗围绕"纳凉"和"遇雨"展开：日落风轻，荡舟陂塘，茂密的竹林正是游人流连的好去处，素净的荷叶散发着幽香，恰是纳凉的好时分。公子调冰，佳人雪藕，兴致方豪，不巧乌云滚滚，风雨骤集，从空而降的大雨像是在催促"我"构思新的诗篇。

图 8－1　赵葵　《丈八沟纳凉》　上海博物馆藏

画面紧扣"竹深荷净"诗意，丛篁茂密，重重叠叠、远远近近，连绵万顷。萧瑟的风烟中，小路蜿蜒延伸，浅水如镜，倒映出竹影婷婷袅袅，凛生寒意。正如元代诗人张翥画上题跋："夹路修篁千万竿，苍烟漠漠画阴寒，何人结屋临溪水，便作名园溧上看。"[②]此图笔墨秀逸，婉媚中具刚直，劲利中见柔和。小枝随意点缀，飞翻偃仰情态各异，墨色变化丰富而细腻，再现出竹的远近、老嫩和枯荣，层次丰富。画家于构图立意中充分体现了"深""净"的诗意，先以水平如镜，竹映水中，

① 苏轼：《苏轼文集》卷七十，孔凡礼点校，中华书局 1986 年版，第 2216 页。

② 张翥：《行书跋赵葵杜甫诗意图》，黄山书社 2008 年版，第 10—11 页。

表现静景，又以丛篁茂密，苍烟漠漠，小路蜿蜒加强纵深感，竹林中两人策驴前行，仿佛生活情景的实录，动静结合，愈显出画面的静。想必是经过长期细致的观察和反复的体会，才得以精确地再现如此细微的季节和气候特征。该画融合文人和院画山水之长，细节的真实和诗意的追求相结合，具有明显的抒情性。

两宋杜甫诗意图的创作远不止此，还有瑱师的《饮中八仙图》、司马槐的《杜甫诗意图》以及郑思肖的《杜子美茅屋为秋风所破歌图》《子美孔明庙古柏行图》等（今画迹不存）。与后世不同的是，画面上所题非杜诗直录，而是画家有感而发，自行创作的诗歌：

以杜甫诗意作画，宋代就很盛行。李伯时、司马槐等都有作品，《郁氏续书画题跋记》卷二收宋司马槐《题自画杜甫诗意图（潺潺石涧溜）》诗："峰回石路转，足可娱瞻听。其中如有屋，便是醉翁亭。"……南宋遗民郑思肖，在入元以后，为了表现故国情怀，作了《所南翁一百二十图》，其中有三幅是源自杜甫的。他的画虽然不存，但题诗尚在。这在杜甫的诗意画中堪称独树一帜，故今备录于下。《杜子美茅屋为秋风所破歌图》："雨卷风掀地欲沉，浣花溪路似难寻。数间茅屋苦饶舌，说杀少陵忧国心。"《杜子美骑驴图》："饭颗山前花正妍，饮愁为醉弄吟颠。突然骑过草堂去，梦拜杜鹃声外天。"《子美孔明庙古柏行图》："诸葛甘棠岁月深，霜皮黛色郁沉沉。尚垂清荫蜀国里，一树风霜千载心。"①

二、元代的杜甫诗意图

元代是由游牧民族统治的朝代，在元朝统治中原时期取消了五代、两宋时期所设置的画院制度。当时只有很少数的画家被纳入宫廷进行作画，大多数画家则受到贬谪，谪居江湖，不受重视。隐居不仕的画家们内心苦闷烦扰，这一时期的杜甫诗意图创作也陷入低谷。在为数不多的元代杜甫诗意图中，张渥的《临赵雪松〈饮中八仙图〉》以其精湛笔力，以"铁线描"的笔法，为稍显暗淡的元代画坛增加了一丝亮意。

张渥在《临赵雪松〈饮中八仙图〉》中使用的笔法是中国书画中传统白描笔法之一的"铁线描"。"铁线描"是中国传统绘画中进行人物描绘的笔法——线描法之一。"铁线描"的特点是线条方直挺括，行笔凝重，衣饰纹路有垂坠之感。因这种笔法落笔线条粗细匀称，若铁丝般刚韧，故得此名。"铁线描"之笔法始于魏晋隋唐时期，后有北宋李公麟创新，上承顾恺之"高古游丝描"进一步演化而来。张渥师法李公麟，技法臻于娴熟，兼顾严谨与细腻，在"铁线描"的笔法中将"八仙"衣带随风，临风而立的超然形态尽呈纸上，将画境、诗境、书法、印刻之美圆

---

① 胡可先：《杜甫诗学引论》，安徽大学出版社 2003 年版，第 94 页。

融一身。

张渥的《临赵雪松〈饮中八仙图〉》没有过于展现中唐时期文人不拘一格的豪放豁达，而是以细腻的铁线描勾勒出“八仙”文人的悠远宁静之气度，同时也展现了每位诗人的特点，其中对于李白的刻画可谓传神，细腻柔韧的线条将诗仙李白的不羁衬托得淋漓尽致。此外位居“八仙”之首的贺知章，骑马而身姿轻探，醉眼迷蒙。张渥以流畅的线条将其酒意与醉态描绘得入木三分。各位诗人在张渥的笔下起立坐卧皆呈现出卓绝风姿，令人叹服。

在元代，张渥以其熟稔的笔法，细腻的表达，为画坛增添了一抹亮色。《临赵雪松〈饮中八仙图〉》的艺术价值不仅是杜甫诗意图的代表之作，亦是元代艺术史上具有时代意义的作品，在中国绘画史上具有很高的艺术价值。

三、明代的杜甫诗意图

明初政治、文化空前紧张，文人雅集不多，规模也不大，诗画结合一度陷入低谷。明中期正德（1506—1521）以后，以沈周、文徵明为代表的吴门派逐渐成为画坛主流后，这种状况很快得到改变。文人吟诗作画蔚然成风，出现了沈周、周臣、文伯仁、唐寅、文嘉、尤求、钱谷、杜堇、陆治等一批诗画兼长的艺术大家，他们十分注重诗画的结合运用，喜欢在自己的画作上题写诗歌，还邀请朋友进行唱和、题跋，形成了一个诗画共盛的繁荣局面。《杜甫诗意图》的创作随之得到发展，数量较宋元初始时期明显增多，选诗范围得以扩大，形式亦日趋多样。

（一）明中期画家的杜甫诗意图

杜堇是明代较早从事诗意图创作的画家，其《古贤诗意图》长卷绘于弘治十三年（1500），由金琮选取古人诗篇十二首并题诗，杜堇补图而成。全卷共分九段，分别绘制李白《右军笼鹅》、韩愈《桃花源》、李白《把酒问月》、韩愈《听颖师弹琴》、卢仝《咏茶》、黄庭坚《咏水仙》和杜甫《饮中八仙》《东山宴饮》《舟中夜雪》等诗，其中《饮中八仙》是人物最多的一幅，全图颇为热闹，把贺知章、李琎、李适之、崔宗之、苏晋、李白、张旭、焦遂等各种醉态，按诗意毕露于白描之中，耐人寻味。《东山宴饮》图中三人对酒，其一为杜甫，一为王侍御，两人对酒旁有侍童执酒壶，笔法细劲透逸，形象生动有神。画卷右侧有金琮题写杜诗《陪王侍御同登东山最高顶宴姚通泉，晚携酒泛江》：“姚公美政谁与俦，不减昔时陈太丘。邑中上客有杜史，多暇日陪骢马游。东山高顶罗珍羞，下顾城郭销我忧。清江白日落欲尽，复携美人登彩舟。笛声愤怨哀中流，妙舞逶迤夜未休。灯前往往大鱼出，听曲低昂如有求。三更风起寒浪涌，取乐喧呼觉船重。满空星河光破碎，四座宾客色不动。请公临深莫相违，回船罢酒上马归。人生欢会岂有极，无使霜过沾人衣。”《右军笼鹅》画晋代书法家王羲之握笔回首，似已书罢，欲起而归，稚童俯身提笼，与画中的诗句“书罢笼鹅去，何曾别主人”十分吻合。末段写岩边树下，一老者俯卧船头，神情忧郁，再现了杜诗《舟中夜雪，有怀卢十四侍御弟》“朔风吹桂水，朔雪夜纷纷。暗度南楼月，寒深北渚云。烛斜初近见，舟重竟无闻。不识山阴道，听鸡更忆君”的诗意。全画兼工带写，意境萧疏，岩石、苍松、藤草、桌椅等景穿插有致，墨色淡雅，笔法峭劲，人物多处于某一特定的情景当中，表情动作生动自然，富有故事的情节性，不失为一幅白描巨构佳作。

唐寅《杜少陵诗意图》出自杜甫《水槛遣心二首》(其一)“细雨鱼儿出，微风燕子斜”诗意，画中一高士执杖独立，江水浩荡，几与江岸齐平，草堂四周树木郁葱，燕子在空中翻飞，鱼儿在水中嬉戏。画中的人物虽小，但神情、仪态都刻画生动，笔墨线条潇洒流利。唐寅绘画取法南宋李唐、刘松年，多以高人雅士激流引退、遁世独处为主题，这也正是他自己的思想感情的表现，才学和遭遇的巨大反差，使得唐寅的诗画结合多具有一种豪侠与凄婉并存的风流之意，又因为社会、经济处境的变化，唐寅需要像职业画家那样更多地迎合市场的需要，其作品在诗画结合上也吸收了不少浙派的特点。

尤求画学刘松年、钱舜举，工写山水，尤善人物仕女、道释之描绘。万历十年(1582)所作《饮中八仙图》卷[①]，画中贺知章“骑马似乘船”的醉态，李琎“恨不移封向酒泉”的豪饮，以及宗之仰天、苏晋逃禅、张旭露顶、焦遂雄辩，八人习性于特定环境下的流露，在画中都得到了较好的再现。其画亦描亦染，重情节的表达和人物之间的呼应陪衬，似连环画一般，饶有意趣。现存还有尤求隆庆五年(1571)创作的《饮中八仙图》卷[②]和万历十年(1582)的《白描饮中八仙图》[③]。

谢时臣绘画修养比较全面，掌握了严谨纯熟的多家技法，山水兼取吴浙两派所长，人物近学吴伟，远承李公麟，线条劲细潇洒，尤善于水，江潮湖海种种皆妙。有《杜陵诗意山水》册页八开，引首有文徵明隶书题字，每开对幅有支恒荣楷书杜诗各一首，选取杜诗《春夜喜雨》《李监宅二首》《夜宴左氏庄》《送段功曹归广州》《自阆州领妻子却赴蜀山行三首》(之二)《陪诸贵公子丈八沟携妓纳凉，晚际遇雨二首》《草堂即事》以及王维《送梓州李使君》(次开王维诗意图疑是后人误入)八首诗歌入画，构图繁密，用笔苍劲古朴，点景人物古拙清雅，尺幅间亦能曲尽草木之态，是《杜甫诗意图》册页的早期代表作。

陆治《唐人诗意图册》，每开以唐人诗一联命题作画，杜诗入选两首：“白沙翠竹江村暮，相对柴门月色新”(《南邻》)和“请看石上藤萝月，已映洲前芦荻花”

---

① 《中国古代书画图目》第21册，355页，编号：京1—1958。纵26.7厘米，横510厘米，北京故宫博物院藏。

② 《中国古代书画图目》第14册，214页，编号：闽3—2。纵31厘米，横616厘米，福建省厦门市博物馆藏。

③ 《中国古代书画图目》第6册，42—43页，编号：苏1-092。纵31.4厘米，横228.9厘米，苏州市博物馆藏。

(《秋兴八首》)。构图平整而生趣盎然,用笔苍健,用色明润,能不拘滞于师法,取舍中自然显出个性,款署“嘉靖丙辰三月望前一日,包山陆治作于西畹斋”。作于嘉靖丙辰二十五年(1556),是年作者61岁,是其晚年之作。

文伯仁《杜甫诗意图》扇面,以杜甫《江亭》中的诗句“水流心不竞,云在意俱迟”为题,这首诗写于上元二年(761),杜甫定居成都草堂之时,“有淡然物外,优游观化意”。画面上高松耸立、树荫覆地,云烟蔽空,石壁丛林间清泉激荡。两位文人相对而坐,一童持杖立于后,似乎在大自然中逍遥神游,此图人物衣褶圆转流畅,松石坚挺沉凝,表现出不与世事相争,淡然物外的闲适心境。

据明代张丑《清河书画舫》记载:文徵明、刘珏、沈周、陈淳、陆治、文伯仁、文嘉、仇英等人曾各选一句唐诗入画,其中仇英选杜诗《涪江泛舟送韦班归京》诗句“花远重重树,云轻处处山”;沈周选杜诗《滕王亭子》“春日莺啼修竹里,仙家犬吠白云间”;文嘉选杜诗《九日蓝田崔氏庄》“蓝水远从千涧落,玉山高并两峰寒”。[1]虽然这些画现在已无迹可寻,但是我们由此可以看出,明代中期吴中文人以诗歌入画,尤其是以杜诗入画已成为一时之风尚,且不乏名家之作。

杜甫诗意图的选题呈现出以杜诗五律为主,兼顾七律的趋向,多集中于杜甫寓居成都草堂这一段相对安定的时期,内容上以表现日常闲适的心情为主流,诗风清新活泼。杜甫诗意图的形式亦日趋多样,扇页、立轴、屏风、册页均已出现。艺术风格上则因为处于特殊的历史时期,特定的文化阶层和社会地位,以及明中叶商品经济的发展,呈现出雅俗共存、亦吴亦浙的艺术风格。

(二) 雅俗共存的艺术风格

明代杜甫诗意图创作多集中于明中叶的吴中地区。吴中文人大都擅长诗文,有较高的文学修养。艺术上竭力表现含蓄蕴藉、典雅超逸的情味,强调感情色彩和幽淡的意境,并形成各自的独特风格。杜甫诗意图的绘制,不仅能够显示出画家深厚的诗文修养,画面也因为题上诗作,更富有雅致的书卷气。画家与受众对于诗歌见解和领悟的交流,不仅能加强彼此之间的人际沟通,亦为创造者带来一定的经济收益,故而成为文人画重要的组成部分。此一时期多录著杜甫原诗于画面,以便于观者按诗索图,看出诗中吟咏的自然景物和历史人物。一些作品因为考虑到受众或赞助人的欣赏水平,又表现出雅俗共存、互赏的艺术特点。

以周臣和陆治为例,两人共同生活在明中叶工商业经济极度繁荣的苏州地区,年龄亦相差不大(陆治大周臣四岁),先后以杜诗《南邻》之“白沙翠竹江村暮,相对柴门月色新”入画,却明显表现出不同的构图安排和审美取向。

周臣《柴门送客图》,画面明月高悬,松荫掩映下的一间茅屋里,一老妇端坐

---

① 张丑:《清河书画舫》,徐明德点校,上海古籍出版社2011年版,第595页。

于内，篱外小河边，二位知心好友谈兴极浓，直到月上东山方才相互拱手告别，船夫却已在船头睡熟，直至客人即将登船尚未醒来。画面以人物刻画为重点，特意增设诗中本没有提及的老妇、船夫形象，质朴亲切，以帮助观者理解诗意，就足可以看出画家对于情节的重视和试图以画释义的努力。老妇独立屋中、老翁出门送客、船夫抱头酣睡等富有情趣的生活场景刻画得细腻逼真，表现出了浓郁的乡野气息和人情味，亦增加了画面的亲和力。

陆治在其《唐人诗意图》册中也画此诗诗意，现藏于苏州博物馆。画面全无一人，构图简约，秋意十足。大片空阔的野水沙汀之上，一轮圆月淡隐淡出，颓圮的茅房外，竹林杂树，掩映左右，唯独屋后的两棵老松，挺立高耸，奇崛孤冷，给画面倍添精神。仅从画面来看，似乎与柴门送客、好友访谈毫无关联。画家无意于诗意的诠释，也无心在造型、色彩上追求过分的精巧，置观众的接受能力于不顾，也或许只欲以诗句为触发，抒发身世飘零和怀才不遇的感慨。

谢时臣的《少陵诗意册》八开又是一例，以其工整的构图、明丽的设色，尽显雅俗共存的审美意象。该册绢本，设色水墨兼有，融一年四季、朝夕不同景色于一册，选题颇具匠心，皆以杜诗五律入画。第三开“竹深留客处，荷净纳凉时”，画面山庄水榭，轩窗洞开，两峰对峙，山谷传风。茂密的竹林中，两位文士席地而坐，谈兴正欢；蓊郁的古树下，手持蕉扇的男子坐在凉席之上，慵望着池中的点点荷花，荷叶生香，游鱼戏水，又像欲弹琴遣兴，不远处一童仆正抱琴匆匆赶来。另一文士从溪桥上走过，桥下溪流淙淙，碧波荡漾。画面上下山石同样地刻画紧劲，近景远景同样地笔致清晰，花卉、亭台、人物、草木无一不至，而又同样地用笔精细，反而失去了想象的空间，忽略了诗意的阐发。谢时臣这种处处着墨，笔笔精细的画法，好似谢灵运的山水诗，描摹山水穷貌极物，不分巨细，如“岩峭岭稠叠，洲萦渚连绵。白石抱幽石，绿筱媚清涟”（谢灵运《过始宁墅》），写山写云又写水，镜头一个接一个，状物无不生动，然而浑然天成的意境在谢诗中却被割裂了，有一种雕琢过甚从而显得清晰刻露的缺点。谢时臣其余几帧亦存在景致过多，描绘过繁的问题，反映出谢时臣图解诗意和表现文人雅兴的双重努力，亦显示出杜甫诗意图发展雅俗共存、亦吴亦浙的中间状态。

《古贤诗意图》长卷，由金琮选唐宋诗文 12 首，有五古、五排、亦有五律、七律，杜堇补画而成。画家将不同的内容和体裁统一于一幅长卷，画风精细不苟，运笔舒缓流畅。长松、桌几、山石、河流、兰草、假山、舟舍，以单线勾勒，寓清刚圆劲于长短、轻重、抑扬、顿挫之中，构思精密，布局合理，显示出画家深厚的艺术功底和对于作品的重视。然而在整个过程中，画家处于被动的地位，一定程度上因迎合赞助人审美趣味和要求而限制自我风格的自由发挥。

明末清初杜甫诗意图的创作越来越多地引起人们的重视，数量明显增加，题材不断拓展，风格多种多样，亦不乏名家名作。董其昌、张学曾、程嘉燧等“画中九友”，王时敏、王原祁、王翚等“清初四王”，石涛、傅山、程邃等明末遗民画家，都以杜诗入画，或挥洒自如，直率奔放，或风格沉雄，意境苍茫，或笔墨简洁，淡雅清远，诗情画意皆落笔成趣，一时间大量的优秀作品把《杜甫诗意图》创作推向了高潮。这与明末清初学界崇杜学杜的高潮不无关系。从明万历三十年（1620）至清雍正十三年（1735），学术氛围空前活跃，著作纷呈，学者辈出。杜诗学研究达到了一个特别的深度并取得了辉煌的成就，各种杜诗注本蔚为大观，注释论述，传本纷繁，许多学者都发出了杜诗已经“发明无余蕴”的慨叹。崇杜学杜成为一个普遍现象，诗人纷纷以杜甫为宗，提倡诗歌的社会作用，创作出大量反映政治得失和民生疾苦的现实主义诗作。集杜、和杜的规模和水平远非前代所能比拟，陈曦晚年集杜诗竟达20卷，而且还努力做到“杜律千篇无一覆用，气格浑如己出”，杜诗中的名篇《秋兴八首》《同谷七歌》等，都被时人一和再和，有的竟达几十叠、上百叠，让人叹为观止。

值得一提的是，在大量注杜者中，画家、书画兼擅的学者亦为数不少。例如“姑孰画派”始祖萧云从，所绘《闭门拒客图》《西台恸哭图》《岩壑幽居图》以及《离骚》《天问》诸图，均为传世名作。其《杜律细》成书应在清顺治八年（1651）之后。其书不仅有对杜诗思想内容与艺术手法的分析，亦有对旧有杜注的辨析，对清代的杜诗学界产生了一定的影响，陈醇儒《书巢笺注杜工部七言律诗》就曾征引《杜律细》注解数条，亦促进人们对音注杜诗拗律认识的进一步深化。明末清初著名书画家陈醇儒、郑旼、汪文柏、黄生、宋荦、张雍敬、汪后来等，亦是兼擅书画的注家，他们的出现，亦促进了明末清初杜甫诗意图的发展和繁荣。

在这样一种崇杜、学杜和注杜风潮的影响下，明末清初画界对于杜甫诗歌也是极为尊崇，迎来了杜甫诗意图创作的繁盛。

四、清代的杜甫诗意图

上承明代画界对杜甫诗意图创作之热潮，清代杜甫诗意图创作依旧热力不减，其中清初“四王”和“画中九友”、石涛、程邃，清末任熊、任颐等代表清代绘画艺术风格的大家皆对杜诗进行了画意诠释，为杜诗诗意图的创作添上一笔独具时代风格的亮色。

（一）清初“四王”和“画中九友”的杜甫诗意图

清代画派林立，而以“四王”为代表的以史为鉴的复古主义和形式主义流派在画坛影响最大，被视为画界正统派。“画中九友”多与“四王”一样追随董其昌，或受其亲炙，或为其熏染，籍贯地域虽不尽相同，画风面目亦稍有差异，然而在美学追求上却是较为一致的。他们多数均有《杜甫诗意图》传世，构思取材、画面安排各有所向，艺术精神和笔墨趣味方面却有着诸多共同之处。

美国纳尔逊-艾金斯艺术博物馆藏董其昌《杜陵诗意图》轴“石辟过云开锦

绣，疏松隔水奏笙簧”，出自杜诗七律《七月一日题终明府水楼二首》其一。此画因诗构境，忠实于原诗的抒发，但又有字误，原句为“绝辟过云开锦绣，疏松夹（或隔）水奏笙簧”。两句分别以“开锦绣”“奏笙簧”这样富含动态的词语，比喻山崖峭壁间草木的丰茂和疏松流水自然天籁的交响。董其昌画面清新俊逸，闲雅平淡。秋山红树，绚丽的色彩中透着静谧的氛围，远山历历，澄澈的江面透露出初秋的气息。在表面上简约、概括的画面下蕴含着对每一技巧局部严格的锤炼与推敲。空白经过巧妙的布置安排，线条富含力度、厚度以及节奏的美感，由此可以看出其用笔的书法化，和境界中由古脱化而出的静逸。

《秋兴八景图》乃董其昌明万历四十八年（1620）取意杜甫《秋兴八首》所作，册页纸本设色，每开都有作者行楷题记及署款。全册历时二十余天，所写泛舟吴门、京口所见景色。既有草木葱茂、风雨迷蒙的江南丘陵，又有沙汀芦荻、江天楼阁的水乡情调，每幅皆构图精巧，意境高远，韵味充足。然而作为画上题语，又常常不切画中景物。例如，第一开题词：“今古几齐州，华屋山丘，杖藜徐步立芳洲，无主桃花开又落，空使人愁。波上往来舟，万事悠悠，春风曾见昔人游。只有石桥桥下水，依旧东流。”另一幅画中，又题写了秦观的一首《玉楼春》。在他《仿宋元山水》中的一幅画上，却又题写了一首杜诗七律《题张氏隐居》。在跋语中他辩解道：“不必与画合，惟此诗可合此画。”可见其题跋的随意性，全凭一时兴起，借题发挥，而无所谓诗意与画意的对应，又颇似其于书法中不顾原拓的“臆造性临书”的一贯作风。

程嘉燧，晚明著名诗人，兼精音律，文学批评家兼画家，与嘉定宿儒唐时升、娄坚、李流芳并称“嘉定四先生”，又与唐时升、娄坚合称“练川三老”。程诗学有根底，取材宏博，风格清丽温婉，合于法度，开启一代新风气。作为业余文人画家，他创作的绘画数量不多，传世的作品相对更少，多为扇面及小品，有《唐人诗意图》《元人笔意图》《送别图》《观鱼图》等。一幅藏于上海博物馆的《杜甫诗意》扇页，作于崇祯元年（1628），取《登高》“万里悲秋常作客，百年多病独登台”诗意。该句意象组织十分紧密：万里、悲秋、作客、百年、多病、登台……诸多意象交错组合，层出不穷。用字遣词极为精当，无一虚设，历来为人所激赏，有“杜集七言律诗第一”和“旷代之作”的美誉。一篇之中，句句皆律，一句之中，字字皆律，诗人以落木窸窣之声，长江汹涌之状，传达出韶光易逝，壮志难酬的感怆，羁旅愁与孤独感，就像落叶和江水一样，推排不尽，驱赶不绝。

扇面笔墨枯淡，构图简洁，然而却十分切合诗意，于尺幅之中传达出凝练飞动的意象，展示出阔大高远的境界。大片的江水，茫茫无边，微小的身影站在高山巨石之上，我们似乎可以想见老人风中的萧萧白发以及孤独哀伤的表情，体会到他无限的愁苦与哀伤。衰弱的生命所承受的无边巨大的痛苦愁闷，在此强烈的对比之下，得以凸显。程嘉燧以诗人的特有的敏锐，采用遥远与邻近、雄伟与纤细的对比，拉开空间距离，使山水景象在一种互立并存的空间关系之下，产生一种游离于画面之上的意境，唤起观者的联想，进而驰骋于新的意境中，直接参与分享画家所感受到的场景和美感经验，令人如临其境，感慨万千。画面大面积的虚白，微小的身影，具有无限的暗示性，往往引发观者丰富的联想，在意象与意象的对比关系中唤起"象外之象""景外之景"的全境的想象，再现了中国画"咫尺有万里之远""以少总多"的特点。

另一幅藏于故宫博物院的《柴门送客图》扇页，金笺设色，为程嘉燧崇祯十三年(1640)所作。画面上三位好友，泛舟于空阔的江面上，两岸杂树沙汀，设色淡染。其烟波浩渺的江水似乎与原诗"秋水才深四五尺，野航恰受两三人"的描述有悖。舟中三人，意气扬扬，在疏林杂树的映带下，越发秋意十足。既像同舟送别的船夫、杜甫和锦里先生，又似一起布衣杖屦，外出游玩，谈诗论文的"练川三老"。诗意画本不必踵随诗歌，成为诗歌的注脚。这幅扇面程嘉燧正是读诗有感，思绪无涯，在忠实于原诗意境的基础上，掺入自己的生活经验和理想，进行的一番再创造。

图8-2 王翚 《少陵诗意图》 浙江省博物馆藏

王翚作于康熙四十年(1701)的《少陵诗意图》(图8-2)，以杜甫《野老》"渔人网集澄潭下，贾客船随返照来"为题，再现了王翚丘壑生动多姿，点景精细，墨色清润的艺术特点。《野老》作于上元元年(760年)秋，杜甫定居成都西郊的草堂之后。全诗为"野老篱前江岸回，柴门不正逐江开。渔人网集澄潭下，贾客船随返照来。长路关心悲剑阁，片云何意傍琴台？王师未报收东郡，城阙秋生画角哀。"江岸回曲，柴门不正，面江而开，临江所见渔网客舟，返照归来。剑阁琴台皆无佳趣，正因为此时东郡未平，国家残破，而角声伴着秋风使人更觉悲哀。前四句写野望之景，出语纯真自然，犹如勾画了一幅素淡恬静的江村渔泊图：碧澄的百花潭中，渔民们正欢快地下网捕鱼，也许因为江流回曲，适于泊舟，一艘艘商船映着晚霞，纷纷在此靠岸，整个画面充满了村野之趣，传达出诗人闲适的心情。然而杜甫并不是一个超然物外的隐士，后四句转而言情，国家残破，时局危难，既伤入蜀，又忧国事，遂觉秋风阵阵，角声生哀。"乾元二年九月，东京及济、汝、郑、滑四州皆陷贼。上元元年六月，田神功破思明之兵于郑州，然东京诸郡尚未收复。”[①]诗人深沉的忧国忧民之心，正如黄生所言：“前幅摹晚景，真是诗中有画。后幅说旅情，几于泪痕湿纸矣”[②]。方知前句写景的闲适放达，是在报国无门的困境中的一种自我解脱，这种出于无奈的超脱，更加深了痛苦心情的表达。王翚紧扣颔联诗意，抓住百花潭水曲回的特点，采取俯视的角度，将渔人网贾客船皆作精细的刻画。两岸山势陡峭，草木萧瑟，有力地突出了秋天的时令特点。构图十分新颖，笔墨清润，功力深厚，令人有身临其境之感。然而整首诗歌在平静水面下奔涌着的痛苦之流，则为王翚无法体会，亦无意体会。

再如王翚康熙辛巳年(1711)69岁所作的《少陵诗意图》轴，择取杜诗《南邻》“白沙翠竹江村暮，相对柴门月色新”入画，气象宏大，景观丰富，采取俯瞰的视角。远山连绵，近处山麓体貌多姿，一座座庭院倚势而建，高树林立，散落于盘旋的古道之间，人物作为点景，三三两两聚于屋前，全然是一幅幽淡闲适的秋山夜景图。画面既无“翠竹”“江村”“白沙”的具体描写，也无“柴门送客”的情节处理，应是画家借题发挥，用以标示自己笔墨精到、布景娴熟的例作，亦显示出王翚处于创作成熟时期的充分自信。然而王翚后期艺术上一味追踪古法与古意，无法表现个性，披露真实的内心世界，技艺的过于精熟刻露影响了意蕴的阐发，艺术个性也于游刃于百家之中而有所冲淡。对他而言，表达文人的笔墨韵味是比表达诗情更有意义的事情，这亦是王翚此图缺乏逸致、生趣的症结所在。

(二)石涛、程邃等画家的杜甫诗意图

石涛、程邃等画家亦为我们留下了为数不少的杜甫诗意图，他们强调笔墨的抒情表现功能，自我风格的创新和开发，故其杜甫诗意图在表现诗意之外，又融汇着鲜明的个人风格。

日本私人收藏的石涛四幅《杜甫诗意图册》，实际只有两幅杜甫诗意图，分别是取自《东屯北崦》的“步壑风吹面，看松露滴身”和《晓望》的“高峰寒上日，叠岭宿霾云”。其余两幅的题跋分别是“乐得闭门睡”和“芦中远望，令我叫绝”，与杜诗无关，可能是几套册页散失后，后人将大小接近的页子重新集成。《东屯北崦》全诗为：“盗贼浮生困，诛求异俗贫。空村唯见鸟，落日未逢人。步壑风吹面，看松露滴身。远山回白首，战地有黄尘”，是杜甫大历二年(767)秋，身经北崦，有感而作。当时兵兴赋重，百姓离散逃亡。村落空空无人，唯见鸟雀，时至傍晚未逢一人。“壑风松露，言秋景荒凉。回首战地，伤吐蕃寇边也。”[③]石涛画面上置一人于山崖之中，身后的屋舍欲倾，松干几支，旁斜异出。野水石桥，荒原满目皴裂。处处都烘托出观者疲惫感伤的心绪，布局新奇，意境翻新。

---

①② 杜甫：《杜诗详注》，仇兆鳌注，中华书局1979年版，第748页。

③ 同上，第1771页。

《晓望》"白帝更声尽，阳台曙色分。高峰寒上日，叠岭宿霾云。地坼江帆隐，天清木叶闻。荆扉对麋鹿，应共尔为群"是杜甫大历二年东屯所作，全诗按照"将晓""晓望""对景感怀"的顺序写来。"高峰寒上日，叠岭宿霾云"特写晓望之景：高峰寒气，直逼初上之日，崇岭连绵，云低阴晦不明。石涛此幅云雾似海，如流水一般环绕峰顶，树木崖石间，房舍、小径半遮半掩，天色阴霾，似有寒气扑面而来。他没有拘泥于字面，做过多的刻画，而是把握全诗的内涵与情感基调，直接以笔墨传情达意，笔墨恣肆潇洒，充满昂扬的激情，画面直承诗意而深入人心。

程邃，精篆刻，善书画，工诗词。篆刻效法秦汉，以老辣雄强为面目，又博采诸家之长，融会贯通，自成一派，人称"歙派"。绘画纯用枯笔焦墨，干笔皴擦之中又富含苍润，无论是树石还是山峰都显得苍苍茫茫、浑厚华滋。其《杜甫诗意册》十二开，取杜诗"雾里江船渡，风前径竹斜"(《草堂即事》)、"天上秋期近，人间月影清"(《月》)、"水静楼阴直，山昏塞日斜"(《遣怀》)、"万里桥西一草堂，百花潭水即沧浪"(《狂夫》)、"洑流何处入，乱石闭门高"(《崔驸马山亭宴集[京城东有崔惠童驸马山池]》)等入画，造型奇特，迥别前人，构图写意不落俗套，意蕴新奇，耐人寻味。如《江上八九家》一开，画面正中孤峰突起，直插云霄，山中茅屋数间，努力通过用笔的轻重缓急和线条的疏密变化来营造出深邃的空间感，借法篆刻，具有很强的金石味。常常只是"倦刻之暇，随意挥之"，然其斑驳错落的用笔和大开大合的构图，形成清初《杜甫诗意图》又一典型的绘画风格，开创出迥异前人的艺术面貌。

宋懋晋有《杜甫诗意图》十二开存世，丙寅天启六年(1626)作，长于丘壑位置，笔墨秀润，自有面貌。全册依据杜甫在成都、三峡游历时的诗句构思而成，其中有气势雄浑的三峡胜景，平林远漠的秋野风光，城楼高耸的古朴都市，还有气象萧疏的江岸草木。用笔刚直挺进，皴法简洁，烘染得体。亭台楼阁、村舍集市，构置合理，走笔遒劲，风格艳丽。

另有柳堉《唐人诗意图册》十六帧，选有常建、宋之问、白居易诗各一首，李白、孟郊诗各二首，杜甫诗共五首，分别是："峡束沧江起，岩排石树圆"(《秋日夔府咏怀奉寄郑监李宾客一百韵》)、"晨钟云外湿，胜地石堂烟"(《别王十二判官》)、"前临洪涛宽，却立苍石大"(《万丈潭》)、"水净楼阴直，山昏塞日斜"(《遣怀》)和"下有冬青林，石上走长根"(《木皮岭》)。黄慎《公孙大娘舞剑器图》和王思任的《蓝山玉水图》轴，表现出题材开拓的新尝试，均带有浓厚的个人感情色彩。

作为传统题材的《饮中八仙图》，此时于形式上有所创新。张翀《饮中八仙图》八条屏，人物按照诗文顺序排列，以简洁流畅的线条，准确地勾画出八仙的醉中形态。上追古法，笔墨豪迈，设色古雅，神态超逸，笔墨收放自如，工写相间，刚柔相济，面部刻画则极为细腻。八幅画面上方，都相应题有杜甫诗句，字体潇洒秀逸，生动再现了唐代这八个著名历史人物，反映了作者高超的艺术造诣。

《江深草阁图》继明中期唐寅等人的描绘后，至清初成为一个热门题材，亦表现出一番新面貌。首先是吴彬的《江深草阁图》，笔法严谨，风格不类古人而自成一家。画面上山峰耸峙，景物在迷蒙的烟气中若隐若现，近景两株老松，枝叶繁茂，或侧或攲，盘曲多姿。远处空山一抹，一望无际。画家意在以“山高”反衬出“江深”，突出了对诗句中“深”字的理解。山水造型奇特，构图写意迥别前人，自立门户而意蕴新奇，寄托了作者的思古幽情。

其次是“苏松画派”代表赵左的《寒江草阁图》，近景为纤秀的杂树，草阁与柴门掩映其中，阁中之人淡而似不可见；中景小溪虚淡，似有似无，隐隐地架着一座小桥；远景是云雾环绕的山峦，墨气淋漓润泽，笔势潇洒秀润，充满缥缈仙逸之气。

杜诗名句“竹深留客处，荷净纳凉时”仍然深受画家的喜爱，陈嘉言、袁尚统、上睿、萧晨等都有表现。陈嘉言于顺治九年(1652)作《竹深荷净图》扇页，时年53岁。画家仅取溪岸一角，描绘出杨柳依依、溪岸幽曲、小桥横卧的一段景致，以特写的手法绘出。虽则只是一段小景，却传达出一种深邃的意境。构图别致，独出机杼，寥寥数笔，便向我们营造出一个夏日傍晚的幽静境界，以丰富细腻的笔墨变化，达到含蓄深远的诗情韵致。袁尚统的《荷净纳凉图》轴，笔墨超逸奔放，苍润浑厚，意境宏远，颇得宋人笔意，独具自家风格。此外尚有上睿雍正十年(1732)作《荷净纳凉图》卷和萧晨康熙十三年(1674)作《杜甫诗意图》轴等。项圣谟有《项易庵画册》，第六开以杜诗《秋兴八首》其三入画，然画迹今已不存。

明末清初的选诗，除了继续表现《南邻》《秋兴》《饮中八仙》《陪诸贵公子丈八沟携妓纳凉，晚际遇雨二首》等历来为画家所熟悉的题材之外，还拓展到《咏怀古迹》《七月一日题终明府水楼二首》《草堂即事》《狂夫》《遣怀》《月》《晓望》《崔驸马山亭宴集(京城东有崔惠童驸马山池)》《野老》《涪城县香积寺官阁》《木皮岭》等五、七言律诗，使杜诗的表现范围得到了前所未有的扩展。明末清初，文坛与画坛交往很频繁，文人多兼善绘画，绘画俨然已成为文士展现自己才情不可或缺的一门技艺。画家亦同时深通诗文，或对诗文感兴趣，具有深厚的文化素养。众多参与杜甫诗意图创作的画家当中，有的以诗闻名于世，受杜诗佳句触发，即兴偶作，画面多寥寥数笔，然诗意焕发；有的具有高超的绘画技艺，绘制大量诗意图以弥补自己文化素养、画外功夫的不足；有的则诗、书、画各种艺术修养兼备，具有深厚的画外功夫，在构思立意，用笔敷色各方面均超越前人；还有的博学多艺，诗、书、画、文学理论批评等各方面均有建树，并亲自注杜研杜，亦有专集问世。有趣的是，另一方面，杜诗学史上亦不乏画家或兼擅绘画者注杜研杜的例证，如陈醇儒《书巢笺注杜工部七言律诗》、萧云从《杜律细》、张笃行《杜律注例》、汪文柏《杜韩诗句集韵》、张雍敬《杜诗评点》、郑旼《杜诗笺注》、汪后来《杜诗注》等。

（三）乾隆的杜甫诗意图

明清两代多有帝王好绘画，他们创作绘画作品虽不是迎合市场发展的需要，但也并非与主流的文化趋向背离。他们从事绘画活动的目的主要是为了标榜自身的才华，并且拥有一定政治目的，即崇尚“文治”，彪炳自身盛德。清代帝王之中拥有最多墨宝存世的当属乾隆。乾隆喜爱李杜，除了拥有“大块假我以文章”的印玺外，他也根据杜甫诗歌进行了诗意图创作。据《石渠宝笈》记载，乾隆曾亲绘图画四册，在第三册中有其对杜甫诗意图的创作。乾隆绘《饮中八仙歌》，“八仙”每人单独一幅，皆于左方书杜甫诗。

《饮中八仙图》。左方书杜甫诗。第一幅贺知章，有“云霞思”一玺，左方书“知章骑马似乘船，眼花落井水底眠”句，下有“携笔流云藻”“乾隆御笔”二玺；第二幅李琎，有“茹古含今”一玺，左方书“汝阳三斗始朝天，道逢麴车口流涎，恨不移封向酒泉”三语，下有“翌太和”“含英咀华”二玺；第三幅李适之，有“研露”一玺，左方书“左相日兴费万钱，饮如长鲸吸百川，衔杯乐圣称避贤”三语，下有“从云”“几暇临池”“涵虚朗鉴”三玺；第四幅崔宗之，有“浴德”一玺，左方书“宗之潇洒美少年，举觞白眼望青天，皎如玉树临风前”三语，下有“读书晰理”“观天地生物气象”二玺；第五幅苏晋，有“写生”“染翰”二玺；左方书“苏晋长斋绣佛前，醉中往往爱逃禅”句，下有“意在笔先”“会心不远”二玺；第六幅李白，有“天根月窟”一玺，左方书“李白一斗诗百篇，长安市上酒家眠。天子呼来不上船，自称臣是酒中仙”四语，下有“墨云”“含味经籍”二玺；第七幅张旭，有“笔端造化”“泼墨”二玺，左方书“张旭三杯草圣传，脱帽露顶王公前，挥毫落纸如云烟”三语，下有“乐天”“烟云舒卷”“微言晰纤毫”三玺；第八幅焦遂，有“宸翰内府”“书画之宝”二玺，左方书“焦遂五斗方卓然，高谈雄辩惊四筵”句，署款下有“乾隆宸翰”一玺。①

从记载中我们可见乾隆对于该作品的重视程度，其中包括乾隆对于八位诗人的喜爱钦佩之情，亦可以窥见他对于这幅作品的满意程度，以致每幅画作皆以印玺印压。乾隆以帝王之尊行绘画之事，无论是为了其政治目的，或是个人喜好之情，皆对杜甫诗意图的创作产生了较大影响，为杜诗诗意图的创作注入活力。

（四）清末“二任”的杜甫诗意图

清代末年，在江浙、上海一带出现一批有名的画家，画坛将其称之为“海上四任”，即为任熊、任薰、任颐、任预。其中任颐即为任伯年，在“四任”之中成就最大，他山水、花鸟、人物无一不精，是与同时期的吴昌硕齐名的人物。清末画坛，对于杜甫诗意图的创作依旧热度不减，其中以任熊和任颐“二任”的杜甫诗意图

① 张照、梁诗正等：《石渠宝笈》一，册824，上海古籍出版社1991年版，第570—571页。

成就最大。

任熊，字渭长，号湘浦，浙江萧山人。早期曾学画行像，受姚燮推重。中年寓居上海等地。他所绘山水、人物、花卉、翎毛、虫鱼、走兽等物型皆精。任熊师法明末清初名画家陈洪绶，其笔力健雄，气韵沉静肃穆，深得宋人作画之神韵精髓。任熊长于人物描画，线条刚韧，为清末最重要的人物画家之一。但只可惜英才寿短，于咸丰七年(1857)，未满四十而逝。

任熊创作的杜甫诗意图蓝本是《饮中八仙歌》，依据“李白一斗诗百篇，长安市上酒家眠。天子呼来不上船，自称臣是酒中仙”的诗意而绘。图中李白着朝服而坐，体魄魁伟，面容丰满，两眼似醉非醉地睥睨着屈膝伏地请他登船的宦官，一副傲然不屈，蔑视权贵的形象跃然纸上。虽然任熊对宦官的头部绘画只勾勒其侧面，但宦官的眼神和板着的脸颊都流露出内心极度的懊恼，面对李白他不得不压抑着内心的不满，而卑躬屈膝地请求其登船。李白左侧两宫女，她们体态丰满，珠圆玉润，浓黑的髻发高盘于顶，顾盼生姿。任熊将唐代女子的形象神态都展现得惟妙惟肖，充分体现出唐代开放的风气。在此图的线条上任熊以粗线条勾勒，用线展现力度和韵律，笔力仿若镂石。画中左上方题：“李白一斗诗百篇，长安市上酒家眠。天子呼来不上船，自称臣是酒中仙。”钤有白文印章：“任熊私印”，有收藏鉴定者朱文印章：“嘉福欢喜”“江梅掌记”；白文印章：“无所著斋”“一氓读画”“笙鱼审定书画真迹”。画下端注李嘉福篆文题识：“‘锦袍玉带说翩翩，天上神仙谪偶然。回首沉香曾应诏，清平绝调献三篇。’‘能识汾阳亦大贤，繁华天宝忆当年。狂来把酒青天问，一曲高歌市上眠。’‘千古风流见眼前，江山好处辄流连。酒酣捉月游仙去，采石矶头夜放船。’‘李杜齐名一代传，少陵端不让李莲。饮中人物诗中景，妙手丹青画谪仙。’光绪二十有九年癸卯秋仲，用画中韵题四绝，石门李嘉福，时年六十有五。越二日廿六，又题两绝：‘故人遗翰重当年，昆仲名传吴越知。写得饮中图八幅，喜留工部半章诗。’‘卅年前已系依思，遂我平生愿亦奇。翰墨有缘难逆料，轻云过眼一生痴。’笙鱼。‘清平绝调只三篇，好酒无心醉欲眠。卅载常悬野航船，君是长生谪降仙。’代张城题。”钤有朱文印章“江梅”。任熊这幅杜甫诗意图，无论是在艺术技法、艺术价值、艺术构思方面都展现了卓越的才思，杜诗与画两者交映生辉，是杜诗诗意图中的上乘佳作。任熊这幅《饮中八仙歌》轴，经鉴定为二级文物。

任颐在杜甫诗意图创作中亦有所成就。他于乙丑年(1865)作杜甫《残句》“玉楼人醉杏花天”诗意图，现藏于北京故宫博物院。此外，他也作《公孙大娘舞剑器图》轴，该幅作品并无作者款印，但有徐邦达辨别真伪之注，“公孙大娘舞剑器图，伯年先生粉本真迹。已卯心远先生徐邦达识”，钤印“徐邦达印”，鉴藏印钤“钱镜塘鉴定任伯年真迹之印”“刘”。图中所绘为著名的教坊舞伎公孙大娘舞剑的场景。公孙大娘是生活在唐代开元年间之女子，以擅长舞剑而闻名。相传怀素、张旭在观看其舞剑后，对其草书创作有了很大启发，形成狂草之风。该图线条流畅，富于韵律，且健劲有力，笔墨浓淡相衬，有明末陈洪绶之笔法，亦有自身艺术品格，具有较高的艺术价值。同时这幅作品也是清代杜甫诗意图中的代表佳作之一。

五、近代的杜甫诗意图

时至近代，杜诗诗意图的创作依旧未停下其步伐，而是在中西画风交融，古今笔力碰撞中继续闪耀其光辉。齐白石、张大千、傅抱石等人对杜甫诗意图的创作依旧充满热忱，其中更是佳作频出，体现一代杜甫诗意图之品格。

（一）齐白石与杜甫诗意图

齐白石是近现代中国绘画大师，他主张艺术“衰年变法”“妙在似与不似之间”，在这种艺术理念之下形成其独特的大气写意国画品格，与吴昌硕并享“南吴北齐”之誉。齐白石的作品兼具下里巴人的民间艺术风格与阳春白雪的文人画风，达到了中国现代花鸟画最高峰。

齐白石作为在我国画坛具有举足轻重地位的画家，不仅精于绘画创作，诗书篆刻更是样样皆精，经常以诗意入画，既得其意又得其形。杜甫作为诗坛之圣，其诗更成为齐白石诗意图创作底本。1954 年齐白石为杜甫草堂创作四幅诗意图，《田舍》《病桔》《枯棕》《水槛遣心二首》之一。

该诗意图深得杜甫诗意精髓，将“细雨鱼儿出”的情景展现得妙趣纵横，灵气洋溢。画中线条细腻灵动，水波微荡与细雨呼应，鱼儿墨色浓厚、形状逼真，颜色浓淡相宜，虚实相生，线条质朴却笔意横生。其画之笔力与八大山人相似，却又具有个人之风格，在似与不似间彰显白石先生之艺术品格，这与其画论中所言之妙处契合。同时该画取景局部却能够表达出全诗之意蕴，鱼儿借由细雨跃出水面，表现出自由灵动的氛围，细雨点点，微风轻拂，怡然之景乍现。齐白石以寥寥之景就将杜甫诗意之精髓展现，这体现出齐白石对杜甫诗意的深刻领悟，又表现出他卓越的艺术创造力及不变的赤子之心。齐白石为杜甫草堂创作的四幅作品，都显现出齐白石娴熟的艺术技法、灵妙的艺术构思，都是具有较高艺术价值的臻品。这些作品不仅是齐白石作品中的代表之作，也是杜甫诗意图中不可或缺的重要组成部分。

（二）张大千与杜甫诗意图

张大千是中国最为著名的国画大家之一。他在山水画方面成就卓绝。其后旅居海外，画风结合，重彩与水墨融为一体，尤其是泼墨与泼彩，开辟新的艺术风格，因其诗、书、画与齐白石、溥心畬齐名，故又并称为“南张北齐”和“南张北溥”，名号多如牛毛。张大千的众多作品中也包含对杜诗诗意图的创作，以其创作的

“返照入江翻石壁，归云拥树失山村”诗意图为例。

该画款识：“六十八年己未十月拈少陵，返照入江翻石壁，归云拥（树）失山邨句写此，八十一叟爰。钤印：张爰之印、大千居士、摩耶精舍、大千毫发、己未己巳戊寅辛酉。”画面中央主峰耸峙，近山屋舍清晰，远山轮廓朦胧。画中左下方水气氤氲，风帆隐现，右下端松柏常青，山径曲折，整幅画色彩柔亮，明暗有致，墨色浓淡相宜，展现诗意情意。画中山石以淡墨粗笔勾勒，线条与肌理坚硬而凝重。松柏林木浓墨晕染，画意苍茫而深沉。整幅画以透明的青色为基调，显示树色葱茏，同时主峰设色明亮，呼应夕阳余晖镀金之感，恰如其分地将杜少陵诗中描绘的景象“如状目前”，做到取其意而得其实。

张大千所作《杜甫诗意图》（图 8-3）无论是外观的绮丽雄壮，还是内在的意蕴灵气流溢，都达到了其他人难以企及的至高境界。此诗意图作于大千先生 81 岁高龄之时，但从画中窥见其气力不减，雄健气度，集一生之笔力，融古今笔法于一家，终成至臻佳作。

图 8-3　张大千　《杜甫诗意图》

（三）傅抱石与杜甫诗意图

傅抱石是 20 世纪中国画坛最具研究价值的书画大家之一。他是“新山水画”代表画家，长期对真山真水的体察，在艺术创作以山水画成就最大，受蜀中山水气象磅礴的启发，进行艺术变革，创独特皴法——抱石皴。傅抱石作画画意深邃，章法新颖，善用浓墨、渲染等法，把水、墨、彩融合一体，达到气势磅礴之效果。

傅抱石 1944 年 9 月作《杜甫九日蓝耕会饮诗意图》，当时正值其绘画创作的旺盛时期，是其居于金刚坡期间难得一见的大幅作品。他选择了传统皴法中最不拘一格的乱柴皴和乱麻皴，加之拖泥带水皴，辅之晕染，形成浓淡相宜、构图有致的画面。画中松柏拥翠，峻岭巍峨，飞流奔腾，一静一动，和谐圆融；文人骚客，信步林间，唱和吟咏，衣襟随风，泉声话音相谐，清雅的画意与诗情，苍茫气象与意蕴溢满画间。大片浓重墨色的运用又为图画增添幽寂之感，这与杜甫诗歌中隐含的复杂心境相契合。该诗《九日蓝耕会饮》全诗八句："老去悲秋强自宽，兴来今日尽君欢。羞将短发还吹帽，笑倩旁人为正冠。蓝水远从千涧落，玉山高并两峰寒。明年此会知谁健，醉把茱萸仔细看。""蓝耕会饮"是一次登高雅集。但颠沛流离的杜甫面对大好河山壮丽，审视自身命运多舛，两者对比尽显诗人的复杂心境。图画左上边缘篆书题款："甲申秋八月，写杜工部《九日蓝耕会饮》诗意。抱石。"下钤"傅"（朱文）、"抱石之印"（白文）二印，还有"代山川而言也"（朱文）、"轨迹大化"（朱文）、"抱石得心之作"（朱文）等印。这些印文，既反映了傅抱石的艺术志向与追求，又表明了他对于该图的满意程度。

齐白石、张大千、傅抱石等人在自己的绘画作品中都有依据杜诗所创作的诗意图，这些诗意图在绘画史上都是上乘佳品，不仅代表了近现代我国绘画作品之品格，亦彰显出杜诗历经百年的蓬勃活力，杜诗诗意图在诗情与画意之间闪耀着熠熠光辉。

第二节　杜甫的图像及其题跋

与杜甫相关的图像，除诗意图外，还有以杜甫为画中人物，表现杜甫相貌、思想、事迹的作品。这些作品可分为杜甫肖像画及杜甫事迹图两类。前者所要表现的是杜甫的相貌，包括杜甫的肖像、雕像等作品。后者所表现的往往是杜甫的真实事迹或传闻轶事。其构图方式是让画中人物置身于具体环境中，以背景衬托人物，表现杜甫的动作行为、思想性格等。

一、杜甫肖像画及其题跋

杜甫的肖像画，可分为院体画与民间文人画两种。一些画像出自宫廷画师之手，后被统称为院体画。其中虽不乏臆想之作，但更多的是原本写真或临摹本。在总体样貌上更注重与史实相近，具有较高的史学价值，后成为民间文人绘制杜甫画像的重要参考资料。同时，杜甫诗歌中的自我描述，也成为后世文人心目中的杜甫形象，故杜诗亦是民间画家绘制杜甫肖像的重要依据之一。

（一）院体画中的杜甫

杜甫的院体画画像，共存两幅：一绢本，一纸本，皆为故宫南薰殿藏本。故宫南薰殿始建于明代，存历代帝王圣贤像 580 余帧。杜甫的院体绢本画像是宋代宫廷画师的作品，是离唐代最近的一幅。此画现藏台北"故宫博物院"，画中杜甫脸面饱满圆润，凤眼大耳，髭须冉冉，神情温雅忠厚，一副富贵之相。现成都草堂工部祠内正中清代建塑的杜甫泥像，面貌丰腴，神态和悦温厚，与此版本神形多有相似之处。

然杜甫为官时日不长，一生颠沛流离、郁郁不得志。在后世文人心目中的杜甫形象，多受诗歌与其经历的影响。如此富贵相，难免令人难以置信。而院体纸本画像中的杜甫，面貌与绢本相比略为清癯。此像身着官服，双手执笏，略显恭谨，嘴角有些许笑意，双目炯炯有神，眉宇间充满刚毅雄豪之气，比绢本更能体现杜甫的个性，成为后世杜甫画像及石刻像创作的重要依据。现成都杜甫草堂工部祠内的《诗圣杜拾遗像》石刻，就是清代张骏摹此本所刻，石刻像双颧突出，须髯飘逸，目光深沉，仪态庄重，但面貌较此院体纸本画像更加清瘦。

(二) 民间文人画中的杜甫

在成都杜工部祠内，还有杜甫另一石像碑刻，现陈列于工部祠内北侧，在二十世纪八九十年代被定为国家一级文物。此碑刻于明万历三十年(1602)，碑面正中部分为杜甫画像，为何宇度摹绘并题跋。何宇度刻杜甫像，态度非常严谨，他曾对杜甫面貌进行考察，本其先祖所藏遗像，并与当时认为世代流传下来的圣贤图谱中的杜甫像对照，认为没有差异才进行摹勒。此像中的杜甫也是身着官服，与院体绢本同样体态丰腴肥硕，虽非直接据绢本刻石但与绢本一脉相承。

在何宇度刻杜甫像前，有元人所绘《杜甫像》轴。此图为杜甫全身戴笠像，图中杜甫像也以丰腴为特征。此像传为赵孟頫作，现藏于北京故宫博物院，纵69.7厘米，横24.7厘米①。关于杜甫戴笠，李白有诗《戏赠杜甫》："饭颗山头逢杜甫，顶戴笠子日卓午。借问别来太瘦生，总为从前作诗苦"②。与赵孟頫差不多同时的柳贯《题松雪翁画杜陵小像》："一代诗材饭颗山，国风雅颂可追还。秦州行色湖州画，四海新愁俨在颜。"③不知是否即指此图。本图用白描手法画杜甫戴笠独行侧身像，用笔简洁遒劲，笔墨转换流畅，所绘人物体态丰满，表情自然生动。上无作者款印，有刘崧、解缙等题跋。刘崧字子高，号槎翁，元末明初人。其诗题自明洪武年间，曰："杜陵短褐鬓如丝，饭颗凄凉日午时。为报西流夜郎客，锦袍霜冷更相思。"④刘崧的题跋既切合画面内容，又利用李白赠诗之典，补叙杜甫戴笠来源。但绘杜甫戴笠像未按诗中所言突出人物之瘦，可见此画创作对杜甫相貌也是有所遵循，对以前杜甫丰腴像作有所承继。刘崧诗后有跋语，跋称画

---

① 像参岑其编著：《赵孟頫研究》，西泠印社2006年版，第120页。
② 孟棨等：《本事诗、续本事诗、本诗词》上海古籍出版社1991年版，第17页。
③ 柳贯：《柳贯诗文集》，柳遵杰点校，浙江古籍出版社2004年版，第137页。
④ 刘崧：《槎翁诗集》卷七，文渊阁四库全书本。

作者为赵孟頫。谢缙诗跋言及刘崧与赵孟頫，赵孟頫为此画作者在元代成为共识。像中杜甫形神沉稳厚朴，衣带飞扬，又不乏飘逸灵动。此图在清初颇受文人珍誉。翁方纲认为："赵子昂画，刘公崧、解公缙题，时称三绝。"①施闰章在其《杜拾遗戴笠图歌》中，围绕与图相关的人物及图像故事阐述，议论、抒情结合，语言亦庄亦谐，让我们对此像有一个较为全面的了解。但也有学者据李白之诗对此提出质疑，翁方纲《杜少陵戴笠像赞》："饭颗之诗，传其戴笠。太瘦之神，万古独立。其瘦似耶？其笠似耶？则吾何敢执？"②明代的杜甫像除此本外，明弘治十一年（1498）刊印的《历代古人像赞》，其中杜甫画像须髯横张，神情温雅，体貌略显魁硕。

"借问别来太瘦生"，李白此语，已为我们提供了中年杜甫转瘦的信息。瘦杜甫像在后世文人心目中，尤其是在清代以降的文人心目中，有着更为广阔的存在空间，因此产生了大量画作。

《晚笑堂画传》是上官周在乾隆八年（1743）刻印完成的一部作品。此书在画风上受郎世宁的影响，所画名人，手法老到，各具神态。而且每幅画作，皆有像赞文字。画侧多引用前贤对画中人物或其成就的评价，对人物的总体介绍附于画页后，运用文字与图像的结合，展现人物的外貌及生平贡献。《晚笑堂画传》中的杜甫像（图 8－4）③，手持书卷，安然坐在石上，面目饱满圆润，气定神闲，还具有院体画中风貌，但体格却较为瘦削，呈现出画作者对杜甫形象的理解。后来顾沅辑道光十年刻本《古圣贤像传略》的杜甫像，是采引了《晚笑堂画传》中杜甫上半身像。

图 8－4 上官周 《杜甫像》 《晚笑堂画传》本

在此之后，绘画中及雕刻中的杜甫形象塑造，渐渐呈现出以清癯为主的面貌。雕刻如四川成都杜甫草堂中的杜甫像。此纪念馆虽有据院体画创作的较为壮硕的图像，但创作年代较近的杜甫画像与雕塑、石刻像等大都精神矍铄，有的作品甚至有意以瘦骨嶙峋为外貌特征来突出杜甫流离失所的遭际及其忧国忧民、劳心积虑的情怀。草堂大廨中的杜甫铜像可谓

① 翁方纲：《翁方纲纂四库提要稿》，上海科学技术文献出版社 2005 年版，第 993 页。
② 翁方纲：《复初斋文集》卷十三，载于《续修四库全书》（1455 册），上海古籍出版社 2002 年版，第 476 页。
③ 图见上官周辑：《晚笑堂竹庄画传》第二册，乾隆八年刻本，第 10 页。

这类作品中的典型。此铜像身材颀长，面目微扬，略具忧色，仿佛在祈求上苍赐福黎民百姓，又仿佛在蹙眉思忖“安得广厦千万间”，极具艺术感染力，惟妙惟肖地刻画出了心怀天下的杜甫形象。

现代画家最为著名的杜甫画像，当数蒋兆和的《杜甫像》。此像创作于1959年，用素描的明暗法结合传统人物画重结构的线描手法，塑造杜甫形象。蒋兆和笔下的杜甫，极具艺术张力。画中杜甫迎风坐于石上，给人一种深重的沧桑感；同时杜甫的神情中又透露出不屈与刚毅，从而显露出一种平和、安详的艺术魅力。从立意看，这是一幅较为新颖的作品。在画的右侧是蒋兆和的题款，先引杜甫诗：“丹青不知老将至，富贵于我如浮云”[①]，又自题曰：“我与少陵情殊异，提笔如何画愁眉”[②]，从而使表现诗圣的高洁精神与表达作者的自我情感，达到了高度的统一。这幅画寥寥数笔，传达出诸多信息：穷困潦倒而不丧其志，颠沛流离而不失其节。此画使千百年前的杜甫，近年来从史书、诗书中走出，以此幅画中的模样，“穿越”到今日，成为网络漫画中一个重要的人物形象。因此，当代风行一时的“杜甫很忙”现象，并非仅仅是一种纯粹的恶搞。这与蒋兆和此像及其题跋的艺术魅力、思想意蕴也有莫大关系。

而傅抱石的《杜甫像》也是杜甫画像中较具特色的一幅作品。这幅画像不同于传统人物画像以人物为画面主要构成部分的布局，而是以高耸的松林为背景，杜甫悠然立于松下。图中傅抱石题跋中引用了杜甫关于松竹的两句诗。从图来看有诗意画的意味，但却与诗意画有所不同。此图傅抱石题作《杜甫像》，引用诗句是为了交代图画的立意与创作缘由。所引诗句出自《将赴成都草堂途中有作先寄严郑公》：“常苦沙崩损药栏，也从江槛落风湍。新松恨不高千尺，恶竹应须斩万竿。生理只凭黄阁老，衰颜欲付紫金丹。三年奔走空皮骨，信有人间行路难。”[③]由此看来，此诗不仅启发了傅抱石对画面布局的构思，而且也在一定程度上影响着傅抱石笔下瘦杜甫形象的创作。

（三）历代文人对杜甫像的题跋

中国的绘画与文学这两种艺术样式，总体呈现出一种相辅相成、相映成趣的势态。当然杜甫的肖像绘画也不例外。杜诗是在中国诗歌史上一座后人难以企及的高峰。杜甫其人也深为后世人敬仰。杜甫图像与其题跋众多，较为清晰反映了唐及唐以降中国绘画与题画文学关系的发展。与人物肖像结合最为紧密的文学体裁是像赞、像传、题画诗与跋文。这些作品，一般题在画面之上或以纸附

---

① 杜甫：《杜诗详注》，仇兆鳌注，中华书局1979年版，第1148页。

② 刘曦林主编：《蒋兆和论艺术》（增订本），人民美术出版社1994年版，第204页。另参蒋兆和画《杜甫像》。

③ 杜甫：《杜诗详注》，仇兆鳌注，中华书局1979年版，第1108页。

之。由于年代久远，往往遗失或难以完好保存，但有些文字，却在文集中保存下来，使今天的我们有幸通过文字了解图像及与之相关的题画文学的发展。对与杜甫画像相关的题画作品，现择其要而论之。

欧阳修有《堂中画像探题得杜子美》，是诗人雅集时的作品。“风雅久寂寞，吾思见其人。杜君诗之豪，来者孰比伦？生为一身穷，死也万世珍。言苟可垂后，士无羞贱贫。”[①]前四句肯定杜甫在诗歌史中的地位；后四句用杜甫诗歌的久远影响与其贫苦生涯做对比，是欧阳修作为当时的文坛领袖，在题画中用发议论的形式表达对贫贱士子们的鼓励与期望。王安石不仅崇拜杜甫，而且热爱杜诗。他的《杜甫画像》云：

吾观少陵诗，谓与元气侔。力能排天斡九地，壮颜毅色不可求。浩荡八极中，生物岂不稠。丑妍巨细千万殊，竟莫见以何雕锼。惜哉命之穷，颠倒不见收。青衫老更斥，饿走半九州。瘦妻僵前子仆后，攘攘盗贼森戈矛。吟哦当此时，不废朝廷忧。常愿天子圣，大臣各伊周。宁令吾庐独破受冻死，不忍四海赤子寒飕飕。伤屯悼屈止一身，嗟时之人死所羞。所以见公像，再拜涕泗流。惟公之心古亦少，愿起公死从之游。[②]

胡仔《苕溪渔隐丛话》曰：“李杜画像，古今诗人题咏多矣。若杜子美，其诗高妙，固不待言，要当知其平生用心处，则半山老人之诗得之矣。”[③]对这首题画之作给予了高度评价。明代李豫亨的《推篷寤语》卷八亦曰：“杜少陵画像，古今题咏……独半山、山谷二先生诗最高。”[④]王安石此诗从杜甫的诗歌特色及成就、生平遭际、胸怀抱负、作者自我情怀等进行题写。王安石可谓知杜甫者，后世题杜甫肖像画，着眼点基本不外乎这几个方面。

绘画的创作与题写，归根结底是文人心态的外在反映。而在文人画像及与之相关的题画文学的创作中，这种心态一般包括文人自况、对画中之人的敬慕及感慨等情绪。题跋有时还会表达对绘画本身的珍爱。当然，题跋是诸多因素的共存，与其文体本身的发展及完善也有莫大关系。元僧大圭的《题少陵像》、谢应芳的《杜拾遗像》结合杜甫的诗作，建构一种广阔而悲凉的意境，表达对杜甫的深刻缅怀。至于明清，随着题画文学的发展及文人对杜甫诗歌的推崇，杜甫像的题咏显示出了更为丰富多彩的样貌。

沈周工诗善画，创作了大量诗图结合的作品，他的《题杜子美像》中刻画了一位落魄却心系君国的诗人。朱之瑜《杜子美像赞》以散文笔法赋写像赞，是题杜甫画像作品中篇幅较长的一篇。文中多用反问，作者对杜甫才情遭际的敬叹与

---

① 欧阳修：《欧阳修全集》，李逸安点校，中华书局2001年版，第760—761页。

② 王安石：《临川先生文集》，中华书局1959年版，第150页。

③ 见蔡梦弼编：《杜工部草堂诗话》卷一，载于丁福保辑：《历代诗话续编》，中华书局1983年版，第202页。

④ 李豫亨：《推篷寤语》卷八，明隆庆五年李氏思敬堂刻本。

怜惜不亚于同类题材的诗作。清代题杜甫像作品明显多于以前时期，题写内容除提及杜甫“名是文章伯，心同社稷臣”这两方面外，较前代更加突出了杜甫“乱离穷出处，歌哭混风尘”的形象①。诗中意境苍凉乃至凄凉，“穷”“愁”“悲”“凄”“瘦”“贫”等字眼触目可见，由此亦可略窥瘦杜甫像流行渐广的趋势。

杜甫诗歌中的自我形象，是瘦杜甫画像创作的重要依据。依杜甫心目中的自己塑造杜甫肖像的现象，由宣鼎《塑少陵像》一文可见一斑：

少陵像落成后……公见之即怒曰：“此何足为子美先生像？盍毁之更塑。”工云：“吾辈非读书人，至神佛鬼判，仅就前人所肖者依样画葫芦，犹觉仿佛。若欲得少陵真面目，吾恐刘銮复生，亦浑不似。”太守曰：“尔试更之。”十余更，公见之均不能称其意。问当作何状，曰：“吾亦说不出。惟若所肖非富贵气，即尘俗气与枯瘠气，终不足为忠君爱国者写照也。盍再更之。”塐师术穷，弃垩具却走。太守遍招募得十数人，皆川中肖像称巨擘者。肖之不成，停工年余。

忽有某先生来应募，问其人，则儒生久困场屋者……翌晨送之草堂，某先生嘱人尽散，闭其门趺坐两三日无声息，忽大叫跃起，三日毕其工……制台亲诣寺，甫至阶砌，一仰视，遽呼曰：“得之矣！”急趋入伏地叩曰：“是真饭颗山头戴笠真容也！”

召某先生入，则一龙钟老布衣。问何术之神，曰：“某亦不知少陵像若何，但由幼至壮且老，惟熟读浣花诗集，读‘野哭’‘长搀’诸句，往往掩卷深思，泪涔涔下。积思既深，又往往寤寐中见有白皙长须者立几案间。是像也，即梦中人耳。”制台大人为文，勒石记其事。②

此文颇具戏剧性，却形象叙述了杜甫画像创作中极具代表性的一种趋势。依诗人诗歌中的形象，创作诗人肖像，与诗意画的创作有相似处，却又不尽相同。在这种情形下，画像与真实面貌脱节，但却倾注了作画者对画中人更多的理解与情感。因此，瘦杜甫像较院本杜甫像更加切合后世文人对杜甫形象的理解。然而，由于清代金石考证之学的发展，也有一些文人尤其是金石学家对较为丰硕的杜甫像给予更多关注。周仪《费苇自成都归携草堂石刻杜少陵像，集同人拜观共赋》即反映了这样一种状况：“遗像肃穆生幽光，饭颗之嘲殊不尔。高颧广颡神清扬。范金丝绣曷足贵，片石摹刻同球琅。忆昔青骡蜀山走，拾遗麻鞋衣露肘。老臣扈跸万里从，豺虎纵横龙在薮。草堂寄迹何穷孤，忧时愤俗诗千首。杜鹃再拜陈苦词，却与离骚同一手。”③诗中将前代流传的杜甫像与诗歌中的杜甫形象结合而论，体现了作者更为谨严的态度。

---

① 韩骐：《补瓢存稿》卷二，清乾隆刻本。

② 宣鼎：《塑少陵像》，载于石正人选编：《聊斋志异续编》，北京十月文艺出版社 1997 年版，第 737—738 页。

③ 阮元：《淮海英灵集》丙集卷三，中华书局 1985 年版，第 372 页。

题跋作品为我们了解画像提供了从画面布局、人物相貌乃至立意趋势等大量信息。杜甫像题跋虽是由画作产生的文学作品，但由于所题画作皆为肖像之作，题跋很少描述画面，而只是从杜甫的诗歌与胸怀抱负、遭遇等方面下笔，作为对肖像画的补充，让人们对杜甫从面貌到精神有一个全面的了解。然而杜甫事迹图和文学题跋作品的关系，则不仅仅是这样一种补充关系，而是体现了图与文更紧密的结合。

二、杜甫事迹图及其题跋

杜甫肖像画的创作，在一些作品中明显呈现出受其诗歌形象影响的趋势。而杜甫事迹图的构思，则在很大程度上与其诗歌意境有着莫大关系。事迹图与肖像画相比，图的画面更注重意境，所表现的主题，也不再是突出人物的相貌，而是以描绘人物的行为动作乃至与其相关事件为主。诗人行为事迹图的创作，一方面结合诗人的亲身经历及传闻轶事构思，一方面据诗意的创作，画家择取诗人较为著名或自己较为喜爱的诗句绘制成图，以展现人物风貌。较诗人像受诗人具体作品的影响更大一些。而这类图像的题跋，作者往往在结合画境的基础上阐发。诗中有画，画中有诗，在诗人图与其题跋中，有着较为明显的体现。

杜甫诗中多次提及骑驴，《奉赠韦左丞丈二十二韵》云："骑驴十三载，旅食京华春。"[1]杜甫骑驴图自宋代起，就成为画家在创作杜甫事迹图时经常选用的题材。杜甫骑驴图创作的最初灵感或主要来自杜甫诗歌中所反映的生活遭际，而题画诗诗歌的意境，又和画境相关联。《书瑞阳况道山杜甫骑驴觅句图》："子美吟边寒日晚，尧夫花外小车迟。行窝春色无人画，却画骑驴欲雪时。"[2]困厄中的诗人在欲雪的寒冬迎风苦吟的画面，仿佛可见。《杜子美骑驴图》"饭颗山前花正妍，饮愁为醉弄吟颠。突然骑过草堂去，梦拜杜鹃声外天"[3]，所摹写的是另一画面，画中时令与上面说的《觅句图》有所不同。董逌《广川画跋》卷四所载《杜子美骑驴图》是一篇文跋，联系画面与杜甫《奉赠韦左丞丈二十二韵》《示从孙济》《逼仄行赠毕曜》等诗，推测画面中的杜甫所处的时期："其乘驴历市，望旗亭，逐曲车，铺糟饮醨，欹倾顿委，其子捉辔持之。吾意其当在长安而旅食时也"[4]，跋文不无对杜甫一生遭遇的感慨。金代李纯甫《灞陵风雪》："君不见浣花老人醉归图，熊儿捉辔骥子扶"[5]，熊儿与骥子为杜甫子宗文、宗武，画面与上文董逌跋者相像，李纯甫距董逌时期相距未远，二人所跋或为同一幅作品。元代李俊民《老

① 杜甫：《杜诗详注》，仇兆鳌注，中华书局 1979 年版，第 75 页。

② 何希之：《鸡肋集・省试策》，清刻本。

③ 郑思肖：《郑思肖集》，陈福康校点，上海古籍出版社 1991 年版，第 225 页。

④ 董逌：《广川画跋》卷四，载于于安澜编：《画品丛书》，上海人民美术出版社 1982 年版，第 273 页。

⑤ 元好问：《中州集》，中华书局上海编辑所 1959 年版，第 222 页。

杜醉归图二首》是写身处长安时的杜甫骑驴醉归，而许有壬《杜子美骑驴醉归图》则是描写入蜀后杜甫的醉态。这些杜甫形象，不仅表现了杜甫的困顿，而且显示了杜甫狂放的一面。

杜甫游春题材也产生了不少绘画作品。游春是中国古老的习俗之一。《论语・先进》："莫春者，春服既成，冠者五六人，童子六七人，浴乎沂，风乎舞雩，咏而归。"[①]唐代诗人王翰、王勃、杜审言、沈佺期、王建、白居易、李商隐等皆有春游诗；展子虔《游春图》、赵嵒《八达游春图》、张萱《虢国夫人游春图》等皆以游春为题材。杜甫《丽人行》以旁观者的身份，写虢国夫人等人的游春盛况，与张萱的绘画作品相映成趣。而厉鹗《南宋院画录》卷四写道："赵大年、刘松年同作着色杜拾遗春游图，前元题咏极多，今在项氏。"[②]赵大年、刘松年皆为宋代著名画家，至宋代止，至少出现了两幅以杜甫游春为题材的绘画作品。从题画诗看，宋代文人笔下的杜甫游春，是一种穷困交加的暂时欢愉。来梓《杜甫游春》："典尽春衣不肯归，熊儿扶过瀼溪西。伤时怀抱深于海，掠眼风光醉似泥。"[③]这是描写杜甫的徒步游春，而在宋元绘画与题跋中的杜甫形象，则以骑驴游春为主。释绍昙《杜甫骑驴游春图》描绘出无家可归的杜甫在春天骑驴游荡的情形。无限春光无限悲愁，春天繁花似锦、朝气蓬勃的气象与杜甫的无奈落魄相映照，不由令人感慨万分。元代吕诚《题杜少陵行春图》(其二)"牢落出同谷，凄凉赋七歌。日斜驴背上，白鬓似诗多"[④]，同样如此。春景中白发杜甫斜骑驴背上的凄凉给我们留下深刻印象。然从吕诚同题诗作的另一首中，我们却不难读出一丝从容与安然："徒步归来白发新，蹇驴驮醉过残春。问渠何处花饶笑，韦曲家家正恼人。"[⑤]杜甫游春的这种安然与从容在元明题跋中是较为常见的。如程钜夫《少陵春游图》："杜陵野客正寻诗，花柳前头思欲迷。一样东风驴背稳，曲江何似浣花溪"；李祁《杜甫游春图》："草屋容欹枕，茅亭可振衣。如何驴背客，日晏尚忘归"[⑥]；胡奎《题杜子美游春图》："拾遗归隐浣花村，日醉田家老瓦盆。满眼好山驴背稳，也胜朝扣富儿门。"杜甫给予了天下寒士千万间用诗意营造的"广厦"，而士子们也为杜甫建构了一个远离穷困的栖息地，即杜甫游春图及其题画诗。这些诗画中稳坐驴背、安然忘归的杜甫，又何尝不是士子们自我人生理想的寄托呢！

另，杜甫事迹图还有浣花溪图。乾元二年(759)年暮冬，杜甫因避安史之乱入蜀到成都，次年春在成都西郊的浣花溪畔盖起一座茅屋，在此先后居住近四

---

① 杨伯峻译注：《论语译注》，中华书局 1980 年版，第 119 页。

② 于安澜编：《画史丛书》(6)，张自然校订，河南大学出版社 2015 年版，第 2126 页。

③ 贾雯鹤等编：《夔州诗全集》(宋代卷)，重庆出版社 2009 年版，第 391 页。

④⑤ 吕诚：《来鹤亭诗集》卷五，载于沈家本辑：《枕碧楼丛书》，知识产权出版社 2006 年版，第 434 页。

⑥ 《少陵春游图》《杜甫游春图》载于陈邦彦选编：《康熙御定历代题画诗》上卷，北京古籍出版社 1996 年版，第 487 页。

年。宋代有杜甫浣花溪图，黄庭坚曾作题画诗《老杜浣花溪图引》：

拾遗流落锦官城，故人作尹眼为青。碧鸡坊西结茅屋，百花潭水濯冠缨。故衣未补新衣绽，空蟠胸中书万卷。探道欲度羲皇前，论诗未觉国风远。干戈峥嵘暗宇县，杜陵韦曲无鸡犬。老妻稚子且眼前，弟妹飘零不相见。此公乐易真可人，园翁溪友肯卜邻。邻家有酒邀皆去，得意鱼鸟来相亲。浣花酒船散车骑，野墙无主看桃李。宗文守家宗武扶，落日蹇驴驮醉起。酒阑解鞍脱兜鍪，老儒不用千户侯。中原未得平安报，醉里眉攒万国愁。生绡铺墙粉墨落，平生忠义今寂寞。儿呼不苏驴失脚，犹恐醒来有新作。长使诗人拜画图，煎胶续弦千古无。[①]

前提及李豫亨"杜少陵画像，古今题咏多矣。独半山、山谷二先生诗最高"，其中所言山谷诗，即指此首。杜甫在浣花溪畔的生活状况及其性情秉性一一勾勒而出，敬仰、叹惜溢于言表。诗歌内容虽与画面意境结合不算紧密，但却是对画面表现的一种拓展与补充。而赵孟頫的《杜陵浣花图》："春色醺人苦不禁，蹇驴驮醉晚骎骎。江花江草诗千首，老尽平生用世心"[②]，不仅大致勾勒画面情形，而且最后两句以高度概括的语言加以议论，让人们忍不住对杜甫一生唏嘘不已。

杜甫《解闷十二首·其七》曰："陶冶性灵存底物？新诗改罢自长吟。孰知二谢将能事，颇学阴何苦用心。"[③]近现代名家傅抱石、张大千、谢志高、范曾等以杜甫行吟为主题创作了一系列作品。傅抱石有《杜甫像》存世，还曾作《杜甫行吟图》[④]。杜甫曾在成都草堂手植四株青松，《杜甫像》以高耸挺拔的松烘托人物，引用"新松恨不高千尺，恶竹应须斩万竿"，阐述创作缘由。此画中的松树是杜甫精神的象征，同时也寓意着杜甫匡扶正义、铲除邪恶的理想。《杜甫行吟图》也是以松为背景。图中杜甫体型瘦削，身处松林，面目微扬，似对松树高高的枝干有所沉吟。而在杜甫面之所朝的方向，傅抱石题下"新松恨不高千尺，恶竹应须斩万竿"，仿佛杜甫身置松林，反复吟诵的就是此诗。画中情境，非常切合杜甫流离颠沛中不忘家国的"诗圣"身份。张大千的《杜甫行吟图》不止一幅，其画杜甫全身像配以竹或松，立于山石之上或溪水之畔，面目微扬或身子微侧，作沉思或吟咏状。画面注重对人物行为动作的表现而非以刻画相貌为主旨，人物与山水景物浑融一体，意境优美。谢志高的《杜甫行吟图》或取材于寒梅绽放的初春，或将人物置身于秋风萧瑟的季节[⑤]，杜甫形容枯槁，骑驴觅诗，是典型的瘦杜甫形象。蒋兆和的《杜甫行吟图》较为侧重人物面貌的刻画，画中的杜甫眉眼略有笑意，呈

---

① 黄庭坚：《黄庭坚全集辑校编年》上册，郑永晓整理，江西人民出版社 2008 年版，第 506 页。

② 赵孟頫：《赵孟頫文集》，任道斌编校，上海书画出版社 2010 年版，第 109 页。

③ 杜甫：《杜诗详注》，仇兆鳌注，中华书局 1979 年版，第 1515 页。

④ 图参方泊荏：《中华诗圣——杜甫》，贵州教育出版社 2011 年版，第 2 页。

⑤ 图参谢志高：《谢志高画集》上卷，外文出版社 2011 年版，第 106 页。

沉吟自得、忘记人世烦忧状。

综观历代与杜甫相关的肖像画与事迹图，绘画中杜甫形象基本在院体画与诗歌中杜甫形象的影响下进行创作。因院体画与诗歌中的杜甫存在丰腴与清癯两种形象，故后世文人所绘的杜甫便存在肥瘦差别较大的状况，而且在近现代，瘦杜甫形象渐渐呈现出更为画家们所喜爱的趋势。这种状况在写意性较强的杜甫事迹图中比重写真的杜甫肖像画中明显。而在图像题跋中，杜甫肖像画的题跋主旨侧重表现诗人杜甫与穷困中挣扎却胸怀天下的杜甫两种形象。杜甫事迹图的题跋，在以上两方面之中以前者为主，而且在元明以后，画家与诗人笔下的杜甫又增几分从容、安然之美。在近现代画家笔下，杜甫事迹图的诗人形象更加鲜明，杜甫肖像画也呈现出一种崇高、坚毅之美。

第三节 王时敏《写杜甫诗意图册》

清初所有杜甫诗意图的创作中，王时敏《写杜甫诗意图册》十二开最为引人瞩目。此册纸本，墨笔或设色，作于康熙乙巳年腊月(1665)王时敏74岁之时，为外甥董旭咸所作。每开纵39厘米，横25.5厘米，钤有“乾隆御览之宝”“石渠宝笈”“御书房鉴藏宝”“嘉庆御览之宝”“宣统御览之宝”“三希堂精鉴宝”等20方鉴藏印，取自杜诗七律十二首，体现了王时敏较为全面的创作素养和山水画功底，与其常见作品相比，颇多变化之妙，是其晚年树立自我画风的典型作品。

《石渠宝笈·初编》卷四录著云：“明王时敏画《杜陵诗意》一册。素笺本凡十二幅，墨画着色相间。第一幅书‘请看石上藤萝月，已映洲前芦荻花’，句下有王时敏印一。第二幅书‘孤城返照红将敛，近寺浮烟翠且重’，句下有王时敏印一。第三幅书‘花径不曾缘客扫，柴门今始为君开’，句下有王时敏印一。第四幅书‘百年地辟柴门迥，五月江深草阁寒’，句下有王时敏印一。第五幅书‘绝壁过云开锦绣，疏松隔水奏笙簧’，句下有王时敏印一。第六幅书‘含风翠壁孤烟细，背日丹枫万木稠’，句下有王时敏印一。第七幅书‘石出倒听枫叶下，橹摇背指菊花开’，句下有逊之印一。第八幅书‘楚江巫峡半云雨，清簟疏帘看弈棋’，句下有王时敏印一。第九幅书‘白沙翠竹江村暮，相送柴门月色新’，句下有逊之印一。第十幅书‘无边落木萧萧下，不尽长江滚滚来’，句下有逊之印一。第十一幅书‘蓝水远从千涧落，玉山高并两峰寒’，句下有王时敏印一。第十二幅书‘涧道余寒历冰雪，石门斜日到林丘’，句下有逊之印一。”[①]前副页中王时敏亦隶书自书“杜陵诗意”四个大字，似有意模仿明谢时臣之《杜陵诗意册》，又含有全面超越前人的意图。

① 张照，梁诗正等：《石渠宝笈》一，册824，上海古籍出版社1991年版，第111—112页。

一、王时敏的选诗特点及其原因

从选诗看，该图册共计十二开，仅《题张氏隐居二首》作于杜甫少壮漫游时期，《九日蓝田崔氏庄》作于杜甫长安为官时期，其余十开均选自杜甫晚年定居草堂并辗转四川时期，具体情况如下表所示：

序号	诗题	时间	年龄	地点	诗句
1	《题张氏隐居二首》(其一)	开元二十四年(736)	25岁	未详	涧道余寒历冰雪，石门斜日到林丘。
2	《九日蓝田崔氏庄》	乾元元年(758)	47岁	长安	蓝水远从千涧落，玉山高并两峰寒。
3	《南邻》	上元元年(760)	49岁	成都草堂	白沙翠竹江村暮，相对柴门月色新。
4	《客至》(喜崔明府相过)	上元二年(761)	50岁	成都草堂	花径不曾缘客扫，蓬门今始为君开。
5	《暮登四安寺钟楼寄裴十(迪)》	上元二年(761)	51岁	新津县	孤城返照红将敛，近寺浮烟翠且重。
6	《严公仲夏枉驾草堂，兼携酒馔》(得寒字)	上元、宝应年间	51岁左右	成都草堂	百年地辟柴门迥，五月江深草阁寒。
7	《涪城县香积寺官阁》	广德元年(763)	52岁	梓州西北涪城县	含风翠壁孤云细，背日丹枫万木稠。
8	《七月一日题终明府水楼二首》(其一)	大历二年(767)	56岁	夔州	绝辟过云开锦绣，疏松隔水奏笙簧。
9	《送李八秘书赴杜相公幕》	大历二年(767)	56岁	夔州	石出倒听枫叶下，橹摇背指菊花开。
10	《秋兴八首》	大历二年(767)	56岁	夔州	请看石上藤萝月，已映洲前芦荻花。
11	《登高》	大历二年(767)	56岁	夔州	无边落木萧萧下，不尽长江滚滚来。
12	《七月一日题终明府水楼二首》(其二)	大历二年(767)	56岁	夔州	楚江巫峡半云雨，清簟疏帘看弈棋。

王时敏为什么会选杜诗入画？画册后页的自跋给出了答案："少陵诗体宏众妙，意匠经营高出万层，其奥博沉雄，有掣鲸鱼探凤髓之力，故宜标准百代，冠古绝今。余每读七律，见其所写景物，瑰丽高寒，历历在眼，恍若身游其间，辄思寄兴盘礴。适旭咸甥以巨册属画，寒窗偶暇，遂拈景联佳句，点染成图，顾以肺肠枯涸，俗赖填塞，于作者意惬飞动之致，略未得其毫末。诗中字字有画，而画中笔笔无诗，漫借强题，钝置浣花翁不少，惭愧！"

在这则后跋中，王时敏首先谈到了对杜诗艺术风格的认识："体宏众妙，意匠经营高出万层""奥博沉雄，有掣鲸鱼探凤髓之力"，能够"标准百代，冠古绝今"。

可以看出王时敏对杜诗绝非只有浅显的认识,杜诗景联十二句,能于偶暇之时,信手拈来,点染成图,可见其对杜诗的熟悉程度。想必品读杜诗已经深入到王时敏日常生活之中。在王时敏的交游中,学杜研杜且卓有成就的诗人不在少数,因此受友人影响而选杜诗入画亦是一个不可忽视的因素。众友当中影响最大的当推清初诗坛盟主之一的钱谦益。

钱谦益官至南明礼部尚书,被推为东南诗坛祭酒,开"虞山诗派",学问淹博,尤嗜杜诗,他在《曾房仲诗序》中说:

以为学诗之法,莫善于古人,莫不善于今人。何也?自唐以降,诗家之途辙,总萃于杜氏。大历后以诗名家者,靡不繇杜而出。[①]

强调杜甫诗歌对于后代各朝诗人的巨大影响。钱谦益十分重视对杜诗的学习和理解,早在明末就有杜诗注本《读杜小笺》和《读杜二笺》问世,然而真正能代表其注杜成就的则是完成于顺治十八年(1661)的《钱注杜诗》,又名《杜工部集笺注》《钱牧斋先生笺注杜诗》,共计18卷,收杜诗1472首,历时长达30年。前代注杜,多注重词语的训释和诗意的领会以及艺术技巧工拙之评论,钱谦益研治杜诗,由于其学识渊博,对唐代的历史地理谙熟,能够通过对历史事件之钩稽考核,阐明杜诗的思想内涵,阐释杜诗与唐史之间的联系。杜诗中交游、地理、职官与典章制度等方面的笺注,亦都资料翔实,论证精当,达到了"以史证诗、诗史互证"的高度,因此往往能够超越前人,澄清旧注的许多错乱谬误之处,获得许多突破性的成就。更重要的是,钱谦益能站在诗人的角度,从构思、立意等方面把握作品,使人得以窥见杜陵之真面目,被诩为"凿开日月,手洗鸿蒙",具有极高的学术价值。《钱注杜诗》版本甚多,影响极大,清代治杜学者中鲜有不受钱谦益《杜诗笺注》影响者。

钱谦益与王时敏有着深厚的友谊,其《有学集》中保留着不少写给王时敏的诗文题跋。《复王烟客书》为钱谦益病中所书,文中回顾自己从学经历,谈论文章之道,并期望病愈之后再"与仁兄明灯促席,杯酒细论,相与俯仰江河,倾吐胸中结塞耶"[②],感情极为真挚深厚。钱谦益还时常与王时敏共同参加诗画聚会、书画品评交流活动。康熙元年(1662)小阁书画品鉴就是一例,是年钱谦益、恽寿平、王鉴、王翚、吴伟业、龚鼎孳、吴历等嘉定名宿在太仓王时敏家聚集一堂,欣赏和研讨艺术作品。小阁内展示了明神宗赐给王时敏祖父王锡爵的真迹,同时还有李公麟、黄庭坚、米芾、赵孟頫、焦白、董源、元四家、明六家等各大家的作品。钱谦益与王时敏长期密切往来,赏诗论画,钱谦益深心杜诗,长年注杜的行为,促使王时敏取杜诗入画,绘制《写杜甫诗意图册》,自是情理之中。

其次,吴伟业在诗歌创作方面取法杜诗,继承杜诗的现实主义诗史精神,亦

① 钱谦益:《钱牧斋全集》第二册,钱曾笺注,钱仲联标校,上海古籍出版社2003年版,第928—929页。

② 钱谦益:《牧斋有学集》,钱曾笺注,钱仲联标校,上海古籍出版社1996年版,第1366页。

是促成王时敏选杜诗入画的另一个重要因素。

吴伟业与钱谦益并称“钱吴”，又与钱谦益、龚鼎孳同为“江左三大家”，通经博古，于诗文、戏曲、书画无所不工，有《南湖春雨图》《松风万籁图》《丹青宝筏图》等17件画作存世。书法亦颇有可观，行楷结体端庄凝重而流动，书风近于欧体而又有自家风范。吴伟业领导“娄东诗派”，被奉为“一代词宗”，王时敏则领导“娄东画派”，被称为“国朝画苑领袖”，两人为同郡好友，常以诗画相酬唱，切磋技艺，交往甚密。

《吴梅村全集》中，亦有不少与王时敏诗文唱和的作品，如《王烟客招往西田同黄二摄六王大子彦及家舅氏朱昭芑李尔公宾侯兄弟赏菊二首》《和王太常西田杂兴八首》《怀王奉常烟客》等等，显示出两人之间真挚深厚的友情。在《送圣符弟之任蕲水丞四首》《太仓十子诗序》等诗中，又可见吴伟业对王时敏后辈的关切和提携。事实上，太仓数子中，王时敏长子王挺、次子王揆、五子王抃，七子王摅，均先后师事吴伟业，与梅村有师生之义，关系密切而感情深挚，所以吴伟业曾说“盖予交于太原者两世矣”[①]。

在《王奉常烟客七十序》中，吴梅村写道：“当其搜罗鉴别，得一秘轴，闭阁凝思，瞪目不语，遇有赏会，则绕床狂叫，拊掌跳跃。于黄子久所作，早岁遂穷阃奥，晚更荟萃诸家之长，陶冶出之，解衣盘礴，格高神王，力追古人于笔墨畦径之外，识者知其必传。玄宰署书为古今第一，顾以八分推许奉常，语陈徵君曰：此君何所不作，吾当避舍。今二十年间，海内争购奉常之书，小或盈尺，大过寻丈，悬毫落纸，旁观无不拱手叹息，其文采风流，沾被倾动，近世所未有也。”[②]，可见出对王时敏深心书画，力追古人，孜孜以求的画学精神的热情赞扬、书画艺术成就的高度肯定。吴伟业还曾作《画中九友歌》盛赞董其昌、王时敏、王鉴、李流芳、杨文骢、张学曾、程嘉燧、卞文瑜和邵弥九位活跃在江南一带的极负盛名且关系密切的画家：

华亭尚书天人流，墨花五色风云浮。至尊含笑黄金投，残膏剩馥鸡林求。太常妙迹兼银钩，乐效拥卷高堂秋。真宰欲诉穷雕镂，解衣盘礴堪忘忧。谁其匹者王廉州，神姿玉树三山头。摆落万象烟霞收，尊彝斑驳探商周，得意换却千金裘。檀园著述夸前修，丹青余事追营丘。平生书画置两舟，湖山胜处供淹留。阿龙北固持双矛，披图赤壁思曹刘。酒醉洒墨横江楼，算山月落空悠悠。姑苏太守今僧繇，问事不肖张两眸。振笔忽起风飕飕，连纸十丈神明遒。松园诗志通清讴，墨庄自画归田游。一犁黄河鸣春鸠，长笛倒骑乌犊牛。花龛巨幅千峰稠，小景点出林塘幽。晚年笔力凌沧州，幅巾鹤发轻五侯。风流已矣吾瓜畴，一生迂癖为人尤。僮仆窃骂妻孥愁，瘦如黄鹄闲如鸥，烟驱墨染何曾休。

① 李忠明：《吴伟业与王时敏父子交游考论》，《南京师范大学文学院学报》2006年第1期，第134页。

② 吴伟业：《吴梅村全集》，李学颖校，上海古籍出版社1990年版，第780页。

这首诗显然脱胎于杜甫的《饮中八仙歌》，一人一段，句末押韵，以“绘画”为共性把九个人物联系起来，也成为中国诗歌史上唯一一首模仿《饮中八仙歌》的后继诗篇。诗中开首四句讲的是董其昌，接下来四句讲的便是王时敏。赞扬他以画为乐、法备气至、艺术接宋元画正传而集其大成。将王时敏与董其昌置于同一水平线上相提并论，显然是对王时敏的拔升和溢美。可以说王时敏在清初画坛领袖地位的确立，与吴伟业的一再推举直接关联。实际上吴伟业对于杜诗的学习远不止这一首，也非仅仅停留在表面体例的模仿，更多的还是对杜诗“诗史”精神的继承。吴伟业主张诗歌应该有关于世运升降、时政得失，还仿照杜甫大量运用歌行反映社会现实的重大变化，如《梅村诗话》凡十三则，所记之人之事皆有关于明清易代的重大史实，并含有表彰忠烈、寄寓亡国之痛的用意。《临江参军》写崇祯十一年(1639)清兵入犯，宣大总督卢象升战死于巨鹿贾庄。《雁门尚书行》写崇祯十六年大司马孙传庭战死于潼关，李自成旋克西安，明朝大势遂去等等。如果我们把吴伟业的叙事诗按所写内容的年代做一大致梳理，便可看到他的创作确实构成了明清易代之际的巨幅历史画卷。

此外，我们知道朱鹤龄《杜工部诗集辑注》、钱谦益《钱注杜诗》、仇兆鳌《杜诗详注》等共为清代杜诗注本的奠基之作，对清代杜诗学影响深远。据莫砺锋《古典诗学的文化观照》中所言，在朱注刊本(朱鹤龄《杜工部诗集辑注》)的卷首附有一份《同郡参订姓氏》，共列吴伟业、王时敏、崔华、徐乾学、冯班、吴兆骞、潘耒等197人参订朱注。[①] 197人参订朱注，其规模和影响之大，可想而知。朱鹤龄是否为扩大声誉而特意为之？197人是否真的参订朱注？王时敏是否真的参订朱注？在此暂且不论，但是由此反映出杜诗注解在清初的兴盛，以及杜诗在清初被上层士大夫所熟悉和不同程度的研习，却都是毋庸置疑的。

此外，正如本章第一节所述，与王时敏同为“画中九友”的董其昌、张学曾、程嘉燧等均有杜甫诗意图传世。同为“四王”，王翚有《杜甫诗意图》《少陵诗意图》传世，王原祁亦有杜甫诗意巨轴“雷声忽送千峰雨，花气浑如百和香”，取材杜老七律《即事》。

由此可见，王时敏实际上是被文学界和绘画界学杜画杜的浓厚氛围所笼罩，看似偶然，实则必然地选择了以杜诗入画。

王时敏为何一定要以杜诗七律入画呢？诗意册后跋中有言：“余每读七律，见其所写景物，瑰丽高寒，历历在眼，恍若身游其间，辄思寄兴盘礴。”说明王时敏不是泛泛地读，而是深入诗歌的意境，并产生深切的感受，通过联想把握到山水景物的具体形象。我们知道，杜甫五古、七古、五绝、七绝，各体兼擅，而独于七律的艺术成就最高。亦可以说，杜甫是唐代七律艺术最高成就的体现者，其七律之精严，独步千古。一篇之中句句合律，一句之中字字合律，而又一意贯穿，一气呵

① 莫砺锋：《古典诗学的文化观照》，中华书局2005年版，第275页。

成。王时敏独于杜诗晚期七律取材，可见他对杜诗的鉴赏之深，亦可见出对自己的期许之高。王时敏《写杜甫诗意图册》中，《南邻》《秋兴八首》《九日蓝田崔氏庄》《严公仲夏枉驾草堂兼携酒馔》四首都曾为历代画家所濡染，而其余八首杜诗，如"石出倒听枫叶下，橹摇背指菊花开"(《送李八秘书赴杜相公幕》)、"含风翠壁孤云细，背日丹枫万木稠"(《涪城县香积寺官阁》)、"孤城返照红将敛，近寺浮烟翠且重"(《暮登四安寺钟楼寄裴十[迪]》)、"花径不曾缘客扫，蓬门今始为君开"(《客至》)、"涧道余寒历冰雪，石门斜日到林丘"(《题张氏隐居二首》)、"楚江巫峡半云雨，清簟疏帘看弈棋"《七月一日题终明府水楼二首》等诗歌的创作却毫无依傍，完全是凭一己之想象，抒写寄兴、师心描绘而成。这册《写杜甫诗意图册》也一直成为杜甫七律最集中和完整的画面表现。

二、王时敏《写杜甫诗意图册》的诗画结合

王时敏自述作画过程："每读七律，见其所写景物，瑰丽高寒，历历在眼，恍若身游其间，辄思寄兴盘礴。……寒窗偶暇，遂拈景联佳句，点染成图。"颇似郭熙《林泉高致·画意》中所言："余因暇日，阅晋唐古今诗什，其中佳句，有道尽人腹中之事，有装出人目前之景。然不因静居燕坐，明窗净几，一炷炉香，万虑消沉，则佳句好意亦看不出，幽情美趣亦想不成，即画之生意，亦岂易有。及乎境界已熟，心手已应，方始纵横中度，左右逢源。"[1]两人的叙述均完整地描述了意境完成的全过程：阅读诗什、顿悟佳句好意，如"状目前之景""道腹中之事"，如此便以古人佳句引发画思，兴到意至之时，则借诗境以为画境，境与思偕，性与画会，心手相应，最终"点染成图"，是故画境如诗，意味悠远，思致丰满。

第一页"蓝水远从千涧落，玉山高并两峰寒"取自《九日蓝田崔氏庄》，全诗为："老去悲秋强自宽，兴来今日尽君欢。羞将短发还吹帽，笑倩旁人为正冠。蓝水远从千涧落，玉山高并两峰寒。明年此会知谁健？醉把茱萸仔细看。"此诗为乾元元年时作：人已老去，面对这瑟瑟秋景更生悲凉，但是今天我还是要勉强宽慰自己一下，打起精神劲儿来，和你们共庆重九，尽兴尽欢。可是心里总怕风吹帽落，稀疏的短发被人发现，只好强颜欢笑，倩请旁边的人为我正冠。抬头仰望，蓝水远来，千涧奔泻，玉山高耸，两峰并寒。这清秋的气象多么峥嵘！低头细想，山水无恙，人事难料，我这样衰老，还能存世多长？带着几分醉意，把茱萸仔细端详：茱萸呀茱萸，明年此际，还有几人健在，又有几人佩戴着你来此相聚呢？这首诗跌宕腾挪，酣畅淋漓，诗人满腹忧情，却以壮语写出，读之更觉凄楚悲凉。"蓝水远从千涧落，玉山高并两峰寒"方说悲忽说欢，在全诗叹老悲秋之中猛然推开一层，笔势陡起，山高水险，气象峥嵘。"蓝水""玉山"相对，"千涧""两峰"并

① 郭思编：《林泉高致》，中华书局2010年版，第81页。

峙，“远”“高”拉开空间距离，再以“落”“寒”稍事点染，色泽淡雅又雄杰挺峻，既点出深秋的时节特征，又在豪言壮语中蕴含几分悲凉，笔力拔山，真可叹服！

王时敏选择全景式构图，山崖峭立，树木葱茏，远处飞瀑直泻，化作山下千涧奔流，云雾缭绕山间，确有山高水险之意。近景长松翠竹，一渔人自溪中泊舟而归，负网沿山径走入，山坳中两间瓦屋隐现。远处群山此起彼伏，以花青淡染。王时敏抓住“千”“远”“高”“寒”等最能体现视觉印象的字眼，着力再现出瑰丽高寒的意境，令人眼前豁然开朗，精神不禁为之一振，别有一番高耸伟立之气象。

图8-5 王时敏 《写杜甫诗意图册》第二开 北京故宫博物院藏

第二页（图 8－5）“白沙翠竹江村暮，相送柴门月色新”出自杜甫的《南邻》，全诗为：“锦里先生乌角巾，园收芋栗未全贫。惯看宾客儿童喜，得食阶除鸟雀驯。秋水才深四五尺，野航恰受两三人。白沙翠竹江村暮，相对柴门月色新”。该诗作于唐上元元年秋，杜甫居浣花溪草堂时，前半写山庄访隐，一个“喜”字，一个“驯”字，表现了锦里先生待人温厚诚恳，点染出家门前静穆和平的气氛。后半写江村送客，秋日的溪水才不过四五尺深，小船儿也只能承载两三个人，告别朱山人已在月亮初上时分，暮色笼罩着翠竹、白沙、江村。我们不难想象，主人是殷勤接待，客人是尽日淹留，直到新月初升，才察觉时间已晚，留恋不舍之间，主客已相送到柴门前。“白沙翠竹江村暮，相送柴门月色新。”这两句诗寓情于景，情景交融，既是对朱山人家外景的描写，也是对主客二人分别时依依不舍的感人情景的刻画。新月掩映下的“白沙”“翠竹”是表，淳厚朴实的村居生活是里，均是刻画的重点。

王时敏此图描绘山居景色，画面上微明的月色下，一座山峰巍然耸立，江面平阔，银光点点，透露出静谧的气氛。山间烟云盘绕，山路隐约可见，房前屋后溪河蜿蜒，突出“月色新”“江村暮”的诗意。柴门前两位好友宾礼相让，又点出“相送柴门”的主题。

此画山川浑厚、草木葱茏，布局于平稳中求变化。内容紧扣诗意，用笔有干有湿，用墨既涩且润，笔法组织更加有序规整，圆厚而不逸宕，有效地加强了草木葱茏、云蒸霞蔚之感。从容不迫地将诗情诗意消融于点画皴染之间，再现出一幅寓情于景、静谧雅致的江村晚景图。情调平和冲淡，安闲自在，亦是艺术家雅淡、

图8-6 王时敏 《写杜甫诗意图册》第三开
北京故宫博物院藏

平和、清赏的生活态度的集中反映。

第三页(图8-6)“花径不曾缘客扫,柴门今始为君开”出自杜诗《客至》(喜崔明府相过)。这是一首洋溢着浓郁生活气息的纪事诗,写于成都草堂落成之后,把居处景、家常话、故人情等富有情趣的生活场景刻画得细腻逼真。全诗为:“舍南舍北皆春水,但见群鸥日日来。花径不曾缘客扫,蓬门今始为君开。盘飧市远无兼味,樽酒家贫只旧醅。肯与邻翁相对饮,隔篱呼取尽余杯。”一、二两句先从户外的景色着笔,点明客人来访的时间、地点和来访前夕作者的心境。“舍南舍北皆春水”,写出了草堂周围绿水缭绕、春意荡漾的环境。“但见群鸥日日来”,每天相伴的只有成群的鸥鹭,群鸥的频繁到来,点出环境清幽僻静,也隐隐表现出杜甫闲居江村中的丝丝寂寞。“花径不曾缘客扫,蓬门今始为君开”,长满花草的庭院小路,还没有因为迎客打扫过。一向紧闭的家门,今天才第一次为你崔明府打开。“盘飧市远无兼味,樽酒家贫只旧醅”,菜肴简单,只因为远离街市买东西不太方便,家境不宽裕,只好饮用家酿的陈酒,聊以尽兴了。我们很容易从中感受到主人竭诚尽意的盛情和力不从心的歉疚,也可以体会到主客之间真诚相待的深厚情谊。“肯与邻翁相对饮,隔篱呼取尽余杯”,酒酣耳热之余,两个好友商量着,不妨把邻家老翁也一同唤来,将剩下的酒一饮而尽。尾联把饮酒待客的气氛推向了高潮,表现出诗人诚朴的情怀和喜客的心情。全诗读来自然浑成,如话家常,字里行间充满了款曲相通的融洽气氛。

此页画家一变以往文秀儒雅的画风,干湿笔互用,设色明丽。远景山势斜列,云雾如束,山脚水田青嫩,阡陌交通,似有鸡犬相闻。坡上垂柳依依,红桃灼灼,不仅突出了草堂环境的秀丽可爱,亦渲染出作者喜客的心情。近处一池春水,垂柳纷披,树下绿草萋萋,小径蜿蜒,一人屈身扫径,神情专注,形象也颇为拙朴生动。主人好客盼客的喜悦心情,如春风般扑面而来,格外感人。作者于景于情皆忠实于诗句,常见的松竹配景,改换为桃花垂柳,更突出乡居生活环境,并以松秀的笔墨笔调相配合,表现出村家淳朴真率的喜客之情。

第五页(图8-7)“含风翠壁孤烟细,背日丹枫万木稠”取自《涪城县香积寺官阁》:“寺下春江深不流,山腰官阁迥添愁。含风翠壁孤云细,背日丹枫万木稠。小院回廊春寂寂,浴凫飞鹭晚悠悠。诸天合在藤萝外,昏黑应须到上头。”该诗写广德元年(763)春,杜甫游览涪城县香积寺官阁时,站在山腰楼阁上所望到的景色。寺在山顶,阁在山腰,从寺下说起,俯仰一山,描绘出水深山险的地理环境。前四句写诗人登馆阁所望之景,“含风翠壁孤云细,背日丹枫万木稠”意为:从阁中仰望,翠壁含风,孤云缕缕。落日映在红色的枫树上,使树冠更显其蓊郁。山上绿树浓密,故称“翠壁”。因有轻风吹拂,所以“云细”。傍晚,日色斜照,枫林阴影与树枝交错,所以“万木稠”。“背日丹枫”为逆光中的红枫图,在古代诗词家笔下少有如此着笔之景。作者写景状物皆能仔细入微,故有其独到之处。画家在高度理解诗句的基础上,因诗构境,近景处坡诸绵延,丛树墨色与丹砂相间,树下溪水淙淙,屋舍数椽。木桥连接左岸山崖,巨崖壁立,云横崖腰,崖顶高不可见。远山如黛,烟岚浮动,红枫隐隐于雾霭中,大有霜天红叶,层林尽染之意。此图用笔用墨,敷色点彩,皆老辣深沉,与王时敏早年那种严谨有余、随意不足的画风相比,颇为率性自然。尤其在用色方面,打破青绿、浅绛、没骨之条框界限,以墨法染色,曙红、朱砂相间互用,鲜明强烈,绚烂之极而又情景宛然。

图8-7 王时敏 《写杜甫诗意图册》第五开 北京故宫博物院藏

第六页(图8-8)“无边落木萧萧下,不尽长江滚滚来”出自《登高》:“风急天高猿啸哀,渚清沙白鸟飞回。无边落木萧萧下,不尽长江滚滚来。万里悲秋常作客,百年多病独登台。艰难苦恨繁霜鬓,潦倒新停浊酒杯。”这首诗作于唐代宗大历二年(767)秋,安史之乱已经结束四年有余,地方军阀又乘时而起,相互争夺地盘。杜甫在严武病逝之后失去了依托,只好离开经营了五六年的成都草堂,买舟南下,无奈又因病滞留夔州。全诗通过登高所见,倾诉了诗人长年漂泊、老病孤愁的复杂感情,慷慨激越,动人心弦。诗人仰望茫茫无边、萧

图8-8 王时敏 《写杜甫诗意图册》第六开 北京故宫博物院藏

萧而下的落叶，俯视奔流不息、滚滚而来的江水，不由想到自己沦落他乡、年老多病的处境，故生出无限悲愁之绪。“无边”“不尽”“萧萧”“滚滚”不仅使人联想到落木窸窣之声、长江汹涌之状，也无形中传达出韶光易逝、壮志难酬的感怆。此诗正如胡应麟所言：“精光万丈，力量万钧。通章章法、句法、字法，前无昔人，后无来学。此当为古今七言律第一，不必为唐人七言律第一也。”[①]又如清边连宝《杜律启蒙》所言：“上四，皆作客登台所见。末二，则作客登台所感。此为横担格，又名折腰格。首二，每句三事，二句只十四字，写六事而不嫌其累重，气胜故也。又每句下三字，因上四字。起结用密句，中四用疏笔，得疏密相间之法。”[②]

整幅画近山高耸、皴擦刻画细致，远山低矮、连绵水墨淡染，在一高一低、一远一近、一实一虚的对比之间，拉开空间距离，再加入大片江水和无边天际的空白，展示出广大高远的境界。其间芳草萋萋、大雁南飞、舟行江上、古木低垂，又烘托出苍凉恢廓的秋景。山脚下一人于楼阁中远望，似与“登高”题意不符，不如孟阳《杜甫诗意图》扇面之“万里悲秋常作客，百年多病独登台”感情处理得壮怀激烈，而是化悲苦沉痛为平淡含蓄，原诗强烈深沉的感情色彩似有减弱。王时敏与杜甫虽社会背景相似，然身世处境却截然不同，诗中的老病孤愁、漂泊离乡、艰难潦倒是王时敏拼尽全力亦无法体会和表现的深度。

图 8－9　王时敏　《写杜甫诗意图册》第九开　北京故宫博物院藏

第九页(图 8－9)“请看石上藤萝月，已映洲前芦荻花”选自《秋兴八首》，是大历元年(766)，杜甫身寓夔州，心忆长安，因秋遣兴而作。全篇章法缜密，脉络分明，如王嗣奭《杜臆》所说：“秋兴八章，以第一起兴，而后七章俱发隐衷；或承上，或起下，或互发，或遥应，总是一篇文字”[③]，诗人由暮年的飘零羁旅，想到国家的盛衰，再从长安盛世的追忆归结到现实的孤寂，婉转低回，反复慨叹。其蕴含的忧思不是杜甫一时一地的偶然触发，而是自经丧乱以来，忧国伤时的集中表现。诗人目睹国家残破，而不能有所作为，其中曲折，不忍明言，也不能尽言。全诗以感受为重点，不受文法通顺之拘束，也不为一事一物所局限。

“请看石上藤萝月，已映洲前芦荻花”来

① 杜甫：《杜诗详注》，仇兆鳌注，中华书局 1979 年版，第 1767 页。

② 边连宝：《杜律启蒙》，齐鲁书社 2005 年版，第 405 页。

③ 杜甫：《杜诗详注》，仇兆鳌注，中华书局 1979 年版，第 1485 页。

自《秋兴八首》中第二首诗:“夔府孤城落日斜,每依北斗望京华。听猿实下三声泪,奉使虚随八月槎。画省香炉违伏枕,山楼粉堞隐悲笳。请看石上藤萝月,已映洲前芦荻花。”上承“落日”“北斗”而来,又与“日落、星出”呼应。于石上藤萝之月忽映洲前之芦花,遂动光阴迅速之感,而光阴可惜之意,又在言外。亦可见杜甫对京华怀望之殷,伫立之久。《诗通》有言:“结联‘请看’‘已映’四字极有味。盖以月应落日而言,谓方日落而遽月出,才临石上而已映洲前,光阴迅速如此,人生几何,岂堪久客羁旅耶!”[①]《杜臆》亦曰:“顷方日斜,又见日出,才临石上,又映芦洲,岁月如流,老将至而功不建,能无悲乎?”[②]

“含不尽之意见于言外”,这是中国诗歌意境的审美特质所在,也是我国传统的绘画中的审美追求。王时敏此开十分注重线条笔墨的抒情功能,纯以淡墨干笔皴擦,辅以淡湿墨渲染而成。他用笔求“毛”,在层层皴染中传达出一份含蓄深沉的感伤。月光下影影绰绰的山石古木,秋风瑟瑟,辽阔苍茫的江面上,丛丛芦荻随风轻斜。老树藤萝缠绕,似乎在诉说岁月的经久漫长,圆月淡隐淡出,又像在暗示时光的稍纵即逝。舟中两人相对无声,抬头望月,无言之中蕴含着无限的感叹。静中寓动,情景交融,令人感受到自然生命的永恒延续与人生如梦的瞬息变换。

第十一页(图 8－10)“楚江巫峡半云雨,清簟疏帘看弈棋”出自《七月一日题终明府水楼二首》其二,全诗为:“宓子弹琴邑宰日,终军弃繻英妙时。承家节操尚不泯,为政风流今在兹。可怜宾客尽倾盖,何处老翁来赋诗。楚江巫峡半云雨,清簟疏帘看弈棋。”此诗作于唐大历二年(767),诗人携家人定居夔州之时,表面上是题水楼,实际上委婉含蓄地表达了浓郁的为客他乡的飘零之感和无可奈何的缘事消愁之情。“楚江巫峡半云雨,清簟疏帘看弈棋”,笔意开宕,意境幽邃清远,含而不露。两句一句写室外,一句写室内,全是写景,又无一不在抒情。山水迷离,云雨渺茫,正见出情怀郁结愁思缕缕,而观棋于清簟疏帘的水楼内,则正是为客之情和随遇而安的自慰之情。画家此幅构图绝非寻常,只取山脚一景,突兀的山石占去大半空间,云雾沉沉,上不见顶。

图 8－10　王时敏　《杜甫诗意图册》第十一开　北京故宫博物院藏

① 叶嘉莹:《杜甫秋兴八首集说》,北京大学出版社 2008 年版,第 108 页。

② 王嗣奭:《杜臆》,上海古籍出版社 1983 年版,第 275 页。

图8-11 王时敏 《杜甫诗意图册》第十二开
北京故宫博物院藏

山下溪水急流，对面临江的水阁中，三人闲坐对弈，境界清旷浅明而又深邃婉转，布置衔接交错纵横，突破了王时敏早年丘壑多为正面直立形状，缺少动态变化，山体纹理多平行排列的缺点。

第十二页（图8-11）“涧道余寒历冰雪，石门斜日到林丘”选自《题张氏隐居二首》，其一“春山无伴独相求，伐木丁丁山更幽。涧道余寒历冰雪，石门斜日到林丘。不贪夜识金银气，远害朝看麋鹿游。乘兴杳然迷出处，对君疑是泛虚舟。”此诗作于开元二十四年，与高適、李白游齐赵，初访张氏之时。“首句张氏，次句隐居，三四切隐居，言路之僻远，五六切张氏，言人之廉静。末二句说得宾主两忘，情与境俱化。”[①]朱瀚曰：“看此诗脉理次第，曰斜日，曰夜，曰朝，曰到，曰出，曰求，曰对，分明如画。”[②]颈联“涧道余寒历冰雪，石门斜日到林丘”写诗人沿途经历涧道冰雪，到达张氏隐居之处时已经是日斜西山的傍晚时分。诗中借张氏隐居的环境之清幽孤寂映衬主人品行之高洁清廉。王时敏所画天空以淡墨轻染，暗示黄昏时分，覆雪的春山上，疏林枯淡，然而细密的嫩芽，早熟的红果，却透露出春天的气息。一涧寒流，从山间直泻而下，潺潺的水声更增添了山林的寂静。一位黄衣隐士，手执竹杖立于冰雪之中。画家抓住早春余寒的时令特征，以隐居环境的孤寂幽静显示张氏淳厚高洁的志趣，方法正与杜诗类似，抑或是受诗歌的启发。此幅山水画不是停留于表面的景物描绘，更拓深了其精神层面的内涵。

王时敏《杜甫诗意图》十二页，描绘出杜诗多种艺术面貌，与前代陆治、程邃、宋懋晋、石涛的《杜甫诗意图册》相比，不仅数量明显占据优势，并且全以七律景联入画，形式上也更加规范完整。画家融四季、昼夜之景于一册，细致、率真的笔法于一炉，尽显诗画交融之美。王时敏早期师从董其昌追溯往古，打下深厚的传统功底，能肖各家之面目，画风工整清秀，笔墨清柔文润。中期渐越董氏之牢笼，直抵黄公望，并在临习诸家的基础上，开始形成个人风格，用笔求“毛”，干笔效擦，浑茫苍厚。晚年则进一步发展了这种风格，运腕虚灵，布墨神逸，丘壑浑成，法度森森。这册《杜甫诗意图》为配合诗境而作，是王时敏晚年树立自我画风的典型作品，也是他自出机杼、超越自我的大胆尝试。王时敏借杜诗晚期诗歌之沉

①② 杜甫：《杜诗详注》，仇兆鳌注，中华书局1979年版，第8页。

雄老辣，摆脱早期画风的文秀儒雅，形成晚期画风的苍茫浑厚。既有化古的，亦有写实的，但主要的却是写心达意、师心自造的。经过六七十年的漫长学习过程，他终于冲出了古人藩篱，小心地、谨慎地而最终鲜明地形成了自我风格。然而终究因为与杜甫的身世处境截然不同，限制了他对诗意表达的深度。在一些作品中，王时敏能够很好地传情达意，如“花径不曾缘客扫，蓬门今始为君开”的喜客，“白沙翠竹江村暮，相对柴门月色新”的挚情，“请看石上藤萝月，已映洲前芦荻花”的今昔盛衰之叹，“涧道余寒历冰雪，石门斜日到林丘”的孤寂冰寒，而在另一部分诗句中，却多带有自己的色彩而表现得温润儒雅，平淡沉稳，宽和平易，与杜诗有所不符。如“无边落木萧萧下，不尽长江滚滚来”的感怆、“蓝水远从千涧落，玉山高并两峰寒”豪言壮语下的凄楚悲凉、“楚江巫峡半云雨，清簟疏帘看弈棋”为客他乡的飘零之感和无可奈何的缘事消愁之情，全然超出王时敏的所能捕捉和感触的能力之外。这些诗句基于杜甫长年丧乱流离的生活，艰难潦倒的处境，对国运无法挽回的哀伤和盛衰无常的悲慨，常常具有繁华落尽、朴实无华、张弛跌宕的艺术风格，与王时敏温润雅正的画风终究会产生隔离，亦限制了王时敏杜甫诗意图的表现深度。

第四节 傅山《江深草阁图》

傅山是明末清初一位很有民族气节的社会活动家，又是一位博学多艺的著名学者、诗人、书画家和医学家，于各方面多有建树。清顺治十一年(1654)六月，傅山因从事抗清秘密活动被捕入狱，“抗词不屈，绝粒九日，几死。”[①]后于次年十二月被释出狱，隐居于太原双塔寺下的松庄。晚年避居辟壤，课读两孙，以气节、文章教育后辈。这幅《江深草阁图》作于康熙五年(1666)，取材于杜诗《严公仲夏枉驾草堂，兼携酒馔(得寒字)》，是年傅山59岁。

一、傅山杜诗入画的原因分析

明清易代之际，身处乱世中的人们从国家的倾覆、百姓的血泪以及自身颠沛流离的切身感受中，对杜诗描绘的苦难和人民的痛苦生活有着更为深刻的体会，并产生共鸣，读杜研杜成为傅山等富有气节的遗民学者们寄托亡国忧愤的途径。在此期间，傅山与反清复明的志士，学者顾炎武、李因笃，诗人阎尔梅、屈大均、孙逢奇、李因笃、申涵光、朱彝尊等“或寄愤懑于诗酒间，或倾心腹于密谈中，以气节相勉励，以学问相切磋”[②]，往来甚密。他们有的研读杜诗，励精治学，以杜诗注本传世；有的研究实学，师法杜甫，强调诗歌表现时代精神和现实内容，以保存信

①② 侯文正：《傅山文论诗论辑注》，山西人民出版社1986年版，第128页。

史为己任。

顾炎武北游秦晋，于康熙二年（1663）癸卯访傅山于松庄，赠五律一首，傅山依韵答之，此后两人常以诗歌唱和，切磋学问。又因两人都具有“思以济世”的实学思想，后逐渐建立起清初北方以顾、傅为中心的经世学派，影响深远。

顾炎武学杜首先表现在对“诗史”精神的承继，提倡诗歌要能够表达民生的疾苦，反映国家政治兴衰的轨迹。早期，当抗清战争还在激烈进行的时候，他就创作了许多直接或间接地反映战事的作品。如写于甲申之变的《大行哀诗》，哀悼崇祯之死的同时，又描绘出明末社会的一幅生动的历史画面，寄托了他忧国忧民的深厚感情。明末世风日下，人们朋比为奸。外敌入侵，“盗寇”蜂起。社会一片黑暗腐败的景象，揭示和鞭挞了给人民带来深重灾难，只知搜刮民财，贪生怕死的腐败的统治集团。

《春半》写于顺治己丑（1649）年，以总结洪州战役的失败为出发点，把自己的深刻观察和体会，用事的形式表达出来，其中有写景、叙事，有议论、抒情，在写景、叙事中寓有作者的悲痛之情，诗的议论，又借助于历史的叙述，相互交错，在诗歌中，唐代的大诗人杜甫曾经成功地运用了这一手法，如他在天宝之乱前后写的长诗《自京赴奉先县咏怀五百字》《北征》等诗就是。顾炎武的《春半》可说继承了杜甫的这一现实主义的艺术传统。

像杜甫一样，顾炎武的许多诗，同样写出了明末清初动乱年代的惊心动魄的历史场面，他的这些作品，也达到了不朽的史诗式的成就。顾炎武一生留心国家大事，透过这些事，我们能够感觉到诗人对民族兴亡的深切关心和跳跃在字里行间的炽烈的爱国热情，感情真挚。

其次，和杜诗一样，顾炎武诗歌中跳动着的是一颗忧国忧民的爱国之心，表现出真挚的爱国之情。如当他听说唐王政权在福建建立，喜不自禁地表示“二京皆望幸，四海愿同仇”，愿意“身在绝塞援枹伍，梦在行朝执戟班”，做一名普通的士卒，投身到抗击侵略的队伍中去。抗清失败后，他勉励朋友“愿君无受惠，受惠难负荷，愿君无倦游，倦游意蹉跎”（《酬史庶常可程》）。五十岁的时候，仍表示“远路不须愁日暮，老年终自望河清”（《五十初度时在昌平》）。直到晚年，他还在悼念亡妻的诗中写：“地下相烦告公姥，遗民犹有一人存”（《悼亡》）。他把坚持民族大节，视作立身行世最重要的品德来看。

此外，顾炎武五七言律诗、排律，对仗工稳，用语精当，气势豪壮而颇似老杜。如《淮东》《八尺》《骊山行》等诗歌中，不仅表现出诗人忧国忧民的高贵品质，诗中的对仗，有时是上下两句之间，有时用在同一句中，显得顿挫有力，用语上，作者尽力做到形象而准确，表现了诗人字斟句酌的功力。

徐嘉《顾亭林诗笺注·凡例》称其诗歌“一代诗史，踵武少陵”[①]。徐世昌《晚

① 孙微：《清代杜诗学史》，齐鲁书社2004年版，第220页。

晴簃诗汇》也指出顾炎武诗歌“心摹手追，唯在少陵”[1]的学杜特点。顾炎武用诗歌来反映民生疾苦，刺世疾时，全面反映了易代之际风云激荡的历史画面，既是那个时代的真实记录，也是他经世致用实学思想的反映。

此外，顾炎武在《日知录》卷二十七中还辟有专节对杜诗注作出详细考证，指出一条从音韵训诂入手，先弄清字音、字义，再疏通义理的治学路径，体现了顾炎武实事求是、一丝不苟的严谨学风，对清初的杜诗学影响巨大。如朱鹤龄《读工部诗集辑注》卷二十末便屡引顾炎武《日知录》中的“杜诗注”。仇兆鳌《杜诗详注》对《日知录》中的考证成果几乎全部予以吸收，都可见其重视程度。

作为一名史学家，黄宗羲学杜注重以保存信史为己任，他认为在动荡危难的年代，修正史者往往只记事功，甚或掩盖历史真相，亡国人物身历厄运，其反映亲身感受和见闻的诗歌不能见诸正史，却可以起到补史之缺漏的作用。黄宗羲对杜甫“诗史”精神的继承鲜明地反映在他的诗歌创作实践中，如他常常于时事多有关涉，对许多遗民忠烈事迹加以记述表彰。如《感旧十四首》中对平生故旧良友的追忆，张煌言、沈昆铜、方以智、杨廷枢、陈子龙等等抗清义士都在表现之列。再如“无数衣冠拜马前，独传闺阁动人怜。”(《贞烈妇四首》其二)他用为国而死的贞妇与“无数衣冠拜马前”作对比，对屈膝投降的士大夫予以辛辣的讽刺。

人称“关西夫子”的李因笃对杜诗学有很多精辟的论述，多将杜诗与《史记》并论，其比较不仅仅停留在子美与子长性格遭际的相似性方面，而是将这一比较运用到具体的篇目分析上，甚至用《史记》中的故事情节来比拟杜诗所取得的效果与写作特色，为杜诗与《史记》并论提供了更为细致的例证分析。李因笃将《诗经》作为诗歌作品的最高典范，称颂饱含忧国忧民思想的杜诗可以追匹雅颂，这也是当时对杜诗成就的最高赞誉了。

对傅山治杜影响最大的还有戴廷栻。戴廷栻是明末清初学者、藏书家，当时山西最重要的文化与学术赞助人，与傅山为太原三立书院同学，共同师事袁继咸，当傅山危难下狱时，廷栻竭力奔走营救。傅山存世的一百多通书札中，大多数都是写给戴廷栻的。

傅山的生活来源主要靠他行医卖画，这种微薄收入，有时甚至不能应付客人，要靠他的朋友戴廷栻接济。戴氏《不旨轩记》说:“昭余戴生，先载名酒十罋，贮先生之轩，以备客过先生之侨也。”[2]傅山自己穷，有时又不得不替穷困的朋友向戴廷栻求援。《与戴枫仲》书中，傅山专为写信介绍一个叫元仲的，以贫不能出门，欲至昭余戴氏乞米，所望三头两石即足。除此之外，傅山的学术活动得益于

---

① 孙微:《清代杜诗学史》，齐鲁书社 2004 年版，第 221 页。

② 《半可集》卷三，刘刊本，转引自谢兴尧，柯愈春:《清入关后傅山的活动与交游》，《晋阳学刊》1985 年第 1 期，第 75 页。

戴氏的帮助甚多，康熙元年（1662）戴出资刊刻《晋四人书》，收傅山、傅眉父子和傅山的挚友白孕彩、傅山的弟子胡庭四人作品，傅山晚年的书法汇刻《太原段帖》也是在戴的赞助下得以完成。傅山去世后，戴廷栻"古道深情"，经营其丧事并为傅山刻印诗集《霜红龛集》。

戴廷栻潜心杜诗，并著有《杜遇》，又称《丹枫阁钞杜诗》。其《半可集》中载有《杜遇小叙》云："余旧游燕，于陈百史架见李空同手批杜集，草草过之，其后每读杜诗，以不及手录为恨。因索解于公他先生（傅山），先生拈一章，即一章上口，曰第如此，正自不必索解，若得一解，当失一解，难一番，即易一番。因人作解，不惟空同之解不可得，即复工部，正当奈何。余即退觅善本，日乙而读之，始觉失一解乃得一解，易一番愈难一番。"[①]傅山亦为之作《序》。由此可见，戴氏著书的过程中，曾多向傅山请教。傅山著有《〈杜遇〉余论》，是对戴廷栻《杜遇》的补充，其论杜语言质朴，不事锻炼，却又锋芒毕露。侯文正称傅山尚有《杜诗点评》《续编杜诗》已佚[②]。

二、傅山诗歌以杜甫自喻的史诗精神

崇祯十七年（1644），李自成农民起义军攻占北京，明王朝灭亡。不久清军入关，在汉族地主阶级支持下，占领了京城。在这个"天崩地解"的时代，傅山与儿子寿毛（名眉）共挽一辆车子，卖药于各地，这种遨游四方的生活，使他饱览自然，熟知社会生活，拉近了与劳动人民的距离，然而他甘于这种清苦，不愿去享都市中贵人的荣华，是他人格的伟大之处。在此期间，傅山流寓到平定、寿阳、阳曲、忻州、孟县等地，多以杜甫自喻，写下大量的忧国忧民的悲壮诗篇，表达了他对故国的情思和对清政府民族压迫的反抗和强烈的爱国主义思想。

在西村家中作《邻老携酒过》五言古诗一首，如实记载了在农民军治理下太原农民安定的生活。诗中有云："邻老携烧春，殷勤啃辛苦……坐看梨面赪，颜开计禾黍。所虑唯饥寒，此外无艰阻……聊尔凭曾楼，一豁半年楚。四塞放眼底，忽复泪如雨。"[③]"梨面赪"说明来看望他的"邻老"主要是农民，他们兴致勃勃地给傅山送酒，告诉他除了仍有饥寒外，别无其他艰阻。此时傅山对农民起义军的疑虑已全消除，唯一担心的是清军已向山西逼近，"四塞放眼底，忽复泪如雨"。

几天后，傅山回老家（忻州顿村），作《顿村旧家作》。诗云："老屋簪弱跹，中宵月漏亮。四壁翠莓衣，称吾穷宅相。须眉负日月，冻饿死何怅？汉季一寒贫，

---

①② 孙微：《清代杜诗学史》，齐鲁书社 2004 年版，第 190—192 页。

③《霜红龛集》卷五，转引自尹协理：《傅山甲申前后的诗作与思想变迁》，《晋阳学刊》1990 年第 3 期，第 33 页。

无聊与友尚。华屋岂不宜,魂梦亦羞傍。匈奴何与汉,为家耻大将。”[①]傅山认为,国难之时,冻饿并不可惧,有负于国家民族才是最大的耻辱,在民族危难时节,即使做梦想到住华屋也是羞耻的。他把汉代击败匈奴入侵的霍去病作为自己效法的榜样。“匈奴不灭,无以为家”,傅山赞扬这种精神,表达了他不苟且偷安,要为民族献身的志愿。

《祠僧患风不能礼客,既令其徒以笔砚请留,贫道怪其意。曰:闻名能诗。许再复之。因自叹有作》:“毛锥不杀贼,吟情附双泪。男儿生何为?壮业雕虫蔽。悲壮浣花老,颠踬雍梁际。忠愤发金声,谁识此公志?当年事如何?哥舒失险备,上皇乐游览,八骏驭西辔。翠葆驻蚕丛,百灵拥仙帝。灵武王飞龙,四海仰新制。行在尚可达,不负间关致。无勋推郭李,河山破复易……老衲好客诗,七子知客意。”[②]毛笔不能杀贼,男儿的壮志不应被文字所掩盖。浣花老杜甫并不是为写诗而写诗,他写诗是为了用诗去战斗。杜甫当年的情形与明末有些类似,哥舒翰投降了安禄山,唐明皇李隆基只知玩乐享受,都城长安失陷,只好逃往成都避难,其子李亨在灵武即位,得郭子仪、李泌两位杰出的武、文辅佐,使河山破而复易。傅山当时十分希望能有郭、李那样的辅臣出现。他自己既想当杜甫,又想当郭、李,去干一番惊天动地的大事业。

1644年中秋以后,傅山带着老母移居盂县,住了一年多,先住在三立书院同学孙颖韩(字起八)家。清军占领了盂县,百姓的哭声连成一片。九月十五日孙起八生日时,傅山与好友们举杯痛哭了一场,他在《九月望,起八兄生日。时起八居忧,同右玄限韵立成》诗中写:“北阙南桥哭不清,棘人生日出盂城。客来村舍白云绕,秋在树间红叶铮。花看延年篱放菊,诗期刻烛坐鸣莺。叔鸾至性麋糟外,涕泪阑珊一举觥。”傅山在孙起八家住的时间不长,又开始了流浪生活。在盂县,曾到过赵氏山池、七机岩、藏山、李宾山等地,都有诗作保存。在《赵氏山池》五言古诗中,再一次以杜甫自喻,“唐京乱羯虏,花门亦需力。所咎留不遗,浣老吟咏戚。为问握机人,此事将焉极?日月果重明,岂愁听觱篥。无端伤隐心,小憩终成泣。”[③]

在《读杜诗偶书》[④]中,我们可以看到傅山将明末社会的兵马动荡与唐中期安史之乱为羯虏所残害的国家社稷,人民流离失所的悲惨历史画面两相对比,表达了乱世之下的家国之恨,感情真挚而强烈:

杜老数太息,黎庶犹未康。此辈自刍狗,徒劳贤者忙。

追忆甲申前,日夕盼冬韇。只今死不怨,熙熙宝庆杨。

---

①② 《霜红龛集》卷五,转引自尹协理:《傅山甲申前后的诗作与思想变迁》,《晋阳学刊》1990年第3期,第33页。

③ 同上,第35页。

④ 傅山:《霜红龛集》卷四,山西人民出版社1985年版,第111页。

皮业自应尔，天地有大纲。小仁无所用，故林何必尝。

所悲数奔窜，奔窜复何妨。宴安不可怀，仰屋无文章。

有恨赋不尽，颇异江生肠。

由此观之，傅山作为学者、诗人兼书画家，在学杜研杜的大氛围下，分崩离析的社会动乱中，流寓各地，饱尝战争和乱世带给人民的苦难生活。他亲注杜诗，并在诗作中以杜甫自喻，对杜诗的艺术风格、思想内涵的认识和感触自当比同代其他诗人和画家更加深入，为此后选杜诗入画，打下了坚实的基础。

三、傅山《江深草阁图》的创作及其语图关系

杜甫晚年律诗在内容、格律、修辞手法上的大胆创新，亦为傅山所激赏，其超群拔俗的"变体"作品，更成为傅山批判复古时流最有利的例证。如在《杜遇余论》中，他说"古是个甚？若如此言，杜老是头一个不知法三百篇底"[1]，此外傅山还十分肯定杜甫这种苍苍莽莽、粗朴萧散、有意为拙的风致，他曾告诫向他学诗的僧人雪林说："宁隘宁涩，毋甘毋滑"[2]。傅山的书法创作中也表现了与文学批评相同的审美取向，在《训子帖》中就明确有力地表述："宁拙毋巧，宁丑毋媚，宁支离毋轻滑，宁率直毋安排，足以回临池既倒之狂澜矣。"[3]

图 8－12 傅山 《江深草阁图》 北京故宫博物院藏

《江深草阁图》（图 8－12）便是傅山文学观与美学观的集中反映，画面莽莽苍苍，多苦涩、荒寒、悲苍之意，内敛外张，气势磅礴。该画取自杜诗《严公仲夏枉驾草堂，兼携酒馔得"寒"字》，全诗为："竹里行厨洗玉盘，花边立马簇金鞍。非关使者征求急，自识将军礼数宽。百年地辟柴门迥，五月江深草阁寒。看弄渔舟移白日，老农何有罄交欢。"这首诗写于宝应元年，杜甫定居草堂，成都尹严武携酒馔来访。是年肃宗驾崩，代宗继位，严武奉召秋季还朝，此为五月，故犹过草堂。前四句叙事，写与严武的交情，后四句写景，五句切草堂，六句切仲夏，

① 侯文正：《傅山文论诗论辑注》，山西人民出版社 1986 年版，第 84 页。

② 同上，第 138 页。

③ 白谦慎：《傅山的世界》，三联书店 2006 年版，第 141 页。

跌宕其辞，以见用意之殷勤。末句作自谦之语，表达了杜甫因远离闹市、地处荒村、身居陋室，长期与亲朋好友音讯断绝而产生的孤独与寂寞感。全诗意为：地僻已经百年，柴门因之而迥，草阁正当江深，故至五月犹寒。老农所有，唯此而已。乃看渔舟，流连竟日。老农亦何所有，而罄将军之交欢乎？王嗣奭着力分析了"枉驾"的缘由，曰："公自卜居浣花，有长往之志，而严公坚欲其仕，参观唱酬诸诗可见。今再枉驾，必为征之入幕而来。故诗谓非关征求之急，实见礼数之宽。不然，岂一野人而敢一屈中丞之驾哉。"[①]黄生则曰："极喧闹事，写得极幽适，非止笔妙，亦由襟旷。"[②]颔联"百年地辟柴门迥，五月江深草阁寒"着力描绘草堂偏僻、荒寂的外景，亦正因为长期无人问津、与亲友音信杳茫，故而仲夏五月依然不觉冷冷生寒。

这幅《江深草阁图》构图拙朴新奇，笔墨简劲，粗中带细，收放有致。近景为一块耸立的巨石，石上杂树丛生，一座木桥横卧江面。中景一段靠着陡峭山崖的小路，由远及近，林木掩映下的茅舍，依山而建，颇为简陋局促；远处群山延绵，高大灰蒙，一望无际。整个画面因过于纷乱而很难找到可以游走的路径，嶙峋的山峰奇形怪状，屋舍紧逼于大块山崖之下，而显得更加孤冷。仿佛是傅山对于自己居处环境的写照。狭长的画幅，使图中屋舍更显得孤寂、偏僻，隐隐透露出的荒寒、凋敝之气，正合杜诗"柴门迥""草阁寒"的诗意。

傅山《江深草阁图》与王时敏《写杜甫诗意图》第八开同题作品相比，结构更加紧凑而简练，用笔更加古拙而率意，以无法为法，不落俗套。画中没有甜媚之味、柔弱之感，不巧饰，不故媚，更多的是豪迈、超拔、沉凝、坚毅之气，亦是傅山光明的人格、磊落的襟怀、深厚的学养以及独特的美学观的综合反映。此画不限于形式之模拟，亦绝不想在纸上讨巧见功，以刚直寂寥的意境谋合杜诗，意胜于笔，从内容到风格都与杜诗达到更高程度融合一致。

而最大的区别还在于傅山笔下奇异不凡的丘壑。傅山不好名、不慕官、不贪富，他忘掉了世俗一切权利之思，所以能奔驰于真实的艺术世界，自由自在地任情挥写，任情高歌。"傅山不搬用别家的丘壑，纯从自己在自然中得到的启发，创造了新的丘壑，来容纳他的理想意境。"[③]

王时敏多在笔墨上用工夫，殊不知一件作品之成功与否，最主要的是在丘壑上，其次才是运笔、设色。丘壑是画家的思想感情的反映，丘壑不高，笔墨再好，也提不起精神。其与傅山的差别正如刘开渠所说"象王时敏高卧楼阁，不与自然接近，无怪他一生不是临摹前人的作品，就是借前人画中的意境以形成他的画，但终是前人的蹊径，没有新意。……(傅山画)全体不皴擦或少皴擦、不渲染或少

---

①② 杜甫：《杜诗详注》，仇兆鳌注，中华书局 1979 年版，第 904 页。

③ 刘开渠：《傅山及其艺术》，《名作欣赏》1982 年第 1 期，第 81 页。

渲染。他用极简单的线条，表现各个形体，连贯各个形象，形成自然入妙的丘壑”[1]。可以说，杜甫诗意图发展至傅山的《江深草阁图》无论是外现的形象，还是内涵的感情和艺术风格方面，都呈现出一个前所未有的高度。

第五节 陆俨少《杜甫诗意图册百开》

陆俨少是中国现当代著名的国画大师，他工诗文，善书法，尤精山水，兼作花卉、人物，在当代中国画坛中是不可多得的山水画艺术大师。他的山水画创作在国际上具有极大影响力，与李可染并称为“北李南陆”。陆俨少的山水绘画融会中西，调和南北宗，气象万千，空古绝今，自成一派气象。他的绘画也受到了同行钦赞，徐邦达赞曰：“龙蛇走处接烟云，睥睨王侯五百年。”画家谢稚柳赞其“古今画水者未有与陆俨少相若者”。由此可见陆俨少在画坛地位之高，笔法之精。其中陆俨少先生于 1962 年开始创作的《杜甫诗意册百开》最具有代表意义，也是陆俨少山水艺术生涯中的里程碑。

一、《杜甫诗意图册百开》创作缘起及风格嬗变

对于杜甫诗意图的创作，陆俨少虽不是前无古人，但其作品质量却是后无来者，在当代达到了一个新的艺术高度。陆俨少对《杜甫诗意图册百开》的创作与其对杜诗的喜爱以及其恩师吴湖帆先生的鼓励有着密不可分的关系。

陆俨少对于杜诗的喜爱是其创作杜诗诗意图的基础。诗意图的创作不仅需要较高的文学素养，同时还要具有对于杜诗的深刻理解，才能使其诗意图恰如其分地表现诗歌的神韵和气象，做到与诗人穿越时空的呼应与交流。陆俨少对于杜甫诗歌的钟爱与其人生经历有着联系。

一方面，年轻时的学画经历，使其对杜诗有了钟爱之情。陆俨少在自叙中提及自己读杜诗的经历：“王老先生说我应该在年轻时多读些书，我就每天晚上读杜诗，对旁的诗家，都是读选集，唯独杜集，最为心爱，故通体读过一遍。”在这段自叙中我们可以看出他对于杜诗的喜爱不仅停留在反复吟诵品读，而且还亲自投入到对杜诗仿作之中。这样的读诗写诗的经历不仅提高了他的文学修养，更进一步为其杜诗诗意图的创作打下了坚实的基础。

另一方面，中年时的人生经历，使其对杜诗有了共鸣之感。1937 年“七七”事变，陆俨少携一家老小到达重庆，在蜀地度过了八年时光，这一段时间正是国家风雨飘摇之际。陆俨少在自叙中说道其入蜀时将一本钱注杜诗带在身边。“闲时吟咏，眺望巴山蜀水，眼前景物，一经杜公点出，更觉亲切。城春国破，避地

[1] 刘开渠：《傅山及其艺术》，《名作欣赏》1982 年第 1 期，第 128 页。

怀乡，剑外之好音不至，而东归无日，心抱烦忧，和当年杜公旅蜀情怀无二，因之对于杜诗，耽习尤至。”[①]这时再读杜诗的心境已与年轻时大不相同，国家危难之际与杜甫诗中忧国忧民的情绪相互映衬，更加扩大了杜诗的艺术魅力。正是在这样的情境之下，陆俨少对于杜诗的喜爱更进一步，“我好杜诗，更爱蜀中景物，二者天下无双，堪相匹配，遂多画杜陵诗意图”[②]。由此可见陆俨少对于杜诗的喜爱，创作《杜甫诗意图册百开》也深源于此。

陆俨少《杜甫诗意图册百开》的创作，也离不开其老师吴湖帆的鼓励。1962年，正是杜甫1250周年的诞辰，在吴湖帆先生的鼓励之下，历时数月完成了百图的创作。陆俨少的《杜甫诗意图册百开》的流传并非一帆风顺，自创作完成起经历着几番起伏。其中经历了增画、丢画、补画等坎坷，在这过程中陆俨少对于杜诗诗意图的创作风格也受时代以及自身经历的影响发生嬗变。

《杜甫诗意图册百开》的初稿并非全稿，其中包括早期创作的25幅，后来为纪念杜甫诞辰所补75幅，初现百开册全貌。其后《杜甫诗意图册百开》上缴上海画院，因管理不当丢失35幅，仅存65幅。尽管陆先生尽力追讨，最后却不了了之。1988年荣宝斋王大山先生建议其补画遗失之作，促成百开之数，补其之憾，从中得以窥见其中老年画风之变。1989年，陆俨少于北京怀柔县宽沟，奋力作画将剩余的杜诗诗意图补足百幅，复现完璧。1992年又汰其劣作补画之。补全的百开册展现了陆俨少中老年画作风格，包含其最具代表性和完整的画风嬗变。陆俨少在画作题字字体上进行区别，陆俨少最早所画25幅皆以楷书题款，后续75幅以隶书题字，最晚补画则以行草题之，用其区分画作时间。在《杜甫诗意图册百开》中展现了陆俨少中晚年山水画貌，中年所画佳作笔墨晕染显其画工精致缜密，山水云间溢其灵气流动，人景交映，水山相依，远近相衬，自成一派风流气度。中年其画之气度与杜诗诗意相合，诗情画意交融合一。晚年，陆俨少风格渐变，渐生苍润雄浑之风度，浑厚简约之风格，这与其绘画心境和人生机遇有着联系。总体上来说《杜甫诗意图册百开》不仅是杜诗诗意图中的代表佳作，更是陆俨少绘画风格嬗变之记录，由此可见其重大价值与意义。

二、诗情的画意展现

《杜甫诗意图册百开》是陆俨少创作的杜诗山水诗意图集。他以精湛的笔法和深厚的文学修养，使其杜甫诗意图既能够展现杜诗中的意象，又能够体现杜诗的神韵意境，从而做到诗情的画意展现。

陆俨少在创作《杜甫诗意图册百开》时并非是将杜诗所有诗句全部入画，而

---

① 陆俨少:《陆俨少自叙》，上海书画出版社，1986年版，第42页。

② 同上，第77页。

是选取杜诗中的一联两句进行创作，一句一景，情景之间圆融无痕。他所选取的诗句中的意象都富于动感和色彩美，这种动感与色彩美正与陆氏山水画法契合。《杜甫诗意图册百开》的第一幅“岸风翻夕浪，舟雪洒寒灯”，这联诗句中“翻”“洒”都是动词，也更是该句的精髓，在这一“翻”一“洒”之间，波浪卷曲之态，雪花飞舞之势尽在眼前。陆俨少的“留白法”“墨块法”等画水画云的方法恰能表现这样的意境，除了整体景象的勾画，画家还通过细腻的笔触勾勒曲线，以表达动态之感。夕浪翻卷是水之动态的展现，画家在留白的水面用曲线勾勒出水波以显动态。在《画语录》中陆俨少曾明确表达出线条对于表达动态之感的重要性，“要表现流动的水，只有运用各种线条才能达到预期的效果”。又第二十一幅图“正怜日破浪花出，更复春从沙际归”，“破”“出”“归”几个简单的动词就勾勒出了一幅动感画面，为了使图像同样具有动感，陆俨少使用了圆融的曲线，使画面呈现相呼应的动态。在图中浪花和沙滩之间就形成一张一弛的张力，动感十足。

除了富于动感的意象，陆俨少摘取的诗句中还有鲜明的色彩美。第二幅“江湖深更白，松竹远微青”，这二句诗有着明显的色彩之美，湖水因深而白，松竹因远而青，这一青一白相互映衬，不仅能够体现色彩的明丽，且能够表现出悠远的意境。陆俨少用不加点染留白来表现湖水，用晕染的墨色表现松竹之青，黑白灰相间，线条一气呵成，干净利落。这样的笔法能够自在地表现诗句中的意象意境。因此，我们可以说在选择入画的杜诗时，陆俨少是经过自己的思考，精心选取易于用图像表现的部分进行图文之间的转换，依据“可阅”的原则选择图像可以显现的部分。

陆俨少杜甫诗意图并非是意象的简单复刻和罗列，其重在通过画意来表现诗情，即诗歌的意境。陆俨少通过构图章法来表现杜甫诗意，在构图章法上重气势。制造气势首先要求画有主题，紧接着要具有倾向性。所谓的倾向性就是要求整个画面的势产生倾倒，倒向一面。这种倾向性，是由许多个局部相互配合才产生的，一开引起一合，开合之间，要有一定的倾向，在彼此响应中求共同倾向。他强调作画要会取势，四平八稳则不见气势，轻重缓急、虚实相间，倾向性十分明显。《杜甫诗意图册百开》描绘了许多重峦叠嶂，云水激流，这些山水充满了“险势”。正是这些巧妙的构图和章法使得画面一下子生动起来，有了强烈的生命力。这种生命力与杜甫诗意中激荡的情怀和强烈的愤慨相吻合。第十四幅“楚宫腊送荆门水，白帝云偷碧海春”中，水势磅礴，而且这水势不是无源而来，激荡的水势与两岸耸峙的山峡两者依势而成，形成自然的山水动态之感，在这样的构图之中完全地展现了该诗的磅礴气势。又如第十七幅“楚天不断四时雨，巫峡常吹万里风”。该图中上半部分皆是重峦叠嶂，烟云笼罩的高山，给人一种向前倾斜之感，下半部分是山间奔流而下的激流，这一动一静之间倾向之势相合，给人动态之感。这种画中的山水之势正与杜甫诗中的情感相吻合。因此我们能够说在陆俨少创作的杜甫诗意图的构图和章法之中就蕴含着与杜甫诗歌相一致的气韵，这种气韵正是使图像展现诗歌意境的关键所在。

除了构图和章法使图像能够表达诗歌意蕴外，作者绘画的风格和技法也是不可缺少的一环。首先，陆氏山水风格与杜诗诗歌神韵有着相似之处，这一点不仅是杜诗诗意图转换的基础，更是诗意图完美转换的关键。陆俨少的绘画笔法兼容南北宗。车鹏飞对陆俨少南北宗兼容的笔法进行过阐述："用作北宗，山石外廓线的转折处已迹连一笔，呵成一气，外呈方折，内现圆健，刚中透柔，雄中见秀，劈刮成皴，也讲究软硬兼施，虽威不霸，虽猛不野。重按处不板滞，轻提处不浮躁。所作南宗，山石外廓线化圆为方，化柔为刚；皴笔坚挺爽辣，神定力足，因势纵笔，气度雄大，笔如钢丝。韧中见硬。"[①]南宗使用披麻皴来描绘山水，表现的是婉约柔美的气象，但婉约与杜甫诗歌的沉郁顿挫、悲愤激荡难以融合，北宗使用斧劈皴适宜表达苍劲、凝重之感，这虽与杜甫诗歌的整体气象相吻合，但仅用北宗画法过于沉重，使得图像豪气有余含蓄不足，也不能够完全表达杜甫诗歌中展现的艺术化的诗情。因此陆俨少兼用南北宗的山水技法恰好与杜诗中包含的理性悲情和感性诗意相互照应。正是在这样的基础上，陆俨少的杜诗诗意图不仅能够将杜诗的神韵确切地表现出来，又能够达到较高的艺术水准。

其次，陆俨少的独创的"留白""墨块"等绘画新技法，使画面呈现出的气韵与杜诗意境完美契合。所谓"留白"就是以水墨留出白痕，这种白痕在陆先生的作品中多数用来表现云雾，也可以被看成泉水、山径和浪花。所谓"墨块"法，以浓墨积点成块与留白处不仅形成图像内容上的呼应，而且一黑一白间完成了画面的整体构图。在《杜甫诗意册百开》中展现这两类技法的图画相当之多。第十二幅"白狗黄牛峡，朝云暮雨祠"图中的"留白"处呈现水势又表现云雾，将"留白"之法淋漓尽致地展现出来。在该图中山峦之上的留白代表缭绕的云雾，两山之间的空白则代表着河流，这样的留白不仅完整地呈现诗中所描述的"朝云""黄牛峡"等巴山蜀水的壮丽景色，同时也使画面展现出一种氤氲的水气。这与杜甫在整首诗中所表达出的情感一致。第十一幅"平地一川稳，高山四面同"，也同样展现出陆俨少独特的"留白"技法。

与"留白"相呼应的是"墨块"，在杜甫诗意图中，陆俨少经常用墨块法勾勒出云团。第二十五幅"雨急青枫暮，云深黑水遥"，这幅图画的近乎一半都是大块的墨色，陆俨少用这些重叠的墨块来表现"雨急"，营构一种风雨欲来之势。在大块的墨色之后，陆俨少还留出一小段空白，更进一步表达"雨急"。

三、诗情与画意的流动

诗意图创作的过程是一个图文双向推进的过程。唐代张璪认为绘画的基本

---

① 车鹏飞：《陆俨少山水用笔浅析》，载于北京画院编：《搜妙创真：松石斋藏陆俨少书画精品集》，广西美术出版社 2013 年版，第 234—235 页。

原则便是“外师造化，中得心源”，强调画家的内心情志与外物之间的交流。将张璪的观点引申至诗意图的创作中便是画家内心与诗歌情意的交融与共鸣。陆俨少在创作杜诗诗意图时就曾表达出对于杜诗的极大赞美，并认为“秉性近杜”，这正是“造化”与“心源”的交融。由此看来《杜甫诗意图册百开》中诗情与画意的互动，共同构成了这件伟大作品的价值意义。

一方面，画意促进诗情的发散。陆俨少的《杜甫诗意图册百开》以其精湛的绘画技巧和独特的谋篇布局使其在中国现代山水画界具有举足轻重的地位。画中每一笔线条的勾勒都蕴蓄着杜诗诗情，这既是杜诗赋予诗意图的精神感悟，也是诗意图彰显精湛笔力的妙处。杜诗诗情在画意的相衬之下散发出新的活力和光彩。这种影响力不仅使人们对于陆俨少的山水画作品感兴趣，也促进了人们重新审视杜甫诗歌的热情，使得人们在阅读杜甫诗歌时不仅注意到其中深沉的悲愤激荡之情，也不自觉地关注起诗歌中所蕴蓄的动态和色彩之美。这种崭新的视角能够有力地推动人们对杜甫诗歌的进一步研究。

另一方面，诗情为画意提供根源。中国绘画一直以来都扎根于中国文化的沃土之中，也正是中国文化赋予了传统绘画以无尽的素材和特殊的审美追求。传统绘画重情求意，并不是绘画者写实能力欠缺，而是他们将求意作为更高的艺术追求。唐代张彦远就认为意是绘画之灵魂，提倡“意在笔先，画尽意在”。同时，中国传统写意又不同于西方绘画中的纯粹抽象。中国画家将写意的基础建立在对山水、人物、花鸟等具体事物的适当变形之上，将其视为传播意趣的媒介。而两者最佳状态就是心物交融，也正是基于这样的写意要求，中国绘画一直遵循着绘画与诗歌之间的联系。“诗画本一律”“淡墨写作无声诗”“诗是无形画，画是有形诗”等观点都体现了诗情与画意难以分割的联系。以诗情入画，必然会提高绘画作品的艺术地位，同时也不断强化画意的彰显。陆俨少《杜甫诗意图册百开》选取杜诗中的一联两句进行创作，一句一景，主要是通过化意象为图像来表现杜甫诗歌的意蕴。由此可见，杜诗为陆俨少的艺术创作提供了丰富的素材。其次，文学影响绘画的整体风格。在陆俨少众多杜甫诗意图的创作中，杜诗不仅为画家山水创作提供了绘画素材，也影响了其绘画的整体气度。陆俨少在绘画的过程中逐渐形成了兼容南北宗的绘画笔法，这种笔法的形成与其少时学画即熟读杜甫诗歌不无关系。正是陆俨少这种独特的笔法能够与杜甫诗歌中感性与理性交织的情感相契合，把杜甫诗歌以绘画的方式完美展现。因此，陆俨少杜甫诗意图巨大的艺术成就也离不开杜甫诗歌的有力推进。

我们可以清晰地看出在诗意图创作过程中，诗情和画意的双向流淌。诗情为画意提供素材和根源，画意又通过其巨大的影响力促进着诗情的传播。中国向来有“书画同源”“书画一体”的说法，文学和图像这两种艺术形式是一脉相连，殊途同归，同在追求情志与意趣。书画虽属于两种不同的艺术形式，但是两者在转换的过程中却能够相互促进和生发，展现出新的活力与光彩。《杜甫诗意图册百开》是现代山水画的经典之作，陆俨少以独具特色的山水画法以及兼容南北宗的绘画风格，完美地诠释了杜甫诗歌中蕴蓄的沉郁情怀。对杜甫诗歌的诗意图创作包含了既涉及图文转换，又是一个以画意来展现诗情的过程。

总而言之，从宋代始创诗意图，历经几个朝代的发展，至明末清初在崇杜学杜的风潮的影响下，杜甫诗意图的创作达到历史高峰。王时敏的《写杜甫诗意图册》在一部分册页中很好地表现了杜甫诗意，但也有一些册页温润雅正的画风与杜诗有所不符，限制了杜甫诗意的表现深度。傅山的《江深草阁图》是傅山文学观与美学观的集中反映，画面莽莽苍苍，多苦涩、荒寒、悲苍之意，以刚直寂寥的意境谋合了杜诗，从内容到风格都与杜诗达到较高程度融合一致，使杜甫诗意图无论是外现的形象、还是内涵的感情和艺术风格的追求，都呈现出一个前所未有的高度。至现代，画界对杜甫诗歌的钟爱经久未衰，陆俨少作《杜甫诗意册百开》，兼容南北宗画风，以独具特色的山水画法再次诠释杜诗情怀。

诗与画是中国传统艺术精神的显著体现，二者超越艺术界限通融协调的过程漫长而延绵。诗意图是诗画结合的必然产物。诗意图的诗画结合表现在三个递进的层次上：一是诗与画表面内容的结合。通过这样的诗意画，观者两相对照，有助于加深对诗句内容的理解。二是诗与画意境上的结合，这类诗意图以画境再现出诗境，并进一步表达出诗歌蕴含的思想感情，往往以古人佳句引发画思，注重笔墨的抒情功能，常常寓情于景，情景交融；三是诗画内面精神上的结合。主要表现在诗与画的艺术风格的吻合上，要求画家不仅高度熟悉诗人的生平，认识诗歌的艺术特点与价值，同时对于诗中所蕴含的思想感情能够做到感同身受，“如状目前之景”，“如道腹中之事”，这类诗意图需要画家更深厚的文学素养和更加丰富的生活积累，与诗人有着相同或类似的艺术追求和审美取向。往往随兴所至，心手相应，画境如诗，意味悠远，思致丰满。

第九章 白居易诗歌与图像

白居易是唐代伟大的现实主义诗人，中国文学史上负有盛名且影响深远的文学家。他的诗歌题材广泛，形式多样，流传至今的有3000多首，数量居唐代名诗人之首，并以通俗性、写实性而广为传诵，长篇叙事诗《长恨歌》《琵琶行》更是脍炙人口的篇章，所谓“童子解吟《长恨》曲，胡儿能唱《琵琶》篇”。尤其以《琵琶行》为代表的经典诗歌更是不断被人们以绘画形式进行演绎，构成了中国文艺史上一个特殊的现象。为什么白居易的诗歌作品对书画家有如此大的吸引力呢？以白居易诗歌为绘画题材时，画家是如何处理诗歌文本的“约束”“规范”呢？又是如何发挥艺术想象力，在诗歌文本“约束”“规范”之外进行灵活的艺术重构呢？本章借此期望通过梳理白居易诗歌图绘现象，理解诗歌与图像之间的艺术包容力。

第一节 白居易诗歌与其图绘现象概述

白居易的诗歌作品现存3600多首，主要分成讽喻、闲适、感伤和杂律四大类，其中以感伤叙事长诗《长恨歌》《琵琶行》艺术性最高和传播最广。而白居易诗歌被画家演绎次数最多的也当属《长恨歌》与《琵琶行》，其中，又以《琵琶行》最为突出，被画家反复演绎作品达50余幅，尤以明、清画家最多，20世纪现当代著名画家也不断地注以新的理解与诠释。《长恨歌》图像作品也达20余幅，唐、明、清、现当代均有画家将其绘成图像作品，以现当代居多。

白居易其他经典诗歌被图绘作品有现当代海派国画艺术大师程十发所绘《卖炭翁》、工笔人物画家华三川所绘《唐人诗意画 · 卖炭翁》、潘絜兹所绘《白居易卖炭翁诗意》等。这类画作演绎的是白居易讽喻诗《卖炭翁》，通过疲惫的牛车、衣着褴褛的老翁、蛮横的官员，重点描绘了卖炭翁的辛苦与官吏丑陋的嘴脸。《卖炭翁》诗歌中的主要人物老翁、官吏在绘画作品中有所呈现，另外，炭车、困牛也是图像中的重要元素，而正是牛车与老翁的双重组合，使深谙白居易诗歌的人，在见到该类绘画作品时立马就能联想到其《卖炭翁》诗歌。然而，就诗歌与绘画作品本身而言，《卖炭翁》诗歌用20句135字，便完整地记述了一位卖炭老人烧炭、运炭和卖炭未成、被宫使掠夺的全部经过，是一个完整的故事。仅用一幅

《卖炭翁》绘画作品是无法完成一个完整故事的叙述的，只能表现故事“经典”一瞬间的动作，这是诗歌与绘画作品的最大区别。关于这个问题，在本章其他部分也将展开论述。

《重赋》是白居易《秦中吟十首》中的第二首，此诗也是一首现实主义诗歌，它以农民的口吻叙述社会的不公平，深刻揭露了统治阶级的贪婪，表达了对广大劳动人员的深切同情。当代书画家范曾绘有《重赋·写白居易诗意》作品。在图像中，再现了一位衣着褴褛、瑟瑟发抖的单薄老者，意在通过这个形象表现老者因为重赋而导致的穷困、“体无温”。同时，图像还再现了另一人物代表——幼者，他躲在老者身后，半露出瘦弱的小身躯，用怯生生的眼神来看待周围的一切，表现了幼者对当时社会的惶恐与害怕。与诗歌唯一不同的是，诗歌中仅描述“幼者形不蔽”，但绘画作品中却通过幼者单薄的衣服、稀少的头发等细节表现幼者生活的困顿与饥饿。从这方面来说，绘画作品超出了诗歌文本的“约束”与“规范”，有画家个人的理解，并充分发挥了想象力。图像中另一特别之处在于，在图像右边的石块上，画了一位坐着的、衣着整洁、头戴官帽的中年人。在《重赋》这首诗歌中，就语象而言，无该人物形象，就故事情节而言，也不是故事的主角。但由于全诗采用的是文章的主角以自述的方式向上级官吏控诉所受迫害的方式来叙述故事，画家作为阅读者在阅读《重赋》这首诗时，就很自然地能够进入到故事中，“绘出”这个上级官吏，仿佛他就是这个“倾听者”，他在与老者“对话”，全图洋溢着很强的故事性，充满了对下层劳动人民的同情，对官吏寄予厚望，希望官吏能够“倾听”劳动人民的心声，理解劳动人民的痛苦，并改善社会现状。范曾的《重赋·写白居易诗意》作品充分说明，优秀画家在诗歌文本“规范”范围内，可以充分地发挥艺术想象力，进行诗意画作品的创作。

以上可以看出，诗歌与绘画在碰撞过程中，画家首先是一个读者，需要理解、领悟、倾听文本，坚持文本的观点，从而才能迈开诗画演绎的第一步。同时，由于诗歌语言文字的“间接性”，诗歌在用文字表达一个观点时，这个观点虽然能借语言的表意性而广为大众接受，但不同的人在阅读诗歌时，在“他”的语言世界中，却能呈现出一千个不同的“哈姆雷特”。画家作为读者，理解了诗歌文本的观点，并提起画笔呈现诗歌时，他所绘的图像作品再现的就是他的语言世界中的“哈姆雷特”。不管传达的是诗歌核心文本意图，还是重点再现某一场景，都不能曲解与过于放大诗歌诗意。其次，在阅读文本的过程中，也要善于发现诗歌与绘画之间的同构特点，用更广阔的视角和全方位的观察去审视对象，联想它们在各个状态下的视觉效果，用最恰当的方式，重组诗歌内容，通过多样的图像作品共同构成同一首诗歌的“形”与所指意义。

第二节 《琵琶行》诗歌及其图像

一、《琵琶行》诗歌

《琵琶行》作于元和十一年(816),即白居易贬官江州的第二年,在这样一种时代背景下所创作的《琵琶行》诗歌,也就并非诗人单纯的偶发一时感兴之作了,而是融入了自己的种种体验与思考,包括官场的失意、被贬之后的落寞、世事无常的感叹、精神上的苦闷、空有满腹才学却报国无门等,无法摆脱迷惘、感慨和感伤,只好"向内"寻求精神的满足,将迁谪之意在诗歌当中升华,道出了自己仕途失意后的满腹心酸。"同是天涯沦落人,相逢何必曾相识",随着这琵琶声与悲泣声的交织,主题鲜明,所叙故事曲折感人,语言通俗,精而不晦,内容贴近生活而又有广阔的社会性,雅俗共赏的《琵琶行》成了千古绝唱的诗篇。

二、《琵琶行》图绘现象

虽然《琵琶行》在创作不久后就流行于朝野之间,并传播至少数民族地区,实际上这种热闹只流行于平民之中,并没有受到当时文人群体的推捧。究其原因,一方面是它所代表的叙事歌行体在当时诗歌异常繁荣的时代,并没有被文人所看重,因而在他人编选诗集时,受到的也是"视而不见"或"见而不选"的冷遇。既如此,也就很难在当时的文人群体中扩大《琵琶行》诗歌的影响了。同时,处于上层的士族王公,对于文学作品的接受主要是凭借拥有的政治、经济力量进行提倡与干预。虽然他们会对文学作品中的情感基调有所反应,但还是得维持其所处的那个阶层的体面,因而对于《琵琶行》这样一首隐含贬谪之意的诗歌,不会在其他艺术表现形式当中大加表现。与此同时,在唐代诗意画的创作发展当中,画家所热衷于表现的也是绝句或律诗当中的意境。如郑谷的《雪诗》:"乱飘僧舍茶烟湿,密洒歌楼酒力微。江上晚来堪画处,渔人披得一蓑归。"当时的段赞善就据此诗意境绘成图画,竭力表现曲尽潇洒之思。内容比较丰富,情节比较曲折的长篇叙事文学作品,并未受到画家重视。虽然在此之前,图绘曹植《洛神赋》内容的《洛神赋图》已经有比较成熟的作品,然而这只是绘画叙事另一个角度的探索,文学叙事作为绘画叙事的表现对象,并未形成一个传统。

《琵琶行》诗歌向绘画转化的冷落状态一直维持到元代。元朝作为一个由游牧民族作为统治者的朝代必然要维持统治者的利益,打击压抑被征服民族,处于下层的人们深受压迫与歧视。江南的文人也不再有读书做官的传统老路可走。他们地位低贱,生活窘困潦倒。然而他们作为社会中最具意识形态敏感度的成员，必然要通过其他的方式排遣抒发对现实的无奈和不满，寄托清高孤傲、孤芳自赏的情怀。山水、诗、画就成了他们的精神避难所，状物寄情，遣怀明志，风行一时。而此时《琵琶行》诗歌吸引画家的目光也就顺理成章了，此时有张渥的《琵琶仕女》图出现。郑东有《题张叔厚画琵琶仕女》诗云："虾蟆陵下春风梦，浔阳江头秋月愁。莫怪青衫容易湿，多情司马雪盈头。"[1]此诗四句，皆含有白居易《琵琶行》中的语意，张叔厚即张渥，故可知元代张渥《琵琶仕女》中的仕女当指《琵琶行》中的歌女，是较早的《琵琶行》诗意画。此外，元末明初的高启作有《白傅湓浦图》。《琵琶行》诗意画创作已初见端倪，只可惜这些画已不存，或不流传于世，无法确切地知晓画的全貌。

明代则是中国封建社会发生急剧变革的时期。明初统治阶级采取了一些恢复发展生产力的措施，因而商品经济获得了相应的发展，在江南已产生了资本主义萌芽。由此，市民文艺开始滋生与昌盛，通俗文学发达，间接或直接地影响到当时的美术包括版画的发展。明中期以后，城市工商业的发展及与之相应出现的文学现象又促进了社会审美趣味的变化，束缚艺术家创作自由的宫廷画院逐渐失去了发展的条件，便自行消沉下去。同时，在江南地区，新的文化意识与审美趣味渗入了文人书画，形成了注重个性抒发而又具有创作精神的文人画流派，尤其是在野文人及近乎职业化了的文人画家助成了这一画派的发展。很多士大夫以诗人画家的身份出现，他们传播着自己的政治观、人生观和美学观，诗画的完美结合成为衡量他们的艺术修养和学识水平高下的标准。因而，《琵琶行》诗歌画题在明代创作活跃，时代背景为其创造了客观的条件。

清代一方面恢复和发展农业生产，极力维护封建秩序，巩固封建小农经济与封建文化系统，实行紧锁国门的闭关政策，阻碍明代中叶以来萌芽的资本主义经济的成长，另一方面推行保守的政治文化政策，儒家思想被奉为正统，在对士人学子严加镇压的同时，又采取引诱、麻痹和笼络的手段，在顺、康、乾几朝，兴盛科举，开博学鸿词科，编修《四库全书》。所以，清代文化与其他朝相比自然不弱。然而，这一时期仍然存在着尖锐的民族矛盾和阶级矛盾，在不少文学艺术作品中，表现出批判封建制度和反对清朝统治的思想倾向。在没有理想的人生道路可走的情况下，文人退隐，纵情诗画，也是摆脱苦闷、治疗心伤的一剂良药，尤其对于遗民来说，在落入国破家亡、悲愤无声时，"游于艺"，也是他们不得已的一个人生选择。就在这样一种仕进之志落没时代，艺术创作反而闪烁着耀眼的光芒。含有贬谪之意的《琵琶行》诗歌在报国无门而仍讲究诗、书、画三位一体的清代也就继续有情感寄托的佳作出现了。

从鸦片战争开始，中国社会在灾难深重中痛苦而又急剧地发生变化，随着国门的打开，一如整个中国近现代文化的过渡性、矛盾性和蜕变性，近现代绘画也

---

① 陈邦彦：《康熙御定历代题画诗》(上卷)，北京古籍出版社 1996 年版，第 722 页。

充满了新旧交替、中西混融的特色，门类更加齐全，大量吸收外国文化艺术，逐渐向较为大众化的写实过渡。作为历史故事画题的《琵琶行》的创作也才开始有了实质性的变化，《琵琶行》像莲藕一样开始萌芽、生产，以致形成《琵琶行》绘画情结，并由于含有精神原型的文化烙印，迅速推向了另一类艺术的巅峰。众多的画家以自己的艺术才情诠释了《琵琶行》诗歌，《琵琶行》图也异彩纷呈起来。

三、《琵琶行》图像演绎及分析

(一)《琵琶行》图像演绎历史

元代张渥的《琵琶仕女》图与元末明初高启的《白傅湓浦图》已不存，或不流传于世，故《琵琶行》图像以明、清、现当代三个阶段择其重要作品做一简要梳理。

1. 明时期《琵琶行》绘画作品

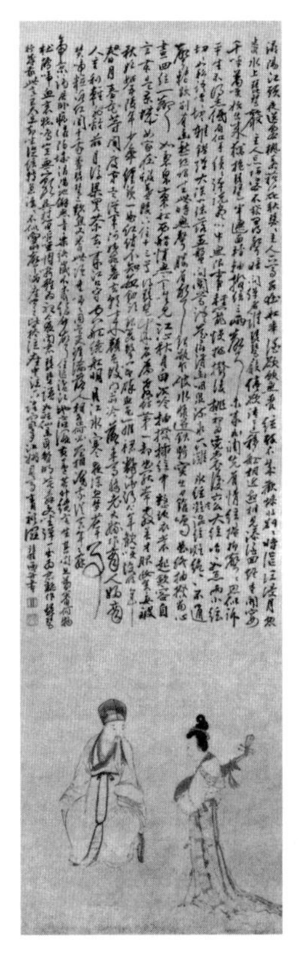

图 9－1 郭诩 《琵琶行》立轴 北京故宫博物院藏

从文献资料看，现存最早的当属郭诩的《琵琶行》立轴(图 9－1)，纸本，中长幅，白描画，款署：“清狂画并书”，下钤“仁弘”印，又一印模糊不辨。笔法秀美，不作狂态。《中国美术大辞典》称：“明嘉靖八年(1529)郭诩，隆庆三年(1569)文嘉和清代吴历四十一岁时所作的《琵琶行图》，均能表达白氏诗意。”①

唐寅也是富有《琵琶行》情结的一位画家，有《浔阳八景图卷》传世。其中有一部分《琵琶行》诗意画，画作描绘了“浔阳江头的风景”，人物虽然数量较多，但都偏于画面下方和右下方，所占的比例很小，但是还是能看到主角。画上题诗：“浔阳未必是天涯，两岸风清芦荻花。谁是舟中白司马，满江月明听琵琶。”“同是天涯沦落人”的沦落感并没有在诗中体现，画面中宁静多于伤感。另《石渠宝笈・初编》卷四十②曾载：“明唐寅《琵琶行图》一轴。上等天一。宣德笺本，淡着色，画款署‘吴趋唐寅’，下有唐伯虎一印，右方下有吴趋一印，左方下有谢湖一印，上幅素笺乌丝阑本。文徵明小楷书《琵琶行》。款识云：‘嘉靖二十一年壬寅秋八月五日书于玉兰堂。徵明，时年七十三’，下有徵明连印，前有晤言室一印，画幅高二尺三分，广一尺二寸六分，书幅高九寸三分，广同。”可惜作品没有流传下来。但从乾隆题写的《题金廷标琵琶行图》的跋中

① 邵洛羊编：《中国美术大辞典》，上海辞书出版社 2002 年版，第 208 页。

② 张照等编：《石渠宝笈・初编》卷四十，《四库全书》本，第 50 页。

得知，唐寅旧图，有琵琶伎在别船。另一部藏于美国大都会艺术博物馆，出自唐寅之手的《琵琶行》册页，就是比较早的此类画作。

此外，《石渠宝笈》也载有仇英的《琵琶行图》轴，收此为二等，素绢本，着色，画款识云："嘉靖壬子秋日实父仇英制"。此图即仇英《人物故事图册之五〈浔阳琵琶〉》，人物鞍马，似仇氏风格，而树石不类，极似仇英摹宋人马和之本。另外，郭诩的《琵琶行》图据载也是仿马和之笔法，可见马和之对后代绘画的影响极大。文嘉也不只一幅《琵琶行》图，日本北野家及大阪市立美术馆藏就有两幅。

董其昌在文、书、画领域的造诣都很高，不仅提出"南北宗论"，更将这一审美见解体现在书与画这两种艺术实践上，形成了独特而又有禅味的士人意境。《中国古代书画图目》载首都博物馆藏有其作《琵琶行图并书卷》。

以上为明代具有代表性的画家所作的《琵琶行图》轴，其他见于《中国美术大辞典》的有曹曦作的《浔阳送别图》、宋旭《白居易诗意图》、陆治《浔阳秋色图卷》（见图 9－2）、李士达《浔阳琵琶图》、陈焕《琵琶行图》等，大都会艺术博物馆亦藏有丁观鹏《浔阳送别图》一幅。

图 9－2　陆治　《浔阳秋色图卷》　美国弗利尔美术馆藏

2. 清时期《琵琶行》绘画作品

至清代后，仍然有众多画家喜爱此题材。

张翀藏于广东省博物馆的《琵琶行诗意图》[①]，苍郁秀润，不画山水树石，只绘一艘小船，船头坐一抱琵琶的女子，表现的是"琵琶声停欲语迟"之意，启发了后来的创作者。

吴历也曾有多幅《琵琶行》图绘作品。41 岁时所作《琵琶行图》卷，构图明快空旷，清润秀丽，皴染工细，很像王鉴的风格。而 50 岁时的水墨《白傅湓江图》则是借《琵琶行》的故事内容表达了对朋友许青屿罢黜遭遇的深切同情。画上题诗："逐臣送客本多伤，不待琵琶已断肠，堪叹青衫几许泪，令人写得笔凄凉。"同年十月，又有设色《白傅湓江图卷》，款题："予在岙中第二层楼上，师古得此。墨井道人并题。辛酉年冬十月廿八晓窗。"

① 段书安：《中国古代书画图目》第十三卷，文物出版社 2001 年版，第 138 页。

袁江的《琵琶行诗意画》是新乡市博物馆藏品，左上角题“用马和之法拟琵琶行意”，下有方形印信两枚，上朱文，下白文，字迹不清。此图的特殊之处在于采用的是“袁派”的界画技法，体现出界画细腻不苟，工整严密，不失毫发，勾勒准确的优良传统和特有技法，对界画的发展做出了突出贡献。另外，袁江还有一幅《浔阳饯别图》，题签“甲子春，贱辰同志丁雅轩兄购赠以为纪念，吴奈法志”。

袁江其侄袁耀深通营造法式，也精于界画，其《浔阳饯别图轴》（图 9－3）显示出明显的家学特色，用笔较之袁江更加精工细致，既庄重又不失活泼，脱离了一般界画的呆滞气。

图 9－3　袁耀　《浔阳饯别图》　中国美术馆藏

金廷标亦曾根据白居易《琵琶行》诗意作画一幅。《冷庐杂识》卷三中称：“宋人画《踏花归去马蹄香》，以数蝶随骑擅长。国朝画院祗候金廷标画《琵琶行》，不似唐寅直写一女抱琵琶，而画白乐天等属耳之情，为高庙所称赏。”①

沈宗骞著《有芥舟学画编》，无论是其创作理念还是具体的实践，都对后世画坛的影响十分深远。其《琵琶行图》轴藏于天津市历史博物馆，只绘琵琶女形象，再现的是“低眉信手续续弹”“别有幽愁暗恨生”之诗意。

任颐的《琵琶行诗意图》扇面，作于光绪五年（1879），从题款中可知，此图仿仇英的笔法，亦只绘琵琶女一人。

此外，“海上四任”当中的任预也有《浔阳夜月图》，此画也是根据白居易的

① 陆以湉：《冷庐杂识》卷三，崔凡芝点校，中华书局 1984 年版，第 136 页。

《琵琶行》而创作的，题款："浔阳夏月图，拟文仇两家法"，摄取的是"元和十年，予左迁九江郡司马。明年秋，送客湓浦口"的情景。

其他清代《琵琶行》绘画作品有张宗苍的《白香山琵琶行诗意图》扇页，殷茂、王宸、张琦各一幅图轴。

3. 现当代《琵琶行》绘画作品

傅抱石曾就《琵琶行》这个题材创作过多幅画作。其门生沈左尧说白居易的《琵琶行》是抱石先生最喜爱的重点"保留节目"之一。这些同题之作，以作于重庆为多，1949 年后，该题材所写极少，目前所见，只有 1950 年与 1964 年各一件，也许与新中国成立，画家生活的环境与自身的心境都发生变化直接相关。其中 1940 年之作绘六人一马，款识："新谕。傅抱石重庆西郊写"。钤印："抱石私印(白文)，踪迹大化(朱文)，抱石得心之作(朱文)。"1944 年重庆之作在 2007 年的嘉德秋拍中，成为近现代书画的热点之一，场内外买家竞投激烈，最终成交价达 784 万元人民币，可见此图的艺术价值。1945 年之作，题识："乙酉，抱石写于东川金刚坡下"。钤印："傅抱石、抱石斋作、往往醉后、新谕。"傅抱石的这些《琵琶行》，章法多有不同，各具情趣。

方人定于 1948 年至 1958 年间，以白居易的长篇叙事诗《琵琶行》为题材，经过八年的时间创作了《琵琶行》(22 幅)组画，体现了画家"据诗作画"不凡的艺术表现力。

王叔晖善工笔人物画，其《琵琶行》图，款识："千呼万唤始出来，犹抱琵琶半遮面"。

陈逸飞根据《琵琶行》创作的油画作品《浔阳遗韵》，在香港佳士得 1991 年的秋季拍卖中，以 137 万港币创下中国油画拍卖价格的最高纪录。8 年以后，当《浔阳遗韵》再次拍卖时，它的成交价已经到了 297 万元。艺术品的价格也成了衡量其价值的一个重要标准。

此期关于《琵琶行》画题的作品还有黄少强的《江上琵琶图》、刘旦宅的《琵琶行诗意画》、傅小石的《琵琶行》图。吴声、于水在 1980 年时合作《琵琶行》诗意图，十年后二人又合创了《琵琶行》长卷诗意图和《浔阳宴别》长卷图。潘絜兹也有《琵琶行图》和《琵琶妇・芦花》(花与女组画之六)。林风眠的《琵琶仕女》图则把我们带入了白居易的《琵琶行》"大珠小珠落玉盘"的视觉世界里，生机盎然，别具一种格趣。另外，吴冠中、黄均、杨力舟、韩伍、吴绪经、孙敬会等均有《琵琶行》画题相关作品存世，各幅作品都体现出《琵琶行》情结能长久激发人们的创作欲望。除此之外，日本画家也有《琵琶行》图绘作品，如桥本关雪的《琵琶行》图，显示了中国传统文化极大的传播力和感染力。

《琵琶行》诗歌正是以其独特的艺术魅力获得了其他艺术家的青睐，就是在这种群体性的使用当中，较之个性色彩的《琵琶行》诗歌也就具有了更大的包容性和更丰富的意蕴。

（二）《琵琶行》图像分析

根据目前《琵琶行》图画特点来看，自然山水的表达占了比较大的画幅比重，人物占比极小，重视意境的描述，这一类图可统一归纳至“山水意境式”；还有个别作品重在人物的刻画，以突出琵琶女形象为主，山水在画幅中不作为主要内容进行呈现，深化了对琵琶女的同情之意，这类作品可统一归纳至“人物特写式”；还有的作品以送别为主题，并直接在画贴上命名中“浔阳送别”图，展现出文人的情怀。

1.《琵琶行》“山水意境式”图像特点

自然山水历来是画家喜欢表现和歌颂的对象。文嘉的《琵琶行图》、袁江《琵琶行诗意图》等绘画作品中都有自然山水的摹画，为人物活动渲染了环境，从这一角度看，通过展现山水，景以缘情，情景相生，赋予了画面独特的视觉效果，开拓了《琵琶行》画题的表现范围。

同时，纵观多幅《琵琶行》绘画作品，其意境构成与山水画有相似之妙，通过构图的安排、虚实的处理、笔墨的运用等，将诗歌文本的意境美融入画面中，呈现出或空灵、含蓄、隽永，或缥缈、奇幻的意境之美，显然遵循的不仅仅是诗意画的创作原则，也秉承了山水画创作中对意境追求的一贯理念。从这一点看，如果忽略《琵琶行》诗歌原句或主题在图像中的呈现，部分《琵琶行》诗歌甚至可以归于山水画之列。

以藏于首都博物馆的董其昌的《琵琶行图并序》为例：

（1）出现了山水画中的常见物象，如山、石、草、树、船等。

（2）江面上的船只及人物与自然山水的比例、人物在整幅画面中所占比重显然比较小，几乎成了画面的点缀。

（3）构图多取平远之景，远山近水，疏密有致，意境清远萧瑟，显示出推崇自然，讲究意境与“经营位置”的创作理念。当然，这与画家个人的审美观与创作追求是一脉相承的。

综上所述，《琵琶行》“山水意境式”图像的主要特点有：传承了山水画创作中对意境追求的一贯理念，全图意境缥缈，重视笔墨，人物不是主要呈现的对象，但对于画作来说又是必不可少的，形成“一山一水一船一曲”的基本模式，这种图式以明清时期的《琵琶行》图最为常见。

2.《琵琶行》“人物特写式”图像特点

《琵琶行》图像中另一类作品，突出表现“琵琶女”演奏的情景，画中的“琵琶女”不是画面的点缀，而是艺术表现的重点对象，以郭诩《琵琶行》图、沈宗骞《琵琶行图》、任颐《琵琶行诗意图》、傅抱石《琵琶行图》的诗意画中可见，呈现出独特的艺术魅力。这类突出描绘“琵琶女”的图像，与“山水意境式”图像相比，风格差异较大，可归入人物仕女画类别当中，是人物仕女画当中闪亮一笔，对传统仕女画创作有所继承的同时，更有较大的突破，呈现出以下特点：

（1）坚持表现平民女子的同时，深化了对下层妇女的同情之意。《琵琶行》中所表现的女子，是平民女性中既有姿色、又有一定才华修养的人，但因附庸于他人，社会地位反而更低，对这种女子的重点表现，尤其是经典诗歌当中主要女性人物形象的展示，扩展了题材内容，也深化了对下层妇女的同情之意，体现了时代审美心理的转变及情怀自拟的取舍选择。

（2）精巧的细节描绘，使图像浸染着浓郁的感伤色彩。《琵琶行》诗歌文本描写当中，深深浸染着诗人哀怨悲怆的感伤色彩，琴声幽咽滞涩，诗人谪居浔阳，取酒独饮等情境无不构成了一种主观与客观浑融妙合的感伤的艺术境界。这种感伤描写无不自然地使画家的阅读感受发生移情作用，使《琵琶行》"人物特写式"图像也浸染着悲凉、哀怨的感伤色彩，不仅契合了明清时期以来仕女画着重追求与表现女性弱不禁风、多愁善感的情态，尤其通过细致的人物心理的刻画，表明仕女画对女性精神方面的重视。

（3）琵琶女的审美意识被放大，丰富了"怀抱琵琶"的经典造型样式。从《琵琶行》"人物特写式"图像中可以看出，《琵琶行》图像多"一船一琵琶一女"，且这种图像在明清以前有关女性的绘画中多无呈现，即使绘画作品中出现"琵琶女"，图式也仅仅为"一琵琶一女"，很少会有画家突出表现"一船一琵琶一女"，如吴伟的《琵琶美人图》，画面中即画出一位手抱琵琶的女子，侧面低首，神情幽怨哀愁，且无其他任何背景的装饰。但是随着《琵琶行》画作中"一船一琵琶一女"图式的不断反复表现与审美意识的放大，在对前一种审美文化的调整与补充的同时，"一船"对人物环境场景的必要渲染，既充实了人物形象，也突破了传统仕女画画面的视觉效果，极大地影响了后世审美观念和艺术创作。更进一步，画家在再现香山诗歌图像时，即使画作名称没有点破《琵琶行》诗歌主题，通过这种"一船一琵琶一女"的样式，也很自然地让人联想起白居易《琵琶行》中的琵琶女，意义深远。

综上所述，《琵琶行》"人物特写式"图像的主要特点有：以表现人物形象为重点，通常采用特写的创作方法，注重细节描写，将琵琶女的身形外貌、动作进行描绘，善于通过其他动作来暗示琵琶女的心理特征。同时，画面中也喜用芦苇或树枝、月亮渲染环境，但一般无全景的树和山石，由于多刻画琵琶女坐在船上弹奏的情景，较之以前的仕女画内容较喜表现"晓妆""嬉戏"等，扩充了表现内容：沦落的风尘女子江中弹奏或自述身世。这在放大仕女画的审美意识的同时，丰富了仕女画"怀抱琵琶"的经典造型样式，形成"一船一琵琶一女"的图式，《琵琶行》"人物特写式"图像代表作品有张翀的《琵琶行诗意图》、沈宗骞的《琵琶行图》和任颐的《琵琶行诗意图》，尤其在现当代的《琵琶行》绘画作品中，这种典型图像最为常见，代表性作品有王叔晖的《琵琶行图》、潘挈兹的《琵琶行图》等。

3.《琵琶行》“山水送别式”图像特点

在《琵琶行》诗歌中，诗中所述故事发生在浔阳，因而，《琵琶行》诗中主客分离所带来的离愁，琵琶女凄苦身世所带来的飘零感，“主人”仕途的坎坷所带的感伤等“感情”都赋予了“浔阳”这个地方，“浔阳”也成了离别感伤的“代名词”，承担起种种同人的情感命运相关的人格意义。当“浔阳”被赋予的“感情”沉淀以后，反过来，“浔阳”也就有了唤起内容、调动“感情”的作用，最终使人只要提到“浔阳”就能联想到感伤、送别、沦落等情绪。离愁、送别之情历来被文人骚客偏爱，虽有感时伤事的成分，但落脚点大多是暗示分别后的前途莫测、生死未卜，展现出文人之间的情谊。因此，《琵琶行》诗歌中的“浔阳江头夜送客”一句，也就经常成为画家笔下常绘的图像场景之一，积淀成文人传统的情感需求。且有的画家多以“浔阳送别”直接作为图像的名称，点出图像呈现主要内容与审美意识，如丁云鹏的《浔阳送别图》、文伯仁的《浔阳送客图》(图 9－4)。

图 9-4　文伯仁　《浔阳送客图》(局部)　美国克利夫兰艺术博物馆藏

这类图像作品以仇英人物故事图册中的《浔阳送别图》(图 9－5)《浔阳琵琶》、宋旭《白居易诗意图》(图 9－6)及任预《浔阳夜月图》为典型代表。这类作品山水、人物俱全，色彩较为丰富，全图多呈现出装饰色彩。相对于“山水意境式”图像，这类图像山水意境稍弱，山水石等多具备装饰色彩；与“人物特写式”图

图 9-5　仇英　《浔阳送别图》(局部)　美国纳尔逊-艾金斯艺术博物馆藏

图9-6 宋旭 《白居易诗意图》 天津市艺术博物馆藏

像相比，“山水送别式”图像中的人物一般较多，多“增”许多诗歌中没有提到的物品、人物等，河岸通常也会精心描绘，绘出送别的队伍。且由于非“特写”，所以对于人物的刻画不会那么细致，重点也不在于对人物心理、表情的刻画，而在于由“送别”作为引子，展现出文人之间的情谊，并引出接下来发生的事情：听曲感叹。

四、《琵琶行》图像对诗歌的演绎

同一首诗歌，为什么会呈现出不同的表现形式与审美趣味？画家是如何破解诗歌的主题，如何选择诗句呈现内容，如何通过个别语象的解悟逐步还原诗人的审美经验，如何处理领悟到的主题或意象，绘画作品中突出了诗歌哪些方面？哪些是与诗歌吻合的？哪些又不是吻合的？哪些情节是重点突出的？哪些情节又是略写的？诗歌中的人物形象与绘画作品中的人物形象一致吗？下面试图通过讨论《琵琶行》诗歌图绘现象当中的这些问题，以小见大地理解“文-图”关系。

(一) 画家对《琵琶行》诗歌内容的关注

画家及作品	图像呈现的内容	画中呈现的场景
郭诩《琵琶行图》	图画呈现“主人”及站立着的琵琶女，琵琶女怀抱琵琶，琵琶包装起来，场景为演奏之前或之后。	描绘了“千呼万唤始出来”或“沉吟放拨插弦中”之后的场景。
仇英《琵琶行图》(或称《浔阳琵琶》)	主宾和琵琶女在同一条船上，琵琶女背对画面，正在演奏，主宾聆听演奏。	描述了“移船相近邀相见”“低眉信手续续弹”的场景。
宋旭《白居易诗意图》	琵琶女和主客在同一条船上，琵琶女正在演奏，主客聆听琵琶弹奏，河岸人侧耳凝视。	描述了“移船相近邀相见”“低眉信手续续弹”的场景。

续表

画家及作品	图像呈现的内容	画中呈现的场景
董其昌《琵琶行图并书》	远山近树，丘石错落，流江瀚水，一叶小舟飘荡其上，隐约可见的琵琶女在演奏，另一条船上主客在欣赏。	描述了“枫叶荻花秋瑟瑟”的意境、“低眉信手续续弹”的场景。
文嘉《琵琶行》图	画面萧瑟，“主人”和琵琶女坐在一条船上，“主人”欣赏琵琶女之曲。	表现了“枫叶荻花秋瑟瑟”“移船相近邀相见”“低眉信手续续弹”的场景。
张翀《琵琶行诗意图》	只绘琵琶女独奏，突出琵琶女的形象，以此反衬出人物的孤寂心态，景致萧瑟空旷。	表现了“低眉信手续续弹”的场景。
吴历《琵琶行图》	主人与琵琶女同坐一条船上。	描绘了“低眉信手续续弹”或“沉吟放拨插弦中”的场景。
袁江《琵琶行图》	画面上两条船，隐约可见琵琶女。	描绘了“浔阳江头夜送客，枫叶荻花秋瑟瑟”的场景。
张琦《琵琶行图》扇	琵琶女坐在船头，对面另一艘船上，船夫正在撑船拉近两船的距离。	表现了“移船相近邀相见”的场景。
沈宗骞《琵琶行图》	琵琶女坐船头独奏。	描绘了“低眉信手续续弹”“别有忧愁暗恨生”的场景。
任颐《琵琶行诗意图》	琵琶女把琵琶放在身上，整理好容装，并把手插入衣袖当中。	描绘了“沉吟放拨插弦中，整顿衣裳起敛容”的场景。
任预《浔阳夜月图》	船上有主客，岸上送客队伍庞大，声势较大。	表现了“浔阳江头夜送客”的场景。
傅抱石《琵琶行》图局部 1948年作	人物在画幅中占有较大的比重，两条船，主宾和琵琶女分别坐在不同的船上。	表现了“移船相近邀相见”的“低眉信手续续弹”“别有忧愁暗恨生”的场景。
傅抱石《琵琶行图》1944年作	画面人物较多，主人正在听琵琶女演奏，岸上送客人物有错位现象，别有一番“悲泣”之感。	表现了“浔阳江头夜送客”“低眉信手续续弹”“别有忧愁暗恨生”的场景。
李可染《浔阳琵琶》	琵琶女在弹奏琵琶，“主人”手拿蒲扇，相对而坐，在画面中只见其背景，看不到其表情。	表现了“大弦嘈嘈如急雨，小弦切切如私语。嘈嘈切切错杂弹，大珠小珠落玉盘。间关莺语花底滑，幽咽泉流冰下难”的场景。

从上表中可以看出，画家对诗歌内容的关注，多为“浔阳江头夜送客，枫叶荻花秋瑟瑟”“千呼万唤始出来”“移船相近邀相见”“低眉信手续续弹”“沉吟放拨插弦中，整顿衣裳起敛容”等场景，可以看出，图像倾向于表现的内容为“送别、邀请、听曲、曲罢”等，这些诗句朗朗上口，多为经典名句，具有开放性，让人有充分的想象余地，有“欲说还休”之架势。以下以个别诗句做一分析：

"浔阳江头夜送客"这句诗歌中,诗歌叙述了夜晚在浔阳的江边送客的场景,有多少人来送客,是一个、两个,还是一群,诗人在诗歌中没有明确说明,而画家则根据想表达的重点,在画作中均有不同的呈现,"山水意境式"图像基本上不会呈现出此句内容,"人物特写式"图像通常也不会呈现此句内容,"文人送别式"图像则多呈现该句内容,但也有侧重点,表现出画家个人的审美意识与想象空间。如任预《浔阳夜月图》,描绘了奢华的、官僚派送客队伍,色彩艳丽,使画面无萧瑟之感,不同于诗歌中的"枫叶荻花秋瑟瑟"的意境。仇英的《浔阳琵琶》中,送客的队伍显然没有这么庞大,且无官僚派作风,江岸上仅两位仆人与一匹健硕的马,主人和客人则在船上听曲。

"移船相近邀相见"这句诗歌中,诗歌没有说明"相邀"之后,琵琶女和"主人"的船是靠近了一些,还是"主人"邀请琵琶女登上了自己的船,这种欲说还休的诗句特别富有想象的空间,不同的画家也根据自己不同的理解,绘画了不同作品,有的作品中,"琵琶女"登上了"主人"的船,在"主人"的船上进行演奏;有的作品中,"琵琶女"则是留在了自己的船上,"主人"与客人在另外一条船上聆听琵琶女的演奏。如宋旭的《白居易诗意图》中,"琵琶女"在主人的船上进行演奏,丁云鹏的《浔阳送别图》中则是"主人"与"琵琶女"在不同的船上,只是"琵琶女"的船离"主人"的船近了一些。张琦《琵琶行图扇》则更是直接描绘"移"的这个动作。"琵琶女"坐在船头,对面另一艘船上,船夫仿佛正用力撑船拉近两船的距离。诗歌的包容性与绘画强大的表现力由此可见一斑。

(二)画家对《琵琶行》诗歌语象的选择

在阅读《琵琶行》的过程当中,一般观者脑中会自然而然地产生"秋江月夜图""江边送别图""船上弹琵琶图"等,充分说明了《琵琶行》诗歌当中的词语在诗境当中具有一定的画面运动感。这种在"诗歌文本中提示和唤起具体心理表象的文字符号"[①]从语用学的角度被称之为语象。"物象是语象的一种,特指由具体名物构成的语象。"[②]"语象可视为文本不可再分的最小元素,物象包含在语象的概念当中,意象则由若干语象的陈述关系构成。"[③]画家在绘画时,对诗歌中语象又是如何选择的呢?

《琵琶行》诗歌中的物象有浔阳、江头、客、枫叶、荻花、秋、主人、马、客、船、酒、管弦、月、琵琶、弹者、灯、大弦、小弦、大珠、小珠、玉盘、莺、花、冰、银瓶、铁骑、刀枪、裂帛、西舫、江心、衣裳、秋娘、善才、五陵年少、红绡、钿头、银篦、罗裙、弟、

① 蒋寅:《古典诗学的现代诠释》,中华书局2003年版,第27页。

② 如孟郊《同年春宴》云:"视听改旧趣,物象含新姿。"此中物象显然指自然界的事物。见蒋寅:《古典诗学的现代诠释》,中华书局2003年版,第27页。

③ 蒋寅:《古典诗学的现代诠释》,中华书局2003年版,第23页。

阿姨、车、老大、商人妇、商人、茶、空船、江口、江水、丝竹、溢江、黄芦、苦竹、杜鹃、猿、山歌、村笛、仙乐、耳、江州、司马、青衫等。这些具体的物象本身是不带诗性意义的，只是一种客观的存在，只有将社会文化、动作心理、生命状态附注于它们，它们的视觉表象才被具体化，才有可能提示和唤起具体的心理表象。如江头和客之间，只有"送"这样一个具体情境才使"江头"与"客"发生联系，具有唤起一定的视觉表象的作用。再如大珠、小珠、玉盘都只是名词提示的简单的事物，白居易融入对音乐的感觉和联想，用来描绘琵琶不可言说的美妙之声，于是"大珠小珠落玉盘"就构成了一个完整而鲜活的语象，由此，也可以看出语象与一般表象的不同，虽然它们能够唤起一定的与现实存在的事物对应的心理感受，但仍然需要有一定的外力作用，其特质才能被激活。

《琵琶行》中的语象丰富，以下对诗中的重点的语象及关键语象进行分析：

从承载全诗重要内容程度来看，"主人"和琵琶女是全文的主要语象。其中，全诗自始至终都在谈与琵琶女有关的事——包括《琵琶行》诗作的由来，因而，琵琶女又是最核心的语象，她给观者留下的印象最深。同时，从唤起视觉表象的角度看，琵琶女在诗中能唤起演奏琵琶的形象和作为商人妇的形象。演奏琵琶是琵琶女语象的显性心象，商人妇的指向则是隐性心象。

"枫叶、荻花"是秋天的两种典型事物，枫叶在秋天易凋落，荻花生长在水边，也易飘零，两种事物都给人时光易逝、岁月不再的感觉，便逐渐被诗化，成为文人雅士最爱用的语象，传达的是悲凉的气息，如离愁别绪、羁旅之思、身世之感、家国之痛等，《琵琶行》中"枫叶荻花秋瑟瑟"一句中"枫叶、荻花、秋"三个语象就自动唤起了这三种事物的记忆表象，合成了秋之萧瑟的画面。

"琵琶"语象对应的事物是一种古老的民族乐器，它音域宽泛，音色优美，是教坊、宫廷中的主要乐器，琴曲也多与历史故事、历史人物或文学题材紧密关联，如《十面埋伏》《高山流水》等，官僚、文人雅客、市井民众的生活中多有琵琶相随。特别是文人由于是传统文化培养出来的知书能文的人，常以"琴棋书画"为自我完善和消遣的方式，琵琶也便是他们经常搬弄的乐器之一。因此，历来就有许多文人参与琵琶音乐的欣赏和创作、演奏活动。"琵琶"也渐渐成为一个能表现主观情志的客观物象，并在特定的情境中构成一个完整的具有诗意自足性语象结构，即意象。在《琵琶行》诗歌中，"琵琶"物象在"犹抱琵琶半遮面"这样一个特定的情境中，形成了一个完整意象，意在言外地写出了琵琶女因羞涩、胆怯和因失去往日姿色而不愿见人的复杂情思，引发了对琵琶女的无限遐想。另外，自古就认为丝弦类乐器声音哀婉，因而，琵琶这种天生的情感底色，自然也被承载给后世，有咏叹悲苦导线的功能，如元稹的"泪垂捍拨朱弦湿，冰泉呜咽流莺涩"句，就是将琵琶作为哀痛、抑郁、悲伤之类情感的载体，因此，"犹抱琵琶半遮面"这个意象不仅表现了琵琶女的娇羞，还写出了琵琶女的哀伤之情。

另一"月"，也是不可忽视的一个语象。在古典诗词中，用月亮烘托情思也是常用的笔法，如“举头望明月，低头思故乡”“人有悲欢离合，月有阴晴圆缺”等诗句，无不赋予“月”悲凄的情思。清人沈德潜在《唐诗别裁集》中评价《琵琶行》“以江月为文澜”，并认为月亮在完善这首诗的古典韵味时是一个关键意象。诗中“别时茫茫江浸月”，这是蕴含愁苦、离别、凄冷之月；“唯见江心秋月白”，饰之以秋，就将秋所蕴藉的情感，诸如悲凉、秋怨、寂寥等释放出来，更加剧了凄楚的氛围，艺术感染力也愈强。

“青衫”语象原指官员的服装，与高官者艳丽的服饰形成了对比，被借指官位卑微、失意的官员或微贱者的服色等，着青衫者，就象征失意、卑微者。

通过以上分析可以看出，《琵琶行》诗歌文本中的语象是非常丰富的，语象所唤起的情感与激发的想象为诗歌由语言符号转化为造型符号提供了必不可少的前提条件与坚实的基础。

从绘画视野看，是不是所有的进入到了诗歌的情境当中的语象，都有可能最终转化为绘画呢？答案是否定的。以明代流传的《琵琶行》作品为例：

作品	画家	画中语象
《琵琶行图》	郭诩	白居易、琵琶女、琵琶
《琵琶行图》(或称《浔阳琵琶》)	仇英	白居易、琵琶女、琵琶、客人、仆人、马、灯、远山、归舟、精舫、船夫、桌、椅、凳、榻、小船、坡石、红枫、老树、江、岸、柳、芦草
《白居易诗意图》	宋旭	江、月、岸、树、芦苇、马、仆人、行人、大船、小船、琵琶女、琵琶、白居易、客人
《琵琶行图并书》	董其昌	远山、近树、石、江、岸石、两叶小舟、隐约可见的人物、苇草
《琵琶行》图	文嘉	远山、近枫、岸石、江、芦草、二船、琵琶女、客人、白居易
《琵琶行诗意图》	张翀	远山、近柳、岸石、江、孤舟、琵琶女、琵琶
《琵琶行图》	殷茂	古树、石、高山、流水、琵琶女、白居易、客人、儿童、二船、马、仆、城墙、宫阙、楼房

从上表中可以看出，《琵琶行》画事的语象都是由具体名物构成，像“嘈嘈”“切切”“大珠”“小珠”这种非物象构成的语象，虽然通过文字的刺激也能在头脑中引起视觉形象，但只是一种间接的形象，那么，到底什么样的语象能够得到画家的青睐呢？

1. 众多《琵琶行》作品中都出现了主要语象“白居易”和琵琶女，如郭诩所作《琵琶行》图。有的《琵琶行》绘画作品还采用“特写”的方式表现琵琶女，如任颐的《琵琶行诗意图》，都说明了承载着全诗最重要的信息和价值的主要语象及核心语象最能引起画家的兴趣，也最能凸显现作品的意义。

2. 不少画家直接在画幅名称上注明“浔阳送别”，以通过“浔阳”语象的内涵唤起《琵琶行》留下的千年古典文化意韵，同说明画家选择什么样的语象来表情达意和沉淀在内心的文化内蕴也是有很大的关系的。

3. 不少画幅中的白居易形象即多为着青衫者，即取“青衫”语象的象征意义。说明具有象征意义的语象，也多为画家青睐。

4. 除了有象征意义的语象外，还有一种语象容易唤起事物表象记忆，如“枫叶荻花秋瑟瑟”一句中就是用枫叶、荻花、秋三个语象唤起了这三种事物的记忆表象，并自动合成了秋之萧瑟的画面，使画家也不画不“快”。如宋旭、董其昌、文嘉、张翀、沈宗骞、张琦、张宗苍等人创作的《琵琶行》图均采用了最易勾起观者直观性的心理画面的语象，充分显现了这种情感语象令人回味的艺术张力，使观者心理升华而入画境，也说明了画家是以心理画面展现为导向对物象进行高度的艺术概括的。

5. 另外一种语象附加一些表现其性质、状态、环境、动作、色彩等的词语，如《琵琶行》当中的红绡、罗裙、江头、空船、苦竹等，它们可凭借本身语词的特质，展现一个画面。这种带描述性质的语象很有活力，也能够服务于相应的画面，也是艺术活动中的常用表象。

6. 有些形容词、动词不属于物象，但是也有些形容词、动词能够唤起某种心理感受或提示某种视觉画面，因而这一类形容词、动词可以被视为语象，若非可视可感者则不算。如《琵琶行》诗歌当中的“瑟瑟”“茫茫”，一方面暗示了低落的情绪，另一方面语象向前延伸，蕴含着时间和环境的寓意。画家抓住此种语象便能虚实结合地展开一种细微、缓慢、令人浮想联翩的画面。动词语象代表的是“犹抱琵琶半遮面”当中的“遮面”一词，能充分地调动画家的想象细胞，因而此诗句也多为画家描摹。如现代画家潘挈兹的《琵琶妇・芦花》就以此为绘画的起点。

7. 其他陪衬类的语象，如客、马、灯等，为表达语意，摹绘细节作出了铺垫。在《琵琶行》诗意画中，也有画家使之移入画面，如仇英的《浔阳琵琶》图中，岸上画一白马俯头啃草，二仆人拎灯笼牵马等候白居易送客归去，巧妙地丰富了画面的视觉效果。

以上为入画语象的基本情况，值得注意的是，在《琵琶行》诗歌中没有出现的语象，如桌、椅、凳、榻、远山、近树、儿童等，在《琵琶行》绘画的演绎中出现在画面里。这说明据诗作画的创新中，一方面仍然得在诗歌本体的立场，围绕原诗艺术的基本属性进行；另一方面，画家可以以自己对诗歌的独特理解扬起再创造的风帆，驰骋艺术的想象，突破原有语言艺术中语象的桎梏而产生新的语象，大胆地创造出新东西来。

现当代画家方人定的《琵琶行》组画画幅众多，每一幅画均围绕具体的诗句进行，下面以其作为案例分析，探讨《琵琶行》诗歌语象演绎情况：

组画序号	所绘诗句	诗句中语象	画面中增加的语象	语象入画的总体特征
1	浔阳江头夜送客,枫叶荻花秋瑟瑟	浔阳、江头、夜、送客、枫叶、荻花	月亮、白马、船	语象本身容易唤起事物表象记忆
2	忽闻水上琵琶声,主人忘归客不发	水、琵琶声、主人、客	客船、月亮、泊船、枫、酒杯、酒壶、桌、灯	语象描述状态
3	千呼万唤始出来,犹抱琵琶半遮面	出来、抱琵琶、半遮面	主、客三人、荻花、枫叶、江水、船、灯	描绘性动词语象
4	低眉信手续续弹,说尽心中无限事	低眉信手续续弹、说	枫叶、荻花、船、主、月亮、绳、江水	语象表达了一种情状
5	东船西舫悄无言,唯见江心秋月白	东船、西舫、江心、秋月、白	红枫、白荻、石、泊船、主、客、琵琶女、琵琶	描绘性语象
6	沉吟放拨插弦中,整顿衣裳起敛容	放拨插弦、整顿衣裳	月亮、枫叶、船、白荻、江水	语象描绘了一种动作
7	十三学得琵琶成,名属教坊第一部	教坊	三女、笛子、箫、琵琶、凳	语象本身容易唤起事物表象记忆
8	曲罢曾教善才服	善才	鲜花、柳条、凳	描绘性语象
9	妆成每被秋娘妒	妆、秋娘	桌、凳、墙、镜	语象本身容易唤起事物表象记忆
10	五陵年少争缠头	五陵年少、缠头	灯、桌、榻、几、画、鹦鹉	描绘性语象
11	血色罗裙翻酒污	血色、罗裙、酒污	灯、桌、凳、五陵年少、壶、杯、筷、门	描绘性语象
12	门前冷落鞍马稀	门前、鞍、马	远山、栏、亭、白花树、琵琶女、草	语象描绘了一种状态
13	老大嫁作商人妇	老大、嫁、商人妇	秤、铜钱、灯、被、船、芦、桌	语象描绘了一种状态
14	商人重利轻别离	商人、利	琵琶女、船、树枝、江水、远山、远去的小船	语象描绘了一种情态
15	去来江口守空船	江口、守空船	船、琵琶女、枫叶、月影	语象描绘了一种情状
16	夜深忽梦少年事,梦啼妆泪红阑干	夜深、啼、妆、泪、阑干	船、被、桌、灯、江水	语象描绘了一种情状
17	我从去年辞帝京	我、辞、帝京	城门、仆、马、草、	语象描绘了一种状态
18	谪居卧病浔阳城	谪居、卧病、浔阳城	被、书、桌、竹、村落、窗	语象描绘了一种状态
19	住近湓江地低湿,黄芦苦竹绕宅生	湓江、黄芦、苦竹、绕宅生	主、杂草	描写环境的语象
20	其间旦暮闻何物,杜鹃啼血猿哀鸣	闻、杜鹃、血、猿、哀鸣	枯树、村落、树	象征性语象
21	春江花朝秋月夜,往往取酒还独倾	秋月夜、取酒还独倾	竹、帘、桌、椅、灯、书、栏、芦草	描绘性语象
22	座中泣下谁最多,江州司马青衫湿	泣、江州司马、青衫湿	月、芦草、枫叶、船、琵琶女、琵琶、江水	语象描述了一种状态

从上表可以看出，方人定的组画的语象演绎是非常丰富的，多选择描绘性和容易唤起事物表象记忆的语象，并从诗的整体理解出发，以主要语象——主人和琵琶女为中心，既描其形，又传其神，人物大多数情况下在船中活动，因此所画部分皆为船舱之一部、船舷之一角，这样有利于充分表现人物。烘托人物活动的一草一木、一花一叶等物象也都经过再三斟酌。他以诗法为画法，对《琵琶行》画题的惨淡经营，精心构思，非谙文学理论，是难以画出如此错综变化而又多样统一的组画的，显示出深厚的古典文学修养和艺术表现力，也体现诗与画两种不同艺术之间相通相生的关系。

总之，《琵琶行》诗歌在视觉化的过程中，画家选择入画的语象多为主体语象；具有文化意蕴的语象；象征性的语象；能直接唤起事物表象记忆的语象；表现性质、状态、环境、动作的语象；可视可感的形容词、动词语象；情感语象；能丰富画面的陪衬性语象。同时，画家除立足关键语象外，根据自己想表达的意境与诗歌图像内容而有所增加或减少语象。

（三）画家对《琵琶行》诗歌人物形象的塑造

《琵琶行》诗歌中的琵琶女是一个年老色衰的落魄商人妇，大部分《琵琶行》绘画作品遵循原作，根据情节发展再现了诗歌中的主要人物琵琶女形象，“千呼万唤始出来，犹抱琵琶半遮面”。没有华丽的服饰、没有浓妆艳抹，只有质朴的穿着打扮以及打动人心的演奏、娓娓道来的身世处境，让人感觉十分凄凉无奈。

但也有例外，如郭诩的《琵琶行图》中的琵琶女，头绾高髻，身穿曳地长裙，身姿窈窕，面貌秀美，再现的不是与“主人”巧遇时的琵琶女形象。与之相应的，诗歌中的另一个人物形象——主人，着官袍、带官帽，也是达官贵人的形象，看不到一丝因迁谪而落寞的神态。

任颐的《琵琶行诗意图》扇面，由于仿仇英的笔法，画作设色较为妍丽，图中琵琶女容貌亦无衰老之意，着装也稍为鲜艳，虽然琵琶女坐于船头，但也没有再现琵琶女沧桑的身世与悲泣的神态。

总体上而言，《琵琶行》绘画作品中的人物形象分析：人物虽小，但形神俱备。琵琶女或怀抱琵琶，或低眉抚琴；“主人”身穿青衫，头戴官帽，表现的主要是其凝神聆听的神色。人物形象与画作的整体风格一致，工笔画倾向于刻画琵琶女早期形象，写意画不着力表现人物形象，重于表现主题场景，画中的人物形象多为点缀。

同时，白居易诗歌虽然诞生于唐朝，诗中描述的女子也是唐朝女子，诗中未提及琵琶女的身形体貌，《琵琶行》绘画中的琵琶女多为体态瘦弱型，一方面，画家可能出于琵琶女为下层社会女子的考虑，没有刻意刻画丰腴健壮的女子形象，另一方面，画家可能是站在自己所处时代及个人的审美眼光来进行绘画的。

另外，《琵琶行》诗中用一句“犹抱琵琶半遮面”表现了琵琶女“千呼万唤始出来"的羞怯,没有描述琵琶的演奏方式。实际上,唐代琵琶的普遍抱持姿势为横抱或下斜抱,五代时向上斜抱约为16度,宋代向上斜抱约为36度,元代向上斜抱约为50度,明代向上斜抱约为53度,清代向上斜抱约为66度,现当代向上斜抱约为75度,接近直抱。一方面,《琵琶行》图像作品中,画家在画作中直接呈现所处时代日常生活习惯中怀抱琵琶的普遍姿势,如清代沈宗骞《琵琶行图》中呈现的即为清代女子普遍的怀抱琵琶的姿势,现代画家王叔晖《琵琶行图》中琵琶女怀抱琵琶的姿势则为现代普遍直抱琵琶的姿势;另一方面,《琵琶行》图像作品中,有的画家根据《琵琶行》诗歌所处的时代——唐代普遍怀抱琵琶的姿势而在画作中有所呈现,以明代丁云鹏《浔阳送别图》及现当代画家傅抱石《琵琶行图》系列作品为典型代表,其中,傅抱石画作中的琵琶女怀抱琵琶的姿势与五代顾闳中《韩熙载夜宴图》中的仕女怀抱琵琶的姿势如出一辙,丁观鹏中的琵琶女怀抱琵琶的姿势更接近横抱。

以上可以看出,任何一件艺术作品,不仅产生在一定的社会历史条件之中,而且就个体创作来说,总是在一定的审美观念的支配下进行的,画家个人的审美观是影响诗画转化的一个重要因素。更重要的是,不同的画家会表现出"对画家所处时代审美观或生活习俗的偏爱性"的影响。如明代喜欢清瘦的女子,明代《琵琶行》画作中琵琶女也呈现出清瘦的艺术审美追求,即使诗歌创作的唐朝追崇丰肥浓丽的审美观。这说明,画家的艺术追求除了受到文化修养、社会经历、个性特征的影响,还受到民族性、时代性、社会性的影响,画作中要么体现出对"对画家所处时代审美观的偏爱性",要么体现出"对诗歌所处时代审美观的偏爱性"。

此外,诗意画的另外一个特性是,画家可以回到诗歌创作的年代,呈现诗歌中的人物形象所处的时代的特征。如前所分析的琵琶女怀抱琵琶的方式,画家可以"回到唐朝",表现唐朝人的普遍的横抱琵琶的方式,表现出"对诗歌所处时代生活习俗的偏爱性。"

(四)《琵琶行》诗歌叙述方式与图像叙述方式

《琵琶行》诗歌叙述按时间顺序来进行描述,即具有历时性。有意思的是,《琵琶行》诗歌中通过大量的拟声词、形容词描写琵琶女具体的演奏过程及音乐效果。但在绘画作品中,大部分还是围绕文本"送客""巧遇琵琶女""初次见面""聆听演奏"这些场景与情节,对于演奏这个历时性的具体过程,在图像作品中只能被压缩成共时性的事物,仅通过聆听演奏这个动作表现出来。演奏的效果同样也不能像文本描述得如此有力与准确,仅能通过增加通过其他动作来暗示音乐的效果。如文嘉所作《琵琶行图》,就用迎风劲舞的芦苇来侧面暗示"嘈嘈如急雨"的琴声的节奏。

尽管对于绘画这门瞬时形象艺术来说,时间是无法在其中直接作为一种画面形象留下印迹的,但绘画却可以通过空间性来表现内容。一切形象都可以安放于一定的画面空间中。以仇英的《浔阳琵琶》为例，通过艺术想象力，仇英在画幅中增加了许多原诗中没有出现的人物。如红衣女子，掌灯牵骑的二仆，舱内执壶温酒的小童、倒酒的小童及客人旁边的小丫鬟，撑篙准备将船定住的船夫，且这些人物错落充斥在画面的不同位置，使得画面同时再现了“浔阳江头夜送客”“移船相近邀相见”“添酒回灯重开宴”等诗句的内容。这些内容具有时间发展顺序，但是，由于绘画语言对应的是一种空间性思维，致使时间跨度较大的文本情节“浓缩”，化虚为实，达到了“共时性”的效果，画面的趣味性增强，突破了“瞬间”再现，体现了图像演绎叙事在“广度上的延展”。

通过以上分析可以看出：

《琵琶行》图根据画面特色，可分为“山水意境式”图像、“人物特写式”图像、“山水送别式”图像。“山水意境式”图像多是透过山水陪衬演奏的荒凉、空旷、幽怨的气氛，讲究意境的营造，人物描绘较为间接与含蓄。“人物特写式”图像则重点描绘琵琶女，环境的渲染只是为了暗示琵琶女内心的孤独，最终也反衬出诗人的生存境况。“山水送别式”图像多表现“送别”之谊。

在文本的“规定”下，《琵琶行》绘画作品的构图可谓同中有异，异中有同。但绘画的“焦点”多着眼于“浔阳江头夜送客”“枫叶荻花秋瑟瑟”“犹抱琵琶半遮面”“移船相近邀相见”等意犹未尽、欲说还休的经典名句。

画家选择《琵琶行》中入画的语象多为主体语象；具有文化意蕴的语象；象征性的语象；能直接唤起事物表象记忆的语象；表现性质、状态、环境、动作的语象；可视、可感的形容词、动词语象；能丰富画面的陪衬性语象等。

画家在表现人物形象时，或表现出诗歌所处时代的审美偏向，或呈现出画家所处时代的审美偏向，使得诗歌呈现出不同的审美特色。

《琵琶行》画题在前代艺术演化的基础上传承了山水画的创作审美哲学，突破了仕女画的创作模式，体现了文人画创作追求，然而又不可避免地带有程式化的倾向。从这个角度上，可以把“改译”的《琵琶行》作品看成是一种泛化的表现形式和突破题材所努力的成果。

最后，在现代个性解放、自由开放的氛围中，画家有了更多的个性情感的喷发，绘画手法也愈加多样，艺术观念的更新更是发展的必然趋势。借鉴与突破传统文化时，着力以更加个性化的语言去探索绘画的现代表现形式，通过笔墨的夸张和意趣的升华，使作品突破和颠覆传统形式，具有更加自由的生命。

人的精神实际上是相通的，所以在博大精深的世界中才不至于感到孤独。“琵琶行”情结，不是白居易的孤独呐喊，而是艺术创作揭示出的人类集体意识。一方面，参与此情结的人都具有共同而阔大的文化胸襟、深远的文化视野、朴素的文化悲悯情怀。另一方面，此情结文本的多重文化意韵，如逐臣弃妇的象征、秋夜送客的感伤等，容易将个体的心智潜移默化地转向集体意识。

总之，《琵琶行》诗歌源远流长而魅力不衰，对绘画作品的影响深远。

第三节 《长恨歌》诗歌及其图像

一、《长恨歌》诗歌

《长恨歌》是一首抒情成分浓郁的七言叙事诗，是现实主义与浪漫主义完美结合的作品。据《长恨歌传》记载，元和元年（806）十二月，白居易从校书郎调（今陕西周至）做县尉，与陈鸿和王质夫同住，闲暇时一起游览仙游寺，谈起李、杨故事，互相感叹不已，质夫举酒于乐天前曰："夫稀代之事，非遇出世之才润色之，则与时消没，不闻于世。乐天深于诗，多于情者也，试为歌之，如何？""感于哀乐，缘事而发"的白居易因此作《长恨歌》。

关于主题的多重性。有的以为爱情说，全诗洋溢着浓浓的情意与两人生死不渝的爱恋；有的认为具有讽喻性，全诗通过揭露玄宗沉溺于爱情、荒废朝政，对玄宗的荒淫和杨贵妃的骄纵加以了谴责及抨击，暴露了当时封建社会宫妃制度的不合理及统治阶级的荒淫无耻生活；有的以为仅仅是感伤，全诗散发出感人的悲剧气息，以及难以"排遣"的感伤情怀及对李、杨爱情悲剧的同情；有的以为双重主题说，全诗兼具同情与讽刺、感伤与批判的双重基调。多重主题推测，昭示出《长恨歌》丰富的内涵与文学价值，使诗歌更富有艺术感染力。

二、《长恨歌》图绘现象

（一）《长恨歌》图绘概况

《长恨歌》诞生以后便广泛流传起来，所谓"童子解吟《长恨》曲，胡儿能唱《琵琶》篇"，然而自中唐到五代150年间，《长恨歌》只形成民间吟唱流行的热闹，与《琵琶行》一样，并没有受到当时文人群体的推捧。从文学接受史看，究其原因，是对白居易尚实、尚俗、务尽的文风所不耻，因而唐人选录唐诗，视而不见，或见而不选，或选而遗珠，无一人接受《长恨歌》。另一方面，在于《长恨歌》题材的特殊性。从爱情角度，诗歌的主人公为玄宗与杨贵妃，描写帝妃的诗歌题材还有一定的敏感性。从政治角度，诗人对唐明皇的荒淫昏庸的批判以及对他现实遭遇的同情和对爱情忠贞、专一的褒扬与赞美的复杂的思想情感反映在了这首"长恨"题材的作品之中同样也具有一定的敏感性。伴随着《长恨歌》的文学接受史，《长恨歌》图像接受史也较为"曲折"。

唐代是仕女画的繁荣兴盛阶段，唐代仕女画以其端庄华丽、雍容华贵著称，尤其擅长表现贵族妇女的生活情调。《长恨歌》中对雍容华美的杨贵妃的描述也成为绘画艺术的关注焦点。"回眸一笑百媚生，六宫粉黛无颜色。春寒赐浴华清池，温泉水滑洗凝脂”等句成为绘画艺术取材的“诗眼”之一。即使没有直接创作《长恨歌》诗意画的作品，但取材于《长恨歌》中“春寒赐浴华清池，温泉水滑洗凝脂”句意的敏感题材“出浴图”开始出现。但总体上而言，在一般文人画家眼里，即使诗歌中将贵妃“出浴”之状用文字描绘得再美，以此为题的画作还是不多见，“出浴图”受到的关注度并不高，且重点在于描述人物肖像。与此同时，描写贵妃的题材多集中于晨起听乐、梳妆、采摘鲜花、簪头等仕女画常见的题材，且多为文人所乐道，再现的是杨贵妃等后宫嫔妃奢华的宫中生活。从思想观念方面来讲，通过侧面描摹贵妃“春寒赐浴华清池，温泉水滑洗凝脂。侍儿扶起娇无力，始是新承恩泽时”的“出浴图”，题材上不失为画家的大胆突破。

两宋时期，理学发达，君臣伦理纳入传统道德意识，注重道德、政治与文学结合统一。两宋罕见仕女图，多盛行花鸟画。描写皇帝与妃子爱情的《长恨歌》在这样的时代背景下，鲜有绘画作品出现。描写帝妃情爱故事的《长恨歌》受到多方批判，主要集中于几个论点：一是《长恨歌》用事失据，明皇幸蜀未到峨眉山，白居易诗显而不符史事；二是《长恨歌》污亵浅陋，其叙杨妃进见专宠乐事，皆污亵之语；三是《长恨歌》无规鉴大义，述明皇追怆贵妃始末，不若《连昌宫词》有谏诫归讽之意。[1] 即使有《长恨歌》作品，也是围绕明皇入蜀之事，表达的是明皇流亡与失去家园、爱人之殇。

金、元朝是由少数民族统治的朝代，从“士”入“仕”的道路被堵塞之后，在特定的历史文化精神氛围中，文人表现了异于前代文人的悲欢哀愁，对于《长恨歌》中表现的悲欢离愁也有了新的认识。在杂剧中，《长恨歌》受到剧作家的青睐而有所改编与敷衍，如白朴创作了《梧桐雨》，但在绘画领域未成为画家可参考的原型。

明清时期，时代“主情”文艺风潮变化流行。对于《长恨歌》的艺术地位和文本赏析，审美评价已进到较深入的认识，《长恨歌》在绘画领域受到的关注越来越多。明清时期既有《长恨歌图卷》，有“出浴图”、与书法合二为一的《长恨歌图》，也有据“金屋妆成娇侍夜，玉楼宴罢醉和春”一句敷衍的《玉楼醉归图》，画家的眼光已经不再执着于“出浴”等贵妃之美。

到了近现代，随着西方艺术的传入，国人的思想开始开放，《长恨歌》题材相对自然多起来。《长恨歌》更为画家群体理解、接受、改编、评价等，诗中关于“春寒赐浴华清池，温泉水滑洗凝脂。侍儿扶起娇无力，始是新承恩泽时”的图绘也更加大胆与开放。

《长恨歌》的图绘现象与文学接受史终于齐驱发展，《长恨歌》绘画作品日渐见多。同时也可以看出，同一作品、同一对象，在不同时代社会的不同遭遇，折射

① 参见衣若芬：《台北“故宫博物院”本“明皇幸蜀图”与白居易〈长恨歌〉》，《中山大学学报》（社会科学版）2011年第6期，第43—44页。

出不同社会时代人们的不同心灵，艺术的发展必然伴随着时代文化观念与思潮的变化。

三、《长恨歌》图像演绎及分析

(一)《长恨歌》图像演绎历史

《长恨歌》因其题材的特殊性，图像作品较少，或不流传于世，现将其重要作品分唐宋、明清、现当代三个阶段做一简要梳理。

1. 唐宋时期《长恨歌》绘画作品

据《宣和画谱》记载，唐代著名的仕女画画家周昉画迹有《杨妃出浴图》，可惜没有流传下来，故无法知晓画的全貌。周昉生卒年不详，且文献材料中没有明确绘画作品的创作年代。白居易《长恨歌》"春寒赐浴华清池，温泉水滑洗凝脂。侍儿扶起娇无力，始是新承恩泽时"等诗句未明确用语言符号呈现"杨妃出浴"的情景，绘画作品未出现"贵妃出浴"类图像，故本文大胆猜测，周昉《杨妃出浴图》演绎的即为白居易《长恨歌》"春寒赐浴华清池，温泉水滑洗凝脂。侍儿扶起娇无力，始是新承恩泽时"的情节。

以"明皇幸蜀"为主题的画作目前在全世界各地博物馆中至少有 7 幅，其中原本题为'骑马人物行旅图'的美国大都会美术馆藏品被"认为画的是《长恨歌》中'君王掩面救不得，回看血泪相和流……峨嵋山下少人行，旌旗无光日色薄'的场景，故而更名为'明皇幸蜀图'。大都会本'明皇幸蜀图'大约绘制于 12 世纪中，而且可能是屏风画的一部分，可见宋代并非全无'长恨歌图'，不过可能作品稀少，流传罕见。"[①]该画作品佚人，可能为宫廷画师。

2. 明清时期《长恨歌》绘画作品

仇英擅长人物画，并有人物故事图册，其中有《贵妃晓妆图》，另北京海士德国际拍卖有限公司曾拍卖仇英《贵妃出浴图》，为绢本工笔设色人物画佳作，立轴，上有著名画家丁云鹏的长段题跋："贵妃出浴图。唐开元中四海无事，明皇倦政以声色自娱，宫中无可悦目者，上心怒怒不乐，诏搜外宫，得杨玄琰女，鬒发腻理，纤秾中度。别疏汤泉，赐浴，出水力微若不任罗绮者，上甚悦，深嬖之，明年册为贵妃。汉皇重色思倾国，御宇多年求不得。杨家有女初长成，养在深闺人未识。天生丽质难自弃，一朝选在君王侧。回眸一笑百媚生，六宫粉黛无颜色。春寒赐浴华清池，温泉水滑洗凝脂。侍儿扶起娇无力，始是新承恩泽时。云鬓花颜金步摇，芙蓉帐暖度春宵。春宵苦短日高起，从此君王不早朝。岁在乙巳春三月写白居易句。南羽丁云鹏题。"后钤有"云"一印，是为丁云鹏之印无疑。

---

① 参见衣若芬：《台北"故宫博物院"本"明皇幸蜀图"与白居易〈长恨歌〉》，《中山大学学报》(社会科学版)2011 年第 6 期，第 44—45 页。

王宠为明代书法家，据王世贞《四部稿》卷一百三十二著录，嘉靖丁亥"十有二月廿二日，草书《长恨歌》，与尤求（仇英婿）《长恨歌图》合卷"，由中国台北私人藏①。由此可见尤求画有《长恨歌图》。

康涛，以人物画著称，承明代仇英、尤求白描传统，用笔工整，形象静逸。其《华清出浴图》参照康涛的其他作品的创作年代，此画所摹时间应在清乾隆中期。

清代画家喻兰作有《长恨歌图》，藏于苏州市文物商店，可惜图无流传。

改琦，擅长人物仕女画，其所绘仕女衣纹细秀，树石背景简逸，造型纤细，敷色清雅，创立了仕女画新的体格，时人称为"改派"。其作为《出浴图》，款识："道光戊子秋七月于玉壶山房"。

费丹旭是清代著名的人物画，其肖像画独具一格，尤精补景仕女，秀润素淡，潇洒自然，格调柔弱，用笔流利，轻灵洒脱，有"费派"之称。费丹旭曾创作多幅怀抱琵琶女子图，也绘制过《贵妃上马图》，其于1828年创造《出浴图》，款识："戊子秋仲，临六如居士笔法，晓楼外史费丹旭"；钤印：费丹旭印（白文）、晓楼（朱文）。六如居士为唐寅，即可知费丹旭模仿的是唐寅的笔法，该图应取材于《长恨歌》。

钱慧安擅长人物仕女，笔意遒劲，姿度娴雅，力追仇英，间作山水、花卉。光绪年间在沪卖画，名重一时。其作有《长恨歌图卷》，为设色工笔人物画，纵42厘米，横113厘米，藏于平湖博物馆。

潘振镛是清末民初在苏浙沪一带颇有影响的海派画家，尤以擅长仕女画而著称，师法清代画家费丹旭，用笔遒劲挺秀，设色淡雅，清丽绝俗，布景构图更是堪称独步，时称"潘派"。与杨贵妃有关的绘画作品有《贵妃图》（长卷）、《贵妃出浴图》《玉楼醉归图》。其《贵妃出浴图》模仿费丹旭《出浴图》痕迹较重。《玉楼醉归图》上题跋："金屋妆成娇侍夜，玉楼宴罢醉和春"。

清末画家李育，工人物、花鸟、杂品，其写意花卉木石。绘有《出浴图》，取白居易《长恨歌》的诗意，表现杨贵妃娇美、动人的体态，该画现藏于北京故宫博物院。

3. 现当代时期《长恨歌》绘画作品

被西方艺坛赞为"东方之笔"的张大千多次以贵妃为题，创造过多幅贵妃作品，包括二幅《杨妃调鹦图》、一幅《杨妃病齿图》；临摹过钱选《杨贵妃上马图》（图9-7）的精华部分，并与其他临写的古画主题，组成《拟古册页》共十幅。关于"贵妃醉酒"的画题，他分别于1924年创作了《贵妃扶醉图》，1948年创作了《倾国倾城图》，这两幅画同《杨妃调鹦图》一样，人物衣纹、笔触、人物姿态如出一辙，唯一不同的是背景。一个有远山古树，一个只有近树，色彩更艳丽。20世纪40年代后期，值张大千新婚之际，又创作了《长生殿》（图9-8），是张大千最具艺术感染

---

① 参见薛龙春：《"上博本"为文徵明〈停云馆言别图〉原本商榷》，《南京艺术学院学报》（美术与设计版）2007年第1期，第90页。

力的作品之一。1955 年 12 月，与张大千并称“南张北溥”的溥新畬正游于东京，其在画上以精绝小楷题写了白居易的长诗《长恨歌》。其书虽为蝇头小楷，但笔势灵活，轻重疾徐，起伏顿挫，极富变化，恍如飞鸿戏海。尽管笔笔不同，又总体协调一致，气脉贯通，且字里行间有一种清新飘逸的气韵，既契合了《长恨歌》中的凄婉诗意，又与此画中传达出的幽淡清和之意境相合。

图 9-7 钱选 《贵妃上马图》 美国弗利尔美术馆藏

图 9-8 张大千 《长生殿》

李毅士于20世纪30年代初，根据白居易的《长恨歌》创作了《长恨歌画意》，共30帧，后结集为画册，于1932年11月由中华书局出版。作品以黑白水粉的西画写实手法表现中国古典题材，在20年代的连环画界甚至整个画坛均为独特、新颖之作。《长恨歌画意》于1929年参加民国第一次全国美展，也是李毅士唯一见于史册的代表之作。画册出版后，颇具影响，多次再版。其原作现由中国美术馆珍藏。

著名工笔重彩人物女画家王叔晖1933年作有《贵妃出浴图》，款识："癸酉夏日鉴湖王叔晖作"。

鲍少游的历史长卷《长恨歌诗意图》历时三年创作而成，为联景组画。蔡元培在观赏了鲍少游的《长恨歌诗意图》后即兴题诗赞道："长恨歌成千百年，长生殿曲也流传；更将画史随诗史，三绝应看萃一篇。"落款为："少游先生见示长恨歌诗意图，工细清丽得未曾有，题一绝奉正。蔡元培。"

傅抱石于1945年10月寓居重庆金刚坡时创作的《贵妃醉酒图》，是其人物画的代表作品，更是中国传统仕女题材中一件划时代的艺术杰作。

华三川创作有《贵妃出浴图》，落款："仲秋月高气畅画杨贵妃出浴图华三川作"，画作上书有"天生丽质难自弃，一朝选在君王侧。回眸一笑百媚生，六宫粉黛无颜色。春寒赐浴华清池，温泉水滑洗凝脂。侍儿扶起娇无力，始是新承恩泽时。云鬓花颜金步摇，芙蓉帐暖度春宵。"

潘絜兹尤为专长于工笔重彩人物绘画，所绘人物往往开相丰盈圆润、仪容雍容典丽，饶具大唐风韵，最具代表性的为《白居易长恨歌画传》《孔雀东南飞》，所绘贵妃仕女可称翘楚。《白居易长恨歌画传》绘图共计12幅，每幅画皆以《长恨歌》经典名句进行图绘，连缀贯通而成经典性画传文本。

刘旦宅为当代国画大师，《长恨歌》为西安华清宫专门创作，共26幅白描人物画。这组作品人物生动形象，线条流畅，笔法细腻，层次清晰，堪称精品。

此期关于《长恨歌》诗歌的图像作品还有当代海上画坛知名花鸟画家韩敏《太真戏鹤图》立轴，钤印："韩敏、听蕉轩"，款识："右节录《长恨歌》题画太真戏鹤图"。当代著名连环画家孟庆江在上世纪80年代初创作的《长恨歌五十七图》彩色工笔连环画，系中华文苑大笔之构，共计57幅。戴敦邦在1981年中国画研究院第一届画展上创作的7幅连环画基础上，又花了4年时间于1985年完成《长恨歌》，共计41幅画，汇编成书，于1987年12月由辽宁美术出版社出版。吴声、于水于1984年创作的《长恨歌诗意图》获全国第六届美展铜奖，并为中国美术馆收藏。擅长没骨人物画艺术的当代画家彭先诚于1987年绘《长恨歌》第一稿，曾参加第七届全国美展，《长恨歌》获四川国画大展"金龙奖"；长安画派代表人物王西京绘有《长恨歌画意》等。

除此之外，日本画家也有《琵琶行》图绘作品，"虽然在室町时代信西入道在《长恨歌绘》中表达了对后白河法皇的讽谏之意，毕竟属少数……东传至日本，以

《长恨歌》为底稿，被描绘得唯美浪漫”①。

从以上图像梳理也可以看出来，唐、宋、明、清以《长恨歌》为底本绘制的图像作品，多为单幅，而现当代的《长恨歌》图像作品多为组画。

（二）《长恨歌》图像分析

以《长恨歌》为底本绘制的图像作品，取材角度不一，绘画作品丰富多彩，显示了《长恨歌》诗歌极大的传播力和感染力。就画面所展现的内容而言，可以分为以下三类：一类作品只表现一个场景，但这类作品有对山水的摹画，人物在画中也占有一定的比例，这一类图较少，归于“单景人物山水式”；另一类作品突出表现贵妃，人物占比较大，且只表现“出浴”后这一个场景，这一类图可归于“单景人物肖像式”，明清时期作品多此类画作；还有一类作品采用系列组画的形式，对《长恨歌》诗歌的重点内容进行了图解，现当代的《长恨歌》作品多采用这种形式，归于“联景叙事图解式”。

1.《长恨歌》“单景人物山水式”图像特点

《长恨歌》“单景人物山水式”图像以藏于美国大都会艺术博物馆的《明皇幸蜀图》为典型代表。这件作品描绘的是明皇为避“安史之乱”，带着大臣和士兵来到了蜀地的场景，画面全副武装的士兵和翻飞的旌旗正符合白居易《长恨歌》中“旌旗无光日色薄”“君王掩面救不得，回看血泪相和流”的诗意②。全图画了很多东西，人物与车、马在诗中有所描述，但山石、松树林，诗中并没有诗句加以描述，因而主要依托画家自身的绘画技巧对诗歌背景进行了展现。

同时，由于“明皇幸蜀、魂断马嵬”带有政治色彩，以《长恨歌》“渔阳鼙鼓动地来……旌旗无光日色薄”为主题场景的画作较少，画作主题受到一定的局限。

以上也可以看出《长恨歌》“单景人物山水式”图像的主要特点：人物在图式中占有一定的比例，但有一个核心人物，所展现的场景也为单一场景，山水是人物活动的背景，主要起烘托的作用。

2.《长恨歌》“单景人物肖像式”图像特点

《长恨歌》“单景人物肖像式”图像多表现单一的场景，故为“单景”，多呈现《长恨歌》诗歌描写的“沐浴”这一个场景：“春寒赐浴华清池，温泉水滑洗凝脂。侍儿扶起娇无力，始是新承恩泽时”。

画家以“出浴”场景创作的作品有康涛的《华清出浴图》（图 9－9）、李育的《出浴图》（图 9－10）、潘絜兹的《贵妃出浴图》、改琦的《出浴图》、费丹旭的《出浴图》、华三川的《贵妃出浴图》、潘振镛的《贵妃出浴图》、王叔晖的《贵妃出浴图》等。这类“出浴图”敷色虽艳丽而又雅洁清润，受唐代绘画的影响所致，基本上无

---

①② 参见衣若芬：《台北“故宫博物院”本“明皇幸蜀图”与白居易〈长恨歌〉》，《中山大学学报》（社会科学版）2011 年第 6 期，第 44—45 页。

图 9-9 康涛 《华清出浴图》 天津市艺术博物馆藏

任何背景的描述，只绘主人公杨贵妃及侍女，表现女主人公“出浴”之娇羞、动人与慵懒，突出人物肖像描写。画作无诗句点题，也无题跋，要判断画作呈现的是否为白居易《长恨歌》“春寒赐浴华清池，温泉水滑洗凝脂。侍儿扶起娇无力，始是新承恩泽时”诗句内容，只能从画面中侍女搀扶的动作，杨贵妃慵弱无力、娇艳动人的样子来判断。当然，这类图像也不乏有背景的作品，如李育的《出浴图》、华三川的《贵妃出浴图》、王叔晖的《贵妃出浴图》，通过描绘梁柱、门窗、栏杆等，展现了贵妃的生活环境，为画作增添了富贵华丽的气息，是盛唐文化的一个缩影。

图 9-10 李育 《出浴图》扇面 北京故宫博物院藏

除“出浴图”外，诗歌“玉楼宴罢醉和春”也被敷衍为“醉酒图”，代表作有潘振镛《玉楼醉归图》、近代画家张大千的《贵妃扶醉图》及《倾国倾城图》、傅抱石《贵妃醉酒图》等。这类作品因为只描述“醉酒”这一个场景，且重点还在于突出表现人物肖像，着装、头饰和体态，颇具唐人之风。潘振镛《玉楼醉归图》在诗作中题“金屋妆成娇侍夜，玉楼宴罢醉和春”，并绘制了楼阁玉栏，用精细的手法图绘出《长恨歌》诗句画意。张大千的《贵妃扶醉图》中杨贵妃形象较为高大，面部用红色点缀，描摹出醉酒的情状。身边两侍女分别着女装和男装，左右搀扶着醉酒的贵妃，后面一着男装的女官；《倾国倾城图》与之相比除背景之异外，人物有同工之妙，且更加精细，眼神轮廓更清晰。傅抱石《贵妃醉酒图》在题材的构图处理上不落俗套，胜人一筹，落墨描写贵妃醉酒之前的形态状貌，使画面平静的背面充溢一种无名的紧张感。还有一类贵妃图，如关良的《贵妃醉酒》（图 9－11）描绘的是着戏装的贵妃在戏台上醉酒的形态，此类作品应该描述的是京剧作品《贵妃醉酒》，演绎的不是《长恨歌》诗意，因此不纳入本节研讨范围。

图 9－11 关良 《贵妃醉酒》

总体上而言，《长恨歌》“单景人物肖像式”图像的特点主要有：突出表现主要人物杨贵妃及其肖像，通过描述面部表情、体态，一方面展示了贵妃的娇羞，同时也展现了其奢靡的生活现状，较为华丽，即使是白描图，通过侍女的衬托等，也可看出其集万千宠爱于一身。这类图像的重点不在于展现细节，而在于通过描绘出贵妃的“出浴”“醉酒”等情态，展示出贵妃之“美”，体现出艺术处理上的高明。

3. 《长恨歌》“联景叙事图解式”图像特点

结合连环画的发展史发现，《长恨歌》“联景叙事图解式”图像作品伴随着连环画的繁荣、发展、衰落史而相互发展与制约，甚至可以毫不夸张地认为，《长恨歌》是连环画经典而又非常重要的古典绘画题材之一。“联景叙事图解式”图像作品也多出现在连环画创作的高峰期。如鲍少游 1941 年创作的联景组画《长恨歌诗意》、刘旦宅 1980 年创作的 26 幅白描《长恨歌》、孟庆江于上世纪 80 年代初创作的 57 幅彩色工笔连环画《长恨歌》、戴敦邦于 1981 至 1985 年间创作的 41 幅连环画《长恨歌》、吴声与于水在 1984 年联合创作的 18 幅《长恨歌诗意图》。这些作品构思奇巧，依托画家个人的审美观、创作观，呈现出异彩纷呈的图像特色，丰富了《长恨歌》内涵，适应了时代的要求、形势的发展。

由于多采用连环绘画的形式，《长恨歌》“联景叙事图解式”图像作品表现的诗歌内容也不再局限于一个场景，如“出浴”“幸蜀”“魂系马嵬”等。诗歌中明皇重色、杨家有女、杨妃娇媚、杨妃出浴、恃宠误国、杨门显赫、渔阳叛乱、魂断马嵬、明皇相思、道士招魂、仙山寻妃、托物寄词、重申前誓等情节都是画家绘画作品中热衷呈现的重要内容，画作也不再局限于某一句诗、某一个场景，只要画家“意愿”之，皆可入画。如鲍少游《长恨歌诗意》组图之二所选取呈现的诗歌内容为“一朝选在君王侧”。图中重点表现了杨女选妃后“待遇”，宫女成群，出行高擎障扇，彰显出尊贵的身份与威严的排场。图中另绘有降落的两只仙鹤，一方面通过仙鹤的吉祥美好，寓意美好的爱情；另一方面，画中通过两只鹤和鸣对视的姿态，传达出温馨、幸福的寓意，暗示着杨妃与明皇的生活如仙鹤般悠闲与自在。

总体上而言，《长恨歌》"联景叙事图解式"图像的特点主要有：画幅多，呈现的诗歌内容丰富，由于不局限于某一个场景，画作图解诗意的意向更加明显，图像的叙事性也更强，对于古典七律诗歌来说，图像也显得较为通俗易懂。但同时，语言所指的内容是固定的，也容易造成图像简单化、类型化，对画家的要求也更高，画家多凭借个人的价值观和审美观标准用绘画的笔触创造出空灵的图像作品。

四、《长恨歌》图像对诗歌的演绎

《长恨歌》的绘画作品虽然不及《琵琶行》之多，但也具有自身作为一个画题的独特魅力，尤其是各类传奇、戏剧反复演绎后，更增添了其丰富的内涵。从诗歌主题、内容、语象、人物形象的再现等方面来看，又呈现出什么样的特色呢？下面试图讨论《长恨歌》图中的这些问题。

（一）画家对《长恨歌》诗歌内容的关注

典型绘画	画中呈现的诗歌内容	诗句特色
佚名《明皇幸蜀图》	渔阳鼙鼓动地来，惊破霓裳羽衣曲。九重城阙烟尘生，千乘万骑西南行。翠华摇摇行复止，西出都门百余里。 六军不发无奈何，宛转蛾眉马前死。花钿委地无人收，翠翘金雀玉搔头。君王掩面救不得，回看血泪相和流。 黄埃散漫风萧索，云栈萦纡登剑阁。峨嵋山下少人行，旌旗无光日色薄。	富有动感，为进行时，有一定的时间跨度
康涛《华清出浴图》 改琦《出浴图》 费丹旭《出浴图》 潘振镛《出浴图》 李育《出浴图》 王叔晖《贵妃出浴图》	春寒赐浴华清池，温泉水滑洗凝脂。侍儿扶起娇无力，始是新承恩泽时。	诗句内容欲说还休，充满想象
钱慧安《长恨歌图卷》	姊妹弟兄皆列土，可怜光彩生门户。遂令天下父母心，不重生男重生女。	诗句叙述内容场景多，重意境
潘振镛《玉楼醉归图》 张大千《贵妃扶醉图》 张大千《倾国倾城图》 傅抱石《贵妃醉酒图》	金屋妆成娇侍夜，玉楼宴罢醉和春。	诗句引人无穷的遐想和深思
张大千《长生殿》	七月七日长生殿，夜半无人私语时。 在天愿作比翼鸟，在地愿为连理枝。 天长地久有时尽，此恨绵绵无绝期。	诗境朦胧

续表

典型绘画	画中呈现的诗歌内容	诗句特色
李毅士《长恨歌画意》	全诗入画，每四句诗歌为一幅，其中每四句诗中又有所侧重。	语象丰富
鲍少游《长恨歌诗意图》	重点诗歌入画。	语象丰富
华三川《贵妃出浴图》	天生丽质难自弃，一朝选在君王侧。回眸一笑百媚生，六宫粉黛无颜色。春寒赐浴华清池，温泉水滑洗凝脂。侍儿扶起娇无力，始是新承恩泽时。云鬓花颜金步摇，芙蓉帐暖度春宵。	诗句内容欲说还休，充满想象
潘絜兹《白居易长恨歌画传》	杨家有女初长成，养在深闺人未识。 回眸一笑百媚生，六宫粉黛无颜色。春寒赐浴华清池，温泉水滑洗凝脂。 君王掩面救不得，回看血泪相和流。 芙蓉如面柳如眉，对此如何不泪垂。 排空驭气奔如电，升天入地求之遍。 玉容寂寞泪阑干，梨花一枝春带雨。 回头下望人寰处，不见长安见尘雾。 唯将旧物表深情，钿合金钗寄将去。 七月七日长生殿，夜半无人私语时。	语象丰富
刘旦宅《长恨歌》	全诗入画，每四句诗歌或六句、八句为一幅，其中每幅画中又有所侧重。	语象丰富

正如前文所述，单幅《长恨歌》图像对诗句内容的关注，多为“渔阳鼙鼓动地来……旌旗无光日色薄”“春寒赐浴华清池，温泉水滑洗凝脂。侍儿扶起娇无力，始是新承恩泽时”“姊妹弟兄皆列土，可怜光彩生门户。遂令天下父母心，不重生男重生女”句，即“发难赐死”“出浴”“门楣受宠，偏信杨家”“贵妃醉酒”“长生殿相会”等场景。

总体上而言，这些诗句朗朗上口，语象丰富，易于入画，观者通过直接朗读这些诗句，便可直接在脑中呈现出场景与画面，为“直接呈象”，如“旌旗无光日色薄”“养在深闺人未识”。

个别富有动感的诗句中，有一些很明显的动作同样也易于入画，如“君王掩面救不得”“侍儿扶起娇无力”，通常君王掩面、侍女扶起贵妃的这个动作会在画作中有所呈现，为“动作呈象”。

此外，可通过侧面其他形式或动作来完成绘画的诗歌，也经常成为画家热衷于表现的“画点”，为“侧面呈象”，如钱慧安《长恨歌图卷》在表现“遂令天下父母心，不重生男重生女”诗句时，首先绘制贵妃的光彩照人、侍女成群，接着在画作的左上角则用他人艳羡的眼光来侧面呈现出父母“不重生男重生女”的场景，及侍女手中的旌节，对玄宗的滥用封赏进行深刻的讽刺，导致“姊妹兄弟皆列土，可怜光彩生门户”的政治倾轧。

有的诗句本身具有模糊性，对于“有无相生”“常无，欲观其妙”的意蕴，画家或观者需要心领神会，所谓："闻所闻而来，见所见而去"，诗句耐人寻味，有充分的想象余地，富有"无言之美"，为"模糊呈象"。如"春寒赐浴华清池，温泉水滑洗凝脂"为典型的"模糊呈象"，画家在胸中呈现的"象"不同，绘画作品就千差万别，别有意趣，即使是同样描绘"出浴"场景，康涛的《华清出浴图》必定不同于李育的《出浴图》。"玉楼宴罢醉和春"这句诗歌内容也富有想象，贵妃玉楼醉酒前，是什么样的状态，贵妃醉酒后又是什么样的状态？画家有不同的处理。潘振镛的《玉楼醉归图》描绘的是贵妃醉酒后的醉态，傅抱石的《贵妃醉酒图》则是别出心裁，落墨描写贵妃醉酒之前的形态状貌。

还有一种诗句呈现出一种意境，能把读者的思想引入到一个情景相融、神形兼备的意境当中，或唯美，或含蓄，或感人，或新颖，或热情，且通常用触景生情、体贴物情、状物移情的方式营造意境。《长恨歌》诗中"在天愿作比翼鸟，在地愿为连理枝，天长地久有时尽，此恨绵绵无绝期"，就是用"体贴物情"的方式营造了一个哀回婉转的情爱世界，引人共鸣。这种构筑有完整意境的诗句也经常成为画家绘画的"诗眼"，为"意境呈象"。张大千《长生殿》（见上图 9－9）绘画作品即通过疏密有致、雍容大度的布局，华丽的宫殿透露出的空蒙寂寥之气，契合了《长恨歌》中曲终人散时唯美凄婉的意境。

（二）画家对《长恨歌》诗歌语象的选择

下面以李毅士的《长恨歌画意》为例，具体分析《长恨歌》语象入画情况与主要特色：

序号	诗句	入画的语象	未入画的语象	画面中增加的语象	入画语象的特征
1	汉皇重色思倾国，御宇多年求不得。杨家有女初长成，养在深闺人未识。	杨家女子、深闺及生活中的器具	汉皇	鸟笼、窗外美景	描述性语象易于入画
2	天生丽质难自弃，一朝选在君王侧。回眸一笑百媚生，六宫粉黛无颜色。	君王、六宫粉黛、回眸一笑百媚生		皇家内景及各类奢侈品、侍女	象征语象容易唤起联想
3	春寒赐浴华清池，温泉水滑洗凝脂。侍儿扶起娇无力，始是新承恩泽时。	华清宫、侍儿、娇无力		玉柱、栏杆、可透视美景、帷幔	描述性语象易于入画
4	云鬓花颜金步摇，芙蓉帐暖度春宵。春宵苦短日高起，从此君王不早朝。	云鬓、芙蓉帐		侍女、房间里皇家生活设施设备	描述性语象易于入画

续表

序号	诗句	入画的语象	未入画的语象	画面中增加的语象	入画语象的特征
5	承欢侍宴无闲暇，春从春游夜专夜。后宫佳丽三千人，三千宠爱在一身。	侍宴	春游、后宫佳丽	人来人往、人、楼宇、月色	抒情性语象可借助意境表达感情
6	金屋妆成娇侍夜，玉楼宴罢醉和春。姊妹弟兄皆列土，可怜光彩生门户。	金屋、玉楼	姊妹弟兄、列土	马、侍女、持茅卫士、牵马的人、石	描述性语象易于入画
7	遂令天下父母心，不重生男重生女。骊宫高处入青云，仙乐风飘处处闻。	骊宫		树木、河及水	描述性语象易于入画
8	缓歌慢舞凝丝竹，尽日君王看不足。渔阳鼙鼓动地来，惊破霓裳羽衣曲。	鼙鼓、杨妃舞霓裳羽衣曲	丝竹、君王	皇家宫殿、文武官员、报讯官员	动态语象，可表现瞬间
9	九重城阙烟尘生，千乘万骑西南行。翠华摇摇行复止，西出都门百余里。	九重城阙、烟尘、千乘万骑、翠华、都门		草、枯树	动态语象，可表现瞬间
10	六军不发无奈何，宛转蛾眉马前死。花钿委地无人收，翠翘金雀玉搔头。	六军	花钿、翠翘、金雀、玉搔头	被抓住的贵妃、辇车华冠	动态语象，可表现瞬间
11	君王掩面救不得，回看血泪相和流。黄埃散漫风萧索，云栈萦纡登剑阁。		血泪、剑阁、黄埃、风、君王、云栈、剑阁	远去的士兵、死去倒地的贵妃、远山近树	动态语象，可表现瞬间
12	峨嵋山下少人行，旌旗无光日色薄。蜀江水碧蜀山青，圣主朝朝暮暮情。	峨眉山、蜀山之陡峭	旌旗、蜀江		描述性语象易于入画
13	行宫见月伤心色，夜雨闻铃肠断声。天旋地转回龙驭，到此踌躇不能去。	行宫、月	闻铃、龙驭	灯	抒情性语象可借助物象表达感情
14	马嵬坡下泥土中，不见玉颜空死处。君臣相顾尽沾衣，东望都门信马归。	马嵬坡、泥土、君臣、马	都门	树	象征语象容易唤起联想
15	归来池苑皆依旧，太液芙蓉未央柳。芙蓉如面柳如眉，对此如何不泪垂。	柳、泪垂	池苑、太液、芙蓉、未央、	树、山石、士兵	描述性语象易于入画

续表

序号	诗句	入画的语象	未入画的语象	画面中增加的语象	入画语象的特征
16	春风桃李花开日，秋雨梧桐叶落时。西宫南苑多秋草，落叶满阶红不扫。	春风、桃李花、秋雨、西宫南内	梧桐叶、秋草、落叶、阶梧桐叶、	护城河、士兵	抒情性语象可借助意境表达感情
17	梨园弟子白发新，椒房阿监青娥老。夕殿萤飞思悄然，孤灯挑尽未成眠。	椒房阿监	梨园弟子、白发、青娥、殿、萤、孤灯	君王、宫殿、石刻雕龙	描述性语象易于入画
18	迟迟钟鼓初长夜，耿耿星河欲曙天。鸳鸯瓦冷霜华重，翡翠衾寒谁与共。	长夜	钟鼓、星河、鸳鸯瓦、冷霜、翡翠衾	床、君王	抒情性语象可借助物象表达感情
19	悠悠生死别经年，魂魄不曾来入梦。临邛道士鸿都客，能以精诚致魂魄。		鸿都、道士	夜晚、宫殿、枯树	抒情性语象可借助意境表达感情
20	为感君王辗转思，遂教方士殷勤觅。排空驭气奔如电，升天入地求之遍。	方士、排空驭气、升天、入地			描述性语象易于入画
21	上穷碧落下黄泉，两处茫茫皆不见。忽闻海上有仙山，山在虚无缥缈间。	仙山	碧落、黄泉、海	云、楼阁	描述性语象易于入画
22	楼阁玲珑五云起，其中绰约多仙子。中有一人字太真，雪肤花貌参差是。	楼阁、仙子、雪肤花貌		道士、树木花草、门童	描述性语象易于入画
23	金阙西厢叩玉扃，转教小玉报双成。闻道汉家天子使，九华帐里梦魂惊。	金阙、西厢、玉扃、玉女子、双成侍女、九华帐		假山树木	描述性语象易于入画
24	揽衣推枕起徘徊，珠箔银屏迤逦开。云鬓半偏新睡觉，花冠不整下堂来。	揽衣推枕、珠箔、银屏、花冠		道士、树木花草、门童	动态语象，可表现瞬间
25	风吹仙袂飘飖举，犹似霓裳羽衣舞。玉容寂寞泪阑干，梨花一枝春带雨。	仙袂、霓裳	梨花	道士、阁楼及装饰、侍女	象征语象容易唤起联想
26	含情凝睇谢君王，一别音容两渺茫。昭阳殿里恩爱绝，蓬莱宫中日月长。	蓬莱宫	昭阳殿	云、道士、鸟	动态语象，可表现瞬间

续表

序号	诗句	入画的语象	未入画的语象	画面中增加的语象	入画语象的特征
27	回头下望人寰处，不见长安见尘雾。唯将旧物表深情，钿合金钗寄将去。	旧物、钿合	长安		描述性语象易于入画
28	钗留一股合一扇，钗擘黄金合分钿。但教心似金钿坚，天上人间会相见。	金钗		花草树木	描述性语象易于入画
29	临别殷勤重寄词，词中有誓两心知。七月七日长生殿，夜半无人私语时。	长生殿		假山树木、石狮	动态语象，可表现瞬间
30	在天愿作比翼鸟，在地愿为连理枝。天长地久有时尽，此恨绵绵无绝期。	比翼鸟、连理枝		远去的小路、蹒跚的老者、稀落的石头	抒情性语象可借助意境表达感情

以上以某一组组画中语象入画情况为代表进行分析，可以看出易入画的语象多为描述性语象，具有象征意味的语象，为直接呈象；动态的语象通过画家“定格”某一个瞬间，也常被绘入画中，为动作呈象；抒情性语象可以通过借助“意境”表达情感，进而入画，为意境呈象。如张大千《长生殿》画作中就是借助描绘长生殿缥缈的“意境”表达《长恨歌》诗歌“在天愿作比翼鸟，在地愿为连理枝。天长地久有时尽，此恨绵绵无绝期”的爱情绝唱。当然，为了丰富画面内容，画家都会紧紧围绕主要语象增添或删除一些语象，有助于更好地表达情感或主旨，如围绕“金阙”语象，李毅士就在画作中增加了假山、树木等语象。

通过分析可以看出，《长恨歌》诗歌语言精美、工整，具有丰富的语象与意象，使《长恨歌》具有丰富的遐想，成为诗歌向图像转向的坚实基础。一旦语象与意象触动了画家长期积累的绘画素材，“语象”生“意象”，最终形成图像，构成一个诗画转化的艺术探索过程。通过《长恨歌》诗歌与绘画的对比，可以看出画家在对《长恨歌》语句的选择时，主要采取的方式是立足关键语象，根据“胸中之壑”的需求，增加或删除语象。同时，由于《长恨歌》诗歌内容太丰富，共计 120 句，“单景人物山水式”图像、“单景人物肖像式”图像呈现的内容有限，仅能选择个别“诗眼”或画家感兴趣的内容。“联景叙事图解式”图像画幅较多，相对呈现的语象内容较全。

下面再以单幅作品中同一场景的画作进行分析。

典型画作	入画的语象	画面中增加的语象	入画语象的特征
“出浴图”呈现的诗句：春寒赐浴华清池，温泉水滑洗凝脂。侍儿扶起娇无力，始是新承恩泽时。 本句中的语象：华清池、温泉、侍儿、娇无力			
康涛《华清出浴图》	贵妃、一女侍、一男侍	香露	语象少，画面简洁
改琦《出浴图》	贵妃、一女侍	纨扇、托盘	贵妃持扇
费丹旭《出浴图》	贵妃、一女侍	香露、纨扇	侍女持扇
潘振镛《出浴图》	贵妃、四女侍	镜、扇、点水	日常生活中的语象增添了忙碌感
李育《出浴图》	贵妃、四女侍	掌扇、托盘、梁柱	掌扇语象增加了画面的富贵感。
王叔晖《贵妃出浴图》	贵妃、一女侍、一男侍	桌椅、梁柱、门窗、帘、托盘、玉盆	语象多，画面较繁复
华三川《贵妃出浴图》	贵妃、两女侍	栏杆、绕龙玉柱、玉如意	有象征高贵的语象
“醉酒图”呈现的诗句：金屋妆成娇侍夜，玉楼宴罢醉和春。 本句中的语象：金屋、玉楼、醉			
潘振镛《玉楼醉归图》	一掌灯侍女、一搀扶侍女、两掌扇侍女、栏、玉楼	月亮、古松、假山	画面增加的语象丰富，有助于表现贵妃的富贵
张大千《贵妃扶醉图》	一搀扶男侍与一女侍、一女官	古树、远山近苔、路	诗中增加的语象较为传统
张大千《倾国倾城图》	一搀扶男侍与一女侍、一女官	垫子、树	诗中原有语象与增加的语象产生出新的意境
傅抱石《贵妃醉酒图》	一端酒壶的侍女	竹帘半卷，台阶、柱檐和栏杆、酒壶	增加的语象已突破唐韵

从以上画作中也可以看出来，表现同一个场景，不同的画家，画中的语象都是不一样的，语象的增加多为丰富画面的内容，表达情况的需要，如要在画面中呈现“富贵”感，必定要增加一些能体现出富贵的语象，如在“贵妃出浴”图中增加玉如意、绕龙玉柱、掌扇，在贵妃的形象塑造上可绘制花钿等。同时也可以看出，在表现“出浴”这个场景中，贵妃和侍女是必不可少的语象，且重要的是表现贵妃“娇无力”这个情状。贵妃“醉酒”图中，侍女也是不可或缺的重要语象，且增加的语象较为传统时，整个画面呈现出的画风也更显古趣，而增加的语象较为新潮时，整个画风也呈现出较为现场的气息。也就是说，一幅诗意画要在原诗内容的“规范”与“约束”下，想取得与众不同的效果，除依托独特的个人技法、创作观、构思、构图、敷色等方面，还可通过物象的不同呈现与组合，图绘出自己想要达到的画面效果，借此也可看出语象的重要性。正是通过丰富的语象之间的“互动”，营

造出了生动而又形象的感性世界，加强了画作的感情强度，促进了诗人与画家之间的共鸣。

（三）画家对《长恨歌》诗歌人物形象的塑造

无论是生活中的杨贵妃，还是诗歌中的杨贵妃，都是一个体态丰腴、美艳妩媚的贵族仕女，且侍女成群，生活骄奢。下面重点讨论各画作中的人物形象。

典型绘画	贵妃形象	侍女形象	人物特色
康涛《华清出浴图》	杨贵妃云鬓松挽，身披红色罗纱，身形向右屈	两个小侍从端着香露，跟随其后，没有搀扶贵妃，衣服颜色较深，其中一侍从着男装	采用对比的方法突出了贵妃，侍女形象较小，富有唐韵，但娇态不够
改琦《出浴图》	贵妃云鬓高耸，手持纨扇，衣衫滑落，显示出肌肤的水嫩光滑、风姿绰约	丫鬟侍立后，手托茶盘，没有搀扶贵妃	二人均细眼蛾眉，由于画幅为白描，虽展现出贵妃肌肤如“凝脂”，但仍为清代仕女风
费丹旭《出浴图》	贵妃发髻简单，玉指纤纤，蛾眉淡扫，人物较消瘦	丫鬟发髻较贵妃复杂，着装朴素，持艳丽浴巾供其擦拭，有搀扶贵妃	相比唐代仕女，少了雍容华贵，仍为清代风
钱慧安《长恨歌图卷》	贵妃脸部细条不流畅，衣饰清雅	一侍女举扇，一侍女似持旌节	人物仍为清代风
潘振镛《出浴图》	贵妃持羽扇，衣着华美，薄如蝉翼，酥胸半露，手持羽扇	身后的侍女扶着出浴后娇无力的贵妃，其他侍女有持镜、有持点心，有持盒者	服饰风格及人物形象均呈现出清代之风，但娇无力之态没有完全展现
潘振镛《玉楼醉归图》	贵妃闭目，有醉酒之态，着装艳丽	一位侍女在前掌灯，一位侍女搀扶着醉酒后的贵妃，还有两位侍女高举“仪仗扇”	人物服饰为清代风
李育《出浴图》	贵妃娇美，色彩艳丽，画出了娇羞之态	侍女四个，有宽衣、有扶扇、有端茶者	服饰为清代画风，贵妃形象为唐风
张大千《贵妃扶醉图》	画中人物雍容丰腴，艳而不俗	身边两侍女分别着女装和男装。女装侍女梳双垂髻，另一侍女与右侧所立的女官都着男装	人物面部用三白画法，脸颊红润
张大千《倾国倾城图》	无论是贵妃造型，还是颜色敷色方面，都与《贵妃扶醉图》相同，但眼神更清晰	人物轮廓更鲜明，背景更抽象	人物面部用三白画法，脸颊红润
张大千《长生殿》	李杨二人在殿前凭栏而立、相对无言	无	杨李同时出现于画面，且人物非常小，哀感顽艳

续表

典型绘画	贵妃形象	侍女形象	人物特色
王叔晖《贵妃出浴图》	贵妃服饰花纹精美,敷色妍丽,气象高华,神韵生动,丰润优美	侍女较之贵妃个子较为矮小,愈发突出贵妃高人一等的气场与形象	人物造型含蓄中略带夸张,设色明艳清雅,开一代新气象
傅抱石《贵妃醉酒图》	贵妃侧目沉思,眼神投向远方两人的上方,服饰淡雅	侍女端酒壶立在右后方,服饰也较清雅	人物脸上皆有点红,发髻造型为唐式造型
华三川《贵妃出浴图》	贵妃披薄如蝉翼的罗纱,隐约透露出其酥胸,头饰华丽	侍女着装也较为华丽,其中一侍女手持玉如意,头饰也较多	色彩虽丰富,脸部虽用三白画法,展现的仍为当代仕女画风
潘絜兹《白居易长恨歌画传》	贵妃云鬓花颜、丰盈圆润、仪容雍容典丽	侍女衣着打扮华丽,色彩丰富,较之贵妃形象也较矮小	整个画作颜色艳丽,人物形象饶具大唐风韵
刘旦宅《长恨歌》	贵妃衣袂飘飘,花纹精美,神态娇媚,身形浑圆丰满	侍女成群,衣着打扮尽显唐人之风	装饰性强,虽白描,但富有唐人之美

《长恨歌》诗歌中,作为万人瞩目的贵妃,出入各种场合势必鲜艳夺目,因而对于杨贵妃的描述非常多,多是表现贵妃的美,并通过各种物象增添了富贵气息。

图像中所塑造的杨妃形象,根据其在服饰、妆容、配饰、头饰呈现出不同的特点来看,有的较富贵,有的较淡雅,超出诗歌文本“规范”,体现出绘画艺术的特色与动态发展。从服饰方面看,有的呈现出清代画风,有的呈现出唐代画风。尽管是开放的唐代,女子服装轻、薄、透、露,但基本上没有露出胸部,直到近现代作品中,由于西方思想的传入,观念才开始转变。在面部妆容和配饰上,贵妃是鹅蛋脸、柳叶细眉、狭长丹凤眼、葱管鼻、樱桃嘴、戴珍珠耳环。唐代脸略长略大一些,清代更纤细一些,与整个时代的审美观息息相关。从发型看,具有唐代风韵的杨贵妃基本上为高髻,少如飘逸的云髻;如画风为清风,杨贵妃多云髻,与清代淡雅的追求基本一致。在面部妆容方面,有的作品基本上无妆容,有的人物面部则采用三白画法,脸颊红润,基本上无浓妆,与诗歌呈现的贵妃形象相反。

尽管《长恨歌》图像中的杨妃在装扮上有一些差异,但丝毫不影响其作品的艺术价值,反而能体现出其独特的审美。

(四)《长恨歌》诗歌叙述方式与图像叙述方式

《长恨歌》是一首近千字长诗,内容丰富,文学叙事性强,因而也不得不提到《长恨歌》图像的叙事方式。

单幅绘画作品,由于不能把近千字的诗歌内容全部呈现出来,因而,诗意图像作品创作时，多选取诗句的“诗眼”进行图像叙述。诗眼是诗歌中最能开拓意旨和表现力最强的关键词句，最能理清诗词脉络的盘节，是掌握诗歌各部分相互联系的关键。如“春寒赐浴华清池，温泉水滑洗凝脂。侍儿扶起娇无力，始是新承恩泽时”，其“诗眼”有“浴”“娇无力”字，“浴”和“娇无力”成为图像最爱表现的内容，成为“画点”。但如何将文学语言的这种内视性转化为图像的直观性呢？通过众多“出浴图”可以看出来，画家采用的是动作叙述，通过侍女搀扶、穿衣这些动作侧面完成语言内视性的呈现，在动作群的刻画描写中使人物形象立体起来。“金屋妆成娇侍夜，玉楼宴罢醉和春”，这句诗的“诗眼”为“醉”，“醉”也就成了图像最爱表现的内容。但诗中对于“醉酒”时的情态并没有更多的描写，画家只能根据他人的动作群展现出这一故事情节，在原文不能充分提供和表现的情况下，进行叙述中的叙述。

现当代的《长恨歌》画作，更多绘画形式为组画。组画在表现诗歌叙述时间性的特点时，通常可以将时间“压缩”，选择一定的“诗眼”进行重点表现，再通过这种连续性的“诗眼”来构成故事的整体，如戴邦敦 41 幅《长恨歌》连环画分别通过“重色”“深闺”“丽质”“赐浴”“花颜”“不早朝”“佳丽”“独宠”“醉”“皆列土”“不重生男重生女”“仙乐”“缓歌慢舞”“鼙鼓”“千乘万骑西南行”“死”“掩面”“旌旗无光”“见月”“不见玉颜”“信马归”“归来”“垂泪”“梧桐叶落”“白发新”“青娥老”“长夜未眠”“衾寒谁与共”“招魂”“觅”“驭气”“黄泉”“仙山”“叩”“飘”“比翼鸟”“回望”“旧物”“连理枝”“无绝期”等“诗眼”完成情节的叙述。

总之，图像叙述方式需要理解文学语言的审美特点和发展方向，深入研究语言艺术的特殊性，把握关键的“诗眼”，并将“诗眼”转化为“画点”，通过“画点”群的图绘，完成故事情节的叙述。

（五）《琵琶行》图绘与《长恨歌》图绘的比较

《琵琶行》是一首现实主义的诗歌，诗歌讲述的是作者在浔阳江头送客时巧遇琵琶女，继而听曲弹琴，借琵琶女自述身世表达自己贬谪之现状。不管是否真有琵琶女这个人物，但诗人在诗歌“借他人之杯，浇自己块垒”，曲折、婉转地表达自己的“仕进之志”的创作手法，是十分吻合儒家的审美理想的，传达的是典型的中国文人之志。他们渴望做一名出色的政治家，辅佐君王施行仁政，实现自己的抱负和理想。他们也崇尚壮士慷慨、志威八荒的威武，向往忠为百世、义令名彰的声誉，羡慕垂声后世、气节如常的风范，称道君子论道、古风长存的慷慨，赞颂文走笔锋、投笔从戎的书生意气。然而，他们的种种美好理想在社会现实中能实现吗？事实是，他们往往要受到无穷的阻碍、遭到无数的打击，并且，最主要的是需要有君王的知遇之恩。唯其如此，他们的仕进之志才能实现。然这个条件又太苛刻，纵胸有大志，又可奈何？文人将仕进兼济天下作为自己人生价值显示的途径，是无法避免其悲剧命运的。遭遇仕途挫折的文人，在《琵琶行》中找到白居易，用他从容或抑郁的形象来表达自己的生存状态，自有高明之处。所以，《琵琶行》作为一种精神象征，比较多地被反复绘制，尤其突出表现在清之前的《琵琶行》图像现象中，从某种程度上来说它已具有某种精神母题的意义。

《长恨歌》用精练的语言概括了杨妃的人生起落：集千万宠爱于一身及魂断马嵬，又通过描写道士招魂、仙山寻妃融入了仙侠玄幻气息，现实主义中夹杂浪漫主义，历史写实中融入夸张玄幻。不管诗歌主要传达的是爱情主题，还是寄予了讽刺劝谕，抑或是表达感伤同情之意，就诗歌内容所表达出来的来说，帝妃之恋的情感认可度不及仕进之志的情感认可度。帝妃高高在上，仕途还可通过努力与机遇企及。因而，伴随着《长恨歌》的认可度，《长恨歌》被图绘的作品远远低于《琵琶行》诗歌，极个别绘画作品可能通过描绘"明皇幸蜀"蕴含对皇帝的不满与讽刺，但大部分"出浴图"传达的贵妃之美，在文人眼中，这类作品呈现出的思想境界不高，不符合其"雅正"的审美追求，自然受到画家眼光的挑剔。但在现当代，《长恨歌》作品多被创作为联景组画，且创作丰富，一方面多图解诗意，另一方面则更看重《长恨歌》中杨妃的传奇色彩。这时期，《琵琶行》被反复以组画的形式创作的现象倒是没有《长恨歌》丰富，在一定程度上说明，《琵琶行》语境与时代潮流脱轨，即使偶有创造，画家眼中也多为《琵琶行》诗歌中的语言之美、情境之美、琵琶女之美了。

白居易以其艺术的敏感创作了众多诗歌作品，其经典作品《琵琶行》《长恨歌》又透过画家不厌其烦地灌注审美的自我体验，构成了中国艺术史上一个特殊画题。通过以上分析，可以看到诗歌文本背后的文化意味及不同时代绘画创作的审美趣味和绘画艺术形式之间的特性。

首先，画家在将诗歌视觉化的过程中，诗歌文本为画题表现提供了情节和形象，同时也使图像受到了文本的"约束"和"规定"。通常情况下，画家是采取一种惯性的视觉思维方式直接将诗歌文本中的语象进行艺术的再现，求得与作者情感和意图上的沟通。从消极方面来说，其限制了艺术的再造能力，反过来，也保证了经典文本的精神价值。而优秀画家，会在文本的"规范"范围内，突破原有语象的桎梏，有效地进行"同质异构"，因而诗歌的图像演绎也在不断反复的过程中具有经久不衰的艺术魅力。

其次，白居易诗歌作品被图绘的作品较多，丰富了中国美术发展史上的图像资源，也是诗画融合当中的新探索。通过白居易作品被图绘的现象可以看出来，画家在以某一文学作品为主题进行绘画创作时，一方面可以折射出画家在接受文学作品时的精神世界，他的思想与行为，他对人生、现实、文学作品的理解。当文学作品非常重视描写仕途、民生疾苦时，亦可看出画家对仕途、民生疾苦的关注，清之前的诗歌图绘现象中较为突出地表现出这一点；另一方面，与古代文人画家多深入探究诗歌的意蕴与情调、多揣摩诗歌的思想不同，现代人对于古典题材的文学读本的理解与以往的文人有着较大的差异，现当代的诗歌图绘作品受当下时代思潮影响，古代文人所关注的仕途、民生疾苦，可能现代画家不会那么注重，古代文人所忌讳的帝妃爱情、美人出浴之类的题材，现代画家不断关注。这种变化与时代的发展、审美观、价值观的变化密不可分。《琵琶行》图绘现象与《长恨歌》图绘现象就在这种变化中呈现出各自独特的魅力。

第十章 隋唐五代文学图像关系的理论批评

隋唐五代时期，虽然政治上结束了魏晋南北朝的混战分裂局面，但也得益于魏晋时代，在文化上的激荡、热情，深深地影响了隋唐五代的诗画创作与理论思考。具体来说，这一时期关于文学与图像关系的理论资源散见于诸种诗话、画论、书论等，其中有王昌龄、皎然、司空图的诗歌理论，也有张彦远、朱景玄、荆浩等人的绘画理论，甚至张怀瓘的书法论。[①] 这一时期的文艺美学批评，虽然仍没有形成“文-图”关系的自觉意识，但是已经有诗画评述多处提及了诗画交叉现象，如张彦远在《历代名画记》中不仅记载了汉代援画入诗的事实，还载录了晋代《毛诗图》《洛神赋图》及顾恺之创作诗意图的大致情形，这部分内容在诗意图的历史部分已经有了介绍，此处不再赘述。承继魏晋以来部门艺术美学的兴起与大发展，这一时期在文学图像关系视角的话题日趋丰富。也正是如此，本章以问题（而非专人、专著）为中心，通过探究梳理这一时期文学图像关系的若干重要问题，展现不同艺术语言媒介之间的互通与对话。

第一节 从外部视角看文学与图像的关系

从宏观上来看，隋唐五代的文艺批评在理论形态上注意到了文学艺术发展的外部因素，这其中自然环境方面，如南北方气候、地理因素的差异导致在绘画表现与诗文描写中体现出风格的巨大差别，进而带有阳刚雄壮或阴柔温润的特征。而在社会人文方面，佛教的兴盛在诗画创作上都有反映，其哲性沉思也触发了文艺批评方面的主体与客体、时间与空间的思考，如“心与境”问题，以及皎然的《诗式》、司空图的《二十四诗品》等诗论著作，需要将其置于佛教兴盛特别是禅宗思想的完善与传播的语境中。此外，隋唐五代在中国封建社会历史发展中比较典型，既有盛唐气象，也有晚唐至五代的战乱纷争，这些政治变迁在诗与画的

① 除了书画论的专著、专文外，这一时期还出现了大量题画诗，“开创了以诗论画的新形式，表明了诗人对绘画的见解，是诗论影响绘画的重要通道，也是绘画美学的重要资料”。（陈华昌：《唐代诗与画的相关性研究》，陕西人民美术出版社 1993 年版，第 6 页）因为前面诸章多有题画诗的专题内容，在本章不作为重点考察范围，略有述及，仍以系统性理论见解为主。

创作与批评视角上都有所表现，从这一点来看，文学与绘画是相通的。

在艺术的社会功用问题上，这一时期的观念承袭了孔子以来的儒家文学教化传统。特别是到了中唐时期，“文”与“道”的关系被明确为“文以明道”“文以贯道”的表述，而明何种“道”也成为韩愈、柳宗元等文学家标明自身文学观念的重要契机。也正是经由古文运动的发展和推动，宋代理学家周敦颐把“文”“道”关系修正为“文以载道”，成为中国文学观念的最重要传统；唐代的画论在其指向上也有“画”与“道”关系的论述，颇有“画以明道”的意味，这主要体现在画论家在绘画的社会功用层面上强调政治教化功能。

更有趣的是，唐代绘画艺术的繁盛亦与这一时期文学的发展密切相关，这一点表现在《历代名画记》《唐朝名画录》等画史、画论中。如张彦远把文人身份与绘画品第结合在一起，朱景玄深刻地指出当时依文作画的现象，而咏画与论画的文学作品大量出现更呈现了是时诗文兴盛与绘画发展的互动局面。此外，与诗书水平紧密相关的文人身份又是靠包括书画收藏在内的雅趣追求加以表征的。这些内容在纷杂的书画著述中均有体现。

一、自然地理环境和社会政治因素对诗画风格的影响

朱光潜在论“刚性美”与“柔性美”时曾引用“骏马秋风冀北，杏花春雨江南”的诗句，并认为其中的几个意象足可以象征一切美，前句可概括为刚性美，后句则是柔性美。虽然朱光潜认为这两种美有时可以混合调和，[①]但是诗句本身所表明的审美风格的地缘性差别还是很明显的。这种差别首先在于南北自然风光的不同，北方多荒漠、雄峻之气概，南方则是小桥流水、湖光山色的静谧神韵。身处其境自然多有感触，当这两种迥异的自然风景进入诗画创作，也就成为不同的审美风格。这一点即被魏徵所指明：

暨永明、天监之际，太和、天保之间，洛阳、江左，文雅尤盛。于时作者，济阳江淹、吴郡沈约、乐安任昉、济阴温子昇、河间邢子才、钜鹿魏伯起等，并学穷书圃，思极人文，缛彩郁于云霞，逸响振于金石。英华秀发，波澜浩荡，笔有余力，词无竭源。方诸张、蔡、曹、王，亦各一时之选也。闻其风者，声驰景慕，然彼此好尚，互有异同。江左宫商发越，贵于清绮，河朔词义贞刚，重乎气质。气质则理胜其词，清绮则文过其意，理深者便于时用，文华者宜于咏歌，此其南北词人得失之大较也。[②]

相较于北方文学波澜浩荡、雄浑刚健的风格，南方则更多的是清绮纤柔的风格，据此，魏徵得出结论，北方诗文以理取胜，是对时事揭示劝诫的重要形式；而

① 朱光潜：《朱光潜全集》第一卷，安徽教育出版社 1987 年版，第 420 页。

② 魏徵等：《隋书》卷七十六列传第四十一，中华书局 1973 年版，第 1729—1730 页。

南方诗文则文辞修饰繁多，是个人抒怀吟咏之形式，相对而言艺术性也就更强些。这是就作品本身所呈现出的风格来辨析南北差异，而张彦远的论画视角则把这种差异侧重于鉴赏之维。在他看来，鉴赏绘画作品要有丰富的知识储备，能够深谙意象、风土人情等绘画要素，才不致贻笑大方。他指出：

> 若论衣服车舆，土风人物，年代各异，南北有殊，观画之宜，在乎详审。……芒屩非塞北所宜，牛车非岭南所有。详辨古今之物，商较土风之宜，指事绘形，可验时代。其或生长南朝，不见北朝人物，习熟塞北，不识江南山川，游处江东，不知京洛之盛，此则非绘画之病也。……精通者所宜详辨南北之妙迹，古今之名踪，然后可以议乎画。[①]

芒屩（即芒鞋）和牛车分属南北方的特有物件，塞北与江南山川也是千差万别，这些不同都会在绘画中有所反映，只有熟知，才能评论其画。张彦远也在此时引用李嗣真的话来辅证自己的观点："地处平原，缺江南之胜；迹参戎马，乏簪裾之仪。此是其所未习，非其所不至。"的确，不同的地理环境和气候，造就了不同的风土人情，需要多加认识才能全面了解。

在山水画中，前文所提到的南北审美风格差异更体现在技法中。受气候降水等因素的影响，南方山石多植被覆盖，其皴山之法多平缓远淡，其笔墨温润，点树细致；而北方则高山峻峨，峭壁险立，且山石裸露，树木高直，其用笔自然粗犷宏阔。

在人文环境方面，隋唐五代佛教兴盛，对当时人们的审美意识和诗文书画的艺术风格的影响都很大。这其中，禅宗和华严宗对唐代美学的影响是不同的，只是这并非本作的着眼点，也是限于篇幅，并不作刻意区分。总体而言，佛教对这一时期艺术的影响可以分为创作的主体和客体两个方面。从主体方面来看，这一时期的诗论家有一些与佛结缘，如诗僧皎然，司空图的藏书也多有佛教典籍；而著名画家中吴道子、周昉等善于佛画，书家孙过庭、柳公权、颜真卿等多有佛家内容的书法作品；由于佛教所宣扬的体验人世的方式是面向内心的了悟，所以在诗学与画论中也多有主张创作主体的情感抒发，出现了重"意"的倾向。客体方面主要体现在诗画作品的风格上，在僧诗与佛画大量产生的同时，由于佛教的影响，唐诗的风格出现了新的特色，"唐诗中空寂的境界，明净和平的趣味，淡泊而又深厚的含蕴，就是从这里来的"[②]。不独唐诗，画亦如是，此时画中的玄远之境，多有心悟的静谧之感。集诗与画契合之大成的王维，本身即为佛教徒，其诗画题材、技法、风格等无不受到佛教思想的深刻影响。

总之，作为隋唐五代诗学、画论产生、发展的重要背景，南北相异及社会因由都在其艺术作品风格与艺术观念中有所体现。固然这其中在表现"语言-图

---

① 冈村繁：《历代名画记译注》，上海古籍出版社 2002 年版，第 86—90 页。

② 袁行霈主编：《中国文学史》第二卷，高等教育出版社 1999 年版，第 206—207 页。

像”之间密切关系上可能是间接的，但是在这些条件下形成的审美风格与批评范畴则共同组成了隋唐五代的美学传统，更为诗画呼应的理论趋向奠定了基础。

二、“文以明道”与画之教化

众所周知，儒家思想逐渐成为中国封建社会漫长历史中的统治思想，而产生于其中的文学观念也长期占据了文学传统的主导性位置。尽管孔子本人并没有提出过“文”与“道”的关系范型，但是他的文学政治功用论无疑是后世（包括我们讨论的唐代）文学观念的重要来源。孔子在《论语·宪问》中曰：“文之以礼乐，亦可以为成人矣。”孔子意义上的“文”是指礼乐制度而非通常意义上的文学或文章。在《论语·雍也》中，孔子还对统治者为人准则进行了规定：“质胜文则野，文胜质则史。文质彬彬，然后君子。”即是说，作为统治者既要懂得礼乐，又要明晰仁义。后人对孔子的“文”进行了文学意义上的解读，以及把“文质彬彬”作为文学批评的一大准则，这是一种富有建设性的“误读”，而不仅仅是一种错认或误解。[①] 我们可以拿孔子编纂《诗经》的文学实践加以说明。面对“礼崩乐坏”的时代性危机，孔子怀揣“克己复礼”的理想目标删订《诗经》，其基本原则就是司马迁所说的“施于礼义”，其结果也达到了孔子所认定的“诗三百，一言以蔽之，曰：‘思无邪’”，即在思想上既合乎“礼”，又顺乎“仁”，做到了“文质彬彬”。“这样，《诗》就不是作为提供文学作品来编纂的，它是作为政治统治的工具而问世的。”[②]可见，孔子的文学理论主张是从属于其宏远的社会政治理论的，这样一种文学思考方式为后世儒学的文学观念确立了一种典范。

荀子关于“文”“诗”“乐”的思想主张，表明了其在文学批评方面比孟子更得孔子之“真传”。[③] “所以后来文道合一的文学观，得有传统的权威者，其关键皆在于荀子。”[④]这就说明了根植于儒家学术传统的文学功用观念萌生于先秦之中，并被后学逐步加以重视。在汉代的《毛诗序》中，孔子提出的“兴”“观”“群”“怨”的思想得到充分的阐释，正所谓“正得失，动天地，感鬼神，莫近于诗。先王以是经夫妇，成孝敬，厚人伦，美教化，移风俗”。[⑤] 虽然说到了魏晋南北朝

---

① 王涵曾在研究中指认后人把孔子的政治理论与文学理论混为一谈是一种误解，并对孔子“文”意所体现出的政治观进行分析，本章多有借鉴。（见王涵：《韩愈的“文统”论》，载《北京大学学报》[哲学社会科学版]1994 年第 6 期。）

② 王涵：《韩愈的“文统”论》，载《北京大学学报》（哲学社会科学版）1994 年第 6 期。

③ 郭绍虞认为：“由道言，则孟子为得其统；由论文见解言，则荀子为得其正。”并认为，宋儒论文其宗旨本于荀子。更说明了“文以载道”说与荀子美学思想之间的一脉相承。（见郭绍虞：《中国文学批评史》，百花文艺出版社 1999 年版，第 27 页）

④ 郭绍虞：《中国文学批评史》，百花文艺出版社 1999 年版，第 27 页。

⑤ 《毛诗序》，载于郭绍虞编：《中国历代文论选》第一册，上海古籍出版社 1979 年版，第 63 页。

时期，文学逐渐摆脱经学的束缚，走向自觉，但是这一时期的文学理论并没有忽视文学功能层面的认知。刘勰的《文心雕龙》首篇即为《原道》，曰："道沿圣以垂文，圣因文而明道"。这里的"道"指的是自然之道、万物之情。

唐代的柳冕在论文思想中特别强调文章的教化功用，认为不善写文章的人则"六艺之不兴，教化之不明，此文之弊也"[①]。他把教化看作衡量文章的根本标准，以此来否定那些"亡雅正""亡风教"和"亡兴致"的文学性作品。这一思想"究其实质，仍然是要由文返质，倡导复古"[②]。这种文学观念到了中唐就演变成了轰轰烈烈的古文运动。韩愈提出"修其辞以明其道"[③]，柳宗元认为"文者以明道"[④]，都提出了"文以明道"的观念，二者的"道"的指涉也大同小异：韩愈倾向于孔孟的"仁义之道"，柳宗元更多的是"辅时及物""生人之道"。其后韩愈的门生李汉在《昌黎先生集序》中如此总结："文者，贯道之器也。"[⑤]器是工具的意思，在古文运动的倡导者看来，文是明道、贯道的工具，它的意义不在于其本身，而是集中在"道"之上。

与文学观念的发展相似，中国书画理论自始就非常强调书画的社会功能，更明确地说是提倡绘画作为艺术活动的教化功用，宣扬人伦道德。如魏晋南北朝之曹植、陆机、王羲之、谢赫等等，特别是陆机讲到"宣物莫大于言，存形莫善于画"，王羲之也认定"学画可以知师弟子行己之道"……这俨然已经形成一种传统，与文学创作的"文以明道"传统相似，我们不妨称其为"画以明道"。

唐代画论家张彦远在《历代名画记》之首篇"叙画之源流"即提出"夫画者，成教化，助人伦，穷神变，测幽微，与六籍同功，四时并运"[⑥]。这是张彦远为《历代名画记》全书定下的基调，并且它在整个画论史上具有典型性，诚如王世襄所论，"该篇可谓集礼教思想之大成。前于爱宾（张彦远字爱宾——引者注）者，无其透彻，后于爱宾者，更无不以该篇为根据"[⑦]。虽然接下来王世襄根据张彦远仅在《叙画之源流》中提到画之教化目的来推断此非张彦远的本意，而是历来画论既已如此的理论惯性，但是在《历代名画记》中所显现出来的文人情怀也并非与之抗礼。我们不妨以"卷六"中对王微的评析一观端倪："图画者，所以鉴戒贤愚，怡悦情性。若非穷玄妙于意表，安能合神变乎天机？宗炳、王微，皆拟迹巢、由，放

---

① 柳冕：《答衢州郑使君论文书》，载于郭绍虞编：《中国历代文论选》第二册，上海古籍出版社 1979 年版，第 7 页。

② 袁行霈主编：《中国文学史》第二卷，高等教育出版社 1999 年版，第 366 页。

③ 韩愈：《韩昌黎文集校注》，上海古籍出版社 1986 年版，第 113 页。

④ 柳宗元：《柳河东集》卷第三十四，中华书局 1960 年版，第 542 页。

⑤ 李汉：《昌黎先生集序》，载于郭绍虞编：《中国历代文论选》第二册，上海古籍出版社 1979 年版，第 121 页。

⑥ 冈村繁：《历代名画记译注》，上海古籍出版社 2002 年版，第 1 页。

⑦ 王世襄：《中国画论研究》上卷，三联书店 2013 年版，第 38 页。

情林壑,与琴酒而俱适,纵烟霞而独往。"[①]"鉴戒贤愚"与"怡悦性情"看似无可相容的两面,在张彦远这里是同等重要的。

由是观之,固然隋唐五代的绘画观念仍强调其封建教化的社会政治功用,但是其创作风格的演进变革依然显著,如郑午昌所言,虽唐画仍为宗教化之应用,然作风已近文学化,他更是指出五代绘画其山水花鸟取材用笔已多文学化。[②]这"文学化"的意旨显然是包括"写意化"而又大于此,但是"合乎礼"而又"本于心"的绘画追求已然成为这一时期的大势所趋了。

总之,无论是文学意义上的"载道"观念,还是画论意义上的教化功能,都是在儒家道统的思想语境中产生与延续的。需要指出的是,绘画意义上的教化功能应该是作为文学载道观念的媒介延伸,也可以发现二者在与社会对话中的同质性。

三、诗文兴盛、雅趣追求与文人身份

文人在古代是一个独特的阶层存在,前身是"士",所以也称"士人""士夫""士大夫"。[③] 在其词源学的角度,"文人"首先意指有文德之人,到了汉代转变为善文之士;魏晋的文人概念已经泛化为读书识字的文士了。因隋唐之时的科举之制,又使得文人身份与仕途境遇纠缠在一起,特别是文人心态随政治盛衰起伏的变化,高亢远大的政治抱负在封建君王之制中无法尽情施展,文人的独善情怀在诗文活动中可以尽情抒发。实际上,寄予主体抒怀的,更有书画之领地。虽然艺术作品的主体性自魏晋以来就受到了文学理论家的重视,如《典论·论文》《诗品》《文心雕龙》等有大量的论述,而魏晋时期的画论虽成果丰硕,却对此鲜有提及。

到了唐代画论,虽然开始对画作主体有了关注,但已然变了味道。如张彦远的《历代名画记》,开始讨论文人的身份与绘画水平的关系。在"卷一·论画六法"篇章中,他鞭挞当时画坛画法之拙劣后,提出了颇具贵族气息的言论:"自古善画者,莫匪衣冠贵胄,逸士高人,振妙一时,传芳千祀,非闾阎鄙贱之所能为也"[④]。"衣冠贵胄"自然是指出身高贵、身居高位的读书人;"逸士高人"则是相

---

① 冈村繁:《历代名画记译注》,上海古籍出版社 2002 年版,第 333 页。

② 郑午昌:《中国画学全史》,江苏文艺出版社 2008 年版,第 110 页。

③ 卢辅圣:《中国文人画史》,上海书画出版社 2012 年版,第 3 页。在此作中,周辅圣对"文人"一词的历史流变与意指、中国古代文人与西方知识分子进行了比较考察。当然,就诗画问题而言,文人与士人也还是不同的概念,士人诗画的审美趣味和精神诉求不同于普通文人的政治文化情怀,下文所分析的《历代名画记》中提及的"衣冠贵胄""逸士高人"即含有这一分野。这在宋代之后表现得更为明显,在此不做展开。

④ 冈村繁:《历代名画记译注》,上海古籍出版社 2002 年版,第 64 页。

对于前者而言，没有高贵出身和官位的读书人，是民间的读书人；而"闾阎鄙贱"指的是画匠。这其中的差别，虽然有经济基础和社会文化身份之别，但更多地则是在画法本身。我们知道，张彦远是在论画之六法时发此宏论，而开篇即以谢赫之"六法"为纲。六法之中，"气韵生动"为首，而这是画匠们所擅长的"形似"所远远未及的，只为形似也被张彦远判为"死画"。而想要达到作品的"气韵生动"也绝非易事，张彦远所指的"衣冠贵胄""逸士高人"更多地在于他们所具有的文人修养和士人情怀，特别是他们对于自身情感境遇的强烈抒发成为"写意"技法的内在动力。"正是在这种意义上，张彦远强调画家的知识分子身份具有合理性。而这种理论观点的出现，无异于为后代的文人画理论开了先声，对于提高中国画的品格、形成中国画以写意为主的特色、促进艺术家追求个人风格都是具有积极意义的。"①

虽然画匠追求形似的绘画习气为张彦远所不屑，但是这不代表绘画这一技艺遭受冷落，恰恰相反，绘画创作和鉴赏在唐代很受欢迎。特别是朝中王公大臣颇以能画为荣，且文人官宦常以画会友，这对绘画的影响很大，决定了其主题选择、艺术倾向及表现技法等各个层面。而"写意"表现的产生和发展更是与是时诗歌的繁荣有着密切关联，"由于唐代诗歌取得了登峰造极的辉煌成就，对其他艺术产生了强大的吸引力，使得绘画产生诗化的倾向。"②文学在中国古代文化体系中始终处于强势地位，其对其他艺术门类的渗透也是正常之事。只是诗歌对此时绘画的影响以至绘画产生的新特点，更是由诗歌的文体特征决定的。与其他文类相较，诗歌无疑是语言艺术中最具有表现性的，中国诗学史上也故有"诗言志""诗缘情"等观点，虽言志与缘情不是一回事，但就表现抒怀此点而言，却是一致的。诗画集士大夫于一身，加之政治际遇与文化情怀的驱动，绘画中的表现性也就在"写意"技法中彰显无遗了。

此外，唐代诗文兴盛也促使了画论数量繁多，这一点受到学者的关注，如郑午昌明确指出唐代之所以多山水画的论著，在于"习山水画者，皆高人逸士，擅长文学，故多论著"③。这其中，除了系统周密的画论著作、篇章外，也有"取题于画""记述题咏"的诗句，虽然篇幅短小和零散不周密，但是在鼓吹绘画的过程中却也促进了诗文与书画之间的齐头并进。当然此处有一个前提，即擅长诗文者更是熟知画理之士，且其中有一些能执笔作画，这自然是在主体方面印证这一时期文学与绘画相得益彰的重要现象了。

在文人身份与书画创作的关系上，唐代书法家窦暨也有过讨论。他说："虽六艺之末曰书，而四民之首曰士；书资士以为用，士假书而有始。岂得长光价于

---

①② 陈华昌：《唐代诗与画的相关性研究》，陕西人民美术出版社 1993 年版，第 28—29 页。
③ 郑午昌：《中国画学全史》，江苏文艺出版社 2008 年版，第 110 页。

一朝,适容貌于千里?”[1]这就是说,虽然书法是六艺中最末次的技能,而士则是社会四民(士、农、工、商)中地位最高的,但是二者却相资为用。从“岂特长光价于一朝,适容貌于千里”这句更可以看出,书法艺术之美不仅是将其作为待价而沽的物质商品,更要将其看作能够代表主体意识的作品,继而有了“士人书”这个概念。将士人的身份特征与书法艺术联系起来,与后世的“士夫画”概念确有异曲同工之妙。

也是由于诗文兴盛,有唐一代处处皆有吟诗的氛围,是时文人已然将其作为他们时代的文化底色,以此作为向其他艺术门类生长的根基。因此,“依文作画”也便成为自然的了。朱景玄在《唐朝名画录》中曾经这样记述张志和:

张志和,或号烟波子,常渔钓于洞庭湖。初颜鲁公典吴兴,知其高节,以渔歌五首赠之。张乃为卷轴,随句赋象,人物、舟船、鸟兽、烟波、风月,皆依其文,曲尽其妙,为世之雅律,深得其态。[2]

“依文作画”的现象反映了创作主体层面诗与画的紧密联系,也彰显了这一时期人们在绘画主张上的重意倾向。不是依景绘景,而是把诗文之景,通过绘画语言重新表达。虽是“皆依其文”,但效果却是“曲尽其妙”“深得其态”。这就是说,虽然是据文之造景,但其意蕴和审美价值却是独立的。

隋唐时期的文人活动是颇值得学界关注的。这一时期的文人雅集既为“诗歌-绘画”的融通提供了重要的场所,也成为诗画创作的重要素材。

在唐代,文人雅士多收藏字画,此为这一阶层的雅趣追求,也是当时书画市场繁盛的重要因由。窦暨在《述书赋》中有对书法作品收藏、交易问题的讨论;张彦远在《历代名画记》卷二曾专论“鉴识收藏购求阅玩”一章,可见是时已为普遍景象。他所记述的自己的收藏逸事,反映了当时文人的普遍心态。当家人嘲笑他在做“无益之事”时,他感叹道:“若复不为无益之事,则安能悦有涯之生?”究其原因,更多的是性情使然:

是以爱好愈笃,近于成癖,每清晨闲景,竹窗松轩,以千乘为轻,以一瓢为倦,身外之累,且无长物,唯书与画,犹未忘情。既颓然以忘言,又怡然以观阅。常恨不得窃观御府之名迹,以资书画之广博。又好事家,难以假借,况少真本。书则不得笔法,不能结字,已坠家声,为终身之痛。画又迹不逮意,但以自娱。[3]

在张彦远看来,收藏书画、观赏作品是愉悦身心的重要途径,这一近乎癖好的日常活动是当时文人的重要精神寄托。这种观点在当时是有典型性的,也同中国诗画观念中“虚实相生”“以有限追求无限”等相契合。

---

① 窦暨:《述书赋》,载于《历代书法论文选》,上海书画出版社 1979 年版,第 238 页。

② 朱景玄:《唐朝名画录》,载于何志明、潘运告编著:《唐五代画论》,湖南美术出版社 1997 年版,第 96 页。

③ 冈村繁:《历代名画记译注》,上海古籍出版社 2002 年版,第 133—135 页。

郑午昌也曾有过如此描述：

唐人既善鉴赏，收藏之风自盛。见有珍品，罔惜巨金，当时士夫之家，至有以弗藏名画为耻者。于是观画定品，因品立价，画件卖买，遂成一种营业，亦为画史上极有兴趣之一事也。①

这说明，与文人生活方式相关的收藏之风已然成为气候，这在中国艺术史上是有重要意义的，既开启了艺术市场的繁盛，也在士大夫的书画买卖活动中形成并加强了这一时期的审美趣味和创作倾向，进而演变为一种审美传统。在这一点生成的社会性因素上，诗与画是相通的。

通过以上分析不难看出，从自然和人文社会的双重视角来考察这一时期诗画显现的审美风格，及这些风格生成的诸种因素，对理解这一时期的艺术趋向是有帮助的，特别是文人画现象的出现。在历代画史中，多把王维看作文人画的始祖，这至少可以说明，唐代绘画在其整体上已经出现了文人画产生的“土壤”。在题材上，山水、花鸟已经频繁地在画中显现，而南北自然风光的差异也反映在画卷之上。在社会因素中，文学与政治生活的张力产生了文人士大夫的独有情怀。如陈师曾所言，人品、学问、才情与思想，是文人画的四大要素，也是创作主体的综合规定，这些要求何尝不是对当时文人文学才情、水平的考量呢？故而，这时的文学生态，实际上也是文人画产生的文化生态，这是二者在深层次上的内在关联，也是其在理论观念上发生关系的前提。

第二节　诗画理论中的意境问题

如果说自然与社会因素对隋唐五代的诗画观念有重要影响，那么这种影响也是通过艺术创作主体显现出来的，而主体的艺术观念更多的是在其创作论中加以表达。

“言”“象”“意”的关系问题在中国古典美学中有着丰富的理论资源，从老子的美学开始，“象”即为“道”“气”的载体和表现形式；《易传》更是把“象”作为其认识论的核心范畴，“言不尽意，立象以尽意”“观物取象”等都围绕三者关系立论；而庄子的“象罔”命题也是对这一关系的生发；魏晋时期的象论是道家哲学的发展，其中王弼的“得意忘象”、宗炳的“澄怀味象”等命题，反映了那一时期哲学美学到艺术理论的悄然转变，所以才有了隋唐五代的“意”“象”“境”等范畴的纵深发展，也生发了“意在笔先，画尽意在”“境生于象外”等重要命题，这些都是语言与图像关系的精彩呈现。

① 郑午昌：《中国画学全史》，江苏文艺出版社 2008 年版，第 100 页。

一、“意存笔先，画尽意在”

在隋唐时期的艺术理论中，对创作主体层面的“意”格外重视，将其看作审美意象创构的内在根本动因。这一点在诗学与画论中基本是一致的。我们先看皎然的观点，针对人们对当时诗歌不及古人的诟病，归为对言辞华丽的追求（丽词），皎然发表了不同意见。他指出：“先正诗人，时有丽词。‘云从龙，风从虎。’非丽邪？‘昔我往矣，杨柳依依；今我来思，雨雪霏霏。’非丽邪？但古人后于语，先于意。”[①]继而提出“因意成语”的观点，其实是与这一时期画论中普遍宣扬的“意存笔先”是一致的。

在《历代名画记》“卷二·论顾陆张吴用笔”此一部分中，张彦远虽在讨论名家绘画技法，但是其在绘画用笔的原则上颇费功夫。他首先设问：吴生何以不用界笔直尺，而能弯弧挺刃，直柱构梁？他做出这样的总结：

守其神，专其一，合造化之功，假吴生之笔。向所谓意存笔先，画尽意在也。凡事之臻妙者，皆如是乎，岂止画也！[②]

“守其神，专其一”，这“其一”何尝不是主体自身的意指呢？只有专注于此，才能不被外物所役，而与庖丁一样，以神遇而不以目视，也才能画出具有生气的“真画”。不仅绘画，凡事皆是如此，张彦远所谓“凡事之臻妙者”自然也包括诗歌在内。

其实，张彦远画论中对“意”的重视是有多处体现的。他在《历代名画记》之首篇“叙画之源流”中提出了“书画同体”之论，这其中即有“传意见形”之初衷。而作为表意体系的汉字，在传意方面自有其独到之处。这一点，在张彦远的论述中即可明晓：

古先圣王受命应箓，则有龟字效灵，龙图呈宝。自巢、燧以来，皆有此瑞，迹映乎瑶牒，事传乎金册。庖牺氏发于荥河中，典籍图画萌矣。轩辕氏得于温洛中，史皇仓颉状焉。奎有芒角，下主辞章，颉有四目，仰观垂象。因俪鸟龟之迹，遂定书字之形。造化不能藏其秘，故天雨粟，灵怪不能遁其形，故鬼夜哭。是时也，书画同体而未分，象制肇创而犹略，无以传其意，故有书，无以见其形，故有画。天地圣人之意也。……是故知书、画异名而同体也。[③]

依张彦远之意，汉字依万物之象而造，以形似为基础，只有形似方可“传其意”；较之于“书”，画更是以表形为要，因而在其起源上，二者是一致的，故有“异名同体”之说。然而，张彦远并没有停止于“画”的表形的层次，而是把画之“意”

---

① 皎然：《诗式校注》，李壮鹰校注，人民文学出版社 2003 年版，第 376 页。

② 冈村繁：《历代名画记译注》，上海古籍出版社 2002 年版，第 95 页。

③ 同上，第 1—7 页。

作为艺术活动的灵魂和前提所在。

"意"与"笔"的关系,在某种意义上是艺术呈现出的"神"与"形"的关系。白居易在《记画》中指出:

然后知学在骨髓者,自心术得;工侔造化者,由天和来。张但得于心,传于手,亦不自知其然而然也。至若笔精之英华,指趣之律度,予非画之流也,不可得而知之。今所得者,但觉其形真而圆,神和而全,炳然,俨然,如出于图之前而已。①

作为诗人的白居易也深谙作画之理,其中正是因为其在审美意象的创构规律上,诗歌与绘画二者是同一的。也就是当艺术家面对自然事物,经由其内心所悟,体验意象形态而付之于手。"得于心,传于手",虽所描绘的形象活灵活现,跃然纸上,然于创作者而言,则"不自知其然而然也"。由此不难看出,"形真而圆,神和而全",与张璪所言的"外师造化,中得心源"有内在的逻辑关联。

传为王维所作的《山水论》也坚持"意在笔先"的观念,开篇之始即提出"凡画山水,意在笔先"。在王维看来,画中的山、树、马、人等意象,在入画时都要经由画家的精心安排。他从"诀"和"法"两个层次来分析:

远人无目,远树无枝,远山无石,隐隐如眉;远水无波,高与云齐。——此是诀也。山腰云塞,石壁泉塞,楼台树塞,道路人塞。石看三面,路看两头,树看顶额,水看风脚。——此是法也。②

王维之"意"是具体之意,是在"技"的层面展现创作主体在下笔之前应有的经营布局和如何用笔之功,与张彦远、白居易的重神观念自然不同,这是我们应该注意的。此外,孙过庭讲书法的创作要"意先笔后,潇洒流落,翰逸神飞"③,也是与绘画观念中的"意在笔先"一致的,即在落笔前主体心中便有一个浑整的意象。

在诗学中,王昌龄所提出的诗之"三境":物境、情境和意境,虽然我们在此无意在三者之间一比高下,但是其对"意境"的规定颇值得玩味:"亦张之于意而思之于心,则得其真矣"④。这就是说,诗之境界源自内心之思,只有如此,方"得其真矣"。在这里,"意"与"笔"不分先后,"笔"是呈现"意"的手段和过程,创作的过程即为表意的过程。在诗歌的风格上,皎然提出"语近而意远"。他也指出诗歌要有"文外之旨",这已经在指向诗歌意境中超越诗歌语词和意象的无限之美。

---

① 白居易:《记画》,载于俞剑华:《中国古代画论类编》,人民美术出版社 1998 年版,第 25 页。

② 王维:《山水论》,载于中国书画全书编纂委员会编:《中国书画全书》第一册,上海书画出版社 1993 年版,第 177 页。

③ 孙过庭:《书谱》,载于《历代书法论文选》,上海书画出版社 1979 年版,第 129 页。

④ 旧题王昌龄:《诗格》,载于郭绍虞编:《中国历代文论选》第二册,上海古籍出版社 1979 年版,第 89 页。关于《诗格》的作者问题,学界存有争议。一般认为《文镜秘府论》所引部分当为王昌龄所作;《吟窗杂录》所收的内容,其真伪莫衷一是。

进一步,王昌龄在诗歌意象的营构过程中提出了“三思”说,其中“取思”一项强调“搜求于象,心入于境,神会于物,因心而得”①。这说明诗歌创作强调的是心与物的契合。而张彦远在“意在笔先”的提法之后,紧接着以“画尽意在”落笔。由“意”到“笔”,实际上是郑板桥所言的由“胸中之竹”到“手中之竹”,是主体心中的意象到作品意象的物化过程,是由虚而实的过程;而“画尽意在”,则是由作品之实转向主体之虚,“经过了观赏者的艺术再创造,是既包含了‘画’的客观内容又包含了审美主体的主观内容的主客观统一体”②。

重“意”一点,说明了在诗歌和绘画的创作论中对主体的重视,因为艺术之“意”首先是主体之“意”。另一方面,隋唐时期对“意”的重视,也改变了魏晋时期所形成的艺术观念。虽然说魏晋南北朝的绘画美学已经把“形”与“神”的关系做了辨析,也形成了诸如顾恺之的“传神写照”等经典命题,但是就创作实践而言,人们仍把现实场景作为重要参照,即使是顾恺之的“传神写照”也是借助画面的关键之笔传现实人物之神。正是基于现实的摹画原则,画家多采用写生法描状眼前之物。但是,在“意在笔先”观念的倡导下,画家不再以逼真为准则,其表现对象也由眼前物象转变为心中之意。当然这一观念也不是孤立的,正是“意”的无限性才能产生画面和诗歌语言的不尽之意,也才有了“画尽意在”的结论。“‘画尽意在’的提出,无疑使绘画从观念上向文学化、诗歌化的发展道路上迈进了一大步。”③意溢于画面,才有了画外景致,这显然可以与诗歌理论中意境之说互为印证。

二、“由象到景”与“境生于象外”

“象”是中国古典文艺美学的重要范畴,它普遍出现在诗论和书画论集诸篇之中。在上文中我们提到过王昌龄提出的意象运思的三种方式,只是讲到了“取思”一种,在此我们不妨从意象的角度完整地呈现:

> 诗有三格:一曰生思。久用精思,未契意象,力疲智竭,放安神思,心偶照境,率然而生。二曰感思。寻味前言,吟讽古制,感而生思。三曰取思。搜求于象,心入于境,神会于物,因心而得。④

在这三个标准中,“生思”和“取思”都是围绕意象而讨论的。“生思”之中,殚精竭虑,苦思冥想,没有思考出合适的意象,而会在不经意间产生意境;而“取思”更妙,我们在已有的意象中摸索探寻,内心沉入意境之中,在心灵上与物象融通。

---

① 旧题王昌龄:《诗格》,载于郭绍虞编:《中国历代文论选》第二册,上海古籍出版社1979年版,第89页。
② 陈华昌:《唐代诗与画的相关性研究》,陕西人民美术出版社1993年版,第36页。
③ 同上,第38页。
④ 旧题王昌龄:《诗格》,载于郭绍虞编:《中国历代文论选》第二册,上海古籍出版社1979年版,第89页。

从这段论述我们不难发现，王昌龄仍然是把意象作为诗歌创作的核心，只是没有止步于“象”，而是通过“象”抵达“境”。

王昌龄在《诗格》中提出“诗有三境”说：

诗有三境：一曰物境。欲为山水诗，则张泉石云峰之境，极丽绝秀者，神之于心，处身于境，视境于心，莹然掌中，然后用思，了然境象，故得形似。二曰情境。娱乐愁怨，皆张于意而处于身，然后驰思，深得其情。三曰意境。亦张之于意而思之于心，则得其真矣。①

王昌龄在此讲的是诗歌的境界，“物境”指的是自然山水的境界，置身山水，身心相契；“情境”则与人事有关，是人的情感生成的诗意；“意境”是指内心意识的境界，是人的内心活动所生发的。我们可以看到，王昌龄的“意境”与作为中国古典美学之核心的“意境”在内涵规定方面是有很大出入的；但是如果把他的“境”的思想作为“意境”范畴的滥觞是说得过去的。只是，在此王昌龄也并无厚此（意境）薄彼（物境）之意。②

稍晚一些的殷璠提出了“兴象”的命题，是把主体情感与艺术形象整体把握的重要思考。或者说，所兴之象已不是客观之物，而是带有主体情感色彩抑或是客观之物投射于主体心中的形象。在殷璠那里，“兴象”时常作为一种诗歌的风格或者艺术性的范畴应用于诗歌批评实践，如针砭时文“都无兴象，但贵轻艳”，评陶翰之诗“既多兴象，复备风骨”，论孟浩然那句“众山遥对酒，孤屿共题诗”为“无论兴象，兼复故实”。……这些都说明，在殷璠看来，“兴象”应该作为诗歌艺术表达的基本要素，这一特征又是情景交融的产物。当然，不少学者将“兴象”与“意象”加以区别，特别是强调“兴”的直接性和感发性，而“意象”是带有理性成分的情感思维（而非逻辑思维），因此得出的结论是“兴象”只宜用于诗论，“意象”有时也可用于其他文学形式。③ 事实是否如此呢？我们认为，强调“兴象”的诗论属性，是建立在诗歌表现性特质基础之上的，而情感表达的直接性，在其他文学样式甚至在其他艺术门类中也不无体现。“兴象”后被“意象”抢了风头，其中不乏“兴”自身作为传统诗论的根深蒂固性。而其后的司空图则有意突破“象”之窠臼，提出“象外之象，景外之景”，其指向自然广阔了许多。

提到“景”这个范畴，自然要谈及五代荆浩的“六要”之说。南朝的谢赫曾提出“六法”的问题，其中“气韵生动”为“六法”之首。而荆浩的“六要”也是从“气”“韵”开始：

气者，心随笔运，取象不惑。韵者，隐迹立形，备仪不俗。思者删拨大要，凝

① 旧题王昌龄：《诗格》，载于郭绍虞编：《中国历代文论选》第二册，上海古籍出版社 1979 年版，第 88—89 页。

② 对此观点的辨析可详见汤凌云：《中国美学通史・隋唐五代卷》，江苏人民出版社 2014 年版，第 191 页。

③ 参见萧华荣：《中国古典诗学理论史》，华东师范大学出版社 2005 年版，第 119 页。

想形物。景者，制度时因，搜妙创真。笔者虽依法则，运转变通，不质不形，如飞如动。墨者高低晕淡，品物浅深，文采自然，似非因笔。①

与谢赫不同，荆浩在此把“气”与“韵”分而述之。其中“气”指的是创作主体的精神状态，“韵”则是绘画在表现上的卓然不俗。在此基础上，他提出“思”与“景”的范畴。而“景”是以自然为上的，以自然山水变化为纲，也是在表现自然山水之真实生命。主体之“气”与自然之“象”融为一体，是主客统一，也是“有”与“无”的统一。就这一时期的绘画内容层面而言，从人物主题到山水主题的发展，极大地推动了“景”之范畴的产生。可见，“‘景’这个范畴的出现，显示了我国古代气韵说和意象说这两大学说的合流的趋向。而意境说正是在气韵说和意象说合流的基础上产生的”②。需要注意的是，谢赫所提的“应物象形”在荆浩这里转变为“景”这个范畴，正如我们在前文中对“意存笔先，画尽意在”的分析，这其中也意味着艺术观念传统的演变，“由‘应物象形’到‘景’的推移，同唐五代诗歌美学中‘象’的范畴向‘境’的范畴的推移，是属于同一思想进程，标志着中国古典美学的意境说的诞生”③。

提及意境，我们自然会想到司空图；而在司空图的意境论出场之前，著名诗人刘禹锡已经提出了异常精妙的论断：

诗者其文章之蕴邪？义得而言丧，故微而难能，境生于象外，故精而寡和。千里之缪不容秋毫。非有的然之姿可使户晓，必俟知者然后鼓行于时。④

“境生于象外”，这可谓中国古典美学意象与意境区隔的至为精彩之笔，“境生象外，指出了意境产生的途径。象是境产生的基础，是实；境是象的升华，是虚。境虽然是虚，但并不只是抽象的理念，而是情理形象融合而成的幻象。所以，境生象外比意在言外更能体现诗歌艺术的特征。”⑤这一思想上启王昌龄的“文外之旨”，下至司空图的“韵外之致”“味外之旨”“象外之象、景外之景”等等。甚至在司空图那里，“韵外之致”“味外之旨”就是对诗歌意境的理论规定；而“象外之象、景外之景”则反映了诗歌意境的虚空性。⑥

戴容州云：“诗家之景，如蓝田日暖，良玉生烟，可望而不可置于眉睫之前也。”象外之象，景外之景，岂容易可谈哉？⑦

---

① 荆浩：《笔法记》，载于俞剑华：《中国古代画论类编》，人民美术出版社 1998 年版，第 606 页。

② 叶朗：《中国美学史大纲》，上海人民出版社 1985 年版，第 248 页。

③ 同上，第 243 页。

④ 刘禹锡：《董氏武陵集纪》，载于郭绍虞编：《中国历代文论选》第二册，上海古籍出版社 1979 年版，第 90 页。

⑤ 陈华昌：《唐代诗与画的相关性研究》，陕西人民美术出版社 1993 年版，第 20 页。

⑥ 陈华昌认为，张彦远和司空图都是河东人，且张彦远比司空图年长二十二岁，加之张彦远为名门望族，他本人又官至高位，由此推断司空图自然读过《历代名画记》，且《诗品》与上作在“形神”“气韵”等问题上关联紧密。见陈华昌：《唐代诗与画的相关性研究》，陕西人民美术出版社 1993 年版，第 21—22 页。

⑦ 司空图：《与极浦书》，载于董诰等编：《全唐文》卷八〇七，中华书局 1983 年版，第 8487 页。

或者说，诗歌即在于以有限之象、可观之景表现和传达无限之象、可思可想之景，这种借以实有表现虚无，乃是意境之根本意义。

同样，这一时期的绘画观念，较之以前更为重视虚的部分，如绘画技法中的“留白”，从艺术创作的物质性来讲，的确是空无一物，但是正是在实有之象的空无处，作品有了独特的意蕴。这些“空白”对应的是诗歌意境中的“静”，特别是中晚唐之后“对平淡、简远、空灵的追求逐渐成为主导倾向”[①]。在绘画传统上，唐代仍然是以色彩为中心的绘画语言，而荆浩在其“六要”中正式提出了“墨”的范畴，实现了绘画史上具有革命意义的转变。诚如徐复观所言：“他是北宋山水画的直接开山的伟大人物。因为他是唐代以颜色为中心的绘画革命的完成者。”[②]徐复观认为荆浩实现了颜色上的革命，即以水墨代替五彩。较之于五彩之绚烂，水墨的单一素朴更合自然法度，也就更能表现玄的精神，或者说，更能体现虚无的哲学意蕴。

在具体的绘画批评实践中，可从朱景玄的《唐朝名画录》中看到于象外求得真意的妙处。人们常以他对王墨的批评为代表，朱景玄把王墨和李灵省、张志和并列为“逸品”之列，而王墨之法又是最能体现“不拘常法”之精神：

多游江湖间，常画山水、松石、杂树。性多疏野，好酒，凡欲画图幛，先饮。醺酣之后，即以墨泼。或笑或吟，脚蹙手抹。或挥或扫，或淡或浓，随其形状，为山为石，为云为水。应手随意，倏若造化。图出云霞，染成风雨，宛若神巧。俯观不见其墨污之迹，皆谓奇异也。[③]

放荡不羁的王墨不再着意于刻画自然事物的样态，而是顺从自己的心意，表现自然造化之神奇。当然最重要的，是表现主体自身的情感状态，这种写意的手法在后世愈为盛行，从水墨的淡远色彩和线条的简约造境即可观得已经超越了形似的层次，追求有形之象的韵外之致。

诗歌意境的营造强调的是“无声胜有声”的妙处，这一点，在书法批评中也有所体现，主要是在书法作品的布局上，强调的是一种整体美，如对褚遂良的作品分析，曾有学者指出：“在褚帖中，‘有’变得婉约灵动，‘有’和‘无’相容纳，相辉映，相渗透，造成一片宓静与空阔”[④]。

如果我们把考察的视角扩大到文艺批评，而不局限于理论形态的话，就会发现人们的审美对象出现了由“象”到“境”的游移。诚如叶朗所指出的，“《三百篇》时期人们的审美对象主要还是‘象’，到了《楚辞》以后，特别是魏晋南北朝以后，

① 李昌舒：《意境的哲学基础——从王弼到慧能的美学考察》，社会科学文献出版社 2008 年版，第 173 页。

② 徐复观：《中国艺术精神》，华东师范大学出版社 2001 年版，第 180 页。

③ 朱景玄：《唐朝名画录》，载于何志明、潘运告编著：《唐五代画论》，湖南美术出版社 1997 年版，第 96 页。

④ 熊秉明：《中国书法理论体系》，天津教育出版社 2002 年版，第 170 页。

人们的审美对象就逐渐由'象'转为'境'了。"[①]在理论形态上,这种游移可能要晚一些,认为到了唐代自觉地对"境"的学说加以建构应该更为可靠。[②]

"象"这个范畴在中国古典美学中占有非常重要的地位,从老子开始,"象"就已经成为本体之"道"的显现了,"象"之所以能够成为审美对象即在于它体现了道。同为先秦时期的《易传》美学那里,"象"则成了一个核心范畴,"立象以尽意""观物取象"等等,这些重要的美学命题都是围绕"象"展开的。在周易美学中,"象"已然成为充分表意的具象符号了。需要特别指出的是,在《易传》那里,"象"作为一种人为创造的符号(立象、取象)与天地实在形成对应关系。在庄子所著的《天地》一篇中,出现了一个"象罔"的形象。当象征"理智""视觉""言辩"的形象都无法找寻到"道"(玄珠)时,"象罔"却可以得到。按照今人陈鼓应的观点,"象"即形迹,"罔"同无,同忘,"象罔"喻无形迹。[③] 在庄子的理论中,象是有形的存在,而"象罔"则是更为突出无形的方面,这就是说,"象罔"以得到道,实际上在强调认识论意义上虚与实的结合。"象"的理论发展到魏晋时期,无论在哲学还是在美学层面,都有了非常重要的突破。王弼提出的"得意忘象"、宗炳的"澄怀味象"等命题真正地把"象"这个范畴引入文艺美学领域。唐代书法家张怀瓘提出"形象无常,不可典要,固难评也"[④]。这是说形象的变化莫测,其实是深得老庄"象之无形"之精髓的。到皎然这里就变为"取境"了。如他所提及的"意中之静"与"意中之远",则由"松风""林狖""水""山"等意象呈现出来。这其中,"象"与"境"虽紧密相关,但绝非同一层次。

总之,从范围、虚实等维度的比较我们不难看出,"'意境'不是表现孤立的物象,而是表现虚实结合的'境',也就是表现造化自然的气韵生动的图景,表现作为宇宙的本体和生命的道(气)。这就是'意境'的美学本质"[⑤]。而从诗论的立场来看,"由象及境"的理论趋向反映了诗歌批评的空间性建构,当然也是图像化的表现。

此外,通过以上的分析我们不难看出隋唐五代的画论并未执着于艺术的本体论探究,而是在技法(或言之笔法)上大做文章。传为王维所作的《山水诀》,五代荆浩的《笔法记》等都体现了这一特征。这一时期对技法的关注,首先是因为书画美学家多擅长创作,画论是其绘画创作的经验总结;其次,这或许与唐代科举考试中对诗文的技术化重视有关。科考中的诗赋用韵问题在唐代发展中变得日渐显要,如唐初只是试时务策五道,后来又有杂文、贴经;到了天宝年间,杂文

① 叶朗:《中国美学史大纲》,上海人民出版社 1985 年版,第 270—271 页。

② 魏晋时期的郭象即已提出"玄冥之境"的命题,但他主要是从哲学意义上阐发的;美学意义上的"境"则是与艺术体验相关,从时间上要晚一些。

③ 陈鼓应:《庄子今注今译》,中华书局 1983 年版,第 303 页。

④ 张怀瓘:《书断》,载于《历代书法论文选》,上海书画出版社 1979 年版,第 207 页。

⑤ 叶朗:《中国美学史大纲》,上海人民出版社 1985 年版,第 276 页。

专用诗赋，中唐始改为第一场，所占比重愈来愈大。究其缘由，无论从题材还是辞章，诗赋会因创作者的学识和才华差异而产生很大的区分度。“更重要的是，诗赋的用韵有官韵可循，易于掌握评判标准，可以最大限度地保证评卷的客观公正，从而比较客观有效地选拔人才。”[①]科考诗赋中严格的用韵标准，无疑影响了是时文人其他著述的创作倾向，换言之，对诗赋技术化的注意力自然也会实现于书画创作的笔法上。这一点可谓唐五代文学图像关联的主体性指涉，其背后蕴含着这一时期士人文化的多重风貌。

第三节 “真”“自然”与艺术的情感问题

在上述诸节中，我们从诗与画的外部因素和创作理念等视角探讨了二者的相关性，并以“意”为中心把主体创作与作品存在的不同环节贯穿在一起。在此基础上，诗与画作为艺术的重要体式，其追求仍有一致性，这一点我们不妨在艺术评价层次上加以寻找。我们可以抓住“真”与“自然”这两个相关范畴。在古典艺术批评中，“真”是超越“形似”与“真实”的通常指向的，是表征艺术品所内蕴的生命精神；“自然”便是这一生命精神的节奏与脉动。它们的背后是主体意义上的情感。这一点在唐诗与写意画中都有显著的表现，实际上，这也是诗学画论的创作论中重“意”表达的主体性探究。这些方面虽然是语图关联的间接表现，却可以成为二者互文与对话的深层基础，因为探讨文学与图像关系的文本参照必然以不同艺术介质的艺术性实现为前提。

一、“真”与“自然”

在艺术评价的标准上，真实性一直是历代批评家所青睐的尺度，这一点如果说在表现传统中的诗歌读解上还不太明显的话，在绘画作品中就容易落入追求形似的窠臼中。这不足为怪，绘画语言色彩和线条的形象性是我们接受作品的重要因素。但是，“形似”不等于“真”，更不能代表艺术性高。“真”“自然”在中国古代特别是唐代诗画批评中有其特定的含义，张彦远、荆浩、李白、王昌龄等都有对这个范畴的思考和应用。正是在这一范畴的思考中，我们不难发现诗文与绘画在艺术性上的共通性。

司空图诗论中的“自然”范畴颇能代表这一时期诗歌批评领域的总体倾向。在《二十四诗品》中即有《自然》一章：

俯拾即是，不取诸邻。俱道适往，着手成春。如逢花开，如瞻岁新。真与不

---

① 王兆鹏：《唐代科举考试诗赋用韵研究》，齐鲁书社2004年版，第3页。

夺，强得易贫。幽人空山，过雨采苹。薄言情悟，悠悠天均。[①]

在这里，司空图所强调的“自然”首先是取境于大自然，其次是具有自然随性的心境，即“真与不夺，强得易贫”。“自然”的这两重意谓也是我们讨论艺术自然之性的主要内容。在“形容”篇中，更是把诗歌风格的自然特征做了精彩描述：

绝伫灵素，少回清真。如觅水影，如写阳春。风云变态，花草精神。海之波澜，山之嶙峋。俱似大道，妙契同尘。离形得似，庶几斯人。[②]

这几句实际上是在告诉人们何谓诗歌意义上的自然，在艺术创作上，诗歌修辞的根本应为体现自然本身，“如觅水影，如写阳春”。而自然本身是灵动的，都有其独特的神态，因此，诗歌造境应该超越形似，而追求传神，要做到“离形得似”。这就使我们不由想到这个历史阶段中画论中对“形似”的超越以及关于真实性的讨论。

首先我们来看张彦远论“似”与“真”：

夫用界笔直尺，界笔是死画也，守其神，专其一，是真画也。死画满壁，曷如圬墁，真画一划，见其生气，夫运思挥毫，自以为画，则愈失于画矣。运思挥毫，意不在于画，故得于画矣。不滞于手，不凝于心，不知然而然，虽弯弧挺刃，植柱构梁，则界笔直尺岂得入于其间矣。[③]

在此，张彦远把“真画”和“死画”做一比较，从传达方式、主体情态和艺术效果等方面一分高下。在传达方式上，如果拘泥于既有的成规，即所谓“界笔直尺”，画出的只能是“死画”，而真画需要的是“守其神，专其一”；在主体情态方面，“自以为画”和“意不在于画”是死画与真画的分野，其实也就是刻意为之和自然而为之的区别，这种自然而为之的状态张彦远进一步解释为“不滞于手，不凝于心，不知然而然”；在传达和状态上的分别，在艺术效果上都会显现出来，“死画满壁，曷如圬墁，真画一划，见其生气”。

真画显现的这几个层面，在张彦远的画论中也有另一个范畴加以呼应，就是“自然”。在提出绘画品第时，他提出了这一概念：“夫失于自然而后神，失于神而后妙，失于妙而后精。精之为病也，而成谨细。自然者为上品之上，神者为上品之中，妙者为上品之下，精者为中品之上，谨而细者为中品之中。”[④]这其中，自然是上上品，是绘画的最高审美境界。结合吴道子的画，张彦远阐释了“自然”这一等次，其创作“神人假手，穷极造化”，之所以能如此，全赖画家能“守其神，专其一”，再次回到了适才所谈的“真画”。另一位绘画史家朱景玄又怎么说的呢？同样是赞颂吴道子，他不惜笔墨地加以铺陈：

---

① 司空图：《二十四诗品·自然》，载于何文焕辑：《历代诗话》上，中华书局 1981 年版，第 40 页。

② 同上，第 43 页。

③ 冈村繁：《历代名画记译注》，上海古籍出版社 2002 年版，第 96 页。

④ 同上，第 102 页。

近代画者，但工一物，以擅其名，斯即幸矣。惟吴道子天纵其能，独步当世，可齐踪于陆顾。又周昉次焉。其余作者一百二十四人，直以能画定其品格，不计其冠冕贤愚。然于品格之中略序其事。后之至鉴者，可以诋诃，其理为不谬矣。伏闻古人云：画者圣也。盖以穷天地之不至，显日月之不照。挥纤毫之笔，则万类由心；展方寸之能，而千里在掌。至于移神定质，轻墨落素，有象因之以立，无形因之以生。其丽也，西子不能掩其妍；其正也，嫫母不能易其丑。故台阁标功臣之烈，宫殿彰贞节之名。妙将入神，灵则通圣，岂只开厨而或失，挂壁则飞去而已哉！[①]

在此，朱景玄高度赞扬了吴道子的绘画成就，将其创作描绘为出神入化、物我两忘的境界，也正是自然的境界。并与他所首次在绘画品评中提出的"逸品"等次相通，因为如他所言，"逸品"乃"不拘常法"之作，这其中不是没有法度，而是超出一般法则之外的创造性。

当然，绘画的真实性并不等于"形似"。谈及"形似"，不由使人联想到南朝谢赫所提之"六法"，首推"气韵生动"。而张彦远也是继承这一艺术追求，认为气韵远比形似更为高明："今之画，纵得形似而气韵不生，以气韵求其画，则形似在其间矣"[②]。换句话说，只有形似而无气韵，虽布局满满，也是死画。气韵流出全在传神，而非形似，这也与中国传统绘画的写意特征契合。

庄子提出了"法天贵真"的思想，所谓"真在内者，神动于外"，是在强调表里为一，也是真实与自然为一体的主张。这一思想是这一时期艺术追求的重要基础。正如有当代学者指出："隋唐绘画思想界提倡绘画之道，某种意义上就是对自然境界的推崇。"[③]在这个意义上，除张彦远、朱景玄外，荆浩的《笔法记》中的观点也值得一提。

真实性问题在荆浩的画论中论述得更为充分，"图真"思想是《笔法记》的核心，也代表了这一时期绘画真实性研究的最高水平。因为荆浩的思想观点多与真实性这个话题有关，在此我们撷取一些与文学图像关联的重要观念加以分析。荆浩指出绘画的审美形式经常会有两种毛病，即"有形之病"和"无形之病"。有形之病是画家犯下的低级错误，即通俗意义上的硬伤；而无形之病则是没有生机、气韵。在此，荆浩提出"须明物象之原"。"所谓'物象之原'，是指审美物象的本来面目，它指向绘画的真实性，同时也是艺术形式应遵循的审美原则。"[④]从荆浩对绘画用笔的诊断可以说明，绘画应该在"似"的基础上超越"似"，追求真实性，达到更高意义上的"似"（绝非形似）。更进一步说，"荆浩主张的去'似'取

① 朱景玄：《唐朝名画录·序》，载于何志明、潘运告编著：《唐五代画论》，湖南美术出版社 1997 年版，第 75—76 页。

② 冈村繁：《历代名画记译注》，上海古籍出版社 2002 年版，第 57 页。

③ 汤凌云：《中国美学通史·隋唐五代卷》，江苏人民出版社 2014 年版，第 243 页。

④ 同上，第 270 页。

'真'，更多地是强调画家的创造能力，张扬画家的创造精神"[①]。从另一方面说，这种创造并非天马行空式的随意构造，而是依据客观物象进行创作，是传物象之神，与前述张彦远所言的"以气韵求其画"加以呼应。"气韵"的有无是"真"与"似"的区别，也是"无形"之大病的征候。可见，包含外在物象与内在生命的艺术之"真"，是荆浩山水画的重要准则，也是可以关涉诸如"形神""意境"等重要美学命题的核心范畴。因此，在实践层面，"图真"是"融会了主体情思与客观生命的艺术创造"。[②]

书法与绘画、诗歌一样，强调师法自然，这在孙过庭的书论中即为"同自然之妙有"。这一观点是在他讨论书之笔画时论及的：

观乎悬针垂露之异，奔雷坠石之奇，鸿飞兽骇之资，鸾舞蛇惊之态，绝岸颓峰之势，临危据槁之形。或重若崩云，或轻如蝉翼；导之则泉注，顿之则山安；纤纤乎似初月之出天涯，落落乎犹众星之列河汉；同自然之妙有，非力运之能成；信可谓智巧兼优，心手双畅，翰不虚动，下必有由。[③]

我们再来看文学。唐人论诗论文最喜用"真"，李白诗中对美的要求就是"真"，如其论诗之诗云："圣代复元古，垂衣贵清真。""清水出芙蓉，天然去雕饰。"论画诗《求崔山人百丈崖瀑布图》写道："闻君写真图，岛屿备萦回。"在李白的七绝中，山水美景呈现在眼前，写景抒情手法自然天成，给人以清新真切之感。其如画诗境与诗人的浪漫童心密切关联。对于"真"的艺术追求，白居易在其画论《记画》中有了详细的论述：

画无常工，以似为工；学无常师，以真为师。故其措一意，状一物，往往运思中与神会，仿佛焉，若驱和役灵于其间者。……今所得者，但觉其形真而圆，神和而全，炳然，俨然，如出于图之前而已耳。[④]

白居易在《画竹歌》中也有"萧郎下笔独逼真，丹青以来唯一人"的赞颂。李白、白居易对"真"的理解在总体上与画论家的观点是一致的，指向超越形似的气韵与生机，达到返璞归真的自然境界。

由以上分析可以看出，虽然诗与画的介质性差别使其所用的艺术语言不同，由色彩和线条的绘画构图与语词修辞的文学表达却在审美追求和艺术创造机制上有着共通性。这其中触碰到许多重要的理论命题如"形与神""似与真"等。而如果再从"真"与"自然"的主体性视角继续探究的话，那就涉及诗与画的情感性了。

---

① 汤凌云：《中国美学通史·隋唐五代卷》，江苏人民出版社2014年版，第273页。

② 吴冬梅：《中国画"图真"论》，清华大学出版社2011年版，第38页。

③ 孙过庭：《书谱》，载于《历代书法论文选》，上海书画出版社1979年版，第125页。

④ 白居易：《记画》，载于俞剑华：《中国古代画论类编》，人民美术出版社1998年版，第25页。

二、诗与画的情感性

以上对“真”与“自然”两大范畴的考察，本身也是对诗画创作追求的揭示。这合二而一的追求，是通过主体的情感表现来达到的。虽然情感的表现并不是艺术的唯一内容，但是在诗学和画论的理论形态方面，异口同声地阐扬艺术的情感本性，甚至在本体层面，情感都成为诗与画的核心内容。

王昌龄在《诗格》中关于“诗有三境”的论述，前文已有提及。在“物境”中，“神之于心，处身于境”，是先有物的触发，而后通过心神形成意象；“情境”主要在于主体的情感融入意象，当然这其中也是借助意象彰显情感；“意境”更是主体意识的外现，正是借由外在景象与主体情感的融合，诗歌才能达到“真”的艺术境界。由此可见，“三境”之间的层次关联还是很明显的，这其中主体情感起着枢纽性作用。

“诗言志”是中国诗歌观念的重要传统，但也多有政治教化的诠释。唐代孔颖达对“诗言志”之说有了重要发展，主要在于他把“诗缘情”的观点与言志传统结合起来。

夫诗者，论功颂德之歌，止僻防邪之训。虽无为而自发，乃有益于生灵。六情静于中，百物荡于外。情缘物动，物感情迁。若政遇醇和，则欢娱被于朝野；时当埁黩，亦怨刺形于咏歌。作之者所以畅怀抒愤，闻之者足以塞违从正。发诸情性，谐于律吕。故曰感天地，动鬼神，莫近于诗。[①]

“情缘物动，物感情迁”说明了情感与物象之间的互动关系，外物对人心的感动是前提，而主体的情感在其中起着关键作用。长期以来，我们常以“诗言志”与“诗缘情”之说作比，其实“情”也是“诗言志”观念的重要内容。孔颖达把情与志统一起来，“在己为情，情动为志，情、志一也”。或者说，情与志，只是同一问题的不同层面罢了。

孔颖达在“诗言志”之说中与情感的逻辑关联，与白居易的诗情论是相似的。我们知道，白居易在诗歌观念中强调诗歌“补查时政”“泄导人情”的作用，而这种作用需要诗歌的情感本性方能奏效。

予历览古今歌诗，自风、骚之后，苏、李以还，次及鲍、谢徒，迄于李、杜辈，其间词人闻知者累百，诗章流传者钜万。观其所自，多因谗冤遣逐，征戍行旅，冻馁病老，存殁别离，情发于中，文形于外。故愤忧怨伤之作，通计古今，什八九焉。世所谓文士多数奇，诗人尤命薄，于斯见矣。又有以知理安之世少，离乱之时多，亦明矣。[②]

在白居易看来，凡以文垂世者当有不凡经历，或遭陷害蒙冤逐放，或征战戍

① 孔颖达：《毛诗正义序》，载于《十三经注疏》本，阮元校刻，中华书局 1980 年版，第 261 页。
② 白居易：《序洛诗序》，载于《白居易集笺校》，上海古籍出版社 1988 年版，第 3757 页。

边孤苦凄凉，生老病亡，生离死别，等等，这些人生悲苦际遇是不幸的，而于诗歌创作来说则是不可少的。正是这些逆境使创作主体"情发于中"，这是"文形于外"的前提。所以在诗歌层次上，白居易认为，"感人心者，莫先乎情，莫始乎言，莫切乎声，莫深乎义。诗者：根情，苗言，华声，实义。"[①]这是司马迁"发愤"说的延续，更与唐朝大文人韩愈的"不平则鸣"观点相似。

在《与元九书》中，白居易所界定的诗歌类型"讽喻诗""闲适诗"和"感伤诗"多与情感际遇有关，特别是感伤诗一种，更是围绕情感本身而作。"有感而发"是诗歌情感论的普遍观点，在此基础上，白居易更从诗歌功能论的角度讨论诗歌可以愉悦性情："新篇日日成，不是爱声名。旧句时时改，无妨悦性情。"[②]在这两句互文性解读中，可以推见白居易沉浸诗文以求精神自足的心境，这在当时的文人心态中比较典型，也是这一时期诗歌和绘画等文艺事业异常繁荣的主体性因素。

白居易对诗歌愉悦功能的强调，使我们想到初唐书法家孙过庭，他在《书谱》中曾经提出乐享书法之趣的审美生活追求。他这样说道：

夫潜神对弈，犹标坐隐之名；乐志垂纶，尚体行藏之趣。讵若功宣礼乐，妙拟神仙，犹挻埴之罔穷，与工炉而并运。好异尚奇之士，玩体势之多方；穷微测妙之夫，得推移之奥赜。著述者假其糟粕，藻鉴者挹其菁华，固义理之会归，信贤达之兼善者矣。存精寓赏，岂徒然欤！而东晋士人，互相陶淬。至于王、谢之族，郗、庾之伦，纵不尽其神奇，咸亦挹其风味。去之滋永，斯道愈微。[③]

在抒怀书法之趣时，孙过庭首先以"作隐"作比，说明书法的妙处犹如魏晋士人趋之若鹜的围棋之雅趣。好异尚奇者在品鉴赏玩中发现书法作品中的"信贤达"，更能在其中体会人生百味，实现身心的审美超越。这其中，最妙的自然是孙过庭对王羲之书法的评论了：

（羲之）写《乐毅》则情多怫郁，书《画赞》则意涉瑰奇，《黄庭经》则怡怿虚无，《太师箴》又纵横争折。暨乎《兰亭》兴集，思逸神超；私门诫誓，情拘志惨。所谓涉乐方笑，言哀已叹。

在书圣的作品中，孙过庭读出如此多的情意状态，虽然是在描述王羲之书写时的情感，又何尝不是书法自身所承载和传达出如此丰富多样的情感呢？我们知道，在汉字书法诸体之中，尤以草书最见情感恣意之功夫，这一点也被韩愈所发现，他在《送高闲上人序》中，把张旭创作书法的情感表现惟妙惟肖地描述出来：

往时张旭善草书，不治他技，喜怒窘穷，忧悲、愉佚、怨恨、思慕、酣醉、无聊、不平，有动于心，必于草书焉发之。观于物，见山水崖谷，鸟兽虫鱼，草木之花实，日月列星，风雨水火，雷霆霹雳，歌舞战斗，天地事物之变，可喜可愕，一寓于书。

---

① 白居易：《与元九书》，载于《白居易集笺校》卷第四十五，上海古籍出版社 1988 年版，第 2790 页。

② 白居易：《诗解》，载于《白居易集笺校》卷第二十三，上海古籍出版社 1988 年版，第 1555 页。

③ 孙过庭：《书谱》，载于《历代书法论文选》，上海书画出版社 1979 年版，第 128 页。

故旭之书,变动犹鬼神,不可端倪,以此终其身而名后世。[1]

依韩愈之言,张旭之书有如鬼神之工,在于其以性情处世,喜怒哀乐顺乎自然,以草书寄情抒发。韩愈认为今人书法如能有张书之成就,必有张旭之心意,"情炎于中","勃然不释",方达至境。

从某种意义上说,"真"就是"自然",这种可以落实到作品艺术性上的风格境界也是出于创作主体的心性。比荆浩的"图真"之论要早的"真体"之言,是彦悰在《后画录》中评点隋代画家江志时提出的,所谓"笔力劲健,风神顿爽。模山拟水,得其真体"。这其中"真体"是自然山水的景色,更是熔铸主体情感的意象。"它是以主体精神驱使笔墨,与客体山水形质的默契神合而成。它既具有山水自身的属性,又具有画家主体的情性。"[2]

总之,无论是文学思想还是绘画观念,都把"真"与"自然"作为艺术水平的至高境界。这其中,无论是诗歌还是绘画,艺术的形象性是其"真"的内在动因。这种形象性已经超越了非抽象性的初级层次,而是倾向于"意"的表现性,合主体内心情感,与自然外物契合,这是诗画艺术的最高境界,更是二者对话的基础。

除了我们在上文论述的这一时期诗学与画论在艺术本体、艺术传达及艺术品鉴等领域的相关性之外,在批评语言上也出现了不少呼应之处。可以将这两种现象概括为"以诗论画"和"以图解诗"的现象。在此略举几例加以说明。

唐代诗人皎然的那首《奉应颜尚书真卿观玄真子置酒张乐舞破阵画洞庭三山歌》,以很长的篇幅记述了张志和的绘画过程:

道流迹异人共惊,寄向画中观道情。如何万象自心出,而心淡然无所营?手援毫,足蹈节,披缣洒墨称丽绝。石文乱点急管催,云态徐挥慢歌发。乐纵酒酣狂更好,攒峰若雨纵横扫。尺波澶漫意无涯,片岭崚嶒势将倒。盼睐方知造境难,象忘神遇非笔端。昨日幽奇湖上见,今朝舒卷手中看。兴余轻拂远天色,曾向峰东海边识。秋空暮景飒飒容,翻疑是真画不得。颜公素高山水意,常恨三山不可至。赏君狂画忘远游,不出轩墀坐苍翠。[3]

皎然的这段论述,虽然是在论画,实际上是对其诗论观点的呼应。"万象自心出",指的是眼前景象成为画中之景、审美意象,全赖主体的心意状态,就是他在《诗式》中所谈及的"取由我衷,得若神表",而"象忘神遇非笔端"自然也是"得意忘象""得意忘言"的注脚,在皎然的诗论中更有"因意成语"的说法,这其实都是这一时期"重意"特征的重要体现。而诸如"昨日幽奇湖上见,今朝舒卷手中

[1] 韩愈:《送高闲上人序》,载于《历代书法论文选》,上海书画出版社 1979 年版,第 291—292 页。

[2] 吴冬梅:《中国画"图真"论》,清华大学出版社 2011 年版,第 48 页。

[3] 皎然:《奉应颜尚书真卿观玄真子置酒张乐舞破阵画洞庭三山歌》,载于《全唐诗》卷八二一,中华书局 1960 年版,第 9255—9256 页。

看”“赏君狂画忘远游,不出轩墀坐苍翠”等句,恰与陆机在《文赋》中所说的“观古今于须臾,抚四海于一瞬”的审美体验相似。

论画如此,书论亦然。在中国古典文艺批评史中,批评文本本身多可以作为优美的文学作品来欣赏。集大成的《文心雕龙》即是如此,隋唐五代的诗论和书画批评也多有这一特征。值得一提的是,张怀瓘提出了书法批评文本的文学性要求,指出要用形象化的语言再现书法作品的意象之美,批评者可以写不好字,但不能著不好文。有文采的批评语言才能充分表现书法的玄妙与幽深。翰墨本身与批评文章相得益彰,是张怀瓘提出并践行的书赋理想。与张怀瓘同样在书法的风格批评上取胜的窦暨,在《述书赋》中列举并解释了繁多书法风格范畴,如“枯槁”“专成”“拙”“纤”“峻”“润”等,使我们不由想到皎然《诗式》中的论诗风格,并有若干范畴重合;再看更晚的《二十四诗品》,不难发现司空图在写作风格和体式上受前两者的影响颇深。“这是唐代各种艺术齐头并进、艺术观念交相影响的极好证明:文学批评影响到书法批评观念的发展,书法批评的新观念又反过来对文学批评产生影响。”①

“以图解诗”,主要表现在这一时期的诗学用以诠释诗歌风格和范畴时多有景物描绘,此番“造境”犹如绘画布局经营与用笔一般,使人有身临其境之感,这也是中国文艺理论经验性方法的重要体现。我们来看司空图的《二十四诗品》:“荒荒油云,寥寥长风”是用以形容“雄浑”风格的;“饮之太和,独鹤与飞”则是对“冲淡”的描绘;而“纤秾”的风格更为形象:

采采流水,蓬蓬远春。窈窕深谷,时见美人。碧桃满树,风日水滨。柳阴路曲,流莺比邻。乘之愈往,识之愈真。如将不尽,与古为新。②

而紧接着的“沉着”,我们也不妨全引照录至此:

绿杉野屋,落日气清。脱巾独步,时闻鸟声。鸿雁不来,之子远行。所思不远,若为平生。海风碧云,夜渚月明。如有佳语,大河前横。③

在此我们只是举出前四个范畴,其特征已经很鲜明了,后面的二十种风格皆是如此。虽是以文论诗,但其所言皆为景致,并且空间性的自然意象充满字间,或前景,或主色,或衬景,或譬喻,在形象地诠释了诗歌风格的同时,也为诗论本身创设了美妙多端的意境。

综上,我们不难看出,隋唐五代的文艺理论批评所涵盖的文学图像关系的思想是这一时期艺术发展的理论呼应。按照中国文学与图像关系史的阶段区分,这一时期尚属从“语图分体”到“语图合体”的重要阶段,题画诗和诗意画均已出现,也在于“写意”成为这一时期艺术创作的主要姿态。在具体艺术品中,也不乏语图互文的状况,这实在是文学图像关系发展史上的重要阶段。

---

① 黎萌:《中国艺术批评通史·隋唐五代卷》,安徽教育出版社 2015 年版,第 261 页。

②③ 司空图:《二十四诗品》,载于何文焕辑:《历代诗话》上,中华书局 1981 年版,第 38—39 页。

图像编目

彩图

彩图 1 《竹里馆诗意图》，载于《唐诗画谱》，黄凤池编。

彩图 2 《临李公麟〈饮中八仙图〉》，唐寅作，卷，纸本，纵 32 厘米，横 995 厘米，台北“故宫博物院”藏。

彩图 3 《唐人诗意图　静夜思》，石涛作，册页，纸本设色，纵 23.3 厘米，横 16.5 厘米，北京故宫博物院藏。

彩图 4 《王维诗意图》，唐棣作，纵 71 厘米，横 46 厘米，美国大都会艺术博物馆藏。

第二章　隋唐五代图像与隋唐五代文学

图 2－1 《对月图》，马远作，轴，绢本淡设色，纵 149.7 厘米，横 78.2 厘米，台北“故宫博物院”藏。

图 2－2 《虢国夫人游春图》北宋摹本，原张萱作，卷，绢本设色，纵 51.8 厘米，横 148 厘米，辽宁省博物馆藏。

第四章　隋唐五代文学中的图像母题

图 4－1 《驴背吟诗图》，徐渭作，纸本水墨，纵 112.2 厘米，横 30.3 厘米，北京故宫博物院藏。

图 4－2 《老子骑牛图》，张路作，纸本浅设色，纵 102 厘米，横 55.3 厘米，台

北“故宫博物院”藏。

图 4-3 《石谷骑牛图》，杨晋作，立轴，纸本，纵 82 厘米，横 34 厘米，北京故宫博物院藏。

图 4-4 《临李公麟〈饮中八仙图〉》，唐寅作，纸本白描，辽宁省博物馆藏。

图 4-5 《香山九老图》，谢环作，绢本设色，纵 29.8 厘米，横 148.2 厘米，美国克利夫兰艺术馆藏。

图 4-6 《文苑图》，周文矩作，绢本设色，纵 30.4 厘米，横 58.5 厘米，北京故宫博物院藏。

第六章 唐诗与唐诗诗意图

图 6-1 《蜀道图》，谢时臣作，立轴，纸本，水墨设色，纵 336.5 厘米，横 101.5 厘米，美国私人收藏。

图 6-2 《剑阁图》，仇英作，轴，绢本设色，纵 295.4 厘米，横 101.9 厘米，上海博物馆藏。

图 6-3 《补蜀道难图卷》，张宏作，纸本设色，纵 32.3 厘米，横 107 厘米，北京故宫博物院藏。

图 6-4 《剑阁图》，罗聘作，轴，纸本墨笔，纵 101 厘米，横 27.1 厘米，北京故宫博物院藏。

图 6-5、6-6 《唐人诗意图》，石涛作，册页，共八开，纸本设色，纵 23.3 厘米，横 16.5 厘米，北京故宫博物院藏。

图 6-7 《太白醉酒图》，苏六朋作，纸本设色，纵 204.8 厘米，横 93.9 厘米，上海博物馆藏。

图 6-8 《匡庐瀑布图》，谢时臣作，轴，纸本设色，纵 220 厘米，横 141.4 厘米，广州博物馆藏。

图 6-9 《李白像》，上官周作，《晚笑堂竹庄画传》本（乾隆八年刻本），开本大小为纵 29.1 厘米，横 19.3 厘米，版框大小为纵 22.1 厘米，横 15 厘米。

图 6-10 《太白行吟图》，梁楷作，立轴，纸本，墨笔，纵 81 厘米，横 30.5 厘米，日本东京国立博物馆藏。

图 6-11 《山雨欲来图》，张路作，轴，绢本墨笔，纵 147 厘米，横 105 厘米，北京故宫博物院藏。

图 6-12 《山雨欲来图》，袁耀作，立轴，绢本设色，纵 203.5 厘米，横 118.5 厘米，北京故宫博物院藏。

图 6-13 《山水图》，赵左作，又名《望山垂钓》，纸本设色，纵 132.3 厘米，横 38 厘米，北京故宫博物院藏。

图 6-14 《山水人物》，文嘉作，轴，纸本，墨笔设色，纵 87.7 厘米，横 39.1 厘米，上海博物馆藏。

图 6-15 《写唐人诗意人物山水》，盛茂烨作，册页，共六页，绢本，墨笔，纵 28.6 厘米，横 30.5 厘米，美国大都会艺术博物馆藏。

图 6-16 《枫林停车图》，周臣作，绢本设色，纵 114.5 厘米，横 60.5 厘米，济南市博物馆藏。

图 6-17 《吴时写杜牧诗意》，吴时作，轴，纸本，纵 123.5 厘米，横 20.8 厘米，台北“故宫博物院”藏。

图 6-18 《秋夕诗意图》，潘振镛作，《仕女四条屏》之一，1908 年纸本，纵 133 厘米，横 34 厘米，南京艺术学院美术馆藏。

图 6-19 《杜秋娘图》，周朗作，卷，纸本设色，纵 32.5 厘米，横 285 厘米，北京故宫博物院藏。

第七章　王维诗歌与图像

图 7-1 《唐人诗意图》，王翚作，卷，绢本设色，纵 42.5，横 506.5 厘米，私

人收藏。

图 7－2 《辋川图》，原王维作，郭忠恕摹，纵 31.8 厘米，横 490.2 厘米，台北“故宫博物院”藏。

第八章　杜甫诗歌与图像

图 8－1 《丈八沟纳凉》，赵葵作，卷，绢本墨笔，纵 24.7 厘米，横 212.2 厘米，上海博物馆藏。

图 8－2 《少陵诗意图》，王翚作于康熙四十年辛巳年(1701)，绢质设色，纵 155 厘米，横 76.8 厘米，浙江省博物馆藏。

图 8－3 《杜甫诗意图》，张大千作，纸本设色，镜心纵 52 厘米，横 101 厘米，私人收藏。

图 8－4 《杜甫像》，上官周作，《晚笑堂竹庄画传》本(乾隆八年刻本)，开本大小为纵 29.1 厘米，横 19.3 厘米，版框大小为纵 22.1 厘米，横 15 厘米。

图 8－5、8－6、8－7、8－8、8－9、8－10、8－11 《写杜甫诗意图册》，王时敏作于康熙乙巳年(1665)腊月，册页，共十二开，纸本水墨，纵 39 厘米，横 25.5 厘米，北京故宫博物院藏。

图 8－12 《江深草阁图》，傅山作，绫本设色，纵 176.5 厘米，横 49.8 厘米，北京故宫博物院藏。

第九章　白居易诗歌与图像

图 9－1 《琵琶行》，郭诩作于 1529 年，立轴，纸本，墨笔，纵 154 厘米，横 46.6 厘米，北京故宫博物院藏。

图 9－2 《浔阳秋色图卷》，陆治作，纸本设色，纵 30.1 厘米，横 414.1 厘米，美国弗利尔美术馆藏。

图 9－3 《浔阳饯别图》，袁耀作于 1749 年，轴，绢本设色，纵 64.5 厘米，横 78.5 厘米，中国美术馆藏。

图9－4 《浔阳送客图》，文伯仁作，纵20.7厘米，横59.2厘米，美国克利夫兰艺术博物馆藏。

图9－5 《浔阳送别图》，仇英，卷，纸本设色，纵33.7厘米，横400厘米，美国纳尔逊-艾金斯艺术博物馆藏。

图9－6 《白居易诗意图》，宋旭作于1557年，扇页，设色，纵53厘米，横15.2厘米，天津市艺术博物馆藏。

图9－7 《贵妃上马图》，钱选作，纸本设色，纵29.5厘米，横117厘米，美国弗利尔美术馆藏。

图9－8 《长生殿》，张大千作，纸本设色，纵113厘米，横61厘米。

图9－9 《华清出浴图》，康涛，绢本设色，纵120厘米，横66厘米，天津市艺术博物馆藏。

图9－10 《出浴图》，李育作，扇面，纸本设色，纵17.8厘米，横52.5厘米，北京故宫博物院藏。

图9－11 《贵妃醉酒图》，关良作，纸本设色，纵68厘米，横45厘米。

参考文献

一、专著

爱新觉罗·弘历:《御制诗集》卷六十三,文渊阁四库全书本
阿英:《阿英全集》第八卷,安徽教育出版社 2003 年版
巴雅尔图:《蒙古文〈西游记〉研究》,方志出版社 2009 年版
白居易:《诗解》《序洛诗》《与元九书》,载于《白居易集笺校》,朱金城笺校,上海古籍出版社 1988 年版
白居易:《白居易全集》,上海古籍出版社 1999 年版
白居易:《新乐府序》,载于《全唐诗》卷四二六,中华书局 1999 年版
白居易:《白香山诗集》,世界书局 1935 年版
白居易:《画记》,载于俞剑华:《中国古代画论类编》,人民美术出版社 1998 年版
白化文:《敦煌俗文学中说唱故事类材料的粗浅分析·上篇·说"变文"》,《古典文学论丛》第二辑,陕西人民出版社 1982 年版
白谦慎:《傅山的世界》,三联书店 2006 年版
班固:《汉书》,中华书局 1962 年版
保罗·利科:《活的隐喻》,汪堂家译,上海译文出版社 2004 年版
边连宝:《杜律启蒙》,齐鲁书社 2005 年版
蔡毅:《中国古典戏曲序跋汇编》,齐鲁书社 1989 年版
蔡梦弼编:《杜工部草堂诗话》卷一,载于丁福保辑:《历代诗话续编》,中华书局 1983 年版
岑仲勉:《隋唐史》,商务印书馆 2015 年版
岑其编著:《赵孟頫研究》,西泠印社出版社,2006 年版
僧肇:《肇论·涅槃无名论》,张春波校释,中华书局 2010 年版
曾敏行:《独醒杂志》,朱杰人标校,上海古籍出版社 1986 年版
曾唯辑:《东瓯诗存》上册,上海社会科学院出版社 2006 年版
车万育:《声律启蒙》,岳麓书社 2012 年版
车鹏飞:《陆俨少山水用笔浅析》,载于北京画院编:《搜妙创真:松石斋藏陆俨少书画精品集》,广西美术出版社 2013 年版
陈寿:《三国志》,裴松之注,中华书局 1959 年版
陈国本辑:《通鉴史论集》,北京联合出版公司 2014 年版
陈鸿墀:《全唐文记事》(中),中华书局 1959 年版
陈植锷:《诗歌意象论》,中国社会科学出版社 1990 年版
陈绶祥:《隋唐绘画史》,人民美术出版社 2001 年版
陈邦彦选编:《康熙御定历代题画诗》,北京古籍出版社 1996 年版
陈伯海编:《唐诗汇评》,浙江教育出版社 1995 年版
陈鼓应:《庄子今注今译》,中华书局 1983 年版
陈华昌:《唐代诗与画的相关性研究》,陕西人民美术出版社 1993 年版

陈建华:《凝视与窥视——李渔〈夏宜楼〉与明清视觉文化 》,载于《古今与跨界——中国文学文化研究》,复旦大学出版社 2013 年版
陈继儒著,牛鸿恩、王凯符选注:《陈继儒小品文选注:〈白石樵真稿〉》,首都师范大学出版社 2010 年版
陈继儒:《陈眉公全集》下册,上海中央书店 1936 年版
陈菊霞:《敦煌翟氏研究》,民族出版社 2012 年版
陈望衡:《中国古典美学史》,湖南教育出版社 1998 年版
陈旭耀:《现存明刊〈西厢记〉综录》,上海古籍出版社 2007 年版
陈禹谟:《骈志》卷十六,文渊阁四库全书本
陈育宁,汤晓芳:《西夏艺术史》,三联书店 2014 年版
陈允吉:《古典文学佛教溯缘十论》,复旦大学出版社 2002 年版
陈允吉:《唐音佛教辨思录》,上海古籍出版社 1988 年版
陈振濂:《品味经典:陈振濂谈中国绘画史》三,浙江古籍出版社 2007 年版
程敏政:《皇明文衡》,卷五十七,四部丛刊本
程千帆、莫砺锋、张宏生:《被开拓的诗世界》,上海古籍出版社 1990 年版
杜佑:《通典》卷十四《选举典·历代制中》,中华书局 1984 年版
单国强:《古书画史论集续编》,浙江大学出版社 2013 年版
邓椿:《画继》,人民美术出版社 1963 年版
邓之诚:《骨董琐记全编》,北京出版社 1996 年版
董捷:《版画及其创造者　明末湖州刻书与版画创作》,中国美术学院出版社 2015 年版
董其昌:《画禅室随笔》,屠友祥校注,远东出版社 1999 年版
董其昌:《容台集》卷四《题跋》,载于《四库禁毁书丛刊》集部第 32 册,北京出版社 1998 年版
董逌:《广川画跋》卷四,卷六,载于于安澜编:《画品丛书》,上海人民美术出版社 1982 年版
董浩等编:《全唐文》,中华书局 1983 年版
戴伟华:《唐代幕府与文学》,现代出版社 1990 年版
窦暨:《述书赋》,载于《历代书法论文选》,上海书画出版社 1979 年版
杜甫:《杜诗详注》,仇兆鳌注,中华书局 1979 年版
杜文玉主编:《唐史论丛》第二十一辑,三秦出版社 2015 年版
邓启铜、傅英毅注释:《唐诗三百首 第 2 辑 第 2 版》,东南大学出版社 2013 年版
邓元煊、吴丹雨、吴明贤、李丹编:《历代名人咏李白》,成都科技大学出版社 1992 版
邓元煊等编:《历代名人咏李白》,成都科技大学出版社 1992 年版
段成式:《酉阳杂俎》,方男生点校,中华书局 1981 年版
丁福保辑:《历代诗话续编》,中华书局 1983 年版
敦煌研究院编:《榆林窟研究论文集》上册,上海辞书出版社 2011 年版
樊锦诗编:《报恩父母经典故事》,华东师范大学出版社 2010 年版
范晔:《后汉书》第十册,李贤等注,中华书局 1973 年版
方闻:《超越再现——8 世纪至 14 世纪中国书画》,李维琨译,潘文协、缪哲校,浙江大学出版社 2011 年版
方岳:《深雪偶谈》,载于王云五主编,《深雪偶谈 诗评 吴氏诗话 梅硐诗话》,商务印书馆 1936 年版
方泊荏:《中华诗圣——杜甫》,贵州教育出版社 2011 年版
房玄龄等:《晋书》,中华书局 1974 年版
冯承钧:《中国南洋交通史》第一辑,商务印书馆 1937 年版
冯骥才:《豫北古画乡发现记》,中州古籍出版社,2007 年版
冯骥才:《画史上的名作·中国卷》,文化艺术出版社 2016 年版

冯毅点校:《声律启蒙》,北岳文艺出版社 1994 年版
伏俊琏:《敦煌文学总论》,甘肃教育出版社 2013 年版
傅山:《霜红龛集》卷四,山西人民出版社 1985 年版
傅抱石:《傅抱石画集》,福建美术出版社 2009 年版
傅惜华:《明代画谱解题》,载于《四部总录・艺术编》,广陵书社 2006 年版
傅惜华:《中国版画研究重要书目》,载于《四部总录・艺术编》,广陵书社 2006 年版
傅璇琮、倪其心、许逸民等编:《全宋诗》第六九册,北京大学出版社 1998 年版
傅璇琮:《唐代科举与文学》,陕西人民出版社 1986 年版
冈村繁:《历代名画记译注》,上海古籍出版社 2002 年版
高峰编选:《温庭筠韦庄集》,凤凰出版社 2013 年版
高居翰:《诗之旅:中国与日本的诗意绘画》,三联书店 2012 年版
高濂:《遵生八笺》,王大淳点校,浙江古籍出版社 2017 年版
高適:《高適诗文注评》,佘正松注评,中华书局 2009 年版
葛晓音:《汉唐文学的嬗变》,北京大学出版社 1990 年版
葛兆先:《禅宗与中国文化》,上海人民出版社 1986 年版
顾恺之:《画品・魏晋胜流画赞》,北方文艺出版社 2003 年版
顾恺之:《魏晋胜流画赞》,载于俞剑华:《中国画论选读》,江苏美术出版社 2007 年版
顾恺之等:《画品》,北方文艺出版社 2000 年版
顾麟文编:《扬州八家史料》,上海人民美术出版社 1962 年版
郭若虚:《图画见闻志》卷一,中华书局 1985 年版
郭若虚:《图画见闻・故事拾遗・雪诗图》卷五,人民美术出版社 2003 年版
郭绍虞编:《中国历代文论选》,上海古籍出版社 1979 年版
郭绍虞:《中国文学批评史》,百花文艺出版社 1999 年版
郭绍虞:《清诗话续编》,上海古籍出版社 2016 年版
郭思编:《林泉高致》,中华书局 2010 年版
郭在贻,张涌泉,黄征:《敦煌变文集校议》,岳麓书社 1990 年版
韩骐:《补瓢存稿》卷二,清乾隆刻本
韩愈:《韩昌黎文集校注》,上海古籍出版社 1986 年版
韩愈:《送高闲上人序》,载于《历代书法论文选》,上海书画出版社 1979 年版
何清谷:《三辅黄图校释》,中华书局 2005 年版
何绍基:《东洲草堂诗钞》卷十四,清同治六年长沙无图刻本
何希之:《鸡肋集》,省试策清刻本
郭绍虞编选:《清诗话续编》,富寿荪校点,上海古籍出版社 1983 年版
洪迈:《容斋随笔》容斋三笔 卷十五,孔凡礼点校,中华书局 2005 年版
洪迈:《容斋随笔》,夏祖尧、周洪武校点,岳麓书社 2006 年版
侯文正:《傅山文论诗论辑注》,山西人民出版社 1986 年版
胡遂:《佛教与晚唐诗》,东方出版社 2005 年版
胡可先:《杜甫诗学引论》,安徽大学出版社 2003 年版
胡应麟:《少室山房笔丛》卷四,上海书店出版社 2001 年版
胡奎著:《胡奎诗集》,徐永明点校,浙江古籍出版社 2012 年版
胡守仁、胡敦伦选注:《江西诗派作品选》,江西人民出版社 1992 年版
皇甫谧:《高士传》,载于段成式等:《古今逸史精编》,重庆出版社 2000 年版
黄凤池辑:《唐诗画谱》,上海古籍出版社 1982 年版
赵昌平、李保民编选:《名家绘唐诗画谱三百首》,上海古籍出版社 2001 年版
黄凤池等编绘,吴庆明、闫昭典评解:《唐诗画谱说解》,齐鲁书社 2005 年版

黄凤池编，蔡冲寰等绘：《唐诗画谱》，山东画报出版社 2004 年版
黄河涛：《禅与中国艺术精神的嬗变》，商务印书馆国际有限公司 1994 年版
黄冕仲：《诗余画谱跋》，载于汪氏：《诗余画谱》，上海古籍出版社 1988 年版
黄世中：《论李义山的咏物诗——兼论先唐咏物诗的发展》，载于《古代诗人情感心态研究》，浙江大学出版社 1990 年版
黄庭坚：《黄庭坚诗集注》第一册，刘尚荣校点，中华书局 2003 年版
黄庭坚：《山谷诗集注》，任渊，史容，史季温注，黄宝华点校，上海古籍出版社 2003 年版
黄庭坚：《黄庭坚全集辑校编年》，郑永晓整理，江西人民出版社 2008 年版
黄正雨：《米芾集》，王心裁辑校，湖北教育出版社 2002 年版
慧立：《大慈恩寺三藏法师传》，彦悰笺，孙毓棠、谢方点校，中华书局 2000 年版
计有功：《唐诗纪事》，中华书局 1965 年版
纪昀：《纪文达公遗集》卷十三，清嘉庆十七年纪树馨刻本
贾雯鹤等编：《夔州诗全集·宋代卷》，重庆出版社 2009 年版
江盈科：《敝箧集序》，载于《江盈科集》，黄仁生辑校，岳麓书社 1997 年版
蒋寅：《古典诗学的现代诠释》，中华书局 2003 年版
蒋凡、李笑野、白振奎评注：《全评新注世说新语》，人民文学出版社 2009 年版
蒋兆和绘：《蒋兆和画集》下卷，北京工艺美术出版社 2005 年版
蒋祖怡：《罗隐诗选》，浙江古籍出版社 1987 年版
皎然：《诗式》，李壮鹰校注，人民文学出版社 2003 年版
皎然：《奉应颜尚书真卿观玄真子置酒张乐舞破阵画洞庭三山歌》，载于《全唐诗》卷八二一，中华书局 1960 年版
金生奎：《明代唐诗选本研究》，合肥工业大学出版社 2007 年版
金桂云、董主群：《画栋飞檐　长江流域的楼台亭阁》，武汉出版社 2006 年版
荆浩：《笔法记》，王伯敏标点注释，人民美术出版社 1963 年版。
荆浩：《笔法记》，载于俞剑华：《中国古代画论类编》，人民美术出版社 1998 年版
《集古录跋尾》卷七《唐元结阳华岩铭(永泰二年)》
柯宝成编著：《孟浩然全集》，崇文书局 2013 年版
孔丘：《论语·先进》，载于朱熹注：《四书集注》，北京古籍出版社 2000 年版
孔寿山：《唐朝题画诗注》，四川美术出版社 1988 年版
孔颖达：《毛诗正义序》，载于《十三经注疏》本，阮元校刻，中华书局 1980 年版
老子：《老子道德经注校释》，王弼注，楼宇烈校释，中华书局 2008 年版
莱辛：《拉奥孔》，人民文学出版社 1979 年版
兰翠：《唐诗与书画的文化精神·导言》，齐鲁书社 2009 年版
郎绍君，蔡星仪等编：《中国书画鉴赏辞典》，中国青年出版社 1988 年版
雷闻：《郊庙之外》，三联书店 2009 年版
黎荫：《中国艺术批评通史·隋唐五代卷》，安徽教育出版社 2015 年版
李湜主编：《故宫书画馆》第一编，紫禁城出版社 2008 年版
李泽厚：《美的历程》，安徽文艺出版社 1994 年版
李白：《李白集校注》，瞿蜕园，朱金城校注，上海古籍出版社 1980 年版
李昌舒：《意境的哲学基础——从王弼到慧能的美学考察》，社会科学文献出版社 2008 年版
李超、姚迪、张金霞：《中国古代绘画简史》，中华书局，上海古籍出版社 2010 年版
李东阳：《麓堂诗话及其他一种》，商务印书馆 1936 年版
李东阳：《李东阳集》(一)，周寅宾、钱振民校点，岳麓书社 2008 年版
李昉等：《文苑英华》第五册，中华书局 1966 年版
李贺：《李贺集》，岳麓书社 2003 年版

李贺:《李贺诗歌集注》,王琦等集注,上海人民出版社 1977 年版
李翎:《佛教与图像论稿续编》,文物出版社 2013 年版
李日华:《六砚斋笔记》二笔卷一,文渊阁四库全书本
李圣华选注:《高启诗选》,中华书局 2006 年版
李松晨主编:《苏轼书法荟萃》,金盾出版社 2003 年版
李调元:《新搜神记》十二卷,清抄本
李调元编:《全五代诗》第三册卷八,黄山书社 1992 年版
李暾:《松梧阁诗集》四集,清雍正干陵间刻本
李文儒编:《故宫学刊》2006 年总第 3 辑,紫禁城出版社 2007 年版
李小荣:《变文唱讲与华梵宗教艺术》,上海三联书店 2002 年版
李永宁:《报恩经和莫高窟壁画中的报恩经变相》,载于《敦煌研究文集》,甘肃人民出版社 1982 年版
李永翘编:《张大千论画精粹》,花城出版社 1998 年版
李豫亨:《推篷寤语》卷八,明隆庆五年李氏思敬堂刻本
李志夫:《关于禅宗牧牛图的两个问题》,载于宗性、道坚:《佛教与中国传统文化——杨曾文先生七秩贺寿文集》,中国社会科学出版社 2009 年版
李贽:《杂述·读律肤说》,载于《焚书》卷三,蓝天出版社,1998 年版
李濬:《松窗杂录》,中华书局 1991 年版
李庚主编:《可贵者胆 李可染画院首届院展 中国画新语言的探索者李可染作品特展》,中国书店 2013 年版
李子广:《科举与古代文学》,载于内蒙古师范大学汉文系编:《五十年文萃:内蒙古师范大学汉文系建系 50 周年》八,内蒙古大学出版社 2001 年版
厉鹗:《南宋院画录》,载于王国平主编:《西湖文献集成》第 2 册,杭州出版社 2004 年版
廖奔:《中国戏剧图史》,河南教育出版社 1996 年版
刘秉忠:《藏春集点注》,李昕太、张家华、张涛点注,花山文艺出版社 1993 年版
刘敞:《公是集》卷十七,宋集珍本丛刊本,线装书局 2004 年版
刘大杰:《中国文学发展史》第二册,上海人民出版社 1976 年版
刘大杰:《中国文学发展史》下卷,古典文学出版社 1958 年版
刘道醇:《五代名画补遗》,载于于安澜编:《画品丛书》,上海人民美术出版社 1982 年版
刘刚:《湖湘历代名画 1》综合卷,湖南美术出版社 2013 年版
刘继才:《中国题画诗发展史》,辽宁人民出版社 2010 年版
刘克庄:《后村集》卷三十二,卷三十三,文渊阁四库全书本
刘克庄:《唐绝句续选序》,载于《刘克庄集笺校》第九册,卷九七,辛更儒校注,中华书局 2011 年版
刘克庄:《刘克庄集笺校》,辛更儒笺校,中华书局 2011 年版
刘敏中:《刘敏中集》,邓瑞全、谢辉校点,吉林文史出版社 2008 年版
刘崧:《槎翁诗集》卷七,载于《文渊阁四库全书》(第 1227 册),上海古籍出版社 2003 年版
刘曦林主编:《蒋兆和论艺术》增订本,人民美术出版社 1994 年版
刘向:《列仙传校笺》,王叔岷校笺,中华书局 2007 年版
刘向:《列仙传》,上海古籍出版社 1990 年版
刘勰:《文心雕龙注释》,周振甫注,人民文学出版社 2002 年版
刘昫等:《旧唐书》,中华书局 1975 年版
刘昫等:《旧唐书》,中华书局 1999 年版
刘昫等:《旧唐书》第 4 册,陈焕良,文华点校,岳麓书社 1997 年版
刘昫等:《简体字本二十四史 旧唐书 4 卷 150－200》,中华书局 1999 年版

刘禹锡：《刘禹锡集》，中华书局 1990 年版
刘知己：《史通》，载于浦起龙：《史通全释・卷六・叙事第二十二》，上海古籍出版社 1978 年版
刘义庆校撰，徐震堮著：《世说新语校笺》，中华书局 1984 年版
柳贯：《柳贯诗文集》，柳遵杰点校，浙江古籍出版社 2004 年版
柳宗元：《柳河东集》卷第三十四，中华书局 1960 年版
卢纶：《卢纶诗集校注》，刘初棠校注，上海古籍出版社 1989 年版
卢贤中：《古代刻书与古籍版本》，安徽大学出版社，1995 年版
卢照邻：《卢照邻集笺注》，祝尚书笺注，上海古籍出版社 1994 年版
卢照邻、杨炯：《杨炯集》卷三，徐明霞点校，中华书局 1980 年版
鲁迅：《集外集・选本》，载于《鲁迅全集》第 7 卷，光华书店 1948 年版
陆时雍：《唐诗境》卷二十三，文渊阁四库全书本
陆文圭：《墙东类稿》卷十九，载于《文渊阁四库全书》(1194 册)，上海古籍出版社 2003 年版
陆俨少：《陆俨少自叙》，上海书画出版社，l986 年版
陆以湉：《冷庐杂识》卷三，崔凡芝点校，中华书局 1984 年版
卢辅圣：《中国文人画史》，上海书画出版社 2012 年版
罗根泽：《中国文学批评史》二，上海古籍出版社 1984 年版
罗根泽：《中国文学批判史》(二)，古典文学出版社 1957 年版
罗月霞主编：《宋濂全集》，浙江古籍出版社 1999 年版
罗立火主编：《游弋中西：关良诞辰 110 周年作品集》，江西美术出版社 2010 年版
吕诚撰：《来鹤亭诗集》卷五，载于沈家本辑：《枕碧楼丛书》，知识产权出版社 2006 年版
孟棨等：《本事诗、续本事诗、本事词》，上海古籍出版社 1991 年版
马孟晶：《耳目之玩——从〈西厢记〉版化插图论晚明出版文化对视觉性之关注》，载于颜娟英主编：《美术与考古》下册，中国大百科全书出版社 2005 年版
梅尧臣：《梅尧臣集编年校注》中册，朱东润校，上海古籍出版社 2006 年版
梅尧臣：《宛陵集》卷五十九，四部丛刊本
莫砺锋：《古典诗学的文化观照》，中华书局 2005 年版
宁志奇主编：《中国绵竹年画研究》，四川美术出版社 2011 年版
欧阳修、宋祁等：《新唐书》，中华书局 1975 年版
欧阳修：《欧阳修全集》，李逸安点校，中华书局 2001 年版
《全唐诗》卷八二一，中华书局 1960 年版
潘百齐：《全唐诗精华分类鉴赏集成》，河海大学出版社 1989 年版
潘游龙辑：《精选古今诗余醉》，辽宁教育出版社 2003 年版
潘运告编著：《宋人画评》，湖南美术出版社 1999 年版
彭孙遹：《延露词》，载于陈乃乾编：《清名家词》第三卷，上海书店 1982 年版
彭定求等编：《全唐诗》，中华书局 1999 年版
普鲁塔克：《古典共和精神的捍卫——普鲁塔克文选》，包利民译，中国社会科学出版社 2005 年版
庞元济：《虚斋名画录》卷五，载于《续修四库全书》影印宣统元年及民国十三年乌城庞氏上海刻本
皮朝纲：《禅宗美学史稿》，电子科技大学出版社 1994 年版
浦起龙：《读杜心解》，载于莫砺锋：《杜甫评传》，南京大学出版社 1993 年版
钱芳标辑：《湘瑟词》卷四，清康熙刻本
钱熙彦编：《元诗选补遗》，中华书局 2002 年版
钱起：《钱起诗集校注》，王定璋校注，浙江古籍出版社 1992 年版

钱仲联、傅璇琮、王运熙、章培恒、鲍克怡主编:《中国文学大辞典》,上海辞书出版社 1997 年版。
钱谦益:《牧斋有学集》,钱曾笺注,钱仲联标校,上海古籍出版社 1996 年版
钱谦益:《钱牧斋全集》第二册,钱曾笺注,钱仲联标校,上海古籍出版社 2003 年版
钱锺书:《管锥编》,中华书局 1979 年版
钱锺书:《七缀集》,生活·读书·新知三联书店 2002 年版
钱锺书:《宋诗选注》,人民文学出版社 1989 年版
钱锺书:《谈艺录》,中华书局 1984 年版
《御选唐宋诗醇》卷一、卷十、卷十五、卷四十三、卷四十四、卷二十二,《钦定四库全书》(影印本)
丘幼宣:《一代画圣——黄慎研究》,中国美术学院出版社 2002 年版
青木主编:《世界名画中国名画超值全彩白金版》,中国华侨出版社 2013 年版
赵孟頫:《赵孟頫文集》,任道斌编校,上海书画出版社 2010 年版
阮元:《淮海英灵集》丙集卷三,中华书局 1985 年版
上官周辑:《晚笑堂竹庄画传》第二册,乾隆八年刻本
邵洛羊:《李思训》,上海人民美术出版社 1962 年版
邵洛羊编:《中国美术大辞典》,上海辞书出版社 2002 年版
申小龙:《汉语与中国文化》修订版,复旦大学出版社 2008 年版
沈赤然:《五研斋诗文钞》诗钞卷六,清嘉庆刻增修本
沈德潜选编:《清诗别裁集》卷四,上海古籍出版社 2013 年版
沈德潜选编:《唐诗别裁集》,李克和等校点,岳麓书社 1998 年版
沈德潜:《说诗晬语》,载于陶尔夫、韩式朋编:《中国历代诗词译释》,黑龙江人民出版社 1980 年版
沈括:《梦溪笔谈》,上海古籍出版社 2015 年版
沈周:《石田诗选》卷八,文渊阁四库全书本
石理俊主编:《中国古今题画诗词全璧》,商务印书馆国际有限公司 2007 年版
石守谦:《中国文人画究竟是什么》,载于石守谦:《从风格到画意:反思中国美术史》,三联书店 2015 年版
舒慧芳、沈泓:《中国民间年画诸神文化丛书·门神文化》,中国物资出版社 2012 年版
舒位:《瓶水斋诗集》卷二,清光绪十二年边保枢刻十七年增修本
司空图:《二十四诗品》,载何文焕辑:《历代诗话》上,中华书局 1981 年版
司空图:《与极浦书》,载于董浩等编:《全唐文》卷八〇七,中华书局 1983 年版
司空图:《与王驾评诗书》,载于计有功:《唐诗纪事》,中华书局 1965 年版
司马光:《后赵论·石勒》,载于司马光:《通鉴论》,江苏人民出版社 1962 年版
司马光:《资治通鉴》卷二百一十六,中华书局 1956 年版
司马迁:《史记》,中华书局 2013 年版
宋祁:《新唐书·王维传》,载于张清华:《王维年谱》,学林出版社 1988 年版
宋玉成编:《中国美术史》,清华大学出版社 2015 年版
苏轼:《东坡集》增订版,凤凰出版社 2013 年版
苏轼:《苏轼文集》,孔凡礼点校,中华书局 1986 年版
苏轼:《东坡题跋》卷五,《书摩诘〈蓝田烟雨图〉》,人民美术出版社 2007 年版
苏心一:《王维山水诗画美学研究》,文史哲出版社 2007 年版
苏仲翔选注:《元白诗选》,古典文学出版社 1957 年版
孙昌武:《禅思与诗情》,中华书局 1997 年版
孙昌武:《佛教与中国文学》,上海人民出版社 2007 年版

李文儒编:《故宫学刊》2006年总第3辑,紫禁城出版社2007年版
孙博:《稷山青龙寺壁画研究——以腰殿水陆画为中心》,载于中国美术研究年度报告编委会编:《中国美术研究年度报告2010》,人民美术出版社2011年版
孙承泽:《庚子销夏记》,载于王伯敏主编:《中国美术通史》,山东教育出版社1987年版
孙承泽:《寓目记》,孙承泽、高士奇:《庚子销夏记 江村销夏录》卷八,佘彦焱校点,上海古籍出版社2011年版
孙光宪:《北梦琐言》卷七,载于上海古籍出版社编:《唐五代笔记小说大观》下册,上海古籍出版社2000年版
孙过庭:《书谱》,载于《历代书法论文选》,上海书画出版社1979年版
孙微:《清代杜诗学史》,齐鲁书社2004年版
孙鑛:《书画跋》,载于中国书画全书编纂委员会编:《中国书画全书》第五册,上海书画出版社2009年版
谭元春:《古文澜编序》,载于《谭元春集》卷二十二,上海古籍出版社1998年
汤垕:《画鉴》,人民美术出版社2016年版
汤凌云:《中国美学通史·隋唐五代卷》,江苏人民出版社2014年版
汤用彤:《往日杂稿:康复札记》,三联书店2011年版
唐文凤:《梧冈集》卷二,《文渊阁四库全书本》(1242)册,上海古籍出版社2003年版
唐寅:《唐伯虎全集》,中国美术学院出版社2002年版
陶宗仪:《南村辍耕录》,李梦生校点,上海古籍出版社2012年版
田雯:《古欢堂集·七言古诗》卷一,载于《清代诗文集汇编》编纂委员会:《清代诗文集汇编》(138),上海古籍出版社2010年版
屠隆:《考槃余事》卷二《国朝纸》,凤凰出版社2017年版
汪珂玉:《珊瑚网》卷二十五,文渊阁四库全书本
汪辟疆校录:《唐人小说》,文化图书公司1977年版
汪氏辑:《诗余画谱》,上海古籍出版社1988年版
王士禛:《带经堂集》卷五十九,清康熙五十年程哲七略书堂刻本。
王安石:《临川先生文集》,中华书局1959年版
王朝闻:《中国美术史·清代卷》上,齐鲁书社,明天出版社2000年版
王国维:《宋元戏曲考》,朝华出版社2018年版
王宏建:《艺术概论》,文化艺术出版社2000年版
王璜生:《明清中国画大师研究丛书——陈洪绶》,吉林美术出版社1997年版
王季思编:《全元戏曲》第4卷,人民文学出版社1999年版
王克让:《河岳英灵集注》,巴蜀书社2006年版
王溥:《唐会要》,中华书局1955年版
王启兴主编:《校编全唐诗》下,湖北人民出版社2001年版
王若虚:《滹南诗话》,中华书局1985年版
王世襄:《中国画论研究》上卷,三联书店2013年版
王世贞:《艺苑卮言》,陆洁栋、周明初批注,凤凰出版社2009年版
王守仁:《王阳明全集》,卷六,文录三,吴光,钱明等编校,上海古籍出版社2015年版
王树村、王海霞:《年画》,文化艺术出版社2012年版
王树村:《中国年画史》,北京工艺美术出版社2002年版
王嗣奭:《杜臆》,上海古籍出版社1983年版
王璲:《青城山人集》卷一,文渊阁四库全书本
王维:《王右丞集笺注》,赵殿成笺注,上海古籍出版社1961年版
王维:《王维集校注》,陈铁民校,中华书局1997年版

王维：《王右丞集》，岳麓书社 1990 年版
王文诰辑注：《苏轼诗集》1－8 册，中华书局 1982 年版
王毓贤：《绘事备考》卷五，徐娟主编：《中国历代书画艺术论著丛编》（一），中国大百科全书出版社 1997 年版
王云五主编：《万有文库》第二集，杨维桢：《七百种铁崖先生古乐府》，商务印书馆 1937 年版
王云五编，厉鹗、马日琯辑：《宋诗纪事》，商务印书馆 1937 年版
王恽：《秋涧集》卷七，文渊阁四库全书本
王恽：《秋涧先生大全文集》卷三十二，《四部丛刊初编》本。
王重民等编：《敦煌变文集》，人民文学出版社 1957 年版
王兆鹏：《唐代科举考试诗赋用韵研究》，齐鲁书社 2004 年版
汪裕雄：《意象探源》，人民出版社 2013 年版
魏徵等：《隋书》，中华书局 1973 年版
魏泰：《临汉隐居诗话》，载于王秀臣：《礼仪与兴象——〈礼记〉元文学理论形态研究》，社会科学文献出版社 2014 年版
翁方纲：《翁方纲纂四库提要稿》，上海科学技术文献出版社 2005 年版
翁方纲：《复初斋文集》卷十三，载于《续修四库全书编》纂委员会：《续修四库全书》（1455 册），上海古籍出版社 2002 年版
闻一多：《唐诗杂论》，傅璇琮导读，上海古籍出版社 1998 年版
巫鸿：《礼仪中的美术：巫鸿中国古代美术史文编》下册，三联书店 2005 年版
无名氏：《玎玎珰珰盆儿鬼》，载于《全元曲》，河北教育出版社 1998 年版
吴冬梅：《中国画“图真”论》，清华大学出版社 2011 年版
吴伟业：《吴梅村全集》，李学颖校，上海古籍出版社 1990 年版
吴玉贵、华飞主编：《四库全书精品文存》（29），团结出版社 1997 年版
《宣和画谱》，王群栗点校，浙江人民美术出版社 2012 年版
《宣和画谱》卷十《山水叙论》，俞剑华注译，人民美术出版社 1964 年版
邢春如、刘心莲、李穆南主编：《艺坛典故》上，辽海出版社 2007 年版
席勒：《论素朴的诗与感伤的诗》，载于《秀美与尊严——席勒艺术和美学文集》，张玉能译，文化艺术出版社 1996 年版
夏文彦：《图绘宝鉴》卷三，文渊阁四库全书本
萧涤非，程千帆等：《唐诗鉴赏辞典》，上海辞书出版社 1983 年版
萧华荣：《中国古典诗学理论史》，华东师范大学出版社 2005 年版
萧统：《文选》，李善注，中华书局 1977 年版
萧统编：《六臣注文选》卷四十七，中华书局 1987 年版
萧统编：《文选·行旅上》卷二十六，李善注，中华书局 1977 年版
谢永芳编著：《元稹诗全集汇校汇注汇评》，崇文书局 2016 年版
谢志高：《谢志高画集》上卷，外文出版社 2011 年版
谢赫：《四库家藏 古画品录》，山东画报出版社 2004 年版
谢旻等：《江西通志》卷一百五十九，文渊阁四库全书本
谢肇淛：《五杂俎》，上海书店出版社 2009 年版
欣弘主编：《2014 古董拍卖年鉴·书画》，湖南美术出版社 2014 年版
熊秉明：《中国书法理论体系》，天津教育出版社 2002 年版
熊笃：《书剑斋古代文学论丛》，重庆出版社 2013 年版
徐邦达：《古书画伪讹考辨》下卷，江苏古籍出版社 1984 年版
徐复观：《中国艺术精神》，华东师范大学出版社 2001 年版
徐进：《滕王阁诗选》，江西人民出版社 1983 年版

徐小蛮、王福康：《中国古代插图史》，上海古籍出版社 2007 年版
徐𤊹：《鳌峰集》卷十八，广陵书社 2012 年版
薛永年主编：《故宫画谱·山水卷》，故宫出版社 2014 年版
许结：《中国赋学历史与批评》，江苏教育出版社 2001 年版
许万里，梁爽：《琼楼览胜——名画中的建筑》，文化艺术出版社 2010 年版
许印芳：《诗法萃编》，载于陈伯海编：《唐诗汇评》中，浙江教育出版社 1995 年版
宣鼎：《塑少陵像》，载于石正人选编：《聊斋志异续编》，北京十月文艺出版社 1997 年版
玄奘、辩机：《大唐西域记校注》，季羡林等校注，中华书局 1985 年版
元好问：《中州集》，中华书局 1959 年版
于安澜编：《画史丛书》(6)，张自然校订，河南大学出版社 2015 年版
宇文所安：《他山的石头记》，田晓菲译，江苏人民出版社 2003 年版
岳仁译注：《宣和画谱》，湖南美术出版社 1999 年版
严羽：《沧浪诗话校释》，郭绍虞校释，人民文学出版社 1961 年版
严羽：《沧浪诗话·答出继叔临安吴景仙书》，载于郭绍虞：《沧浪诗话校释》，人民文学出版社 1983 年版
严可均：《严可均集》卷十二，孙宝点校，浙江古籍出版社 2013 年版
杨国学：《地域文化与文学》，长江出版社 2006 年版
杨镰主编：《全元诗》第四十八册，中华书局 2013 年版
杨伯峻译注：《论语译注》，中华书局 1980 年版
杨宪金主编：《中南海胜迹书画集》(绘画卷)，西苑出版社 2012 年版
杨仁凯主编，薛永年等编撰：《中国书画》，上海古籍出版社 1990 年版
杨成寅：《中国历代绘画理论评注》(宋代卷)，湖北美术出版社 2009 年版
姚鼐编：《古文辞类纂》上册，宋晶如，章荣译，世界书局 1936 年版
姚铉编：《唐文粹》，载于任继愈主编：《中华传世文选》，吉林人民出版社 1998 年版
姚奠中：《元好问全集》(上册)，山西人民出版社 1990 年版
叶德辉复刻：《绘图三教源流搜神大全》，上海古籍出版社 1990 年版
叶嘉莹：《杜甫秋兴八首集说》，北京大学出版社 2008 年版
叶朗：《中国美学史大纲》，上海人民出版社 1985 年版
叶维廉：《中国诗学》，三联书店 1992 年版
殷璠：《河岳英灵集》，王克让注，巴蜀书社 2006 年版
永瑢等编：《四库全书总目》，中华书局，1965 年影印本
俞陛云：《诗境浅说续编》，上海古籍出版社 1984 年版
俞琰：《咏物诗选·自序》，清雍正二年，宁俭堂刻本
俞樾：《九九销夏录》，载于《清代笔记日记绘画史料汇编》，荣宝斋出版社 2013 年版
庾信：《庾子山集注》中，倪璠批注，许逸民校点，中华书局 1980 年版
《玉海》卷五十七，《艺文·唐贞观图功臣凌烟阁》，钦定四库全书子部
袁行霈主编：《中国文学史》第二卷，高等教育出版社 1999 年版
袁行霈主编：《中国文学史》第二卷，高等教育出版社 2005 年版
袁褧、周辉：《枫窗小牍 清波杂志》，尚成、秦克点校，上海古籍出版社 2012 年版
袁枚：《袁枚全集》，江苏古籍出版社 1993 年版
袁晓薇：《王维诗歌接受史研究》，安徽大学出版社 2012 年版
袁于令编撰：《隋史遗文》，中华书局 1996 年版
张伯伟：《禅与诗学》，人民文学出版社 2008 年版
张伯伟：《域外汉籍研究入门》，复旦大学出版社 2012 年版
张丑：《清河书画舫》，徐明德校点，上海古籍出版社 2011 年版

张春林编:《欧阳修全集》,中国文史出版社 1999 年版
张岱:《夜航船》,刘耀林校注,浙江古籍出版社 2012 年版
张怀瓘:《书断》,载于《历代书法论文选》,上海书画出版社 1979 年版
张九龄:《张九龄集校注》下册,熊飞校注,中华书局 2008 版
张彦远:《历代名画记》,俞剑华注释,上海人民美术出版社 1964 年版
张彦远:《历代名画记》,载于中国书画全书编纂委员会编:《中国书画全书》第一册,上海书画出版社 1993 年版
张育英:《禅与艺术》,浙江人民出版社 1992 年版
张照、梁诗正等:《石渠宝笈》一,册 824,上海古籍出版社 1991 年版
张照等编:《石渠宝笈初编》卷四十,《四库全书》本
张翥:《行书跋赵葵杜甫诗意图》,黄山书社 2008 年版
张月中、王钢主编:《全元曲》(下),中州古籍出版社 1996 年版
赵春宁:《〈西厢记〉传播研究》,厦门大学出版社 2005 年版
赵殿成笺注:《王右丞集笺注》,上海古籍出版社 1961 年版
赵孟頫:《松雪斋集·文集》卷五,四部丛刊景元本
赵毅衡:《广义叙述学》,四川大学出版社 2013 年版
赵毅衡编选:《"新批评"文集》,百花文艺出版社 2001 年版
赵翼:《瓯北诗话》,霍松林、胡主佑校点,人民文学出版社 1963 年版
赵绍祖:《赵绍祖金石学三种》,牛继清、赵敏校点,黄山书社 2011 年版
郑岩:《逝者的面具:汉唐墓葬艺术研究》,北京大学出版社 2013 年版
郑振铎:《西谛书跋》,文物出版社 1998 年版
郑振铎:《中国版画史序》,载于《西谛书话》,三联书店 1998 年版
郑振铎:《中国古代木刻画史略》,上海书店出版社 2011 年版
郑振铎:《中国文学史》,人民文学出版社 1957 年版
郑振铎:《中国文学史》,中国社会科学出版社 2009 年版
郑午昌:《中国画学全史》,上海古籍出版社 2008 年版
郑思肖:《郑思肖集》,陈福康校点,上海古籍出版社 1991 年版
《中国古代绘画图录(四)》,文物出版社 1995 年版
《中国画经典丛书》编辑组编著:《中国人物画经典》南宋卷 二,文物出版社 2006 年版
中华书局编辑部点校:《全唐诗》,中华书局 1980 年版
中华书局编辑部点校:《全唐诗》,中华书局 2013 年版
中国古代书画鉴定组编:《中国古代书画图目》,文物出版社 1987 年版
中国书画全书编纂委员会编:《中国书画全书》第一、二、三、四册,上海书画出版社 1993 年版
中国书画全书编纂委员会编:《中国书画全书》第八册,上海书画出版社 1992 年版
周林生主编:《魏晋至五代绘画》(2 版),河北教育出版社 2012 年版
陈邦彦选编:《康熙御定历代题画诗》(上卷),北京古籍出版社 1996 年版
周积寅、王凤珠编著:《中国历代画目大典·战国至宋代卷》,江苏教育出版社 2002 年版
周绍良编:《敦煌变文汇录》,上海出版公司 1954 年版
周绍良主编:《全唐文新编》,吉林文史出版社 2000 年版
周芜:《徽派版画史论集》,安徽人民出版社 1984 年版
周必大:《二老堂杂志》,中华书局 1985 年版
朱景玄:《唐朝名画录》,温肇桐注,四川美术出版社 1985 年版
朱景玄:《唐朝名画录》,载于《文渊阁四库全书·子部》
朱景玄:《唐朝名画录》,载于何志明、潘运告编著:《唐五代画论》,湖南美术出版社 1997 年版
朱景玄:《唐朝名画录校注》,吴企明校注,黄山书社 2016 年版

朱谋垔：《画史会要》卷四，文渊阁四库全书本
朱胜非：《绀珠集》卷四，载于清秘藏(外六种)，张应文撰，上海古籍出版社 1993 年版
朱彝尊撰，汪森编：《词综》，上海古籍出版社 1981 年版
朱彝尊：《曝书亭集・王冕传》卷六十四，四部丛刊景清康熙本
祝穆：《古今事文类聚》后集卷三十九，文渊阁四库全书本
庄子：《庄子集释》，郭庆藩、王孝鱼集校，中华书局 2013 年版
宗白华：《美学散步》，上海人民出版社 2005 年版
邹云湖：《中国选本批评》，上海三联书店 2002 年版
郑春兴：《名画收藏与品鉴》，内蒙古人民出版社 2007 年版
詹景凤：《詹东图玄览编》，中国书画全书编纂委员会编：《中国书画全书》(四)，上海书画出版社 1992 年版
章培恒主编：《全明诗》第一册，上海古籍出版社 1990 年版

二、论文

安永欣：《晚明画谱综合研究》，中央美术学院 2012 年博士论文
蔡诗意：《〈袁安卧雪图〉与传统美学观》，《民族艺术研究》1988 年第 3 期
蔡铁鹰：《张掖大佛寺取经壁画应是〈西游记〉的衍生物》，《西北师大学报》(社会科学版)2006 年第 2 期
陈铎：《古代版画的图式转换及文化意义》，《新美术》2007 年第 2 期
陈寅恪：《〈长恨歌〉笺证》，《清华学报》1947 年第 1 期
陈寅恪：《论韩愈》，载于《历史研究》1954 年第 2 期
陈允吉：《王维"雪中芭蕉"寓意蠡测》，《复旦学报》(哲学社会科学版)1979 年第 1 期
常芳：《中国古典小说的视觉化再生产：从语言本位到影像本位》，四川大学 2009 年博士论文
承名世：《论孙位〈高逸图〉的故实及其与顾恺之画风的关系》，《文物》1965 第 8 期
大木康：《明末"画本"的兴盛与市场》，《浙江大学学报》(人文社会科学版)2010 年第 1 期
丁得天、杜斗城：《甘肃民乐童子寺石窟〈西游记〉壁画补录及其年代新论》，《兰州大学学报》(社会科学版)2015 年第 4 期
杜汉华：《"牛郎织女"流变考》，《中州学刊》2005 年第 4 期
冯振国：《张掖大佛寺西游记故事壁画艺术手法浅析》，《甘肃联合大学学报》，(社会科学版)2005 年第 4 期
傅怡静：《漫谈诗画谱》，《中国书画》2009 年第 5 期
葛晓音：《王维，神韵说，南宗画——兼论唐代以后中国诗画艺术的演变》，《文学评论》1982 年第 1 期
黄崇浩：《"雪里芭蕉"考》，《黄冈师范学院学报》2005 年第 1 期
简佩琦：《敦煌报恩经变与变文〈双恩记〉残卷》，《敦煌学辑刊》2005 年第 1 期
焦娇：《门神画中的秦琼、敬德形象研究》，南京艺术学院 2007 年硕士学位论文
居蜜、叶显恩：《明清时期徽州的刻书和版画》，《江淮论坛》1995 年第 2 期
兰甲云：《简论唐代咏物诗发展轨迹》，《中国文学研究》1995 年第 2 期
兰天：《试论唐代咏物诗的艺术成就》，《湖南大学学报》(社会科学版)1995 年第 1 期
李安纲：《从唐僧取经壁画看〈西游记〉故事的演变》，《河东学刊》1999 年第 5 期
李定广：《论中国古代咏物诗的演进逻辑》，《中山大学学报》2015 年第 4 期
李翎：《"玄奘画像"解读——特别关注其密教图像元素》，《故宫博物院院刊》2012 年第 4 期
李清泉：《空间逻辑与视觉意味——宋辽金墓"妇人启门"图新论》，《美术学报》2012 年第 2 期
李仙玉：《中国梅花故事和韩国的梅花故事图》，《韩国研究论丛》2011 年第 1 期
李小荣：《变文变相关系论——以变相的创作和用途为中心》，《敦煌研究》2000 年第 3 期

李忠明:《吴伟业与王时敏父子交游考论》,《南京师范大学文学院学报》2006 年第 1 期
林丽江:《由伤感而至风月——白居易〈琵琶行〉诗之图文转绎》,《故宫学术季刊》2003 年第 3 期
刘开渠:《傅山及其艺术》,《名作欣赏》1982 年第 1 期
刘越:《从晚明画谱看当时文人的审美取向》,《学术交流》2010 年第 1 期
皮朝纲:《慧洪以禅论艺的美学意蕴》,《四川师范大学学报》(社会科学版)1996 年第 2 期
舒士俊:《文人画祖王维》,《国画家》2017 年第 2 期
《霜红龛集》卷五,转引自转引自尹协理:《傅山甲申前后的诗作与思想变迁》,《晋阳学刊》1990 年第 3 期
沈歆:《明代集古画谱的临仿模式与粉本功能——以〈顾氏画谱〉为中心》,《美苑》2011 年第 3 期
王涵:《韩愈的"文统"论》,《北京大学学报》(哲学社会科学版)1994 年第 6 期
王荣:《发现与重估:中国古典叙事诗艺术论析》,《陕西师范大学学报》(哲学社会科学版)2001 年第 2 期
王赠怡:《"诗中有画""画中有诗"与唐宋诗画功能的互补》,《四川文理学院学报》2010 年第 3 期
王振复:《唐王昌龄"意境"说的佛学解》,《复旦学报》2006 年第 2 期
王梽先、夏小凤:《李白诗歌中对"风流"人物的品藻》,《文艺评论》2012 年第 2 期
文达三:《"雪里芭蕉"别议》,《读书》1985 年第 10 期
文放:《"袁安卧雪"与"雪里芭蕉"》,《中国文学研究》1988 年第 2 期
冯淑然、韩成武:《古代诗人骑驴形象解读》,《深圳大学学报》(人文社会科学版)2006 年第 5 期。
吴晟:《中国古代诗人骑驴的文化解读》,《文学与文化》2014 年第 3 期。
谢生保:《敦煌壁画与〈西游记〉创作》,《敦煌学辑刊》1994 年第 1 期
谢兴尧,柯愈春:《清入关后傅山的活动与交游》,《晋阳学刊》1985 年第 1 期
薛龙春:《"上博本"为文徵明〈停云馆言别图〉原本商榷》,《南京艺术学院学报》(美术与设计版)2007 年第 1 期
杨国学:《河西走廊三处取经图画与〈西游记〉故事演变的关系》,《西北师大学报》(社会科学版)2000 年第 4 期
杨军:《"雪中芭蕉"命意辨》,《陕西师大学报》1983 年第 2 期
杨婉瑜:《晚明〈唐诗画谱〉的女性图像》,《议艺份子》2009 年第 12 期
衣若芬:《台北"故宫博物院"本"明皇幸蜀图"与白居易〈长恨歌〉》,《中山大学学报》(社会科学版)2011 年第 6 期
于硕:《大佛寺西游记壁画内容与绘制时间推证》,《敦煌研究》2011 年第 1 期
于硕:《甘谷县华盖寺石窟唐僧取经壁画初探》,《敦煌研究》2013 年第 4 期
于硕:《山西青龙寺取经壁画与榆林窟取经图像关系的初步分析》,《艺术设计研究》2010 年第 3 期
于硕:《唐僧取经图像研究——以寺窟图像为中心》,首都师范大学 2011 年博士论文
于向东:《敦煌变相与变文研究评述》,《艺术百家》2010 年第 5 期
袁行霈:《王维诗歌的禅意与画意》,《社会科学阵线》,1980 年第 2 期
张景鸿:《关于王维〈袁安卧雪图〉的思考》,《美术观察》2000 年第 12 期
张云鹏:《隋唐初期美学思想史论》,载于《美学与艺术评价论》第 5 集
张云鹏:《"明道辅时"与"境生象外"——隋唐美学思想的转折与新变》,《河南大学学报(社科版)》2002 年第 4 期
张郁朋:《吴冠中评价石涛:世界美术史上一颗冠顶明珠——综述"石涛热"背后的现象和价

值》,《扬州日报》,2009 年 3 月 19 日,第 D4 版:扬州画廊
赵红菊:《南朝咏物诗研究》,《语文学刊》2008 年第 24 期
赵宪章:《语图传播的可名与可悦——文学与图像关系新论》,《文艺研究》2012 年第 11 期
赵宪章:《语图互仿的顺势与逆势——文学与图像关系新论》,《中国社会科学》2011 年第 3 期
周怡:《雪蕉与雪竹——关于王维绘画禅理表现的一个模式》,《齐鲁艺苑》2003 年第 4 期
朱良志:《"外师造化,中得心源"佛学源辨》,载于《中国典籍与文化》2003 年第 4 期

后　记

中国文学图像关系史丛书的编撰自2010年便已开始，虽没有在成立之初加入课题组，但2012年9月幸得恩师赵宪章教授垂询是否有意加入，才有今日的机缘。此卷虽署名李昌舒教授和我同为主编，但皆出于赵老师和李老师的抬爱，对我等后辈的鼓励。因才疏学浅、力有不逮，几年来唯有以勤补拙，方感不辜负老师们的期望。

除了李昌舒老师和我，隋唐五代卷的编撰成员还有河南大学的郭伟老师、泰州学院的傅元琼老师、江西师范大学的陆涛老师、山东大学的韩清玉老师、河南大学的郝兵老师、上海大学的刘望硕士、北京师范大学的李悦池博士、南京师范大学的石张燕硕士、上海大学的王晓蓉硕士、南京大学的许天逸和薛飘飘硕士。本卷虽然起步较其他卷稍晚，但因全体编撰成员的协同努力，才得以按时付梓，在此对全体成员致以诚挚的感谢！

《中国文学图像关系史・隋唐五代卷》共分为十个部分。《绪论》部分概述隋唐五代时期文学和图像关系的基本特点和总体风貌；第一章《隋唐五代图像与隋前文学》描述了隋唐五代时期各类图像与前代文学的关系；第二章《隋唐五代文学与隋唐五代图像》论述了隋唐五代文学与隋唐五代图像的关系；第三章《隋唐五代题画文学》是对隋唐五代时期重要的文图艺术类型——题画文学的个案研究；第四章《隋唐五代文学中的图像母题》概述隋唐五代文学中出现的被后世反复演绎的图像母题；第五章《唐诗画谱》、第六章《唐诗与唐诗诗意图》、第七章《王维诗歌与图像》、第八章《杜甫诗歌与图像》、第九章《白居易诗歌与图像》均为文图关系的个案研究，因唐诗为此时段最具代表性的文学类型，且为后世图像演绎的比重最大，所以个案研究均针对唐诗展开，其他文体（如传奇、变文、骈文、散文等）与图像的关系在第四章中概述；第十章《隋唐五代文学图像关系的理论批评》归纳阐述隋唐五代时期文图理论中的重要问题。

以上各章节的分工如下：《绪论》（许天逸、薛飘飘撰）、第一章《隋唐五代图像与隋前文学》（傅元琼撰）、第二章《隋唐五代文学与隋唐五代图像》（郭伟撰）、第三章《隋唐五代题画文学》（傅元琼撰）、第四章《隋唐五代文学中的图像母题》（郭伟、傅元琼、郝兵撰）、第五章《唐诗画谱》（石张燕、李悦池撰）、第六章《唐诗与唐诗诗意图》（吴昊、傅元琼撰）、第七章《王维诗歌与图像》（陆涛撰）、第八章《杜甫诗歌与图像》(王晓蓉、傅元琼、李悦池撰)、第九章《白居易诗歌与图像》(刘望撰)、第十章《隋唐五代文学图像关系的理论批评》(韩清玉撰)。全卷最后由李昌舒、吴昊、郭伟、傅元琼统稿和修改。

本卷的完成有赖于全卷主编赵宪章教授和许结教授的不断鼓励和悉心指导,有赖于其他各卷主编的批评指正,特此表示衷心的感谢!同时也感谢江苏凤凰教育出版社的领导一直以来对本套丛书的大力支持,对负责隋唐卷编辑工作的徐念一老师致以衷心的谢意!还要感谢南京大学的徐啸雨博士,北京语言大学的刘江博士和霍甜硕士,南京大学的陆月和陆蓉蓉硕士,渤海大学的杜娇、纪建秋、罗娟和高璐璐硕士,河南大学的邱雪惠硕士,开封市博物馆的王晓玲老师,郑州市第四十七中学的惠立仁老师,马来西亚博特拉大学的印芷仪博士不辞辛苦地为本卷完成校对工作!本卷成果也获得辽宁省高等学校优秀人才支持计划(WJQ2015002)和辽宁省教育厅人文社科研究项目“抒情诗的图像表意嬗变研究”(WQ2020015)的资助,深表感谢!

自 2012 年组稿以来,本卷前后历时六年撰写完成。其中第五章、第八章、第九章以硕士学位论文为蓝本,并在此基础上加以深入修改,其他各章节皆为课题组成员独立撰写而成。因中国文学图像关系史属于原创性的研究,且需兼顾文学和图像两方面的专业背景,所以出身文艺学、古代文学或美术学的课题组成员,凭借着浓厚的学术兴趣和锐意进取、不畏艰难的精神,在全新的领域中孜孜以求地摸索了六年才终有今日的成就。然而疏漏不当之处在所难免,期待各界同仁不吝指正。

吴 昊

丁酉年底记于博大雅居

图书在版编目(CIP)数据

中国文学图像关系史. 隋唐五代卷/赵宪章主编. —南京：江苏凤凰教育出版社，2020.12(2023.9 重印)
ISBN 978 - 7 - 5499 - 9073 - 3

Ⅰ.①中… Ⅱ.①赵… Ⅲ.①中国文学—古代文学史—隋唐时代②中国文学—古代文学史—五代十国时期 Ⅳ.①I209

中国版本图书馆 CIP 数据核字(2020)第 241333 号

书　　名 中国文学图像关系史 · 隋唐五代卷
主　　编 赵宪章
本卷主编 吴　昊　李昌舒
策 划 人 顾华明
责任编辑 徐念一
装帧设计 周　晨
监　　印 杨赤民
出版发行 江苏凤凰教育出版社(南京市湖南路 1 号 A 楼　邮编 210009)
苏教网址 http：//www.1088.com.cn
照　　排 南京前锦排版服务有限公司
印　　刷 江苏凤凰通达印刷有限公司(电话：025 - 57572508)
厂　　址 南京市六合区冶山镇(邮编：211523)
开　　本 787 毫米×1092 毫米　1/16
印　　张 27
版　　次 2020 年 12 月第 1 版
印　　次 2023 年 9 月第 2 次印刷
书　　号 ISBN 978 - 7 - 5499 - 9073 - 3
定　　价 128.00 元
网店地址 http：//jsfhjycbs.tmall.com
公 众 号 苏教服务(微信号：jsfhjyfw)
邮购电话 025 - 85406265，025 - 85400774
盗版举报 025 - 83658579